WILLIAM GOLDMAN
Adventures in the Screen Trade

编剧

★ [美] 威廉·戈德曼 著
★ 不雀 高奕 薛雅 译

花山文艺出版社
河北·石家庄

图书在版编目（CIP）数据

编剧 /（美）威廉·戈德曼著；不雀，高奕，薛雅译. -- 石家庄：花山文艺出版社，2021.10

ISBN 978-7-5511-5956-2

Ⅰ. ①编… Ⅱ. ①威… ②不… ③高… ④薛… Ⅲ. ①编剧—基本知识 Ⅳ. ① I053

中国版本图书馆 CIP 数据核字 (2021) 第 140314 号

冀图登字：03-2020-202

书　　名：**编　剧**

Bianju

著　　者：［美］威廉·戈德曼

译　　者：不　雀　高　奕　薛　雅

责任编辑：梁东方　　责任校对：林艳辉

营销推广：ONEBOOK　　装帧制造：墨白空间·黄怡祯

出版发行：花山文艺出版社（邮政编码：050061）

（河北省石家庄市友谊北大街 330 号）

印　　刷：北京天宇万达印刷有限公司　　经　　销：新华书店

开　　本：889 毫米 ×1194 毫米　1/32　　印　　张：22

字　　数：571 千字

版　　次：2021 年 11 月第 1 版

2021 年 11 月第 1 次印刷

书　　号：ISBN 978-7-5511-5956-2　　定　　价：88.00 元

献给罗斯·克莱本

“干这行，没人心里有谱。”

威廉·戈德曼，拍摄于 1987 年

CONTENTS
目录

本书的创作，始于现代好莱坞历史上最恐慌和绝望的时刻——1982年1月底。未来的电影学者很可能将之称为“天堂之门”时代，因为，比起任何其他的同时代灾难级影片，《天堂之门》（*Heaven's Gate*，1980）这部电影得到了更多的媒体曝光。

但只有少数博闻强记的史学家才搞得清楚，《天堂之门》到底是不是比其他电影亏得更惨，比如说《冲出地狱海》（*Raise the Titanic!*，1980）或是《高速公路大疯狂》（*Honky Tonk Freeway*，1981）。

1981—1982年的假期里，大制片厂一共推出了16部电影。这其中只有《金色池塘》（*On Golden Pond*，1982）一部电影幸免于难，获得成功。16部电影里有10部每一部都亏损超过1000万美元。最近，一位大制片厂的高管告诉我：“当然，失败是让人不安，人生难免风雨。但如今令我们停滞的原因是，无论我们拍了什么，都在以前所未有的幅度流失观众。我们不知道观众想要什么，只知道他们不想要我们给的东西。”

也许上文的关键词是“停滞”。直到2月底，只有10部电影即将开始制作。而一年前的同一时间，25部影片开拍。

这也是我记忆中最糟糕的时期。到这本书付梓时，它很可能又变成了记忆中最好的时代。关键就在于：电影业和当年的西部淘金热毫无二致。

任何对下面的内容感兴趣的人最好把这个事实记在心里……

简单来讲，下面我要说的是好莱坞。你可能对此不会感到吃惊，因为不是第一次有人尝试挖掘这一主题。

我所能提供的不同之处在于我的攻击点：本人已经做了快二十年的编剧了。我见过太多——尽管大部分的事情，哎，都知道得太迟了。

依据权力大小来看，编剧的地位大概是介于制片厂门卫和制片厂高管之间（当然考虑到高管的任期，只能说是本周的那位）。当然还有更大的未知世界，不过我觉得至少了解一下那里正在发生的事情可能会有所裨益。考虑到这一点，我采访了那帮在街对面工作的人：制片厂高管、制片人、导演，还有明星。等所有人都采访完成，我希望你会更深入理解为什么你会在银幕上看到你所看到的。

由于我在好莱坞的工作，我至少在三个大洲六个不同国家的电影院看过电影。

但对我来说，仍然，永远，只有阿尔西翁（电影院）……

当然，它不是一座伟大的电影院，可能都算不上好，但是阿尔西翁之所以在我的记忆中独一无二，是因为它独自矗立在中央大街上，即使后来它日渐老朽；如果你想在 20 世纪 30 年代去伊利诺伊州海兰帕克[①]看电影，那就只有阿尔西翁电影院，要不根本没电影看。

而一想到完全没有电影我就觉得特别痛苦。

在只有六七岁的时候我就迷上了电影，我想现在也依然如此，但当下我所看到的电影常如快消品一般消失不见，而阿尔西翁仍

① 本书作者威廉·戈德曼在海兰帕克长大。（若无特殊说明，脚注部分均为编注）

然存在。

《简瑞里船长》(*Captain January*)，1936 年，秀兰·邓波儿，那年我五岁，她八岁。这是我第一次坐在黑暗中，清楚地记得她的鬈发。她的酒窝真的像看上去那么大吗？如果答案是否定的，不要告诉我。

《泰山得子》(*Tarzan Finds a Son!*，1939)，20 世纪 30 年代末，因为连看两个日场而终生难忘。我不认为我喜欢这部电影的程度比得上想要以此逃避一些登门亲戚的愿望，但事实仍然是：我是街区里第一个这么疯狂的孩子。当然，在这个《星球大战》(*Star Wars*，1977)的时代，一部电影看个几次并没有什么稀奇。但是这个消息在周一课间休息时传遍了整个榆树街文法学校的操场。“两遍？你是怎么做到在已经知道谁赢的情况下看两遍的？”我没有答案。我看第二遍的时候就没那么喜欢这部电影了。

但我确实喜欢坐在那里。

不太确定，我的第一部夜场电影是不是《幸福邀请》(*Invitation to Happiness*，1939)。那时候我刚八岁，但已经是个体育迷了，在早间的日场电影预告片中，《幸福邀请》在银幕上闪现——

它讲的是拳击比赛。

银幕上放了十五秒到二十秒结结实实、暴力喧闹的动作桥段之后，我决定，一定要去看看。这部电影只会在周中的两晚放映，我当然知道第二天上学的重要性。但我必须得看这部电影。问题来了：我不能一个人去。于是我撒泼打滚，父母让步了，不情不愿地陪着我排队去看《幸福邀请》——

这不是一部拳击电影，而是“亲亲”电影。

男女主角所做的只是互相啃来啃去。那宝贵的十五秒激烈喧闹的动作场面确实还在，但，好吧，那是你能看到的所有的拳击场面。我做梦也没想到预告片能如此欺骗观众。

银幕上两人亲了又亲。我开始叹起气来，然后开始数了起来：十一个吻。现在是在鼻子上快速轻点一下，不过这也算上了。十二个，他们一遍又一遍地亲吻彼此，我就一遍又一遍地大声数着。

《幸福邀请》里有二十三个吻，我恨每一个。

但我并不恨电影。之前不恨，现在更不。电影里有着太多的回忆。电影为我们的生活提供坐标。你还记得第一次看《公民凯恩》（*Citizen Kane*，1941）时自己是什么样的？我记得。那《卡萨布兰卡》（*Casablanca*，1942）或《雨中曲》（*Singin' in the Rain*，1952）呢？如果你仔细想想，我肯定你会寻得答案。

五十一年来，我有四十六年是影迷。在我梦想着进入这个行业之前，电影是我生活的必需品。

不管我今天走进哪家影院，我的一部分，我的很大一部分，仍然会回到阿尔西翁……

I

电影圈里的掌权者

也许，尝试分析电影行当中到底谁来掌权这事根本就毫无意义。明星、电影公司高管、导演以及制片人，他们都围绕着同一个轨道运行，服从于同样的引力定律。

尽管如此，我还是把这些掌权者进行了分类，以求化繁为简，更清晰明确地阐述电影制作的整个过程。需要记住的是，他们之间联系紧密，形成一种不甚稳固的同盟关系，有时——但绝不总是——向着迷雾深锁的相同目标摸索前行，而这个目标就是：大卖。

这一切并不意味着他们之间的感情有多深，或时时刻刻完全信任彼此……

明　星

就电影制作而言，如非例外（当然真要出现了那就要特殊对待），明星基本上毫无价值，但又绝对必不可少。

明星和电影公司共存于编剧很难一睹其貌的竞技场。当上帝选择向他们微笑时，那大家都能赚到钱。尽管我们知道，钱带不来幸福。所以，如果你觉得这两个电影圈里最强力的元素彼此捆绑，宛若连体婴的话，那肯定不会错得离谱。要理解为什么现状如此，知道一些相关历史会有所裨益。

我们先说说电影公司。开始的时候，电影公司对明星的态度非常明确：他们厌恶明星。很重要的一点是，电影最初只是风靡一时之物，就像当今的雅达利公司出品的游戏一样。没有人知道其未来会如何——或者说，是否真的会有未来。但就眼前情况来说，就算最贪婪的电影公司高管也会认为电影是极其有利可图的。

1896 年 4 月 23 日是一个看似平常的日子，而这一天被认为是电影产业的开端。这一天标志着第一家通过电影这种娱乐方式从公众那里赢利的电影院在纽约开张营业。到了 1910 年，全国共有超过 9000 家电影院在运营。

当然，当时的电影很短，大卫·格里菲斯（D. W. Griffith）在五年内执导了超过五百部“电影”。当时的电影不仅比现在的短，而且也比我们现今了解的电影要更简化。某一部早期的电影，其整个内容就是一匹马正在吃干草。拍这部有关马的影片的电影制作人接着又拍了另一部非常流行的影片——他的两个女儿用枕头打架的一些镜头。

观众们对此是无所谓的，他们喜欢去电影院。很明显，这些电影不是针对知识分子或上流社会的。当时的电影是给移民以及穷人看的，这些人希望去花费便宜的地方消遣娱乐。

而在电影早期蓬勃发展的十年时间里，没有出现明星。

演员们，通常是“正规”的演员们，羞于与这种新的媒介为伍。他们偷偷跑去新泽西工作，但仅仅是为了生计，他们最不愿意看到的就是自己的名字与所做的事沾边。此外，这不是一种令人向往的工作：演员们还会被安排做其他的杂务事，比如清扫、做木工等。早期某位受女观众喜爱的男演员曾说过让他的雇主很惊讶的话，他在汇报工作时宣称：“我是一名演员，我要演戏，但我不想去搭布景、画背景。”而且，公众们很难在海量的短片里打捞他们喜爱的演员：在那个“投机无章”的时期，电影院每天都会更换放映的片子，哪怕是不多见的60分钟故事短片。

大量影片的产出最终导致了好莱坞的出现。所有大电影公司都向托马斯·爱迪生支付一笔费用以获得拍摄电影的权利：因为电影是他的发明，所以他应该从每一部电影获得报酬。

然而，对电影的大量需求导致了盗版公司的兴起，它们不支付上述费用。大的电影公司雇侦探来制止这种行为，将许多盗版公司驱赶到了尽可能远离纽约的地方。当然，好莱坞有利于拍摄电影的好天气。但是，除此之外，它位于纽约以西近5000公里的位置更便于开展盗版行为。总之物换星移，世事已变，诸如此类。

尽管非电影公司所愿，某些演员开始受到观众青睐。当然他们的名字还不为人们所知。如果你要写信给他们，你只能把你的影迷信寄给“那位有胡子的男管家”，或者“那位有着金色鬈发的女孩”。

即使一家电影公司有一位经常使用的演员，他们仍然不会把其姓名告诉观众。在那样的情况下，1910 年在美国最受欢迎的电影演员可能就是被称为“比沃格拉夫女孩”的那位，比沃格拉夫是签下她的电影公司的名字。

但当她的合同到期后，另一家电影公司将她签了过去。当然凭借着常见的优厚条件——更高的薪水，以及她的丈夫与她一起过来并且获得了一份属于他自己的导演工作合同——这些都是合乎当时标准的条件。而不那么合乎当时标准且改变了电影未来的条件是：这家新的电影公司同意推广她的名字。就这样，在 1910 年，一位有着弗洛伦丝·劳伦斯（Florence Lawrence）这样动听名字的漂亮年轻女孩开创了美国明星体系的先河。

卡尔·莱姆勒（Carl Laemmle，那个“拐走”劳伦斯小姐的高管）的同僚们当然对此不太高兴。为什么呢？因为他们怕一旦观众真的开始认可演员，他们可能被迫要付给演员更多的钱。你可以批评早期大公司的做法不道德，你可以鄙视他们这种如同皮货商一样的行为。但是，他们可不笨。下面是就薪水问题发生的情况：

> 1912 年：劳伦斯小姐成为当时薪水最高的电影从业者，其薪水在当年年底时达到了每周 250 美元。
>
> 1913 年：玛丽·璧克馥（Mary Pickford）签下了周薪 500 美元的合同。
>
> 1914 年：璧克馥小姐再签了一份上述周薪两倍的新合同。
>
> 1915 年：璧克馥小姐再一次签了一份合同，这次的合同周薪为 2000 美元。

1916 年：1 万美元周薪是查理 · 卓别林（Charlie Chaplin）的薪水标准。此外另有 15 万美元的签约奖金。

1919 年：大胖阿巴克尔（Fatty Arbuckle）成为史上第一位拿到 100 万美元年薪的明星，而且 100 万美元是底薪。

电影公司从那时起就喊出了同样的宣战口号：每次电影产业走向不景气时，他们就指出原因所在——明星的贪婪。在 20 世纪 60 年代后期，迄今为止最近的一次危机爆发要归咎于伯顿一家[①]，他们二人分别为联合主演诸如《孽海游龙》（*The Comedians*，1967）和《涛海春晓》（*Boom!*，1968，即使片名加了感叹号也对提高票房于事无补）这样的片子而要了 100 万美元的酬劳。

今天，100 万美元是你付给你看不上的明星的价钱。

就个人来说，我不想因为明星绞尽脑汁多赚钱而责怪他们。明星都明白，电影公司想要从他们身上尽可能多地剥取电影的利润。而没有人强迫电影公司为他们的劳动付钱。不过，最重要的是，明星的地位不会经久不衰。当然少数才华横溢的人会经久不衰，但那仅仅是少数人。

没有准确数字表明谁是排在前十位的明星。但是奎格利出版公司（Quigley Publishing Company）已经对电影院老板们进行了持续五十年的民意调查。

其结果是有瑕疵的：在 20 世纪 70 年代中期，开价最高的明星常常不在他们的名单上，但那是因为史蒂夫 · 麦奎因（Steve McQueen）没有出手。而奎格利公司的调查仍是我们能找到的最好依据。电影院老板们应该至少知道一些有关谁的电影在他们电影院票房表现最好的

---

① 伯顿一家，特指理查德 · 伯顿（Richard Burton，1925—1984）和伊丽莎白 · 泰勒（Elizabeth Taylor，1932—2011）这对曾经的伉俪。

内情。下面是奎格利公司调查列出的去年（1981 年）表现最好的前十位明星：

（1）伯特·雷诺兹（Burt Reynolds）
（2）克林特·伊斯特伍德（Clint Eastwood）
（3）达德利·摩尔（Dudley Moore）
（4）多莉·帕顿（Dolly Parton）
（5）简·方达（Jane Fonda）
（6）哈里森·福特（Harrison Ford）
（7）阿伦·阿尔达（Alan Alda）
（8）波·德里克（Bo Derek）
（9）戈尔迪·霍恩（Goldie Hawn）
（10）比尔·默里（Bill Murray）

现在，让我们往回看五年。下面是 1976 年的前十位影星：

（1）罗伯特·雷德福（Robert Redford）
（2）杰克·尼科尔森（Jack Nicholson）
（3）达斯汀·霍夫曼（Dustin Hoffman）
（4）克林特·伊斯特伍德（Clint Eastwood）
（5）梅尔·布鲁克斯（Mel Brooks）
（6）伯特·雷诺兹（Burt Reynolds）
（7）阿尔·帕西诺（Al Pacino）
（8）塔特姆·奥尼尔（Tatum O' Neal）
（9）伍迪·艾伦（Woody Allen）
（10）查尔斯·布朗森（Charles Bronson）

仅仅过了五年，只有两位影星在两个排行榜上都出现了：伊斯特伍德和雷诺兹。下面是再之前五年的情况，即 1971 年的前十位影星：

（1）约翰·韦恩（John Wayne）

（2）克林特·伊斯特伍德（Clint Eastwood）

（3）保罗·纽曼（Paul Newman）

（4）史蒂夫·麦奎因（Steve McQueen）

（5）乔治·C. 斯科特（George C. Scott）

（6）达斯汀·霍夫曼（Dustin Hoffman）

（7）沃尔特·马修（Walter Matthau）

（8）阿里·麦格劳（Ali MacGraw）

（9）肖恩·康纳利（Sean Connery）

（10）李·马文（Lee Marvin）

只有伊斯特伍德仍然在 1981 年的排行榜里面。也只有伊斯特伍德和霍夫曼仍然在 1976 年的名单里面。

最后是 1961 年的排行榜。我知道二十年是一段较长的时间。但我们在这里讨论的是演员短暂且起伏多变的演艺生涯，演艺生涯品质的好坏体现在他们出演的每一部作品中。而二十年对于一位教授或一位内科医生的职业生涯来说并不算长。

（1）伊丽莎白·泰勒（Elizabeth Taylor）

（2）洛克·赫德森（Rock Hudson）

（3）多丽丝·黛（Doris Day）

（4）约翰·韦恩（John Wayne）

（5）加里·格兰特（Cary Grant）

（6）桑德拉·迪伊（Sandra Dee）

（7）杰里·刘易斯（Jerry Lewis）

（8）威廉·霍尔登（William Holden）

（9）托尼·柯蒂斯（Tony Curtis）

（10）埃尔维斯·普雷斯利（Elvis Presley）

现在，这些人中有些已经去世了，而有些则已经退休。但他们中有些人仍从事着演艺事业，却不再能够进入这类排行榜了。淡出视线向来让人难以接受，而对于一位明星来说这不啻为一种折磨。因为当他们处于事业巅峰时，是如此受人崇拜。正如人们常说的那样，电影明星可能被人们看作与皇室成员差不多感觉的人。所以他们从事业顶峰滑落的距离比其他人可能或将经历的都显著得多。

但是除此之外，这些人是角色扮演者。他们有自己的生活，他们经历过小学、中学时代，就像其他人一样。但是他们并不满足。这就是他们成为演员的原因。而当他们不仅当了演员而且成为明星时，那就是梦想成真的时刻了。

俗语说："小心你许下的愿望，你可能会梦想成真。"明星们的问题是，他们确实梦想成真了，但是持续的时间不长。

这就是为什么对一名电影编剧来说很关键的一件事就是要记住如下内容：永远不要低估明星的不安全感。你瞧，我们都有不安全感，我们清楚这一点。甚至脑外科医生在没人看见的时候可能也会颤抖。

但电影明星呢？这几乎是不可想象的。他们如此受幸运之神的眷顾，但不仅仅限于生就一副出众的外貌。他们才华横溢，思维敏捷，颇有影响且不断散发着自谦的魅力。

我们在报纸上读过对他们的采访，我们在脱口秀节目中看到过他们，而我们很难想到，我们看到的并不是他们真实的自我，而是演员们在做他们最擅长的事——表演。

乔治·西格尔（George Segal）可能是其中做得最好的一个。我曾看到他在一档脱口秀节目中表现得非常棒，他又是弹奏五弦琴（管他弹奏的是什么乐器呢），又是以此不断引出笑料。我问他是否总是能够通过那样的方式让自己感到快乐。

他说："就像上课一样，我有备而来，我是在进行一次表演练习。我对自己说，我正在扮演一个感到自己很快乐的角色。"

在我年轻时，无论何时我遇到与我崇拜的演员一起工作过的人，都会缠着他们问同样的问题：那个演员真实的一面是怎样的？

当然，我已经知道答案了：他们就像他们扮演的角色那样。

唉，未必如此。

一位曾与亨弗莱·鲍嘉（Humphrey Bogart）共事过的男士告诉我："糟糕极了，他总是制造麻烦，总是埋怨他的台词太垃圾而其他所有人的台词都不错。整个拍摄过程都在发牢骚。"

鲍嘉发牢骚？

一位曾与加里·格兰特共事过的男士告诉我："加里正值演艺生涯巅峰期。我和他一起拍了两部电影，而两次都发生了同样的争执：他觉得自己魅力不再，因此不能再多拍片子，因为观众们不会再买他的账。这真是太疯狂了！他没准是有史以来最有魅力的演员，和他争执就像拔牙一样痛苦。他坚决地认为自己已经失去了魅力。"

格兰特失去魅力了？

现在我不怎么再问那个问题了。我已经厌倦了再次处于惊讶中。我觉得我和大多数人一样，宁愿相信心目中的明星形象。别跟我说克林特·伊斯特伍德讨厌马匹，我不想知道这种事情。

而上面说的与不安全感有什么关系？是这样的：从明星的观点来看，这确实非常地可怕。我举个例子说明我的意思，那是在刚刚开始拍摄《神偷盗宝》（*The Hot Rock*）不久时发生的事，这是一部1972年上映的由罗伯特·雷德福主演的影片。

我们当时是在纽约的一所监狱拍摄，拍摄的镜头很简单，就是要求雷德福所扮演的一个刚获得假释的角色从监狱大门走出去。他被有意安排穿着不合身的衣服。

一群监狱工人站在旁边围观拍摄过程直到拍摄结束。一些看守也在看，其中的一个开始和我搭腔。

“片子就是这么拍出来的吧。”

我说是这样的。

“总是花这么长时间吗？”

我说是的，或者花更长的时间。

导演彼得·耶茨（Peter Yates）在旁边和雷德福聊戏。他们聊了一会儿，我想他们可能是在收工前随便聊几句。

“我的老婆会乐意和他在一起的。”

这句话让我多多少少有些吃惊，我转过头看着这位看守：相貌平平，大概四十岁上下，穿着看守的制服。

“我的意思是，你不知道，为了和他在一起一次，她都能做出什么事情来。”

耶茨和雷德福分开了，耶茨走向摄影机，雷德福走向大门。

而那位看守，我需要多说一句，全程没在看耶茨。“我老婆她今天跟我说，她甚至愿意五体投地在地上爬，好能和他在一起一次。就一次。”

现在，我已经欣赏过了雷德福在百老汇舞台上的表演，看过他在《新婚燕尔》（*Barefoot in the Park*，1967）中精彩的喜剧表演后，我相信他将会是下一个杰克·莱蒙（Jack Lemmon）。

我以前就知道他比较善于交际。他很有魅力，很会讲故事，是一位运动健将，而且从没有人说他笨，但那时他还不是众人瞩目的焦点。

突然之间一切都不一样了。《虎豹小霸王》（*Butch Cassidy and the Sundance Kid*，1969）上映，接着雷德福成了国际媒体的宠儿。而这里有一位看守，用尽他的言辞想要告诉我他太太对一位男士的性冲动程度，而这位男士仅仅是一位来自加利福尼亚的、拍了一些灾难片的优秀男演员。大家还记得《异想天开》（*Situation Hopeless—But Not Serious*，1965）吗？

如果突然世界上一半的人像这位看守的太太对雷德福所想的那样对你想入非非，肯定是会令人感到一些不安的。三十年来你一直是一种人，而你现在仍然是这种人，至少部分的你仍然是，但是却不为公众所知。你不确知公众对你的反应是什么，但你却知道那并不是真正的你。你不知道这种反应会持续多久，但你却知道一定不是永远。

明星们必须要适应那种精神错乱。

我仍然记得自己首次好莱坞之行的第一天：我与保罗·纽曼的经纪团队代表见了面。我们商讨《地狱先锋》（*Harper*，1966）的拍摄日程，而我对纽曼是否能在华纳兄弟公司（Warner Bros.）希望影片开拍的时间及时做好准备有些担心。在我表达完我的担心后，参会的一个人说了下面的话："也许有一天保罗将成为格伦·福特（Glenn Ford）那样的人，但是现在电影公司还得按他的档期来安排。"

那是我第一次听到好莱坞式的冷酷言语，这种话经常用来冷却激动的情绪。格伦·福特在前些年曾是美国的头号影星，而我还没有意识到他的事业已经停滞不前了。那句话是纽曼的经纪团队在预测其客户的未来。其实他的话并不是那么冷酷无情。他只不过是习惯了面对明星们如过眼云烟般的现实。

只有经纪人长盛不衰……

什么是明星？

在过去，这个问题的答案很简单：一位明星就是名字被放在影片标题之前的演员。但那是在一个演员表的排名顺序很重要的时代；而在当今，通常的情况是，明星成了享有更高薪水的代名词。

在其他的领域，明星的概念更容易定义一些。例如凯瑟琳·赫本（Katharine Hepburn），她是一位戏剧明星。你请她出演一出戏，你就会赚到钱。请巴里什尼科夫[①]穿上紧身衣进行演出，他也是一位明星。无论他是跳葛兰姆式的或是巴兰钦式的[②]，只要他表演舞蹈，就是一位明星。对于帕瓦罗蒂和伊扎克·帕尔曼[③]来说，无论他们演什么节目，都是音乐会上的明星。

最近我听过的最普遍的定义是这样的：一位明星是能让一部影片“火”起来的人。当一部电影开始上映后，没有人来看，电影行业的人就会这样说这部电影，“这部电影不火”。

一位明星可能不会保证你赢利。预算可能因为他们完全无法控制的原因而疯涨，但是他们绝对是避免灾难局面产生的屏障。一位明星能够保证，就算某部电影非常无趣，也能火起来。制片人用来评价一位明星吸引力的方式之一，是一部电影在上映首周周末的票房情况。让公众很早就拥到影院观看一部烂片，这对明星来说是个过于死板的要求吗？要这样看待这个问题：如果你是一个收入不菲的成功人士，你在四十年的职业生涯中平均每年有五万美元的收入，你确实赚了很多钱，但这些钱却还不如一位明星在摄影机前工作三到八周赚得多。我不认为避免灾难局面的产生是对他们来说过分的要求……

---

① 巴里什尼科夫（Baryshnikov），俄裔美籍舞蹈家。

② 葛兰姆式和巴兰钦式分别是“现代舞之母”玛莎·葛兰姆（Martha Graham，1894—1991）和“现代芭蕾舞之父”乔治·巴兰钦（George Balanchine，1904—1983）所创的流派。

③ 伊扎克·帕尔曼（Itzhak Perlman），著名小提琴家。

谁是明星？

回答这个问题，可能不像你想的那样容易。

例如：在 20 世纪 60 年代末期，《生活》（*Life*）杂志的某期周刊封面上刊登了一位演员，并宣称其为世界上最知名的影星。那天我正与最大的电影公司之一的老板会面。我问他看没看《生活》杂志。他说他还没看。我把上述的话告诉了他。然后我问他想不想猜猜那位演员是谁。

“纽曼。”他回答说。

不是。

“麦奎因？”

不是麦奎因。

停顿了一下，“不会是波蒂埃[1]吧。”

我同意，可惜确实不是。

这次停顿长了一些。然后他冲口而出：“哦，该死，我这是怎么了，我真是没有动脑！是约翰·韦恩。”

“公爵”[2]并没有在封面上。

气氛现在变得有点尴尬了。“如果那是位女演员，不是芭芭拉·史翠珊（Barbra Streisand），就是朱莉·安德鲁斯（Julie Andrews）。”

我说那是位男演员。接着，在情况变得太糟之前，我给出了答案——伊斯特伍德。

沉思片刻，他回答道：“他们这么说伊斯特伍德？说伊斯特伍德是最知名的影星？”在又一阵沉默后，他点点头，“他们是对的。”

这里的重点在于，如果一位电影巨头都不能猜出在自己的行业中

---

① 此处指的是奥斯卡史上第一位黑人影帝西德尼·波蒂埃（Sidney Poitier）。

② 约翰·韦恩（1907—1979）早年间养过一只名叫“公爵”的硬毛狗，后来“公爵”成了韦恩的绰号。

谁是最知名的影星，这个领域的情况比我们大多数人想象的都要难以捉摸。

这种难以捉摸的情况在相当程度上与按直觉行事有关。

例如：在20世纪70年代早期，两位著名的百老汇音乐剧演员参与了电影的拍摄。丽莎·明奈利（Liza Minnelli）在电影《歌厅》（*Cabaret*，1972）中出演角色，然后取得了巨大成功。托波尔（Topol）出演《屋顶上的提琴手》（*Fiddler on the Roof*，1971），结果收入翻了番。然而，主流观点是这样的：明奈利是一颗新星，托波尔承受着很大的经济压力，他在电影方面没有取得什么成就。而明奈利后续出演了几部投入巨大但最后却一败涂地的电影，并在电影《纽约，纽约》（*New York, New York*，1977）遭遇灾难性失败后被迫匆匆回到了戏剧舞台，只有在百老汇她才算是一位明星，可能是那里最大牌的一位了吧。

但是在电影界，"谁是明星"这个问题的答案是"那个被一位能拍板的电影公司高管认为是明星，并且签下有明确开始日期的工作合约的人"。一位超级明星是那种他们不惜一切代价也要得到的人……

明星是怎么产生的？

无一例外的情况，明星是阴差阳错中产生的。

而无一例外地，那种阴差阳错的情况是由另一位票房名气更大的演员造就的。你可能认为罗伯特·雷德福具有与生俱来的影响力，但是，如果马龙·白兰度（Marlon Brando），或者史蒂夫·麦奎因，或者沃伦·比蒂（Warren Beatty）接受了出演《虎豹小霸王》里面的角色，雷德福可能也就仍是如一家电影公司的高管在谈到第一次雇他的情况时告诉我的那样的人："他也不过就是另一个来自加利福尼亚的金发尤物。在马里布扔一根棍子，你能打到六个像那样的人。"

如果阿尔伯特·芬尼（Albert Finney）同意主演《阿拉伯的劳伦斯》（*Lawrence of Arabia*，1962），彼得·奥图尔（Peter O' Toole）就不会成名。如果柯克·道格拉斯（Kirk Douglas）出演了《狼城脂粉侠》（*Cat Ballou*，1965），那就忘记李·马文吧。

蒙哥马利·克利夫特（Montgomery Clift）值得特别一提。

对于我来说，克利夫特是众多巨星中最被忽视的一位。他的才华可以与白兰度比肩。有一次我见到伯特·兰卡斯特（Burt Lancaster），他告诉了我他与克利夫特在拍摄《乱世忠魂》（*From Here to Eternity*，1953）期间最初共事时发生的一段故事。关于兰卡斯特，你需要了解一件事情：这个男人浑身散发着雄性的魅力。即使在今天，如果拿他和巨人安德雷[①]相比，我也认为兰卡斯特会更胜一筹。他告诉我，"我唯一一次在拍戏时感到内心忐忑不安就是第一次与克利夫特一起出场时。我是那个场景的主角：我演一个中士，发出命令，他只是我手下的一名大兵。然而，当我们开拍时，我的双膝止不住不停地颤抖。我觉得摄制组可能会因为拍到我的颤抖而喊停。但是我之前从来没有与具有克利夫特那种气势的演员一起共事过；我害怕他将会把我从片场轰出去。"

最近出版的克利夫特传记中提到，他曾在短短一段时间内拒掉了四个角色的演出：威廉·霍尔登在《日落大道》（*Sunset Boulevard*，1950）中出演的角色，詹姆斯·迪恩（James Dean）在《伊甸园之东》（*East of Eden*，1955）中出演的角色，保罗·纽曼在《回头是岸》（*Somebody Up There Likes Me*，1956）中出演的角色，以及白兰度在《码头风云》（*On the Waterfront*，1954）中出演的角色。这些都是上述演员在职业生涯中的关键角色，如果克利夫特同意出演这些角色的话，这些优秀的演员还是否能够成为明星呢？

---

① 巨人安德雷（André the Giant，1946—1993），法国传奇摔跤手。

肯定很难说。

然而，容易理解的是，没有乔治·拉夫特（George Raft）的帮助，就不会有亨弗莱·鲍嘉的成名。我知道今天的人很难相信这一点，因为鲍嘉是那样一位受人崇拜的人物。但是他曾作为二流演员摸爬滚打了十来年的时间。《夜困摩天岭》（*High Sierra*，1941）中的演出让他峰回路转，而这个角色是拉夫特拒绝出演的。

接下来是《马耳他之鹰》（*The Maltese Falcon*，1941）这部片子。拉夫特不想出演萨姆·斯佩德这一角色，因为他不信任首次担任导演的约翰·休斯顿（John Huston）。

最后，《卡萨布兰卡》这部影片。如果乔治·拉夫特和海蒂·拉玛（Hedy Lamarr）出演的话，你会得到同样的娱乐享受吗？或者换成罗纳德·里根（Ronald Reagan）和安·谢里登（Ann Sheridan）出演呢？他们都曾被邀请出演这部影片。

当他们在一部很火的影片中出演一个主要的角色时，明星就产生了。如果他们没有那么幸运地抓对时机，站对地方的话，那就只能回到不断的试镜和徘徊在失业线边缘的境遇中，或者陷入更糟糕的情况：去拍电视剧。

在一段时间内保持住自己的明星地位则是另一回事了，这与才华和智慧相关。

从一开始，达德利·摩尔就是个才华横溢和聪明伶俐的人。二十年前，他和三位大学同学出演时事讽刺剧《边缘之外》（*Beyond the Fringe*），在百老汇引起了轰动。除了是一位充满魅力的演员之外，摩尔从那时起直到现在一直是位了不起的钢琴家、作曲家。

但是就算集所有以上特征于一体，他也并没有很好的境遇。

作为主角，他在英格兰拍了一些电影，但是并不火。他最终来到美国，情况依旧如故：太矮、太“特殊”、没有机遇。他得到的最好的机会是在《小迷糊闯七关》（*Foul Play*，1978）中出演一个不错的配角。但是，切维·切斯（Chevy Chase）才是那部电影中的浪漫主角。如果早在 1978 年，你就曾说达德利·摩尔能演爱情戏男主，你大概会被视为异类。

机会很快就来了。乔治·西格尔在开拍前夕离开了电影《十全十美》（*10*，1979）的拍摄。因为没时间可浪费，布莱克·爱德华兹[①]选择了摩尔来代替他。

电影《十全十美》爆火。达德利·摩尔成了一位明星。

至少电影《亚瑟》（*Arthur*，1981）的喜爱者们是这么认为的。而且事实证明《亚瑟》甚至比《十全十美》更受欢迎，所以很明显他们是对的，是吗？

很遗憾。

《亚瑟》上映了，但是几乎没有什么成绩。用电影业的行话来说，票房表现“疲软”。但是，仍用电影业的行话说，《亚瑟》这部片子是传媒的宠儿，在长时间内引发大众关注。片子的口碑不错，观众络绎不绝，日益增多。该片与《夺宝奇兵》（*Raiders of the Lost Ark*）以及《超人 2》（*Superman II*）一起，成为 1981 年夏天轰动一时的热门电影。摩尔在电影《十全十美》之后还算不上明星。至少波·德里克[②]小姐可能与《十全十美》的成功有点关系。

但现在因为《亚瑟》，他肯定是了……

财　富

当今的明星们与他们的前辈们至少在一个重要方面有所不同：他们现在很富有。

---

① 布莱克·爱德华兹（Blake Edwards，1922—2010），电影《十全十美》的导演兼编剧。

② 她在《十全十美》中的突破性演出，使其一举跃升为 20 世纪 80 年代好莱坞最受欢迎的性感明星之一。

我并不是说盖博[1]在他的辉煌岁月只能勉强糊口。很显然，他的收入不菲；所有20世纪50年代前的大明星都一样。

但是他们不分享电影的收益。他们是合同演员，即按要求行事，不仅仅因为他们签了具有法律效力的协议，而且还因为他们需要面包糊口。当然，他们生活得不错，但是当今的明星有退休金。

《怒河》(*Bend of the River*)改变了一切。在许多方面，这部并不被人们熟知的1952年由吉米·史都华[2]出演的西部片，在对电影产业的影响上与其他任何电影一样重要。

斯图尔特当时的经纪人是非常出色的卢·瓦泽尔曼(Lew Wasserman)，即现今的MCA环球影片公司(MCA-Universal)老板。斯图尔特当时已经是一位主流明星。电影公司们正在失去(或已经失去)他们的合同自主权。瓦泽尔曼为斯图尔特运作下面的事，即斯图尔特降低片酬，以换取一定比例的电影潜在收益。这是一次赢了的赌博：《怒河》是当年的票房亚军，而斯图尔特大捞了一笔。

从此以后，一切都不一样了。

今天，所有的明星都会要求获得一定比例的电影收益，而且，如果他们是超级明星的话，获得的收益就好比地平线，没有尽头。

所以，如果你是杰克·尼科尔森且出演了《飞越疯人院》(*One Flew Over the Cuckoo's Nest*，1975)，你可能会赚到一千万美元。同样的情况也会发生在出演了《克莱默夫妇》(*Kramer vs. Kramer*，1979)的霍夫曼的身上。以此类推。

这里的意思很简单：今天，如果一位明星不想开工，他就可以不开工。他没必要一定要工作，可以一直这样。

这里的意思很简单：既然电影公司需要明星，他们的绝望情绪就

① 此处指的是好莱坞黄金时代著名男星克拉克·盖博(Clark Gable，1901—1960)。

② 吉米·史都华(Jimmy Stewart，1908—1997)即詹姆斯·史都华(James Stewart)，英文里James常简称为Jimmy。

会加倍，而且还不止如此。他们会像暹罗人疯狂地与鱼类搏斗那样来获得某位明星的名字出现在合同上。明星们在当今比以往任何时候都更有权势，因为他们很富有。而且电影公司一门心思想的是赚更多的钱，无论他们要忍受什么。

他们要忍受的东西，有时，可能很多。

“给那家伙加三分之一的钱”

这是我听过的一个好莱坞的说法，主要是制片人们在用。制片人，有时被称作执行制片人，在任何一部电影中占据中心位置。他们是这样一群人，制定拍摄日程，制作预算，每一天的每一小时都随叫随到，这种状态从拍摄前到拍摄中直至拍摄后一直持续着。当出现危机的时候，制片人就是那个必须出面解决的人。

（“给那家伙加三分之一的钱”）这一说法指的是请一位明星出演一部电影的实际成本。

明星们，就像麦迪逊大道的公共汽车一样，从来不单独行事。他们身边总有“随从人员”跟随左右。玛丽莲·梦露（Marilyn Monroe）直到生命最后以及伊丽莎白·泰勒在她的事业巅峰期，都以她们添加到工资单上的人数众多而闻名。秘书、司机、美发师、化妆师、那些负责管理她们剧装的人、表演指导、按摩师、各种专家等。

假如某部电影已经聘请了化妆人员，随之而来的是一套标准化的流程仪式。拼命要让花费维持在预算之内的制片人将与明星的化妆师取得联系。“抱歉，我们很希望你加入，但是我们已经聘请了自己的人。”好吧。随后，那位化妆师会联系明星或明星的经纪人来倾诉，常常是声泪俱下地说，像他（或她）那样对明星做到全心付出的人，非常希望能够继续合作下去，但是电影公司不同意。

接下来将会有更多的电话，态度常常越来越激烈。这种小较量将持续到注定的结果出现：明星的化妆师将被聘请，而且薪水比他们通常要求的要高得多，因为明星坚持这么做。因此，电影公司要支付比预期高两到三倍的化妆人员的开销，而他们中的许多人从始至终无所事事。

为什么制片人费尽心思处理这些我难以言述的小争端，因为电影公司很少给他们撑腰。日复一日，制片人遭受着失败的打击。我觉得他们之所以能够坚持下来是因为他们在乎自己所做的事情。而可能在将来某一天某个阳光灿烂的早晨，他们会获得一次胜利。

除了随从人员问题之外，就是“特殊待遇”问题。这类问题可能包括明星每周能获得多少零用钱。答案是几千美元。以及明星能获得多少张从拍摄地到家的免费机票？以及多少名随从人员也能获得机票？而可能明星已经有了一辆房车，但如果你能为明星租一辆房车的话他们会很高兴的。好了，房车租好了。这些事情看起来可能不算什么，但它们确实无穷无尽。经纪人经常替自己的分成辩护，而他们实际上为明星做的全部事情只不过是打个电话。在想出新的要求方面，经纪人是天才。然后他们会告诉自己的明星客户，那是前人没有得到过的。不止一位明星在提到各种特殊待遇时对我说过同样的话：“这是开了先例的。”

大家也千万不要忘记那些高级技术人员。有些明星，就像我们了解的，有合伙制片人。对了，他们也在工资单上。或者有一位宠爱的摄影师，没有这个人，明星就不愿出镜。或者有一位音乐家朋友，而这个人会因为他可能对作曲贡献的任何微不足道的帮助而获得高报酬。

也许“三分之一”的费用多数情况下是在为明星的行为买单。

正如菲茨杰拉德先生在与海明威先生谈论富人时说的那样，明星是与你我不同的人。是的，他们早晨起床，就像我们一样。当然他们也和我们一样上床睡觉。但是，如果他们是当红明星，他们的一天和我们的一天有一个简单且本质的不同：从早晨开始，他们生活在一个没有人会违背他们意愿的世界。

在我写的一部好莱坞题材的小说《金玉其外》(*Tinsel*)里面，讲了这样一件事：在拍摄片场，一位男明星喜欢围着布景转悠，手里拿着一个杂物袋，然后把任何他感兴趣的东西装到袋子里。他不是像有盗窃癖的人一样在偷东西。他做的事有点接近封建领主对领地内新婚妇女强施初夜权。如果他看到一支想要的笔，就把那支笔放到他的袋子里。一块手表，一包口香糖，任何东西。如果摄制组的人员因为这种事叫住了他，这位明星就会讲几句笑话，当然把东西放回去，而第二天那位摄制组人员就被迫离开了。接着事情会变成这样：在每天结束的时候，摄制组人员只需向制片人汇报当天什么东西被拿走了，值多少钱，然后制片人就会照价赔偿。

而这种情况真的发生过。

你可能会说这种行为不道德，我同意这种说法；你可能认为这种做法很无耻，我也同意。但如果你觉得这是罕见的情况，我恐怕就不敢苟同了。

在依合同办事的时代，当然，明星们会按规矩行事。哦，可能贝蒂・戴维丝(Bette Davis)不会按杰克・华纳(Jack Warner)要求的那样出演某个角色，但是在那些日子里，电影拍摄费用超出预算的情况非常罕见。同样的道理也适用于当今的电视业。电视上的表演差的原因之一，是因为该行业偏爱雇用“一遍成”演员，即那些在第一遍就能把台词读得过得去的人。电视节目的摄制预算是受到严格控制的，制片人只有一定数额的资金来制作他们的节目。这样，一位引起麻烦的演员很快就会发现自己已经沦落到只能一直在郊区的晚餐剧院演出的境地。

我认为，从弗洛伦丝・劳伦斯第一次出现在演员表上开始，有关明星不端行为的故事就已成了好莱坞传奇的一部分。当这种事情发生后，它们将以惊人的速度传遍整个圈子。一天之内，你将听到半打与之相关的最新逸事。下面是四个这种故事。我仅在两个故事中提到了具体的人名，不是因为我喜欢“打哑谜”，而是因为涉及的演员最近去世了。

故事一：一个重要的海滩场景正在拍摄。一幢小屋已经在沙滩上建了起来，而天气，根据情节的要求，必须是阳光灿烂。这部电影的男主角也参与此次的拍摄。

第一天——有雾。无法拍摄。大家都很沮丧，并且浪费了很多钱。

第二天——有雾。再次无法拍摄，而且沮丧的情绪逐渐发酵。整个摄制组都很郁闷，导演因为浪费成本的原因都快被电影公司生吞活剥了。

第三天——是的，又是有雾，但这次好像轻了一点。而且随着时间的推移，进行拍摄的好时机总算快有了。只要雾气继续消散下去。

几小时过去了。天空显然开始放晴，整个摄制组赶忙各就各位。他们盯着天空，祈祷着出现阳光。

最后，太阳终于短暂地破雾而出——

而就在这段短暂的时间里，那位男明星跳进一辆沙滩车，然后沿着沙滩一路驰骋下去。整个摄制组转脸看向导演，在他们的脸上，导演看到了他们想说的话：做点什么。

导演显得很无助，将视线从摄制组人员身上移开，望向大海，沮丧的眼泪禁不住从他的脸上滚落。他站在那里，发誓绝不再与明星合作。

太阳消失，雾气再现。半小时后那位男明星也再次出现。他跳出沙滩车，而他并不明白为什么每个人看起来那么不高兴……

故事二：电影《霹雳钻》（*Marathon Man*，1976）在纽约彩排。

达斯汀·霍夫曼和罗伊·沙伊德尔（Roy Scheider）正准备彩排他们的第一场戏。霍夫曼演的是为他量身定制的角色，而且是两个角色中比较重要的那个，但是刚刚在《大白鲨》（*Jaws*，1975）中出演主角的沙伊德尔也是鼎鼎有名。

在故事里，他们扮演一对兄弟。霍夫曼扮演一位研究生。而沙伊德尔扮演的是霍夫曼崇拜的人，霍夫曼一直认为沙伊德尔在做石油生意，而实际上他是为政府工作的杀手兼间谍。

霍夫曼刚刚在公园里被抢劫了。他把这件事写信告诉了沙伊德尔。沙伊德尔怀疑抢劫并非偶然事件，坏人想要通过威胁他的弟弟来对付他。所以他从华盛顿过来看望霍夫曼。

晚上，霍夫曼正在睡觉。突然，他觉得公寓房间里还有别人，所以从床头柜里抓出手电筒，用它扫视房间，想要发现入侵者。在做这个动作时，他有一句台词：

霍夫曼

（用一种非常詹姆斯·卡格尼[①]式的语调说）

我有枪，你若敢动，我就把你的屁股打开花。

好了，开始彩排。模拟的场景准备好了。霍夫曼躺了下来，闭上眼睛，沙伊德尔模拟打开门的动作，跺了一下脚表示关门的声音，然后霍夫曼突然醒来，模拟找到手电筒的动作，说了上述的台词。

彩排结束。

霍夫曼说稍等一下，然后他转向导演约翰·施莱辛格（John Schlesinger），告诉导演他所扮演的角色在床头柜里放手电筒是不对的。

---

① 詹姆斯·卡格尼（James Cagney，1899—1986），因在二十世纪三四十年代好莱坞电影中扮演强盗、刻画罪犯的病态心理而驰名。

施莱辛格告诉他，我们稍后讨论这个问题，请继续彩排这个场景。

霍夫曼摇摇头。他觉得，床附近不应该有手电筒。

这时，如果不是一位明星在抱怨，施莱辛格或者任何导演都会告诉他，这是在浪费彩排时间，而彩排时间是很宝贵的，因为大多数电影都不会费心彩排。电影公司高管不喜欢彩排，因为他们隔天看不到样片的状况，认为这是一种资金浪费。我觉得他们错了。彩排能帮助省钱，因为你不必在整个摄制组都无所事事地站在周围的那种巨大压力下就能解决问题。在彩排进行时，电影公司高管会像已故的塞缪尔·高德温[①]那样，悄悄溜进公司里编剧们所在的区域，如果他没有听到打字机打字的声音，那么他就会不高兴。

但达斯汀·霍夫曼是一个大明星，而他不能被忽视。沙伊德尔安静地站在想象中的门口那里，等待着。

很多人在他们的床头柜里放着手电筒，施莱辛格努力劝说。

霍夫曼不是在扮演“很多人”，他在扮演贝比，而贝比不会在他的床头柜里放手电筒。

施莱辛格再次尝试：你刚刚被抢劫，你很烦，你在防范别人。

没用。

现在，导演发起了实际的攻势：我们需要手电筒光束在墙上形成的反射效果来增加这个场景的吸引力。

霍夫曼回答说，如果他无法进行表演，任何场景都没有价值，而他认为那个该死的手电筒的存在是不合理的。

发生了这些事情，沙伊德尔站在那里，静静地等待着。

接下来的事情可能是我对那个情景最深刻的记忆。顺便说一句，一个小时过去了，沙伊德尔安静地等待着，自始至终都保持着一个绅

---

① 塞缪尔·高德温（Samuel Goldwyn，1879—1974），好莱坞电影巨头，米高梅电影公司的创始人之一。

士的完美形象。

这时，正如上面说的，彩排意味着解决问题。而霍夫曼不仅仅是我遇到过的最好的演员之一，而且他还被认为是一个完美主义者。可能在他自己的心理准备中，真的想不出为什么他演的角色在床头柜中会放一个手电筒。

但那肯定不是当天结束时我在排练厅里的感受。我的感受是这样的：霍夫曼能够完美地证明任何事情的合理性，他是如此精于此道；在我看来，他不想要那个手电筒是因为害怕影迷会认为他是个胆小鬼。

我当时那样认为，现在也如是。但那是没人敢对明星提起的事情。

故事三：一部电影正在好莱坞的一间摄影棚里进行拍摄，而参与拍摄的女明星是世界头号影星。到了九点半，第一场戏的布景已经布置完毕。这位明星在她的房车里，第二助理导演在履行着他的职责之一：把这位巨星从房车接到片场。

他敲了敲房车的门，说道“好了”。停顿。

接着这位明星的发型师出现在门口，说这位明星还没有准备好。经验法则：相对于片场的任何其他人，女明星与她们的发型师和化妆人员更加亲近。男明星则倾向于与他们的化妆和服装人员待在一起。

不管怎样，第二助理导演回到了片场，带回了下面的消息：那位女士不过来。导演坐在他的椅子上等着。他们决定给她几分钟时间。

几分钟过去了。这回是第一助理导演去敲房车的门。发型师再次出现，说了和刚才一样的话。第一助理导演回到了导演那里，告诉他：“她不肯出来。”顺便说一句，我认为这可能是我最喜欢的明星故事。当然，这样挺离谱的，但是，最后事情发展得很搞笑，而且奇怪的是变得很人性化。

这回导演坐在椅子里，开始思索。她不出来是为什么？

他想到了一个很明确的答案：剧本问题；她不喜欢将要演的那场戏。他沉思了一会儿。他打开剧本，看着这场戏的剧本内容——

她曾告诉过他，她喜欢这部分内容。

不会是剧本的问题。

他开始想其他的可能。当然，这时他可以自己去房车那里，但觉得那么做可能是不对的。首先，这样有违规则，陪同那位明星到片场不是他的工作。导演是片场的当家人。那是他应该在的地方。再来，在规则之上有着微妙的和总是变化着的力量平衡。如果现在他去请她，就是他做出了让步。虽然仅仅是一点让步，但仍然是让步。而如果今天他让步了一点，天知道明天得做出多少让步。

但是，该死的，她为什么还不出来？

她是大明星，大家都知道她有脾气，但是她通常不会做这种事。

这时真正的答案浮现出来：她不肯出来是因为导演不让她看样片。在开拍以前他们就已经谈过这个问题。工作时，她习惯看样片，但是导演不想让她看。

原因如下：像她那样著名的演员，对自己的形象非常上心，而在第一周看了样片之后，她很可能迫使摄制组解雇摄影师，从而闹得满城风雨。

这位导演不想处理这种问题，所以在他开拍这部电影前，两人会面时，他建议让女明星当摄影师。她说不知道怎么做摄影师。他告诉她，那么，就让我们雇个能请到的、最好的且知道怎么做的摄影师，然后让他做这项工作。

她问，你是不是说我不能看样片？

他回答说就是那样的。

当时她是强势一方，而他可能因此被弃用。但是她让步了。因为一来她想要他来拍这部电影，二来他很年轻而且很红，不在乎是否会丢掉这份工作。

时间流逝。制片办公室知晓了片子一直没有开拍的情况。明星置身于她的化妆间里不肯让步。制片办公室打电话给电影公司的老板。电影公司老板打电话给他的高级副总裁，要求其处理该情况。

这样，高级副总裁来到房车那儿，敲敲门，自报家门，接着转动门锁——

只是他没能把门打开，因为门是锁着的。

从门里面传出了发型师的声音，说明星还没准备好，不能出来。

高级副总裁一溜小跑回到电影公司老板的办公室，接着老板决定自己出面让一切回归正轨。

但是她也没有因为电影公司老板的出现而打开门。仅仅是发型师说了一句“现在不行”。

电影公司老板、他的高级副总裁、电影制片人以及其他重量级人物围拢在像之前一样坐在椅子里等待着的导演身边。

他们的意思大概是这样的：如果你不能让她从房车里出来并去到片场，就是你的问题。因此，导演来到房车敲门，报上了姓名。

走开。

是我，他说。让我们谈谈。

很长很长的停顿。接着听到了打开门锁的声音，发型师开了门，招手示意，接着导演小心翼翼地走了进去。

在车里，他的明星已经无声地泪流满面。当他走向她的时候，她一头扎进他的怀里，情绪崩溃，痛哭流涕。他抱着她五分钟之久，他站在那里，抱着她的娇躯，她哭得难以自控。

在那五分钟时间里，导演意识到，他关于剧本和样片的想法都是错误的。这种程度的悲伤只能源于一种原因：她的婚姻破碎了。她曾经秘密地和另一位演员有染，很显然，她的丈夫已经发现了，她的丈夫曾是她事业的导师，而现在一切都破碎了。

导演尝试安慰她。“没事的。别着急。我支持你。我们可以聊聊。无论你告诉我什么，我都站在你一边，相信我。”他不断地安慰她，她不停地哭。但最终啜泣逐渐减轻；她至少能自控了些。

他抱着她，温柔地安慰着她。最后，她能够说话了。他问她是否愿意聊聊出了什么问题。

她点了点头。

好的，他说，发生什么事了？

接着，她支支吾吾地说出了让她痛苦的秘密：她的玩具贵宾犬前一晚死了。

作为一位喜爱动物的人士，导演告诉她说他能理解。

不，你不理解，她说，你一点都不理解。它是因吃东西而死的。

因吃东西？

这时她又哭了起来，但还能说话。她的玩具贵宾犬不是死于磨碎的狗食或 Ken-L-Ration 牌狗粮。实际情况是，作为奖赏，她给了它一大块多汁的羊排做晚餐，然后她走开了，让它享用美餐。

她的爱犬很显然被它的好运气冲昏了头脑，享用得太快了。它被骨头噎住了，明星和她的兽医都没办法救回它。明星不仅仅失去了她的宠物，而且还是因为她的错造成的，最开始她就不应该给它一块羊排。

接下来的一小段时间里，明星和导演聊了这条狗以及这是多么大的损失，导演觉得他们的谈话用词好像正在谈论一个去世的孩子。这挺荒唐的，但确实很令人伤感。或者说这很伤感，但确实挺荒唐的。

最后，他带着她走出了房车。但化妆人员又花了几小时才遮盖好眼泪给她脸妆造成的破坏……

在第四个也是最后一个有关明星行为的故事里没有眼泪。这是个有关愤怒的故事，并且被许多报纸报道过。故事从没被否认过。但这并没有让故事少一些流言蜚语，反而意味着事件可能真的发生过。

让我惊讶的是，这件事涉及的是那位最专业的演员，阿尔·帕西诺。在所有的明星中，他是那个一直坚持从事电影演艺事业的人，也是一位我认为自始至终非常杰出的人。电影业仍按着相当严格的原则在运行：如果你迟到或缺席了表演，立刻流言四起，这种情况几乎总会有损于影片的拍摄，有时造成的危害会持续到拍摄结束。

不管怎样，帕西诺当时在拍摄的是《欢喜冤家》(*Author! Author!*，1982)，而摄制组正在马萨诸塞州的格洛斯特拍外景。那是个冬天。

当时天寒地冻，气温很低。

整个摄制组已经准备好了拍摄。准备好了，却在等待。帕西诺待在他的房车里一个多小时了。终于他出现了，走进片场，觉得不喜欢片场的灯光。片场的灯光让他想起了早前主演的电影《虎口巡航》(*Cruising*，1980)的灯光。他想要更换灯光。

阿瑟·希勒（Authur Hiller）像现在正在从业的任何导演一样是很有绅士风度的人，但却发怒了。他对帕西诺说他很欠考虑，一百多号人已经在零下的温度里等着了。他说这些的时候语气很坚决。

帕西诺针锋相对地做出了强烈回应，训斥了希勒，召集他的随从人员，然后钻入他的豪华轿车，扬长而去。几个小时后他回来了，当时已经不可能再进行拍摄了。

我不知道这种行为将给这部电影的拍摄造成多大损失。可能有10万美元。我觉得至少有5万美元。无论这种行为给电影的拍摄造成了怎样的延误，你要知道，这笔钱肯定不是从阿尔·帕西诺几百万美元的薪资里扣出来补上的。

喜怒无常的明星们对电影编剧们的影响是无关紧要的。有时，如果一位明星太难打交道，电影公司可能不会选择其出演，尽管他或她可能是你所写剧本的理想演员。更多的情况是，如果一种有害的氛围侵蚀了摄影棚，如果关键人物除了通过中间人沟通外便互不理睬，电影的质量就会受到影响。这里没有规律可言。一些最欢快的片场制造出了最不欢快的结果，反之亦然。这种情况可能不会有损于你看到的电影，但这可能也不会带来什么好处。

一些明星的不当言行，花样百出，但总归于同样的原因：他们这样做是因为他们能这样做……

雷诺兹、伊斯特伍德与史泰龙

伯特·雷诺兹和克林特·伊斯特伍德不仅仅是美国（也可能是世界）最大牌的影星，他们远不止如此。1981 年的奎格利民意调查结果显示，他们创造了远超盖博、库珀、格兰特或任何其他电影明星的人气纪录。

雷诺兹连续四年被选为头号明星。只有五冠王平·克劳斯贝（Bing Crosby）占据榜首的时间比雷诺兹长。而按照雷诺兹职业之路的发展来看，当 1982 年的评选结果出来时，倘若他不能追平克劳斯贝的纪录，我会感到意外。

伊斯特伍德的纪录同样是非常杰出的：他已经连续十四年位列十大影星之一。约翰·韦恩受公众宠爱的连续时间更长一些，有十六年。但是鉴于伊斯特伍德看起来比其他明星的人气更稳固，同样，如果他不能一口气在三年之后超过韦恩的纪录，我也会感到意外。雷诺兹和伊斯特伍德可谓真正的现象级人物。

所以说，西尔维斯特·史泰龙（Sylvester Stallone）走的是一条不同的路。电影《洛奇》（*Rocky*，1976）的成功将他从任何有才华的演员都想要摆脱的默默无闻状态，提升到了全国最具人气的焦点位置。他是 1977 年的头号明星。

接着《拳头大风暴》（*F.I.S.T.*，1978）上映，一部大制作电影，票房却令人失望。随后他出演并执导的《陋巷风云》（*Paradise Alley*，1978）是一个灾难，但至少这是一部低成本电影。接着《洛奇 2》

（*Rocky II*，1979）上映。在刚过去的 1981 年，他的两部片子上映：《夜鹰》（*Nighthawks*）是另一部大制作电影，也再一次让人失望；最近的一部电影《胜利大逃亡》（*Victory*）制作成本很高，但却是一部彻底失败的片子。今年的奎格利民意调查甚至没有将史泰龙列入明星排行榜前二十五名，更别提前十名了。那么，在接连五部作品有四部在上映后没有受到观众的认可和欢迎的情况下，他的演艺事业将收获什么呢？

1000 万美元。

这笔钱是史泰龙编导演《洛奇 3》（*Rocky III*，1982）所得的报酬。你听说过这样疯狂的事情吗？你能相信那个数字吗？这可能是整个文明世界历史上付给演员的最大一笔钱。难道不疯狂吗？

我认为这是一种偷窃行为。

我在这一部分开头提到："如非例外，明星基本上毫无价值……"为了试着解释上面的话，我现在必须谈谈那个例外情况。

什么是例外？

嗯……这是……这是值得注意的事。

我的意思是那种情况总会发生，并不是孤立的现象。而我会尽力把"例外"解释清楚。

在谈论欧洲明星与美国明星的职业生涯时，保罗·纽曼这样说："美国电影人的一个困境是，美国的影迷似乎不太能够和不大愿意接受男演员或女演员有比较宽的戏路。影迷们有他们追捧和喜欢的套路，而那就是他们想要看的。"

在史泰龙的例子里，影迷们不在乎他扮演的劳工领袖或足球守门员角色。但是当他成为那个好斗的洛奇·巴尔博厄时，他们就会高兴地排队几小时来购票。

在我写这一章的时候恰逢3月，而《洛奇3》在夏季前不会上映。我还没有看过这部片子，也没听到过批评的声音。但是我认为这部片子一定能走红，就算比第一部更卖座，我也不会感到惊奇。我没有一个符合逻辑的理由，但是在近些年上映的各类电影续集中，《洛奇2》比任何一部续集都更像是一部翻拍作品。它和第一部的关系就像是同一首歌里重复了两次的主歌，只是换了歌词——第二部里，对决的最终决定是不同的。我猜像史泰龙那样精明能干的编剧，这一次将会带来一些创新元素。到本书出版的时候[①]，《洛奇3》可能已在有线电视上播放了，但是无论如何我不会修改这一段文字。所以让我们拭目以待，看看我能成为什么样的电影公司高管。

尽管史泰龙可能是一个极端的例子，同样的情况却也适用在我们另外两位超级巨星身上。伊斯特伍德在电影里必须有武打动作戏。当他不这样做，而像在《受骗》（*The Beguiled*，1971）或者最近的那部他自导自演的非常温馨甜蜜的《不屈不挠》（*Bronco Billy*，1980）里那样时，观众的数量就明显减少。比如，电影《不屈不挠》吸引的观众数量与伊斯特伍德的上一部影片《金拳大对决》（*Any Which Way You Can*，1980）相比，还不到后者观众数量的三分之一。当他是街区上那个最厉害的角色时，克林特·伊斯特伍德才真的是克林特·伊斯特伍德。

至于雷诺兹，四年时间里他一直是顶级影星，而只有当他把双手放在汽车方向盘上并经历非凡的冒险时，他才是雷诺兹。当他在《鸳梦重温》（*Starting Over*，1979）里扮演一个普通人，或者在《超级老千》（*Rough Cut*，1980）和《儿子是自己的好》（*Paternity*，1981）里扮演"加里·格兰特"[②]时，就算了吧。

---

① 本书英文版于1983年在美国出版。

② 加里·格兰特曾出演过如《金玉盟》（*An Affair to Remember*，1957）、《女友礼拜五》（*His Girl Friday*，1940）等经典爱情片，被外界誉为"好莱坞的大众情人"。

最后一个极端的例子：在长达四年的自我隐退时间里，史蒂夫·麦奎因收到了不可思议的工作邀请。他接连出演两部电影，每部三周时间，每周 100 万美元。一个半月的工作，赚了 600 万美元。他是一位国际明星。在那段时间，他拍了一部电影《全民公敌》（*An Enemy of the People*，1978）——

却没人要订票观看。我觉得这部电影在某地进行了试映，可能是在明尼阿波利斯，两周之内就下映了。

看在老天的分儿上，公众不想看麦奎因表演易卜生戏剧改编的电影。他们想看动作片，没兴趣看他演文戏。

我相信麦奎因在开拍《全民公敌》之前就清楚地知道这一点。就像我相信雷诺兹知道他的吸引力在哪里一样。那么，为什么他坚持尝试拓宽自己的戏路，为什么他不仅仅出演《横冲直撞斗飞车》（*Smokey and the Bandit*，1977）这样的电影呢？

我不认识雷诺兹，但是我对他的职业生涯很了解，我很确定以下这点：他是个严肃认真的人。1956 年，雷诺兹初登舞台，一年后因为出色的表现而在纽约的城市中心剧院出演《罗伯茨先生》（*Mister Roberts*）重演版。在那之后几年，他因为出色的表现而在《看，我们挺过来了》（*Look, We've Come Through*）中出演主角之一，这部剧是休·惠勒（Hugh Wheeler）写的，这位编剧优秀到赢得了不是一次而是三次托尼奖。

让我们看看雷诺兹曾经历过什么。他出演过沉闷的电视剧《江轮》（*Riverboat*，1959）、《雄鹰》（*Hawk*，1966）和《丹·奥古斯特》（*Dan August*，1970）。看看他早期的电影“佳作”包括了《印第安人乔》（*Navajo Joe*，1966）、《奇谋妙计三金刚》（*Sam Whiskey*，1969）和《鲨鱼》（*Shark!*，1969）。他有将近二十年的时间在挣扎中求生存，他去拍烂片，因为他只能那样做；现在，当他不必那样做时，为什么不演他喜欢的电影呢？至于为什么电影公司一而再地纵容他演他喜欢的电影的这一问题，我们在下一部分会谈到。

所以，就有了这种奇怪的“例外”，这根神经同时根植于全世界观众的头脑中。而当这根神经被挑动时，就像发现了一条金脉一样。当然，这是很美妙的事。但是，这也造成了某种程度的紧张局面，因为没人能预测这条金脉的富有程度，或其宽度，或其深度，或什么时候会枯竭……

所以，抛开这个例外情况，明星本质上是毫无意义的。电影公司的高管们知道——电影本身才是真正的明星。

但是他们非给达斯汀·霍夫曼400多万美元来出演《窈窕淑男》（*Tootsie*，1982）。在霍夫曼近期的三部电影中，《难补情天恨》（*Agatha*，1979）和《暗夜心声》（*Straight Time*，1978）票房惨淡。另一部电影是《克莱默夫妇》。因为这部电影他所获得的任何奖项都是应得的，但是不要告诉我如果雷德福或者尼科尔森扮演主角，这部电影就会大大逊色。电影才是明星。再说一遍，电影公司高管们知道那才是真理。他们绝对地、肯定地、从内心里百分之百地、在灵魂的深处知道这一点。

他们只是不相信这一点，仅此而已……

教 育

大多数的明星没有接受过很正规的教育。

我知道，这一点肯定听起来是一个匪夷所思和微不足道的插曲，但是请大家耐心听我说，否则的话我会努力说服你的。我知道芭芭拉·史翠珊念完了高中。我不确定霍夫曼或者明奈利是否读完了高中。我知道简·方达可能读了一年的大学，雷德福的情况也差不多，比蒂的情况也差不多，特拉沃尔塔的情况也差不多，尼科尔森的情况也差不多，其他很多人的情况也差不多。

这种情况并不意味着他们不聪明。我从来没有遇到过任何一位不聪明、不精明的明星，他们有着比我一生积累都多的街头生存智慧。

概括起来就是：早点入行。

当你很早进入电影行业，有一个对你以及所有人都适用的简单道理：电影事业将主宰你的人生。

当一位十九岁的年轻人在当代小说课上试图找出乔伊斯作品的象征意义时，一位十九岁的演员正在试图找机会面见一位经纪人。通常的情况是，他会想面见每一位他知道的经纪人。

当这位十九岁的演员参加一个盛大的戏剧活动时，他可能真的在想经纪人的事情，但是通常他在想的是那句剧场里的陈词滥调："我能演那个角色。"

一旦你入了行，这句陈词滥调将对你产生全面的影响。所以当我们的演员朗读一段台词的时候，他想的是"我要好好表现；我要超过他们；不，我不要像剧本里写的那样表演那场戏"。

他们在想象他们自己在扮演那个角色，以及那个角色可能如何让他们获益，以及他们能改变点什么透过角色让自己获益；因为入行早，那就是他们主要知道的。

如何利用角色让自己获益。

这与如何使整个拍摄计划像一个整体一样运转不同。至少在传说中，伊丽莎白·泰勒以不通读整部剧本，仅仅阅读自己的台词而闻名。没有人的职业生涯比她更富传奇性；可能她知道别人不知道的一些事吧。

现在，我们了解了明星的影响力。那种影响力最能体现在以下方面：不是你在银幕上看到的故事层面（那是由电影公司决定的），而是处理故事细节的方式上。

关于上述影响力如何影响电影编剧，我可以通过讨论下面的电影来给出非常典型的例子。

《霹雳上校》

纯粹从一位电影编剧的角度来说，作为必须与明星打交道的人，近年来没有哪个场景像电影《霹雳上校》（*The Great Santini*，1979）里的篮球戏那样让我震惊。我会尽力讲清那场戏的前因后果，以及为什么它让我如此震撼。

这部电影的编剧是刘易斯·约翰·卡利诺（Lewis John Carlino），故事源自派特·康洛伊（Pat Conroy）的小说，由罗伯特·杜瓦尔（Robert Duvall）、布莱思·丹纳（Blythe Danner）以及迈克尔·奥吉弗（Michael O' Keefe）主演（这三位主角的配置是世界级的）。杜瓦尔出演男主角，即一位优秀的海军陆战队战斗机飞行员，名叫布尔·米查姆。

但那是1962年，当时无仗可打。电影的开篇是在西班牙，我们看到米查姆出现在空战演习中，然后看到他和伙伴们将一家高档餐厅搞得一团糟。

布尔被派回国执行新的任务，他的家人们在机场迎接他。家人们包括了妻子丹纳、身为高中篮球运动员的儿子奥吉弗以及三个更年幼的孩子。在他们等待飞机滑行进入停机坪时，丹纳告诫孩子们，要安静地等着爸爸，因为他可能要验舱检查。但是当他走出来时，张开了双臂，孩子们跑向了他。

上面的场面并不意味着布尔不是个厉害角色。一家人开车到了一处新租的房子，在那里他大声训示他们要有规有矩，他叫他们“猪仔”。“听着，猪仔们——”是他标准的家庭欢迎用语。你能体会到他很在乎家人们，但那是来自演员以及人物内心的，而不是源自台词。

然后布尔去他的新岗位报到。我们了解了一些情况，主要说来，就是他没有获得晋升，而且调他过来的新上司不喜欢他。但是新上司调他过来是有原因的：那支海军陆战队中队腐化涣散，而新上司不想因中队的散漫表现错失晋升的机会。所以布尔要带领这支部队重振雄风。

布尔与这支中队见了面，进行了一场激情澎湃的演说，把下面的人吓坏了。他告诉他们："我不希望你们觉得我仅仅就是你们的指挥官。我希望你们看待我时就像看待……嗯……上帝那样。如果我说了什么，你们要假设那是来自火焰中的荆棘[1]。"他以下面的话作为结束语："你们现在和布尔·米查姆一起飞行，我不骗你们，这里就是暴风眼。"

接着就是那场篮球戏。

在他们租的房子后院，布莱思·丹纳和三个孩子高兴地坐在一起，看着杜瓦尔和奥吉弗在玩一对一单挑的游戏，第一个得十分的人获胜。一切都很祥和温馨，家人们高兴地在为不被看好的儿子加油。奥吉弗和杜瓦尔听着家人们带有些许嘲讽的善意的玩笑。奥吉弗拿到球，他做了假动作，然后投篮并得分。

一比零，儿子领先。

杜瓦尔拿球，运球，得分。

一比一平。

奥吉弗拿球，运球，闪过了杜瓦尔。就在他起跳投篮的那一刻，杜瓦尔猛推了他一把，把他推向了篱笆墙。家人们开始高喊"肮脏"，但是奥吉弗说"没有犯规"。尽管杜瓦尔使了小把戏，但奥吉弗的投篮还是进了。

儿子领先父亲，二比一。

接着画面淡出淡入：观众们再一次看到了比赛。

比分是八比六，父亲领先。

在杜瓦尔投篮时，他喊道："好吧，谁支持我？"答案马上见了

---

① 出自《圣经·出埃及记》。——译注

分晓：每个人都支持儿子。

这时，紧张的气氛逐渐凝聚。

杜瓦尔原本就比较野蛮的打法现在可谓变本加厉了。这是一场战斗，是他熟知的领域。而他正在赢得这场战斗。

这时，画面再一次淡出淡入。

比分是平局，九比九。

杜瓦尔拿球。“这场比赛的最后一投来了。”他说。他运球过人——

接着儿子从他手里抢断了球。

儿子边拍球边对杜瓦尔说话。他说，家里没有任何人在任何项目上打败过他，下棋上没有，多米诺骨牌上没有，垒球上也没有。

别刺激他，妈妈对着儿子叫道。

儿子仍在拍着球。他试着向篮筐移动，杜瓦尔将他挤开。他又试了一次，再一次被挤开。其他的孩子在为他加油——

接着，儿子对抗着另一次犯规的推挤，投篮，得分。

比赛结束，十比九，儿子赢了。

当妻子和孩子们跑向奥吉弗表达祝贺时，杜瓦尔站在那里，情绪沮丧地抛球。一个女儿走向杜瓦尔，说：“你打得很好，爸爸。”

杜瓦尔说：“在我敲掉你脸上的每一粒雀斑之前给我走开。”女儿的眼泪一下子喷涌出来，跑进了房子里。

接着杜瓦尔对儿子说，比赛还没有结束，你必须领先两个球才算赢。

儿子说没有那样的规则。

杜瓦尔坚持继续比赛。

儿子犹豫了，准备妥协，但是布莱思·丹纳走向杜瓦尔，说不要，他打败你了，别想着骗他了。

他把球扔向她，告诉她闭嘴，不然他会教训她一顿。

震惊、伤心袭来，她也跑进了房子里。接着他又训了留下来的两个较小的孩子，他们也跑开了。

球场上只有父亲和儿子面对面站在那里，站得很近。但是儿子改变了主意。现在他不想再继续比赛了，因为他的父亲表现得如此失态。

杜瓦尔说："妈妈的乖儿子，妈妈的乖儿子，打赌你就要哭鼻子了。"接着他拿起篮球，直接弹向儿子的额头，接住弹回来的球，再弹一次，第三次，一次又一次，每次都说："来吧，让我们看看你哭鼻子，来啊，哭吧。"

儿子非常不高兴，他转过身，走过父亲身边，走进了房子。但是杜瓦尔跟着他进了房子，然后跟着上了楼。每次他把球弹向儿子的脑袋，他都说："一、二、三，哭吧。一、二、三，哭吧。"在外面第一次将球弹向儿子时就绝不是出于爱的拍打。而且现在他真的扔得很用力，篮球不断地砸到节节退让的儿子的后脑勺上。"一、二、三，哭吧。"

最后，他们来到了儿子的房间门口。他们面对面地站着。"你是我最喜爱的女儿，"杜瓦尔说，"我最贴心的小女儿。"儿子最终爆发了，"这个'小女儿'刚刚狠狠地教训了你，上校。"然后闪进了房间想自己待一会儿。

很显然我的复述无法准确传达整个场景的力量感和感染力。但请相信我，整个场景精彩绝伦、感人至深，充满着家庭之爱，家庭挫折，家庭反目，以及传神表达情感转变的智慧，还有一个人如何不留痕迹地变成另一个人。随着年龄的增长和逐渐衰老，战斗不再是胜负的问题，而仅仅是战斗到底，否则誓不罢休。

我为卡利诺和康洛伊作为导演和编剧的才华而喝彩，我为丹纳和奥吉弗作为演员的才华而喝彩。但最重要的是，我为那个优秀的性格演员罗伯特·杜瓦尔而喝彩。因为如果你是一名编剧，写出了这个好场景，千万不能忘记一个简单的事实——

在这个世界上没有哪位大明星会扮演这样的角色。

为什么这么说？

两个原因：第一这个男人是个失败者；第二在输了后，这个男人是一个无情的混蛋。

现在，我和你们都知道了杜瓦尔扮演的布尔可以说是个英雄人物。在看电影时你会为他心碎。但是我们不是明星，而明星们也不那么想。

哦，明星不一定会坚持将这个场景从电影中删掉。但他们会做的是委婉地坚持一些微小的修改。让我们把这个场景分成两个主要的情节：比赛和赛后。先看第一个情节。儿子绝对是比赛的赢家。但是你需要在比赛开始前添加以下片段。

切至

杜瓦尔。他进入到起居室，手里拿着篮球。布莱思·丹纳静静地坐在一把椅子上。

杜瓦尔

嘿，布莱思，亲爱的。我想和咱们的大儿子玩一会儿一对一，出来看看吧。

（她没有说话，静静地盯着窗外，若有所思）

怎么了，亲爱的？出什么问题了吗？

丹纳

（她语带苦恼地脱口而出）

哦，博比[1]，我很担心儿子。他潜力无限，他能成为优秀的运动员。但每次他打学校的比赛，总会发生拖他后腿的事。

---

① 即罗伯特·杜瓦尔，英文里 Robert（罗伯特）常简称为 Bobby（博比）。

（她摇了摇头）

咱们儿子就是无法摆脱他不够优秀的想法。

杜瓦尔

一直以来的自卑，哈?

丹纳

我不知道他是否能最终摆脱它。

杜瓦尔

你觉得我对他太严厉了?

丹纳

不、不，你是个优秀的父亲。

杜瓦尔

你当然知道他从来没有赢过我。

丹纳

而且他永远赢不了你。

杜瓦尔

（一段长时间的停顿；接着，意味深长地）

哦，我没想过会这样。放心，我会想办法让他打败我的。

（他向她伸出了手。她犹豫片刻，抓住了他的手，向他笑笑，接着他们去到了篮球场。）

换句话说，明星会输掉比赛，但必须是在我们知道如果他想赢就能赢得比赛的情况下。只要他能向观众表达并让观众知道他仍是最强的人，就算他输了，他也很乐意那样。

而他就像你们预料的那样将会把球弹向儿子的脑袋。如果在他那样做之前你加入下面的片段：

切至

杜瓦尔。比赛后，他走进了厨房，给自己倒了杯冰茶。布莱思·丹纳静静地站在一个角落。

杜瓦尔

那孩子打得不错，把我打败了，哈，布莱思？这回他肯定会在学校的比赛里表现得非常出色的。

（丹纳什么也没说，而是静静地看着窗外）

有什么问题吗，亲爱的？

丹纳

哦，博比，我很担心儿子，他什么事都自己承受。他总是在隐藏克制，害怕暴露自己的想法。在他的内心中封锁着一个优秀的人。我很害怕他将永远不会袒露自己的情感，像是愤怒，或是任何情绪。

杜瓦尔

一直以来的压抑，哈？

丹纳

我不知道他是否能最终摆脱它。

杜瓦尔

你觉得我对他太专断了吗？

丹纳

不、不，你是一个完美的父亲。

杜瓦尔

当然，你知道，他永远不会在我面前发脾气的。

丹纳

而且他永远都不会。

杜瓦尔

（一段长时间的停顿；接着，意味深长地）

哦，我没想过会这样。放心，我会想办法让他生气的。

（他放下了他的冰茶，拍了拍她的屁股，然后走了出去）

然后这位明星将像你们想的那样走出去，将球弹向儿子的脑袋。如果你们也乐意看到的话，他激怒儿子的过程将持续很久。他会跟着儿子到他的房间，对他讲能想到的最伤人的话语。

因为现在我们知道了，他仍然是那个你们在约翰尼·卡森[①]主持的节目里爱上的纯洁优雅的男人。而当儿子最终向他怒吼的时候，嘿，好极了，我们知道他是为了儿子好才表现得那样刻薄。

下面是作为一名电影编剧必须了解和熟悉的基本知识之一：明星们是不会扮演差角色的，他们不会扮演有缺陷的角色，而你最好现在就知道这一点。当然，白兰度和帕西诺会在《教父》（*The Godfather*，1972）里扮演黑手党头目，但那些角色是讨人喜欢的黑手党头目。他们仅仅和邪恶的黑手党徒以及坏警察对抗；他们仅仅是要将家族产业发扬光大。如果你试着让一位大明星扮演一位真正的黑手党头目，就是那种以卖淫、儿童色情、海洛因和杀戮谋生的男人，对不起，朋友，这些角色是留给性格演员或者是过气演员的。或者也可能是给尚未成为明星的新手演员的。

---

① 约翰尼·卡森（Johnny Carson，1925—2005），王牌深夜访谈节目《今夜秀》主持人，曾采访了无数好莱坞明星。

当然德尼罗（Robert De Niro）会在《出租车司机》（*Taxi Driver*，1976）里扮演一个精神病患者。他扮演的这类精神病患者是具有冒着生命危险来拯救相貌平平的雏妓朱迪·福斯特（Jodie Foster）的美德的。

劳伦斯·卡斯丹（Lawrence Kasdan）是好莱坞最抢手（写出过《帝国反击战》《夺宝奇兵》）以及我认为最好（写出过《体热》）的年轻编剧，在最近的一次采访中说了一些很有见地的话：

> 如果我认定编剧就是我能做的所有事情，我便要不断地将这些表达爱的作品传递给其他人并让他们发生改变，只是我不知道我还能做多久……
>
> 电影上映了，但令人痛苦的是你写的电影并没有被拍摄出来；取而代之的是另外的一部片子。但是每个人都说这是你写的剧本，而他们无论如何都会因此而责备你。所以你承受来自两方面的痛苦，既来自内心，也来自外部。

很显然，那是真的，但是可能还不够深入。瞧，我们是奇才，我们在脚踏实地地工作着。我们能塑造从丘吉尔到匈人王阿提拉[①]那样的领袖人物，从卡鲁索[②]到弗洛伦丝·福斯特·詹金斯[③]那样的歌星，以及从莎士比亚到女演员贝弗利·艾德兰母亲[④]那样的作家等各种角色形象。

① 匈人王阿提拉（Attila the Hun，406—453），古代亚欧大陆匈人领袖。

② 恩里科·卡鲁索（Enrico Caruso，1873—1921），跨时代的意大利歌剧之王。

③ 弗洛伦丝·福斯特·詹金斯（Florence Foster Jenkins，1868—1944），20世纪早期美国女歌手，因糟糕的唱功、绝佳的娱乐才能颇受欢迎。

④ 贝弗利·艾德兰（Beverly Aadland，1942—2010）的母亲弗洛伦丝曾在1961年写作并出版了《大爱》（*The Big Love*）一书。书里面披露了其女儿与影星埃罗尔·弗林（Errol Flynn，1909—1959）之间的丑闻。

在编剧的世界里，你不仅仅在选择什么是可行的题材方面会受到严格的限制，而且你对题材的处理方式会受到明星影响力的巨大约束。

以上就是我为什么真的相信如果你毕生的事业就是写作电影剧本的话，你最终是要玷污你的灵魂的。你可能运气好而发了财，但是肯定不会很快乐。因为你将用你有限的时间做下面的事情：为完美的人编写完美的剧情。

而除了明星之外，还有更多的人为因素干扰着你的创作……

电影公司高管

电影公司高管是一群聪明且疯狂工作的男人和女人，他们与棒球经理人有一个共同点：每天早晨醒来就知道，迟早有一天会被解雇。而对于早期的电影业巨头来说，这种情况是不存在的。

哈利·科恩家族（the Harry Cohns）和路易斯·迈耶家族（the Louis Mayers）当年可以满怀信心地从事着他们的事业，除非他们自己选择退出。而他们当代的同行则身处一个完全不同的体系中：他们必须立竿见影地交出成绩，否则就会被淘汰。与整个 20 世纪 30 年代或 40 年代的情况相比，在如今的任何一年里都可能出现更多的高管职位变动。

长期背负着与日俱增的压力，他们做出的每一个“开拍”决定都是一种折磨。其中的一个原因是，如今在好莱坞没有人愿意拍电影。1982 年 6 月时，电影开拍的数量相比一年前减少了整整一半。

“开拍”的决定对于电影公司高管来说是极其重要的。他们对银幕上要放映的内容负有责任，但他们在决策过程中没有过于担心饭碗能否保住，可能是基于整个电影业最重要的一个事实：

<u>没人心里有谱。</u>

如果说本书要分为上下两部分的话，那么在第一部分里，我想强调的就是这句话。实际上，在本书的下半部分中，我还想要强调另外一点，不过我会等到讲《虎豹小霸王》时，再展开详谈。

为了强调再说一次——

<u>没人心里有谱。</u>

在整个电影行业中没有任何一个人知晓什么因素能确保成功。每次都是在猜测，而如果你幸运的话，就能做出有根据的猜测。

他们不知晓电影结束拍摄后的情况：歌手 B. J. 托马斯（B. J. Thomas）的经纪团队在电影《虎豹小霸王》第一次内部试映后对托马斯参与的《雨滴在我头顶落不停》[①] 这首歌感到非常不满。其中一个人说了不止一次，“这首歌会害了 B. J. 托马斯的”。

电影《星星星》（*Star!*，1968）的首次试映取得了巨大的成功，以至于理查德·扎纳克取消了所有的后续试映并打电话给他的父亲达里尔·F. [②] 说：“我们要回家了。试映的效果要比《音乐之声》（*Sound of Music*，1965）好多了。”

《音乐之声》是当时电影史上最受欢迎的影片，而电影《星星星》接着成为二十世纪福斯公司（20th Century-Fox）的“埃德塞尔”车 [③]：虽然理查德·扎纳克有着和行内任何人一样的对商业电影的敏锐嗅觉，但无论他们怎样推广，改变宣传标志，或改名，就是没人来看。

高管们在电影开始拍摄时也不知晓情况。扎纳克的合作伙伴大

① 最终，《雨滴在我头顶落不停》（“Raindrops Keep Fallin’ on My Head”）拿下了 1970 年第 42 届奥斯卡的最佳原创歌曲奖。

② 扎纳克父子［达里尔·F. 扎纳克（Darryl F. Zanuck，1902—1979）和理查德·扎纳克（Richard Zanuck，1934—2012）］均是好莱坞著名制片人，二人制作的电影分别曾拿过奥斯卡最佳影片奖。

③ 埃德塞尔（Edsel）是福特公司的一款滞销车型。

卫·布朗（David Brown）曾说过："我们不知道《大白鲨》是否会成功，但是我们对于《魔岛生死劫》(*The Island*，1980）没有丝毫的怀疑。那是一个巨大的打击。每件事都很顺利。剧本没问题。每一位看过剧本的演员都说没问题。直到开拍几天后我才了解一些情况。有一天我在一家书店里碰到了卢·瓦泽尔曼，我问'电影进行得怎么样了？'而他说，'大卫，他们不想看到这部电影。'"

"他们不想看到这部电影"，可能是这个行业里最令人不寒而栗的一句话了。

现在，如果最优秀的一批人在内部试映时不知晓情况，在电影拍摄时也不知晓情况，你最好相信，高管们在努力做出同意或不同意开拍的决策时也不知晓情况。他们试着提前三年预测观众的欣赏口味，而那是不可能的。

很显然，我请求你们相信我上面的话，而你们没什么理由真的相信我，因为你们可能想到像《夺宝奇兵》那样的电影，我承认那是一部不同寻常的电影。

在本书写作时，《夺宝奇兵》是史上最卖座影片的第四名。我不认为任何一部电影有那样的影响力。这部片子差不多是乔治·卢卡斯（George Lucas）的智慧结晶，由史蒂文·斯皮尔伯格（Steven Spielberg）执导，这两位可谓电影业中毫无疑问的年少得志的精英人物，参看《星球大战》《大白鲨》等影片，可能你们都了解。但是你们知道《夺宝奇兵》的剧本曾被拿给每一家电影公司看——

而他们全都拒绝拍摄吗？

只有派拉蒙公司（Paramount）同意了。

为什么派拉蒙公司说可以呢？因为没人心里有谱。而为什么所有其他的电影公司说不行？因为没人心里有谱。为什么最大的电影公司环球影片公司拒绝了《星球大战》？当所有的后续电影、相关玩具、相关书籍以及电视游戏的收益相加时，这个决定可能让他们损失了超过 10 亿美元。因为没有人，没有人 —— 现在没有，以后也不会有 —— 知道哪怕一点点，到底什么因素对于增加票房是有用的，或没用的。

高管们需要应对的另一件痛苦的事是，没有常胜将军。最近一篇报纸文章提到了其他的电影公司是如何幸灾乐祸地看待哥伦比亚公司（Columbia）身上发生的事情的。

哥伦比亚公司曾是一间经营状况极佳的公司，但是这时电影《安妮》（*Annie*，1982）大大超出了预算，另一部耗资巨大的动作电影也不会同时停拍。每个人都知道《窈窕淑男》的片场不是你希望度过夏季假期的地方。

因此他们放弃了拍摄电影《E. T. 外星人》（*E. T.*，1982）。

哥伦比亚公司曾经想拍这部电影，花了 100 万美元运作这个项目，但他们做了一个调研，发现这部电影的潜在观众可能会非常有限，以至于电影公司很难赢利。所以他们放弃了它。环球影片公司捡起了它，因此可能赚回了他们因为放弃《星球大战》而损失的那 10 亿美元。

大卫·皮克（David Picker）多年来一直是一位优秀的电影公司高管，一次他对这种现象发表了自己的想法："如果我对所有我拒绝拍摄的电影说可以，而对所有我同意拍摄的电影说不行，最后出来的结果应该是一样的。"

在任何情况下，别去试图搞明白为什么电影公司高管们会得失眠症。这与他们所从事的行业领域有关……

谁是电影公司高管?

现今，电影公司高管大多数是经纪人。

前经纪人，更准确地说。写这本书时采访的许多人都觉得，经纪人做电影公司高管相比任何其他因素都更应为好莱坞今天的困境负责。我不确定自己是否认同这个结论，但是我可以概括一下其背后的逻辑。

让我们从一些与经纪人有关的笑话说起，在好莱坞总有关于经纪人的笑话，而我最近听到的一些是这样的：一位病人去看外科大夫，想做心脏移植。外科大夫说："我给你个选择。你可以选一位二十五岁马拉松选手的心脏，或者一位六十岁经纪人的心脏，你想要哪一位的？"病人回答道："很容易选，给我移植那位经纪人的心脏。"外科大夫目瞪口呆，问道："为什么你选六十岁的经纪人的心脏，而不是二十五岁的马拉松选手的呢？"

病人回答道："我想要一个从来没有使用过的。"

还有这个：一位经纪人和一群其他乘客一起乘坐一艘在危险水域行驶的船，经纪人掉到水里了，而在大家采取救援措施之前，一条大鲨鱼游了过来，当那条鲨鱼距离经纪人只有 1.8 米时，它突然转身朝另一个方向游去。一位乘客说："你们看到了吗，你们看到刚才发生什么了吗，那是上帝显灵啊。"而另一位乘客回答道："那不是上帝显灵，那是鲨鱼对待同行的职业礼节。"

所有关于经纪人的笑话都是基于同样的前提：经纪人让人觉得没有人情味。实际上，我很认真地说，这不是真的。大多数我接触过的著名经纪人是非常值得尊重的人。

但人们大概可以对经纪人做一个合理的概括，就像这样：他们主要的兴趣不在艺术作品上，而是在做交易上。这不是批评，这是基本的逻辑：如果一个人以他的客户收入的百分之十为生，客户的收入越多，他的收入就越可观。那是他作为一名经纪人的工作。

但是当他换了职位时，那就不是他的工作了。

经纪人成为电影公司负责人主要是因为一个原因：没有其他人愿意担任这个职位。这是个很困难的工作，一周七天的工作，从早到晚的工作，被仍是经纪人的经纪人刁难的工作。这是要处理不断增加的成本的工作，又是被公司董事会因为成本太高而大声责难的工作。

所以说，为什么经纪人要承担这样的职责？因为，从各个方面来说，做高管比做经纪人要强。他们会有更大的权力，通常也会有更高的收入。

所以当一位前经纪人经营电影公司时，我们能说他些什么？很多好话。他很勤奋。他非常精明。他在行业内的人脉很广。他对于如何经营公司非常在行。

一般说来，他所不了解的是热情。

就像在过去的日子里，他不像关心交易那样关心电影本身，同样的情况现在也在发生。他很可能从来没有参与过电影拍摄，没有写过剧本，没有做过制片，也肯定没有执导过电影。人们整天拿着各种计划书来找他，“我一定要拍这部片子。你必须给我一个机会”。经纪人过去没有做过这种工作，只能从两个渠道获取帮助：一从明星那里，因为他之前就了解他们；二从电影公司的商务部门，即那些负责电影营销的人。因为他们从来没有关心过热情这种东西，且因为他们至少在理论上知道什么好卖什么不好卖。我们知道没人心里有谱，商务部门的人也清楚这一点，但是很显然，如果他们承认这一点，他们就会被公司开除；我的天啊，如果他们都不知道的话，那还要商务人员干什么呢。

商务人员确实知道一件事：他们能够提前预订到哪些电影院来上映他们的片子。电影院老板们通常直到很晚才能看到他们买来的电影，所以如果早早地让他们在一部史蒂夫·马丁（Steve Martin）的歌舞片和一部关于两个英格兰男人参加 1924 年奥运会赛跑项目的电影之间进行选择，理性思考会决定他们的倾向。

我觉得可以这样说，相比好莱坞历史上的任何时期，当今是商业模式占统治地位的时代。商务人员与每一家电影公司可能计划拍摄的项目保持密切联系，他们说了算。绝对说了算。在过去，一位电影公司老板可能会说，“让我们拍那部该死的电影，希望那些商务人员知道怎么卖掉它”。

这些话在今天可就没那么绝对了……

三个用 S 开头的词

好莱坞向来是一个讲究等级制度的地方。一位资深人士告诉我：“当我是每周赚 1500 美元的编剧时，我不与每周赚 750 美元的人合作是可以理解的。而能赚到 2500 美元的人也不希望我给他们添乱。而其他的职业也是同样的情况。顶级导演认识顶级导演，大明星不会和无名之辈混在一起。哦，可能他们会让他们帮着打打杂，但是一旦出席重大的社交场合，就没有打杂的一席之地了。”

当然这个道理对于电影公司高管们也是适用的。他们愿意相互结交，因为他们可能同时在同一个机构工作。自然而然地，他们会相互竞争。出于这种情况，他们就要依靠明星了。这种需求可以分成三个方面，可以用三个以 S 开头的单词表示。

第一个 S 开头的词：社会地位（Social）

不止一位电影公司高管或者他的太太漫不经心地提到，“刚刚和伯特达成了两部电影的合作意向”或者“克林特刚刚签了约，我们 4 月份开机”。这么做是很重要的。在一个鸡尾酒会上，如果没人和你聊天，那会是非常令人沮丧的。

对社会地位的深切需求不是出自个人，而是出自电影公司本身。

举个例子：当亚瑟·克里姆团队（Arthur Krim group）脱离联美公司（United Artists）另组奥利昂公司（Orion）时，行内传言满天，说新的联美公司风光不再。这种传言对联美公司非常不利，因为那意味着一部电影的"创作核心"——明星、导演、制片人——可能不再带着他们的项目来找联美公司。补充一句，现今的电影公司不再发起项目。一个整体的项目会被一起提交给电影公司，电影公司将决定是否投钱。电影公司放弃研发电影项目这一核心工作，是好莱坞的一个重大变化。

不管怎样，联美公司被抛弃了。因此他们做了什么作为反击？他们以破纪录的250万美元买下了盖伊·塔利斯（Gay Talese）的书《邻人之妻》（*Thy Neighbor's Wife*）。这是绝佳的宣传手段，联美公司宣布基于该书将制作两部而非一部电影。他们迄今为止还什么也没制作出来，而且好像以后也不会制作出什么来了。

使得购买塔利斯的书一事出名的不仅仅是不可思议的价格。《邻人之妻》在出版前就已闻名遐迩，而购买该书背后的逻辑是，以这样的价格买下这样一个资产，你一定是给出了高于其他买家的价格。我的意思是，你给出250万美元的理由一定是别人给出了240万美元的开价。

然而，传言说没有其他任何人出任何价格购买塔利斯的书。

联美公司出高价基于两个原因：第一，很显然是为了获取那本书的版权。但是最重要的是第二：他们在向好莱坞宣布，"嘿，我们还在这里"。可能联美公司有办法以实际花费的一半或少于一半的价钱买下这本书。但那样就达不到目的了，他们需要炒高价格。那样就会让他们重新回到与同行一样的地位上。

一个更令人遗憾的寻求社会平等地位的例子是奥利昂公司的人做出的。他们也需要证明自己仍然举足轻重，所以进行了一些数额巨大的交易。其中包括他们授予约翰·特拉沃尔塔（John Travolta）任何他为他们拍摄的电影的管理权。特拉沃尔塔当时大概二十五岁，出演过两次主角。给一个如此缺少经验的人管理权注定会辜负奥利昂公司破釜沉舟的努力。至少对我来说这是很遗憾的事，因为在联美公司时他们可能是业界最顶尖的团队。但对他们来说这样做可能也是值得的，因为他们之后就可以说，“大家看，我们有了约翰·特拉沃尔塔”。

第二个 S 开头的词：快速有效（Shorthand）

当你有明星助阵时就能加速事情的进展。如果你说，“我们正在拍一部戈尔迪·霍恩主演的电影”，你不需要继续说了，演员已为影片定下了基调。如果你说在拍《烈火战车》（*Chariots of Fire*, 1981），你将还要继续不断地解释正在谈的究竟是什么。

这种快速有效的表达对电影公司里的商务人员来说特别有帮助。

刚刚过去的假期档，联美公司上档了四部电影。顺便说一句，这是不同的联美公司团队，不是买下塔利斯书的版权的那些人，那些人很快就离职了。四部影片的明星阵容强大并易于推广：“我们有彼得·福尔克（Peter Falk）出演的粗俗喜剧片，有理查德·德莱弗斯（Richard Dreyfuss）出演的百老汇大片，莱蒙和马修[①]再次一起与比利·怀尔德（Billy Wilder）合作，还有史蒂夫·马丁出演的一部歌舞片。”

有了像这样阵容的作品，难怪联美公司能够在全国最好的电影院获得难以置信的排片。有了难以置信的排片，联美公司能取得怎样的成绩呢？这四部 1981 年上映的电影《加州玩偶》（*All the Marbles*）、《不要活下去》（*Whose Life Is It Anyway?*）、《患难之交》（*Buddy, Buddy*）和《天降财神》（*Pennies from Heaven*），大概损失了至少 5000 万美元，也可能多达 7500 万美元。

但是他们接到了电影院的排片预订。这对电影公司的商务人员来说是非常重要的事情。我们应该对买了四部电影的电影院老板感到不

① 此处指的是杰克·莱蒙（1925—2001）和沃尔特·马修（1920—2000）。

可思议吗？当然不应该，如果不那样做的话，他们就是失去了理智。我们应该对那些电影的惨败感到不可思议吗？可能性很小。很显然，这是事后诸葛亮，永远不会有错。再说一次，没人心里有谱。但是这四部电影的每一部都有一个很严重的问题。让我们按它们上映的顺序逐一说说。

先说彼得·福尔克主演的电影《加州玩偶》。从剧情概述上看依旧很精彩。这是部粗俗喜剧片，在片中福尔克扮演两位美女的经理人，她们是职业摔跤队的搭档。故事大部分时间发生在一个破败的小镇上，福尔克以惯有的骗子形象登场。没有人比彼得·福尔克更适合扮演卑劣的角色了。

问题是这部电影把职业摔跤太当真了。我们知道布鲁诺·萨马蒂诺[①]是一个常胜将军。当他走进摔跤台时，可能被猛揍，可能被打得几乎失去知觉。但是无论如何，他都会取胜。职业摔跤是否真是事先排练过的，我不知道。但是比赛的结果毋庸置疑是事先安排的。

《加州玩偶》中每场比赛的水准都好像是目标直指超级碗职业美式足球的季后赛那般。我们被要求相信电影里的比赛不是事先安排好的假比赛，是比美国两大棒球协会中胜队之间的年度棒球冠军联赛的第七场比赛还要激烈的比赛。观众会认可这个假设吗？当我观看这部电影时，我想他们显然并不买账。

再说理查德·德莱弗斯主演的电影《不要活下去》，这当然是百老汇的一部著名剧目：汤姆·康蒂（Tom Conti）因为出演这个剧赢得了托尼奖，而后，随着铺天盖地的宣传，玛丽·泰勒·摩尔（Mary Tyler Moore）出演该剧，也因此获奖。但它从来不是一部商业角度的卖座剧目。我从来不认为哪一周它会有演出票全部售罄的情

---

① 布鲁诺·萨马蒂诺（Bruno Sammartino，1935—2018），两届美国职业摔跤赛冠军。

况。它获得的评价很高，改编的电影也一样，问题可能出在题材上。《不要活下去》讲述了一位年轻雕塑家的故事，他因一次车祸而彻底残废，脖子以下不能活动。故事是关于他要争取自己被杀死的权利的内容。《荣归》（*Coming Home*，1978）也是有关残疾人的题材，票房却很好。但那是一个浪漫的爱情故事。而《不要活下去》的广告无论如何努力想告诉观众那是探讨生命的影片，但实际上它看起来并不是。《拳头大风暴》的广告想告诉我们那不是一个关于工会组织者的故事，而是在讲述一个男人的经历。但是，那个男人是一个工会组织者。而《不要活下去》讲述的是有关死亡的故事。观众会喜欢这样的题材吗？可能观众会把它看成一部很奇幻的影片，就像《天堂可以等待》（*Heaven Can Wait*，1943）一样。但把它看成写实的片子？他们不会的。

说说莱蒙、马修和比利的喜剧《患难之交》。莱蒙和马修是一对绝佳的喜剧组合[①]，他们在1968年上映的电影《单身公寓》（*The Odd Couple*）中的表演非常成功。而比利·怀尔德呢？毫无疑问，他是一位优秀的导演，非常擅长喜剧题材。在五年时间里，他拍了诸如《龙凤配》（*Sabrina*，1954）、《七年之痒》（*The Seven Year Itch*，1955）、《热情如火》（*Some Like It Hot*，1959）以及《桃色公寓》（*The Apartment*，1960）等喜剧作品。但他上一部成功的作品是《爱玛姑娘》（*Irma la Douce*），那是1963年的事了。问题来了：他们的商业技能能再显神通吗？唉，不能了。

最后说说史蒂夫·马丁的歌舞片《天降财神》。马丁是年轻人崇拜的偶像，他之前的唯一一部电影《大笨蛋》（*The Jerk*，1980）曾是最成功的喜剧电影之一。我认为马丁和理查德·普赖尔（Richard Pryor）是行业内两位最顶尖的喜剧演员。

---

① 自1966年《飞来福》（*The Fortune Cookie*）起，两人先后合作了11回。

但是《天降财神》是一部歌舞片。它本来就不应是一部搞笑片。故事设定在经济大萧条时期，马丁扮演一位贫困潦倒的歌手，最后因为谋杀而被判入狱。演员在剧中唱歌仅仅就是对口型，真正的声音全是经济大萧条时期的真实录音。

所以，对该片的关注重点自然就落到了舞蹈上。而一个明显的事实是史蒂夫·马丁不太会跳舞。哦，他努力了，他跳出了舞步，很显然他很卖力地学习如何成为一位职业舞蹈演员。但是那就像小熊跳舞，不是能不能做好的问题，而是他到底能不能做的问题。真实的情况是，历史上还没有一部百老汇音乐剧会因史蒂夫·马丁的优秀表现而让其成为歌舞表演团队的一员。

问题是：你能在主角无法打动你的情况下让一部歌舞片成功吗？我碰巧不这么认为。如果金·凯利（Gene Kelly）或阿斯泰尔（Fred Astaire）来出演，《天降财神》可能会表现极佳。和我一起看这部电影的观众从一开始就拼命地想喜欢它，而在演出结束时，那些坚持看到最后的观众都低头无语地离开了。再说一遍，这是事后诸葛亮。我觉得如果我是审批这些项目的电影公司高管，我也会全部批准的。可能它们上映时的表现不好。但是它们肯定乍听起来很棒……

第三个 S 开头的词：救星（Salvation）

如前所述，对于电影公司高管的职业生涯来说，他们始终知道自己可能被解雇的结局。而同样如前所述，当那一刻到来时，他们会“成为独立制片人”，既容易又划算。所以为什么那些高管在乎电影成功与否呢？因为这里有一条警示名言：他们作为高管的成绩越好，他们的职业生涯就越长，当他们被解雇时能为自己争取到的利益就越大。而联美公司的《天堂之门》制作团队在被解雇时，没有人获得优厚的待遇。

所以，对于电影公司高管来说，至少在短期内取得成功是非常必要的。

而既然没人心里有谱，既然现今的电影公司高管对于自己创造性的直觉没有很大信心，因为他们从来没有过创造性，为了寻找救星，他们转而求助于让他们登上今天职位的人：明星。

如果你的成绩中有一系列的低成本高票房电影，就像最近弗兰克·普赖斯[①]在哥伦比亚公司做到的那样，你必然意气风发。但如果你只有一系列低成本但不卖座的电影，你不仅仅会被认为很失败，而且还会祸不单行：不仅仅你的电影被淘汰，你甚至无法引起“独立制片公司”的注意。

嗯，你不能陷入那样的境地。这就是为什么每一位将要被解雇的电影公司高管的哀求都是一样的内容：“你不能这样对我，我帮你拍了查尔斯·布朗森的电影。是我签下了史泰龙。瑞恩·奥尼尔（Ryan O' Neal）能演这部电影就是因为我们私交很好。克里斯·克里斯托弗森（Kris Kristofferson）觉得我很有创意。詹姆斯·卡安（James Caan）亲自告诉我他愿意再一次和我合作。唐纳德·萨瑟兰（Donald Sutherland）也是这么说的。查克·赫斯顿（Chuck Heston）也是。丽莎[②]、阿里[③]和我是好朋友。李·马文和我曾共进晚餐。还有……”——

解雇的利剑总是无情落下。

电影行业的人总要面对一个现实：明星们是被那些要尽力保住自己工作的电影公司高管们推向成功的。

---

① 弗兰克·普赖斯（Frank Price），编剧出身的电影公司高管。二十世纪七八十年代，他在哥伦比亚公司期间制作了大热电影《克莱默夫妇》、《甘地传》（*Gandhi*，1982）和《窈窕淑男》等。

② 指的是演员丽莎·明奈利。

③ 指的是演员阿里·麦格劳。

一次性现象

正如我们看到的，电影公司高管要对我们在银幕上看到的电影负全责。我肯定哪怕是最大牌的明星也有虽然钟爱却无法拍摄的题材，例如简·方达曾经尝试多年想拍一部关于工业癌症的电影。我们也注意到，高管和我们其他人一样也不清楚什么东西靠谱。但有一件靠谱的事他们绝对清楚，那就是过去已经奏效的模式。这也是为什么你可以说电影就是寻找过去的辉煌的原因。

"该死，如果我能让理查德·普赖尔和吉恩·怀尔德（Gene Wilder）再次合作[①]，我的职位就安全了。"我知道这样一个项目，一家电影公司为制片人买下了一本书，然后改编成了剧本，深受公司青睐，只是他们希望在下一稿剧本中进行一个小小的改动：主角需要从白人变成黑人。为什么？因为理查德·普赖尔又火了，这就是原因。

他们从会计那里了解到过去什么是靠谱的，他们能告诉你原因。下面是1981年上映的票房收入达2500万美元的电影名单。

《夺宝奇兵》……$90,000,000
《超人2》……$64,000,000
《杂牌军东征》……$39,000,000
《金拳大对决》……$39,000,000
《亚瑟》……$37,000,000
《炮弹飞车》……$35,000,000
《四季》……$26,000,000
《007之最高机密》……$25,000,000

① 二人是二十世纪七八十年代著名的"黑白"搭档，合作了成功的喜剧片《银线号大血案》（*Silver Streak*，1976）和《油腔滑调》（*Stir Crazy*，1980）等。

当问一位电影公司高管对上述成就的评价时，他会说：“《夺宝奇兵》？很棒的冒险电影，很棒的特效，卢卡斯和斯皮尔伯格也很棒。很棒的冒险电影总是能大赚一笔。《亚瑟》是很棒的爱情喜剧，很棒的喜剧总是有一席之地的。观众爱上了达德利·摩尔。剩下的片子基本都是其他大片的续集，而续集往往票房都不错。《超人 2》是一部续集，伊斯特伍德的片子也是，邦德的电影也是，《杂牌军东征》（*Stripes*，1981）和《肉丸》（*Meatballs*，1979）差不多，比尔·默里的喜剧总是有市场的。《炮弹飞车》（*The Cannonball Run*，1981）是对雷诺兹《横冲直撞斗飞车》系列的模仿作品。无非就是这些了吧？”

嗯，差不多就是这些了，但《四季》（*Four Seasons*，1981）怎么样？

接着我虚构出来的那位高管会说：“那是阿伦·阿尔达和卡罗尔·伯内特（Carol Burnett）的片子。他们有很多影迷。”

这时你语带尊重地指出，如果他们有这么多的影迷，为什么他们之前的电影几乎全都是失败的作品？

接着他沉默了好长一段时间，随后你听到了他的最终答案：“《四季》那是‘一次性现象’。”

记住这个措辞。

当然，它的意思是：那是反常情况，那是侥幸成功，那是一辈子只有一次的事件。其更深刻和更重要的意思是：“走开，伙计，你打扰我了。”那是个一次性现象，没必要考虑它。

而为什么他们不想考虑它？因为一次性现象太令人恐惧了。高管们要对制作的电影负责，他们可以忍受制作的电影不卖座，但是若他们对负责的电影没有概念的话，嗯，那可不得了。

为什么没有模仿《克莱默夫妇》的作品？电视节目做过一些，但是好莱坞没有。因为《克莱默夫妇》是个一次性现象。《普通人》（*Ordinary People*，1980）也是这类作品。

《四季》没有什么卖点。没有电影明星助阵，没有暴力内容，它甚至不怎么搞笑。这部好电影讲述的就是友情，仅此而已。所以它的成功让电影公司的人既郁闷又害怕。他们的观众们不应该消失。事实上，在影片刚上映的时候，他们没有消失。那究竟谁消失了？

在好莱坞很多人议论《音乐之声》的观众究竟是怎么了。我是指二十五岁以上的成年观众和十二岁以下的儿童观众。高管们叫这部分为“失去的观众”。他们消失了，就是那样消失了，随风悲泣一般，再也没有回来，永远地被留在了起居室的电视机前。而他们却愿意长时间离开家去看《四季》。

还有一个上面没有提到的1981年的热映影片，因为当年它上映得太晚以至于影响了它的知名度。我写这本书时是3月份，而电影《金色池塘》的最终成就还不确定：它在即将到来的奥斯卡颁奖礼上的表现将对其票房产生影响，还有口碑的影响也不能忽视。但是《金色池塘》已经比詹姆斯·邦德系列电影《007之最高机密》（*For Your Eyes Only*，1981）更加出名了。它的票房也超过了雷诺兹、伊斯特伍德和比尔·默里的电影。实际上，它的票房可能赶上《超人2》，成为美国历史上最受欢迎的十五部电影之一。

自然而然地，它是一个一次性现象。

拍得很离谱，他们会告诉你。亨利和赫本，简和亨利[①]，就是其所有的故事。

我并不这样认为。基于对那三位演员的演技和魅力的认可，我认为如果用同样水平的演员出演，比如吉米·斯图尔特和贝蒂·戴维丝，以及苏珊·萨兰登（Susan Sarandon）演他们的孩子，那部电影同样会很成功。或者吉米·卡格尼或弗雷德·阿斯泰尔搭档艾琳·邓恩（Irene Dunn）或英格丽·褒曼，由布莱思·丹纳或茜茜·斯派塞

① 此处指《金色池塘》三位主演亨利·方达（1905—1982）、凯瑟琳·赫本（1907—2003）、简·方达。

克（Sissy Spacek）演女儿，效果也一样。

当我观看《金色池塘》时听到了很美妙的声音，那种声音我已经多年没有在电影院听到了，来自中年观众的笑声。而你将不会在以后听到他们那样的笑声。你知道在过去的几年里电影公司制作出了多少《美国风情画》（*American Graffiti*，1973）的拷贝吗？或者多少《月光光心慌慌》（*Halloween*，1978）的？或者多少《洛奇》的？多得不得了。而《金色池塘》可能比以上任何一部的拷贝都多。我肯定他们不会轻易让它下架的。

因为它的出现意味着对商业电影构成元素的一次完全大起底。而那是令人惊惧的，还是制作拍摄《猛龙怪客 23》（*Death Wish XXIII*）容易轻松多了。

当我为写作本书而进行采访时，我遇到的可能最令人沮丧的评论，是一位杰出的电影人说的，他告诉我为什么《金色池塘》能够榜上有名。他说："那是因为它里面有简·方达。"

现在，简·方达是一位巨星，但是在《金色池塘》纽约首映后的两周内，简·方达的另一部电影《金融大恐慌》（*Rollover*，1981）在全美公映，只不过不同的是这次她在《金融大恐慌》里不是配角，而是主演——

电影并不卖座。

一次巨大的失败。影片大概损失了 2000 万美元。这部片子有一位知名的联合主演和一位知名的导演。所以为什么这位电影人会说简·方达成就了《金色池塘》？因为他拼命想要提出一个观点或任何观点，来支持他所认为的真相基石——应该制作什么样的电影。

有相当多的题材永远不会被主流的电影公司所触及。因为高管们知道什么类型的电影卖座。就像在底特律聪明的人们不久之前知道的，美国人真正想要的是一种够宽敞的、马力强劲且漂亮的汽车。而所有喜欢那种车的人难道都开始对日本车感兴趣了？

又是另一个一次性现象……

《风骚俏佳人》

没有一部电影能够比吉恩·哈克曼（Gene Hackman）主演的《风骚俏佳人》（*All Night Long*，1981）更好地反映电影公司高管和明星之间的关系。

《风骚俏佳人》不是一部大片，它非常短，仅有八十四分钟长，还有明显的欧洲风格，但当你了解到这样的设计是来自它的导演比利时人让－克劳德·特拉蒙（Jean–Claude Tramont）时，就不会感到惊奇了。

特拉蒙想拍一部讲述夜晚工作者的电影。

这就是他所有的，仅仅是一个概念，但是它得到了福斯公司的青睐，他们说可以拍摄比赛类题材的影片，先找个编剧写剧本吧。他们会一步一步地完成它。

特拉蒙找到了优秀的才子 W. D. 里克特[①]，里克特同意尝试写剧本。里克特最终写出来的是一个处于危机中的男人的故事，这个男人叫乔治·多普勒。这个角色最后由哈克曼扮演。

乔治身为一家大型制药公司的地区销售人员，已经工作了二十多年。他的妻子不太称职，但也不太坏。他年轻的儿子也没什么值得他骄傲的：已经从学校毕业，从事房屋油漆工的工作。这就是乔治的生活，如果你满意，那就还算不错，如果你不满足，那就挺糟的。

乔治并不满意，他一直想当一个发明家。

故事开始的时候，乔治刚刚与升职失之交臂。他得知这个消息后

① W. D. 里克特（W. D. Richter）的编剧代表作为电影《撕裂人》（*Slither*，1974）、《变形邪魔》（*Invasion of the Body Snatchers*，1978）等。

表现很糟：先是打了他的老板，接着用椅子砸碎窗户并将其扔了出去。因为他是老员工，没有被解雇；取而代之的是，他被任命为一家大型通宵营业的加利福尼亚式药店的夜班经理。

这时一位远房亲戚去世了，因此乔治和家人在一位强壮的消防员家里打了一通慰问电话，那位消防员也从事夜班工作。在这次拜访中，乔治看到他的儿子亲吻了消防员的妻子谢丽尔。第二天他遇到儿子时问他，你是不是与谢丽尔有染？回答是肯定的，但是儿子强调说他爱她。乔治说你要适可而止。儿子很沮丧。

那晚谢丽尔来到乔治的药店想要聊聊目前的情况。一段时间之后，乔治正在谢丽尔的房子里吃饭，这时他儿子来按门铃。乔治迅速溜了出去，希望没有被人发现。

但他的儿子认为他的父亲正与他爱的女人有染。这件事当着乔治妻子的面被说了出来，乔治打了儿子一耳光。乔治随后收拾行李离家出走，在一家旅馆租了一个破旧的房间。

结果，乔治和谢丽尔真的开始婚外情了，但在他们生米煮成熟饭前，她谈了自己的故事，以及她很害怕失败的心情。这就是为什么音乐对她那么重要。她不断作曲，梦想着成为一名作曲家。但是当她说起她的音乐梦时充满了遗憾。可怜的谢丽尔，仅仅是一个无足轻重的人；一个孱弱、温柔、安静、任人摆布的孤独的女人。她与消防员结婚仅仅因为他救过她的命：她出于感激同意了嫁给他。

当乔治和谢丽尔相爱后，他辞了职，在一个仓库租了一大块地方想当一名发明家。当参加一个家庭聚会时，他带上了谢丽尔。但是随后她离开了，她没有勇气留在那里。

最后，她无法承受压力，跑去向她的丈夫坦白，想要表明态度。丈夫大发雷霆，一把推开她，就在他可能做出更加过激的行为时，消防队的警铃响起了。

原来是乔治报的火警。当消防员们离开后，他恳求她不要再害怕。她犹豫了，接着从消防滑杆上滑下来，滑进了他的怀抱，之后他们两个人开始了一段崭新和充满希望的幸福生活。

福斯公司拒绝了这个项目。

最后剧本受到了制片人伦纳德·戈德堡[①]的关注，他是一位在电视领域家喻户晓的人物。戈德堡和他的搭档杰里·温特劳布[②]与环球影片公司有个协议，即无论环球喜不喜欢某部电影，公司都给予他们拍摄该电影的权利，只要预算够低的话。

在这个通货膨胀的时代，《风骚俏佳人》的预算不太可能很低，300 万美元左右。

环球不喜欢这个项目，觉得可能不卖座，所以不想拍摄。但是由于合同的约束，他们没权利拒绝。如果说环球公司不喜欢这个项目的话，吉恩·哈克曼却很喜欢。哈克曼由于出演《法国贩毒网》（*The French Connection*，1971）而获得奥斯卡奖，也是最优秀的演员之一，非常想扮演乔治这个角色。把剧本拿给哈克曼看无疑是正确的，因为他的经纪人是好莱坞最著名的苏·曼格丝（Sue Mengers）。曼格丝对这个项目非常感兴趣，因为她嫁给了那位导演，让 – 克劳德·特拉蒙。

哈克曼非常渴望出演男主角，以至于他决定赌上一把：他将放弃一部分的预付薪酬，等影片上映后从票房里分红；如果电影能够卖座，他就能赚到钱。

这时，从逻辑上讲，既然环球对这部电影没有一点信心，他们便会同意哈克曼的提议。既然他们觉得这部影片不会表现很好，为什么不在一开始就将成本降低下来？除此之外，如果他们的感觉是对的，哈克曼将基本上不会从演出该片中获得任何报酬。

---

① 伦纳德·戈德堡（Leonard Goldberg，1934—2019），《哈特夫妇》（*Hart to Hart*，1979—1984）、《家庭》（*Family*，1976—1980）等美国热播电视剧集的制片人。

② 杰里·温特劳布（Jerry Weintraub，1937—2015），经典电影《纳什维尔》（*Nashville*，1975）和《餐馆》（*Diner*，1982）的制片人。

但是环球坚持付给他正常的报酬。所以这部成本 300 万美元左右的电影现在要耗资 450 万美元了。

有了哈克曼的加盟，影片其余演员的选角问题浮出水面。哈克曼的角色是绝对的主角，在几乎所有的场景、所有的镜头里都是他，但还需要四个主要的配角：哈克曼的妻子，他的儿子，消防员，以及必不可少的谢丽尔。

谢丽尔是最难把握的角色。作者肯定这么想，她很有吸引力，可能甚至可以说是街区之花，但是总体来说她没有那么有魅力，因为那样的话这部电影就变成了一个男人被美女吸引的故事了。如果这是一部英语电影，朱莉·克里斯蒂（Julie Christie）就将是理想的演员，她恬静、靓丽但不妩媚、楚楚可怜。电影公司建议洛妮·安德森（Loni Anderson），她是电视系列剧《辛辛那提的 WKRP 电台》（*WKRP in Cincinnati*，1978—1982）中的性感女主角。

丽莎·艾科恩（Lisa Eichhorn）得到了这个角色。

艾科恩是一位优秀的女演员，因出演 1979 年的电影《魂断梦醒》（*Yanks*）而获得好评。《年度银幕世界》（*Screen World Annual*）评选她为当年出道的最有前途的新演员之一，艾科恩与波·德里克、贝特·米德勒（Bette Midler）共同分享了这个荣誉。可能艾科恩相比另两位女士在明星气质上略逊一筹，但是谢丽尔这个角色毕竟不需要明星气质。不仅因为这是一个次要角色，而且因为这个角色的核心特征就是明星特质的对立面——害羞、受气、迷失。

电影开拍。

这通常是一个令人紧张的时刻，但是没出现什么大问题。第一周的拍摄完全跟上了日程计划。

随后来了一通电话。

戈德堡听着电话那头经纪人苏·曼格丝的声音。曼格丝说明了她的意思：她的另一位客户有兴趣接下谢丽尔这个角色。谁呢？

只可能是芭芭拉・史翠珊。

戈德堡挂了电话，想了一会儿。在他的心中很清楚尽管哈克曼和艾科恩都是扮演各自角色的理想演员，但不可否认的是其中缺乏一种特定的化学反应。尽管如此，他们拍摄得还不错。

不管怎样，戈德堡不能对上述情况置之不理。所以他给环球公司打电话，告诉他们芭芭拉・史翠珊将要出演丽莎・艾科恩的角色。环球公司说，先不要轻举妄动，我们会稍后回复你。

他们确实那么做了。而现在他们喜欢这部电影。销售部门喜欢它，广告部门的人对它喜爱有加。

戈德堡想要解释，这部电影仍是和以前一样，是那部他们最近还厌恶、憎恨和轻视的电影。

“那是发生在另一个国家的事了，再者那个少女已经死了。”①

《风骚俏佳人》已经停拍好几周了。这是很耗成本的，因为所有拿薪水的人还在拿薪水，尽管他们没有任何事可做。

但是电影停拍的花费与签下史翠珊的费用相比微不足道。除了交易当事人之外，没人知道事情的真相，但是圈内的传言是她的收益包括 400 万或 450 万美元加上给她中意的慈善医院一笔巨额捐款。那是很大一笔钱，但芭芭拉・史翠珊是一个很特别的人。

正如她在成名之作《妙女郎》（*Funny Girl*，1968）中唱的一首歌的歌词说的那样：“我是最伟大的明星。”这位女士可能真的是那样的人。哦，你可以争辩说雷诺兹或雷德福或伊斯特伍德在票房纪录上胜她一筹——

但是他们能唱歌吗？实际上雷诺兹唱过一次，在 1975 年的一部名叫《永恒的爱》（*At Long Last Love*）的不怎么卖座的电影里，但可

① 出自克里斯托弗・马洛的剧作《马耳他岛的犹太人》。作者借用这句话讽刺电影销售部门和广告部门因明星芭芭拉・史翠珊加盟而见风使舵，且不顾现实的行径。

能那是他不愿提起的回忆。

有没有任何一位女歌星有过和史翠珊一样的唱片销售纪录？有的话你告诉我。

她不再在拉斯维加斯俱乐部表演了，不过当她登台表演时，确实魅力无穷。她不再演电视剧了，但当她演时，吸引力无边。而如果她选择回到百老汇，其作品的成就会超过《屋顶上的提琴手》的。

对于史翠珊来说最厉害的是，她是全能演员。在流行表演圈里没有什么领域是她未涉足的。如果雷德福回到百老汇，在那也会很红，雷诺兹也是一样，但是当他们手拿麦克风独自站在凯撒宫的舞台上一小时的时候，他们会有怎样的表现？在电影领域，十五年来史翠珊一直是无可争议的女明星。她的电影可能并非全部是成功之作，例如《你好，多莉！》（*Hello Dolly!*，1969）就因为花费太高而很难收回成本，但是她的电影在过去几乎都会赚钱。记住“几乎”这个词，因为现在我要谈谈对故事题材方向的把握，这个话题看似有点跑题，但我觉得还是和目前说的有关系。

有一个著名的但没被证实的故事，讲的是在舞台剧《欲望号街车》（*A Streetcar Named Desire*）里出演一个小角色的百老汇演员的事。他仅仅在节目的结尾出现，然后把布兰奇带下舞台。有人在开幕前问他，《欲望号街车》是讲什么的。这位演员回答说，“是关于一个男的把一个女的送到精神病院的故事”。

好吧，《风骚俏佳人》是乔治和他的中年危机的故事，但那仅仅是因为编剧是那样写的。《乱世佳人》（*Gone With the Wind*，1939）是关于斯嘉丽和瑞德的故事，因为那是作者的决定，但是你能通过艾希礼・威尔克斯的眼睛了解美国南北战争，在这种情况下，斯嘉丽的地位将变得没那么重要，而瑞德则毫不重要。或者你把注意力都放在故事开始时在斯嘉丽身边的塔尔顿孪生兄弟那样的次要角色身上，那样的话，所有的主角都消失了。

看,《风骚俏佳人》的故事本应做成一部很棒的简·方达电影。一位高尚正派的妻子,虽然丈夫离开了她,但独自支撑了下来。

如果你请特拉沃尔塔出演,就变成了关于儿子的故事。一出关于恋爱中走向成熟的年轻人的戏,这位年轻人发现他自己处在与父亲追求同一个目标的危险的竞争中。

消防员的角色将非常适合罗伯特·杜瓦尔。一个从事危险职业的坚强的专业人士,发现自己的妻子正与其他男人睡觉,而他那男子汉的灵魂将如何面对这一切?

或者是最容易想到的:谢丽尔的故事,那将拍成一部非常性感的喜剧。故事这样开始:谢丽尔正在厨房里调制食物,笨拙而可笑,这时突然冒出了一股火光,接着她被充满魅力的消防员救了。画面闪过。他们结婚了。他仍然魅力十足,但他不仅不把她当回事,还整夜不在家。这时,一位帅气的年轻人来油漆卧室,他神魂颠倒,无所适从。然后,他们上床了。但接下来发生了她没有想到的事情:他真的喜欢上她了。令人发疯的是:她是个已婚女人,还比他大很多。然后另一件事发生了:这个孩子的父亲找上门来说,不要再玩弄我的儿子了。她答应了,而接下来你们知道的事情,就是她和那位父亲搞到一起了。她和他上了床,而他儿子过来敲门,事情马上变成了一出闹剧。一个男人进门,另一个男人出门,谢丽尔被夹在中间,一方面努力应付她的丈夫,另一方面要应付那个年轻人,还要用剩下的所有精力去应付那个年轻人的父亲。

事实上,这部片子这样拍不仅能拍成一部性感的喜剧,对于芭芭拉·史翠珊来说也是一个绝佳的角色。

然而实际上接下来会发生什么?

史翠珊的性格在《妙女郎》中被勾勒得非常清晰:一个很强势的女人。每场戏她都是赢家。她可能不是传统意义上的美女,但是她的活力和魄力足够迷倒最有魅力的男人——奥尼尔、谢里夫、雷德福、克里斯托弗森[1]。她能演音乐剧，她能演闹剧，她也能演浪漫喜剧。让她放开演，你就放心吧。

记得《主妇狂想曲》（*Up the Sandbox*，1972）吗？

那大概是她最引人注目的电影表演，也是她个人的灾难。她演了什么角色？一个被利用的没有希望的家庭主妇，总是做着无法实现的白日梦。为什么这部电影不成功？因为她虽然是在表演，但没有在演适合她的角色。而谢丽尔这个角色怎么样？就是一个被利用的没有希望的家庭主妇，总是做着无法实现的白日梦。

为什么电影公司不趁停拍的时机修改电影剧本来适应他们的大明星？为什么他们不加入一些音乐元素？毕竟谢丽尔在故事里是一名作曲者。因为芭芭拉·史翠珊希望按照剧本来出演谢丽尔。顺便说一句，她能够完全接受。

所以电影公司就接着拍这部不被看好的耗资300万美元的电影，然后把它变成一部耗资1500万美元的灾难级电影，而当你把电影拷贝和广告费用全加上的话，大概损失了2000万美元。

因为根本上他们做的事情是，付给芭芭拉·史翠珊450万美元去演不适合芭芭拉·史翠珊的角色。

而如果同样的事情在今天发生，他们一定还会重蹈覆辙……

① 这四位分别是曾与史翠珊搭档的男演员：瑞恩·奥尼尔［《爱的大追踪》（*What's Up, Doc?*，1972）］、奥马尔·谢里夫［《妙女郎》（1968）］、罗伯特·雷德福［《往日情怀》（*The Way We Were*，1973）］以及克里斯·克里斯托弗森［《一个明星的诞生》（*A Star Is Born*，1976）］。

导 演

我最好的朋友中有一些是导演……

P.S.：每个人都知道导演很重要。在后面的很多内容中，关于导演的事情会不断出现。

一言以蔽之，他们亦正亦邪，既成事也坏事，有时妒火中烧，有时雪中送炭。无论他们是怎样的人，我认为编剧必须站在他们一边，因为导演无时无刻不在承受着来自各方的压力。

多年来，我与许多顶级的美国导演认识及共事过，可是没有任何人的“哲学”或“世界观”令我有所触动。他们的“智言”全部加起来甚至连一个小茶杯的底部都盖不住。（后面会详细谈。）

他们能在如隧道工人般的工作压力下存活，让我对他们感到敬畏和钦佩。他们中最优秀的人很会讲故事。而这些最优秀的人尤其擅长一件事：提供帮助。

帮助每一个人。

制片人

制片人可能是行业内最不被人理解的一类人。

造成不被理解的部分原因在于行业词汇。过去，一部电影仅仅是由某某“制作”。仅此而已。随便看看当今的报纸，上面写着“出品”电影的人。电影有“行政制片人”“协同制片人”，还有“制片部门主管”。[①]一部最近上映的电影有两位“行政制片人”，两位“协同制片人”，和一位“制片部门主管”。这时你会问，这些行业词汇究竟是什么意思？

我可以非常坦率地回答：我一点都不知道。

一些制片人仅仅是出钱的人。他们筹措或提供现金，并因此获得一定的回报及费用。

另一些是承包制作的人。他们挑选一个本子，找出吸引人的卖点，与电影公司达成协议，然后就前往好莱坞拍摄地开工。他们的工作就如“制片人”的字面意思所示，除了制作电影之外，不参与其他流程。

其他制片人则继承了好莱坞最悠久的传统，从事着“女婿”业

① 行政制片人（executive producer）、协同制片人（associate producer）和制片部门主管（executive in charge of production）其实往往都不是真正从事具体制片工作的人，而是挂名的人。

务。这个词汇仍然有效，但是随着大制片厂体系的崩溃，工资单上不再有那么多真的姻亲出现了。取而代之，出现了许多挂名的兄弟或丈夫。你想请一位明星，若他的合同里提出要带上伴侣的话，那位伴侣就能赚到钱。

通常来说，这些“姻亲”是明星的经纪人以及现在被叫作明星合作伙伴的前经纪人。在前一种情况里，比如说一位经纪人手里有一些当红明星；他会与电影公司达成交易，电影公司当然可以请到那些明星，但是需要付给他额外的一些好处，否则他会带着明星离开。这样他们就成了“行政制片人”或安上某个他们喜欢的其他名头。

举个电影《虎豹小霸王》的例子，最初这部电影的剧本是福斯为保罗·莫纳什（Paul Monash）购买的。莫纳什是这部电影的制片人。

接着，当保罗·纽曼签约后，同时带来了约翰·福尔曼（John Foreman）。福尔曼曾多年来担任纽曼的经纪人，后来离开经纪公司成了他的商业合伙人。为了签下纽曼，猜猜发生了什么事情？福尔曼成了“制片人”，而莫纳什突然成了“行政制片人。”他们对这部电影的贡献是什么呢？

我仍然是一点都不知道，因为《虎豹小霸王》的导演是乔治·罗伊·希尔（George Roy Hill）。而在乔治·罗伊·希尔的电影里，乔治是老大。因为他的非凡才华，善于内斗的能力，以及他的个性，他能够说了算。据说如果他在片场觉得编剧干扰了他，他会赶走编剧；制片人也遭遇过同样的命运。

以上情况都不意味着给莫纳什或福尔曼抹黑，我认为他们对影片最终制作完成都非常重要。我的意思是：编剧们不要——至少我这么认为——与制片人扯上太多关系。他们雇我们干活，我们会会面，他们提建议，我去重新编写，就是这些事。我曾为一些著名的制片人工作过，如约瑟夫·E. 莱文（Joseph E. Levine）、罗伯特·埃文斯（Robert Evans），但是他们的主要工作不是与我沟通。

人们对于制片人的职责缺乏了解的另一个原因是：他们没有有效的管理机构。他们有一个行业协会，但是相比于导演工会来说，算不上强大和团结。如果有一个强大的制片人工会，那么渗透在交易中的贿赂行为可能就会不存在了。比如，你不会突然决定任命某个明星身边的人为"助理导演"，除非他已经是一名助理导演了；要成为助理导演必须要成功地完成一系列完整的培训。或者你不能突然任命某人为"执行编剧"，因为根本没有这种职位。

但是现在的情况是，任何人都能到处说，"是的，我是制片人，我刚刚买下了一本书"。大概不会加上他是刚刚在布伦塔诺书店买的那种话。在任何情况下，职位名称的滥用让优秀的制片人非常头疼。

确实是有优秀制片人的。

如果他们非常精明就会足够灵活地认识到，制片人的具体工作会随着不同的电影而变化。有时他们会一直参与拍摄；有时如果一部作品顺利且按计划在进行，他们便不会插手。但是如果他们的个人要求在不同工作之间的变化比摄影师的工作变化更大时，那么对制片人的工作就有一定的界定——

他们的工作是让电影完成制作——

而且往往他们是参与某个项目的第一批人，经年后在电影卖出去时，他们是最后一批离开的人。

当今只有一位制片人，任何规律对他都不适用，他就是乔治·卢卡斯。卢卡斯就是我们眼中的华特·迪士尼（Walt Disney）：他的名字代表着某种特定的题材，且保证能够获得成功。其余所有的人都要苦苦奋斗。

以及等待。

等待是制片人这个职业的诅咒。

为了证明这点，聚焦一个具体的项目可能会有所帮助，我选了扎纳克和布朗制作的电影《大审判》（*The Verdict*，1982），这部片子目前正在纽约市拍摄。

没有最好的制片人一说。但是你很难列一个顶级制片人的六人名单，却不包括理查德·扎纳克和大卫·布朗这对搭档。他们组成了一个有趣且非凡的团队。同为电影公司高管和制片人，这对搭档已经合作了四分之一个世纪。

除了都是斯坦福的毕业生这一点之外，他们之间有相当多的不同。布朗是一个地道的纽约人，六十五岁，满头灰发，举止优雅。他是从做文字工作起步进入电影圈的。在获得了哥伦比亚大学的新闻学硕士之后，他开始了作为一名编辑的职业生涯。他是《自由》（*Liberty*）的主编，《时尚》杂志（*Cosmopolitan*）的总编辑，其妻子海伦在过去十年令该杂志取得了巨大的成功。布朗由达里尔·F. 扎纳克带入电影行业，最终晋升到了20世纪福斯公司负责创意的执行副总裁职位。理查德·扎纳克是在电影公司长大的。他的爸爸，那个传奇般的达里尔·F.，在近三十年里是福斯公司的领军人物。理查德在年仅二十四岁时，制作了他的第一部成功之作《朱门孽种》（*Compulsion*，1959）。在三十四岁时，他成为福斯公司的总裁，可能是史上最年轻的公司领头人。在他执掌公司的八年时间里，三部福斯公司出品的电影赢得了奥斯卡最佳影片奖——《音乐之声》《巴顿将军》（*Patton*，1970）以及《法国贩毒网》。

但是我们已经知道了对于所有的电影公司高管将会发生什么，在70年代早期，扎纳克和布朗成了独立制片人：他们“独立制作”，成了被解雇的好莱坞人员。

在过去的十年里，他们一起拍过一些烂片，但也出品了三部卖座影片，《骗中骗》（*The Sting*，1973）、《大白鲨》以及《大白鲨2》（*Jaws II*，1978），都是跻身史上票房超过1亿美元的少数电影。有关电影制作的整个流程，没什么是他们不了解的。

《大审判》是一部并不出名的小说，作者是巴里·里德（Barry

Reed)。从他们得到这本书的即刻起，二人惊奇地发现，有相当多的明星对这本滞销书感兴趣。罗伊·沙伊德尔、威廉·霍尔登、弗兰克·辛纳屈（Frank Sinatra）、加里·格兰特、达斯汀·霍夫曼等演员都用各种方式表示他们知道了这个项目，希望与二人保持联系。

后来人们知道，这些明星这么感兴趣的原因是，这里的角色不难演。《大审判》是一部法庭戏，其中的主要角色高尔文十分具有吸引力：他是一位失意的波士顿爱尔兰裔律师，是一个疲惫不堪、沉溺女色的酒鬼，他通过参与法庭审判最终获得了救赎，如果你们愿意那样认为的话。

《大审判》还有另一个特点，即具有一个引人关注且非常重要的主题：这是一场关于医疗事故的审判。

对于制作一部影片来说，在这个时刻无论有没有明星感兴趣，一位制片人通常会需要做出与谁合作的决定：选择谁来写剧本，谁来做导演。这也是最后一次制片人能够完全掌控局面。无论他们做出怎样的决定，决策权都将易手。从此开始，那将不再是“他们的”电影，那是“我们的”了。

制片人通常会有一个候选名单。如果他们决定先找一名导演（扎纳克和布朗就这么做），就会拿出信任的导演名单，开始发问。谁有档期？在电影公司看来，谁能对影片最终的拍摄成功“助一臂之力”？他们能接受谁？他们能接触到谁？而最重要的是：谁是这个项目的正确人选？

扎纳克和布朗去找了阿瑟·希勒[1]。希勒是很红的导演。他是位优秀的电影人，性情温和、理性。行内人都知道这个人能够将他拿到的剧本付诸成功的拍摄。希勒对《大审判》很感兴趣，马上决定参与摄制。

① 希勒的导演代表作有《爱情故事》（*Love Story*，1970）和《艾米丽的美国化》（*The Americanization of Emily*，1964）。

接下来扎纳克和布朗不必费力去找编剧，因为一位编剧自己找上门来，他就是剧作家大卫·马梅（David Mamet）。尽管他在百老汇的地位有所动摇，但马梅在百老汇之外以及在全国的地方戏剧舞台都有着令人瞩目的成就。

当时马梅没有写过什么电影剧本，但是扎纳克和布朗对他很了解；实际上，他们之前曾经想找他合作一个已经找好了导演的项目。马梅不仅拒绝参与之前的项目，他还很担心由于题材的巨大缺陷，已找好的导演可能会退出拍摄。

这时你们大概会认为，这样的经历可能对扎纳克和布朗再去请马梅有点勉为其难，但是事实正好相反：马梅之前为其拒绝的项目工作了几周，并在他的坚持之下，没有收取任何报酬。所以他们知道，当马梅打来电话说他想写《大审判》的剧本时，与他们打交道的不仅是一位才子，而且还是一位当之无愧的正直的才子。

希勒希望马梅加入。扎纳克和布朗希望马梅加入。因此马梅正式成为团队成员。

而这时对制片人来说意味着等待的开始。所有制片人［萨姆·斯皮格尔（Sam Spiegel）可能是个例外］努力同时推进一些不同的项目。因为一旦编剧开始写剧本或剧本被送到明星手里，除了等待电话没什么事可做。你不能不断地给为你写剧本的人打电话，也不能拐弯抹角地打听你想知道的情况：你什么时候完工，我们什么时候能拿到它？当我做编剧工作时，我知道制片人的焦急心态，我能感受到那种压力，当他们打电话时真是生不如死。所有说在前面的像是尼克斯队表现如何或你看了《梦女孩》（*Dream Girls*）吗之类的废话都很烦人。尽管他们会说，“哦，顺便说点不重要的，剧本进行得怎么样了？”当然他们的意思不是“剧本写得怎么样了？”，毕竟你肯定会说：“好极了，超出我的预期。”因为如果你说：“太糟了，我把它搞砸了。”所有人都将遭受巨大打击。它什么时候能出来？是不可讨论的话题。所有讨论那个话题的电话会增加你的不安以及让所有事情慢下来。

这就是为什么好的制片人不打电话。在《大审判》这个例子里，等待并没有那么痛苦与折磨：马梅及时且高质量地交了稿。

但是扎纳克和布朗不喜欢这个剧本。布朗说："写得太简练、太有戏剧性了，导演和演员会喜欢，但制片人和高管会不太明白。"

而导演希勒也不喜欢它。他们都觉得剧本不行。希勒离开了剧组。所以代替之前拥有一位导演和一位编剧的情况是，扎纳克和布朗现在没有了导演，只有一部他们觉得过于偏离他们购买的原著的剧本。

随后他们去请另一位顶级编剧杰伊·普莱森·艾伦[①]。他们见了艾伦，逐项地谈了他们的要求。艾伦交上了她的剧本，他们很喜欢：那正是他们想要的。

罗伯特·雷德福加入了进来。

雷德福当时正在康涅狄格州看房子，他看的一处房产是杰伊·普莱森·艾伦的。他也看到了《大审判》的剧本，想拿去读一下。艾伦可能觉得雷德福会对导演这部电影感兴趣，就把剧本给了他。

雷德福随后打电话给扎纳克和布朗，想要和他们谈谈。当像雷德福这样级别的明星想要见面谈谈，通常是不会有问题的。

雷德福告诉他们，他真的对《大审判》感兴趣。

太棒了。

但接着他说他喜欢这个题材，但不喜欢杰伊·艾伦的剧本。他觉得编剧兼导演吉姆·布里奇斯[②]会是理想对象。

---

① 杰伊·普莱森·艾伦（Jay Presson Allen，1922—2006）的编剧代表作有《春风不化雨》（*The Prime of Miss Jean Brodie*，1969）和《城市王子》（*Prince of the City*，1981）。

② 吉姆·布里奇斯（Jim Bridges，1936—1993）的电影代表作有《中国综合征》（*The China Syndrome*，1979）和《都市牛郎》（*Urban Cowboy*，1980）。

艾伦出局，布里奇斯加入。

接着等待开始。

布里奇斯和雷德福见了面，然后开始写作他根据《大审判》创作的剧本。

雷德福不喜欢这个版本。

布里奇斯开始编写另一稿。

雷德福也不喜欢这个版本。

几个月过去了。扎纳克、布朗与雷德福达成了一个协议，已经谈好了但还没有签字。雷德福被正式宣布加入该项目：福斯公司的即将上映电影手册中将他列为了出演该片的明星。这事定下来了，但是还没有最终确定。

等待在继续。

由于童年的经历，由于在好莱坞的黄金年代里参与了一些电影公司的内部事务，所以相对其他制片人来说，等待可能更令扎纳克沮丧。他说："我记得小时候，在我爸爸办公桌的玻璃板下，有一张大图表。上面有所有签了约的人。包括所有的制片人、导演、编剧以及男女演员。那时处理问题很简单。我过去常常参加选角会议，这种会议总共就持续十分钟左右。不仅仅是选角，而且选出参与电影拍摄的所有主要人员。他会说，'嗯，我们让朱利安·布劳斯坦（Julian Blaustein）做制片人，他下周就可以开工。让他和亨利·哈撒韦（Henry Hathaway）合作，亨利当导演。我们安排泰隆·鲍华（Tyrone Power）出演，他快拍完上一部片子了，给他一个星期的休息时间。还有贝蒂·格拉布尔（Betty Grable）。'然后就散会了。没有人说，'我们能和他们达成协议吗？'他们已经与公司达成协议了。我不是说要回到过去的时代，但是一些非常优秀的电影就是在那样的体系下制作出来的。"

布里奇斯现在正在写第三个版本的剧本。最后他交了稿；他已经为这部电影工作九个月了。就像《大审判》的主人公一样，布里奇斯正在陷入一个焦头烂额的境况中。

第三次打击。

雷德福仍然对拍一部关于医疗事故的电影感兴趣，但电影的主角，即那位高尔文律师，有问题。他是一个沉溺女色的酒鬼，扎纳克和布朗听说雷德福认为这个角色可能会损害他的形象。

迫于压力，布里奇斯退出了项目。扎纳克和布朗仍然某种程度上握有一位明星。但他们没有一个这位明星能够接受的剧本。而这时他们的导演离开了。

接着他们听说，雷德福在没有告诉他们的情况下与他的朋友西德尼·波拉克（Sydney Pollack）会面，谈有关导演《大审判》的事。

扎纳克愤怒了。他做了两件令人瞠目结舌的事情。首先他解雇了雷德福。不一定完全是真的，因为合同还没有正式签署。他做的事是打电话给雷德福的经纪人，告诉他他们不再需要这位经纪人的客户出演他们的电影了。

他还把他的愤怒公之于众，向媒体透露了他的这位前明星伙伴的行为。

所以这时扎纳克和布朗完成了一项好莱坞的非凡情节大逆转：他们已经有了一个“可以开拍”的项目，却把它倒退回至只有一张开发协议的状态。

回到他们的导演名单。西德尼·吕美特（Sidney Lumet）。西德尼·吕美特现在有档期，而且他也很适合。他在威尼斯度假。他们联系了吕美特，吕美特说他很高兴读一读他们的剧本。因此他们选择了布里奇斯剧本的精华部分，送给了吕美特。他们也把杰伊·普莱森·艾伦的剧本送了出去，因为他们喜欢这个版本，而且艾伦也是吕美特的合作伙伴。

吕美特没有让任何人等待，没有哪位导演比他赢得过更多的关于效率和组织能力的赞誉。吕美特从威尼斯打来电话，说可以，他对拍摄《大审判》很感兴趣。

然而按照哪版剧本？

马梅的版本，吕美特回答说。不用说，扎纳克和布朗没有想到这个答案，因为他们不仅没有把那个版本发给他，而且他们不知道为什么吕美特知道它的存在。但是他们同意在吕美特回到纽约时见面聊聊。在他们当电影公司高管的日子里，《巴顿将军》有着与此相似的经历。当时在有六个不同版本的剧本情况下，乔治・C. 斯科特说如果他们采用弗朗西斯・科波拉（Francis Coppola）写的第一个版本的话，他就参与拍摄。

在纽约，吕美特解释了剧本有什么问题以及用马梅的剧本就较容易纠正问题。《大审判》的故事分两个部分：法庭审理本身，以及那个男人的救赎。相比塑造人物，马梅对医疗事故主题不感兴趣。所以他做的事情是改写了《大审判》的剧本，让故事在法庭最后裁决出来前结束。庭审的结果没有包括在电影里。他在乎的是男主人公，不是法庭的结论。

吕美特和马梅开始工作，故事的结局写出来了。保罗・纽曼收到邀请并看了所有版本的剧本。不管吕美特喜欢哪部分内容，反正他喜欢马梅的剧本，这不成问题，因为吕美特也喜欢这版剧本。

吕美特也喜欢纽曼。当公司宣布吕美特加入的消息后，有消息说雷德福可以参加拍摄。吕美特和纽曼现在正在完成这部电影。公众对《大审判》的评价将在未来的六个月之内揭晓。

而那六个月可能是最繁忙的日子，当然对于任何制片人来说都是最重要的。因为在这段时间里，将要做出关于这部电影如何销售的关键决定。

电影的销售环节是如此重要，以至于业内的一些重量级人物认为电影应该被平均分成两个部分：电影制作和电影营销。我对后者的细节不是很了解。而观众也不能和不必了解它：一部电影到了你的地区，你去看或不去看，仅此而已。但是相比电影的品质，电影销售对电影的命运来说常常更加重要。

让我们拿两个极端情况举例。如果你拥有伯特·雷诺兹演的《横冲直撞斗飞车 12》（*Smokey and the Bandit XII*），就等于掌握着一款预售商品。外面有大批的观众等着看它，至少在过去有过这样的盛况，而如果你经营着一家电影公司，因为公司的生死依赖于过去的成功经验，你认为并希望仍然会有大批观众喜爱它。所以你要做的是尽快在全国范围把它推向观众。通常，一部电影在第一周将进入多达 1500 家电影院。1500 家电影院意味着要制作 1500 个拷贝，现在一个拷贝要花费大约 2000 美元，所以你立刻支出了 300 万美元。为了造势，你大概要花另外的 500 万美元或更多的钱做电视广告、平面广告等。你不需要树立口碑，之前的《横冲直撞斗飞车》系列电影已经替你做了。

但是，如果你拍的是一部艺术片该怎么办？例如《烈火战车》。你的职责是前期尽量节省成本，并祈祷电影能树立起口碑。所以你可能只做两个拷贝，在布卢明代尔百货店的后街区和在韦斯特伍德区放映，然后继续祈祷。渐渐地，如果电影开始卖座，你可以在其他一些城市放映。如果电影不卖座，它将不再上映，而你也没有花费太多成本。

在这些极端的情况中也蕴含着无限的可能性，通常的情况是，一位制片人进行着自己最后一搏，努力要说服电影公司用一种他认为公司力所能及的最佳方式发行他的电影。

对于制片人来说另一个需要尽力争取的不是他的电影如何发行，而是何时发行。所有不同的媒体产品都有一个“目标观众群体”。对于流行音乐，观众群体由十一到十五岁的青少年组成。那是流行音乐巨头必须触及的群体。电视节目黄金时段的目标观众是一个由不同年龄段的人组成的群体，即从二十五岁到四十九岁的观众。

对于电影，其目标观众也是不同的。电影必须影响那些十六岁到二十四岁的人群。他们是爆米花的大买家。没有人明确知道为什么，但是公认的情况是这样的：当一个孩子到了十六岁，他就会希望到外面去活动，不想守在父母身边。当人们到了二十四岁，许多人开始结婚并组成家庭，而看一部电影会让这些照看孩子的父母的生活品质有所升级。

这就是为什么对电影来说最赚钱的时段是夏天；而在夏天之后就是圣诞节。目标观众放假了。这就是为什么那么多的大片在那两个时段上映，相互之间激烈争夺着观众。

在那种思维背后，当然有着某种逻辑。那是种非常疯狂的逻辑。因为在电影竞相上映的时候，某些电影注定会失败并被淘汰。好莱坞顶级制片人之一丹尼尔·梅尔尼克[①]在最近的一次采访中，对那种疯狂的逻辑有些微词。那次采访是有关他的一部电影的，电影原本计划在 1981 年年初上映，但在最后一刻，却被提前到了圣诞档期。

> 我希望《变形博士》（*Altered States*，1980）能在 1981 年 1 月上映，因为我觉得那时没有什么其他大片上映，因此会有观众。我宁愿选择一个较少观众观看电影的时间段上映他们喜欢看的电影，而不是与其他十部大片争抢大量的观众群体。
>
> 我认为，作为一个产业，我们常常表现出如旅鼠般盲从的本性。我认为，我们一年两次发行我们的电影并让市场供大于求的行为是愚蠢的。我知道历史上圣诞节和暑期档有最多的电影观众。但某种程度上我也认为那是一个自我应验的预言。我们都相信人们主要在圣诞期间去看电影，所以我们就在那时发行我们的大片……

---

① 丹尼尔·梅尔尼克（Daniel Melnick，1932—2009）制片的电影代表作有《娱乐世界》（*That's Entertainment*，1974）和《爵士春秋》（*All That Jazz*，1979）。

显然，梅尔尼克的电影《变形博士》在竞争中失败了。但是你可以假设，像任何优秀的制片人一样，他不会就此罢休。每一位制片人就像威利·洛曼[①]一样夹着他的手提包艰难跋涉，努力说服人们购买他贩卖的商品。通常他们最后和可怜的威利一样没有取得成功。然而有例外情况。沃伦·比蒂是一位优秀的制片人，他拍摄的第一部电影《邦妮和克莱德》(*Bonnie and Clyde*，1967)便非常出名。但是这部电影在首次上映时却并不卖座。电影充满争议，但并不成功。但是比蒂哄骗、踢打、尖叫，天知道怎么回事，说服了电影公司在其首次上映结束后不久给这部影片一次大规模的重映机会。电影取得了巨大的成功，但如果不是因为比蒂的特殊本领的话，可能这部片子今天仅仅就是又一部默默无闻的异类电影而已。

电影公司资金雄厚，那通常就是实力所在。我记得萨姆·佩金帕(Sam Peckinpah)早期的一部、且我认为是他最棒的一部电影，名字是《午后枪声》(*Ride the High Country*，1962)。这部片子在纽约与另一部欧洲大片同时上映。它受到了一定的关注，而当我看了这部片子后，我简直不能相信他们处理这部电影的方式。我最终找到了电影公司的一位高管，问他为什么放弃了这部片子。他解释说："当然我们办了试映会。试映的评价是不错的。但是我们决定按我们通常运作的方式发行它，因为那样的话我们肯定会有一些盈利。我们不相信那些试映的评价。*那部电影没有花费足够的钱让它成为一部卖座片*。"(斜体是我加的。)

在当今，一如既往，金钱是将电影体系内各类势力捆绑在一起的必要黏合剂。但当下金钱的决定作用可能前所未有：对于电影公司来说，银行的高利率使得借钱难于过往任何时候。而拍电影所需要的资

① 威利·洛曼是阿瑟·米勒著名两幕剧《推销员之死》中年逾花甲的主角，是一位勤勤恳恳工作三十几年，魂断美国梦的小人物。

金持续攀升。今天，电影公司拍一部大片的平均成本是 1000 万美元以上，与仅仅十年前相比，暴涨了百分之四百。到处你都能听到这样的哀求："我们要做点什么来降低电影的成本。"

我没有看到降低成本的事情发生。

举两个我参与电影的例子。《复制娇妻》（*The Stepford Wives*，1975）的发行状况大概是参与制作该片的人员能想到的最糟糕的情况。它有一些看点，但它不是《月光光心慌慌》。发行该片的最好方式应该是不慌不忙地发行，等待积累足够的口碑。而电影公司立刻把它投入了市场上的数百家电影院里。为什么呢？因为电影公司的需求与具体某部电影的需求是不一样的，而在那时，哥伦比亚公司非常需要现金流，需要美元，而且马上就需要。《复制娇妻》给他们赚了些钱。这笔钱一个月就花完了，但是这笔钱很好地帮助了公司。

下面我会讲述另一部电影的故事，而出于法律原因我不能说出它的名字。但是在这第二个例子里，电影公司故意地计划要毁掉自己的电影。

很疯狂吗？一点都不。而且也没有那么罕见。

电影公司的领导层发生了变动。之前的那位同意我们拍摄的高管离开了。当新高管入职后，他们都会做同样的事情，那是对他们来说应该做的事：他们要向公司的董事会证明，董事会解雇之前的高管并请来他们是正确的。他们达到上述目的的办法之一，就是破坏之前高管的电影。

这部电影在纽约以破纪录的方式上映，但几周后就下架了。在做了广告宣传后，他们不仅搞砸了影片的档期，而且还不断地更改广告，那是一部电影出了问题的一个明确标识。

后来我与一位公司上一届班子里留任的高管聊天。他告诉我："看，我们是一家上市公司，所以我不会说我们故意毁了那部电影。我们不会故意毁了一部电影，我们需要向股东汇报。但我觉得可以开诚布公地说，如果之前的公司班子还在的话，我们可能会做得更好一点。"

好吧，这些电影有一个重要的共同点：相对来说，它们都是低成本电影。没有重量级导演，当然也没有大牌明星。

我们已经谈了电影公司高管以及他们对明星的渴求。而制片人也需要他们。因为如果你有一位明星，不仅你的电影自动地变得“重要”了——

而且它的成本就会高了。

这样电影公司就不会放弃它了，只能尽力为其服务以求挽回他们的投资。看看所有最近为《天降财神》进行的宣传活动？在上映一周后，那部电影马上陷入困境，所有人都知道这一点。但是电影公司却继续投钱给这部歌舞片，祈求能给片子增添一些吸引力。《天降财神》是一部耗资 2000 多万美元的电影。如果它的成本只有 500 万美元，你可能不会知道它曾经上映过。

所以电影行业的重量级人物某种程度上就像信天翁，以逐渐降低的环形轨迹飞行，直到其因自己的愚蠢行为而被捕食。

比如对于《天降财神》，我有两件事很肯定：史蒂夫・马丁没有绝对的票房号召力，以及在这部电影失败后，史蒂夫・马丁的身价将会上升。这就是那些电影大佬们的尴尬处境：他们希望电影的成本能够降低些，而同时，他们做的每件事都是让电影的成本变得日益令人望而生畏。

到 20 世纪 80 年代末的时候，如果我们不怀念十年前的那些美好时光，不怀念《天堂之门》还是一部低成本电影的时代，我不会感到大惊小怪……

II

在好莱坞做编剧

后面的内容顺序不分先后，且不保证一定是确凿的事实，但后面说的每件事，至少根据我的经验，都是真实的……

洛杉矶

我发现洛杉矶是一个对于工作来说非常艰难且具有潜在危险的地方，同时我认为任何一个认真考虑过要以编剧为职业的人，只要人力或财力准备好了，就应该尽快搬到那里居住。

至于说洛杉矶艰难和危险，完全是个人的感受。我知道那儿有很多才华横溢的作家、画家和音乐家。我忍受不了，洛杉矶从一开始就让我非常恐惧。

部分原因是与钱有关。在我第一部小说的精装本出版后，我赚了 5000 美元。根据其受读者的喜爱程度，我的第二部小说让我赚了 2500 美元。我的第一部好莱坞电影剧本《地狱先锋》让我收入了 8 万美元。

所以有什么好恐惧的?

很显然与钱无关。那是不菲的收入。但是请记住，我们正在这里谈论我的神经官能症，有些自相矛盾的问题还没有解决。如果你写了一部小说，然后你获得了一定数量的劳动收入，那样就建立起了一个价值体系：你投入了一定的精力，你获得一定数量的报偿，就如其他行业的劳动者一样。然而，如果你足够幸运或有才，成为一位受欢迎的编剧，相比于传统意义上的写作职业，你的收入将非常惊人，以至于一定会让你难以置信。

正是因为写作了《地狱先锋》，我第一次有机会坐上豪华轿车，当然参加葬礼不算在内。

某天下午，我从洛杉矶国际机场下了飞机，到了行李提取区。随后我站住了。该死。一个穿着制服的男人正站在出口旁边，手里拿着写了字的纸板，纸板上写着戈德曼这个名字。那一刻我迟疑了，因为我的姓氏没那么罕见，我看着他，在盘算我应该怎么做。我应该过去还是不过去？之前没有人告诉我有人会来机场接我。如果我惹恼了他怎么办？可能出现以下的场景：

我

（略微带汗地）

抱歉，先生，你是不是在等威廉·戈德曼？

他

（被冒犯地）

不是，你这个傻瓜，威廉·戈德曼是谁？

我是来这接麦克斯·戈德曼的，你走开。

最后，我走到他面前说："抱歉，先生，你是不是在等威廉·戈德曼？"他笑着说："是的，戈德曼先生。"接着他接过我的小提箱，带我到了行李传送带的行李出口那里。我知道所有人都认为他们的行李总是在最后才会出来，而我也这么想。有时我相信有这么一种世界通行的潜规则。所有那些行李搬运工都有某种行为准则，而他们的乐趣之一是偷偷把我的行李从传送带上拿下来，放在那，不断窃笑，之后才不情愿地把它放上传送带，不是最后一个，但可能是倒数第四个。现在，只要条件允许，我出行只带一只小手提箱。这并不是一种真正能令灵魂感到满足的复仇，而是我也就只能做到这些了。

最后，我的行李箱差不多倒数第四个从传送带出来了，司机弯腰拿了过来，轻易地替我完成了拿行李的任务，随后他说："请跟我来，戈德曼先生。"我照做了，希望没有被我认识的人看到。

我们走到了人行道上。他放下我的行李，笑着说："我的车就停在那儿，先生，请在这里等我，我很快就来。"

等了一会儿，一辆很大的凯迪拉克开过来了。在我采取下一步行动前，他从驾驶座上蹿了出来，迅速地为我打开了车的后门。"注意别碰头，戈德曼先生。"他提醒道。

我坐了进去，坐在后座上。他把我的行李放到了后备箱里。接着他跑到车前，向我微微致敬，上了车。记着这些事情未免有点儿怪，但请相信我，我记得所有的细节。

我记得最清楚的，是当我独自坐在那辆大轿车的后座时，我感到莫名其妙。"老天爷！我坐在这里干吗！我不是杰基·肯尼迪（Jackie Kennedy），我不应该在这。这种待遇和写作剧本有什么关系？"

汽车发动，他回头看看一切正常，接着他熟练地驾驶汽车汇入了机场的车流之中——

我喊道："停车！"

他停下车，看着我。"忘了什么东西了？"

"我能和你一起坐在前面吗？"我说。他看着我，我觉得他感到有点儿奇怪。"当然，戈德曼先生。听您吩咐。"

在他要走过来替我开门前，我一下子打开了后门，坐在了司机旁边的位置。随后我们驶向了我的宾馆。

日暮黄昏。太阳渐渐落山，即将进入夜晚。我们坐在豪华轿车里，而自然我迷路了：我已经完全没有方向感了；即使在我知道我要去哪儿的情况下，也不知道究竟要去哪儿了。街道的两边都是房子，一栋挨着一栋，鳞次栉比。我看不清它们的细节，只能看出它们的高度都一样，正如我说的，它们都挤在一起。我把头转向司机问："这里是住宅开发区吗?”——

他一下子笑了出来。

因为我们正好驶入贝弗利山庄最高档的地段之一。他解释说，这些都是价值五十万美元的房子（当今大概价值两百万美元）。就在他继续说下去时，我向窗外瞥去，想带出点儿嘲弄的姿态，因为我来自芝加哥附近。而在中西部地区，当人们手里有钱时，他们就有房产，而我不禁去想，“小心点儿，这里的人都很奇怪”。

到了宾馆后，我立刻买了一瓶止泻药。

不开玩笑。在开始的几年里，无论何时我身处洛杉矶，没有一瓶藏在棕色纸袋里的止泻药，我哪儿都不去。

在我和乔治·希尔一起为《虎豹小霸王》工作的那个夏天，我在圣莫尼卡为家人租了一间房子，每天我都往返于家与位于贝弗利山庄的福斯公司名下的场所。我讨厌开车。正如我说过的，我会迷路，但更糟的是，我总是走神。

所以那个夏天的大多数早晨，我都打车上班。

以上的情况可能看起来并不值得大书特书，除了在洛杉矶，人们不会那样做。那是匪夷所思的，就像漫步在贝弗利山庄的人行道上一样古怪。

我原本不是个浮夸的人，但我觉得我的生活从来没有像为《虎豹小霸王》工作的那个夏天那样丰富多彩过，当每天我从出租车里下来时，一只手拿着《虎豹小霸王》的剧本，另一只手拿着我的那瓶止泻药。

再说一遍：洛杉矶让我非常恐惧。

但是我很不适应的不是发现写作是如此困难，而是以下问题：每一样东西都太好了。当然，他们抱怨那里的雾霾，但除非你是一个土生土长的夏威夷人。对大部分人来说，洛杉矶的天气真是好极了。而各种生活的基本必需品都很容易买到：市场通常一天二十四小时营业，当你在商店购物时没有人会对你咆哮。一切都是……一流的。

但是写作从本质上说，是一份你自己在一间屋子里从事的工作。写作并不是开会，也不是网球比赛中需要他人配合的反手击球运动。

当你拥有阳光，当你拥有海滩，当你拥有游泳池，或有权使用泳池，当公共网球场一直开放，当高尔夫球课程就在门口，当驾车到大苏尔游玩的诱惑总是在那儿吸引着你时，谁会想走进一间屋子在那儿摆弄纸张？

也许你能轻松做到。但我不能……

洛杉矶的危险却孕育着成功。

如果有人抱怨说："他疯了吗？我愿意遇上这种'危险'，让我体验体验。"我一点儿都不会怪他们的。

当然，成功是我们奋力争取的目标——那是从小便不断灌输进我们脑袋的东西。当然，成功比失败好。"我曾贫穷，我也曾富有，还是富有更好。"①

下面是八位成功的电影人，他们的名字按姓氏的字母顺序排列：

伍迪·艾伦（Woody Allen）
帕迪·查耶夫斯基（Paddy Chayefsky）
弗朗西斯·科波拉（Francis Coppola）
约翰·休斯顿（John Huston）
纽纳利·约翰逊（Nunnally Johnson）
欧内斯特·莱曼（Ernest Lehman）
约瑟夫·曼凯维奇（Joseph Mankiewicz）
比利·怀尔德（Billy Wilder）

① 戈德曼在此引用的这句话，据悉最早出自1930年代美国女作家比阿特丽斯·考夫曼之口。之后这一说法深受演艺圈明星、经纪人和专栏作家的欢迎。

当我问自己仰慕哪些编剧时，这些是最先映入脑海的八个名字。我不是说他们是最好的八个人，如果我稍微多考虑一会儿，可能会想到我同样仰慕的另八个人。然而这八个人确实是值得一提的。他们有如下共同点：他们都是以电影编剧起家，但如果你很熟悉这些名字的话，一般是因为他们的导演身份、制片人身份再或是明星身份。他们都尽自己所能迅速地成为在多个领域活跃的人。为什么？接下来完全是我对背后原因的猜测，但我不得不如此进行。为了赚更多的钱？可能是。为了获得更大的影响力？绝对是的。但我打赌最主要的原因不是以上的任何一个。

因为仅仅做一名编剧的话，对于想全职从事创造性工作的人来说，是绝对不够的。

我没有滥用或曲解“创造性”这个词——我的意思是，该死，我没有说某人“创造了”电影《如何撑起一件热辣比基尼》（*How to Stuff a Wild Bikini*，1965）。

“创造性”这个词在字典里被定义为“有创造的能力”，而“创造”的意思是“使某事物形成、造成”。

对于编剧来说首要的成就是在金钱方面，而这种成就对银行家和商人来说当然是好的，不然他们如何获得成就感？但是如果你是那种想创造点儿什么的怪人，且你毕生所为就是编写剧本，我可能很羡慕你的银行账户数额，但我不会认可你的灵魂。

像我们这种人，小时候有被带着玩具翻山越岭的小火车深深影响的童年，或者沉溺在被蜂蜜罐拯救的小猪皮杰（Piglet）的故事里，或者是其他的经历，令我们在成长的过程中，从来没有奢望着成为杰奎琳·苏珊[1]那样的人。我们跟随着巨人的脚步前进，我们想要创造奇迹。

---

① 杰奎琳·苏珊（Jacqueline Susann，1918—1974），美国出版界的传奇人物，第一位连续三部作品荣登《纽约时报》畅销书排行榜首位的作家。

但编剧的工作可不是那样的。

有一个名叫“家务劳动”的妇女解放组织，其名字的含义是指那种即使很漂亮地完成了也不会有人注意到的工作。比如打扫和清洗类的工作。很难能听到在办公室忙了一天的丈夫走进家里，然后说：“亲爱的，家里真是窗明几净，真是太舒服了。”更可能的情况是，他走进来说：“家里太脏了，我这么辛苦工作是为了什么，难道是为了回到一个像动物园一样的家吗？”

而编剧工作就像家务劳动。简单举个例子：电影《鹫与鹰》（*Waldo Pepper*，1975）。《鹫与鹰》基本上算是我的一个原创剧本。我说“基本上”是因为这部影片的创意来自其导演乔治·希尔，我们一起用十天时间讨论了故事情节。所以说《鹫与鹰》不像《虎豹小霸王》那样“原创”，但它比任何我改编过的剧本都更具有我个人的创作印迹。

我们的电影在纽约上映，三家日报对这部电影分别持两种态度。两家称赞有加，一家给予批评。

在赞美的报道中没有人提到我的名字。但你要相信，我的名字在批评的声音中首当其冲。是我毁了乔治·希尔的电影。

出现这种情况很正常，那是对待编剧的标准模式。世界就是这样的。除了极个别的情况外，你不太可能获得高度的认可。

但你确实能赚钱。

而当你越来越红后，你就能赚更多的钱。在蔡森饭店吃饭时你不用担心会被放逐到西伯利亚去。但请注意，现在我们已进入危险区。

你会在开会时受到别人的奉承。开始时你会坐在那里想：“你会相信一个一直不断在恭维奉承的混蛋吗？”但是奉承的话越说越来劲。而再一次，开始时你会提醒自己，那些话与你此次作品的质量无关，那是因为人们都排队看你的上一部电影。

但最终，不可避免地，你会对自己说：“既然这么多人都说我是个了不起的作家，我的想法干吗要和大家不同呢？不管我的想法了，他们是对的。我是一个了不起的作家；如果你不信的话，看看我的票房纪录吧，那是非常棒的。”

那样你就被毁掉了，但你却没有察觉。

那个想要创造点什么的孩子早已消失。而唯一挽救他的办法是：你必须写点别的东西。

任何别的东西。

我不在乎是写史诗或押韵两行诗，写虚构小说或非虚构。但必须存在一个重视作品质量的表达途径，一个不是根据韦斯特伍德区第二周周末的票房纪录来做评判的世界。

可能我有些发疯；可能我大错特错。可能你认识一些终其一生投入编剧事业的人。如果你认识的话，问问他们那些他们没有选择的路……

所以说究竟为什么要去洛杉矶呢？

一个是现实原因，一个是感情原因；而同样基于这两个原因，我会力劝一位年轻的剧作家最好尽力在纽约发展。

先说现实原因：简单说，居住在洛杉矶的人知道全国其他地方的人不知道的事情，而他们能首先得到消息。电影业是洛杉矶生活的有机组成部分，而其他任何地方都不是那样的。你要问的话，那是公认的情况。

拿电影《反斗星》（*Porky's*）举个例子。

现在是1982年5月的第一周，从我开始写这本书时，《反斗星》已经上映了。没有明星。没有知名导演。没什么好评。

现在预言这部电影最终的表现为时尚早，但它肯定是一部非凡的电影，有很多人认为这部片子将最终成为美国电影史上最受欢迎的喜剧片。

这时，如果你在芝加哥或迈阿密，你在4月份看了《反斗星》，然后你坐在那里想："我能比它做得更好。"随后你回到家里开始写一个探讨年轻人性觉醒的剧本，而且你写出了一部非常优秀的作品，达到了很高水平。而你有一个姑姑，她的一个初中同学现在在威廉·莫里斯（William Morris）公司的法务部里工作，你请求她把作品拿给同学看，她做到了。他喜欢这部作品，随后他把它拿给了莫里斯公司的一位高级经纪人，他也喜欢它，你知道后面将发生什么吗？

以上的一切都将可能是徒劳的努力。

那位莫里斯公司的经纪人阅读剧本然后会想："太遗憾了，要是六个月前得到它该多好。"

六个月前？《反斗星》刚刚上映。

但是他们知道。他们在去年的深秋就知道了，福斯公司的人确实知道，因为他们已经测试了这部电影的市场反应，且反馈极好。当然起初，他们不可能预测到《反斗星》有如今这样现象级的表现。不过他们肯定知道自己手握着一部卖座影片。

而行内的其他人也都知道同样的事情。你最好相信，在《反斗星》上映之前，每家电影公司至少有两部模仿《反斗星》的作品在开发之中。而当《反斗星2》上映时，相信我，会有《反斗星2》的[①]，已经有可能三到四部类似的电影先于它上映了。

对电影的评价早于电影的上映。

基本上说好莱坞是一个很小的圈子，里面很少有秘密可言。当一家电影公司同意一个项目，在选角或组建团队结束前，很多人都已知晓这个项目了：记得我说过，大多数电影已经被大多数的电影公司拒绝过。可能有一点点言过其实，但仅仅是一点点而已。

这时，随着主要场景即将开拍，已有上百人投入其中。而整体

---

① 《反斗星2》（*Porky's II*）于1983年6月在美国上映。

上看，电影行业中成千上万的大多数从业者是技术人员。他们都很健谈，并且因为每个人都是批评家，因此都很固执己见。“导演喝多了，你要振作起来。”“那个讨厌的女孩简直一无是处，该死，我们真要有的受了。”“我不知道，目前一切进行得真是太顺利了。”诸如此类的话。

接着，当正式开拍后，许多人都会看“样片”，即含有前一天拍摄内容的电影片段。其中最重要的人是电影公司高管，而我发现，如果你认识他们且知道他们的话，你会发现他们对自己的产品表现出了令人震惊的诚实。如果一部电影很难看，他们不会站出来直接指出这一点，而且会说，“可能我们对它的期望有点过高了”或“我觉得，现在拍的和我们想在银幕上展现的内容有些不同”。

而当他们真的喜欢他们看到的东西时会非常激动。因为除个别原因外，我们总是会希望参与不那么糟糕的事情。

当他们真的喜欢某部电影的时候，相关评价会广为流传。很显然，“评价”不是绝对可靠的。当然，苏城的人知道《天堂之门》在拍摄时陷入了困境，而其后来被证实是千真万确的。但是根据我的经验，最常被谈论陷入困境的电影是《教父》的第一部，包括真实的和人们想象的困境。有一个很有名的故事，我对其真实性有所怀疑，说的是弗朗西斯·科波拉从电影准备阶段的最后一次踩点旅行归来，当他刚下飞机，就接到了经纪人的电话，经纪人说：“不要退出。让他们主动解雇你。”

一旦拍摄结束且电影的初剪出来后，电影公司通常让自己人先看一遍。我记得在《周末夜狂热》（*Saturday Night Fever*，1977）上映的几个月前，一位派拉蒙公司的秘书和我聊天。而当时特拉沃尔塔仅仅是出现在低俗电视系列剧海报上的一个帅哥而已。她说：“我看了《周末夜狂热》，我喜欢它，约翰·特拉沃尔塔很棒，我不在乎别人的评价。”我对这部电影的成功并不感到惊讶主要是因为我们简短的对话。她本不必提起那个话题，我并没有问她。她是因为发自内心地喜欢这部电影而禁不住一直谈论它的。

可能你听起来觉得无关紧要，但至今还没有哪部电影因为口碑很好而被毁掉。

在电影公司预先看过片子后，大多数的电影开始了“内部试映”，那就是你真的开始感到命运之神的强大之时了。

两部大型歌舞片将在下个月上映。两部片子的成本，加上拷贝和广告宣传费用，共达大约 1 亿美元。它们是《安妮》和《春城花满天》(*The Best Little Whorehouse in Texas*，1982)。

我听到的关于《安妮》的评价有褒有贬。一些人说“很精彩”，而另一些人说“很乏味”。但每个人都认为这部片子的票房会不错。而我也如此觉得。

至于《春城花满天》这部片子，我没有听到任何的评价。一句都没听到。这让我怀疑它陷入了困境。让我们拭目以待。

我能在这里理性分析利弊的唯一原因，是因为我为了写这本书已经进行了长时间的调研，并且尽力去接触、约谈许多人并问许多的问题。但是通常而言，既然我在纽约生活和工作，便和其他人并无两样：只关注在报纸上读到的内容。

而在洛杉矶，即使一位南加州大学电影学院内向而不合群的人现在都比我知道得要多。当然，很多成功的电影人住在东部或旧金山。但他们中有多少人是在那里起家的？他们中有多少人是编剧？

对我来说，在行业的核心地区即在最受关注和最多机会的地方起步是常识性知识。我想，如果今天我希望从事编剧职业的话，我会追随格里利先生[①]。洛杉矶是驻足的好去处。

① 格里利先生指的是霍勒斯·格里利（Horace Greeley，1811—1872），他曾在西进运动时发出过著名号召：“小伙子们，到西部去！和你们的国家一起成长！”

但并没有规定说你必须一直待在那里……

现实原因就说到这里。感情原因也同样重要。

我认为大多数人没有认识到，也没有义务了解的事实是：如果你想从事艺术行业的话，你需要承受不少别人对你的贬损。我的意思是，进入医学院这种事你可以昂首挺胸地说出来。或者进入银行工作或进入保险公司或从事家族事业，这些都没问题。

但是看看我在毕业后和几位前辈的对话……

“这么说你已经从学校毕业了，比尔[①]。”

“是的。”

“你接下来想做什么？”

停顿。最后我会说：“我想当个作家。”

随后他们会停顿。“当个作家。”

“我想试一试。”

第三次也是最后一次停顿。接着会出现两个不可避免的答复中的一个：或者是“在那之后你要做什么？”或者是“你真正想做的是什么？”。

多么可怕的两句老生常谈啊……在那之后你要做什么？你真正想做的是什么？在那之后你要做什么？你真正想做的是什么？

第一句话（“在那之后你要做什么？”）意味着失败。

另一句话（“你真正想做的是什么？”）意味着我的理想不是一份严肃的职业。

那可能与你的情况听起来很不一样，或者可能确实不一样，但

---

① 即威廉·戈德曼，英文里 William（威廉）常简称为 Bill（比尔）。

是，告诉你们，我有一个秘密：我知道他们是对的。这可能与成为一名作家的严肃性无关，但是在心中我毫不怀疑自己会失败。

如果不那么想的话，那我可能是发疯了。我来自一个商人家庭，在一个商业氛围很浓的地方长大。在欧柏林学院，我选修了他们当时开设的创造性写作这门课。当时班里大概有十二个人，而其他十一个人选这门课都是因为一个原因：这是门简单的课。我是唯一一个想要学习写作的人。其他所有人都得了 B 或更好的成绩。我只得了 C。

在西北大学参加暑期学校时，我修了另一门写作课。我不清楚其他人的选课动机，但是结果是一样的：我得到了目前为止最差的成绩。

在欧柏林学院有一本文学杂志，我是小说版的编辑。还有一位诗歌版编辑和一位杂志的总负责人。所有东西都是匿名送审的，而每一期我都会偷偷把我的一篇作品加入其中评审，我们三个人会开个会，然后我会听到他们共同认为无论谁写了这篇东西（我写的东西），都不能在杂志上发表。我是小说版的编辑，但我却不能让自己的作品在上面发表。

当我 1954 年来到纽约时，我记得有一次去参加一个聚会。我不怎么喜欢参加聚会。我的 SAT 考试中参加宴会部分的得分能跻身史上最低分行列。但是，那次我发现了一名女孩，一个当地人，我想她毕业于莎拉·劳伦斯学院。我们鼓起勇气相互致意，她问我来自哪里，我也问她来自哪里，她问我住哪里，等等，直到她问："你做什么工作？"

我告诉她："我想成为一名作家。"

而在听到这句话后，她就转过身去了，但是在她那么做之前，她的脸上掠过一丝神情，并且说道："哦，又一个。"

……哦，又一个……

如果你是杰米·韦思[①]，你想要开始从事绘画事业，嗯，爸爸会同意的。但是我们中的大多数人正在迈入未知的领域，我们有希望，但我们也清楚对我们不利的因素。失败陪伴着我们。

这大概是唯一陪伴我们的东西。因为没人会为你着想。旋律就在我们脑海中回荡，但如果它们听起来很糟糕怎么办？色彩和编舞动作就在我们眼前，但如果没人在意怎么办？

如果你觉得我们现在离洛杉矶还有很远的距离，我不同意。洛杉矶的每位出租车司机都是暂时失业的演员，那是写进城市宪章的。当然我们还知道每家店里的女服务员都梦想着成为史翠珊那样的人。

但是，你会惊讶于有那么多编剧正在整理拉尔夫超市的货架或等在韦斯特伍德区的餐桌边。他们是大多数人，而即使你是个足不出户的书呆子，你也能偶然地遇到他们，并和他们聊天，喝酒，还会发发电影行业的牢骚，议论其中的逸事。换句话说，如果你想成为一名编剧且你住在得梅因，那将会是一个可怕的诅咒。一个想成为编剧的人住在洛杉矶也会是一个可怕的诅咒，但至少你并不是唯一承受这一切的人。

哦，朋友，当你开始你的职业生涯时，上面说的你觉得重要吗……

① 杰米·韦思（Jamie Wyeth），美国画家，其祖父和父亲都是画家。

经纪人

经纪人就像是电影行业的第22条军规：每个刚入行的人都极度渴望请到一位经纪人，但却没有哪个刚入行的人能够请得到。

我记得在我从事电影行业的这些年里，无论何时我遇到对编剧感兴趣的人，在他们心中都只有一个问题：我怎么能请到一位经纪人？没有哪个刚入行的人会问技术性问题或保罗·纽曼的眼睛颜色。问题总会是："我需要一位经纪人，我怎么能请到一位？怎么办呢？"

很显然，那是不可能的。

但你可以动动脑子试一试。在开始找经纪人之前，应该先回答这个问题：究竟一位经纪人能为你做些什么？

没有什么神奇之处。

如果你写了《太空美少女》（*Fire Maidens from Outer Space*，1956）或《比利小子与吸血鬼》（*Billy the Kid Vs. Dracula*，1966），那么哪怕大名鼎鼎的卢·瓦泽尔曼在其鼎盛时期也无法哄骗大卫·里恩（David Lean）去导演你的作品。

但大牌的经纪人能为你节省大量的时间。比如ICM公司[①]的山姆·科恩（Sam Cohn）想要与派拉蒙公司打交道，他很可能不会打电话给公司的任何一位管理人员，他会直接打给巴里·迪勒（Barry Diller），即公司的老板。而迪勒会接他的电话。因为他不仅知道科恩的客户都有谁，还认识科恩本人，且明白若不是有一个很有市场价值的项目，科恩是不会给他打电话的。

即使最缺乏经验的经纪人都有着不可忽视的价值。因为出于法律上的原因，行业内很少有人会读一部没有代理人的剧本。

比如你写了一部关于僵尸的电影剧本，而联美公司的某个人通读了它，接着，一年以后，联美公司宣布他们正在制作一部关于僵尸的电影。诉讼就是这么产生的。对于大多数电影公司来说，在他们接触一个没有代理人的作品之前，他们会给作者发送一个表格，让作者必须在上面签名并送还公司，这样，在理论上就让公司免除了可能的法律纠纷。

经纪人也和其他人一样知道很多传闻。可能比一般人知道得更多。他们不仅仅知道哪家电影公司正在寻找一个爱情故事，所有电影公司总是在寻找爱情题材的故事。而且知道哪位明星想要改变他的形象并且尝试新的角色。还有哪位导演正为赡养费发愁且尽快需要一份工作。还有哪位电影公司高管将被解雇，因此不要与他接近。因为当他被解雇后，那些他同意拍摄的项目就成了其继任者的眼中钉，因此不要指望那些电影会被拍摄出来。

优秀的经纪人们，无论是否经验丰富，都很善于就业辅导。我认识埃瓦茨·齐格勒（Evarts Ziegler）十五年了，而无论我的职业发展得怎么样，他都对此负有重大责任。

---

① ICM（International Creative Management, Inc.）指的是国际创新管理公司，成立于1975年，是好莱坞著名的老牌经纪公司。

“但是当我还没找到工作时，就业辅导究竟有什么用处？”你可能会这样问。

那好，让我们说说要请一位经纪人的事吧。

第一，你最好已经写好了代表你最高水平的作品，即一部剧本，其形式适当并且，别笑，字迹清楚。如果你有不止一部剧本，那就更好了。不是说让你一开始就给经纪人看两部作品。但是如果他读了一部并且至少有点兴趣，他会向你要另一部作品的样本的。

第二，查出经纪人的姓名和地址。怎么做呢？很简单。联系美国编剧工会（Writers Guild of America），联系他们在纽约东海岸分部或在洛杉矶的西海岸分部都行，拿到他们认证的经纪人名单。我现在正在看着这样一份名单。那是 1981 年 7 月版的名单，长达九页，我估计其大概列有至少两百名经纪人的姓名、地址和电话号码。

第三，研读这份名单。认真地多看几遍。可能有点令人眼花缭乱，但一定要这样做。例如在第一页，只有五个条目。“艺术经纪人”，暂时忘掉他们；同样也暂时忘掉 AAG ——演艺经纪人组织。但是“亚当斯，有限公司，布雷特”这条可能有价值。布雷特·亚当斯是一个人名。而人名就是我们现在要检索的内容。

因为无论联系到什么样的人，无论与你有多远的距离，也绝对比联系不到任何人要更可取。

你有律师吗？大概你没有。你的父母有吗？也没有？你家庭里的某个人一定在某个时候联系过律师。给那个律师打电话。问问那个律师是否在读研究生时认识某位毕业后从事电影行业相关法律工作的人。如果答案是肯定的，你要恳求认识的律师联系他的弗吉尼亚老友。如果他愿意的话，很好；如果他不愿意，而他很可能会不愿意，同样感谢他，然后继续想其他办法。

你妈妈的高中同学中是否有人后来成了演员？可能她没有，但如果她确实有，可能你已经认识了。而她的高中同学中是否有人后来为一位演员工作？不能确定。但可能她的高中同学中有人曾经确实在一个地方电视脱口秀担任化妆师。如果她真的有，让她再联系那个人，或者你自己联系。但可能一无所获。

但是如果你想请一位经纪人，你要习惯挫折。

以及拒绝。

大量的拒绝。

也许可能性不大，但还是有一定的可能性，某人和认识布雷特·亚当斯的某人相识。

没有这样的人？看下一个人。

巴迪·阿尔托尼。他是下一个人。有人有办法接触到巴迪吗？接触到维尔维特·安博呢？或者弗雷德·阿姆泽尔？或者能接触到任何姓氏是字母 B 或字母 C 再或其他字母开头的人吗？

没有？继续找。

当完成查姓名这项工作后你可能一无所获。但至少你已经在从事电影行业啦，伙计。

第四，即使你很幸运地联系上了某人，你怎么知道那位经纪人够不够好？

这个问题很难回答，因为我无法准确地定义什么是一位“好”经纪人。根据我的理解，那是种相信你的才华以及会为你来往奔波的人。

但是你能分辨出哪些是成功的经纪人。作为一位经纪人就意味着签约客户。所以找出谁掌握重要的客户。如果你想知道劳伦斯·卡斯丹或阿尔文·萨金特（Alvin Sargent）的经纪人是谁，你要做的就是打电话给前面提到的美国作家协会去问他们。你不必一定是他们的会员，只需要拿起电话拨号，他们会告诉你的。这是他们愿意提供的服务。

你能得到很多很多的信息。但是丹·拉瑟[①]不会在晚间新闻时段告诉你这些信息。你必须亲自思考和行动，而最重要的是，快马加鞭赶紧行动。

死缠烂打是这里的通关密码。记得《花生漫画》(*Peanuts*)中的人物露西吗？你要向她学习。她会毫不费力地请到经纪人……

最后一个建议：假如你是一名编剧，要写一封信。你已经发现了谁手里掌握着成功的或你羡慕的编剧资源，你要给那位经纪人写信，要告诉他你是谁以及你想要什么。

我觉得任何在电影行业待过一段时间的人都收到过来自年轻人的“求助”信。下面是我最近收到的两封信：

> 亲爱的戈德曼先生：
>
> 我正在写一部出色的剧本，我得到保证说当它写完后我将得到60万美元的稿酬，但我现在需要养活自己，而我写作的速度比较慢。
>
> 所以如果你能和我合作完成剩下的部分，我会分你一半的稿酬。我们能达成协议吗？

面对这样一封信，你是无法写出一个合适的回复的。你能做的是祈祷用捕蝶网追捕病人的精神病科医生能在这个孩子的行为造成永久伤害之前抓住他，但仅此而已。这个孩子显然完全疯了。

下面是第二封信：

> 亲爱的戈德曼先生：

① 丹·拉瑟(Dan Rather)，美国CBS电视台王牌节目《60分钟》和《晚间新闻》主持人。

我是一名澳大利亚的年轻编剧，既是纽约的新来者，也是编剧行业的新人。在过去的一年半里，我写了三部剧本，更准确地说是两部半。第一部是个一小时的作品，是受一位看了我写的一个短篇故事的澳大利亚导演的委托写的。

在非常清楚古装剧对于电影公司没有吸引力的情况下，我还是写了一部长篇剧本，名叫《特洛伊罗斯与克瑞西达》(*Troilus and Cressida*)。但是，我认为我的如下想法是正确的，电影公司高管们对于来自默默无闻的作家的作品会表现出更大的兴趣，如果他们认可其题材的话。因此，我已经成功地让福斯公司、派拉蒙公司和米高梅公司负责产品的副总裁读了我的《特洛伊罗斯与克瑞西达》。他们对我作品的质量都持正面态度，但是影响其投拍的制约因素是制作成本过高。

我的另一部剧本在商业上有更理想的预期，那是一部间谍惊险类型片，讲的是一个妄想狂得到一些重要的政府文件的故事。我上周把它送到了米高梅公司。

所以您知道了，我不是一个编剧行业的新手，而且对于从商业角度理解编剧行业，我也并不幼稚。然而，由于我没有经纪人，我确实对下一步如何发展有很多的疑惑。如果您可以花一小时左右和我聊聊，我会非常感激。我保证不会要求您帮我介绍任何人认识，或请求您阅读我的作品。

可能对您来说这样的一个会面不会带来什么好处，但可能也不是毫无价值。我不是个笨人，也不是个（尽管您手里拿着证据）生性冒失的人。前辈编剧为新人提出意见和建议是这个行业的一个悠久且光荣的传统，我希望您因此会考虑我的要求。

我不知道你们会怎么想，但是我无法拒绝和这个年轻人见面。我无法知道他是不是说了实话，他可能只是一个来自桑达斯基的骗子。

但一想到电影公司高管们可能会知道《特洛伊罗斯与克瑞西达》这部剧本，就令我欲罢不能。

不管什么原因，那封信起作用了。我们见了面，我用了一个小时时间回答了他的问题，我不觉得我帮了他什么忙，但是他得到了他希望从我这里得到的东西。

显然，我不是一位经纪人。但是那封深思熟虑、严肃认真且才华横溢的信，可能同样会引起一位经纪人的兴趣。毕竟他们需要客户以维持生计。经纪人的工作也可能不起作用。如果没有起到作用，请不要憎恨他们。

因为他们的生活也很不易。

我这么说是有理由的。不久前我打电话给齐格勒，时间挺晚了，而我在电话里不停地抱怨着，大概说了些编剧常发的牢骚："他们不赏识我。"诸如此类。在我喋喋不休之时，我能感受到他的语气发生了变化，这时我有了一个想法。接着我不说话了。他问我为什么不说了，我告诉他："我突然意识到了，没有人在给你打电话时谈论好消息吧。"

我认为上面的想法是对的。客户不会打来电话或写信过来表示感谢。相反，他们会想："那个懒惰的混蛋，我打电话时他竟然在吃午饭，为什么他不出去帮我谋一份差事，该死，他拿百分之十的提成，他为什么不做点什么。"所以，干经纪人这行是得不到感谢的。但却要承受另一样东西，即一个他们在生命中的每一天必须面对的事实。

客户会离他们而去。

每位经纪人都清楚，每位客户都会在某个时刻对他们产生不满。和我交谈过的一位好莱坞的顶级经纪人几乎每次在提到他的客户的名字时都会在前面加一句咒骂的话。大多数经纪人不会那么坦率。但他们必须承受这个一成不变的现实。

有一次我参加一个聚会，当时一位明星正与一位经纪人聊天，那并不是他的经纪人。明星表现得风趣幽默、魅力无穷，我们边听边笑，接着明星开始讲述那天他亲身经历的一件事，事情发生在从机场开出的一辆出租车上，当时——

经纪人用平和但充满惊讶的语气说道："你是说他们没有派辆轿车接你？"

明星耸耸肩，说他不想让他们派车接，然后继续讲他在出租车上的故事。但我在一旁却看到，当经纪人插入那句有关轿车的话时，他的脸色发生了不易察觉的变化。

不久之后，当我知道明星已经换了经纪公司时，我并没有感到惊讶……

收　入

在一万一千一百一十美元到大约一百万美元之间……

会　议

不管是谁发明了会议，一定是把好莱坞的会议情况考虑进去了。我认为他们应该为各种会议颁发奥斯卡奖：年度最佳会议奖，最佳辅助会议奖，脱胎于其他会议的最佳衍生会议奖。

好莱坞常常发生这样的状况：一家电影公司最近宣布，他们有一百八十三个项目正在开发中。你知道对于电影行业的人来说这个数字意味着什么吗?

天堂!

但要理性地看待这个数字。在这一百八十三个项目中，大概最多十个会最终完成。而在电影公司中只有一个人能最终做出“开拍”决定。那么其他的公司管理者在工作时间都应该做些什么呢?他们怎么证明他们配得上自己的薪水?制片人又都做些什么填充他们的时间?

会议是所有人的救星。

我认为最保守估计，那一百八十三个项目意味着开了超过一千个会议。

电影公司已经很少发起项目了。所以比如说你是一位制片人，你觉得拍摄《勇敢的小火车头》(*The Little Engine That Could*)的时机成熟了。

所以你和你的经纪人开了个会。经纪人说："嗯，现在动画片的制作成本太高了，你能让它变成真人实景拍摄的片子吗？我听说伊斯特伍德是一个火车迷，他可能是扮演火车司机的理想演员。"接下来的事就是着手处理版权相关的问题。

一旦处理好了版权问题，你将与一位电影公司高管开一个会，可能是在波罗餐厅共进午餐，可能是在早餐时边喝咖啡边进行沟通。你先闲聊些有关洛杉矶公羊队或湖人队的情况，接着会和他谈起这个话题：《勇敢的小火车头》。

而那位精明的高管说："你看，我们公司不拍动画片，去问问迪士尼吧。"而你会说："谁说要拍动画片了，我是在说一部冒险片，一部悬疑片，一部大家都会喜欢的电影。并且伊斯特伍德可能会加盟，我的意思是，大家都知道他是一个火车迷。"

然后在你等待期间，那位高管找公司的另一位高管一起开会。他们一开始先闲谈一会儿，聊聊他们能为理查德·普赖尔做点什么。闲聊之后，第一位高管说："想想伊斯特伍德演一部有关火车的电影，我们知道他对火车有多着迷。"第二位高管说："天知道《银线号大血案》(*Silver Streak*，1976）赚了多少钱。《战俘列车》(*Von Ryan's Express*，1965）也应该大赚了一笔。"接着第一位高管说："说到赚钱，我觉得只有《勇敢的小火车头》会比那两部片子更卖座。"随后，在他的同事提起动画片之前，他补充道："拍真人实景片吧。动作，冒险，所有引人入胜的元素。"第二位高管想了想，然后说："嗯，确实是很棒的创意，我不知道销售人员会怎么想。"

接着这位高管会召集公司的高级销售人员开会，在会上他们开始随意讨论。"当然，伊斯特伍德喜爱火车，而且伊斯特伍德出演的动作片肯定卖座，但这是一部有点少儿倾向的电影，这两类观众群体会不会有冲突呢？""万一他们不冲突呢，万一他们结合在一起了呢？万一《星球大战》和《永不低头》(*Every Which Way but Loose*，

1978）的影迷群体都喜欢这部片子呢？”

销售人员要求给一点时间进行市场调研、销售测试以及片名熟悉度调查等。

销售人员用他们的方法工作一段时间后，可能最终得出影片值得拍摄的结论。所以他们再次与高管们开会，给出了他们的结论，最后第一位高管会与制片人进行第二次会议，其间他们会讨论项目开发协议的具体条款，其中包括他们要付给剧本第一稿的编剧多少钱的报酬。

这就是我们开始介入的时候了。

这一章真正要讲的是：会议中的行为。这里涉及两类会议：其一面试会，即他们考虑是否雇佣你的那种会议；其二创意会，即剧本已经写好而大家想对之做出修改的那种会。

面试会

在面试会上，展现个人特质的最佳方式是表现为一个集害羞、智慧的自嘲和狂野的、几乎无法控制的热情于一身的混合体。

这种混合体不是我们中大多数人与生俱来的。要通过面试并不容易，尤其当你很年轻或是个新人，或是最重要的状况，当你很需要这份工作时。如果你需要这份工作，如果你真的需要得到它，你必须注意不要让别人知道这一点，因为面试官们对现场情况很敏感，而如果你表现出过于想得到这份工作，他们不会雇你的。因为他们知道你对项目本身并不关心；你会接受他们提供的任何内容，而缺乏自己的想法。

在制片人的带领下，你走进了高管的办公室。介绍过后，就开始例行的开场闲聊：“来到这里时间长吗？”“实际上，我是在韦斯特伍德区出生的。”“一位本地人？你的父母是合法居民吗？”闲聊中轻笑不断。

在这场摸底对话中，高管要回答一个问题："这个家伙是谁？"他知道你不是马里奥·普佐[1]，因为普佐不会为了赚两万五千美元而参与一个尚在规划中的影片项目。高管无疑读过与你有关的东西。可能是一部电影脚本，一个故事，或之前没拍过的剧本。而他也已经和可能同样看过那些材料的制片人沟通过了。

但是你是他们认可的那个人吗？

那是他们想要搞清楚的。编写剧本的能力不一定会提高：你的编剧能力可能在你写了两三部剧本后仍然没有变化。

你是他们认可的那个人吗？

你是世界上最合适去赋予兼具孩子的幻想和克林特·伊斯特伍德动作片元素的故事生命力的人吗？因为如果你是的话，而你写出了一部明星愿意出演的剧本，则制片人发了大财，电影公司高管的职业生涯迎来了一个新高峰。会议的氛围可能开起来很轻松，但是，其实这次会议比你以为的要具有决定性。

最后，在谈了仿佛五十分钟般漫长的五分钟后，出现了短暂的停顿，接着高管会问："你怎么评价这部作品？"

不要说"那是我最喜欢的书，在此基础上可以制作出自《战舰波将金号》（*Battleship Potemkin*，1925）以来最伟大的电影"。

下面这样说会更好："嗯，当然你知道我是这行的新人，可能永远不如你们知道的多，但我当然读过这本书，还写过关于当代青少年小说运动的毕业论文，这可能听起来很傻，但当火车载着玩具穿过山岭时，我哭了。没有泪如涌泉，但我确实流泪了。我认为作为文学作品，它可能不是像《爱丽丝漫游仙境》（*Alice in Wonderland*）那样的作品，我不是在这里批评《爱丽丝漫游仙境》，但《爱丽丝漫游仙

---

① 马里奥·普佐（Mario Puzo，1920—1999），影史经典《教父》的编剧。

境》从来没让我感动过。”

你是他们认可的那个人吗？

直到你的电话铃声响起，你才会知道……

创意会

在所有的创意会上都有一个必须遵守的重要规则：不要第一个发言。至少在一开始，你的任务就是闭嘴。

在创作电影作品的过程中，我很早就认识到了这则超验真理，而过程有些偶然。当时我参与拍摄一部我认为确定开拍的电影。电影公司已经表示“同意拍摄”，拍摄准备工作在顺利进行着。我感到非常愉快，因为每件事都进行得几乎尽善尽美，仅有零星的争论，偶尔爆发的敌意，但出现重大问题的可能性已经被控制在最小程度。

我接到了制片人打来的一个电话，说：“嘿，我过来了，我周六有空，请把那天都空出来，我们要聊点事情。”

把那天都空出来？

当我走在去雪莉餐厅与制片人会面的路上，那句话不断在我耳边回响。我走到他的包房，我们点了咖啡，尽力不让他看出来我有多么紧张：我觉得剧本没什么问题，不知道他会提出什么问题，以及我到底能怎么处理他提出的问题。因为他那个“把那天都空出来”的提醒，我买了一个笔记本。不要没拿笔记本就去参加一个创意会。我打开它，拿出一支笔，做好了面对噩耗的准备。尽管不知道具体情况，我还是说出了那句神奇的话，“告诉我你所想的一切”。接着我取下了笔帽，准备开始记笔记。

当时我还不知道到底发生了什么，但会议就此结束。

因为突然，他不知所措了，而我拥有这样一个可怕的具有停止力量的武器：我的笔记本。我要记下来所有东西，把他所有的智慧，当场记录下来。

而就像大多数的制片人和高管一样，他没有什么特别的东西要说。他们通常不具备处理与剧本有关的复杂问题的能力，就像同样地，我也不具备处理他们面对的问题的能力一样。

他说了下面的话：“我觉得我们必须要小心点，以防万一出现经济不景气的情况。”

我重复道“小心经济不景气”，然后在笔记本上把这句话写了下来。

“要保持速度。”

“不能减慢速度。”我说着，然后把那句话写了下来。

“我们的主人公一定要有同情心。”

“展现主人公的同情心。”

这时我们点的咖啡来了，我们倒了咖啡，开始品尝，随后开始天南海北地闲聊。我半小时后离开了。

后来在参加每次创意会时我都照此行事。如果你先说话，他们就能有针对性地予以反驳。尽量不要给他们这种机会。

艾伦·伯恩斯（Allan Burns）是我的一位作家朋友，他近期参加了一个创意会，会上电影公司的负责人仅仅说了下面的意见：“剧本需要再有趣百分之二十五。”

几周后，那个人来询问再创作的进度。作为电视剧《玛丽·泰勒·摩尔秀》（*The Mary Tyler Moore Show*，1970—1977）的共同缔造者之一以及比大多数人都有趣的人，艾伦回答说：“嗯，目前剧本只比之前有趣了百分之十八，这意味着剩下的部分还要比之前再有趣百分之三十一。”

而那位电影公司负责人没有意识到这是一个玩笑，想了一会儿后，他说道：“听起来不错。”

通常，在你参加一个创意会之前，就已经受到打击了。我觉得说得很对，因为我们大多数人是如此缺乏安全感。而制片人在电话里说出下面的话只会适得其反："来开个会，这个剧本烂极了。"因为这意味着当面对面的交锋开始时，对方在河对岸就已经开枪了。

最近我给一位制片人提交了一部剧本，他读后给我打电话说："写出了我期望的所有东西，不如你过来我这里，我们可以谈谈细节。"

我飞到了加州，和他见了面，我们点了咖啡，我拿出我的笔记本，准备好了笔，然后说："告诉我你想说的一切。"

他确实这么做了。他告诉我："我觉得剧本有些压抑和令人沮丧，我讨厌故事的主人公，整部剧本必须完全重写。"

我非常清楚地记得他的那些话，不需要记在本子上。虽然会议可能进行得并不愉快，你仍要注意两件事情：会议上没有提出任何具体的问题，而且在剧本结构上没有任何重大修改意见。我对剧本的再创作需要做大量蛮干不动脑筋的工作，但这就是这个工作的本质，我早就预料到了。既然剧本的结构不需要修改，我的工作就成了让新剧本在与老剧本基本相同的基础上又有所不同。

电影行业的大多数从业人员不从事写作工作，他们对这个工作的艰辛丝毫没有概念。

我的一位朋友现在正埋头改编一本小说，他被要求保留原著几乎所有内容，除了一处小小的修改——让故事的主人公从原著里的六十六岁，变成四十岁。从制片人角度来看非常符合逻辑；不仅符合逻辑，而且具有商业上的可操作性。电影圈里找不到哪个已经六十六岁但仍具有票房号召力的明星；但却有一群大明星能扮演四十岁的角色。

进行这样的修改是很纠结的。因为你无法真正保留原著的内容。当你把主人公的年龄砍掉了四分之一个世纪那么多之后，原著的矛盾冲突将发生重大的变化。做这个修改工作的人住在我所在城镇的另一边。

如果风向正确的话，我都能听到他的尖叫……

加雷斯·韦根（Gareth Wigan）是拉德影业公司（The Ladd Company）的高管，他是我见过的最善于处理剧本问题的人了。韦根身上的第一个不同寻常之处是，他非常愿意花上几小时开会，逐个场景地仔细查看你的作品。

韦根是英国人，所以他做每件事都是那么温文尔雅。他常常放下剧本，直接讲话："我觉得可能我们在三十七页接近最上面的地方偏离了故事的主线，而直到四十二页的中间才重新回到正轨。"

通常，这正是你仓促完成并且希望用写作技巧避开的问题部分。但当他说了那样一番话后，你会非常庆幸能像与一位你常请教疑难的作家那样与之沟通："我不知道该如何处理那里的内容。"

随后他会提出自己的建议。我们能删掉后面的一些情节吗？我们能加入新的角色以支撑情节吗？我们能转换故事的发生情景以助于故事结构吗？

我挑选韦根的例子出来讲的原因，不是因为他有任何的天赋，尽管他确实非常聪明。而是因为至少在我看来，他总是有备而来。他在开会前是做了功课的。

你想象不到我有多少次参加剧本创意会，却在参会半小时内意识到在场的制片人或电影公司高管一点都没有读过我的剧本。

通常，这种情况发生在讨论重新创作后的剧本时，他们就剧本第一稿里原有但后来删掉的一个片段发表评论。只是他们没有意识到那个片段已经删掉了。

我不清楚在其他行业这种情况发生的频率有多高，但这种情况在电影行业确实存在。这种情况总是令人感到震惊且很难处理。因为你不能说："嘿，笨蛋，那部分已经不在剧本里了。"

我曾和已故的史蒂夫·麦奎因开会，那是有关我写的一部西部片的会议，他之前打来电话告诉我说他非常喜欢剧本，希望能见个面。

我们见面了，时任这部片子导演一职的唐·西格尔（Don

Siegel）也在场。下面是会议当时的情况。

麦奎因

我想要一个篝火场面。在那里，两个男人喝醉后谈论起了往日的时光。

西格尔

他的剧本里有那个情节，我觉得还不错。

麦奎因

我不是说剧本里的篝火场面，我是说一个像样的篝火场面。

我们像那样谈了几个小时，而我仍不知所以然。这真是令人发疯的事。我就在那里，与两位我仰慕多年的人近距离地交谈，麦奎因不断地说着他希望在剧本中出现的但其实已经存在于剧本中的内容，而西格尔则尽力周旋其中。我就坐在那里，不断点头，记着笔记，祈求这一切赶紧结束。几周后，当得知西格尔已经退出了这个电影项目时，我并不感到惊讶。

关于会议就说这么多了。不过如果我们请到了伊斯特伍德，便有很大的可能让《勇敢的小火车头》成为一部卖座的影片……

作者导演

我仍记得第一次听说作者论的那个时刻。我耐心地听着讲解，满脑子想的都是："这个理论的关键是什么呢？"

简而言之，作者论起源于法国。在那里，一群有志于成为导演的年轻人，比如特吕弗（Truffant）、让－吕克·戈达尔（Jean-Luc Godard）等宣称说，导演才是电影的作者。《村声》（*The Village Voice*）杂志的影评人安德鲁·萨瑞斯（Andrew Sarris）是作者论在美国的主要发言人。

可能这个理论在其他地方是适用的。也许特吕弗亲自设计布景，也许费里尼（Fellini）亲自操作摄影机，我们也可以想象黑泽明亲自剪辑他执导的电影的每一英寸胶片。他们都是才华横溢的人，而我想不出哪些是他们力所不及的事情。实际上，我对外国的电影制作一无所知；本书没有打算囊括他们的工作方法。

但是，我很确信：这个理论在好莱坞绝对行不通。

我从来没有见过任何一位同行，包括任何一位电影摄影师或制片人或剪辑师，相信这个理论。

我甚至从来没有见过任何一位导演相信这个。

在最近的一次采访中，戈达尔说，从一开始这个理论显然就是在胡扯，是当时冲劲十足的年轻人们杜撰出来的一个意在吸引众人眼球的概念。

然而，既然这个理论如此行不通，为什么它仍大行其道？答案是：媒体的作用。每次一篇评论或采访将一部电影称之为“弗朗西斯·科波拉的《旧爱新欢》（*One from the Heart*，1981）”或者“马丁·斯科塞斯（Martin Scorsese）的《纽约，纽约》”，作者导演的概念就会深入人心一次。而我认为这种影响是长远的。

作者这个词被定义为：“始创某事物或使某事物存在的人。”

作者导演这个词的意思指：创造了电影的导演。顺便说一句，这里没有任何要诋毁导演的意思。他们在电影制作中起到了重要的作用，而他们中的佼佼者有着非常出色的表现。

但是，能说他们是电影的创造者吗？

让我们理性地思考一下。电影公司高管们并不笨，不管你是否相信，他们对成本是很敏感的。如果是导演创造了电影，为什么电影公司要花费每周 3000 美元请一位顶级剪辑师？或者花 4000 美元请一位起类似作用的美术师，或者花费 1 万美元加提供电影利润提成请一位最好的摄影师？

这并不是因为他们很精明。

这也不是因为他们希望那样做。而是他们不得不那样做。是因为那些顶级业内专家具有极其出色的能力。他们不仅表现出色，而且还具有创造性。

我拿下面的事情举例，不是因为知道的人多，而是因为它极具典型意义：这才是事情的真相。彼得·本奇利（Peter Benchley）在报纸上读到一篇文章，讲的是一位渔民在长岛海岸捕获到了一条 2000 公斤重的鲨鱼的故事，然后他想：“假如那条鲨鱼具有领地意识，假如它不会离开自己的领地呢？”最后他写出了一部基于上述设想的小说，扎纳克和布朗买下了小说的电影制作权，然后本奇利和卡尔·戈特利布（Carl Gottlieb）写出了剧本，接着比尔·巴特勒（Bill Butler）受雇负责拍摄这部电影，小约瑟夫·阿尔维斯（Joseph Alves, Jr.）担任美术指导，韦尔娜·菲尔茨（Verna Fields）加盟后对它进行了剪辑，可能最重要的是，已经退休的鲍勃·麦特伊（Bob Mattey）受邀出山造出了那头鲨鱼。约翰·威廉姆斯（John Williams）则谱出了可能是他最令人难忘的电影配乐。

因此史蒂文·斯皮尔伯格怎么会是那部电影的“作者”呢？为什么今天人们一提到那部电影就说是“史蒂文·斯皮尔伯格的《大白鲨》”呢？我不是在这里批评斯皮尔伯格：对我来说，导演了那部令人叫绝的惊悚片，他完成了一个世界级的任务。

但是我不认为谁是那部电影的作者。

我没有谈及德莱弗斯、沙伊德尔及肖等人[①]，并不是因为他们不重要。而是有一个被一些人［戈尔·维达尔（Gore Vidal）是其中之一］推崇的理论认为导演的真正影响力已随着有声电影的兴起而消亡。在无声电影时代，格里菲斯可以站在片场，用他演员般的声调，对着莉莲·吉许（Lillian Gish）或任何人讲话，通过大段的口头指示用语言塑造演员的表演，与此同时，摄影机仍在运转。

那种情况一去不复返了。现在，导演只能无助地和摄制团队站在一起，看着演员们凭着自身本领去表演。当然，他可以选择重拍，可以在开拍前对他们讲话，但一旦开拍，他就不可以走上前去，通过语言来操控场面了。

既然如此，那为什么众多媒体仍然强调导演是电影的创作者这个概念呢？下面是诸多原因中的一些说法。

---

① 此处列出的三位均是《大白鲨》的主演：理查德·德莱弗斯、罗伊·沙伊德尔（1932—2008）和罗伯特·肖（1927—1978）。

其一，这么说方便明了。如果想讨论电影《大白鲨》，你不可能提到我前面所说的全部参与人员。因此，为了简洁明了是强调导演是影片创作者的原因之一。

另一个原因是，大多数撰写影评文章的人对电影制作中的实际情况知之甚少。他们没理由应该知道。我们的工作是制作电影，而他们的工作是撰写影评或谈论电影。

还有一个原因，即使你参与了一部电影的制作，你也几乎不可能说出谁是负责什么的。

此外，别忘了电影的宣传工作，他们不会派美术师出去参加巡回宣传活动的。那是明星或导演的事。所以，当一位明星说“我创作了我的戏份”，或一位导演在谈他的某个创意，并强调这个创意现在就呈现在银幕上并受到大家欣赏和称赞，这才是会被报道出来的东西。

正如我之前所说，请相信我，这是事实。如果你不相信我，你可以向行业里的任何人去求证——电影是集体智慧的结晶。基本上，对一部电影来说，有七种人是不可或缺的，而如果这部电影要成为一部质量上乘的佳作的话，这七种人全都必须保持自己的最佳状态。他们按字母顺序排列如下：

演员（the actor）

摄影师（the cameraman）

导演（the director）

剪辑师（the editor）

制片人（the producer）

美术师（the production designer）

编剧（the writer）

此外，有些时候例如在《烈火战车》这部电影里，作曲人的角色是同样重要的。但是不能一概而论。我认为电影《驱魔人》(*The Exorcist*，1973)的成功就要归功于迪克·史密斯(Dick Smith)为影片里那个女孩角色所做的令人惊叹的化妆效果。以假乱真的特效很难实现，而有时正是特效部门让影片变得精彩。

抬高电影制作中任何单一因素的地位是非常错误和不明智的。制作团队的每个人都对电影做出了贡献，彼此的工作也相互关联相互影响。说任何一个人是一部电影的“作者”是对其他团队成员的贬低。

除了它是错误的之外，我反驳作者论的另一个重要理由是：它带有贬低他人的倾向。

我同时认为它也很危险。

对谁来说很危险?

对导演来说。

我用一个例子说明我的观点。我相信作者论要为我最欣赏的导演之一阿尔弗雷德·希区柯克(Alfred Hitchcock)职业生涯的失败承担主要责任。你可能从对他的评论中无法看出有这种失败。但是1960年，在拍完电影《惊魂记》(*Psycho*)之后，噢，他经历了多大的挫败啊。让我用接下来的一段篇幅把我的意思阐述清楚。

如上所述，作者论这个概念在1954年前后起源于法国，不久就成为地平说学会[①](Flat Earth Society)年会上的关注焦点之一。但特吕弗和他的同僚们既聪明又有才又充满干劲；他们马不停蹄地继续前进。

既然他们是在推广一个新的理论，有一件事必须要做，那就是树立新的崇拜对象，即那些迄今为止一直被严重忽视的、在他们看来具有“个人风格”的导演们。

---

① 地平说学会成立于1956年，由该学会衍生出的“地平说”一词意味着思想落后、自欺欺人，但并不妨碍很多人包括名人追随它。

从1954年到1960年，希区柯克真可谓佳作频出：都是非常优秀的娱乐产品，如《后窗》(*Rear Window*，1954)、《捉贼记》(*To Catch a Thief*，1955)、《擒凶记》(*The Man Who Knew Too Much*，1956)、《西北偏北》(*North by Northwest*，1959)以及《惊魂记》等。

由于他技巧高超，还有优秀的电视作品，同时又极其擅长自我宣传，希区柯克成为与西席·B. 地密尔(Cecil B. De Mille)齐名的业界最著名的导演之一。换句话说，希区柯克是一位明星。

但他并没有被认真对待。

他获得过一些奥斯卡提名，但从未获得最佳导演奖。他是绝妙的惊悚片大师，但并没有很高的地位。

这正是作者论者一直寻找的人：有名气，但一直被严重忽视，具有个人风格的完美人选。

他们开始在文章里捧希区柯克。在他们尚未恭维希区柯克前，我们把希区柯克类比为007的创造者小说家伊恩·弗莱明(Ian Fleming)。不过，他们没用同样是间谍小说作家的约翰·勒卡雷(John le Carré)做类比，他们说希区柯克是推理大师格雷厄姆·格林(Graham Greene)级别的人物。

欧内斯特·莱曼(Ernest Lehman)最近的一次采访中，关于他和希区柯克1974年拍摄的电影《家庭阴谋》(*Family Plot*)，他说了如下的话：

> 一位道具管理员阴差阳错地将两片木板竖在那里，弄得有点像一个十字架，然后一辆车冲下山坡，跌跌撞撞地开过一片田地，穿过一道围栏，撞倒了那个十字架。某位纽约资深影评人评论道：这是阿尔弗雷德·希区柯克反天主教主义的又一次体现。我带着电影《家庭阴谋》去到戛纳电影节，卡伦·布莱克(Karen Black)，布鲁斯·邓恩(Bruce Dern)和我参加了一个记

> 者招待会，会上某位法国记者提出了关于影片中汽车牌照的象征主义问题：牌照号是885DJU。他对这些号码做出了“透彻的”解读。当他解读完后，我说道：“我很抱歉地告诉你，我用那个牌照号码的原因，是因为它曾经是我自己的牌照，我觉得用它的话从法律角度会比较安全。”关于象征主义的讨论就此作罢。

突然爆发的有关希区柯克的严肃认真的评论风潮继续发酵，电影《惊魂记》在上映后不久席卷全国。我认为这股风潮时至今日仍在延续，然而我认为，这股风潮在六十年代中期随着战后真正自我意识满满的书籍之一——《希区柯克与特吕弗对话录》(*Hitchcock/Truffaut*)的出版达到了高潮。该书自称谈的是如何执导电影，但是其每一页的潜台词都像在告诉我们：“能够读到我们告诉你们的这些东西，难道不觉得非常幸运吗？”

不管怎么说，希区柯克未能免受作者论的影响。

我的天啊，谁又能免受作者论的影响呢？我觉得，如果有个人跑到我面前对我说，“你知道你到底是谁吗？你是当代的费奥多尔·陀思妥耶夫斯基。”我会直接请他去贝尔维尤医院。但如果大家接踵而至，而且来的都是睿智真诚的新锐影评人，且他们一遍又一遍地对我说：“只有你，比尔，只有你和费奥多尔真正理解宗教神秘主义的极度痛苦，看看你们小说里有多少基督的形象，数数《金玉其外》里涉及的十字架数量，在《霹雳钻》里展现的酷刑仅是略加伪装地对耶稣鲜血以及他所受折磨的影射——”很快我就会开始这样想：“啊，嗯，我怎么能和这么多睿智的学者争辩呢？他们是对的。他们当然是对的。我完全可以比肩陀思妥耶夫斯基。”

1963年，在《惊魂记》之后，希区柯克又推出了电影《群鸟》(*The Birds*)。电影画面上呈现了一些不错的冲击效果，但仅此而已了。从此以后，他的电影每况愈下——《艳贼》(*Marnie*，1964)、

《冲破铁幕》(*Torn Curtain*, 1966)、《谍魂》(*Topaz*, 1969)以及《狂凶记》(*Frenzy*, 1972), 都是绝对的烂片。

但是它们受到了支持作者论的影评人的一致好评。

原因如下:一旦一位作者论者拜倒在某位偶像脚下,出于某种难以理解的原因,他罔顾世间的一个基本道理,即人生既有得意之时,也会有失意之日。

卓别林的所有电影,甚至包括他状态不佳时拍出的片子,都是非常棒的[我希望作者论者长命百岁地活在一座孤岛时,身边别无他物,只有《香港女伯爵》(*A Countess From Hong Kong*, 1967)相伴左右。]。或者他们的另一位宠儿约翰·福特的任何一部电影。当然,还有希区柯克的任何一部电影。

我认为希区柯克职业生涯的最后二十年遭到严重的浪费,令人惋惜。严格意义上说,他的技巧水平一如既往。但他被赞扬声所包围,对任何批评都无动于衷。

希区柯克自己成了"知道太多的人"①。

所以说,是的,我认为是作者论毁了他,或至少是他对它的信仰毁了他。我认为那个信仰对任何导演来说都是危险的。我前面说过,我没有见过任何导演明确表达他相信作者论。但天知道在他们的灵魂深处有什么东西正在悄无声息地侵蚀着他们。

这么说来美国就没有作者导演了吗?可能还真有一个。有一个人,自己构思故事情节,自己制作影片,并亲自执导它们。他还亲自担任影片的摄影师,更不用说还亲自操刀剪辑。所有这些都让我们想到世界上的一位具有鲜明个性和独特视角的人。这个人就是拉斯·迈耶(Russ Meyer)。

我已迫不及待地想看到特吕弗那本关于他的书了……

---

① "知道太多的人"英文原文为The Man Who Knew Too Much,即《擒凶记》的片名。

开　篇

开篇的十五页对于任何电影剧本来说都是最重要的。关于这一点，保罗·纽曼有补充，“没错。此外，最后的十五分钟对于任何电影来说也是最重要的。”言之有理，当一部电影的结尾是该片最令人兴奋或感动的部分时，散场后观众就会心满意足地步出黑暗的放映厅，而该片必然获得良好的口碑。

但是在眼下，我们要把口碑这类事情放到一边了。眼下我们不在乎观众喜不喜欢这部电影；我们在乎的是有人愿意拍它。

而剧本开篇的重要性怎么强调都不过分。当然，这么说的一个明显原因是数据事实摆在眼前。切记，一线明星一年可能要读两百部剧本，而一位电影公司高管的阅读量是上述数字的两倍。

记得那位可怜的电影公司高管吗？他整个一周都忙于各种会议、电影放映以及午餐会等事务；他一天可能要花三个小时乃至更多时间来打电话。现在到了周五的晚上，在家陪伴他的是什么呢？

一个又一个的剧本。

哀鸣。

一堆剧本如烂泥一般，很难搬动，但更难审读。没准他周五不去理它们。没准甚至周六他也不去碰它们。但是他明白一个道理：那堆剧本不会自己消失。所以，他在某一时刻还是会坐在椅子里，拿起第一部剧本，并把它打开。他可能会，我知道我会的，瞥一眼最后一页，因为如果那页标着数字 180，他会认为这可能不是一个构思精巧的作品，正如如果它标着 90 至 135 才会被认为是合适的。

这时，他将开始审查版式上的问题：它看起来像部剧本吗？它是字迹清晰可辨的版本还是很难阅读且印刷歪斜的影印版？最后，他将深吸一口气，翻到淡入部分。而你们知道在那一刻他想要什么吗？——

他想要爱上它。

这是真的。他想要令他眼前一亮的东西，他读了太多太多的剧本了，其中有数以千计的抄袭《洛奇》或者剽窃《星球大战》的作品。他已经很久没有看到过激动人心的作品了。

他终于开始阅读了。

一些电影剧本就像马利[①]的命运一样——开篇就已是死局。比如西部片，或者灾难片，再或者关于两位八旬老人在他们身患麻风病的最后日子里彼此照料的电影。但大概只有百分之五的电影剧本被归入马利命运的行列。

而更大比例的电影剧本在第十五页被决定命运。因为读到那里时，一位有经验的读者要么被其吸引，要么对其厌倦。而如果他感到厌倦，他会跳到第五十页，再多读几页，接着翻到结尾，投下匆匆一瞥——

一切就结束了。

好吧，对于一部电影来说，什么是恰当的开篇呢？下面的是不当案例：

---

① 马利指狄更斯笔下的虚构人物雅各布·马利，他出现在狄更斯 1843 年的中篇小说《圣诞节颂歌》中，死于故事开始之前，以幽灵的形式出现。

淡入

夜晚，在一片寂静无人的密林中，一位美丽的女孩正在逃命。至少在她的面庞恬静如水时，看起来很美。但是，此时此刻恐慌却使她花容失色。她向树林深处狂奔，身旁的树枝挂扯着她的衣服。她不停地奔跑，每跑一步，她的恐惧就增加一分。这时，突然，她站住了，边转身边竭力控制自己的呼吸，向后面看去，同时听着后面的动静。

切至

她身后的树林。片刻之间，鸦雀无声。然后响起了清晰的咆哮声，以及沉重的脚步声。

切至

她下意识地发起抖来，然后这位美丽的女孩又开始跑起来。

镜头保持不动

女孩不见了，我们能听到她奔跑的声音，但这时咆哮声更大了，脚步声也更是一样，然后我们看到——

一位容貌受损的巨人出现了，站在女孩停留过的地方。他的脸有严重的烧伤痕迹。伴随着咆哮声，他环顾四周，随着前方传来一位女性哭喊的声音，他又开始挪动巨大的身躯前进。

切至

美丽的女孩再次出现，她被一块圆木绊倒，重重摔在了地上，她感到一阵眩晕。她的一条腿被割伤了，并开始流血。可能鲜血刺激了她，或者可能她本来就是一个勇敢的女孩，她不顾伤痛，咬紧牙关站了起来继续奔跑，不同的是，她比之前跑得更快了，而两旁的树枝真的把她割得不轻，但她全然不顾，彻夜狂奔。

切至

那个丑陋的巨人咆哮着在她身后紧追不舍，他十分强壮，你能从他的身形上看到一股强大的力量，但庞大的身躯也给他带来了显而易见的问题——他跑不快。

切至

一条树枝抽打在了美丽女孩的脸上，在她的脸颊上留下了一条弯曲的血痕，那一定痛极了，但她对此全然不顾，仍然竭尽全力地向前飞奔。

切至

丑陋的巨人察觉到自己可能追不上她，不过也说不准，他扬起自己那令人恐怖的脸，望向天空，发出了气急败坏的咆哮。

切至

美丽的女孩听到了咆哮声，但他们保持着一段距离，她继续奔逃。

切至

而那丑陋的巨人继续拖着笨重的身躯缓慢前行着，再次发出了午夜惊吼。

切至

现在，美丽女孩感到咆哮声越来越远——她正在逃出魔爪，正在逃出魔爪，她知道这一点，而知道这一点后，她打起了更多精神，她从来没跑过这么快，从来没有过，而看得出来，她第一次暂时松了口气。哪怕树林很深，哪怕腿和脸血肉模糊，至少她有了一丝生机。

切至

树木开始逐渐稀疏，我们离茂密森林的边缘越来越近了。

切至

丑陋的巨人越跑越慢，气喘吁吁，他失望地用巨掌猛击一棵大树。

切至

突然，另一个丑陋的巨人出现在了美丽女孩的面前，跟这个巨人相比，前面提到的那个巨人显得顺眼多了。

切至

当第二个丑陋的巨人把她抓在手里，举到空中，然后扔向森林的地面时，美丽的女孩尖叫连连。

切至

第二个丑陋的巨人用身子压住了女孩，并发出了得意的吼声，女孩被死死压住，但她拼死反抗，又扭又踢。

切至

第一个丑陋的巨人突然出现。他也躺在了美丽女孩的身边，他们开始撕掉女孩身上的衣服。

淡出

我们从哪里淡出并不重要，我怀疑我们那位生无可恋的电影公司高管已经合上了这个剧本，并且开始从堆积如山的剧本中挑选下一个阅读目标了。

为什么他会这么做？我的意思是，这几页内容有什么不好的地方？有情节，有悬念，有冲击，有神秘感，等等。

然而，除了上述特点之外还有一点，那就是，它是拍电视剧的套路。

这一段涵盖了我了解的所有与创作电视剧本有关的要素。电视剧需要吊观众的胃口，而且还要尽快做到这点，因为制作方怕你会换台。所以电视剧制作人员倾向于用能迅速吸引观众眼球的情节作为剧集的开头。

但是在一部电影里，而且仅在一部电影的开头部分，我们是有时间的。不是很多，但还是有一些的。

有时间来交代片中人物。

有时间来交代故事背景。

如果你愿意，还有时间来构建影片故事中的独特世界。

而在写作的此刻，我只能想到一部一流的现代小说、电影或戏剧是以非常紧凑的节奏开篇的，这就是马尔罗（Malraux）的《人的命运》(*Man's Fate*)。当然还会有其他类似的作品，但肯定不会很多，这种现象可能是在提醒我们：在创作任何叙述类作品时，你最终必须让其能够吸引受众的眼球。但是吸引眼球并不意味着强迫大家接受。

下面是另一类型的剧本开篇，它犯了不同于上面的另一种错误，但也并不罕见：

淡入

纽约市的中央公园。一个春光明媚的早晨。

切至

三三两两的晨跑者正在向前奔跑。他们开始跑上前面的一个小山坡，然后突然站住了，一起盯着眼前的景象，而就在此时——

切至

山坡的顶上出现了五十头骆驼，它们在上面大声呼啸，并向晨跑者方向冲来。

我们的那位电影公司高管很可能就看到这里了。他甚至有可能把剧本直接扔到屋子的另一边去。为什么会这样？我的意思是，这看起来还是个挺有意思的场面，五十头骆驼奔过中央公园的绵羊草坪。你当然不会坐在那里说："哦，我的天啊，这又是一个该死的发生在中央公园的有骆驼出现的开场。"

如果电影场景不是设在中央公园，而是在撒哈拉沙漠开场，那位电影公司高管可能就会继续读下去了。

或者如果这部剧本是由伍迪・艾伦那样的人写的，他也很可能会继续读下去。因为艾伦是专业人士，他了解电影行业的实际情况。如果他想要五十头骆驼出现在中央公园，那他一定有足够的理由，即这么做必然产生相应的回报。但像伍迪・艾伦这种人毕竟是少数。

因此说这是一个业余水平的开篇。

你们知道当电影公司高管读到上面的剧本时，他很可能在想些什么吗？他会这样想："五十头骆驼？我们要从哪里租到它们？要花多少钱？我们要去哪里训练它们能够一起奔跑？谁来训练它们？这又要花多少钱？我们怎么把它们弄到纽约来？运送骆驼是怎么收费的？一旦我们把它们运到这里，市政府会允许我们的行为吗？会让我们把五十头骆驼放到中央公园里吗？这个编剧疯了吗？"接下来你的剧本就会被扔到屋子的另一边去了。

当你写出一部剧本后，如果真的要拍成电影，就必须有人把剧本里写的具体情节变成现实中的场景，就要依靠像你一样勤奋工作的从业人员。所以如果你乘坐的是一趟奇特的航班，途中会有一场突如其来的暴风雪席卷檀香山机场，你最好有充分的理由，一个非常有说服力的理由。因为那不是一个容易再现的场景。

电影不是精灵和仙子拍出来的……

我已经告诉了你们什么是我认为的烂开篇和业余水平的作品，那么大家一定希望我能给出一个好的范例。但是既然我对什么是"好的”一直没有明确的概念，那么我只能尽我所能，给出我认为的自己作品中最经典的开场。顺便说一句，并没有拍出来。创作的灵感来自从小一直萦绕在导演乔治·罗伊·希尔心头的飞行梦。

这是《鹫与鹰》的开头部分。还记得《鹫与鹰》吧，讲的是一群二十来岁勇于冒险的飞行员的故事。故事里，这些成熟的孩子们为了吸引女孩以及成为英雄而投身飞行事业。

淡入

一个孩子。他大概十岁左右，脸上长着雀斑，眼睛闪闪发亮，非常典型的美国人长相。因为是特写，我们不知道孩子身处何处，也不知道是什么时间，但这并不重要；重要的是，那个孩子正在聚精会神地看着什么。他目光凝视，紧咬嘴唇。

切至

一位十岁的女孩。特写。等她长大些后，将会有许多男孩为她魂牵梦绕，难以入眠。她刚才正在抬头望向什么，我们现在还不知道是什么，但是她看起来非常兴奋，你能感受到她的心怦怦直跳。这时——

切至

男孩。这次镜头没有拉得那么近。他往前走了半步，接着犹豫片刻，站住了脚步。然后他开始前后摇摆自己的身体，紧张地摇摆着。

切至

那个十岁的女孩。现在又有一个同龄的女孩走到她身边。这个女孩也很漂亮，而且她也向上盯着同一个角度，也和她的朋友同样的兴奋，她们并肩站在那里，边看边等，边看边等。

切至

男孩。他深吸了一口气，慢慢地开始向前跑，而在他这样做的同时——

切至

两个漂亮的女孩。不管她们看到了什么，那场面一定非常令人兴奋，她们难以抑制激动的心情，眼睛紧紧盯着奔跑的男孩，她们向彼此伸出手去，两手相碰后彼此紧握。

切至

男孩越跑越快，不断加速，好像要翻过这座巨大的山岗。他离山岗的边缘越来越近，而过了山岗边缘就是一个危险的陡坡，但是这好像并不是什么大问题，因为此时男孩正在全速奔跑，冲向前面的山岗边缘。

切至

两个女孩紧紧拉着彼此的手，看着眼前的情景，她们本已瞪大的眼睛越睁越大。

切至

男孩突然展开双臂做翅膀状，在悬崖边上一跃而起。

切至

两个女孩欢快地向男孩招手，此时男孩正飞过她们头顶，不断变换手臂的姿势，还在空中倾斜转弯，从她们头顶再次飞过，向下挥手，然后开始向上爬升，而女孩们始终在抬头看着他，她们的眼中充满了惊奇。

切至

男孩飞过了乡村田野，天啊，从上面看景色美极了，绿色与金光交会出纯美的景象。

切至

另一个男孩也在天空中翱翔。

切至

另一个女孩正看着那个男孩，而那种如坠入梦境般的惊奇也同样出现在她的眼中。

切至

又出现了一个男孩，沿着一座谷仓的屋顶奔跑着，当他跑到屋顶边缘后，他也开始飞翔起来。

切至

另一个男孩正待在树顶，但仅仅过了片刻，他已滑向了天空。

切至

天空此时已经到处都是飞翔着的孩子了。

切至

女孩们还伫立在原地，漂亮的脸上写满了惊奇和期待。

切至

再看天空，此时男孩们开始从各种意想不到的角度飞入镜头，从下面一飞冲天，从角落快速飞近。女孩们不断地拍手鼓掌，挥舞双手，高声叫喊，而男孩们越飞越快，越来越狂野，渐入佳境。女孩们太喜欢了，她们确实喜欢，当她们欣赏心目中的英雄时，你能从她们的眼神里看出这点来。这个飞行梦是如此的完美，没人从天上掉下来，从来没有，一次也没有，在这里没有，此时此刻没有……

这个场景之后会响起汽车马达的声音，接着画面叠化至沃尔多[①]飞进了城里，就像他在电影里演的那样。

为什么我喜欢这样的情节？现在很难记清楚了，但是我猜当时觉得情节是原创的，并且出人意料。此外，从一个与众不同的角度讲，是符合逻辑的——

我认为其构建了剧本里的世界。

因为巡回演出的飞行员都是青年人，怀有一个被第一次世界大战夺走的英雄梦。而上述情节想要表达的是这个梦想达到极致的状态：女孩，荣耀，自由，等等。我一直认为达到了这个效果。

乔治·希尔不同意这点，而上述开头场景在第二或第三稿里就被删掉了。我好像为此辩解过，但也只能做这么多了：如果你的导演或是对某个情节没有信心，或是干脆不想拍它，那么那个情节通常就不会出现在大银幕上了。

我记得，乔治觉得梦幻情节与后面的现实场景有冲突。此外，他曾经在电影《黛绿年华》（*The World of Henry Orient*，1964）里拍过一个精彩的情节，两个年轻的女主角以慢动作东倒西歪畅游纽约，她们高高跃过建筑，飘浮在空中。

另一个我写的却没被采用的开场戏是为电影《总统班底》（*All the President's Men*，1976）创作的。我会对此做简要的介绍，但首先让我解释一下创作动机。

当我开始研读伍德沃德和伯恩斯坦（Woodward–Bernstein）的书时，这本书尚未出版，而电影充其量是前途未卜的项目。原因不外乎：政治话题是票房毒药，这种题材对话太多，且没有动作场面等等。然而最重要的是，人们对水门事件已经非常厌烦了。

数月来，无论什么时候，只要有人问我在忙什么，我回答，然后

① 指的是电影《鹫与鹰》里的主人公沃尔多·佩珀。

总会得到同样的回应："哎呀，你不觉得我们已经听够了水门事件那些事了吗？"重复太多次以后，就会令你失去信心。

因为当然，我们已经听了太多次了，听得耳朵已经磨出茧子来了。水门事件常年占据头版头条，各种声明和免责声明，还有谎言以及偶尔澄清的真相。

我决定尽量写出最出人意料的情节。

所以我有意用世界上最俗套的情节开场——夜晚的华盛顿纪念碑灯火通明。接下来是另一个完全在意料之中的场景——同样是夜景的水门综合大厦。接下来，在大厦里的民主党全国委员会办公室那里，一群人安静而熟练地开始进行那著名的非法闯入行为。

我真的希望在这个时候观众已经开始抱怨了。"看在老天的分儿上，我们这干什么呢？我们已经都知道了。"

盗窃行为紧张而有序地默默进行着，只是他们拿错了钥匙。他们搞砸了，只能离开，面带沮丧，心里窝火。

我如此开头的原因是因为人们对此一点也不知情。那次著名的非法闯入是第三或第四次尝试的结果。我想达到的效果就是让人们突然面面相觑地想："嘿，也许我要注意看了，里面有我没听过的情况。"

这个开场并没有被实际采纳，因为电影总有时长的问题，原则就是我们不需要用与主题无关的内容作为开场。而这是一个非常正确的决定。如果我当初的那个开场方式被采纳，而今天你再看那部影片，我想你会纳闷它到底在讲什么呢。

然而在那时，至少在理论上，那么做是有目的的，即构建一个世界，一个充满陷阱和意外的世界。

在某种意义上，无论是爱情故事还是侦探故事，一部电影剧本就是由一系列的意外组成的。我们在工作中不断地将它们创造出来。但是要创造一个合理的意外情节，我们必须首先设定基本原则，并给出期望值。

以上就是关于开篇的所有内容了……

结　尾

在电影《西北偏北》接近结尾的地方，加里·格兰特发现自己身陷困境。

他的真爱伊娃·玛丽·森特（Eva Marie Saint）正无助地悬吊在拉什莫尔山的峭壁上。如果她摔下来将必死无疑。之所以她没有摔落下来，是因为格兰特正用一只手抓着她，而他的另一只手则紧紧抓着一块突出的岩石。情况非常危急。目睹这一切的是影片中的反派马丁·兰道（Martin Landau），他站在不足三米远的地方，手里拿着那个极其重要的小雕像，雕像里藏有重要价值的缩微胶卷，如果胶卷落入敌人手里，美国将面临巨大的危险。绝望中的格兰特抬头看向兰道，请求他施以援手。

兰道走到了格兰特旁边，他不但没有弯腰伸手帮助格兰特，反而用脚踏在格兰特的手指上并开始用力往下踩。他用尽力气向下碾压。

这就是上面说的困境。

现在，从这一时刻到这部由欧内斯特·莱曼和阿尔弗雷德·希区柯克合作完成的电影佳作的结尾，发生了以下的故事。

（1）兰道的恶行被阻止。

（2）格兰特自己得救了。

（3）格兰特也救下了伊娃·玛丽·森特。

（4）他们两个结婚了。

（5）那个事关美国的缩微胶卷得以保全。

（6）匪首詹姆斯·梅森（James Mason）被擒获并移交有关当局。

（7）格兰特和森特搭乘火车返回东部。

这么多的情节需要被有机地组织在一起。我想让你们猜猜看，在大银幕上讲完这些情节需要多长的时间。想好了吗？下面是答案——

仅仅四十三秒。

从兰道踩踏格兰特的手开始，后面的情节是这样发展的：镜头拉近，给出了鞋和手指的特写。突然一声枪响，只见鞋子开始逐渐从手指上移开。接着一尊小雕像安全落到地上，随着雕像的破裂，露出了里面的缩微胶卷。这时，兰道从拉什莫尔山上摔下身亡。在拉什莫尔山的另一处地方，正面人物里奥·G. 卡罗尔（Leo G. Carroll）正向一位拿着来复枪的警官表达谢意。站在卡罗尔身后的是已被多名警官控制的梅森。这时镜头回到格兰特和伊娃·玛丽身上，他说你能做到的，她说我做不到。他们两个你一句我一句地说，镜头也在他们之间不断快速切换，接着在一个清晰的镜头里格兰特把她拉了上来，只不过这时他没有身处拉什莫尔山，而是在一列火车的上铺。他把她拉向自己这里，还称呼她“桑希尔太太”。桑希尔是他角色的姓氏，所以我们知道他们这时已经结婚了。随着他们深情相拥，镜头切到他们乘坐的火车呼啸着驶入了隧道，银幕上随即打出了剧终的字样，这就是这部影片的结尾。

我不知道还有比这更巧妙的电影结尾了。

莱曼这样编写剧本出于两个原因。"所有必要的元素都在银幕上了。关于里奥·卡罗尔的那一枪，以及梅森是如何被当局抓住的，影片都没有给予解释。人们可能会问，'里奥·卡罗尔是怎么到那里的？他是怎么找到当局的？他们是怎么逮到梅森的？'如果我们把这些都拍出来，那就会让电影看起来像堆满了开了罐的豌豆的杂货店货架一样了。"

我并不是说在影片结尾时情节必须非常紧凑。例如在影片《虎豹小霸王》里，当他们拍摄玻利维亚骑兵到达的场面时，光是拍骑兵就位就拍了整整六十秒。这个镜头也可以一蹴而就：你看到了长官在发号施令（你确实能在影片里看到这个片段），接着你不会看到拍了一段又一段的士兵上楼的镜头，而是直接跳到最后他们全部就位的场景；这么拍能够传递同样的信息。

但却不能产生同样的心理效果。因为既然在理论上我们都希望看到英雄人物成功逃脱，那么描写围剿他们的部队人数众多，会产生一种以一敌众的震撼效果。

坦率地说，电影的结尾是很难处理的部分。

一个像样的电影结尾会让观众的期待得到满足。然而一旦观众们感到影片快要结束了，他们往往会预想接下来的情节。你不必匆匆收场。但你绝对不能浪费任何一个镜头，因为我认为电影的结尾应该是整部电影考虑得最细致最缜密的部分。

下面举一个设计失误的结尾例子：电影《黑暗时代》（*Excalibur*, 1981）。

这部电影改编自亚瑟王的传奇故事。当然，王者之剑正是亚瑟王在故事里佩带着的那把充满魔力的剑。

好了，我们来到了影片的结尾处，此时亚瑟王已经身负重伤。他躺在血泊之中，这时一位名叫珀西瓦尔的骑士蹲在他的身旁。亚瑟王希望他带着王者之剑到一个风平浪静的水域，然后把剑扔到水里去。珀西瓦尔不想那么做。亚瑟王说“快走”。

就这样，珀西瓦尔离开了。他骑着马找到了一处美丽的湖泊，接着他拿出了王者之剑，纵马进湖，抬起手臂准备要把宝剑扔掉——

但是他没有勇气那么做。我们拉近镜头到珀西瓦尔的面部，能够看出他内心正在激烈挣扎。他接到了命令，但毕竟这是一把魔力宝剑。最后，他拨转马头，纵马回到亚瑟王身边，手中仍紧紧攥着那把宝剑。

亚瑟王奄奄一息。事情办得怎么样？他问道。珀西瓦尔说，我下不了手。亚瑟王说，你必须那样做，因为有一天当一位值得尊敬的国王路过时，王者之剑将为他从水中重现人间。珀西瓦尔再次翻身上马，回到了刚才那个平静的湖边。他犹豫再三，最终完成了受托之事，而那把宝剑在水面下神奇地消失了。他再次回到了亚瑟王的身旁，只是这次亚瑟王已经逝去。亚瑟王的遗体神秘地躺在一艘船里向大海深处漂流而去。随后就出现了片尾字幕。

这段情节有什么糟糕的呢？

因为珀西瓦尔的整个第一次行程，也就是他没有勇气执行命令的那一次，极大地削弱了电影结尾的力度。正当你聚精会神高度投入地观看这部电影时，你却坐在那（反正我是坐着的）被里面的情节气得不得了：我的天啊，亚瑟王都快死了，珀西瓦尔，你在干吗？

这段情节完全是不必要的。珀西瓦尔本可以第一次就直接拒绝亚瑟王的要求，而亚瑟也本可以第一次就讲清楚将来有位国王经过时宝剑就会重现人间这件事。多余的那次骑马往返于亚瑟和湖泊的情节，仅仅是一个一分钟左右的电影片段，但在我看来，非常令人不快，同时也破坏了电影的效果。

我觉得我能猜到为什么会那样拍。王者之剑是一件极具价值的物品，以至于当快要死去的亚瑟王下达了命令后，崇高的珀西瓦尔却无法依命行事。换句话说，拍电影的人在塑造这把宝剑的形象。

但这是在影片的结尾啊。如果在将近两小时的时间里，我们都没能塑造出王者之剑并非寻常之物的形象，那我们可真陷入大麻烦了。

同样是这段情节，如果放在了电影的开始，效果还是不错的。因为那样的话，珀西瓦尔的抗命将会告诉我们一些未知的信息：王者之剑是世界上最具价值的宝剑。但是在影片的结尾告诉我们一些我们已经知道的情况则是难以接受的。

银幕时间是一个令人难以把握的事情：同样的情节必须要根据其出现在电影里的具体位置，比如是出现在开头还是中间或是结尾来写出不同的内容。因为观众知道的信息越多，情节里需要交代的额外信息越少。而判断在什么时间和什么情况下某内容是必要的，是编剧必须具备的高明叙事技巧之一。

正如多年来人们常说的，故事是可以无止尽构思的。所以编剧需要对电影进行两次修剪，一次是针对开头，一次是针对结尾，而如何对这两次修剪进行安排对编剧来讲是最重要的事情之一。

叙事，在我看来，已经与你所熟知的那个故事的原貌无关了。我们有着不同的关切点，有着不同的兴趣点，对电影里的矛盾冲突也有着自己不同的理解。所以我们对如何修剪电影肯定会有不同见解。

在编写剧本的时候，你不仅仅要尽可能在越接近结尾的时刻，即关键的时机越积极处理每场戏，整部剧本的写作也如出一辙，这是一种习以为常的情况。电影镜头在讲故事上具有在短时间内展现大量信息的特性，以至于你总是被迫适应。

《大白鲨》在影片一开始就上演了一条鲨鱼吃掉一个女孩的一幕，但不是一定非要那么拍；电影《2001 太空漫游》（*2001: A Space Odyssey*，1968）没有选择在未来世界的场景下展开影片，而是选择了千年以前的世界作为影片的开头。《大白鲨》的开头也可以这样拍，先拍摄小型的单细胞海洋生物，然后出现了结构稍微复杂一点的生物，随后进化出了极小的鲦鱼；接着进化出了更大的鲦鱼，然后一条小鱼出人意料地去咬另外一条更小的鱼；接着出现了水虎鱼，然后伴随着持续不断的音乐声，可能出现一条梭子鱼，接着出现了一条小型的鲨鱼；这时背景音乐音量加大，然后出现一条更大的鲨鱼，直到伴随着铙钹响亮的声音，高潮出现了，彼得·本奇利创造的怪物在银幕上吼叫着向我们冲来。

这种拍法应该是能达到效果的。毕竟确实没有对《2001 太空漫游》造成负面影响。

你必须亲自动手根据自己的感性判断来删减故事内容。没人会告诉你如何删减，或什么时候删减。因为这种事根本就无章可循。

为了证实上面的观点，就让我用另一部电影《惊魂记》为例来结束这个话题的讨论吧，此片的导演就是曾执导过电影《西北偏北》的希区柯克。具体来说，《惊魂记》是他的作品中我最欣赏的一部。最近一位电影狂热分子把它称作是“最伟大的暴力片”。

关于《惊魂记》我主要谈两点，第一是简要地谈谈银幕时间的问题，第二是谈谈电影的结尾。

当我提起这部电影时，我猜大家首先想到的就是那场淋浴戏，那件发生在珍妮特·利（Janet Leigh）身上的惨事。但是当我们提到“那场淋浴戏”时，我们不是指那位女士在打肥皂之前调节水温的情节，也不是指托尼·珀金斯（Tony Perkins）随后打扫家务并把浴缸刷洗得干净整洁的情节。我们是指：那场持刀杀人戏。我不知道在现代电影史上是否还有很多更有名的场景。那种冲击力，那种震撼人心的效果，所有这一切都那么经典。从刺下第一刀到最后一刀，整个过程持续了整整十七秒。再说一遍：银幕时间是最令人难以把握的事情。

现在说说影片的结尾。对于我来说，可能《惊魂记》里最引人注目的地方就是这里：我不知道是否还有另一部大片有着和这部片子一样拙劣的、无趣的、在所有方面都犯了错误的结尾。

在最后一部分里，珍妮特·利的妹妹薇拉·迈尔斯（Vera Miles）进入了主宅里，她独自一人，惊慌失措，跑向了我们不希望她去的地方——地下室。

这时她已身在地下室的一个房间里，打开了一盏灯，然后发现一个坐在那里背对着我们的女人——“母亲”。她走向那位老妇人，转过椅子来（我仍旧能够听到观众的尖叫），随后在特写镜头里出现了令人极度恐惧的、穿着衣服的骷髅画面。薇拉害怕得惊声尖叫，转过身来。然而蓦地一声，男扮女装的托尼·珀金斯出现在她面前，手里拿着行凶的尖刀。在他开始袭击薇拉后，薇拉惊叫连连。正在此时，英雄人物约翰·加文（John Gavin）跳进房间，在他与珀金斯搏斗时，房间的灯泡摇摆不定，同时背景音乐声大作，我们看到镜头不断在两个打斗的人和歇斯底里的薇拉以及“母亲”的画面之间来回交切，“母亲”头骨的样子随着房顶的灯泡一摇一摆而在我们面前不断变化。真是太精彩了。

这绝对是电影的一个高潮部分，同时我敢肯定那是我们中大多数人记得清楚的最后一个场景，但这并不是影片的结尾。

结尾还需要整整七分钟才会到来。

而其中的五分钟被非常无聊的情节所占据，即当地的精神病学家出现在画面里，他教授一门令人纠结的有关弗洛伊德的老掉牙课程，课上他告诉我们珀金斯是一个疯子。

七分钟前，我们就已经掌握了足够多的线索，有能力推测出这个结论了。

我只能凭猜测来谈谈为什么上述情节没有毁了这部电影。我认为，这部片子的高潮如此非凡令我们极其满意，因此我们会原谅其任何的不足之处。当我在1960年看到这部电影的时候，记得观众在地下室那场戏时大声尖叫，以至于人们几乎都认为世上没有什么再能吓到他们了。从地下室那场戏之后直到电影结束，电影院里能听到紧张的笑声和闲聊的声音，没有人听精神病学家在说些什么。

在任何情况下，对于我来说，《惊魂记》都是很特别的一部片子。尽管电影里最重要时刻的情节令人昏昏欲睡，但这部电影仍是一部伟大的作品。太神奇了。可能希区柯克是唯一一位能做到这一点的导演。

毕竟，他花了半个世纪的时间才得以成功献上最好的谋杀戏……

速　度

我认为剧本应该以最快的速度写就，同时更应该是深思熟虑的结果。

“最快的速度”，我并不是建议你敷衍了事或重复“旧日的荣耀”。但是我确信你应该对自己狠一点并持之以恒。

重要的是这取决于你自己的节奏。比方说，在进展顺利的情况下，你一天写一到两页，那么当你写作剧本时，你就应该试着做到一天写两页。假如你文思泉涌时能做到一天七到十页，那你就应该争取写到十页。

理由，如果你可以把它称之为理由的话：我相信这种意志力会以某种方式传递到作品中，从而被读者感知。

总之，这是有可能的。也可能只是有时。

关于上面提到的“深思熟虑”，我想简要地谈一谈《虎豹小霸王》的写作过程。

我第一次了解布奇和太阳舞小子的故事是在20世纪50年代末，两个亡命之徒的故事让我着迷。我开始漫无目的地研究他们。当时关于他们的书不多，但是文章很多，我就把它们找出来逐一阅读。了解得越多，我越着迷。

1963 年我见到了一位电影制片人劳伦斯·特曼[①]，跟他谈到了这些素材。我们试图理出一个完整的故事情节，在这方面他帮了大忙。

因为这些素材丰富多彩，所以导致其本身存在着一些问题。素材时间跨度大，而且从一个洲到另一个洲。太分散了。如果你在写的是一部史诗，你可以尽情地分散。但这不是史诗；相反，我认为这是两个非比寻常的亡命之徒的个人传记。

最后，我做了所有我能做的调研，觉得差不多已经能够串起一个前后连贯的故事，于是我坐下来，于 1966 年写出了第一稿。

花了四周时间。

当有人问起写一部剧本要花费多长时间时，我总是答不上来。因为我不认为《虎豹小霸王》是四周写成的。对于我来说，八年更接近事实。

任何情况下，在动笔前，你必须成竹于胸，必须从内心接受你要讲的故事。一旦你落笔了，那就玩儿命写吧——

只是没准备好的话，千万别急着写……

---

① 劳伦斯·特曼（Lawrence Turman），电影《毕业生》（*The Graduate*，1967）的制片人。

潜台词

你正站在山顶，手里拿着一个雪球。你向后摆动手臂，然后撒手扔下雪球。如果雪比较干燥，那么滚到山下的雪球将和刚才离开你手时看来别无二致。但如果雪比较湿润，并且雪球握得比较结实的话，那么雪球滚下山时经过的路径将和雪比较干燥时雪球经过的路径一样，不同的是，这次雪球将变得更大更重。

雪球变大变重的积聚现象将我们引向对潜台词的讨论。

尽管潜台词问题值得大书特书，但这一部分的内容会非常简短。可能没有任何形式的叙事性作品，无论其水平如何，能够忽略潜台词而得以存在；而话又说回来，可能没有任何叙事性作品能像剧本一样轻而易举地在忽略潜台词的情况下得以存在。因为摄影机为我们呈现出了很多的潜台词。

什么是潜台词？就是这个词的字面含义。台词是写在页面上的内容。潜的意思是“在什么下方”或“在什么掩盖下”。因此说，潜台词并不在字里行间直接体现出来，而是存在于文字的掩盖之下的跳动脉搏；它是一种未表达出的潜意识，它能够为你的作品添砖加瓦。

下面我举三个例子，第一个出自雷蒙德·钱德勒（Raymond Chandler）之手，准确地说，是相当不错的电影化写作。

一个男人和他的妻子正安静地乘坐一部电梯上楼。他们沉默不语，女的挎着自己的手袋，男的戴着帽子。电梯在中间停了一次，一位美女走了进来。男人拿下了自己的帽子。

这不是关于礼貌的一个场景，而是关于婚姻危机的。潜台词用非常简练的方式告诉了我们很多关于那对夫妻的信息。比如，如果夫妻是要找离婚律师去的，我不会有丝毫的惊诧。无论他们是要去哪，他们相互之间已没有了感觉。而如果再翻几页后，发现他们大吵了一架，那么丈夫为了美女而取下自己帽子的简单举动，就是一个符合逻辑且容易让人理解的吵架理由了。

我们看看电影《盖普眼中的世界》（*The World According to Garp*，1982）。具体地说，是罗宾·威廉斯（Robin Williams）成年后作为主角第一次出场的场景。

玛丽·贝丝·赫特（Mary Beth Hurt）正坐在大学体育场的看台上学习。看台的前面是跑道。罗宾·威廉斯出现在了画面的右手边，他从右向左跑，直到跑出画面。过了一会儿，他再次出现，跑了回来。随后他离开了跑道，接着开始在看台上跑上跑下，就在她学习的地方旁边，他说了诸如希望我没有打扰到你那样的话，而她回答说不，一点都不打扰，然后他继续跑上跑下，后来他们就开始聊起来她在学什么这个话题了。

这是一个既无关运动也无关学术的情节，它展现的是示爱的场景。

我们再看看电影《彗星美人》（*All About Eve*，1950）中那场盛大的二十五分钟派对戏。贝蒂·戴维丝就是在这场戏里说出了那句著名台词："系紧你的安全带，这将是一个颠簸的夜晚。"玛丽莲·梦露也是在这场戏里大大展露了自己作为明日之星的潜质，"一位科帕卡巴纳戏剧艺术学院的毕业生"。

这场派对的背景是这样的：戴维丝是一位优秀出色、雍容华贵、成熟老练（她刚满四十岁）的百老汇明星。她爱上了她的导演加里·梅里尔（Gary Merrill），而他也爱上了她。三十二岁的他，也同样才华横溢。梅里尔在好莱坞发展，现在正在导演他的首部作品，此刻他刚回到家里，而今晚是他的生日。

戴维丝在楼上盛装以待，她邀请的客人们也快到了。特尔玛·里特（Thelma Ritter）告诉她梅里尔已经到家了，并且已经在楼下待了二十多分钟了，一直在和戴维丝的秘书安妮·巴克斯特（Anne Baxter）交谈。每个人都喜欢安妮·巴克斯特，除了戴维丝。而且安妮的好心已经快把戴维丝逼疯了。

戴维丝走下楼来打断了巴克斯特和梅里尔。巴克斯特离开，然后他们吵了起来：为什么不上楼？他温和地解释说伊芙[①]对好莱坞非常着迷，而他们就是随便聊聊。她不相信他的话。他生气了。

这场戏后面还有八场戏，发生了很多事，它们对电影来说很重要，但对我们的讨论无足轻重。在派对上，戴维丝一开始很清醒，但渐渐喝得醉醺醺的，并开始辱骂身边亲近的、呵护自己的每一个人。

她表现得如此蛮横，但你并不怨恨她。因为刚说到的情节既不是关于梅里尔如何迟到的，也不是关于戴维丝如何嫉妒安妮·巴克斯特的。

这个情节是关于戴维丝对衰老的恐惧。

多么可笑。多么悲哀。

你可以用无数种方法把电影进行归类。一种适用于这里的方法如下，电影可以分成三种类型——

（1）追求品质并取得成功的电影

① 巴克斯特在《彗星美人》中所饰角色的名字。

（2）追求品质但却并不成功的电影

（3）一无是处的电影

唉，恰恰大多数商业电影都属于第三种类型。我们很难为第三种类型的电影下个定义，但我可以试着给出一个：最初的拍摄动机完全是或者主要是为了赚钱的电影。比如抄袭之作，衍生作品，以及各种续集，等等。那类电影是我们希望避免制作的，但很少有人能够那么幸运。

在第三类电影里面，潜台词很少被运用进去。如果你在创作《月光光心慌慌 6》[①]（*Halloween VI*）或《野蛮人柯南》（*Conan the Barbarian*，1982），你是不怎么操心潜台词这种事的。

但是作为一名编剧，如果你追求作品的品质，你在每一页作品中都必须考虑到潜台词。看看你写的东西：如果所有在你写的场景里发生的事情就仅仅流于表面，多花点时间好好想想吧。

然后重新包装你的雪球吧……

① 尽管此处戈德曼只是在打比方，但是十几年之后的 1995 年 9 月《月光光心慌慌 6》一片在美国上映。

维护明星形象

鲍嘉

……我不会为你出头的……你杀了迈尔斯，而你会为此付出代价的……

……我不再为你感到惋惜了，你这疯狂的、唱圣歌的、瘦弱的老处女……

……要想比弗莱德·C. 多布斯（Fred C. Dobbs）更聪明，你早晨要早早起床……

……为我的健康考虑，我来卡萨布兰卡享受海景……

……全世界有那么多城镇，城镇中有那么多酒馆，而她偏偏走进了我的……

……如果她能受得了，我就能演奏它……

……我们永远拥有巴黎的时光……

……你一直在我心里，永志不忘……

这纯属我的个人观点，我认为没有哪位明星像鲍嘉那样说过如此多令人难忘的对白。加里·库珀（Gary Cooper）的话，影迷会觉得是“没问题”这句台词。盖博曾说过那句著名的“坦率地说，亲爱的，我一点也不在乎”。白兰度则说过“我本可以挑战拳王”。而屈赛[①]，我想不出这位伟大的演员说过的任何一句台词。

然而可能鲍嘉的电影里没有任何一段台词能像他出演的《赤足天使》（*The Barefoot Contessa*）里的那段佳句一样贴近我们今天讨论的话题，这部电影于1954年上映，编剧兼导演是约瑟夫·L. 曼凯维奇（Joseph L. Mankiewicz），由鲍嘉和艾娃·加德纳（Ava Gardner）主演。那段台词如下：

> ……她得到了什么，你并不知道，但你得到了什么，不过是曾经拥有……

下面我来说明这句台词出现的背景。鲍嘉扮演一位不得志的电影编剧兼导演。他找到了一份工作，并在西班牙邂逅了艾娃·加德纳扮演的角色。在电影前一个小时左右的故事里，他们一起合作了三部电影，全都获得了巨大的成功，加德纳也成了业界顶级女星。

鲍嘉和加德纳之间并没有擦出爱情的火花，因为在他们相遇时，鲍嘉已经爱上了一位女编剧，也是他后来的结婚对象。鲍嘉妻子的戏份很少，在整部影片里只有几句台词，对影片的情节并没有什么影响。我怀疑她这个角色的存在仅仅是因为曼凯维奇对鲍嘉和加德纳相恋没有什么兴趣，而妻子这个角色的存在让他顺理成章地可以忽略掉这个问题。

上面那段台词发生的场景是在一个盛大的好莱坞式派对上。鲍嘉正和他的妻子在玩西洋双陆棋。加德纳坐在那里看着他们。

这时一位喝醉了的金发女郎过来了。

她很嫉妒加德纳，因为加德纳的个人性生活非常神秘。你和谁发

① 此处屈赛指的是演员斯宾塞·屈赛（Spencer Tracy，1900—1967）。

生过关系？她问道。然后接着说，就算你和很多人发生过关系，你却无法得到我所拥有的。接着就出现了那句绝妙的台词——

> ……她得到了什么，你并不知道，但你得到了什么，不过是曾经拥有……

只不过说这句话的不是鲍嘉，而是他的妻子。

曼凯维奇是一位大师，这句台词与当时的场景是绝配。但那是在 1954 年；电影公司当时仍有掌控权。而在今天，情况根本不会这样。

而且让妻子说那句台词，在当今的电影界，不仅仅是剧本写错了那么小的事，而是致命的问题。

今天，你必须满足明星需要的一切。

现在，在剧本写作中没有比明星更重要的商业元素了。正如我们一再见证的那样，电影公司渴望签下明星，而明星在签约时多半考虑的不是影片的整体质量，而是他们要出演的戏份。

有些电影请了三位明星出演，如《古庙战笳声》（*Gunga Din*，1939）、《朝九晚五》（*9 to 5*，1980）。但这种情况并不普遍，许多电影请两位明星加盟——比如伙伴电影，以及大多数的浪漫喜剧片。绝大多数电影只请一位明星出演，而我们接下来要讨论的正是这种情况。作为编剧你如何最大限度地维护明星形象？这方面如同电影行业的其他部分一样，也没有什么可以遵循的原则方法。不过下面会给出关于这个问题的一些思路。

（A）尽早签下明星

有些例外情况，比如保罗·纽曼出演《骗中骗》。不过当纽曼拿到这部电影的剧本时，希尔已经答应出任导演；雷德福也已经答应加入拍摄。他们曾经一起搭档过电影《虎豹小霸王》。所以我认为下面的想法是合情合理的：纽曼答应加入拍摄是由诸多因素促成的，绝不仅仅是因为拿到了一个孤零零的剧本。

明星会数剧本页数的。如果你的剧本写了十五页而明星扮演的角色却仍没有出现的话，可能你的剧本出了结构性错误。

（B）描写明星

如果说剧本的某一部分需要高超的写作技巧的话，那就是这部分了。因为你需要言简意赅。读者必须知道主角就在此时亮相，但你也不能做得太过火，不能加入过多角色特征。此外，如果可能的话，你一定要模糊化处理。下面是一个非常糟糕的描写：

切至

乔克·布洛克顿的特写镜头。

乔克静静地站在那，嘴上叼着一支熄灭了的雪茄。五十岁的年纪，一米九三的身高，你会觉得他那双蓝色的眼睛已经阅遍了世间的沧桑。他如今已心如止水，并且从来无所畏惧。

这一段有什么严重的问题？他显然不是无足轻重的小人物：任何人读到这里都会知道明星出场了。这一段的描写符合大多数明星出场的固定套路——一位拜伦式的英雄人物出现了。一言以蔽之，拜伦式的英雄人物是这样的人：一位高大、黝黑、英俊且有故事的男子汉。那么哪里有问题？

下面是存在同样瑕疵的另一个明星描写，这次是描写女主角的：

切至

戴利娅·格雷斯的特写镜头。

> 在进入派对会场前，戴利娅在门口站了片刻。她非常美丽动人，但却并不自命不凡。她具有一种与生俱来的模特般的优雅。十七岁的年华，金发碧眼，身材高挑，无论她走进哪个房间，她都是其中最漂亮的女孩。

显然戴利娅是个美人儿。但她并没有因此而冲昏头脑。这就是我们喜欢她的原因。没准她将来最终会变得完美无瑕。记住，明星永远是完美的。

上面两段描写存在如下问题：他们写得太独特具体了。乔克只能由伊斯特伍德出演；戴利娅这个角色只适合波姬·小丝（Brooke Shields）。

如果一位电影公司高管对那个写乔克·布洛克顿的剧本感兴趣的话，你知道他会做什么吗？他会请伊斯特伍德的经纪人看一下剧本，或者如果可能的话，让伊斯特伍德本人看看。如果对方的反馈不好的话，你的剧本就会突然冒出各种各样潜在的但却极其严重的缺陷。

这就是为什么你要模糊化处理的原因。

相对来说，大多数的明星是可以相互替代的。如果你请不来简·方达或史翠珊，你仍可以请基顿[①]或斯特里普[②]。同样的情况在男演员那里就更普遍了，因为男性明星数量更多。伯特·雷诺兹最近宣布他会出演一个原本为德尼罗准备的角色，这种情况并不罕见。

因此你必须要做的是，让你的描写在某种程度上适用于任何人。别把乔克写成五十岁年纪，也别写他很高。大多数明星都不高。

下面对于男主角的描写就没那么糟糕——

① 指的是演员戴安·基顿（Diane Keaton）。

② 指的是梅丽尔·斯特里普（Meryl Streep）。

切至

乔克·布洛克顿的特写镜头。

乔克静静地站在那，他无须太多言语；他很有气质。他早已不是孩子，但他仍有年轻运动员般的身手。当然他并不老，但已经阅遍了世间的沧桑。

这样一来，如果愿意的话，你可以继续添加一些形容词上去。如果你不想那么做也没问题。而上面的描述可以适用于几乎任何人，比如雷诺兹、伊斯特伍德、雷德福、特拉沃尔塔、帕西诺、德尼罗、纽曼、布朗森、尼科尔森等。

他们都会认为自己有气质，因为他们确实有。他们都幻想自己有运动员的身手，因为我们都会这么想。而且他们都饱经世故。

如果可以的话，让你的明星描写部分能像弹力袜一样——一种尺寸适合所有需求。

（C）情节提示

明星们无一例外地反感承担过渡情节发展的任务。

他们是非常正确的，那是很令人厌烦的事情。没有什么诱人的内容在等着演员，他必须站在那里告诉我们故事发展所需的必要信息。但是，既然这些必要的信息不可或缺，那么矛盾就出现了。编剧该怎么办呢？

如果情节提示会产生相应的效果，那真是太棒了。比如，约翰·韦恩正在向一群茫然无措的移民解释前面的征途上等待着他们的将是什么，可能会出现下面的情节：

韦恩

首先我们会遇到激流。亡灵礁的称号可不是浪得虚

> 名。如果我们通过了那里，还有一个月的沙漠旅程等着我们，而我们只能带够用三周的水，沿途也不会有水塘，所以别抱太大的希望。致命沙漠的称号也非浪得虚名。翻越沙漠后，如果我们真的能翻越沙漠，就到了科曼奇人的领地，嗜杀的科曼奇部落在那里生活。有些科曼奇人是通情达理的，但是没人了解嗜杀的科曼奇部落的情况，因为从来没有人活着经过那里。好了，咱们上马吧。

不用担心这种程度的情节提示。电影画面会展现韦恩讲话的场景，然后镜头切到那些茫然无措的移民那里，表现出他们越来越低落的情绪。这个场景同时再次突出韦恩超出常人的个人素质。我们坐在那里，边吃爆米花边对此发出惊叹。因为我们知道，他一定会带领这些移民渡过难关的。

但在很多时候，情节提示并不能给观众带来任何的兴奋点。那只不过是我们必须得看的一段情节罢了。加里·格兰特在他的电影里以让在场的其他人讲出情节提示而闻名。格兰特是一个绝好的听众，而情节通常会朝着有利于他的方向发展。

他并不笨。如果你能让另一个角色来提示后面的情节，你就那样做吧。这是维护明星形象的另一种方式。

有时候这么做看起来有些恶意。我认为我是《巴比龙》(*Papillon*, 1973）的原作者。我写的一句台词出现在了该片的结尾，那是我为该片做的贡献中硕果仅存的内容。总之，它是一部关于恶魔岛的电影。

问题如下：史蒂夫·麦奎因正被一艘轮船从法国运往位于恶魔岛上的监狱，同船的还有其他一些囚犯。情节要求他必须在到达前就已经知道恶魔岛上的情况了。但是他之前从没有到过那里。

而你不能让史蒂夫·麦奎因四处走动去问些愚蠢的问题。明星们非常不喜欢那么做。

我确实不记得影片最终是怎么处理的了，但我觉得好像是出现了另一个比史蒂夫胆小的囚犯，纠缠追问着某个之前曾经到过恶魔岛的人。那位到过恶魔岛的人作出了回应。那个胆小鬼被听到的情况吓得够呛，而此时麦奎因则安静淡定地稳坐一旁，充满信心地听着他们的对话。一旦下定决心，没有任何一座监狱，甚至是鲨鱼环绕的监狱，能够困住一位电影明星。

最近一位一线明星说了下面的话，当然，他们的需求还有很多，但总结起来就是这个意思：

> 我不想演不断成长的角色——我想演一上来就什么都会的人。

（D）精彩片段

我认为是已故的罗莎琳德·罗素（Rosalind Russell）把下面的至理名言告诉一位年轻演员的：“你知道是什么让一部电影达到预期效果的吗？精彩片段。给观众半打让他们难忘的精彩片段，他们就会心满意足地离开电影院。”

我觉得她是对的。如果你幸运地能够写出一部有半打精彩片段的电影，一定要确保那些片段里有明星的身影。

让我们回到曼凯维奇的电影《赤足天使》里的台词，也就是那位妻子对喝醉了的金发女郎说的话。这在八十年代是绝对不会发生的。要么台词被拿掉，要么由明星亲自说出来。既然那是一句很有戏剧效果的台词，是不会被拿掉的。

但是明星不会来跟你说：“我想说那句台词。”他的经纪人可能会说，或者如果是制片人替明星打理琐事的话，他也可能把这个信息带给你。但如果是和明星面谈，则这种情况可能发生在彩排期间，或是在拍摄前的剧本讨论会上。对话内容可能如下：

明星

（漫不经心地）

听着……关于那场聚会戏……我有一个问题……

我

（莫名其妙地）

问题？我以为你喜欢那场聚会的戏。

明星

嘿，我真是喜欢死这部剧本了，你以为我是冲什么才来这里的？

我

没错，没错。

明星

让我打开天窗说亮话：你记得我的妻子对那个蠢女人说的绝妙台词吧？

我

当然记得。

明星

嗯……我不太认可那句台词……我不认识说那句话的女人。反正她不是我的妻子。

我

（我脑中的灯泡立刻亮了，或者应该已经亮了。后面的话就是走套路了）

不是你的妻子。

明星

你看，我演的人物，至少按我的理解，是一个能导演、能编剧、见多识广的人。因此他讨厌所有那些自作聪明、自以为是的好莱坞习气。

我

你说的就是我尽力塑造的人物形象。

明星

很好。嗯，我娶我妻子的原因是因为她是个——我说不清楚——与众不同，甚至可以说很纯粹的人。她一点都没有受那些自作聪明、自以为是的习气的影响。

我

纯粹的人，没错。

明星

好吧，可能是我太迟钝了，然而说出那种尖酸刻薄话的女人，我是不会娶她的。我不喜欢她。她和其他人没有区别，那句台词毁了我塑造的人物形象。

我

尽管你这么说，我还是不想删掉那句话。但是我最不愿意做的事情就是打乱你塑造人物的思路。

明星

我只是觉得有必要提醒你一下。

我

（兴奋地）

等等——

明星

什么？

我

如果是你说出了那句台词呢？那样的话我就可以保留那句台词了。你能认可自己说出那句台词吗？

明星

（想了一下）

我可以试着说一下……

尝试的效果一定很好。不仅仅因为那是一句很有戏剧效果的台词，还因为明星总是绝对正确的。他应该说那句台词，那是个精彩的场面。我们当然希望尽可能地把配角塑造得形象鲜明，但是电影不是契诃夫的小说，我们无法同时突出九个角色。

电影公司需要明星，编剧需要电影公司，正如约翰[①]所说，是没有争议的定论。

最后再说一个关于维护明星形象的例子。在史蒂夫·麦奎因依靠电影《大逃亡》（*The Great Escape*，1963）取得巨大成功之前，他和其他演员一样郁郁不得志。1958 年上映的电影《变形怪体》（*The Blob*）是他早期的作品之一，那是一部低成本的恐怖片，下面要说的极其糟糕的场景就取自该片。

麦奎因和他的女朋友坐在车里，而变形怪物正在附近肆虐，他们必须采取果断的应对措施。麦奎因问女朋友要不要和他一起行动，因为追踪变形怪物是非常危险的。她回答说要一起去，接着补充说他们还需要更多的人手一起行动，协助他们。他问能找谁帮忙？她回答说

① 此处约翰及其所说的话出自英国著名作家 A.A. 米尔恩的畅销儿童诗集《*When We Were Very Young*》（1924）。

找你的朋友们帮忙怎么样？然后他说，哇，这个主意真好。随后这一镜头结束。

这段情节没有很好地维护明星形象。

别去想诸如那位明星更希望独自一人追踪怪物的现实。更重要的是，在这场戏里，配角脑子很快而明星则显得愚笨迟钝。改进的方法可以是这样——假设我们需要那个与明星在一起的女孩吓得要命，还需要明星的朋友们被怪物吃掉：

配角

我很害怕去追那个变形怪物，史蒂夫。

麦奎因

我们不知道它在哪里；你和我在一起会更安全。

配角

只有我们两个人去？

麦奎因

谁说只有我们两个人去？

（当他眨眼时——）

切至

他的三位朋友出现了，做好准备，追随明星。

可能更好的解决办法是完全剪掉汽车那场戏，并且由麦奎因坦率地对他的朋友们和女友说："追踪变形怪物绝非易事；你们中任何人若觉得自己难以胜任这项任务，我不会怪你的。"

再说一次：突出主要角色，提供给明星你所能提供的一切。并且不要担心你是否做得太多了。

不管你做得如何，仍然还是不够的……

相信现实

一天下午我和加拿大导演诺曼·朱伊森（Norman Jewison）同乘一辆车。第二天是他女儿二十一岁的生日。届时将举行一场盛大的庆祝会，绝大部分的活动在户外进行。

那天下午天色阴暗，感觉很可能会下雨。如果第二天下雨的话，生日庆祝会的效果必然大打折扣。

汽车向前行驶，这时朱伊森开口说道："谁知道明天的天气到底会怎么样呢？"他边说这番话边按开了汽车的收音机，而就在他说出"明天"这两个字的时候，收音机里给出了回答："明天有大雨，短时洪水。"

换句话说，如果你当时闭上眼睛静听播音，会听到两个连在一起的句子，中间不会有任何停顿感。

朱伊森和我相互对视，同时开口说道："这多像电影里的情节啊。"

我们的意思是，电影里的现实与我们人类真实世界里的现实几乎没有任何关系，这一点怎么强调都不过分。

但是从罗伯特·弗拉哈迪[①]的纪录片到《夺宝奇兵》，每一部电影都设定了只属于自己的独特现实感。而一旦设定好了达成现实感的各项条件，就没人会冒着破坏整部电影效果的风险去打破它们了。

我来说说电影《夺宝奇兵》里的一个场景吧，该片是一部充满了惊心动魄动作场面的疯狂冒险电影。

哈里森·福特是片中的男主角，他刚刚发现了遗失的约柜。约柜就在纳粹党徒控制的一个巨大的考古发掘场里。乔装改扮的福特正偷偷溜出发掘场。因为成功锁定了约柜的埋藏地点，他感到非常兴奋，但同时也心怀悲伤，因为片中的女主角凯伦·艾伦（Karen Allen）在一次爆炸中身亡。

在偷偷溜出发掘场的过程中，他发现自己可能会被认出来，所以迅速钻入了旁边的一顶帐篷里。而在那里，他发现了仍然活着但被绑着并堵住了嘴的凯伦·艾伦。

不妙了。

随后编剧劳伦斯·卡斯丹安排了一次绝妙的情节反转。福特开始给艾伦松绑，在这个过程中他们一直交谈。谈着谈着，他突然意识到艾伦现在身处险境，所以她最好留在帐篷里。因此他又把艾伦重新绑了起来，再次堵上了嘴，然后独自离开了。

整个情节真是太精彩了。但如果福特和艾伦一起逃走，整部片子的效果将大打折扣。因为如果那样演的话，后面整个故事情节的发展就将基于一个惊人的巧合上，让人难以接受。因为《夺宝奇兵》的前半部分里，没有任何一个冒险的桥段使用巧合作为推动情节发展的方式。

当然，他误打误撞进女主帐篷里这种事是有可能发生的，就像杰

---

① 罗伯特·弗拉哈迪（Robert Flaherty，1884—1951）：世界“纪录电影之父”和影视人类学鼻祖。——译注

威森的问题马上就被广播里的天气预报员回答了这种事是有可能发生的一样；这种事有可能真会发生，但却令人难以置信。

能否让观众相信电影情节的真实性向来是一个巨大的问题。因为编剧会绞尽脑汁去推测观众的预期，以及什么样的情节是他们能接受的，什么又是不能接受的。下面我来举两个例子，第一个是杜撰的，第二个是我曾经尝试着去解决的一个问题。

让我们虚构一部惊险喜剧片，是那种其中的英雄人物需要去完成明显不可能完成的任务的影片。从《七武士》到《虎胆妙算》（*Mission Impossible*，1966—1973），我们已经看过无数这类电影和电视剧了。

保罗·纽曼是我们的主人公。他的任务是：不管出于什么理由，他要接近世界上最有名最富有的女人；可能是要绑架她，或者交换情报，或者出于别的什么目的，这并不重要，总之是要接近她。

然而这次的对象不是克里斯蒂娜·奥纳西斯[①]，不是那个他能在54俱乐部[②]遇到并能够说"嗨，我是保罗·纽曼，我们得谈一谈"的人。

如果她能被接近，显然他的任务也太简单了，那样就没什么电影好拍了。我们这位富有且知名的女士一定是完全难以接近的。不但她从不独自与陌生人约见或谈话，而且她随时都有很多经过训练的专业人士在身边护卫。此外，比如说她还住在一座坚固的城堡里，这座城堡永远都是戒备森严，而且里面大概有六百多间屋子。

保罗·纽曼要如何才能完成他的任务呢？很显然，最重要的是，他必须有一个计划。而且还不能是个草率拟就的方案：它一定要非常复杂，而且只靠他一个人是无法完成的。

---

① 克里斯蒂娜·奥纳西斯（Christina Onassis，1950—1988），希腊船王的女儿。

② 54俱乐部是20世纪70年代美国纽约市的传奇俱乐部，也是美国俱乐部文化、夜生活文化的经典代表。

他急需一群帮手，而且不能是乌合之众；他必须招募一群高手，虽然这些人并不是完全值得信任，但他们的能力是世所公认的，因此他必须冒一次险。

于是，这部电影的第一部分必然是他聚齐团队成员的戏份。下面是一个他可能招募的人员列表：

（1）一位建筑狂人。他的专长是研究城堡，并且有整座城堡六百个房间的设计图，甚至如果有暗道的话，图上也会标出来。

（2）一位心怀怨恨的前警卫。他从城堡里被解雇出来，一心想要复仇；他能做的是提供警卫人员何时换班的信息等。

（3）一位漂亮的女孩。她将会和城堡的警卫负责人约会，这样，当他们行动时就没有了障碍。

（4）一位爆破天才。他能引爆一连串的炸药来为行动作掩护。

（5）一位对付防盗报警器的专家。他能在行动中的某一精确时刻切断报警系统的电线。

（6）当世最厉害的车手。他将负责在撤离时驾驶汽车。

虽然可用的人手很多，但有这六个人就足够了。纽曼将会招募他们入伙，训练他们，并不断完善行动计划。

既然我们看多了这个类型的片子，我就不继续讲下去了。但可以肯定地说，接下来的情节将围绕计划的具体实施展开，而且在纽曼取得成功前一定会遇到重重阻碍。

尽管我对编剧是谁可能并不熟悉，但如果这部电影拍得够精彩的话我是会花钱去看的。片子可能拍得并不非常真实，但对我来说它完全是可信的。

下面我来提出一个不同的方案，或者更确切地说，压根就不需要什么方案。纽曼一心就想着进入城堡接近那位佳丽。

因此在一个清晨，他光天化日之下就去攀爬城堡的围墙。一门心思地要越墙而入。

并不是很明智的做法。

而且万一他不仅很笨，并且还不走运呢：一名警卫看见了他在爬城堡的墙。随后这名警卫迅速地向城堡的中央控制室报告了这一情况，在控制室里的另一名警卫收到了这个讯息。

然而身处中央控制室的警卫得知情况后却什么都没有做，并未采取任何的应对措施。

再回到纽曼这边。他爬上了城堡的围墙，可是既然没有做过任何事先的准备，他根本就不清楚要找的那位富有且知名的女士在哪里。因此他开始在城堡里走来走去，到处乱逛。

而没有任何一名警卫发现他。我觉得这时候，你可能已经离开影院座位去糖果柜台了。

纽曼发现了一扇开着的窗户。他顺着窗户爬了进去——

同时触发了警报器。然而所有人都对此置若罔闻。

他发现这个房间的门锁住了，因此他又从窗户爬了出去，顺着排水管爬上了二楼。他正在寻找看看还有没有开着的窗户。

这时一位女仆走了过来。她打开了一扇窗户，然后转身离开了。纽曼顺着窗户爬了进去。这一次，他发现自己所在房间的门没有锁，因此他打开房门，进入了城堡内部。

正如前面提到的，由于他对城堡的内部结构一点都不了解，他开始到处闲逛。这时，你已经从糖果柜台回到座位了。我想看到这里，你不是在发笑就是开始对这种嘲笑你智商的电影情节感到生气了。

纽曼继续到处闲逛着，从一条走廊走到另一条走廊。城堡里的工作人员看到了他。他们对此并不在意，也许还有人在他走过时向他点头示意。

十五分钟后，纽曼无意中发现了他正在寻找的那位富有且有权势的女士的住处。

当然了，她的身边始终是有警卫人员的。

然而此时却没有警卫在她身边，因为在纽曼到来的时候，警卫觉得是时候该去遛遛富有女士的狗了。他牵着狗离开，带它们撒尿去了。

同时，富有女士的女仆们觉得是时候该去打扫城堡的其他地方了，因此她们也离开了。如果你手里有鸡蛋的话，我猜这时你正朝大银幕扔呢。

最后，纽曼打开了富有女士的房门，发现她正在房间里小憩呢。他拉开了房间的窗帘。她醒了，马上按蜂鸣器求助——

但是没人听到。这位女士的房间配有很高级的蜂鸣报警系统，然而当她需要其发挥作用时，却没人忠于职守。

纽曼此时面对面地站在那位世界上最富有、最有名的女士跟前，任务完成了。

说实话：你听说过如此不可信的事情吗?

然而，这是个真实的故事：正是不久前迈克尔·费根[①]如何在白金汉宫与英国女王进行近距离接触的具体情况。

当然这种事令人难以置信，但确是真实的故事。这个事件着实在报纸上引起了轰动。但它与恰当的电影叙事毫无关系，而且尽管这是真实情况，但如果把它写成剧本交了上去，你会被当作一个毫无创造力的空想型编剧而被无情赶走的。

我在处理电影《遥远的桥》(*A Bridge Too Far*，1977)的一个情节时遇到的问题与创造力无关。当时我正试图讲述一个被一位杰出的英国将军称为“二战中最英勇行动”的故事。

---

① 1982年7月9日清晨，英国男子迈克尔·费根(Michael Fagan)闯进女王的卧室。

这场行动与通过一座桥梁有关。

占领一座桥梁最有效的方式是同时攻击桥的两端，这样就能分散敌人的火力并通常能引起敌人的恐慌和混乱。这里提到的是一座巨大的桥梁，它正遭受盟军的攻击，但仅仅来自桥的一端；而桥的另一端，德军则拥有修筑良好的壕沟工事，盟军占不到任何便宜。

因此盟军拟定了一个方案，计划派出一队人马，乘坐渡船，借着夜色的掩护渡过这条宽阔湍急的河流，绕到桥的另一端也就是德国人的身后去。

原本的计划是：行动使用的渡船装满士兵划向河对岸的指定地点，待士兵们下船后，渡船将返回盟军这边，让更多的士兵即第二波部队，能够登上船只开赴对岸参加战斗。

然而计划实施时遇到了后勤保障问题，那些渡船没能及时赶到，错过了夜渡的时机，所以现在只能选择白天行动了。当渡船最终到位后，大家发现它们非常不堪一击：胶合板的船底，帆布的船舷，而且还没有多少船桨。

这时，第一波部队有一个对他们有利的因素：他们有烟雾的掩护。一阵来自坦克的密集炮火攻击掀起了一堵巨大的烟墙，以帮助第一波部队渡过河去。

罗伯特·雷德福饰演的朱力安·库克少校负责指挥第一波部队。而当渡船终于集结完毕并被拉入水中、军人们开始划船时，发生了一件极其可怕的事情：起风了。

风吹散了掩护部队的烟雾屏障。

因此坐在小小的渡船里的他们就暴露在了广阔的河面上，向着未知的命运进发。很快他们就找到了答案。德国部队已经严阵以待，随后而来的是惨绝人寰的大屠杀。但库克忠于职守，没有退缩。部队伤亡惨重，但成功到达了对岸。随后渡船回来接第二波部队过河。最终，由于大桥的两个桥头同时遭到进攻，德国部队战败了。

我认为当谈到库克部队的渡河行动时，我们毫无疑问地是在讲述一个大无畏的英雄主义故事——

但是，那并不是英国将军所说的“二战中最英勇的行动”。

他说的是第二波部队的行动。当然，第一波部队确实承担了一项艰巨的任务。但是他们不知道德国人已经严阵以待，并且他们认为自己有烟雾作为掩护。

而第二波部队站在那里目睹着这一切，知道当轮到他们进攻时必将惨遭屠戮。但当渡船回来接他们时，他们义无反顾地登船划桨，冲向炼狱。

如果你看了这部电影，就会看到雷德福带领着他的部队前进，那是一个极其精彩的场面。但是你却看不到第二波部队的身影——

因为尽管那是真实发生的事件，但我却不知道如何让观众信服。

当约翰·韦恩出演电影时，他不是在战斗结束之后赶到阿拉莫的。他就在战场，如同神一般的存在，在电影预算允许的范围内尽可能地痛击墨西哥人。

我的片子里没有约翰·韦恩，但有罗伯特·雷德福，而其中的道理是共通的。明星演员必须是电影情节里的核心人物。

我可以写一个第二波部队等待行动的情节。他们中的一个人可以说：“弟兄们，那些人正在浴血奋战，但是他们并不清楚他们面对的是怎样的情况；但我们清楚，那就意味着完成我们的任务将需要更多的勇气。”

然而这么拍的话，观众是一点都不会相信的。当你们的同伴们在河中饮弹身亡时，你们却安全地站在河对岸，也没有遭受火力打击，这种情况何来勇气可谈？而且除了在河堤上跑来跑去地喊些诸如“大家奋力划桨啊，我们快来了”那种鼓励的话之外，明星演员在这种场合还能做点什么呢？

上述的情节是由名叫小伊莱莎·库克（Elisha Cook, Jr.）的演员在电影里表演的。

我已尽我所能来刻画第二波部队的形象，但我还是失败了。对于这个这场战争中最英勇的行动，我想不出什么办法能把它展现出来。我由此得到的教训是：真理很重要，而现实更重要，但最重要的却是可信度。

因为没有可信度的话，真理和现实都无从谈起……

经久不衰

我个人不相信当一部电影刚上映时，你就能断定这是一部“好的”或“不好的”片子。你唯一能确定的是：对于观众来说，它是否“有吸引力”？

可能在过去，人们对于一部电影的品质还能够作出准确的判断。但如今，随着在广告推广上的巨额投入，随着每次发行影片时无休止的“宣传攻势”，电影本身反而变得无足轻重了。

下面我用 1977 年奥斯卡最佳影片奖的竞争作为例子来进一步阐释我的意思。关于奥斯卡奖你需要了解的是：你可能觉得该奖的评奖流程很不合理或过于冗长等等，但外界非常看重这个奖项。人们对待它的态度很严肃，而且没有任何人能猜出谁会胜出。当我为写作本书进行调研时，我问所有认识的人他们会支持哪部片子，而所有人都明确给出了相同的答案：“《烈火战车》，但它不会真的得奖。”[①]

你还需要了解：那个正在发表最佳黑白短片奖获奖感言的略显紧张的人，那个因为不知所云而被在家中起居室里的你报以嘘声的人，

① 作者所调研的是于 1982 年举行的第 54 届奥斯卡金像奖评选。结果，《烈火战车》拿下了最佳影片奖。

那个正在感谢他的母亲和他的一年级老师，是他们引领他进入了电影的神奇世界的人，对你来说他可能看起来像个傻瓜，但你很可能是在见证他事业的巅峰。

发生在1977年的评选被认为是两部电影之间难分高下的竞争，一部是《洛奇》，另一部是《总统班底》。

在我看来，《总统班底》绝对会胜出。原因如下：

第一，该片口碑极佳。

第二，更重要的是，该片票房极好。

第三，最重要的是，该片意义重大。正如时任加州州长，且对美国政治的敏锐观察不亚于专业人士的罗纳德·里根所说，这部电影最终让杰拉德·福特（Gerald Ford）在总统竞选上败给了吉米·卡特（Jimmy Carter）。因为这部片子于1976年4月上映，它漫长的上映时间再次让水门事件的真相浮出水面，而这些真相正是共和党竭尽全力想要掩盖下去的。当时人们都在谈论这部电影，认为它可能是少数改变了美国历史整体进程的电影之一。

《洛奇》最终获奖。

很难说清楚为什么是这样的结果，但可能和以下几个原因有关：

第一，该片的口碑不错，但不如《总统班底》好：我从来没见过《纽约时报》的坎比写过比他评价《洛奇》更差的短评。

第二，更重要的是，该片取得了惊人的票房数字，比《总统班底》多了几百万美元。

第三，比第二点更重要的是，也可能是最重要的是，《洛奇》让人们相信了好莱坞之梦的根本特点——梦想可以成真。

如果我们在正确的时间出现在正确的地方，就像拉娜·透纳

> 可能做过的那样[1]，命运就会眷顾我们。靠自编自演的一部电影，西尔维斯特·史泰龙实现了从默默无闻到现象级崛起的转变。这令投票人很难不投他一票。他们把热爱给了史泰龙，同时把选票给了他的电影。

记住，这都是我的推测，但我想如果同样的投票人在今天进行同样的投票，《洛奇》是没有机会胜出的。

为什么呢？

原因很难说得清楚，但是在《洛奇》之后，史泰龙有段时期当众做出了一些不当的行为；他在接受采访时以及在个人仪表上都表现出了某种程度的傲慢自大。换句话说，他不再是那个宣传人员到处说的和蔼亲切、谦虚谨慎的人，不再是那个曾经说出“电影里讲述的故事就是我的人生故事”[2]的人了。

还有，《洛奇》获得了奥斯卡三项大奖以及多项提名。《洛奇2》同样也取得了极佳的票房成绩以及良好的口碑，但却没有获得任何的奥斯卡提名。

诚然，它是一部续集。但是《教父》在1973年赢得奥斯卡奖，而其续集在几年后收获了同样的成就，并且比第一部赢得了更多的奥斯卡提名。

今天看来，《洛奇》和007系列电影属于同类影片，都是受欢迎的电影，但都拿不到什么奖项。那么我是不是在说，如果放到今天投票的话，《总统班底》就会胜出呢？

并不是这样：我觉得在今天的话人们会把票投给电影《出租车司机》，它是1977年奥斯卡评选的第三大影片。

---

① 演员拉娜·透纳（Lana Turner，1921—1955）高中时期翘课，在一家商店被《好莱坞报道》的创始人发掘，从而进入电影圈。

② 励志人生的意思。

为什么呢?

原因同样很难说得清楚。《出租车司机》当时也广受好评，同样也很卖座。但我想，学院派并不喜欢影片中的暴力场面。

当今时代，身边随处可见欣克利[①]式的疯狂行为，而可怜的朱迪・福斯特总是见诸媒体，可以说《出租车司机》里的暴力情节对社会现实进行了令人毛骨悚然的反映。

如果是在今天，我绝对相信《出租车司机》会胜出。

但是三年后我就不敢说了。因为电视业正在迅速崛起；电视人正在通过一些令人不可思议的做法来提升收视率。有线电视已经让广播电视网感到恐慌。最近有一档尚未播出的节目，是以真实电影的概念方式处理离婚主题。在洛杉矶的报纸上确实有为打离婚官司的夫妻所做的广告。这档节目的创意，就是要把离婚的过程搬上电视，所有彼此间的争吵和怨恨将会呈现在家家户户面前。我们将变成偷窥他人隐私的人，待在舒适温暖的家中，免费观看他人真实的痛苦经历。正如我所说的，这档离婚节目并没有播出来——

或者至少目前还没有。

我猜到了1985年左右，1977年奥斯卡评选的第四大影片、帕迪・查耶夫斯基所写的对收视率之争带有预言性质的电影《电视台风云》(*Network*)将会异常火爆。一直以来，人们感到片中的内容越来越带有预言成真的意味了。

而电影《奔向光荣》(*Bound for Glory*)也是同样的情况，这是1977年奥斯卡评选的第五大影片，也是当年度最后一部有最佳影片奖竞争力的电影。它讲述的是大萧条时期的故事，与五年前的社会实际情况并不相符。

---

① 欣克利(John Hinckley Jr.)因于1981年3月30日行刺当时的美国总统罗纳德・里根而广为人知。

然而到了今天，国家已经进入了经济混乱时期。无论政府如何卖力劝说我们相信情况没有那么糟并且已经在好转，我们都知道情况真的很糟并且每况愈下，令人不寒而栗。

如果国家的经济形势继续滑落，我觉得可能到了 1990 年，《奔向光荣》就会成为电影学院里师生们研究的对象了。

电影和葡萄酒并不一样。如果你喝了 1962 年的拉菲或 1968 年的 BV 赤霞珠，然后过五年再把它们拿出来尝尝，当然它们喝起来不会和五年前一样的。不仅是你变了，变得年长了些，心境也与当年不同，可能所处的环境也发生了变化，而且酒是有生命的，也在不断变化。

电影可以说就是一些在机器里快速运转的赛璐珞胶条。如果你能找到一部完整的拷贝，电影《火车大劫案》（*The Great Train Robbery*，1903）完全就是波特[①]八十年前执导它时的样子。

我常常被时间的力量所惊呆。最近我看了三部电影，一部是自己看的，名叫《甜蜜的生活》（*La Dolce Vita*，1960），两部是和年轻人一起看的：《星球大战》和《小鹿斑比》（*Bambi*，1942）。

从其上映开始，我便不怎么热衷《星球大战》，但我喜欢看观众们观看影片时的兴奋反应。但这一次，观众的真实反应是：感到很难堪。

和我一起看电影的年轻人觉得它太过时了，并且演员的演技也不行，但是他们的难堪缘于这部电影就是五年前他们还疯狂追捧、看了一遍又一遍的同一部片子。

当然，呃，《小鹿斑比》是一部迪士尼出品的电影。迪士尼的电影不再像曾经那样有吸引力了；实际上，大多数的孩子不愿意看它们。

《小鹿斑比》让我们所有的观众都感到羞愧。因为首先，动画人不再像 1942 年那样制作电影了，如今的动画片因为成本的原因而让人感觉粗制滥造。它们画面不稳，而且口型也和台词对不上，色彩也

---

① 此处指的是导演埃德温 · S. 波特（Edwin S. Porter，1870—1941）。

是很单调乏味。我觉得现在该片比它在1942年上映时效果更好，我还认为动画片的这种现状只有随着动画片的质量不断下滑才能引起关注并有所改善。

我认为《甜蜜的生活》是最令我感到意外的电影。在费里尼完全过度沉溺于自我表达之前的那段时期，他对我来说，是我所处时代与伯格曼（Bergman）齐名的一位伟大导演。在我第一次欣赏《甜蜜的生活》时，这部电影堪称一部杰作。

如今这部片子已经完全没有了当初的效果，当某些场景出现时我都想把头埋起来。它仍是那部拥有技术成就的电影。但是电影的主题——二十世纪六十年代狂放的、令人震惊的、堕落的罗马，嗯，放在今天看，并不比《袋鼠船长》[①] 更令人震惊。

以上情况都不意味着我的判断力出了大问题或如果二十年后再次观看这部片子时，我不会把它再次看成一部杰作。

不仅我的判断力是可质疑的，而且我整个关于时间作用的观点也是可接受质疑和讨论的。

例如，《纽约时报》刊登了一篇长文，讨论特效正在如何改变电影业。其中的一个观点是，特效会毁掉一部电影。他们认为，超越所有其他且最重要的元素，不是视觉效果，而是故事本身。

为了证明这一点，他们挑选了几部因故事情节而经久不衰的经典影片。其中的一部就是四十年前的片子《小鹿斑比》。另一部是《E. T. 外星人》，这部影片在该文发表时才上映了二十二天。我不介意任何人热情洋溢地讨论《E. T. 外星人》这部片子。

但是在开始赞扬一部电影经久不衰之前，我认为我们应该至少等待一个月的时间……

① 《袋鼠船长》（*Captain Kangaroo*，1955—1984）是一档美国儿童节目。

好莱坞生态

（或乔治·卢卡斯、史蒂文·斯皮尔伯格以及《古庙战笳声》）

好莱坞从来不缺天才。

约瑟夫·L. 曼凯维奇在二十一岁时获得了自己的第一个奥斯卡提名。斯坦利·多南（Stanley Donen）则是在二十四岁时共同执导电影《锦城春色》（*On the Town*，1949）时获得提名。最著名的就是奥逊·威尔斯。他因为电影《公民凯恩》而斩获四项奥斯卡提名，这在当时是他人难以企及的成就。威尔斯时年二十五岁。

然而没有什么能与乔治·卢卡斯和史蒂文·斯皮尔伯格在业界的统治地位相提并论。

他们二人都有超凡的才干，已经成名十数年，并且都只不过三十多岁。当我提到“统治地位”时，想想下面的事实：乔治·卢卡斯和史蒂文·斯皮尔伯格是史上五大最成功电影的缔造者。

《星球大战》和《星球大战之帝国反击战》属于卢卡斯。斯皮尔伯格导演了《大白鲨》和《E. T. 外星人》。第五部电影《夺宝奇兵》是协作的结果，卢卡斯是发起人，斯皮尔伯格负责具体拍摄。

这些电影不仅让他们二人跻身美国最富有的年轻人行列，而且今年以前上映的那四部片子都已获得了各种奖项和提名的褒奖。但是这四部片子没有一部获得过奥斯卡最佳影片奖。

《E. T. 外星人》将改变一切。

现在是 1982 年的年中，下一年的颁奖要等到九个月以后。今年计划推出的电影还有一半没有上映。对此我不在乎。

我心里坚信《E. T. 外星人》将会胜出。

然后呢？

然后我要说：这五部电影的共同点，除了它们广受欢迎外，在于它们都是“漫画电影”。

如果你认为我在贬低“漫画电影”，你真是大错特错了。不仅我本人写过此类作品，而且我在所有电影中最喜爱的一部就是“漫画电影”：《古庙战笳声》。我已经看过十六遍了，仍然会在演职员表结束前就开始流泪，并且会很快再次欣赏该片。

但首先，我们来谈谈如何下定义的问题。

至此我已经使用了多次“漫画电影”这个术语，我觉得有必要告诉你们它究竟是什么含义——

除非我也不清楚。

首先，因为我们会带入自己的个人体会，我认为是漫画电影的片子，你可能完全不同意我的观点，而你可能是对的。比如，我认为《猎鹿人》（*The Deer Hunter*，1978）这部激烈控诉美国介入东南亚事务的片子，是一部漫画电影；而《小鹿斑比》却不是。当然，我知道它是一部动画片。

但如果我无法给出正谈论的事物一个确切定义，至少能给出一些这类影片的共同特征，应该可以帮助大家勾画出我所讲的事物的轮廓。

食物：无营养卡路里①。并非，强调一下这里的称呼“并非”指

① 无营养卡路里（empty calories）指的是在日常饮食中不但无助于增进健康，而且只会一直增加纯热量的食品。

有贬义色彩的垃圾食品。请记住，我在本书里并没有对漫画电影做出苛刻的评判。但是如果举一个无营养卡路里食品的例子，请记下薯片这个名字。

电视：唯一非漫画风格的黄金档娱乐电视剧是《陆军野战医院》（*M*A*S*H*，1972—1983）。不是因为它制作精良，而是因为片中的每个场景，无论多么滑稽，都建立在死亡的疯狂之上。这是该电视剧的基调，也是电视剧的核心特征。你可以把《陆军野战医院》和《我的汽车妈妈》（*My Mother the Car*，1965—1966）简单地糅合在一起。你只需要留住同一批演员，并把他们放进一个巨大的美国陆军训练营里。伤员就是那些因打架或酒驾肇事而受伤的人，顺便说一句，在任何主要的陆军哨所附近都有很多伤员。

而伤员接下来就要面对一群愚蠢的外科医生，他们喋喋不休牢骚抱怨，因为医生们正在服役，无法进入平民的世界发财赚大钱。这部剧可能很搞笑，也可能很成功，而且绝对变得和其他的漫画风格电视系列节目一模一样。

音乐：泡泡糖流行歌曲[①]。代表人物如比利·乔（Billy Joel），艾尔顿·约翰（Elton John）等，都是受流行音乐目标受众[②]喜爱的唱作型歌手。甲壳虫乐队就是靠泡泡糖摇滚音乐起家的，比如“我要牵起你的手——手——手——”等类似风格的音乐。后来他们改变了曲风。列侬在他的个人专辑里就不再写泡泡糖摇滚乐了；而史上最成功的歌曲作家麦卡特尼还在写这种风格的歌曲。

下面我会谈到漫画电影的某些规律。其中没有什么是必须严格遵守的规定，但我觉得它们多半说的是很准的：

---

① 其风格朗朗上口，欢快向上。

② 流行音乐目标受众即热爱流行音乐并且爱买唱片集的青少年。

（1）通常情况下只有坏人才会死掉。而如果一个好人死了，那么他一定是做出了某种英雄壮举。

（2）这类片子往往难以引起观众的共鸣：就像你嚼在嘴里的爆米花一样，很快就吃完了。

（3）这类电影无法自成体系：它们常常会将其他影片作为参照对象。例如，如果没有周六下午影院放映系列片的传统的话，《夺宝奇兵》就不会有上映的空间了。

（4）最重要的一点可能是：漫画电影往往与我们所知的现实生活无关。它们更愿意表现人们心中向往的生活方式。那么做更保险一点。

下面我要简单谈谈我对《小鹿斑比》和《猎鹿人》的感受。

大家还记得《猎鹿人》的结尾部分吗？西贡陷入一片火海，而罗伯特·德尼罗这位没有后台的普通人此时已经退役回到了宾夕法尼亚州。他听说老朋友克里斯托弗·沃肯（Christopher Walken）仍困在那里。

镜头一转，德尼罗已经在西贡了。此时所有人都想要离开那里，但偏偏德尼罗却想要进去。

他找到了沃肯。你们知道沃肯一直以来都经历了什么吗？他一直在用真的子弹玩俄罗斯轮盘赌。顺便说一句，俄罗斯轮盘赌的游戏规则是电影的创作团队虚构的；在现实世界里它并不存在。好几个月过去了，沃肯和所有来找他的人玩这个疯狂的俄罗斯轮盘赌，你猜怎么样？——

哇哦！他从没失败过，从没平手过，也从没失过分。

这种情况发生的概率连计算机都要算一阵子，但别管它了，因为此刻一幕对抗戏已经呈现在我们眼前了。

德尼罗与沃肯决战俄罗斯轮盘赌。

如果你在进场时看过这部电影的演员表的话，你是否还会犹豫谁会是这场对决的赢家吗?

电光火石之间，德尼罗毫发未损，而沃肯命丧当场，他的嘴角上还挂着英雄般的微笑。

这一切令人感到兴奋，影片从头至尾我都非常喜欢，正如我一直以来对蝙蝠侠与企鹅人一同出场的情景非常着迷一样——

在我看来，它们是同一层次和级别的电影。

电影《猎鹿人》告诉我的是我已经知晓并坚信的东西：无论战争有多么的令人恐惧与厌恶，罗伯特·德尼罗最终都会满怀深情地望着美丽且饱经风霜的梅丽尔·斯特里普。

因此我认为，不管该片用了怎样的拍摄手法，以及它的主题如何严肃，我们可以说它是一部伪装得十分巧妙的漫画电影。对此我坚信不疑。

好了，下面我说说《小鹿斑比》。

如果说电影《惊魂记》里的淋浴场景在二十世纪六十年代引起了轰动，我也认可这一点，那么在整个四十年代能与之相提并论的就是《小鹿斑比》里妈妈死去的场景。

还有这句经典的对话台词:“人类已经进入了森林。”

还有那场大火的场景及其异常强烈的反暴力含义。如果在今天，全国步枪协会很有可能针对这部电影举行游行抗议示威。

我知道这就是一部卡通电影，小兔桑普是最抢镜的角色之一，片子里有很多温馨可爱的场景。

但我对这部电影有着不同的看法。

这部片子始终展现给人们的是生活中残酷的一面，而没有人希望自己的生活变成那个样子。你可能认为我疯了，而你可能是对的，但是《小鹿斑比》仍然令我内心纠结不已。

下面让我再回到电影《古庙战笳声》上，对其进行严格的评判:

我绝对认为，从导演、剧本、演员表演、特效、感染力任何一个角度评价，该片都完胜卢卡斯和斯皮尔伯格那五部获奖影片中的任何一部。

《古庙战笳声》上映于 1939 年，而当年奥斯卡奖的相关投票举行后，该片没有获得任何一个奖项的提名。

诚然，1939 年对于好莱坞来说是一个特殊的年份。我准备要开始和大家做游戏了，请大家不要介意，我希望同时也相信这么做是有意义的。你可能不记得 1939 年的奥斯卡奖得主是哪部片子了，下面我列出五部电影，然后你来猜猜看：

《金童》（*Golden Boy*）
《钟楼怪人》（*The Hunchback of Notre Dame*）
《寒夜琴挑》（*Intermezzo*）
《锦绣山河》（*Juarez*）
《江山美人》（*The Private Lives of Elizabeth and Essex*）

给大家提个醒：《金童》让我们认识了威廉·霍尔登；《寒夜琴挑》让我们认识了英格丽·褒曼。查尔斯·劳顿（Charles Laughton）出演了电影《钟楼怪人》，保罗·穆尼（Paul Muni）出演了《锦绣山河》，贝蒂·戴维丝饰演伊丽莎白一世[①]，那是她最著名的演出之一。

请把装有获奖名单的信封拿来吧。

答案是？上面五部无一获奖。事实上，甚至没有任何一部获得了最佳影片奖的提名。

而下面的五部影片获得了提名：

---

① 伊丽莎白一世是《江山美人》中的人物。

《万世师表》（*Goodbye，Mr. Chips*）

《史密斯先生到华盛顿》（*Mr. Smith Goes to Washington*）

《异国鸳鸯》（*Ninotchka*）

《人鼠之间》（*Of Mice and Men*）

《关山飞渡》（*Stagecoach*）

这一次，请把装有获奖名单的信封拿来吧。

同样的答案：它们无一获奖。（在当时可以提名不只五部电影。）除了上面五部之外，我刚才也没有列出《呼啸山庄》（*Wuthering Heights*）。

它也未能获奖，因为电影《绿野仙踪》（*The Wizard of Oz*）同样上映于1939年。

它同样也未能获奖，因为最终胜出的是电影《乱世佳人》。

真是令人印象深刻的一年啊。

这一年给我的印象如此之深，以至于尽管我对《古庙战笳声》情有独钟，但我没什么可抱怨的。这是一部绝佳的冒险电影；我认为它不逊色于任何电影，但我觉得它与那些获奖电影并非同类。

同样我觉得卢卡斯和斯皮尔伯格的电影与那些片子也不一样。

还记得吗？这一部分的主题是好莱坞生态。生态这个词，在本书里的意思是平衡。

好莱坞向来能够出品优秀的漫画电影。《火车大劫案》没打算拍成一部诗意片，而且别忘了早期的电影奇观里还有两个小女孩用枕头打闹的情节呢。

而传统上，从有枕头打闹戏的电影上赚的钱会被用来继续投资拍摄新的电影，有时拍出来的就是《公民凯恩》那样的片子。

几年前，一位电影公司负责人告诉我："如果我一年要拍摄十六部电影，我知道其中的四部会很失败。我只是希望它们的成本不要太高，而我不会在它们身上亏太多的钱。其中的八到九部将表现平平，如果我够幸运的话，它们能产生一定的娱乐效果；至于能赚钱的电影，*我寄希望于剩下的三部片子*。”（斜体是我加的。）

他继续解释说，赚钱的电影是指高品质的电影，即那种让他感到骄傲自豪的片子。

此刻，我认为很明显的是，到目前为止，谈到电影的品质，1982 年和 1939 年不可同日而语。

然而让我们回到二十年前的 1962 年：电影《阿拉伯的劳伦斯》获得了奥斯卡最佳影片奖。我认为它是一部伟大的史诗电影，并且获奖也是实至名归。但下列电影甚至都未获提名：

《阿尔卡特兹的养鸟人》（*Birdman of Alcatraz*）
《醉乡情断》（*Days of Wine and Roses*）
《海伦・凯勒》（*The Miracle Worker*）
《长夜漫漫路迢迢》（*Long Day's Journey into Night*）
《春浓满楼情痴狂》（*Sweet Bird of Youth*）
《大卫与丽莎》（*David and Lisa*）
《双虎屠龙》（*The Man Who Shot Liberty Valance*）
《弗洛伊德》（*Freud*）
《洛丽塔》（*Lolita*）

我不是说它们中的任何一部应该获得提名；我仅仅是说这是一份很好的非漫画电影名单。那是个不需要考虑任何特殊情况的年代。

这是二十年前的事了，现在让我们再看看后来非漫画电影的境况。尽管又是平凡的一年，但 1972 年还是上映了一批非漫画电影：

《教父》(*The Godfather*)

《歌厅》(*Cabaret*)

《激流四勇士》(*Deliverance*)

《第五屠场》(*Slaughterhouse-Five*)

《战争下的和平》(*A Separate Peace*)

《顺其自然》(*Play It as It lays*)

《女士唱起布鲁斯》(*Lady Sings the Blues*)

《青涩恋情》(*The Heartbreak Kid*)

《富城》(*Fat City*)

《候选人》(*The Candidate*)

《猛虎过山》(*Jeremiah Johnson*)

1982年暑期档的电影已经上映一半，而当你读到这里的时候，它们中的大多数已经从你的记忆中消逝了。下面是截至目前上映的片子：《野蛮人柯南》《洛奇2》《鬼驱人》(*Poltergeist*)、《阴谋诡计》(*Hanky Panky*)、《大侦探对大明星》(*Dead Men Don't Wear Plaid*)、《安妮》《星际迷航2》(*Star Trek II*)、《E. T. 外星人》《火狐》(*Firefox*)、《油脂2》(*Grease II*)、《欢喜冤家》《银翼杀手》《怪形》(*The Thing*)、《雷电神兵》(*Megaforce*)以及《电子世界争霸战》(*Tron*)——

并且它们全都是漫画电影。

好吧，让我们尽可能地看到事情积极的一面：毕竟夏天一直以来都是儿童电影的天下，因为那是孩子们放假的时间。伍迪·艾伦导演了一部电影，乔治·希尔也导演了一部电影，此外大家也非常期待电影《军官与绅士》(*An Officer and a Gentleman*)。

你可以尽情地对这种情况感到乐观；而我，却觉得提心吊胆。

为什么呢？因为在今年前五个月里，除了下面几部电影外，几乎见不到其他不属于漫画电影的片子。这几部电影是《雌雄莫辨》

（*Victor/Victoria*）、《餐馆》《大失踪》（*Missing*）以及《射月》（*Shoot the Moon*）。

也许你还知道一些其他的片子，那我就不知道了。而且上面四部电影里没有任何一部有希望在奥斯卡评奖期间有所斩获。这就是为什么说《E. T. 外星人》将获得奥斯卡奖，因为没有其他的竞争者。

为什么我觉得这种情况令人提心吊胆？——

因为我非常担心好莱坞的基本生态正在发生彻底改变。

还记得我引用那位电影公司负责人的话吗？“我只寄希望于剩下的三部片子。”而那“剩下的三部片子”不再会被制作出来了。如果我们足够幸运，《E. T. 外星人》带来的收入将只会被用来为我们拍摄改编自漫画《魔术师曼德雷》（*Mandrake, the Magician*）之类的影片。

《大白鲨》开创了当前的生态循环模式：它在商业上的成功远远超出了任何人的想象。随后《星球大战》则打破了《大白鲨》创下的所有商业纪录。而现在好莱坞的每一位电影公司高管都在绞尽脑汁地琢磨如何才能超越《星球大战》创造的成就。

当然，他们这么做是天经地义的，那是他们的职责所在。但是，在他们追求这个目标的时候，他们改变了好莱坞的一个传统，即将影片的收益用于探索尝试另一种完全不同的电影类型。此刻——当今——漫画电影的收益仅仅用来拍摄更多的漫画电影，这种情况之前从没发展到如此程度。

目前的生态会变回到之前的状态吗？“绝对会的。”电影公司高管们会这么告诉你。什么时候？“当公众要求的时候。”

当然，这种说法有其合理性，但从根本上说那只是个逃避的借口。只有当高管们不再无视自己内心深处的激荡的时候，改变才会发生。他们都是聪明人，千万别忘了这一点。他们本人并不一定欣赏他们拍摄的电影。你难道认为，他们会兴高采烈地回到家，然后对家人说：“嘿，你们知道吗？今天发生了件大好事，我们决定拍摄《雷电神兵》了。”

只有当这些人认识到生命中有比重拍《黑湖妖潭》（*Creature from the Black Lagoon*，1954）更重要的事时，只有当他们吸取了教训而决定去找寻诸如《普通人》和《飞越疯人院》这类的剧本时，目前的生态才会发生变化。

今年夏天到目前为止的三部大片是《E. T. 外星人》《洛奇 3》以及《星际迷航 2》。所以暂时来说，我认为我们还是做好准备欣赏七部《星球大战》续集，以及半打类似《夺宝奇兵》那一类的影片吧。到这个十年结束时，我们可能会欣赏到《外星人大战天行者卢克》（*E.T. Meets Luke Skywalker*）那样的电影。

正如贝蒂·戴维丝告诫我们的，我们都应该系好自己的安全带。因为从现在开始，我们似乎正在进入一个漫长而颠簸的夜晚……

引　言

接下来的内容是这本书里最接近自传的部分。在电影行业里我度过了一些美好时光，比如创作《虎豹小霸王》以及与劳伦斯·奥利弗（Laurence Olivier）一起排练。然而，每位编剧都有些恐怖故事可以讲给你听，在我这里也不例外。

我会按照时间顺序讲几部电影。《遥远的桥》除外，它自成一篇。我把它留在最后，因为毫无疑问，参与那部电影是我曾经有过的最不寻常的经历……

III

《查利》和《化装舞会》

1963 年下半年，克利夫 · 罗伯逊（Cliff Robertson）带我踏入电影行业。我自 1956 年起开始发表小说，但在短篇故事创作中毫无建树。与此同时我一直狂热地喜爱电影。然而现在回头看，我从未想过要把自己的写作生涯和对电影的热爱结合在一起。专业的电影院校在我长大之后才声名鹊起。像我的同龄人一样，我以为导演包揽一切，当他们偶尔才思枯竭时，演员们需要自己琢磨台词。

我与罗伯逊的会面不算特别曲折，和大多数人在调整职业方向时的情形差不多，但还是有必要在这里提一下，之所以我在电影行业浸润二十载之后，还能够保持基本的理智，主要是因为：最开始我是一名小说家，现在我仍是一名小说家，只不过恰好也写剧本。

相对而言，我的头三本书都很短。我像个傻瓜似的跃跃欲试，想写一部真正的长篇小说。当时我在纽约的所有朋友似乎都过得糟糕透顶。我和要好的编辑海勒姆 · 海登（Hiram Haydn）聊起来，告诉他周围的世界快要让我发疯了，我想写一部长篇小说记录下来，但究竟要怎样写我毫无概念。他建议我试着先把所有的故事记录下来，最终我们总会理出头绪。

所以，自找罪受，我开始写《男孩和女孩在一起》(*Boys and Girls Together*)。给初出茅庐作家的警告：绝不要写长篇小说，那简直是酷刑一样的经历。有次我遇到致力于怪兽类题材写作的詹姆斯·克拉维尔(James Clavell)，我问他既然清楚写到一千五百页之前会发生什么，他怎么还有勇气开始新书。他的回答很简单：每次开篇时，他真诚地相信这一次会很短。可一旦开始，内容就越来越多，他再次被困住了。

我的书写了大约一年半，有六七百页打印纸。大概完成了三分之二后，我停下来写了两部百老汇剧目。一部是舞台剧，另外一部音乐剧，可惜两部戏都以失败告终，那种滋味可不好受。再次警告初出茅庐的作家：绝对、绝对不要写百老汇剧。当纽约城不欢迎它时，失败立刻摆在你的眼前，那可是直击灵魂的痛苦打击。电影和小说通常在完成一年之后，你才需要面对失败的灾难，而在百老汇戏院里，这个间隔可能不到一周，让你完全没有防御能力。如果你有写百老汇剧的冲动，对自己好点儿，去写部长篇小说吧。

悲伤过后，我捡起了《男孩和女孩在一起》的写作，突然惶恐地发现生命中第一次我文思枯竭了。也许只有作家才能理解那种恐慌。你在办公桌前坐下，枯坐两个小时，六个小时……什么都写不出来。一个星期，一个月过去了，依然什么都写不出来。你试着自欺欺人，对自己说看场电影也许会好点儿，当你看完一次甚至两次两片连映场回来，随意地坐回打字机前，已经是一天的尾巴，没有时间留给写作，压力自然消失了。

……还是写不出来。

你读其他作家的访谈录，想看看他们如何摆脱困境。

那些方法不奏效。

全都不奏效。

然后你进入绝望状态，对一个以写作赖以为生的作家来说，文思枯竭简直是终极噩梦。然而，作家们几乎无一幸免，都有过这种噩梦。很少有人会展露出来。大多数情况下我们满怀激情地从事写作；我们捣鼓一段时间，试试这个，试试那个，然后文思枯竭，你要怎么度过余下的写作时光？我知道这一段内容有煽情嫌疑，但不是危言耸听，对一名作家来说，创造力的枯竭无异于老年痴呆：你不确定它即将发生，但你知道它在那里。等待中。

不管怎样，一天清晨我在沮丧中打开《每日新闻》，一则很短的故事吸引了我。它抛出一个全新且逐渐得到证实的推测：波士顿连环杀人案也许有两个凶手，并非一个。

当时我住在八十六街，和办公室隔两个街区。那天上班的路上，前所未有的灵感出现了，那种灵感即使在以后的日子也从未再现过：一部小说跳进了我的脑海里。完全成型的小说。出发点很简单，如果有两个连环杀人犯，如果其中一个嫉妒另外一个，故事由此展开。

在办公室里我伏案疾书，潦草地勾勒出每一个场景。完成之后，我看着写下的东西，不知道自己到底怎么了。原本我的计划是写完《男孩和女孩在一起》最后四五百页，我手里握着的草稿显然不是这么回事。是不是又要自欺欺人？会不会驱使我离自己的目标渐行渐远？如果我开始这本新书，挺过一半，再次卡壳怎么办？面对两部写了一半的小说，境况岂不是更加糟糕。

我和几位朋友聊了聊，考虑是否要开始这部小说，也就是未来的《一双血手》（*No Way to Treat a Lady*），没准它会帮助我打开思路。但为了保险起见，我只给自己十天时间写这本书，能写完当然再好不过，否则我就把它完全抛到脑后。

为了给自己增添信心，我把这本书分成尽可能多的章节。即使某章只有一段内容，我依然会继续往下写新的一页。这样我在不断地取得进展。写出点什么，随便什么。

小说在规定的时间内完成了。看起来有点怪——一百六十页，五十三章。但它最终出版了，用的是我的笔名哈里·朗鲍（Harry Longbaugh），太阳舞小子的真名。此时离那部西部片上映还有六年时间，可我钻研相关材料已经有四年之久，我非常喜欢这个名字。[①]

这时罗伯逊进入了我的生活。

他打电话问我们是否可以见面。当天晚上我见到了他。他解释说，当时他主要活跃在电视荧屏，如果主演的电视剧有机会被改编成电影，导演常启用别的演员饰演他的角色。《江湖浪子》（*The Hustler*，1961）和《醉乡情断》便是这样的例子。因此在这种情况下，他决定自己选电影剧本，要拍的是丹尼尔·凯斯（Daniel Keyes）的短篇小说《献给阿尔吉侬的花束》（*Flowers for Algernon*）[②]。

罗伯逊接着解释说，他无意中看到了我的连环杀人案小说的“故事梗概”，非常喜欢。当时我在想，故事梗概？那是本小说。但他之所以这样想，也许是因为那本书的奇特风格，所有章节都是零碎的。这些都不重要，关键是罗伯逊的一个误解，误打误撞带领我进入了电影行业。

罗伯逊给了我凯斯的书，问我是否愿意读一读，如果我喜欢的话，是否愿意把它改编成电影剧本。我爽快地答应了，他就此告别。他走之后我立刻开始读凯斯的书。非常精彩的故事，科学实验把一个智力发育迟缓的男人变成了天才。而实验最终失败，查利又恢复了原状。

已经是午夜时分，我告诉妻子艾琳我读完了凯斯的书，她问感觉怎么样，我说写得太好了，我们平静地聊了几分钟，突然我意识到一个问题——

我不知道电影剧本长什么样子！

---

① 那部西部片指的是《虎豹小霸王》，太阳舞小子是主角之一。——译注

② 改编后的电影名为《查利》（*Charly*，1968），罗伯逊借此片获奥斯卡最佳男主角奖。

我快疯了。

我冲到时代广场，那里有一家通宵营业的书店。即使现在书店里也没有多少关于剧本写作的书，可和当时相比，简直称得上收藏丰富。我紧张地询问店员有没有任何和电影剧本相关的书，他些许紧张地朝书店后部扬了扬手。凌晨两点，无论是书店里还是大街上，时代广场中的每个人都很神经质。其他几个顾客奇怪地看着我，我想我的表情也差不多。天知道他们在做什么，推搡着，打着盹，有的可能是失眠的书呆子，或者其他新手电影编剧；他们忙他们的，我忙我的。我不知道找了多长时间，最终看到一本书标题上有剧本写作的字眼，我立刻从书架上取下它，吹落灰尘，飞快地浏览了目录，翻到讲述剧本的那一页。

我更疯狂了。

时至今日我依然记得当时瞪着书页时内心的震惊。我不知道眼前呈现的是什么，但我清楚地知道，以那种形式、那种语言写作，对我来说是不可能的事情。

这本书曾经在我的图书室里，现在不见了，也许某次搬家途中弄丢了。但是那种文本格式在我脑海里依然清晰，我来用那种令我瞠目结舌的格式描写一下，举个例子，一个著名的电影场景，《了不起的盖茨比》(*The Great Gatsby*)中关于衬衫的那一幕。

如果读者不熟悉那一幕，情节大致是这样的：盖茨比，一位私酒贩卖商，带黛西和她的朋友尼克参观他著名的房子。盖茨比和黛西很早认识，黛西现在已婚，盖茨比仍然痴迷她。剧本会是这样的——

100. 外景　盖茨比家的草坪　白天　定场镜头

盖茨比带领尼克和黛西朝他的豪宅走去。房子似乎从没有像今天这样巨大，令人震撼。黛西停下脚步，环顾四周，发出赞叹。

101. 外景　盖茨比家的草坪　白天　中景镜头

盖茨比看了她一眼。他心情很激动，尽量保持平静。片刻后，他们继续前进。

102. 内景　盖茨比家的音乐室　白天　定场镜头

房间巨大而华丽，以玛丽·安托瓦内特的风格装饰。盖茨比带领尼克和黛西穿过房间。

103. 内景　盖茨比家的主客厅　白天　定场镜头

另一个华丽炫目的房间，文艺复兴风格。盖茨比、尼克和黛西穿过房间，继续参观。

104. 内景　盖茨比家的主客厅　白天　中景镜头

盖茨比的目光始终追随着黛西，仿佛在以她美丽眼睛中的反应为标准重新评价他家的一切。

105. 内景　盖茨比家的主楼梯　白天　定场镜头

和所有我们看到的东西一样，楼梯巨大而令人震撼。盖茨比带他们上去。在楼梯的最高处有一扇门。他打开门，招手要他们进来。

106. 内景　盖茨比的卧室　白天　远景镜头

这个房间装饰很简单，和我们见过的其他房间截然不同。只有梳妆台上点缀着一套纯金的梳妆用具，两个大柜子，一张床，几乎没有别的东西。

107. 内景　盖茨比的卧室　白天　特写镜头

黛西高兴地拿起梳子梳梳头发。

108. 内景　盖茨比的卧室　白天　中景镜头

盖茨比开心地笑了。他一直憧憬着有她在这里，憧憬了那么久，思念不可思议地强烈，以至于在本能反应下，他像一个上紧了发条的钟表一样笑个不停。

盖茨比

（还在笑，他看着尼克）

这是最有趣的事情，老兄。我试了——我控制不住——

109. 内景 盖茨比的卧室 白天 中远景镜头

盖茨比恢复镇静，走上前去打开两个大衣柜。

110. 内景 盖茨比的卧室 白天 特写镜头

衣柜里有无数的西装、晨衣和领带。他的衬衫成堆地高高摞起来。

111. 内景 盖茨比的卧室 白天 中远景镜头

盖茨比

有人帮我在英国采购服装。每年初春和初秋时节会送过来一批他挑选的衣服。

112. 内景 盖茨比的卧室 白天 特写镜头

盖茨比拿出一沓衬衫，朝空中抛去后，衬衫落在床上。薄麻布衬衫、厚绸衬衫、细法兰绒衬衫都抖散了，五颜六色散落一片。

113. 内景 盖茨比的卧室 白天 中景镜头

尼克看着盖茨比抛衬衫，看着黛西欣赏衬衫。

114. 内景 盖茨比的卧室 白天 中景镜头

盖茨比拿出另一沓衬衫，朝床上抛去。

115. 内景 盖茨比的卧室 白天 特写镜头

衬衫在空中飞扬，条子衬衫、花纹衬衫、格子衬衫，珊瑚色的、苹果绿的、浅紫色的、淡橘色的，上面绣着深蓝色的他的姓名花字。

116. 内景 盖茨比的卧室 白天 特写镜头

突然，一个紧绷的声音响起，黛西把头埋在衬衫里开始哭泣。

黛西

这些衬衫如此漂亮。

（她哽咽着，她的声音在皱褶堆里闷响）

这让我伤心，因为我从来没见过如此—— 如此漂亮的衬衫。

以上的一幕基本是菲茨杰拉德先生的原作内容，是这本极其感人的小说中最感人的场景之一。我们很清楚黛西掉泪不是因为布料的美丽或者剪裁的精良，而是为她自己的生活伤心哭泣。

这一幕不仅是小说的高潮，在电影中一样感人。在最新版的由雷德福出演盖茨比的电影中一样感人。天，连艾伦・拉德（Alan Ladd）演盖茨比时，这一幕都让人感动。可是，在这里显然你毫无感觉，为什么？

因为电影剧本格式的不可读性。展现在眼前的一切都非常短。页面两侧的数字，那些可怕的缩写，内景，外景，等等。所有这些与我们正在谈论的内容无关，它与剧本的编写无关，也与剧本出售的版本无关。

这些是写给工作人员在电影拍摄时用的。举个例子，制定拍摄计划的人需要用到场景号。如果我们要拍盖茨比卧室的场景，他会通知明天拍摄场景 106 到 116，这样美术师会把盖茨比的卧室提前准备好。服装人员接到通告，知道需要把衬衫叠好，西装和晨袍挂在衣柜里。

场景中打动人心的关键是梳子和衬衫。看到黛西用他的梳子梳理头发，盖茨比有些失控。他无法描述内心的激动，于是开始一件件地将衬衫抛向空中。他试图说点什么却无法表达，迫切地需要做点什么，什么都行，于是他抓起衬衫，向空中抛出去。

回到现实中，四十二街，凌晨两点，我离盖茨比非常遥远。我买下那本书打车回家，怀疑自己是否真的能写出一部电影剧本。

几周之后，我接到一个电话，是关于《化装舞会》(*Masquerade*, 1965）的。

当时007热已经开始，《化装舞会》大抵是部温和的谍战片，讲一位财富守护者肩负重任，需要把年幼的王位继承人送回某阿拉伯石油国继承王位。守护者任务完成得并不出色，险象环生，当然最后是圆满大结局。雷克斯·哈里森（Rex Harrison）本来要出演男主角但退出了，罗伯逊代替了他。

为了适应新男主人选，人物对白需要做一定程度的修改。令我吃惊的是，此时罗伯逊还没有看到《献给阿尔吉侬的花束》的剧本，他却要我修改这部剧本。我和英国制片人迈克尔·拉尔夫（Michael Ralph）见了面，按例心理紧张一番后，我出发去英国开始工作。

那段经历可以总结为五点。

一，由于影片已经开始前期制作，选址、演员选拔等基本已经确定，我的主要工作是被雇来修改对话。我最初误以为剧本是一段段的对话，编剧最大的贡献便是对白，这段经历令我的误解进一步加深。

二，影片拍摄到三分之二时，罗伯逊发现自己被关在马厩的一个大马戏笼子里。因为马戏团成员参与了王位继承人的绑架事件，所以囚禁了罗伯逊。挨着罗伯逊笼子的是另外一个大笼子，里面关着一只可怕的饥肠辘辘的秃鹫。此刻马戏团成员离开商量事情，其中一个笨家伙居然把钥匙串留下来，正挂在三米远的一个钉子上。

罗伯逊看到了钥匙。看守离开后，他试图去拿钥匙，但显然没什么希望。他发现隔壁的秃鹫坐在两三根长竹竿上。费了好大劲儿，他把手伸进了秃鹫的笼子，试着抽一根竹竿出来。秃鹫本能地保护自己的领地，拼命地啄罗伯逊的手。但他不顾流血的指节，坚持不懈，终于抽出一根竹竿，用它去取钥匙。

还是太短。

恶狠狠地，他看了看秃鹫，深吸一口气，重新把手伸向了它的笼子，这回双手被攻击得更猛烈。真的很痛，但没有别的办法，历尽困难他拿到了第二根竹竿，绑到第一根上，从铁栅栏里伸出去，尽力往远处探，试图让摇摇欲坠的竹竿靠近钥匙环，差一点儿，一次又一次地尝试，直到成功。他举起竹竿，让钥匙环从钉子顺着竹竿划到近处，他伸手抓住钥匙，插进锁孔——

锁，纹丝不动，不是这些钥匙。

我想这是我这辈子写的第一个转折，但它肯定不是最后一次。因为编剧很大一部分工作是把新转折放进旧的曲折中去。观众们很聪明，反应敏捷，他们一看便明白，如果你给他们看意料之中的情节，或者让他们提前猜到结局，他们可不会轻易原谅你。

三，拍摄即将开始时，我和剧组一起去西班牙，以免有需要做最后的调整。正式拍摄的前一天，我与导演和美术师一起在山上散步，讨论电影中一场车祸应该在哪里发生。我们找到地方，停了下来。

这个情节的内容只是恶棍们俘获罗伯逊的过程。他坐在豪华轿车里，恶棍们躲在装满葡萄酒的卡车里，出其不意地从后面冒出来，豪华轿车司机惊慌失措，车祸发生，恶棍们抓到了罗伯逊。

美术师指着路边以及一处隐蔽的地方。“我觉得咱们可以这样拍，”他说，“首先拍凯迪拉克豪华轿车驶过来。然后我们切到葡萄酒卡车开始堵截轿车。再切回给轿车司机，惊讶，试图躲避碰撞。然后切回到卡车。然后加上撞车的声音，我们切回拍豪华轿车的一侧，车轮旋转，车里司机失去意识，罗伯逊昏迷。恶棍们把他拉出来，扔进卡车里，开车离开。”

导演听完答道：“我觉得这是老掉牙的套路。”

沉默了半晌。美术师掏出一根烟。他们两位是典型的英国人，彬彬有礼。“你真的认为这个设计很糟糕，是吗？”美术师问。

“绝对糟得不能更糟。”导演回答。

美术师弹了弹烟灰，转身看着导演。“那么我有一个建议，”他说，“让我……”他顿了一下以加重语气，“毁两辆该死的劳斯莱斯，我给你制造一场无与伦比的车祸。”

他们继续聊，我继续当听众。他们在讨论预算，在那之前我从未听说过预算。报废两辆劳斯莱斯是不可能的，连一辆凯迪拉克都不可能。后来我发现车是租来的，归还时得完好无损。

在此之前我一直以为，银幕上看到的东西，就是原本想要呈现的样子。

错。

如今拍电影，成本即使不是最关键的考量也是最关键之一。在这个前提下，要在有限的预算内拍出像样的东西。“银幕上一览无遗”，好莱坞人喜欢这么说，其中蕴含一层褒义：我们可以看出钱花到哪里去了。

我前面说过，《化装舞会》是属于詹姆斯·邦德流派的谍战片，但它没有詹姆斯·邦德级别的预算。邦德电影可以报废两辆劳斯莱斯，或者别的任何东西，只要他们觉得剧情需要。因为他们是大制作的影片，耗费巨资正是其卖点之一。

和大部分影片一样，《化装舞会》没有这样的奢侈条件。这是为什么制片人和导演拼命地争取每一分钱。可以说，没有人能够随心所欲拍摄他们真正想要的。

他们拍他们花得起的。

四，我在拍摄现场第一天。

我很少有比那天更激动的情形。甚至半年前，我做梦都想不到，能够看着一部活生生的电影在眼前拍摄出来。

我想这和我第一次去百老汇剧院后台的情形有些相似。我大约十四五岁时去纽约参观游览。我的一位堂兄与朱迪·霍利德（Judy Holliday）是高中同学，当时她在演出代表剧目《绛帐海堂春》（*Born Yesterday*）。日场演出结束后，堂兄陪我到后台霍利德小姐的更衣室。他介绍我们认识，我只说了“你好”和“谢谢”，整个交谈可能只有五分钟，甚至两分钟。

而对我来说，即使在今天回忆起来，仍然像几个小时一样漫长。在那之前我从未见过演员，更别说是明星。我完全没有艺术细胞，连线条小人都画不好，但我可以在脑海中勾勒出那个房间。我记得每一件东西。房间的大小和墙壁的颜色，上面挂的画框。我还记得她梳妆台上明亮的灯光，形形色色的化妆品，她头发的颜色，她皮肤的质感，她抬起头向我甜美微笑时脖子的角度。很多人认为朱迪·霍利德几年前已经去世了。

她永远在我心中。

回到西班牙 1964 年的那个上午。

我到片场时正在布景，记得两件事情最让我感到惊讶：灯光的热度和不可思议那么多人。这不是一个大制作，但在场得有上百工作人员。

我问是否可以在摄影机聚焦的地方站一会儿，答案是没问题。我走进光圈正中，聚光灯亮得让人睁不开眼睛。我迅速转身。

这是我距离成为电影明星最近的一次。

我走到旁边默默等待，直到罗伯逊上场。只是一个非常简单的反应镜头。罗伯逊应该走到一个地方，转过头，看一下，对看到的东西做出反应。导演和罗伯逊短暂交谈。罗伯逊准备好，闭上了他湛蓝的眼睛，灯光可能令它们不适，导演说：“开始，克利夫。”罗伯逊开始了。

他走到合适的地方，停了下来，看了看，正如设计的那样。导演说："很好，克利夫，停，镜头通过。"——

接下来整个摄制组像军队进攻一般行动。

几十位工作人员冲上来为下一个机位做准备。位置稍有不同，意味着所有布景都要换。

花了几个小时。

我不知道电影是这样制作的。我还以为你拍一个镜头，满意了拍下一个，满意再拍第三个，一天就这么过去。

错误。

真正在片场是这样的：什么都没有。明星没事做，导演没事做，当你想起电影时首先联想到的那些人大部分没事做。

比方说，克拉克·盖博走进一个塔拉庄园的房间，对费雯·丽说"早安"。她抬起头说："我不想和你讲话，瑞德。"[①]

嗯，拍这么个小场景可能得花一天时间。即使你想简单拍，这个小场景也需要三组镜头。主场景镜头包括瑞德进入房间和费雯·丽说话以及她的回答。然后近景拍瑞德的特写。最后近景拍费雯·丽的特写。

几十年后的今天说出来不能算泄密吧，其实既没有塔拉庄园也没有房间在里面。那都是在摄影棚里搭出来的。围墙可能会"飞"，也就是可移动的。好，我们先拍主场景镜头。灯光师设好灯光，人们讨论一阵，调整几次，直到导演满意。

你不能迅速转换到盖博的特写。首先得把房间拆了，至少把费雯·丽小姐所在的部分拆了，因为摄影机要架在那里。墙壁要拆，灯光要拆，换个位置重新装上，然后重新打开灯光调整角度，使它与主场景镜头的照明完全匹配。如果主场景镜头看起来是发生在早上的

① 此对话出自经典电影《乱世佳人》。

话，那么特写镜头就不能看起来像是黄昏时分的灯光效果。

除非你是摄影师，正在努力还原场景，否则整个世界不过是在打盹，无事可做。

回到《化装舞会》，我被现实严重打击了。“他们是这样制作电影的？哪来的魔力呢？”

魔力不存在。我曾经说过，现在依然相信：你生命中最激动人心的一天很可能是你到片场的第一天，而接下来的每一天将会是你人生中最枯燥的日子。

五，这是我第一次与一位电影明星合作，一天早上罗伯逊和我在西班牙阿利坎特沿着海滩散步，阿利坎特是电影拍摄的大本营所在。我的工作基本已经完成，他的工作即将开始。我们正在谈话时，罗伯逊的一位朋友匆匆走过来，语速很快地谈论着墨西哥的阿卡普尔科，在那里罗伯逊曾经与拉娜·透纳一起做火鸡。

克利夫·罗伯逊是我见过的最彬彬有礼的男演员，礼貌到近乎一丝不苟。然而他突然变得冷漠而疏离，提及阿卡普尔科的那个人很快落在我们后面，我们继续往前走。不知道他是否感觉到我的惊讶，片刻之后，罗伯逊开始低声说着。“我从来没见过那家伙，”他说，“即使见过，估计是和一大群人在一起时随便打了个招呼。但是，当你的脸看起来很熟悉时，人们比你有优势。他们知道你是谁，但你不认得他们，有时他们试图利用这种优势。”

是的。多年来，我遇到过一些人，喋喋不休地讲关于达斯汀·霍夫曼的事情。“达斯汀”这个，“达斯汀告诉我，他感兴趣”那个。虽然我坐在那里心里很明白，说话的人一辈子没跟霍夫曼说过话。谎言总是让我惊讶，但也许是我在犯蠢：金光闪闪的明星，他们发光发热，我们都希望能偎得更近些。

罗伯逊悄悄地补充了一句：“你不想对人粗鲁，但必须要小心，有很多奇怪的人在那里。”

的确是这样，有时是残酷的现实：当约翰·列侬最后一次走进达科塔公寓[①]时，我的脑海中立刻浮现出那个早晨和克利夫·罗伯逊在西班牙阿利坎特的漫步。

我回到纽约，继续写第一部剧本《献给阿尔吉侬的花束》。写作并不容易，正因为不容易才有人付我报酬，令我坚持下来的是我对那美妙的丹尼尔·凯斯短篇小说的感情。那种感情是改编工作坚持下去的力量，如果你从未有过或者失去了激情，你会深陷困境。

最后终于写完了，我把剧本寄给罗伯逊。接下来我发现自己被炒了，改由斯特林·西利芬特（Stirling Silliphant）做编剧。而且，终稿里没有一丝我的痕迹。

我简直难以置信。炒鱿鱼总是两种感觉，惊讶和痛苦。我震惊了。以前我从来没有被解雇过。没有人告诉我具体哪里做错了。但是，如果不得不猜测，我会说，很可能是我的剧本糟透了。

我联系罗伯逊，希望有机会再试一次。这既显得我犯蠢也令他尴尬，因为在电影业失败便是绝对的失败，没有回旋余地。

此刻的我，完成了第一部电影剧本，炸弹却一下子引爆了。革职。赶下台。出局。如果你感觉到我想说这是一次令人不安的经历，你的感觉是正确的。然而现在回头来看，我上了最好的一课，想想接下来要发生的事情的话……

① 1980 年 12 月 8 日，列侬在纽约自己的寓所达科塔公寓前被马克·普查曼枪杀，卒时年仅 40 岁，引起举世震惊。

Ⅳ

《地狱先锋》

在写作接下来的剧本《地狱先锋》的过程中，我初次学到了一些编剧技巧。

那也是我不经意间第一次领略到电影的实际拍摄过程。《男孩女孩在一起》(*Boys and Girls Together*)已经出版，惹来如潮劣评。《纽约时报》评论道："一个搬不动这本书的九岁小孩已经能读懂它了。"书评接下来的部分惨不忍睹。但是，有位叫埃利奥特·卡斯特纳(Elliott Kastner)的制片人签了小说的选择权协议[①]。

我和卡斯特纳会面讨论这本书。尽管我不是编剧人选，但我并不介意。我们要讨论如何将这本六百多页的书浓缩成一百二十页的剧本，讨论开始前他提到最近看的一部电影，一部非常成功的西部片《职业大贼》(*The Professionals*, 1966)。"我要拍那样的片子，"他说，"一部有胆色的片子"。

我建议他读一些罗斯·麦克唐纳(Ross Macdonald)写的卢·阿

① 在电影行业中，选择权协议(Option Agreement)，也叫期权协议，是指潜在的电影制片人，如电影工作室、制片公司或者个人，与作家或小说、文章、歌曲、剧本等作品的版权人之间就作品的使用签订的协议；是制片人一方获得了在将来某一时刻购买(获得许可授权)作品改编权的"排他性权利"。—— 译注

彻系列侦探小说。如果感兴趣的话，我可以重温小说试着为他写一部剧本。接下来的周一他打来电话，表示对书十分感兴趣，要我选一部他去签选择权协议。

那时卢·阿彻系列大约出了十本书，我像白痴一样从最新的开始按出版日期逆序读下去。之所以说“像白痴一样”是因为随着一本本新作面世，麦克唐纳逐渐脱离他早期作品中的硬汉哈米特－钱德勒（Hammett-Chandler）传统，更注重塑造人物性格的复杂多面性，不再靠情节取胜。

最终我选择了系列中的第一部《移动飞靶》（*The Moving Target*），卡斯特纳签了选择权协议，我开始改编工作。我写的剧本以对话为主，因为当时我仍然认为对话是关键要素。顺便说一下，这部电影取得巨大成功有很多因素，其中没有哪个算得上是我的功劳。电视抢占并固化了私家侦探故事的讲述模式，已经很多年没有《地狱先锋》这样的电影出现，因此它带给观众新鲜感。还有个演侦探片的好班底，包括劳伦·白考尔（Lauren Bacall）、朱莉·哈里斯（Julie Harris）、阿瑟·希尔（Arthur Hill）、珍妮特·利、斯特罗瑟·马丁（Strother Martin），而罗伯特·瓦格纳（Robert Wagner）在影片中的感情戏，我个人认为是他的巅峰演出。更不用说保罗·纽曼的出色表演，完全撑起了剧本并将其表现得淋漓尽致。

我不认为纽曼是第一个看到剧本的演员，我印象中辛纳屈曾拒绝出演。剧本送给纽曼时他人在欧洲，并立刻表示感兴趣。

原因是时机很巧。他正在拍一部大烂片《兰黛夫人》（*Lady L*，1965），得穿着紧身衣跑来跑去，拍得是痛苦不堪。《地狱先锋》，一部相当符合美国传统的作品，对他很有吸引力。

卡斯特纳做了任何一位老练的制片人这时都会做的事情：趁热打铁。一位纽曼可以接受的年轻导演有意执导此片，于是卡斯特纳带着他飞到欧洲去见纽曼，趁纽曼兴趣正浓想把事情敲定。

想象一下卡斯特纳的吃惊程度，双方见了面却发现那位年轻导演一点儿都不喜欢剧本，说简直烂透了，他们应该扔掉剧本从头再来，选一部同类型的作品但不是这坨狗屎。顺便说一句，“狗屎”是好莱坞指代电影项目的标准术语。如果你问一位制片人他在拍什么，很可能他会说，“嗯，我正在拍这部西部狗屎”或“这部狗屎喜剧”。

灾难爆发之前，卡斯特纳设法让那个导演闭上了嘴巴。他们离开欧洲时，导演被炒了鱿鱼。纽曼或许有点不愉快但仍然感兴趣。最终，另一位年轻的导演杰克·斯迈特（Jack Smight）以高超的节奏和技巧执导了这部片子。

《兰黛夫人》拍完之后，纽曼回到他在康涅狄格州的家，卡斯特纳带我前去参加一个重要的会议，即剧本需要改，我被问到是否可以接受那些改动。如果不可以，顺便提一句，我就得走人，会由其他人来改剧本，如果纽曼依然兴趣不减的话。像纽曼这样的明星随时有机会拍任何片子，如果形势开始有些不妙，他们会失去兴趣。很快。

保罗·纽曼是我合作过的最不像明星的超级巨星。他是一位受过良好教育的男人和训练有素的演员，从没要求过增加自己的特写镜头。他要的是最好的剧本和角色。而且他喜欢和最优秀的演员合作，因为他相信合作者越出色电影越成功，而最终他会从中受益。许多明星，甚至是大多数，并不想要那样的竞争。

我们一起在西港的后巷散步，整个过程都很愉快。但我印象最深刻的是纽曼带了一把鹅卵石，我注意到每当一辆车驶过，他便朝一旁的树林里扔一块鹅卵石，这样他就可以背对着街道聊天。保罗·纽曼实在很难不被注意到，他尽可能在交谈时，避免被路人注视。

和纽曼谈妥之后，卡斯特纳和我开车回城里，途中他说：“你不知道刚刚发生了什么，是吗？”我说不知道。他对我说了下面的话：“你刚刚跳过了所有的狗屎。”

他是对的。我不再是纽约城里的一个笨蛋小说家。现在我是一个给保罗·纽曼写过剧本的笨蛋小说家。踏进好莱坞之后的第一份成果至关重要。如果其间你曾取悦过大明星，这份成果的价值得乘二次方。

现在讲讲我在这次经历中所学习到的。

《地狱先锋》的拍摄脚本是这样开始的：

淡入

卢·哈珀的脸部特写。他是位硬汉，聪明，贫穷。一个好人活在坏的世界里。

镜头拉远，画面中出现

哈珀站在一处豪宅紧闭的漂亮大门外。身后是他未熄火的车子；像它的主人一样，车子也是“饱经沧桑”。他对着门上的对讲机说话。

哈珀

卢·哈珀。来见桑普森夫人。

短暂的停顿后是一声响。响声过后大门旋开。哈珀回到车里开了进去。

切至

第一次出现在他眼中的桑普森大宅。巨大的宅邸，被汪洋似的草坪环绕。目之所及有网球场，带更衣室和凉台的游泳池，大花园里开满了鲜花。

切至

哈珀。他继续向前开，一切尽收眼底。

这是个恰如其分的电影开场。我们不知道电影讲的是侦探故事。

我们知道的是，一个开着破车的人由于某种原因来豪宅赴约。

它没有告诉我们更多信息但至少直奔主题。如果有意思的事马上发生，我们会感兴趣；如果没有，我们会失去耐心。

这是刚开拍时设定的开场方式。回到纽约后我突然收到从西海岸打来的电话，他们需要一个镜头段落配片头字幕。

什么？

只是一个片头字幕段落，要快。不管是什么，他们都会拍摄。用邮件送过来。我挂了。用邮件送什么？我坐在书桌前，做了任何一个还算得上专业的编剧面对毫无头绪的要求时会做的事情。

我惊慌失措。

我喃喃自语，骂骂咧咧，走来走去。这是一个侦探故事，通常在案子出现前保持沉默，直到侦探见到他的客户接受任务。我可以让他去接那通邀他见桑普森太太的电话，但是想象一下字幕滚动伴随着"是的，这是卢·哈珀"或者"好，我会去的"之类的简洁对话，想想都让我眼神呆滞。

而且时间紧迫。因此绝望中我决定，不管怎样，早上他得起床，每个人早上都得起床，我们的主角有什么特别之处吗？没什么特别的，也许有，但此刻我没有更好的点子。这是当天我写下发出去的，也是最终影片的开场。

黑暗中，时钟的金属滴答声十分清晰。

淡入

卢·哈珀的眼睛。眼睛眨了一下。又眨了一下。又眨了一下。

镜头拉远，画面中出现

哈珀独自躺在破旧小办公室的床上。凌晨时分。房间的另一头是一台电视机，开着但屏幕上一片空白，节目还没开始。闹钟在附近的桌上。哈珀躺在床上，穿着内衣内裤。时钟继续滴答。哈珀继续茫然地盯着某处。

字幕开始滚动

闹钟突然爆炸似的响起来。哈珀半坐起来，手拂过闹钟。

切至

闹钟。它跌到地板上突然安静下来。

切至

哈珀。他从床上起身，走到没有画面的电视跟前，关掉电视。然后他走到窗前，扯开窗帘。现在我们能够清晰地看到他的办公室，和黑暗中一样糟糕。

切至

哈珀。他仍然穿着内衣，往洗面池里放水，撩起水拍在脸上，清醒起来。

切至

狭小的厨房。他已经刮过了胡子，穿着短裤，短袖衬衣的下摆没有束进去。领带在脖子上耷拉着。有个炉子，水正在沸腾。旁边是个凯美克斯牌咖啡壶。他拿出一张滤纸，折叠成两半，再对折，放入咖啡壶。然后，他取咖啡罐，倒咖啡进滤纸——

可是罐子是空的。没有咖啡了。他不悦地站立片刻，目光投向下方。

切至

垃圾桶。他掀起盖子。垃圾桶里是昨天的咖啡滤纸，咖啡渣还在里面。

切至

哈珀。他犹豫一会儿，然后把手伸进垃圾桶，取出用过的滤纸和咖啡渣，放进凯美克斯牌咖啡壶，当他开始倒入开水——

切至

一满杯黑咖啡。哈珀站在它旁边，现在衬衫掖好了，领带打好了。他拿起杯子，喝了一口，脸上露出尝到可怕味道的表情；像是在加尔各答黑洞[①]可能喝到的东西。他放下杯子，走过一个相框，里面是一位与哈珀年纪相仿、满脸笑容的漂亮女子，他对着相框做类似致敬的手势同时从角落里穿过。

切至

哈珀。他站在衣柜前，拿出一把枪和腋下枪套，开始往身上套。

切至

哈珀，他穿着一件西装外套，离开办公室，关上门。办公室门口的牌子上写着“卢·哈珀私人侦探所”。老建筑的走廊尽头，一位清洁工正在拖地板。

切至

洛杉矶的一条高速公路和一辆疾驰的蓝色破烂保时捷敞篷车。

切至

哈珀坐在保时捷中。他戴上太阳镜，驱车赶路。

切至

保时捷正驶向高速出口匝道。一个指示牌上写着“圣特雷莎 90 英里”。保时捷转向圣特雷莎的方向。

切至

---

① 加尔各答黑洞是法国于1756年6月间，在孟加拉仓促建立，用来监禁英国俘虏的场所。环境极其恶劣，面积约只有4.3米乘5.5米。——译注

圣特雷莎的一个高档社区。保时捷朝着一个大门开去。一位仆人带着狗站在门边。

哈珀

卢·哈珀。来见桑普森夫人。

仆人按下一个按钮。门打开。

切至

长长的私家车道绿树成荫，也许800米或者更长，尽头是桑普森豪宅。当豪宅进入画面——

字幕结束。

第一次在一家百老汇剧院观看《地狱先锋》成为我剧本写作学习的起点。我已经在一个审片会上看过一次，不久之后我会提到。我手捧爆米花坐在那里，等待哈珀从桑普森夫人那里拿到任务时，情节开始推进的时刻。至少我这么以为。

字幕表出现了。保罗·纽曼躺在那里，闹钟响起，他把闹钟甩在地上，爬起来，关电视，扯开窗帘，去厨房，拿起咖啡罐。剧院里一切正常。

然后，当他把咖啡罐倾斜过来，发现里面是空的，剧院里的寂静被打破了，是笑声。当他打开垃圾桶看到用过的咖啡渣，笑声更加响亮。他犹豫了一下，做出决定，笑声又响亮几分。现在当他俯下身拿出咖啡渣，放入沙漏咖啡壶，剧院里笑声一片。这不是那种精彩的突然爆发的笑声，像伍迪·艾伦在《安妮·霍尔》里嗅到可卡因打喷嚏时那样。

如果身在电影行业，你会密切关注观众的反应，也会试图解读观众的反应。我坐在那里，惊讶于周围所发生的。我已经看过片子了，请记住，和几个人一起看的，而字幕表只不过是字幕表而已。我不明白究竟是什么牵动了观众的反应。肯定不是我写的任何活泼对话，因为里面完全没有对话。

然后，当哈珀看着满满一杯咖啡，笑声似乎达到顶峰。但笑声还未结束。他终于喝了一口后吐了出来，剧院笑得炸开了锅。

我依然坐着，倾听观众的笑声。会心的笑声一直延续到他开车抵达豪宅。而情节一旦开始发展，一切都比我在审片会看片时所能想象的更上一层楼。

为什么？

很显然，我没有确定的答案。更改后的开场令观众对哈珀有了更多的了解。他们知道他独自一人住在办公室的角落里。他们知道他与电视相伴入眠。他们知道他睡得不好，比闹钟醒得还早。因为照片的缘故，他们知道有一个女人的存在。从他向照片致意的方式他们知道哈珀对她有感觉，他们知道她不在他身边，他十分孤单。而且他们还知道更多的事情。是的，他是名侦探，不怎么成功的那种，他随身携带一把枪，似乎不能对他掉以轻心。那辆破车透露出关于他的更多信息。

但主要原因是咖啡的那一幕。

接下来的几个星期每当有人跟我谈到《地狱先锋》，那都是他们津津乐道的一幕——喝那个可怕的东西。就像人们谈《虎豹小霸王》总要先提到跳崖那一幕。还有剧院里与之相伴的笑声，透出观众对主人公的喜爱。

在这种类型的侦探片里，比如《马耳他之鹰》《夜长梦多》（*The Big Sleep*，1946）主人公掌握着电影的命脉：你透过他的眼睛看到一切、看到整个世界，他带领你一步步前进。如果你不愿和萨姆·斯佩德或菲利浦·马洛待在一起，精彩的情节未必能够打造一段快乐旅程。如果你讨厌主人公，算了吧，这部电影没戏了。而《地狱先锋》中咖啡一幕成为观众欣然接受的邀约：他们喜欢卢·哈珀。

从那一刻开始，影片进入了轨道。

关于这部华纳公司的电影，有四个小故事留存在我的记忆中。

第一段回忆：我被叫到加州参加开拍仪式。开拍那天在我们开始工作前，杰克·华纳亲自到访剧组。

所谓的电影黄金时代的传奇影业巨头中杰克·华纳是仅存的一位；梅耶家族和塔尔贝格家族早已不复存在。我听说过关于他们的很多故事，赞赏的不多。他们是野蛮的家伙，顽强的对手，等等。

那天华纳先生衣冠楚楚地出现在我们面前。他带着一位助手，此行的目的只是来祝大家好运。他与纽曼和导演杰克·斯迈特握手，两者他都认识。然后他跟剧组里其他几个人打了招呼，他的助手走在前面，告诉他我们的名字和职务。整个过程很短，他挥手再见，和助手一起离开。

拍摄开始。

几小时后，我独自在片场徘徊。之前我从未到过任何一家好莱坞电影公司片场，当我走在西部大街，看着沿街两侧沙龙、商店和所有其他的布景时，我开心极了。我喜欢西部片，华纳拍过不少，我环顾四周看啊看，沉浸在回忆中，试图记起在哪部电影中或许看到过某家店面。我不知道独自在那里站了多久，但最终我意识到自己不再是一个人。

华纳先生也独自一人站在街上，注视着我。我不知道自己是否应该在那里，也不知道我的失态会不会令他不悦，我只知道自己像个十岁的小孩在不该去的地方被校长逮住。

他盯着我看了好一会儿，然后摇摇头微笑着说："戈德曼，你到底在这里做什么？"

我松了一口气，他没有生气，而后我们聊了几分钟，聊的似乎是这条大街，或者是过去的日子，或许别的任何东西。事实是，我的记忆一片空白。

我只是惊呆了，他居然记得我的名字……

第二段回忆：影片后半段，罗伯特・瓦格纳暴露了他作为坏人的真实身份。纽曼扮演的侦探迫使他暴露身份。孩子气的瓦格纳看起来很无辜，按理说应该是和影片里的天真少女在一起，但纽曼怀疑他真正爱的是一位年纪很大且吸毒成瘾的女歌手。纽曼指责瓦格纳干了坏事，瓦格纳令人信服地为自己辩护。纽曼似乎相信他的话，瓦格纳松了一口气。然后纽曼说他很高兴瓦格纳是无辜的，因为吸毒成瘾的歌手品行不端。然后纽曼滔滔不绝地讲她多么讨厌、多么卑鄙，不断的侮辱终于使瓦格纳忍无可忍。他的真爱正在被玷污，为了让纽曼闭嘴，他拔出了枪。

好，主场景镜头拍完了。

现在要拍瓦格纳的特写。摄影机聚焦在他身上，纽曼只需要站在镜头外拿着剧本读那些侮辱的句子。摄影机运转着，纽曼读着剧本，突然，正如演员们常说的那样，瓦格纳情感爆发了——

对着摄影机，在特写镜头中，罗伯特・瓦格纳开始哭泣。让我告诉你，这是意外之喜。太令人兴奋了。

而最兴奋的是纽曼。事实上，他兴奋到读错剧本。他需要做的只是站在那里读剧本，居然都读不顺溜。

幸好剧本读错无关紧要。特写拍完了。瓦格纳入戏至深依然在哭泣。拍摄结束后，所有人跑到瓦格纳跟前围着祝贺他；他的表演是那样令人兴奋。

瓦格纳说刚才的一刻，以前从未在他身上发生过。他还补充：这是他拍戏经历中第一次见到大明星留下来站在镜头外，为他读剧本，配合他演戏，就像所发生的那样。通常情况下，明星拍完他们自己的镜头，便回到更衣室休息，场记员读他们的台词配合其他演员的拍摄。场记员在拍摄现场作用重大，他们拼命地工作，但是你会注意到他们读台词时有些生硬死板。毫无疑问纽曼的配合对于瓦格纳的情感爆发功不可没。

如果你看过电影，那一刻会在你眼前呈现。当瓦格纳拔出枪时他脸上流淌的不是甘油，那是货真价实的眼泪……

第三段回忆：有些影星你从来听不到关于他们的负面评价。纽曼、莱蒙、赫斯顿、派克，是他们那一代的代表。

还有瓦格纳，也许他算是年轻一代。还有一位是娜塔莉·伍德（Natalie Wood），很遗憾，应该说，在世时是。瓦格纳和伍德曾经是夫妻，但拍《地狱先锋》的时候他们已经离婚并分道扬镳。

一天下午，当瓦格纳不用拍戏时，他决定出去走走，我和他一起。附近的另一个摄影棚里在拍《戴茜·克洛弗的内心》（*Inside Daisy Clover*，1965），主演正是娜塔莉·伍德。瓦格纳走进去我也跟着，远远地看着她站在最前面拍一个歌舞片段。

我继续观看。瓦格纳边看边爬上几阶梯子。拍了好几个镜头之后，娜塔莉空闲下来时，瓦格纳有意无意地，与走向更衣室时会经过梯子的娜塔莉有了以下对话：

瓦格纳

（从上方）

你好。

伍德

（停下脚步抬头）

哦。你好。

瓦格纳

拍摄看起来不错。

伍德

你这么觉得？

瓦格纳

我的确这么觉得。是的。

伍德

希望如此。

（微微一笑，继续往前走）

再见。

瓦格纳

（看着她的背影）

再见。

我站在那里像个小矮人一样看着他注视她的背影，对我来说他们当然是名人。我读到过关于他们的报道，恋爱、结婚、不和、离婚，他们的对话显然没有多少信息量。

但潜台词肯定告诉了你很多。

随后他们的复婚令很多人高兴，而她离奇的溺水则令很多人震惊。据我所知他们在好莱坞是很受欢迎的一对。

好莱坞流传着很多关于电影明星葬礼的低级玩笑，其中最有名的，我猜，应该是关于哈利·科恩（Harry Cohn）葬礼的。科恩是哥伦比亚影业公司的老板，恐怕是他那个时代的恶魔之首。葬礼上，有人惊讶于出席的人数之多，得到的答复是："给公众他们想要的，他们自然会出席。"

围绕着娜塔莉·伍德的葬礼没有低级玩笑的身影。我想这些年几乎没有葬礼令如此多的人悲伤。三十年的明星生涯中，她始终是那位优雅从容的女士。

令人无法遗忘……

第四段也是最后一段回忆：先前提到的《地狱先锋》审片会是我作为编剧的另一段学习经历。我和妻子艾琳当时住在普林斯顿，我们开车去审片会。当时的我，显然兴奋不已。这是真正意义上我的第一部电影。《化装舞会》已经上映，但编剧另有其人，而《地狱先锋》是我的作品。

顺便说一句，我其实尽量避开审片会。平均每两年去一次。我不觉得审片会有多大帮助，和试映不能相提并论。你和几个人坐在一起观看，他们都是行内人士，没有真正的观众。传奇的百老汇导演乔治·雅培（George Abbott）曾经说过："只有当热的物体坐在剧院里，你才知道作品成功与否。""热的物体"，他指的是掏钱买票看演出的观众。只有他们的反应才说明问题。

我认为如果更多电影公司高层能够坐下和观众一起看电影，整个电影业将从中受益。有些高层这样做，但大多数没有。他们离开办公室，走进一个小房间，通过对讲机告诉放映员他们准备就绪，电影开始放映，他们在房间里交流对片子的看法，电影结束后他们迅速回到自己的办公室。对于我来说，那和去影院看电影完全是两回事。

话说回来，我们提前到达审片会的地方，在外面无所事事待了几分钟，原因是，天，你可不想第一个出现。然后我们坐电梯到审片室。有一个负责宣传的家伙守着门口，我说我的名字是戈德曼，他扫了眼手里名单上的几个名字，而后看着我，眼神里带着真正怀疑的意味。

"你在这里做什么？"他说。

这个问题令我措手不及，艾琳说："他是编剧。"她刻意在"编剧"两个字上加重了语气。

那个负责宣传的家伙无动于衷。"是吗？"他最后说，"哦，你在这里做什么……"

V

《重点是……》

《重点是……》(*The Thing of It Is...*)是继《虎豹小霸王》之后我写的下一部剧本，它始终没有拍成电影。剧本被束之高阁的情形并不罕见。而我的这段经历独特在于，它差点被拍成电影但功亏一篑——

而且两次都没有成功。

事情最初发生和罗伯特·雷德福有关。《虎豹小霸王》刚拍完离上映还有几个月，他的事业仍处于混战状态。

有人，我觉得是娜塔莉·伍德，给他看了《重点是……》，我的一部不出名的中篇小说。他喜欢这部小说，想把它拍成电影，前提是他假设故事改编成剧本会不错。但是没有电影公司感兴趣，而我们两个自己付不起投资，有人建议我们先找到导演和女主角然后再和电影公司谈。换句话说，如果我们先把基本班底搭起来，没准我们可以打败好莱坞现有的制度。

第一步，当然是我冒风险写出剧本。换句话说，没有合同，无偿工作。我立刻答应了，原因有三。

一、冒风险写作是我一直在做的事情。我的第一部小说《金寺》

（*The Temple of Gold*）写于1956年，直到二十年后写《傀儡木偶》（*Magic*）我才第一次有签约稿的合同。这样做的原因可能有点神经质：我直到现在仍然极其担心书写到一半我会想要停下来。如果有合同，停下来是不可能的。

二、我了解雷德福，拍摄《虎豹小霸王》时与他有过愉快的合作。

三、他是主角的最佳人选。简而言之，《重点是……》是一部黑色浪漫喜剧，讲的是一对年轻夫妇带着他们唯一的孩子去欧洲，试图挽救他们的婚姻。妻子非常漂亮，出身于上流阶层，不顾家庭反对嫁给了丈夫阿莫斯。结婚时她是有钱人家的小姐，而他是个穷小子。

更糟的是，他搞艺术的，是位词曲作者。然而故事开始时他已经非常成功，写出了类似于《你好，多莉》[①]式的热销金曲。

但实际上它是首烂歌，阿莫斯讨厌它。他很善于保守秘密，这是他的秘密之一。另一个更重要的秘密是，虽然他姓麦克拉肯[②]且看起来一点也不像犹太人，事实上，他有一半犹太血统。雷德福不仅年龄合适，而且此时他同样事业有成，已经成长为一名绝佳的喜剧演员。正如我前面提到的，他在尼尔·西蒙（Neil Simon）的百老汇舞台剧《新婚燕尔》中饰演男主角取得了巨大的成功，之后又在反响略差的电影版中担纲主演。对于阿莫斯这个古怪、搞笑、鬼鬼祟祟的角色，我想不出任何人能比雷德福更适合。

现在，要“击败体制本身”，三个基本条件是男女主角和导演。我完成了电影剧本。雷德福喜欢它。

一个基本条件达到，还剩两个。

我邀请乌鲁·格罗斯巴德（Ulu Grosbard）出任导演，我们是

---

① 《你好，多莉！》（*Hello Dolly!*）是爵士乐大师路易斯·阿姆斯特朗发表于1964年的金曲，也是阿姆期特朗职业生涯中最成功的单曲。

② 麦克拉肯（McCracken）是源于苏格兰盖尔语的英文姓氏，不属于犹太姓氏。

旧相识，而且我知道他喜欢这部小说。他刚执导了由弗兰克·D. 吉尔罗伊（Frank D. Gilroy）的普利策奖小说改编的佳片《昔日玫瑰》（*The Subject Was Roses*，1968）。格罗斯巴德答应了。

两个基本条件达到，还剩一个——

啊，糟糕。

奇怪的事情开始发生。《虎豹小霸王》已经上映，格罗斯巴德想找雷德福讨论剧本却总是约不到他。格罗斯巴德有些困惑，他们都住在纽约城，并不需要专程飞到某地赴约。时间就这样耗费过去，事情毫无进展。雷德福想避开格罗斯巴德是没有道理的，在我邀请格罗斯巴德之前已经征得了他的同意，而且首先提出要做这部电影的正是雷德福。

而后有一天雷德福从盐湖城机场用付费电话联系我。他的意思大概是，《虎豹小霸王》轰动一时，他觉得他的“粉丝”不会接受他扮演阿莫斯，因为阿莫斯“似乎有点弱不禁风”。他决定退出并祝我们好运。

事态急转直下，我蒙了。

我给格罗斯巴德打电话告知这个坏消息。现在我们不仅需要女主角，还需要一位男主角。

到那个周末，毫不夸张的确是那个周末，我们已经找到了埃利奥特·古尔德（Elliott Gould），他在彼时的 1970 年，已经从《两对鸳鸯》（*Bob & Carol & Ted & Alice*，1969）一路演到《陆军野战医院》，被认为是电影界五大巨星之一。

两个基本条件达到，还剩一个。再次——

啊，糟糕。

我与格罗斯巴德会面，他告诉我他要离开这个项目，因为他觉得执导《谁是哈里》（*Who Is Harry Kellerman and Why Is He Saying Those Terrible Things About Me*，1971）是他不可推卸的责任。

但古尔德真的很希望拍我们的电影，他的经纪人是以口才闻名的大卫·比格尔曼（David Begelman），同样希望他能拍完我们的电影。比格尔曼也是费伊·唐纳薇（Faye Dunaway）的经纪人，他把剧本送给她看。唐纳薇同意出演女主角。

现在我们只需要一位导演。

我和比格尔曼讨论谁比较合适。我说如果可以在世界上任意选择，我会首选一位从未见过的导演，斯坦利·多南。多南，一名旅居英国的美国人，执导或联合执导过一些我最欣赏的电影，比如《锦城春色》《雨中曲》《七对佳偶》（*Seven Brides for Seven Brothers*, 1954），以及最近一部关于婚姻的黑色幽默喜剧《丽人行》（*Two for the Road*，1967）。

“斯坦利的确是绝佳人选，”比格尔曼告诉我，“只可惜他是个疯子。”我解释说在这个项目上我已经见过一些怪人，不介意再多一个。“你不明白，”比格尔曼解释，“我不是说斯坦利难对付。我的意思是他疯了。他在英国崩溃了。完全的精神错乱。他不可能再执导电影了。”

我大致觉得，关于斯坦利·多南的讨论到此为止。

下一个考虑的对象是马克·雷戴尔（Mark Rydell）。

我不认得雷戴尔。但他当时刚和史蒂夫·麦奎因一起拍完《华丽冒险》（*The Reivers*，1969），时下的最新作品是《金色池塘》。毫无疑问，他是一位天才导演，善于驾驭演员且眼光独到。我们在纽约会晤，讨论剧本修改。不错的惯例式会议。结束之后，他同意执导电影。

终于，我们凑齐了三个关键要素：古尔德、唐纳薇、雷戴尔。我不想描述此刻有多轻松，但的确是如释重负。最初只是应熟人的请求，想试一试打败体制，而现在这一切却变得让人身心交瘁。整个过程，从雷德福提出拍片的想法到雷戴尔同意执导，花了大约八个月。

其中种种人员变化已将此片变成我的一种执念。我发现自己写不出别的任何东西。毫无疑问我心理负担很重，除非这部电影开拍否则无法解脱。但是现在，终于，我们成功了。

啊，糟糕——

雷戴尔从加州打过来电话，说他重新考虑了一下，决定不接这部片子。

纽约这边乱了阵脚。我们反复给雷戴尔打电话，不断地恳求，向他保证一切都会顺利。请他再考虑一次。

他想了想，觉得自己有些草率，最终再次同意执导。所有关键要素再次凑齐，比格尔曼和一家电影分销公司做了笔交易。我不想讨论交易的技术细节，主要是因为我自己也不明白，该公司会给我们钱拍电影，但我们要等到电影拍完后才得到报酬。所有人都同意了。

然而雷戴尔再次从加州打电话过来，义无反顾地说决定接拍是个错误，现在他又改变主意了。他决定退出。

纽约这边又是一片恐慌。更多的电话，更多的恳求。请他能不能再考虑一次？

他的确考虑了。最后确定无疑地同意执导。

但是他有一个小小的条件：我必须退出。他想雇另外一个人修改脚本。这是我的小说，我的剧本，但我被逼出局。

当时我没有意识到：那是我第一次接触到“编剧杀手”。

很多好莱坞导演是“编剧杀手”。一些最好的导演是“编剧杀手”。并非这些导演不喜欢编剧。事实上，他们和一些编剧是最好的朋友。

但是，“编剧杀手”所做的是，他们与你一起拍一部电影，他们要苹果你努力给他们苹果，然后他们说不，石榴会更好，然后你努力给他们石榴。石榴也不能令他们满意，继续改，周而复始，不断地改写改写，直到你精疲力竭。你沮丧、困惑，觉得自己没用。有可能他们只是完美主义者，不断怀疑和挑战自己。也有可能他们希望雇自己的某个朋友—— 我不清楚。

好莱坞圈子里的许多人，甚至大多数人，对编剧有一定程度的藐视。而他们未必是错误的：我们中的大多数水平确实一般。但“编剧杀手”是最糟糕的，通常他们有天赋有才华，我不认为他们总是能够清醒地意识到他们的目标。

当然也不是说他们不能就此实现目标。

关于“编剧杀手”我能给出的最好例子，是我与西德尼·波拉克（Sydney Pollack）合作的另一个夭折项目。有天我们在开会，正如会议中经常发生的那样，大家偏离主题聊点儿别的，绕会儿圈子，然后波拉克告诉我他有多么喜欢《男孩女孩在一起》，他是试图解决这本书的问题并改编此书的导演之一。大卫·雷菲尔德[①]已经完成了改编。

我们如此忠实于你的原著，波拉克告诉我。我们如此小心。上帝，我们绝对忠于原著。

然后，他拿出剧本复印本。

让我读一个场景给你听，他说。让你看看我们是如何的忠于原著。

我不想听。我不喜欢我写的东西，自己也不会重读，而这种让别人将我所写的内容读给我听的想法也是我想要避免的。

不，不，波拉克说，你一定会喜欢这个，你会看到我们是如何的忠实。

我无法阻止他。

他翻到一个场景，开始读。我的书中根本没有这个场景，其中涉

① 大卫·雷菲尔德（David Rayfiel，1923—2011），波拉克的秘密写手，一般会被他带进剧组。

及的两个人物在书中从未交谈过。

我请他停下来。

无济于事。他接着读那可怕的和我的小说毫不相干的一幕。所有行为的动机彰显他对原著的忠实程度。

他不停地往下读。

即使到今天我也不知道，他是否意识到他的举动中带有的轻蔑意味。我个人认为《猛虎过山》是他的巅峰之作，要是我用不同的地点、不同的演员、不同的镜头重拍其中几个场景，并强迫他观看我怎么改动他的作品的话，也许他才能体会到对我的伤害。

但那只是假设。

当我被迫退出《重点是……》剧组时，我愤怒了。本质上我并不是荷马式的人物，但彼时某种怒气在我身体里膨胀。我不在乎这部电影。我什么都不在乎。

然后我自毁长城。

好，如果他们要强迫我退出我自己的电影，没问题，尽管去做。但我坚持要先拿到酬金。有人告诉我那样会毁了整个交易，因为交易条款是所有人都要等到影片完成才能拿到酬劳。

我不在乎。我才不管那些。我要求立即付款。然后我带着家人离开去度假。我们走之后就爆发了，《重点是……》这部电影胎死腹中。

终止，这是他们官方的说法。

一年后，我的电话响了。打电话的是之前我从未见过的斯坦利·多南，他人在纽约，想要和我谈谈。我们见了面，我告诉他一直以来我是多么渴望和他合作，他说他也一样，然后问我有没有什么好主意。

比格尔曼曾经告诉我多南在英国已经疯了，永远无法再执导电影。而斯坦利并没有给我疯狂的感觉。我给了他《重点是……》的稿子，当他读剧本时，我来回晃悠，仔细观察斯坦利的精神健康状况。

结论是他看起来很正常。他没有紧张到崩溃，甚至没有情绪激动，问题在于他的经纪人不是大卫·比格尔曼。

比格尔曼的行为，顺便说一句，并不罕见。这不是说每位经纪人都是骗子。但是，电影拍出来之前没人知道谁最合适，所以经纪人都在不遗余力推广自己的客户。要是我没有那么白痴，当比格尔曼说多南疯了时我应该自己去调查真相。但他是如此有威望，如此聪明，有说服力，所以我从来没有去调查真相。

此外，我们都是纽约尼克斯队的球迷，我原以为那会有点儿意义。

多南想执导《重点是……》，因此第二次行动开始了。他送剧本给罗伯特·埃文斯[①]。埃文斯当时是派拉蒙的制片经理，正处于职业生涯的顶峰。轰动一时的电影《爱情故事》，是埃文斯一手打造出来的。

埃文斯有些兴趣，愿意把它拍成电影，当然最终我们又回到了角色选取的问题上。找到他赞成的男女主角人选，我们就能开拍。

这次我们运气不错。米娅·法罗（Mia Farrow）还欠派拉蒙一部片子，她和剧中名门出身的美丽妻子形象符合，而且她同意出演。

接下来我们只需要找到男主角。

詹姆斯·卡安愿意出演。我们告诉埃文斯。“他不够男性魅力，不够令人兴奋。”埃文斯说。直到现在我还是不明白他的意思。卡安出局。

多南和我一起见了阿伦·阿尔达，任何方面来讲他都是最佳选择。阿尔达同意了，他真的很想扮演男主角。埃文斯不同意，再次以

---

① 埃文斯随后与阿里·麦格劳结婚。

神秘的缺少男性魅力作为理由。再见，阿尔达。

就这样多南和我去英国修改剧本，女主角定下了米娅·法罗，男主角还不知道在哪里。

而后我们失去了米娅·法罗。她被另一个剧组匆匆抢占。多南和我在伦敦继续工作，心情不太愉快。我们有多南，可是又回到了没有演员的原点。

直到阿里·麦格劳出现。

麦格劳那时是一线女星，从籍籍无名到出演《花落遗恨天》（*Goodbye Columbus*，1969）再到《爱情故事》。但她还没有找到一个角色能够让她充分兴奋起来。埃文斯告诉多南，如果我们能够加重女主角的戏份，也许有希望请到麦格劳。

我们竭尽所能地照做了。故事讲的是一对夫妻陷入婚姻困境，我们没办法让它变成女主角的独角戏。但是我们增加了场景，转移焦点到女主角身上，尽我们所能地加重她的分量，我们把改编后的剧本送给麦格劳。

唉，那位女士还是不满意。我们的片子基本没戏了。多南和我分道扬镳。麦格劳决定去拍《亡命大煞星》（*The Getaway*，1972），在那里她遇到了史蒂夫·麦奎因，随后离开埃文斯，嫁给了麦奎因。

没有人能打败好莱坞既成的制度体系……

Ⅵ

《复制娇妻》

“我认为娜内特挺适合演卡罗尔，你觉得呢？”

“她是名出色的女演员，我想她能够胜任这个角色。”

这段无伤大雅的对话，是我和导演布赖恩·福布斯（Bryan Forbes）之间的随口闲聊。他提问，我回答，但至少对我来说记忆犹新。它标志着我参与过的所有影片中唯一一次，早在开拍前自己已经意识到前景不妙。

接下来的内容我会试着解释清楚。总的来说，我们遇到的是最令编剧为难的问题：他与导演的关系。

制作电影的过程可以分为三部分：前期工作、拍摄、后期制作。有人说这个过程应该分成两部分：制作影片和销售影片，这么说有一定道理，但它和剧本编写无关，所以我只在这里提一下。

一般来说第一部分花费的时间最长。切记，电影像是大象的笨重躯壳，几百人各自在不同时刻使劲将它朝着终点线拖拉。从有拍片的想法到影片出现在你家附近的电影院，整个过程至少需要两到三年。

大多数情况下，一个电影项目开始于制片人。他看到了一本书、一份剧本大纲、一篇故事梗概、一出戏剧，或者无意中听到了某些言论，这些给了他灵感发掘周围潜在的电影项目。一旦他花费大量的时间，以及经过法律纠纷拿到了这个项目的权限后，大多数情况下，接下来他会聘请编剧。

就我的情况来说，从接到邀稿电话到提交初稿需要六个月。并非所有的时间都花在写作上。通常需要做些背景研究，然后找出剧本结构，接着做我们所有编剧最擅长的：找理由消极怠工。但不管怎样，最终我们还是会完成。制片人读剧本，提出修改意见，我们做相应的修改。

下一步，剧本送到电影公司。

电影公司高管读剧本、开会、考虑、再开会，决定剧本的去留。大多数时候，答案是否定的。

我对自己作品的统计结果是，我写的剧本大约一半通过了审批。而且我可以非常诚实地告诉你一点：我绝对不明白为什么有的过，有的不过。

当然很可能是因为我的作品本身质量不高。但别忘了，电影公司高管追求的不一定是品质。

我有一部被枪毙的剧本，电影公司其实非常喜欢。但它是反军事题材的，同一时间他们正在筹拍一部大制作的战争片，其中需要不少军方的合作。他们担心一部反战电影会影响合作。

另一部没拍成，是因为电影公司觉得只有一位明星适合角色，但那位明星不愿出演。他们再没把剧本送给别的演员看过。

还有一部被枪毙，因为制片人和电影公司老板憎恨彼此长达四分之一世纪。这是制片人第一次负责的项目，在他与电影公司达成的协议里写明他可以开发一个属于自己的项目，但项目进入制作阶段需要电影公司老板点头同意。写剧本时我显然不知道他们的个人恩怨。否则我根本不会动笔，这个剧本从“淡入”几个字开始就已经注定了被枪毙的命运。制片人喜欢剧本，电影公司老板说它是垃圾。制片人离开了电影公司，他要求带走剧本，愿意支付所有费用。电影公司老板拒绝了。如果制片人带剧本到另一家公司，拍成电影而且反响还不错的话，那将不会影响到电影公司老板敌人的威望。由于他们的个人恩怨，这部剧本被束之高阁，“高阁”里堆积的剧本多到你不敢相信。

至于为什么他们偶尔会通过一部剧本，这远远超出我的知识范围。但是，当他们这样做时，制片人手里有了一部“启动”的影片。

然后，哦，然后，得找导演。

这也需要大量时间，因为你想要的导演总是很忙。我发现了一条规律：任何时候总有三大热门导演，其中一人永远是大卫·里恩。现在的三位是卢卡斯，斯皮尔伯格和里恩。几年前：科波拉，弗里德金[①]和里恩。再往前几年：佩恩[②]，尼科尔斯[③]和里恩。

嗯，你请不到他们。很多制片人甚至不想请他们，因为导演和制片人的权力此消彼长。但是，直到开机前任何片子都有夭折的可能性，开拍前没有板上钉钉的“启动”。而一名大导演的加盟会使得制片人让项目启动的可能性变得大得多。

一旦导演定下来，他便开始和制片人进入持久且有意义的战斗。他们经常对彼此微笑，但有时又像是猫鼬对上眼镜蛇般。

不管怎样，他们会面，互表忠心，接下来编剧会被叫去参加额外的会议，对剧本做一些改动。最终，开始确定演员。正如你从来请不到想要的导演，明星也一样难请。雷诺兹接下来两年都没有档期、雷德福在犹他州隐居、伊斯特伍德在弄他自己的戏、德尼罗通常只和斯科塞斯合作等。

---

① 此处指的是导演威廉·弗里德金（William Friedkin）。

② 此处指的是导演阿瑟·佩恩（Arthur Penn，1922—2010）。

③ 此处指的是导演迈克·尼科尔斯（Mike Nichols，1931—2014）。

假如不知怎么就奇迹般地凑齐了演员，那么往后就会有更多会议，更多改动。接着两位重要成员加入了剧组：摄影师和美术师。电影之所以是我们在银幕上看到的样子，他们两位功不可没。

从这时起，每天都有新的成员签约加入。餐饮提供方、场记甚至上百名工作人员。然后主要拍摄的日期定下了。而那一天标志着电影制作过程第一部分的结束。

电影拍摄一般要花八到四十周。在这期间，导演最引人注目。因为在这段时期里媒体也蜂拥而入炮制新闻进行宣传，而这对于说明导演的无所不能产生了很大的作用。《时尚》杂志不会在开机前采访孤零零的制片人，《人物》（*People*）杂志的记者也不会在拍摄结束后花太多时间待在后期制作的剪辑室里。

拍摄完成后的时期，后期制作工作是技术含量最高的部分。几个月的时间被花在剪辑、配音、对口型、配乐还有别的任务上。我不清楚他们到底做什么，但不管是什么，这都是高难度而又十分重要的工作。

编剧，通常只在第一部分的后半期需要和导演打交道。有时你对导演的人选有发言权，“胡扯，绝对不能是他！”有时你没有。当你最终见到导演时，大多数情况下是两个陌生人握手寒暄。

我觉得编剧必须尽可能配合导演。但你经常会弄不清楚在哪里能提供最大的帮助。和一位导演开始合作前，我试图了解他以前的所有作品。因为没有一位导演是全知全能的。比如说，弗朗西斯·科波拉在拍摄史诗场面上具有绝妙的判断力，像在两部《教父》电影和《现代启示录》（*Apocalypse Now*，1979）里呈现的那样。但如果看过《菲尼安的彩虹》（*Finian's Rainbow*，1968）和《旧爱新欢》，你会清楚地发现他对音乐和轻喜剧的把握算不上精妙。因此，如果我和科波拉一起准备剧本（除非我十分有幸得到这样的机会），一旦他想要制造大场面，我会立刻和他讨论。可我的想法里若是包含歌舞片段或轻喜剧部分的话，我会保持沉默。

因为如果我提出想法而且他不喜欢，那就最好。但如果他喜欢，你就会彻底崩溃。他拍不好那样的场景，甚至手法可能是错的。如此一来那个场景起不到效果，还会影响之前甚至之后所有场景的效果。

每部片子面临的最大问题都是时间不够用。因此，当你和导演会面时，你会长话短说，尽快了解对方，以一种你们一起在加勒比海巡航的方式去了解对方，这是你做梦也想不到的。你喜欢这部片子吗？你喜欢另外一部片子里的某个场景吗？你不喜欢？为什么？你读过这本书吗？伯格曼是我的最爱，他的哪部作品你最喜欢？（如果他根本不喜欢伯格曼，谈话最好到此为止。）你喜欢吃什么？喜欢哪些旅馆？哪些餐馆？你的孩子几岁了？（如果他是同性恋，很有可能你已经知道，所以你不会问这个问题。）大学读什么专业？你喜欢运动吗？共同的朋友？等等。

现在，你打量审视他的同时，他也在盘算：我不喜欢这个剧本，他能把它改好吗？我喜欢中间部分但开头不好，他会痛快地改掉吗？我应该现在炒他鱿鱼还是等一阵儿？等等。

气氛亲切友好，我们似乎在浪费时间，实际上并非如此。我试图了解他的背景，而他也尽可能快地形成对我的认识。

我们谁都不愿提到正事：改这个该死的剧本。我不信任他。我埋头写作的六个月他在哪里？他知不知道我多少次反复修改片头，只为了让它有生命力？他会不会毁了我的心血？有时会，有时不会，在这个阶段我还不知道。但我不信任他，一点儿也不。我不该信任他。

他也不该信任我。各人有各人的秘密。众所周知编剧都是疯子，即使正常的那些也很怪异。

编剧和导演之间有种敌对关系，至少一开始是这样，那时你对他的认识仅限于银幕上的作品。以后也许相处愉快，也许剑拔弩张，总归不太容易。但即使是情况不佳，我认为有义务配合导演的工作，为他提供我力所能及的一切，帮助到电影，或者，最起码，不能搞砸电影。

十年之后，我依然想弄明白，拍《复制娇妻》时我是不是太配合了。

《复制娇妻》的故事基于艾拉·莱文（Ira Levin）的小说。小说出版于20世纪70年代早期，当时妇女解放运动在电视上讨论得如火如荼。贝蒂·弗里丹（Betty Friedan）写的《女性的奥秘》（*The Feminine Mystique*）打开了讨论之洪的闸门，格洛丽亚·斯泰纳姆[①]出现在杂志封面上，整个国家各处的人们都在重复着弗洛伊德提出的伟大且未予回答的问题："女人想要什么？"

故事发生在康涅狄格州一座优美的郊区小镇斯戴佛。风景如画的小镇，宁静，安全，夜生活不多。当地很多男人加入了男子协会，经常在一栋有警卫把守的大屋里碰面。他们付出了很多努力来维持斯戴佛的安宁舒适。他们频繁聚会，的确很频繁。这些聪明、成功的男士们，其中很多从事科技行业、电脑业、化工业等。

但斯戴佛的太太们并不介意丈夫的缺席。她们是一群十分可爱的女士。她们给丈夫做晚餐，把孩子教养得快乐而彬彬有礼，且十分乐意做家务。

太太们对丈夫也同样热情。她们会为了满足丈夫而不遗余力。从丈夫的角度来说，如果能得到满足，热情也没什么不好——

毕竟斯戴佛的太太们个个身姿曼妙。我敢保证，你从没见过这样

① 格洛丽亚·斯泰纳姆（Gloria Steinem）于1969年发表文章《After Black Power, Women's Liberation》，支持女性堕胎权力，一跃成为美国二十世纪七八十年代女权主义者的领袖。

的身姿。整个镇上有许多像超模崔姬[①]一样苗条的女人，拉蔻儿·薇芝（Raquel Welch）在那里只能算中等姿色。那些女人们像是现实版的花花公子兔女郎。她们不愿用衣服掩饰自己的美丽。夏日里，她们身着短裤、T恤或者网球服，站在A&P[②]的收款处看着她们就会让你血脉偾张。购物是她们的另一个爱好。

一对年轻夫妇乔安娜和沃尔特搬进了小镇。乔安娜头脑聪明，意志坚定，好胜但不令人讨厌，梦想着成为一名摄影师。她可以忍受家务活儿，养育孩子也可以，但她真正想要的，上帝啊，是自己的事业。

对于搬到男性沙文主义猪猡的天堂，乔安娜并不是很欣喜。但她努力适应，还交了一位朋友，然后她意识到斯戴佛有些奇怪的地方。

这里的女人们总会发生改变。

她们变得听话，她们的身体如花朵般绽放，生活的唯一目的是取悦她们的丈夫。乔安娜觉得是水质的问题，或者别的什么疯狂的原因。

当然，真相是谋杀。

那些“科学家－巫师”式的丈夫杀害了他们的妻子，他们在男士俱乐部制造出栩栩如生的塑料机器人，将妻子取而代之。当乔安娜发现真相时，已经太迟了。影片结尾处，沃尔特的妻子是又一个突然变得性感诱人、唯诺适从的斯戴佛主妇。

卡罗尔是三位女主角之一。她是住在乔安娜隔壁的机器人。

娜内特·纽曼（Nanette Newman）是名四十五岁左右的英国女演员，优秀的演员，有魅力的红发女郎。但她并不是位性感尤物。

好，让我们回到汽车里那场重要的谈话。布赖恩·福布斯被任命

---

① 崔姬（Twiggy）在20世纪60年代，因扁瘦身材、娃娃脸外形风靡世界。她改变了女性审美和模特身材标准，被誉为“世界上第一位超级名模”。

② A&P为美国历史上第一家食品杂货连锁店。

为导演。我们两个还处于互相兜圈子了解对方的阶段。那天我比平常更紧张，而我的妻子会告诉你平常我已经相当紧张。原因在于布赖恩·福布斯是个所谓的“双栖人”，他是名作家兼导演。在他导演过的片子里，每部剧本都是他写的。那时我并不知道，但他也全部重写了《复制娇妻》。几乎是全部。最后四分之一用的是我的原稿。我估计他本来也要重写的，只不过没时间了。

好，再次话说回来，我们边开车边讨论演员。一个个名字被抛出来。然后他说出了下面这句要命的话。

“我觉得娜内特·纽曼挺适合演卡罗尔，你觉得呢？”

绝不可能。为什么？哦，忘记她是英国人这回事吧；虽然这样说有点不好听，但的确有很多英国女人住在康涅狄格州。

主要问题是：她毁掉了一个虚幻故事的真实性。

你看，这是一部关于疯狂男人的电影。疯狂，对女人如此恐惧，如此害怕他们的妻子反抗，以至于杀了她们。如果你如此地丧心病狂，如此执迷于将女人只当作泄欲工具，如果你愿意这辈子只和一块塑料发生关系——啊，真扯淡，这块塑料最好跟波·德里克长得差不多。

你不会杀了妻子，然后造出个替代品长得像娜内特·纽曼。

不仅如此，要是娜内特·纽曼演卡罗尔，整部电影的面貌就得改变。忘掉网球服吧。兔女郎在 A&P 游行，短裤包裹着她们晒成棕色的双腿，这个场面也不要幻想了。她不可能穿那样的衣服。这正是为什么在后来的电影中，夏日里康涅狄格州的斯戴佛，所有这些女人身穿及地长裙戴着宽檐草帽走来走去。

我应该怎样回答布赖恩的问题呢？嗯，我可以说：“布赖恩，她是英国人，这是部纯粹的美国片。”

我可以那样说，但有点冒险。首先，她足以胜任角色，其次，没有法律禁止英国人住在纽约郊区。更重要的是，布赖恩知道这是部美国片，而他是英国人，因此作为导演他已经有些不自在。扔出国籍的借口不解决问题。你不能对一个本身是英国人的导演说，那个女演员不合适，因为她是英国人。

而真正的原因我却说不出口：她不够性感，有她在，整部片子都毁了。为什么我说不出口？——

因为娜内特·纽曼是他的妻子。

有别的办法吗？也许我可以去找制片人埃德加·薛利克（Edgar Scherick），和他讲真实情况。但《复制娇妻》已经麻烦多多。我们好不容易才找到一位导演。演员预选一塌糊涂。既然不到开机前事情就还有变数，那么埃德加这会儿绝不想听到歇斯底里的编剧预测一位优秀女演员的加盟会毁了整部片子。另外，用布赖恩的妻子他会安心工作，他的家人在这里，不再是一个陌生人独自待在陌生的国度。

即使我是正确的，即使娜内特改变了片子的整体面貌和真实性，也许影片照样可以成功。没有人能够预知哪部电影会成功。千万,千万不要忘记。

因此我说了下面的话。我喜欢让自己在回答之前有长长地停顿。

“她是名出色的女演员。我想她能够胜任这个角色。”

时至今日，我仍然在怀疑……

Ⅶ

《鹫与鹰》

然而，有时即使每个步骤都进行顺利，影片也仍然以失败告终。《鹫与鹰》是其中之一。

《鹫与鹰》之所以被拍成电影，最初和导演乔治·罗伊·希尔的个人情感因素有关。1968 年当我们在拍摄《虎豹小霸王》时，闲聊中乔治偶尔喜欢讲他的一生挚爱：老式飞机。乔治曾在二战和朝鲜战争中担任海军飞行员，但他的最爱是一战时的詹尼双翼机[①]和其他一些简陋的老式飞机。他自己有一架，开着飞来飞去，完全不在意它在天上飞得还没有汽车在地上跑得快。

通常，当你筹拍一部片子时，你想象着请某位明星出演。实际上能请到的概率非常小。《鹫与鹰》是个例外：唯一一位我们想找的明星是罗伯特·雷德福；我们没有考虑过其他演员。从一开始筹拍他便涉及在内。他想演男主角，而且看了定稿的剧本之后也表示同意出演。

---

① 詹尼双翼机（The Jennys）是美国远征航空队赴欧参加第一次世界大战时使用的第一种自行研制飞机，并在 20 世纪 20 年代参与“barnstorming”空中表演，被美国民众熟识，其形象曾被印制在美国邮票上。

他真的很棒。

此时罗伯特·雷德福不仅是世界上最红的明星，他还是个奇迹。在《鹫与鹰》上映之前，他演了《骗中骗》《往日情怀》《了不起的盖茨比》。另外两部大热片《猛虎过山》和《虎豹小霸王》的重新发行取得了异常巨大的成功。他风头无二，至少在我身处电影行业时，没有影星像他那样受欢迎。

有雷德福的精湛演技，又是为他量身打造的角色，而最终《鹫与鹰》票房惨淡，这让我坚信雷德福是导致这一结果的主要原因。

为了让我的意思更清楚，有必要描述一下电影中的情节和世界，那是个和特技飞行表演有关的故事。

特技飞行表演时代，也被称为飞行短裤时代，始于一战末，终于大萧条时期。当战争结束，欧洲人立刻抓住商业航空的潜在商机，因此 1919 年前后成立了许多著名的外国航空公司。

美国人不这么想。飞机曾经被用来威慑德国人，但战争已经结束了。人们对航空失去了兴趣，技术发展停滞，直到 1927 年林德伯格[①] 的飞行才重获生机。

那段时期在美国，只有飞行特技表演者还继续在天上飞。他们要么是退役的军队飞行员，要么是爱好飞行的年轻人。成百上千架飞机闲置着，等待着被组装。

起初那些飞行员只是载客飞行游览，收费大概每分钟一美元。当时，很多甚至大多数在美国生活的人，尤其在中西部地区，没有见过飞机，坐过飞机的人更是屈指可数。

在 20 世纪 10 年代至 20 年代早期，一架飞机总是会出现在乡村地区，惊动整个小镇，然后降落在空地上。人们蜂拥而来。戴着白领

① 林德伯格（Charles Augustus Lindbergh，1902—1974），一位著名美国飞行员。他是历史上首位成功完成单人不着陆飞行横跨大西洋的人。—— 译注

巾的飞行员看起来浪漫至极，通常他会谦虚地说自己的战斗经历没有那么光辉，接着做一番演讲后开始载客游览。一天结束时，他很可能把飞机拴在马厩一侧的背风处，以防风暴来临。而后，如果幸运的话，他会从某个农夫那里得到一顿免费晚餐，并且尽全力去勾搭当地的乡下姑娘，在第二天黎明到来之时驾驶飞机再次冲向天空。

那是段欢乐时光，飞行员们互相讨价还价，每个人都想抢占最有油水的镇子。

然而，到了 20 世纪 20 年代初，人们开始厌倦飞行游览。为了吸引观众，飞行员经常聚在一起搞特技表演吸引人群观看。那些表演危险系数很高，经常有飞行员出事故丧生。

随后，当林德伯格出现时，航空飞行开始变成一门大生意。仍然在世的飞行技巧表演者，这时经常前往好莱坞，在新闻镜头前或战争片中做特技表演。他们中的大多数人，最终穷困潦倒，受伤残疾，甚至丢掉性命。

当希尔和我写剧本时，我们发现故事的结构一目了然。它自然地分成了三个幕。第一幕轻松有趣，我们的主人公沃尔多·佩珀油嘴滑舌，编造自己的过去，带乘客在空中游览，而且对女人有自己的一套。

第二幕是飞行特技表演。轻松的气氛一扫而光。表演越来越壮观，也越来越紧张。最终，一位年轻女孩（由苏珊·萨兰登扮演，她非常棒）死于一场表演中。而无辜的沃尔多被处以终身禁飞的处罚。

第三幕：好莱坞。对沃尔多来说，飞行是他存在的意义。他不顾禁飞令，用假名继续做特技表演。最终他得到机会和他的偶像，一位对德战争中的空战英雄，一决高下。他们在空中进行没有子弹的战斗，两个人都杀红了眼，仿佛回到了沃尔多心中始终憧憬着的一战光辉岁月。影片以高潮惨烈的空战结尾，他们的飞机对撞在一起，撕裂彼此，而拍摄他们的摄影机保持着运转。

相对而言，这是个黑色的故事。虽然它非《俄狄浦斯王》（*Oedipus Rex*），更与《动物屋》（*Animal House*，1978）相距甚远。沃尔多是名出色的飞行员，却一直没有机会参加一战。他热爱飞行但现实却将他不断驱赶，首先是观众失去了兴趣，而后是不公正的法律审判，最后是商业力量，航空业的巨头们不希望空中特技表演者继续存在；他们努力说服大众航空旅行安全可靠，而特技表演却提醒人们危险和事故。

但是《鹫与鹰》的故事在欢快的氛围中开始，呈现出的是一次又一次"喧闹嬉戏的冒险"，诸如此类。趣味性不仅是影片刻意营造出的吸引观众的方式，同时也的确是历史事实。我们的问题是：应该怎样向观众暗示好时光即将过去？

答案很简单：片头段落的格调是感伤、哀痛的。当舒缓悲哀的曲调响起，银幕上显示出死去的飞行员年轻的脸以及一连串飞机严重失事的静止画面。撞上树的飞机，陷在屋顶里的飞机，类似这样的场面。我们在预先警告观众接下来会发生的事情。

我参加过的电影中，《鹫与鹰》是最受期待的一部。浪漫的冒险故事，鼎鼎大名的主演，为了一生挚爱拍片的大导演，以及继电影《翼》（*Wings*，1927）以来最宏大的空中特技。业内不少人给我打电话，大家都在说《鹫与鹰》将会横扫所有奖项。希尔和雷德福曾经合作过两次：《虎豹小霸王》和《骗中骗》。《鹫与鹰》将会是三部曲的完美收官之作。

我参加了影片在波士顿的试映。希尔在场，环球影业的高管也在场，影院里坐满了人。我们都很紧张，是这种时刻的正常反应。电影开始了。字幕表挺漂亮，观众席上静悄悄。然后轻松愉快的部分开始了——

观众看得很高兴。笑声不时爆发出来。他们"笑得无法自制"，正如英国人常说的那样。一群陌生人被你的作品感染，爆发出笑声。

这样的情况罕见，也正是电影工作人员梦寐以求的效果。

现在电影推进到第二部分，关于空中特技表演的部分。没问题，观众依然看得全神贯注。里面有不少精彩的特技场面，以及其他空中特技，观众依然兴致盎然。

接着到了最扣人心弦的特技场面——半空中，人在飞机间跨越。从一开始讨论剧本，我们就想要这样的场景：难以置信的视觉效果，特殊的摄影方式令它显得尤其逼真。

情节是这样的。苏珊·萨兰登扮演雷德福好友的女朋友。一开始她是个天真少女，随着情节发展，她痴迷于在人群目光的注视下，成为一名最潮的“空中明星”。

飞行员们同意靠一个大胆的特技吸引人群。飞机低飞到一座小镇的主干道上方，萨兰登站在一侧机翼的边缘。她的衣服设置了机关，会在全镇居民的注视下从身上脱落。她看起来无助地站在机翼上，冻得瑟瑟发抖。顺便说一句，在历史上特技表演者的确干过这样的事情。然后飞机飞回镇外的空地降落，居民们蜂拥而至，掏出钱包，搭乘飞机，皆大欢喜。

可是萨兰登站在机翼上又冻又怕，飞机也无法降落，因为她的体重导致飞机倾斜，降落的话飞机会坠毁。雷德福没有驾驶飞机，他站在空地上等待，但是当飞机驶近，他意识到出了问题，他跳上另一架飞机，让另一名飞行员载着他靠近萨兰登所在的飞机。两架飞机在空中并肩而行。雷德福做好换到萨兰登所在飞机的准备，他抓住她所在飞机的另一侧机翼，因为如果两人同侧的话，他增加的重量可能会导致这架飞机失控坠毁。

观众席上死一般寂静。两架飞机靠近，雷德福即将进行飞机间跨越，但大风将两架飞机分开。再次靠近，再次被风分开。气氛越来越紧张。顺便说一句，真实的拍摄情况是，一位六十八岁的老人成功地一次完成这项特技。

但观众们并不知道是六十八岁的老人完成的。他们只知道苏珊·萨兰登在一架飞机的机翼上悬着，而扮演鲍勃·沃尔多·佩珀的雷德福正冒着生命危险救她。

他换过去了！几百米的高空，一个人影匍匐着从一架飞机移到了另一架上面。

观众们忘记了把爆米花放进嘴里，他们目不转睛地盯着银幕。我也盯着，可能和他们一样全神贯注。跨越飞机的一幕绝对惊险刺激，因为它是从上方拍摄的，你可以看到下方遥远的地面。没有中途切到面部的特写，没办法伪造。的确是在空中拍摄的。

现在到了真正惊险的时刻。雷德福慢慢地移到飞机中部，对着飞行员大喊让其用浅俯冲来增加飞机的稳定性。他试着往萨兰登那边移动，而萨兰登已经吓得目光呆滞完全说不出话来。

飞机开始浅俯冲。雷德福小心翼翼地一点点朝萨兰登移动，只是现在他不停地安慰她，告诉她没事，一切都会好起来，他正过来救她。

萨兰登没有回应。只有风声和引擎的轰鸣声。雷德福现在离她有四米远，然后，三米远。他用柔软的语调安抚她，告诉她抓住他的手，抓紧了，只需要抓住他的手，抓住他的手。

只有两米五远了，接下来，两米。他伸出强壮的手臂，继续和她说话，跟她说她会没事儿，一切都会好起来。

萨兰登眨了几下眼睛。他离得更近了。曾经完全将她控制的恐惧，开始慢慢消退。

雷德福伸着手臂边说话边靠近。越来越近。抓住我的手，只要抓住我的手。只有一米五远了。抓住我的手。没事儿的。以后我们回忆起来会觉得可笑呢。一米了。马上到了。他还在讲话，强有力的声音令人安心。现在抓住我的手。拜托，这是你现在唯一要做的。抓住我的手。抓住我的手。现在镜头在萨兰登身上。他的话起到了作用。她的惧意少了些。现在回到雷德福身上，他近到几乎可以抓住她，仍然在不停地讲话。镜头回到萨兰登身上，终于她伸手去抓雷德福——

镜头切回雷德福，他一脸震惊地独自站在机翼上。她掉下去了。雷德福的面部特写，痛苦和惊诧令他面部扭曲。他冒着生命危险来救她，那么努力地救她，已经靠得那么近。可她掉下去了。

观众同样地震惊。

先是观众席上一片骚动。你能听到人们在窃窃私语。那个女孩在哪里？怎么回事？然后安静下来，他们明白了女孩在哪里。她死了。骚动过后，剧院里一片寂静。但不是屏息等待的那种寂静。不是的。

他们愤怒了。

他们觉得被欺骗，他们觉得被背叛，他们恨拍片子的人。《符碌奇兵》(*Rolling Thunder*，1977）的试映是这几年观众反应最激烈的。他们从座位上站起来，想要揍在场的电影公司工作人员。波士顿的观众显然更文明。他们只是坐在那里，怒气冲冲。影片的第一个小时里，观众爱我们宛若情人，而在女孩掉下机翼的一瞬间，恋爱关系便到此为止。

我们试着预先警告过他们。影片一开始就展示出死亡的画面，也有受伤的画面。我们提到过飞行员丧生和飞机坠毁。我们知道那一刻很痛苦，但理论上讲，我们做了很好的铺垫。

观众们才不在乎“理论上讲”。

沃尔多·佩珀让一个女孩死了。只是罗伯特不是沃尔多，他是20世纪70年代中期的黄金男孩，他是那个时代的英雄。埃罗尔·弗林不会让女孩子从机翼上掉下来摔死，该死，罗伯特·雷德福肯定也不会。

我发自内心地相信，如果杰克·尼科尔森主演，他的演技也许不如雷德福，但观众会接受这部影片。因为尼科尔森气质中有种与生俱来的灰暗色调。他惹麻烦不会令观众惊讶。帕西诺来演也成。德尼罗也成。甚至现在的雷德福也成。我们知道，他已经不再仅仅是个黄金男孩。《总统班底》让我们领略到他严肃的一面，他执导的奥斯卡获奖影片《普通人》也让我们认识到这一点。但是1975年的雷德福，唉，不行。不管是现在还是过去，我都觉得《鹫与鹰》是部制作精良的惊险片。这样的电影，尤其在有巨星主演的情况下，通常会很卖座。

但是《鹫与鹰》正式上映后，波士顿观众愤怒地离开影院的一幕很快在全国各地重演。我们给观众看了他们不希望看到的东西。虽然我们尽力地给他们打预防针，我们改变不了他们的期望值。

爱森斯坦曾说过："你必须跟着影片走。"而要让大量的观众接受一部电影，他们必须得甘愿让你领着走，走向你的目的地。

在《鹫与鹰》这个例子里，显然观众不愿跟我们走。我们怎样努力都是徒劳……

Ⅷ

《总统班底》

“你听说过《华盛顿邮报》(*The Washington Post*)的这两个年轻人吗?”

1974 年的年初，罗伯特·雷德福打电话过来，问我这个问题。我和《总统班底》的渊源就此开始。

在那之前，我没有听说过卡尔·伯恩斯坦(Carl Bernstein)和鲍勃·伍德沃德(Bob Woodward)。雷德福告诉我他们是年轻的记者，水门事件发生时他们还不到三十岁。他们对水门事件做过轰动性的报道，还写了本书。雷德福拿下了那本书的改编选择权，要我读一下那本书。

我看到的稿子是尚未出版的版本，甚至还没校对过。给我的是一份复印件，里面很多非整页和涂改的地方，而且重得吓人。我快速浏览了一下，还未看到结尾我就已经决定要接下这个活儿。

没人想拍垃圾电影。同时，我也很难相信在涉及《伽马 3 号》(*The Green Slime*，1968)或《杰西·詹姆斯遇见科学怪人的女儿》(*Jesse James Meets Frankenstein's Daughter*，1966)的早期筹备会议上，创作团队会真的以为他们要拍的是《公民凯恩》水准的片子。

你能为之祈祷的是：其一，它是一部人们将会记住的片子；其二，它是一部人们愿意去看的片子。

有这两种潜质的电影并不常见。如果这样的片子出现了，而且你被邀请加盟时，我觉得你必须抓住机会。

我不知道是否有人愿意看一部关于水门事件的片子，但是雷德福，当时的头号巨星，不但要当制片人，还承诺出演伍德沃德，显然那不是件坏事。另一方面水门事件是如此重要以致整个国家关注它长达数月之久，电影如果能成功，人们也许会记得它。

但是，我们遇到些问题。

第一，水门事件被媒体狂轰滥炸地报道过，人们已经听腻了。

第二，电影公司高管们对某些题材并不看好，比如运动题材，比如政治题材。水门事件是个政治故事。

第三，这本书没有明显的结构脉络。而且对话很少。

第四，书里的名字都很拗口：斯坦斯、斯特吉斯、巴克、塞格雷蒂、麦科德、卡姆巴克、马格鲁德、克兰丁斯特、斯特罗恩、阿普拉纳尔普、雷博佐等等，头都被绕晕了。

第五，编剧没有多少自由发挥的余地。不仅仅是因为法律原因，虽然这方面可能占比相当大。另一个关键是，如果只有一部电影必须真实，那部电影必是《总统班底》。显然题材的重要性决定了这部影片必须真实。更重要的是：我们在这里面对的可能是平面媒体多年后最荣耀的时期，每个看到这部电影（如果能拍出来的话）的媒体人士，不管是经济学家、评论员、影评人都会在职业生涯中某个时候跟纸媒有点瓜葛。如果我们在电影中加些好莱坞式的噱头，比如放舞女进去，他们可不会善罢甘休。我们必须忠于事实，不然就完蛋了。

第六，雷德福本人。这个项目上他不是被雇佣来的工作人员，他拥有这部片子。演员同时是制片人意味着很多导演可能会刻意避开这份工作，他们不希望他们的演员同时是他们的老板。

再加上他不是唯一的主演，而是联合主演。伯恩斯坦角色的分量必须和他的一样重，至少一样重。因为通常情况下如果你是位明星，而你的联合主演是制片人，你的戏份恐怕会被剪得所剩无几。

我们需要找到一位巨星。如果是个无名小卒，比如，当时的罗伯特·德尼罗，那么两个主人公之间会失去平衡，而且雷德福也很清楚人们会说他害怕另一主人公由相同级别的明星扮演，想独占整出戏。只有两位明星具有与伯恩斯坦相匹配的形象特征——霍夫曼和帕西诺。要是请不到他们，我们就有麻烦了。

第七，这条以后成了笑话。我太太现在还记得，我告诉她最大的问题是写结尾，因为公众已经知道结尾是什么。

有人这么无知吗？

去华盛顿见作者前，我做了点初步研究，其中一个新发现是事情的荒谬程度。

发生在1972年6月17日的著名偷窃案，引出了后面的一系列事件，但那其实不是窃贼们的第一次尝试。他们已经试了好几次，不停出错。一次，他们被困在水门综合大厦，只好在大厦的一间空屋子里待了整晚。比这强的另外一次，他们失败了是因为他们仿制的钥匙打不开民主党全国联盟的办公室。钥匙是在迈阿密造的，愚蠢的失败之后一部分人回到迈阿密重新仿造钥匙。

之所以喜欢这些素材，是因为我执着地相信很可能大家认为自己了解水门事件的每一处细节。如果我能找到点令人惊讶的新鲜素材，对影片会有帮助。

话说回来，1974年年初，我坐火车到华盛顿去见《华盛顿邮报》的编辑们，特别是卡尔·伯恩斯坦和鲍勃·伍德沃德。

会议进行得不是很顺利，我猜可能是我的问题。伯恩斯坦迟到了，他进来之后我们三个开始聊。我记得当谈论事件的荒谬程度时，我说："简直像部喜歌剧。"

听到"喜歌剧"时伯恩斯坦的表情不太好看。这个新闻报道使他不再只是一个年轻的、不那么成功的普通记者，给他带来了一定的名气，不久的将来还会给他带来财富。而现在，这个好莱坞混蛋竟然说它不够严肃。显然我不是故意的，但在第一次会晤中这样讲话的确不合适。无论如何，接下来几个月我们又见了两三次，但他对影片丝毫没有贡献。

他做的没有错。当电影公司买走你的作品，它便不再属于你了。我记得海明威说过："拿到钱就跑吧。"挺明智的。

另一方面，伍德沃德则时常愿意施以援手。他为剧本提供了很多的帮助。如果他来纽约会打电话给我，我们经常碰面。当我在华盛顿时，他对我知无不言、言无不尽。

我需要很多帮助。水门事件是个复杂的故事，剥丝抽茧很不容易。他已经研究了两年而我初来乍到。现在先别提写什么剧本，我得先搞明白发生的事情。

如果摄影师戈登·威利斯（Gordon Willis）是影片的功臣，鲍勃·伍德沃德则是剧本的功臣。我清理完混乱如麻的一堆材料，最终得出一个结论：扔掉书的后半部分。

伯恩斯坦和伍德沃德曾经在处理和尼克松的一位高级助手有关的报道时犯过一个严重错误。这个错误令他们不得不暂时地偃旗息鼓。我决定以这个错误作为剧本的结尾，因为公众已经知道他们最终被证明是正确的，而且错误没有令他们退却。我的想法是，结尾留白，让观众自己想象他们最后的胜利。

如果以盗窃案开篇到他们的错误结尾，整个故事结构还不完备但至少我有了点头绪。我苦思冥想剩下的部分，竭尽所能加情节进去。这时伍德沃德来到了我的办公室，我请他列出构成故事脉络的关键事件——最关键的，不是最有戏剧性的。

他列出了十三个关键事件，按时间顺序排好。我看看自己写的故事梗概，十三个事件都在里面。好，即使剧本写得很糟糕，至少有个合理的结构。

接下来我开始写剧本。

1974 年 8 月，我把剧本送到犹他州给雷德福过目，他在那里有所房子和一个滑雪度假村。我的家人一起来了，我们在附近租了一所房子，按计划接下来一个月我要在那里工作。

雷德福看了初稿，很喜欢，然后送出去给相关人士审阅。显然剧本送给了计划投拍此片的华纳兄弟电影公司，希望他们喜欢我的剧本。如果不喜欢，他们可以炒我鱿鱼找别人来写，不过那样会严重拖延进度。到 8 月为止我已经写了 6 个月，这种题材不是随便一个编剧可以轻易上手的。

稿子也被送到了《华盛顿邮报》的编辑手中，因为他们是剧中的人物。当然，其中包括伍德沃德和伯恩斯坦。送剧本给他们审阅是法律要求的必经步骤，还是仅仅出于善意和礼貌，我不清楚，总之剧本送给了编辑们。

雷德福和我开始等待回音。我们每天在他家附近碰面，讨论怎样改本子，谁是导演的最佳人选，等等。大部分时候他讲我听。

那段时间很奇怪。我们已经认识 6 年了，合作了《虎豹小霸王》《神偷盗宝》《鹫与鹰》三部片子。

《虎豹小霸王》上映后不久，他登上了《生活》杂志的封面，照片旁边的注释是“演员罗伯特·雷德福”（Actor Robert Redford）。我记得他说每次看那个封面他都得反复端详，因为他有种错觉上面写的是“混蛋罗伯特·雷德福”（Asshole Robert Redford）。

哦，他已经不再是那个混蛋，他是位超级巨星。

他也变得神神秘秘。不仅我和他相熟，我们的妻子互相认识，我们的孩子也互相认识。他要我来犹他州和他一起工作一个月——

可他不愿给我他的电话号码。

要想联系他，我得先打电话给他的秘书，秘书打电话给他，然后他给我打回来。

这些自然都是小事，只要华纳说他们喜欢剧本并同意开拍。影片就要成为现实了。《总统班底》故事错综复杂，是当时我写得最艰难的一次，得知剧本通过那一刻，我有种前所未有的成就感。

要是当时我能远走高飞就好了。

写这本书时我试图避开几个雷区，其中一个是改写历史。书里的内容一部分来自访谈，但大部分来自我的记忆。从 1974 年 8 月华纳同意开拍的消息传来到隔年 6 月正式开拍，其间很多事情我已经不记得了。

但本章接下来要讲的这些，是我想忘也忘不掉的，不管我怎么努力。

还在 8 月里，雷德福开始寻找导演。

但《华盛顿邮报》始终保持沉默。

伍德沃德和伯恩斯坦也一言不发。

我们联系的第一位导演同意接戏，由于法律原因这里必须隐去他的名字。

难以置信如此顺利。

接下来事情变得有趣。他不回电话，不参加会议。很多周之后，最终我才知道，谁知道是不是真的，那个导演正和华纳兄弟电影公司打官司。他不放过任何报复华纳兄弟电影公司的机会，所以才会答应我们。他从来没有任何意向执导这部电影，只是想消耗华纳的时间。

即使到了这个消息浮出水面、传播开来的时候，我们还是没有收到伍德沃德和伯恩斯坦的回音。

但是《华盛顿邮报》的编辑们联系了我们——

他们讨厌我加在他们编前会里的所有玩笑。

需要解释一下什么是编前会。《华盛顿邮报》编辑部一天开两次这种会议。主要目的是决定每篇文章的版面位置，尤其是头版文章。每个记者或编辑们都想让他们的文章占头版头条。

当我参观《华盛顿邮报》编辑部时，他们友好地让我参加他们的编前会。顺便说一句，他们都很正派、友好而且在繁忙的工作日程下尽力向我提供帮助。

好，我去参加头两个编前会，它们当然很有意思。但会后高级编辑们告诉我其实会议没有通常那么有趣。因为有一位编辑哈里·罗森菲尔德（Harry Rosenfeld），电影里杰克·沃登（Jack Warden）扮演的人物那天不在。他们向我保证等哈里明天回来，会议会很不一样。

第二天，哈里回来了，果然如他们所言简直把人笑坏了。会议中，当地版的、全国版的、国际版的各位编辑在互相争论，试图证明他们的故事更重要，应该被放在更显眼的位置上。

每当有人推销自己的故事，哈里就会跳出来以非常幽默的方式打击那个人。我坐在会议室的角落，边听边记，将罗森菲尔德的桥段写在记事本里。

写剧本时，我把罗森菲尔德的桥段用在了编前会的场景。

这令编辑们愤怒，感觉他们自己像一群马戏团小丑。

这是《华盛顿邮报》的反应。

伍德沃德和伯恩斯坦还是没有回音。

秋天时我回到纽约，有天办公室的电话铃声响了。雷德福说鲍勃和卡尔跟他在一起，要我去见他们。

我到了他的公寓，坐电梯上去，按门铃，走进屋里。记忆中我的心情相当不错。绝对没想到接下来我将要面对编剧生涯中最糟糕的一刻。

雷德福在客厅。伍德沃德在客厅。伯恩斯坦在客厅。

客厅桌上是一份剧本手稿。

我和雷德福打了招呼，和伍德沃德握手，和伯恩斯坦握手。

接下来一阵沉默。

手稿还在桌上。

雷德福说了句最不同寻常的话："听着，卡尔和诺拉自己写了一个版本的剧本。"［诺拉指的是诺拉·埃夫龙（Nora Ephron），一位作家，当时是伯恩斯坦的女朋友，后来两人结婚又离婚。］

我站在那里。

也许眨了眨眼睛。

但我肯定一句话也说不出来。

作为一名编剧，我总是会陷入无端恐惧之中，总是会相信各种可能发生的事情：比如剧本不够好，或者快要被炒鱿鱼了，或者我已经被炒了鱿鱼却还不知道几个秘密作家正在他们的办公室里奋笔疾书，或者我干得不好应该被炒鱿鱼，等等。

但所有这些有时会一起发生的噩梦，都发生在制片厂体制内部。制片人可能会和电影公司高管说："戈德曼没法压缩剧本，我们得换罗伯特·汤（Robert Towne）。"然后主管给汤的经纪人打电话、达成协议、钱款易手，而我还被蒙在鼓里，直到电话铃该响未响时才恍然大悟。

但两个圈外人，一个飞黄腾达的记者和他的女朋友，不打招呼擅自决定去改我的剧本，改完直接交给制片人。别忘了——

我的剧本是已经审批通过的版本，事情让人匪夷所思。

可他们的剧本就在客厅桌子上放着。

我安静地站在那里，瞪着他们的剧本，我希望雷德福吼他们："混蛋，滚出这里，难道你不知道自己干了什么？"

可是雷德福说："我读了一点儿，觉得你也应该看看。"

我希望制片人站在我这边。我已经干了八个月，而且干得不错，华纳接受了剧本。我希望听到他说："你是个愚蠢自大的混蛋，卡尔，你最好把那个剧本扔到角落里去。"

可他说："我觉得里面有些东西我们可以用。"

我受够了水门事件，构思情节想得都快发疯了，什么时候霍尔德曼和米歇尔会面，怎样把西里卡法官加进故事里，为什么人人都说埃利克曼是个标准好邻居而他却做了那些事情；直到最终剧本完成之前因为进展不顺，我曾陷入焦虑、酗酒、通宵熬夜，我想要确认这是一次恶劣的背叛。

雷德福说："我们都想要最棒的剧本，既然这样，为什么你不看看，我们是一个团队，我们都想拍出尽可能好的电影。"

我答道，我需要征询律师的意见，在他说可以之前我不可以看一个字。然后我立刻离开了。

制片人的举动也可以理解。毕竟，这是本畅销书，伍德沃德和伯恩斯坦现在是媒体的宠儿，而且我们需要所有能从《华盛顿邮报》得到的帮助。如果与伯恩斯坦展开激烈的斗争，将不会有助于推动项目向前发展。我还能找到别的更好的理由。雷德福有为难之处，毫无疑问。

但我仍然认为这是无耻的背叛，而且你知道吗？我相信自己的判断。

律师介入了，最终他们认为我可以读伯恩斯坦－埃夫龙的版本。其中一个场景被加入影片里，讲的是伯恩斯坦的一个妙计，他冒充秘书混进去见到某人。

真实生活中那个场景没有发生过，是他们虚构的情节。一个虚假的好莱坞式的噱头。我并不反对这类噱头。天知道我本人写过多少个，但我从没想过把它用在一部关于美国总统被迫下野的电影里。

关于他们的剧本，还有件事值得提一下：在他们的笔下，伯恩斯坦相当有女人缘，不知道事实是否如此。

有一个时刻对我来说意义重大，所以我想单独提一下。事情发生之后，当我再次和伍德沃德会面讨论影片时，他对我说了一番话，这是他的原话："恐怕我数不出有生以来做过的最坏的六件事，但任其发生，任他们写出剧本，肯定是其中之一。"

彼时今日我都很感激他说了那番话。

伯恩斯坦－埃夫龙插曲很快不再是个秘密。天知道我从来没说过什么，但是，正如在好莱坞，华盛顿对它的主要行业的小道消息也津津乐道。

最终大家都知道我写了部糟糕的剧本。在霍夫曼签约后，《时代》（*Time*）杂志登了篇文章报道电影的进程，他们指出虽然我的剧本水准不高，但还是骗到了霍夫曼这样的大明星。看到报道，第一次也是唯一的一次我希望自己是《时代》杂志的订阅户，那样就可以用取消订阅的方式表达我心中的愤怒。

有次我在哥伦比亚广播公司的新闻部，恰好沃尔特·克朗凯特（Walter Cronkite）从走廊过来。我的同伴认识克朗凯特，他引见了我们。我很高兴，因为在水门事件期间，全世界都在撒谎，而克朗凯特是为数不多的可以信任的人。下面是我们的完整对话：

我的朋友

沃尔特，这是比尔·戈德曼，他在写《总统班底》的剧本。

我

您好，先生。

克朗凯特

我听说你把剧本搞得一团糟。

（然后他继续向既定方向走去）

1975 年的春天是我写作生涯中最痛苦的时期。我做这部片子已经一年多了，但并不像我应该有的那么精神十足。现在我不仅要对付制片人，还要对付刚签约的导演艾伦·帕库拉（Alan J. Pakula）。

艾伦是位绅士。我们在圈子里有共同的熟人，他们从来没说过关于他的任何坏话。我也没什么可说的。他受过良好教育，耶鲁大学毕业，工作很认真。成为导演之前，他是位金牌制片人，由他制作的《杀死一只知更鸟》(*To Kill a Mockingbird*) 在 1962 年获奥斯卡最佳影片提名。作为导演他最大的成功是《柳巷芳草》(*Klute*，1971)，简·方达凭此片拿到她的第一座奥斯卡小金人。他对演员们非常友善。

而我，不是一名演员。

我只遇到过沃伦·比蒂一次，是在某个人数众多的聚会上，每个人和每个人握手，没有多少时间详谈。比蒂刚和帕库拉一起拍完《视差》(*The Parallax View*，1974)。和比蒂握手时，我找机会提起不久要和帕库拉一起拍戏的事。

小说家喜欢用“意味不明的微笑”这种说法。标志性的遣词造句。在我的一生中，我只见过一次这种“意味不明的微笑”。它出现在比蒂的脸上，他说：“开始拍摄前一定要弄明白。”

我不明白他是什么意思，而当时的情形不给我追问的机会。

真希望当时我能预知未来，正如人们常说的那样。

帕库拉和我开始一系列会谈。当影片即将开拍时，导演和编剧会谈的主题只有一个：提高剧本的质量。删节、修改、填漏洞、加情节，总之要让剧本更上一层楼。

如前所述，我一直认为自己这种时候合作态度良好。我不想待在拍摄现场修改剧本，所以如果你要我拿出最好的成果，这个时候提出修改要求是最好的时机。

当我们讨论一个场景时，随便一个场景，我会问他觉得可以吗？如果答案是不，我会问他想怎么改，朝着哪个方向改？比如，我可能问他想要加戏还是砍戏。

他会回答：“两个都试试，我想看看效果。”

两个都试试?

是的，两个都试试。

我可能问，他是否要我重写某个段落，使之更激烈或更平缓。

他会回答："两个都试试，我想看看效果。"

两个都试试?

两个都试试，绝对的。

可是为什么?

然后就会听到我和艾伦交流之后的标志性回答是："别让我错过任何可能性。"

天知道我多常听到这句话。"别让我错过任何可能性。"

当时我所不了解的其实很简单：艾伦以犹豫不决出名。因此，我已经在水门事件上耗了十三个月、十四个月、十五个月，剧本理应到了定稿的时候，逐渐浮现在眼前的却是乱七八糟的故事。

我不明白他想要的是什么，所以我在盲目地写。

艾伦天生很有创造性。有天他抛出一个想法，一个关于伯恩斯坦和他前妻的小段落。他随便一提，我记下并写出来，整个过程感觉很良好，至少我满足了导演的要求。

我错了。

这样的做法却令我的制片人不满意。

雷德福很清楚他最大的成功是在两部伙伴电影里：《虎豹小霸王》和《骗中骗》。在《总统班底》中他再次和别人共同主演。

他一直希望加点爱情元素到影片里。我想他知道感情戏不适合这部片子，而且这部片子一直有过长的问题。电影想要聚焦在两个记者身上，关于他们的情节已经足够多了。

但现在霍夫曼要演伯恩斯坦和他前妻的小场景，雷德福一下子陷了进去。我不记得当时伍德沃德已婚与否，但他在和一个叫弗朗茜的可爱女孩约会。

现在“弗朗茜场景”冒出来了。不止一个，雷德福想要三个，表现两人间感情的发展和水门事件压力下最终的破裂。这主意道理上没错，只是不适合这部电影。

至少我这么觉得。

但雷德福是我的制片人，他反复地变着花样提三个“弗朗茜场景”。我不知道总共写了多少个版本。六个，也许接近十二个。

而且过程痛苦不堪，因为我完全不相信自己正在写的东西。而且我怀疑，剧本的质量体现出了我的真实想法。

有那么几个月，每天我到办公室里写导演或制片人要的东西，对于前者我毫无头绪，对于后者我深深怀疑。

另外，我还要面对他们彼此之间的矛盾。雷德福对帕库拉的犹豫不决感到不满。帕库拉对“弗朗茜场景”也不太关心。

存在主义哲学家索伦·克尔凯郭尔说过，人存在的状态是处于“无法解决的冲突”中。

索伦不知道，他描述的正是当时我的状态。

我从来没有为任何一部电影写过这么多版本的剧本，除了《总统班底》。除了标准的几版外，还有二次修订版和预排演版。天知道有多少版。现在媒体开始聚焦这部影片。我已经干了十五个月，殚精竭虑，可我还在给明星写那些疯狂的场景段落，即使每个人都知道它们不会出现在电影里，或者给导演写那些不知所云的东西，即使他不告诉我他要什么。我不想让任何人错过任何可能性，我只是精疲力竭，想知道这一切是否会有结束。

突然有一天电话不再响起，我知道一切结束了。

在我提交乱七八糟版的剧本一周后，当他们已经开机时，我发现帕库拉把另外一名编剧带到华盛顿。

彼得·塞勒斯（Peter Sellers）在世时说过一句很有趣的话，当被问到：“如果你的人生能重新来过，你最想改变什么？”他回答：

“我会按原来的样子重复现在的人生，除了我不会去看电影《巫术师》（*The Magus*，1968）。”

伍德沃德和伯恩斯坦的书被拍成了一部大获成功的电影。我在家附近的影院里看了，影片似乎和我写的剧本很接近；当然一些地方有改动，总会有改动的不是嘛。很多即兴添加的情节，场景顺序被调整，诸如此类的改动。但故事的主体结构没有变。而且，客观地讲，导演的功力和演员的演技都十分出色。影片获得了几项奥斯卡奖，并且横扫各大其他电影奖项。

尽管如此，如果有人问我：“如果你的电影生涯能重新来过，你最想改变什么？”我的答案是我愿意按原来的样子写每部剧本。

除了《总统班底》，我不想再碰它。

IX
《霹雳钻》

关于《霹雳钻》的记忆已经模糊。在很短的时间里，我完成了两个版本的小说以及至少四个版本的剧本，之后另外一名编剧，好像是罗伯特·汤又写了结尾。总之，相当的错综复杂。

而时至今日，仍然在我脑海中清晰的部分，是劳伦斯·奥利弗。

奥利弗想要扮演的是纳粹分子塞尔，此人隐居在南美某处过着奢华的生活。因突如其来的变故令他不得不潜入纽约找回一笔钻石财富。

奥利弗想演，我们显然也希望他出演。问题是他的健康状态是否允许，或者说得难听些，他能活到戏拍完吗？过去几年他一直疾病缠身，数度在鬼门关徘徊。但他的生命力非常顽强，每次都挺了过来。

《霹雳钻》的导演约翰·施莱辛格，第一次去拜访奥利弗商谈角色之后，态度相当犹豫。他说奥利弗当时几乎不能下床，单侧面部瘫痪。我们除了担心他是否能够很快恢复之外，另外一个问题是：剧组要给主要演员买健康保险，他能通过保险公司的售前体检吗？

事实证明我们的担心是多余的，排练如期进行，地点选在位于哥伦布广场的亨廷顿·哈特福德博物馆旧址。施莱辛格、我和其他几个人提前来到排练现场。这种时候气氛总是很紧张，但这次被一个新问题搞得越发严重。

奥利弗要演的纳粹角色是个光头。这个人物在过去有着一头亮丽银发，因此有了“白色天使”的绰号。而在剧本里，塞尔为了掩盖身份把自己剃成了光头。事情有点棘手：奥利弗年纪大了且患过重病，所以他的气色不太好，而且我们谁都不愿提剃头的事情。关于他的健康状况谣言四起，剃头之后估计会愈演愈烈。“我刚看到奥利弗，他的头发已经掉光了。看起来比以前糟糕多了。头发掉光了。他还能活多久？”

那天我们预备了一位理发师，但把他藏在楼下的一间屋子里。所有人都知道，也许奥利弗根本不想扮成秃头。人人都爱惜形象，何况这位曾是银幕偶像。

排练的时间越来越近。理发师在楼下等着。可是，谁愿意去和奥利弗谈，请这位传奇人物自毁形象？

没人主动跳出来。

奥利弗准时来到，他一个人安静地走进排练的大房间。我们纷纷打了招呼。奥利弗谦虚低调。圈子里流传他的一件逸事，他会早早地把导演叫到一边说：“拜托，您一定得帮帮我。请告诉我您想要怎么拍。”大多数影星喜欢维持不爱社交甚至有些羞涩的形象。我们甚至这样描述伍迪·艾伦，尽管他是纽约社交界曝光率最高的名流。

奥利弗不同。他从不觉得自己是个了不起的电影明星。在舞台上，他显然是个人物。但在银幕上，他觉得自己只是个普通演员。

他也从不谈论自己作为导演取得的成功。没提过《亨利五世》（*Henry V*，1944）。而同样演而优则导的奥逊·威尔斯会在拍戏中不止一次地展现著名的举动：当他一走进现场，会四处看看，然后一边的眉毛可能扬起来盯着导演，语调毫无起伏地发问：“你们就准备把机位放在那儿？”

话说回来，在排练现场我们和奥利弗互相打招呼，接下来是一阵长长的寂静。劳伦斯爵士[①]打破沉默："现在能给我理成光头吗？我觉得现在就剃了好。"

所有人长出一口气。

午饭时我们一起聚餐我不知道该说什么。所以我支支吾吾地问奥利弗他下榻的旅馆怎么样？喜欢纽约吗？对纽约熟悉吗？

"不是很熟，"他答道，"1946 年、1951 年、1958 年我曾经来过，但对这个城市并不熟悉。"

我点点头，继续搜索下一个话题，突然我意识到——天哪，1946 年他在这里演《俄狄浦斯王》，这辈子只有两场演出我惋惜没能亲临其境，奥利弗的《俄狄浦斯王》是其中之一［洛蕾特·泰勒（Laurette Taylor）出演的《玻璃动物园》（*The Glass Menagerie*）是另外一场］。1951 年，他则是和费雯·丽主演了两部关于克莱奥帕特拉（Cleopatra）的戏剧，分别是萧伯纳的和莎士比亚的[②]。而到 1958 年他主演了奥斯本（Osborne）所写的戏剧《艺人》（*The Entertainer*）并获得盛赞。他根本没有提戏的名字，他只说了年份。

而那些并非通常意义上的日期，而是戏剧史上的一座座里程碑。

那天下午休息时，奥利弗跟大家讲他某次被打劫的故事。我离得远远的，傻子一样盯着窗外，耳朵里却没有放过他说的每一个字。

故事发生在他位于布赖顿的家中。他和家人一起看电视，电视上放的正是他的莎士比亚三部曲之一。他下楼去，结果在楼下抢劫犯对他动手，他大声叫起来。而楼上电视里正在放他的独白，孩子们听到他的叫声，居然以为爸爸是在楼下和电视里的自己一唱一和。

---

① 奥利弗是奇切斯特节日剧院（Chichester Festival Theatre）和大不列颠皇家国家剧院（Royal National Theatre of Great Britain）的创始导演，他因此获得了爵士爵位。——译注

② 萧伯纳的《凯撒和克莱奥帕特拉》和莎士比亚的《安东尼和克莱奥帕特拉》。——译注

哦，当奥利弗讲到他被袭击大声叫喊时，他真的喊了起来。

我从窗口转过身来，被叫声震惊，同时兴奋不已。我竟然亲眼目睹奥利弗经典的舞台咆哮，令观众入迷达半个世纪之久的那个声音。声音的力量仿佛将我凝固，站在那里一动不动。

的确，奥利弗老了，是的，命运将他摧残，但即便今天，当他想要出鞘时，宝刀依然未老。

影片里另一个坏蛋由威廉姆·德瓦内（William Devane）扮演，他是个出色的美国演员，有过很多舞台剧表演经验。他和奥利弗排练第一场戏，顺利通过了，德瓦内真的很棒。

他们休息时，我截住聪明健谈的德瓦内，告诉他刚才他演得有多棒，问他和劳伦斯·奥利弗排戏什么感觉。

“无关紧要。”他答道。

他究竟什么意思，我毫无头绪。

“这只是排练，”德瓦内接着说，“说明不了问题。当摄影机开转时，他会给我点儿这个，给我点儿那个，你根本意识不到我在镜头里。不会有人注意我的表演——那是奥利弗，天哪。”

达斯汀·霍夫曼热爱并擅长即兴表演。他、施莱辛格、奥利弗围坐在桌边，讨论影片里倒数第二个段落，其中霍夫曼要用枪指着奥利弗，两人一起走很长的路。霍夫曼说：“咱们即兴发挥吧。”

奥利弗不同意。受过正统戏院表演训练的他不喜欢即兴表演。

霍夫曼跳起来：“来，站起来，咱们即兴发挥。”

奥利弗再次拒绝。

施莱辛格说反正是排练，试一试也无妨。

奥利弗慢慢站起来。

我前面提到过，他刚刚患病严重到瘫痪的地步，还没有完全恢复。他的手到现在还打着绷带。我不清楚他患的病究竟是什么，有人说是神经系统疾病，同样的病杀死了奥纳西斯[①]，事实与否不得而知。他的手打着绷带，不是整个包裹起来，而是纵横交错地贴着邦迪，可能是为了掩盖肿胀的痕迹。

影片高明地掩饰了他真实的健康状况。只有一个镜头透露出实际上他有多虚弱。在钻石区段落的末尾，他快速地跑，想追上两步开外的出租车。如果你仔细看，会发现他跑得十分费劲。对他来说两步路已经太多了。

但是现在，离拍钻石区那组镜头还有几个月，排练厅里奥利弗慢慢地站起来。霍夫曼做出举枪的架势，说："好，现在开始。"他们开始行走。

奥利弗试了试，反复讲他不擅长即兴表演，要我们给他台词。霍夫曼说："你做得很好，随便说点什么就好，来吧，我们有进展。"

于是他们又走了几步。

接着走。一直在走。

我不明白为什么会是这个局面。也许是因为，即兴发挥是霍夫曼的拿手好戏，而奥利弗经常令和他配戏的演员提心吊胆。我认得的一位巨星坚持邀请奥利弗加盟同一部影片。他是奥利弗的多年好友。影片进展顺利，在奥利弗部分开拍前的头天晚上，身为奥利弗的好友和推荐人，那位巨星居然紧张地彻夜未眠。制片人陪了他一个晚上，后来告诉我，看着他彷徨无助，只是因为第二天要和奥利弗拍对手戏，那种滋味不太好受。

我觉得部分原因是霍夫曼需要用这种方式为自己赢得一些优势，在戏中才能和年老体弱的奥利弗抗衡。

我同样不理解为什么施莱辛格没有反对。也许如他所说，试一

---

① 奥纳西斯（Aristotle Socrates Onassis，1906—1975），希腊船王。1975年3月15日，奥纳西斯在遭受了几个月肌无力病症的痛苦折磨后，因呼吸衰竭死于巴黎。

试，没准会迸出火花。

但很有可能是因为施莱辛格知道奥利弗不会给他惹麻烦：霍夫曼是明星，是关键角色，系影片成败于一身，如果有人要让他伤心的话，霍夫曼就是那个人，而且在影片正式开拍前就拂霍夫曼的意恐怕不太明智。我指的不是即兴表演，而是与之相随的行走，因为奥利弗的脚踝要不了几分钟就会肿起来。

但是他们继续行走。即兴表演。霍夫曼演得很出色。奥利弗尽了全力。施莱辛格在一边看着。

奥利弗不愿坐下。不愿放弃。

他可以停下来，或者要张椅子，或者要求暂停休息一下。

但他一直在走。

现在他的脚踝肿起来了。疼痛难以言述。可能你觉得没什么的事却可以让我卧床不起。每个人的承受能力不同。但是，眼睁睁地看着一位老人脸色越来越苍白，那个场面我会记得。永远记得。

真正出类拔萃的演员非常罕见。其中，少数人很聪明。更少的人德艺双馨。大多数（伯顿、威尔斯、巴里摩尔）放荡不羁。

大约每个世纪，我们幸运地遇到几位伟大的演员，而始终保持品性高洁的演员则更为难能可贵。

奥利弗第一次登台是在 1922 年，在一部全部由男演员出演的《驯悍记》（*The Taming of the Shrew*）中反串凯瑟琳。我怀疑他的凯瑟琳演得怎么样。但排练那天下午，看着他把难熬的即兴表演坚持到底，我有点明白在那种令人窒息的严酷环境中为何他能屹立几十年不倒。那天他在我的眼中真的很伟大，而且即使到生命最后一天他仍然会很伟大。

如果这样的情形他都可以忍受……

最后再讲一个奥利弗的故事。

他和罗伊·沙伊德尔排一个场景。戏中两个角色马上要打起来，但还在试探对方究竟知道什么。对话如下：

奥利弗

我们必须开诚布公地谈谈。你值得信任吗？

沙伊德尔

不。

奥利弗

那是真的吗？还是你只想把我激怒？

沙伊德尔

我知道你为什么出现在这里，我也知道迟早你要去那家银行。

奥利弗

也许我已经去过了。

施莱辛格打断了他们。他说："拉里[①]，在这里你应该快点。罗伊提到银行之后，你顿了一下才说'也许我已经去过了'，不要停顿。"

奥利弗一口答应，他们重试那段对话。然后他停下来说："不停顿的话，我觉得有问题。"

我们等他继续。

"我正在试着挖掘信息。罗伊说：'我知道你为什么出现在这里。'我需要揣摩其中的含义。然后罗伊说：'我知道……'我还在听。现在他说：'我也知道迟早你要去……'我还在听。最终他说：'我也知道迟早你要去那家银行。'停顿的那一下，给我时间消化关

① 即劳伦斯·奥利弗，英文里 Lawrence（劳伦斯）常简称为 Larry（拉里）。

于银行的信息。”

“我理解，”施莱辛格说，“但我们得去掉那个停顿。”

然后奥利弗转向我。“比尔，”他说，“我能否建议改一改那句话？如果把它改成‘我知道你要去那家银行，早晚的事儿’，这样可以吗？你看，这样改，当他说‘早晚的事儿’时，我有时间消化银行这个词，那么就不需要停顿了。”

我当然没有意见，台词改了，我们继续排练，停顿没有了。我花篇幅解释这个两分钟长的排练插曲，白纸黑字看起来似乎没什么大不了的。

但那一刻——当一位世纪巨星问我是否介意他改动台词中的六个字——是我电影生涯中最值得记忆的时刻。奥利弗！叫我比尔！奥利弗！！问我是否介意！！

成功莫大于此……

X

《太空先锋》

《太空先锋》（*The Right Stuff*）是个不折不扣的噩梦。

噩梦始于 1979 年 10 月初。正如人们常说的那样，噩梦来临前毫无征兆。一位制片人朋友从加州打来电话，他说汤姆·沃尔夫（Tom Wolfe）写了本关于水星计划的书[①]，我应该买来看看。

我对水星计划这个题材几乎没有兴趣。我不是航空航天爱好者，而且故事广为人知，已经被媒体尤其是《生活》杂志详细报道过。

但我还是去买了书。后来制片人朋友又打电话，说制片搭档查托夫和温克勒（Chartoff–Winkler）想要拍同一部片子，竞争以他的失败告终，但不管怎样我应该看看那本书，真的很棒。

于是我开始读这本书。自娱自乐。

读书消遣和为做剧本而读书，那种感觉简直是天上地下。两种情况下你有同样的需求：希望那本书能令你兴奋不已。而考虑剧本改编时，你在不停地考校。书里的一幕不错，但你会下意识地想，“我能

---

① 水星计划（Project Mercury）是美国国家航空航天局于 1959—1963 年进行的航天飞行计划。当时选拔了第一批七名宇航员。沃尔夫的著作《太空先锋》详尽描写了这批宇航员的诞生过程，且于 1979 年在美国出版。

把它用在剧本里吗？会收到效果吗？如果压缩剧本，这部分要保留还是偏离主线应该删除？”，无数问题冒出来。相比之下，如果读书只为自我娱乐，那么不会有问题来打扰你。全世界只剩下你和作者，你把自己交给作者，由他带领你在书中的世界探索。

我读《太空先锋》时，完全处于一个读者的位置。朋友告诉过我这本书很棒，在我看来很棒还是过于保守的陈述。这是本传世佳作，过去十年里我读过的最令人兴奋的书籍之一。

但我绝对没往电影的角度想。

书有 436 页，但是没问题。要知道《遥远的桥》厚达 650 页。但《遥远的桥》始终围绕着一个中心事件阿纳姆战役（The Battle of Arnhem），而汤姆·沃尔夫的书则铺得很开。

部分原因在于这本书奇怪的创作过程：最初沃尔夫计划写整个空间探索的伟大历程。从 7 名宇航员开始，他打算一直写到登月。但写着写着，他或者编辑或者别的某个人说，“嗨，书到这里结尾刚刚好”。

因此，书有些乱。比如说，头 40 多页里着力描述的人物跟水星计划关系不大，但在以后的任务中举足轻重。7 名水星宇航员直到第 80 页才出现。即便有所着墨，沃尔夫并没有把他们当作书中的重点。

真正的精彩之处是——

耶格尔。

查尔斯·耶格尔（Charles Yeager）是位传奇人物。他来自西弗吉尼亚州，1941 年应征入伍，那时他 18 岁。沃尔夫这样描写他：“……他出身偏远地区，乡下男孩，只有高中学历，初出茅庐的青涩少年脱下饲料店的连体工作服，穿上军装，爬上飞机，在欧洲上空翱翔。”

战争结束时才 22 岁的耶格尔，已经是叱咤风云的英雄人物。他于 1946—1947 年接受飞行训练。1947 年 10 月 14 日，他驾驶飞机穿过了声障[①]。

一个难以置信的人物，被沃尔夫在书中浓墨重彩地描写。以他为中心人物足以拍出一部不错的电影。

但是那些宇航员出现在十几年之后，和耶格尔毫无瓜葛。换句话说，书里至少有两个彼此独立的故事。

我接到一个电话：联美影片公司买断了书的拍摄权，由查托夫和温克勒制片，问我是否愿意和他们聊聊。11 月初我见到了他们，当然是在雪莉霍兰酒店[②]。

罗伯特·查托夫（Robert Chartoff）和欧文·温克勒（Irwin Winkler）是终身好友，也是很长时间的事业搭档。他们的制片生涯中存在一个明显的分水岭。最初十年，他们烂片不断，要么是劣评如潮，要么是票房灾难，更多的时候两者兼而有之。这里列出的只是一部分：

《祸不单行》（*Double Trouble*，1967）

《分赃》（*The Split*，1968）

《草莓声明》（*The Strawberry Statement*，1970）

《最后的莱奥》（*Leo the Last*，1970）

《相信我》（*Believe in Me*，1971）

《我的子弹会转弯》（*The Gang That Couldn't Shoot Straight*，1971）

《龙虎铁金刚》（*The Mechanic*，1972）

《铁胆双雄》（*Busting*，1974）

《大妙谍》（*S*P*Y*S*，1974）

---

① 声障又称为音障，人们曾以为声速是飞机速度不可逾越的障碍，因此得名。文中提到的耶格尔架飞机穿越声障是世界首次，耶格尔的名字亦被载入史册。

② 纽约顶级豪华酒店之一，很受好莱坞人士青睐。—— 译注

《最后逃亡》(*Breakout*, 1975)
《大滚友与小老千》(*Nickelodeon*, 1976)
《大情人华伦天奴》(*Valentino*, 1977)

直到1976年11月,《洛奇》出现了。

该片不仅为他们赢得奥斯卡最佳影片奖，也带来滚滚财富。据估计《洛奇》耗资略超100万美元，全球票房却高达1亿美元。钱赚到这种地步，好莱坞没有会计能把它隐藏在账目里。

一炮而红之后，查托夫和温克勒所制作电影的质量突然有了飞跃性的提高。《洛奇》系列、《愤怒的公牛》《打不开的锁》(*True Confessions*, 1981)，佳片不断。因此，11月的某天当我们在雪莉霍兰酒店握手时，我面对的是电影界的王牌制片人。

我没有隐藏自己的看法。书不错，我祝他们顺利，但我不知道怎么才能把它改编成一部电影。

但温克勒彻底改变了我的想法。他语调不高，说或许我们应该放弃耶格尔部分，直接讲宇航员的故事。从宇航员选拔过程开始，而后是训练，艾伦·谢泼德的飞行[①]，格斯·格里索姆的牺牲[②]，最终以约翰·格伦环绕地球[③]将影片推上高潮。

他给我提供了影片的基本结构。五部分：选拔，训练，谢泼德，格里索姆，格伦。

更重要的是，温克勒在我脑海中点燃了某种火花。职业生涯中第一次，我想要通过电影传达一种信息。我想以《太空先锋》为叙事载

---

① 谢泼德(Alan Shepherd, 1923—1998)是第一位进入太空的美国宇航员，也是第二位在太空飞行的人类。——译注

② 1967年1月27日，格里索姆(Gus Grissom, 1926—1967)在阿波罗1号的一次例行测试中因舱内大火牺牲。——译注

③ 格伦(John Glenn, 1921—2016)是第一位进入地球轨道的美国宇航员。——译注

体“说”点什么。我想“说”的是关于我们这个国家积极正面的东西。不是约翰·韦恩式的爱国主义，但爱国的程度并不逊色——

因为伊朗人质危机[①]刚刚爆发。

在今天，试图回忆和重组三年前（1979 年）这件恶劣事件发生的过程以及同胞所经历的艰险困境，我觉得相当困难。

吉米·卡特时任总统，选举时我曾给他投过一票。这也许危言耸听，但我不得不说。我认为吉米·卡特和美国梦的核心价值观背道而驰。我们长久以来信奉一种信念：聪明人总有机会。一个人的运气和能力决定了他 / 她一生能走多远。没有人在乎他出身贫寒，不像在英国那样，出身决定一切。

而卡特从白宫里传达出的信息是：“这个世界现在太复杂，我已经竭尽全力了。”

1979 年 12 月 7 日，我与查托夫和温克勒最终谈妥，我在日记本里写下，对于一部爱国片这个日子有不错的象征意义[②]。我没打算用这部片子来布道，因为我相信电影界一句老话，“如果要传递信息，找西联（Western Union）去。”[③]

但宇航员的故事和人质危机一样投射出信心的丧失。苏联人比我们领先。我们处于下风。他们成功地把一只狗送入太空。我们的火箭还没升空已经爆炸。而后，慢慢地，我们开始赶上。艾伦·谢泼德在空中停留十五分钟，和苏联人的成就相比微不足道，但它对我们美国人意义重大。最终当约翰·格伦绕地球四圈时，我们欣喜若狂。我们热血沸腾。美国精神再次爆发了。

---

① 1979 年 11 月 4 日至 1981 年 1 月 20 日，在长达 444 天的时间里，驻伊朗美国大使馆被占领，52 名美国外交官和平民被扣留为人质。这场人质危机导致时任美国总统的吉米·卡特连任失败。

② 珍珠港事件爆发于 1941 年 12 月 7 日。——译注

③ 这句谚语提醒电影编剧不要在影片中传达政治信息。——译注

人质危机进入胶着状态时，吉米·卡特却正忙着连任竞选，躲在白宫玫瑰园里。相较之下，《太空先锋》所体现的精神越发令我着迷。我告诉制片人想要传达关于这个国家的一些正面的信息。我告诉联美影片公司的高层同样的话。他们的答案都一样："很好，尽管去干吧。"

我做了几个月的背景研究。我去了加利福尼亚州的火箭发射基地、休斯敦的国家航空航天局和佛罗里达州的火箭发射基地，在那里我亲眼看到火箭升空，大地晃动，连衣服都在疯狂地抖动。

为了确保团队步调一致，我干了件从未干过的事情：在动笔之前，我给制片人写了封信，再次解释我的想法。信如下：

> 鲍勃和欧文，抑或欧文和鲍勃
>
> 谨以此信提醒我们所有人：
>
> 这部电影必须真实。不是纪录片，但必须真实。我们必须在银幕上重现20世纪50年代末和20世纪70年代初，观众才能理解为何宇航员的故事如此激动人心，以及其中的深层意义。
>
> 只有这样，我认为，我们才能让今天的观众认识到，尽管犯过不少错误，我们依然是一个伟大的国家。请记住，如果我们成功的话，这将是一部让观众观后为我们的国家深深自豪的电影。在20世纪80年代的开端，我们做这样一件事似乎挺有意义。
>
> 比尔

5月，我把第一版剧本发给查托夫和温克勒。他们觉得不错，但是送给电影公司审阅之前要我在开头加一段惊险情节。

6月，新的情节加进去了，剧本被送到电影公司。查托夫和温克勒说电影公司看了挺满意，但这是制片人们习惯的说法，未必有意义。

电影公司也说他们喜欢剧本，我得相信他们。现在电影获准开拍，有两千万美元的预算，还没有演员。

胜利的号角吹起来吧。

下一步，自然是物色导演。每个人首先想到的都是迈克尔·里奇[①]。他对影片感兴趣。会谈开始。我从未和他合作过但了解他的风格，觉得很适合这部片子：他行动迅速，胸有成竹，与人和善，而且擅长拍纪录片风格的电影。

然而温克勒和别人一起看了里奇最新的片子《魔岛生死劫》，那部片子给人的感觉非常糟糕、乏味，充斥着无谓的暴力和陷阱。里奇出局了。

下一个考虑的是《洛奇》的导演约翰·阿维尔森（John Avildsen）。6 月时阿维尔森确定执导。结果合同出了问题。阿维尔森也出局了。

接着是菲利普·考夫曼（Philip Kaufman）。我认得并且欣赏菲利普。而且我们两个曾经被同一个剧组炒了鱿鱼，某种程度算得上患难兄弟。一般来讲，这是好的征兆。嗯，一般来讲，也有例外。菲利普聪明严谨，是位作家和运动爱好者。一般来讲，这是好的征兆。嗯，一般来讲，也有例外。他导过几部片子，只有一部重拍的《人体异形》（*Invasion of the Body Snatchers*，1978）取得了票房成功，但正好是联美影片公司的片子。所以他们同意菲利普执导《太空先锋》。

7 月 21 日，我们在加利福尼亚第一次会面。先是和制片人以及电影公司的人共进午餐，我们聊了许多其他话题。然后菲利普和我到一个房间里单独会谈。

不到两分钟，噩梦已经开始了。

首先我说时间真巧，佛罗里达州那边正好要发射一枚火箭，这

---

① 迈克尔·里奇（Michael Ritchie，1938—2001）的导演代表作有《下半生赛跑者》（*Downhill Racer*，1969）、《候选人》（*The Candidate*，1972），等等。

种机会不常有，如果他去现场观看肯定会和我一样震撼。他说，“我不想去佛罗里达州，但原本打算去看北加州正在举行的航空表演”。然后我描述了拍这部爱国主义片子的动机和想法，他答道，“我不想那样拍，爱国主义太简单，罗纳德·里根爱国吧，可谁想看那样的电影?”

那天我在日记本上写下：“与考夫曼的会谈，糟糕透顶。”他所说的两句话，我不知道哪句更有打击性。

关于爱国主义那句似乎更有力量。但航空表演那句意味着老式飞机，而老式飞机对我来说只意味着一件事——

耶格尔。

菲利普喜爱耶格尔。不仅如此，宇航员们对他来说并非英雄，是属于另一档次的普通的机械工人，根本不是出色的飞行员，纯粹是媒体的宠儿。

嗯，现在。

我们两个之间的思想鸿沟难以用语言描述。打个比方，假设你写一部关于达拉斯牛仔队[①]的剧本。罗杰·斯托巴克（Roger Staubach）、托尼·多塞特（Tony Dorsett）、“大高个”琼斯（Ed Jones），他们是你心目中的英雄，剧本要以他们为中心尽可能塑造他们的光辉形象。

你做到了。

每个人都说不错。

突然来了个新导演，对你说：“达拉斯牛仔队是二流球队。那是团体竞技项目，所有人一起奔跑了六十分钟，进攻，防守，没有人称得上真正的橄榄球英雄。托尼·多塞特不怎么样。罗杰·斯托巴克糟

① 达拉斯牛仔队（Dallas Cowboys）是一支位于得克萨斯州达拉斯市的美式橄榄球队，被美誉为“美国之队”。

透了。唯一值得歌颂的是布龙科·纳古尔斯基（Bronko Nagurski），自他之后再没有一个真正的橄榄球英雄，我想要拍他的故事。”

这种说法没错；在这个例子里，我恰好赞同布龙科·纳古尔斯基是史上最优秀的橄榄球球员。

但我不是被雇来写他的。

我应该写宇航员的故事。我做到了。而且，以他们为载体我表达了一种信念，美利坚合众国是个伟大的国度。

而菲利普要表达的是美国在走下坡路。它曾经辉煌过，但光辉不再，多么可耻啊。

我们谈了三天，把剧本过了一遍。联美审批通过的剧本有一百四十八页。你知道考夫曼愿意保留多少吗？

六页。

唯一被保留的场景是一位宇航员和他妻子间的激烈争吵。

7月24日，菲利普和我去见查托夫和温克勒，我试图解释导演和我之间的巨大分歧。查托夫和温克勒像所有明智制片人会做的那样：他们试着从中调和。他们说，虽然有些地方不一样，但总体上你们的意见其实是一致的。我费尽口舌，无论如何他们不能理解问题出在哪里。

幸好我有个同盟——菲利普。他也是作家，很清楚我在说什么。最终，在他的帮助下，形势明朗化。

我们同意回去考虑一下，三周后再次会面。每个人把想法写下来，试着达成协议。

再次会面安排在8月份，计划三天长的会议。我回到洛杉矶。会议开始之后我们遇到的第一个问题是，我们没有三天时间，温克勒马上要到法国南部度假，第二天中午出发。

考夫曼的笔记长达三十五页。我只想引用开头和结尾。开头如下：

“这是一部关于寻找的电影，寻找某种逐渐消逝的精神力量……”顺便说一句，那种精神力量指的是勇气，沃尔夫书中刻画的那种勇气：必需的品质。

最后一页列出了一些我们应该观摩的电影：《搜索者》（*The Searchers*，1956）、《甜蜜的生活》、《大幻影》（*La Grande Illusion*，1937），还有好几个。他的结束语是：“这些电影很多形式混乱，但主题引人入胜，情节一环套一环，‘真相’一步步被发掘出来。*所有片子的共性是，我们意识到某种优秀品质的消逝。*”（斜体是我加的。）

周一我们讨论了菲利普的笔记，新的问题出现了：菲利普和我有分歧，现在查托夫和温克勒也有分歧。查托夫基本赞同菲利普的意见，温克勒却站在我这边。争论进入白热化时，温克勒动身去了里维埃拉。顺便说一句，几乎同一时期查托夫和温克勒结束了他们的合作关系，我不清楚《太空先锋》是否火上浇油。但当我们讨论时，大家都很激动。

第二天凌晨五点半，我从噩梦中惊险，我梦到自己快死了。

不久之后，我做了件从来没想过的事情：退出了剧组。类似的事情以前没发生过，我以为将来也不会再次发生。呵呵呵，看看下一部片子的故事，其实越来越容易。

不管怎样，接踵而至的是怒火和法律诉讼，最终庭外和解。不算和平解决，但至少人们不再剑拔弩张。

联美放弃了这部电影，拉德公司（The Ladd Company）接过去拍，考夫曼重写了剧本正在执导。影片预计圣诞节上映。

迄今为止这是本书中最难写的内容。我对整段经历后悔。没有人心存恶意，大家彼此也有分寸，但事情确实发生了，我想不通为什么。

联美当时的高管状态不怎么样，一些人后来因为《天堂之门》被解雇。我想知道他们决定用考夫曼之前是否和他谈过。如果谈过，当时他说了什么？

当然，分歧不应该归咎于他们。因为在一个导演接片前我从不和他见面讨论剧本。导演同意执导，你才和他见面。总是这么个过程。而且总会有分歧，分歧是预料之中的事情，甚至是件好事，聪明的导演会大大提高剧本的质量。

查托夫和温克勒也尽到了他们的职责，努力想把电影拍出来。考夫曼对于拍什么有他自己的想法。

可这一切和我没关系。几个月中我一直在困惑，最初他们为什么雇我，既然我写的东西很明显无关紧要。

我的意思是，一部已经“启动”的大制作电影，没人说一句，“嗨，我们得想办法把这个剧本拍出来”。在我整个电影生涯里，《太空先锋》的那些会议让我有最深重的无力感。现在如果有人问我，“编剧有多大权力？”我的脑海中只有在洛杉矶那些可怕的日子。

现在和将来，答案永远是：冲突发生时，零权力。

我有没有可能留在剧组？如果需要这份成绩或者工作，任何编剧都能干得出来疯狂的事情。

然而，我觉得无论写什么都是徒劳无益。我一个字都不相信，而且在大砍特砍剧本时我就应该知道，所有的努力都是白费，因为显然那不是考夫曼想要的[①]。

时至今日我依然感到悲哀。一个噩梦，足已……

---

① 最终，1983 年 10 月 21 日由菲利普·考夫曼自编自导的《太空先锋》在美国上映。

XI

《大饭店》

《大饭店》(*Grand Hotel*)是一部我愿意写而且签了合同要写的电影，但最终发现自己没法完成。这背后是个有关信心消逝的故事。

《大饭店》，当然，是对经典的重拍。原片在五十年前获得过奥斯卡最佳影片奖，它的全明星阵容堪称经典：嘉宝、克劳馥、巴里摩尔、巴里摩尔，[①]等等。我看过原片，嘉宝在里面真漂亮，克劳馥的表现让人惊喜。但片子在我看来实在太老了。

我接到消息，诺曼·朱伊森[②]对重拍感兴趣，想要见我。我觉得应该温习一下那部电影，于是我去看了。嘉宝还是很漂亮，克劳馥的表现甚至比第一次看更让我惊讶，但片子看起来前所未有的过时。

会议是好莱坞合作关系建立过程的一部分。也许伍迪·艾伦对它的描述是最好的，即“好的会议都被别人占了”。大多数会议废话连

---

① 作者在此简写的四位主演名字分别为葛丽泰·嘉宝(Greta Garbo，1905—1990)、琼·克劳馥(Joan Crawford，1904—1977)、约翰·巴里摩尔(John Barrymore，1882—1942)和莱昂纳尔·巴里摩尔(Lionel Barrymore，1878—1954)。

② 诺曼·朱伊森的导演代表作有《炎热的夜晚》(*In the Heat of the Night*，1967)、《屋顶上的提琴手》以及《俄国人来了！俄国人来了！》(*The Russians Are Coming, the Russians Are Coming*，1966)等。

篇，至少在我的经历里是这样。我遇到过十分聪明、善于推销的会谈对象，他们的演技令人印象深刻，但通常没有什么实际效果：如果你脑海中有既成的想法，即使是传奇的斯库拉斯兄弟[①]在他们顶峰时期，恐怕也不能令你改变主意。

占据我生命五年之久的《大饭店》经历，至少在这种意义上不同寻常：其间我遇到过最好和最坏的会议。

那些会议发生的顺序是这样的。朱伊森下榻雪莉霍兰酒店。出于某种未知的原因，电影行业中每个人到曼哈顿都要住在雪莉霍兰酒店。我知道有电影公司主管曾住在柏宁酒店，那也是个不错的旅馆，可每次和人交谈前，他们都觉得有必要先解释一下为什么没有住在雪莉霍兰酒店。潜台词是，他们仍然是一流的团队，即使此刻他们被放逐到中央公园南侧。

朱伊森是个坚韧顽强、精力充沛、有趣且没有废话的导演，因此我们直奔主题。我说原版中有某些属于过去的东西，很难被赋予新生。我知道新版要在拉斯维加斯的米高梅大酒店拍摄，那所酒店取得了令人难以置信的成功，但我觉得还不够。没人曾在米高梅大酒店拍过片子，没人看到过它的宏伟规模或内部装潢，这些当然好。但除此之外没什么别的亮点。

朱伊森开始讲话。他并不想重塑经典。他不想找个现代版的嘉宝或者别的任何演员。他只想用原版的电影名和多线索叙事方式。

他想把它拍成一部歌舞片。

一部高贵华丽经典风格的大制作歌舞片，旧日米高梅极其擅长的那种。当时是 1977 年 4 月，歌舞片已经不再流行，因为成本过于高昂。但这是一部米高梅电影，讲的又是关于米高梅旗下产业的故事，

① 斯库拉斯兄弟（Skouras Brothers）是指 20 世纪初从希腊移民至美国圣路易斯的三兄弟（查尔斯、乔治和斯皮罗斯），他们从一贫如洗一路打拼至成为 20 世纪好莱坞的顶级电影高管。

所以成本不再是主要考虑。摆在我们面前的是个好机会，这部电影有可能是部多年未见的佳作，幸运的话，人们没准会把它和四五十年代多南、凯利、明奈利[1]那些经典之作相提并论。

我激动得几乎从椅子上掉下来。在电影行业挣扎十年之后我已经认识到，我是个类型片编剧。我不想再反复地创作同一类型的电影。

而我最感兴趣却始终未有机会的一类影片正是歌舞片。

我们开始互相提出一些细节处理的想法，有些很快被否决掉但有些还不错。我意识到这类电影的情节安排不一定要让所有主角早早出场。有些故事可以从始贯穿至终，而别的可以在电影进行到三分之一时才开始并提前半个小时结束。我在纸上画了个示意图，跟朱伊森解释我的想法，可能过于兴奋解释得并不是很清楚。示意图大致是这样的：

我讲了一分钟然后停下，看着面前的纸张。我意识到自己下意识地弄出了点儿类似音乐的东西。

从那里开始会议真正进入实质性阶段。米高梅想拍歌舞片。朱伊森希望由我来写剧本。我跃跃欲试。经纪人介入。协议达成。

天堂。

然而事情很快变得不妙。一位米高梅主管从睡梦中醒来。事实如

① 此处明奈利指的是导演文森特·明奈利（Vincente Minnelli，1903—1986）。

此毫不夸张。主管意识到朱伊森有最终剪辑权，他的剪辑版无须改动便可直接公映，要是片中有影响米高梅酒店形象的地方怎么办？

朱伊森和我做梦也没想过要贬低米高梅酒店的形象。我们要找到最好的歌舞片天才，制造出一个美妙的泡泡娱乐大众，非常的纯净而简单。

我们没有兴趣揭露拉斯维加斯深藏的阴暗面。我们也不想嘲弄长发卷曲的女士们和身着休闲西装的男士们。我们也不想追查赌博游戏里的猫腻。我们的梦想中拍出的片子像《金粉世界》（*Gigi*，1958），或者《一个美国人在巴黎》（*An American in Paris*，1951），或者《雨中曲》。这个想法被传到了米高梅的管理层。

他们说当然相信我们，但有件事我们不明白：米高梅大酒店不是拉斯维加斯大道上随便一家便宜旅馆。

不。它没有污点。

它纯净无瑕。

米高梅皇冠上的钻石。

他们不愿给予朱伊森最终剪辑权。

现在，最终剪辑权，即剪辑版无须改动便可直接公映的权利，是导演们梦寐以求的目标。许多导演声称他们拥有。但事实上他们没有。朱伊森有最终剪辑权；他拍过十几部电影，只有最受评论界欢迎的那部《艳窟大扫荡》（*Gaily, Gaily*，1969）叫好不叫座。作为导演，你可以商谈报酬，对合同里的任一条款讨价还价，但最终剪辑权是至高无上的。

双方继续开火。

最终米高梅妥协：好吧，你赢了，我们给你最终剪辑权。全部的，绝对的，不可收回的最终剪辑权。

但有一个小小的附加条件：酒店之外发生的所有情节都属于你请自便，但我们对酒店之内发生的情节有绝对控制权。

朱伊森反对，众所周知，我们计划拍的情节99%发生在酒店里面，他们让步的程度非常有限。

他们答复说我和朱伊森不理解所要拍摄的对象。米高梅大酒店是与众不同的。

没有污点。

纯净无瑕。

米高梅皇冠上的钻石。

要是我们在银幕上呈现一些剧本里没有写出来的东西呢，他们就无从得知、无法阻止。

什么样的东西？

哦，比如说，要是我们把酒店主管打扮得像傻瓜怎么办？要是唱诗班女孩的胸部下垂有碍观瞻怎么办？即使剧本通过，你们仍然可能损害酒店的声誉。我们给你最终剪辑权。我们给你酒店之外所有内容的最终剪辑权。另外我们给你酒店之内任何内容的最终剪辑权，除非我们认为它有损酒店的声誉。我们知道你不会做什么有害的事情，但如果我们认为有损酒店声誉，当然得把它改掉。

换句话说，用朱伊森的话讲，在所有的内容上，你们给我绝对的全部的最终剪辑权，除了你们不喜欢的地方，那些地方你们要改。

你终于搞明白了，米高梅说；还会有比这更公平的条件吗？

我们坠入了云里雾里。有一种美妙的好莱坞表达方式，我第一次是从罗伯特·埃文斯那里听到的。某部电影选角阶段，我问他某个演员是否已经签约。换句话说，是否同意接片。埃文斯告诉我："毫无疑问，他决定了。但他没有决定——定下来。"毫无疑问是的，他没有签约。朱伊森想要的是他拥有十年之久的东西：最终剪辑权。米高梅给了他想要的东西：最终剪辑权——除非他们需要改动。

绝对的僵局。

恰在此时我冒出一个天才的主意，哈哈哈。

我决定写一个前所未有的剧本：完整的剧本，包括所有细节。每一个场景中的每一个细节。举例说明，两个酒店主管交谈的场景。我不仅写布景、人物背景和谈话内容。我还要精确描述他们的衣着打扮，领带与西装的完美搭配，身后墙上品味高雅的油画，每一个细节。所有唱诗班女孩会被精心描述，如果需要的话，每个光彩夺目的乳房都会高高耸起。

我的意思是，如果所有细节被写下来，精确地写下来，而且朱伊森答应完全遵循剧本来拍，那便不会有争议存在，我们所有人能从困境中解脱出来。剧本，我可以预见，也许完全处于不可读状态，可能像《牛津英语大字典》（*The Oxford English Dictionary*）那样厚，但我希望它能推动拍片进程。

可是朱伊森会接受我的提议吗？我给远在加州的他打电话。他考虑了一下，最终得出结论——不信任的气息正围绕着这部电影，这并非拍片的最佳氛围，因此是的，他可以接受我的提议。如果他拍了剧本里没有的东西，米高梅可以任意改动。因为他会确保想要拍的东西都在剧本里写着。

现在我只需要说服米高梅。

我飞到加利福尼亚，和康迪德[①]一样乐观。结果是场灾难。

事情发生在洛杉矶的一个周六上午。我记忆中是在朱伊森租来的房子里。在场的有朱伊森，他的伴侣兼合伙人帕特·帕尔默（Pat Palmer），几位米高梅主管。还有朱伊森的经纪人斯坦·卡门（Stan Kamen），我的经纪人埃瓦茨·齐格勒。这两位是真正地出类拔萃。他们不仅经受住了最高级别学术教育的严格锤炼[②]，还熬过了总和长达五十年的经纪人生涯的痛苦煎熬。齐格勒和卡门远远地坐在房间一

① 康迪德是伏尔泰小说《老实人》（*Candide*）中的主人公。人物在经历了一系列事件后从盲目乐观的状态变得中庸。——译注

② 斯坦·卡门拥有法学学位，埃瓦茨·齐格勒毕业于普林斯顿大学。——译注

个角落里，彼此离得很近。

正如常见的那样，人们紧张地聊着闲话，会议无法开始，因为关键人物米高梅的大老板弗兰克·罗森菲特（Frank Rosenfelt）还没有出现。

更多闲聊，废话，废话，废话，气氛越来越紧张。没有人愿意在洛杉矶一个周六的早晨开会。会议的时间令人们在等待时更加心烦意乱。

终于，前院里传来清晰可闻的关车门的声音。罗森菲特到了。

接着是开关前门的声音。罗森菲特进到了房子里面。

在房子里面，是的，但还没到房间。你得想象一下接下来的情景。我们所有人站在会客厅里等着。罗森菲特还没出现，正沿着过道朝我们走来。

人未至声先闻，他开始讲话，音量激增，随着他走近越来越响亮。没有人能够看到他。但我们能够听到他的声音，他所说的话我永远铭记于心。

"我只想让你们知道，"声音继续，"我想让你们知道，如果我让出这部电影的最终剪辑权，等于是在抢我孩子们的饭碗。"

这时他仍未出现在我们的视野中。

我扫了一眼齐格勒和卡门，他们两个坐在角落里，脑袋从一边摇到另一边。他们明白而我并不清楚：令人难以置信地，会议还没开始已经结束了。

罗森菲特走进房间，我们互相握手，会议设法进行了一个小时，但徒劳无益。我飞回纽约，沮丧地和《大饭店》告别。它依然没有污点；依然纯洁无瑕；像钻石一样在拉斯维加斯的夜里璀璨生辉。

在电影行业里，轮回在不断继续；电影项目死亡，入土为安，然后奇迹般地复活。博·戈德曼（Bo Goldman）为《射月》写的剧本，十年后才拍成电影。

现在轮到《大饭店》了。1981 年初，朱伊森打来电话，说拍这部歌舞片的计划又被重新提起。我能够重燃热情吗？我问他关于最终剪辑权的问题。他解释说有一些变化。其一是酒店和电影公司两项业务已经分开，我从来没弄明白是怎么回事。更重要的是，大卫·比格尔曼现在是电影公司的大老板，朱伊森和他多年来关系良好。朱伊森感觉比格尔曼会给他足够的控制权，事态应该在可控范围之内。

我告诉他我需要考虑一下。

正负两面的原因都有。负面原因如下：很难重拾激情。1977 年时我们一心想拍这部片子，结果大失所望。我又老了四岁，兴趣有所转移而且对整个电影行业有所担忧。但最重要的原因是，这个项目已经被四处兜售。

米高梅十分希望把这部片子拍出来。失败的话没有人会归咎于酒店。但如果成功，现在电影发行全球，对拉斯维加斯米高梅大酒店和它在里诺的姐妹店来说，这部片子将是绝好的宣传机会。米高梅大酒店将在全球任何一个国家声名远播。商业前景可以想象。

过去四年中很多导演和编剧曾介入这部片子。我怀疑电影始终没拍出来是因为所有导演最终以和朱伊森同样的理由拒绝。这部大制作电影对酒店和电影公司都很重要，不会随随便便找个拍《大麻烟疯潮》(*Reefer Madness*，1936）那样片子的导演来执导。如果想请的是西德尼·波拉克或迈克·尼科尔斯，他们两位也曾经洽谈过，你必须和其他人一样给他们：控制权。

当时对我来说，《大饭店》至少有点乏味。

但是——

我仍然想和诺曼·朱伊森合作。

朱伊森仍然想拍《大饭店》。

我仍然觉得片子的构想不错。我仍然想拍一部歌舞片。

而且，当然，米高梅大酒店仍然在那里。

没有污点，纯洁无瑕。

是的，以前有过关于拉斯维加斯的电影。当然，我们都看过关于赌博的电影。连上帝也知道酒店并不是没有电影涉猎过的处女地。

然而米高梅大酒店的确与众不同。可能是世界上最大的酒店。可能是历史上最成功的酒店。我们有幸将它第一次展示在银幕上。

那么，我想拍这部电影吗？

绝对想拍。

和上次那样渴望拍这部电影吗？

可能不是，有点犹豫。

我给朱伊森打回电话，告诉他我的想法。我们决定，不管怎样，动手干吧。他心里已经有了配乐人选：艾伦·伯格曼和玛丽莲·伯格曼夫妇[①]作词，马尔温·哈姆利施[②]作曲。他开始联络他们。

我动身去拉斯维加斯。我曾经对米高梅大酒店做过研究，但是在那场悲剧性的大火[③]之前。而且上次的接待人员回答问题时总是吞吞吐吐。尽可能多地了解酒店运作对我来说至关重要。

这次我见到的每个人都友善而坦诚。我从观众和后台的双重视角、花了一个礼拜详细考察了：歌舞表演，厨房，赌场，客房，监控室。他们对我有求必应。我参观了酒店里的回力球练习场和商业步行街。各种各样的新点子从我脑海中冒出来。在这里拍棒极了，不是吗？嘿，在那里我们可以搭个不错的场景。对我来说真是段美妙时光。我们谈论的是一家有两千个房间的酒店，它的赌场和橄榄

---

① 伯格曼夫妇［艾伦·伯格曼（Alan Bergman）和玛丽莲·伯格曼（Marilyn Bergman）］的代表作有歌曲《往日情怀》和《你心灵的风车》（“The Windmills of Your Mind”）等。

② 马尔温·哈姆利施（Marvin Hamlisch，1944—2012）是舞台音乐剧《歌舞线上》（*A Chorus Line*）的作曲。

③ 1980 年 11 月 21 日，拉斯维加斯米高梅大酒店发生灾难性的火灾，造成 85 人死亡，约 700 人受伤，这是美国现代历史上第三严重的酒店大火。—— 译注

球场一样大，我正在逐步了解它。即使不是全部，至少足够满足拍摄需要。

米高梅大酒店和拉斯维加斯大道上其他主要酒店一样有条有趣的规定：最大最豪华的套房不对外出租。它们为酒店贵宾保留。贵宾到来时，他们免费入住那些巨大的套房。作为特殊待遇，经常还有免费餐饮和歌舞表演。酒店对贵宾有求必应。只要他们在米高梅，而不是在凯撒赌钱。

我想看看那些巨大的套房，快要离开时我提出参观的要求。没有问题。一个在预订处工作的彬彬有礼的年轻人带我上到顶层。电梯旁的桌子前有警卫二十四小时值守。我们从他面前经过，第一间套房展示在我面前，接着下一间。最后，当我在欣赏最大的一间套房时，年轻人说出魔幻般的一句话："这是阿什比先生用过的。"

哈尔·阿什比[①]是位好莱坞大导演。尽管从未谋面，但我们有共同的熟人，他竟然是如此大手笔的赌博客，令我非常惊讶，我告诉那个年轻人。

"不，不，"预订员说，"他不是在这里睡觉，他在这里拍电影。"

我困惑不已。在这间套房里他拍过一个场景？我问。在这家酒店？

"不仅仅是一个场景。他拍了一部电影。"

我倒抽一口冷气。一整部电影？

"不知道是不是一整部。但他在这里待了很久。"

多久？

"我不确定。也许八个星期。也许十二个星期。"

那是我第一次听说电影《寻找出口》（*Lookin' to Get Out*，

① 哈尔·阿什比（Hal Ashby，1929—1988）的导演代表作有《洗发水》（*Shampoo*，1975）和《荣归》等。

1982），它由哈尔·阿什比导演，强·沃特（Jon Voight）和安－玛格丽特（Ann–Margret）主演。当时我自然还不知道电影的名字，但是很清楚：我震惊、恼火，最重要的是我对电影《大饭店》的信心第一次动摇了。

写作最终归结为一件事：独自走进房间开始工作。语言以前所未有的组合方式跃然纸上。尽管独自一人，阴魂不散的魔鬼始终没有离开你，那个魔鬼告知你自身可怕的缺点，即无望的自卑感，永远不可能写出好的东西。不管你的创意在脑海中怎样翩翩起舞，放在纸上，它便落回地面。如果写的是剧本，你知道它一定达不到伯格曼的水平。如果是小说，嗯，在你之前有陀思妥耶夫斯基，你能指望自己是什么样的小说家。还有狄更斯、塞万提斯和别的大师们，将你变成书桌前的囚徒。

然而，如果你是位作家，那是你必须做的，要完成哪怕任何东西，追根究底你的信心起关键作用。

你对自己撒谎，强迫自己相信：嘿，傻瓜，这次我一定要干出来。我要告诉你一些你不知道的事情。我——有——秘诀！

当我写《地狱先锋》时，信心来源之一是已经很多年没有硬汉侦探片。如果发现克林特·伊斯特伍德在拍一部达希尔·哈米特（Dashiell Hammett）式的片子，我能够接受。我会跟自己说，搞什么鬼，过去曾经有过很多硬汉侦探片，再多一部也没问题，只要它足够好。

然而，如果我在《虎豹小霸王》上投入了几年之后，突然发现有部叫作《日落黄沙》（*The Wild Bunch*）[①]的电影正在筹划之中，那将是个沉重打击。市场总是愿意接受下一部西部片，但不能是第二部布

① 在1969年10月《虎豹小霸王》上映之前，由萨姆·佩金帕执导的《日落黄沙》于当年6月份提早上映。两部影片讲述的均是活跃于19世纪末至20世纪初的、大名鼎鼎的歹徒帮派“山洞帮”的故事。

奇·卡西迪（Butch Cassidy）电影。在好莱坞，成功通常不属于最好的那一个，而是属于头一个吃螃蟹的人。

我回到自己在米高梅大酒店的房间，给朱伊森打电话。他和我一样震惊。真荒唐！发行阿什比电影的公司和我们的是同一家。

可是没必要去跳楼。当务之急是让我们读一下《寻找出口》的剧本，看看里面和我们的故事有多少雷同之处。

回到纽约，我读了阿什比电影的剧本：他的确在酒店里拍了所有的镜头。在我们计划使用的拍摄场所。所有的。掩卷之后，我却困惑多于沮丧。

因为，首先，剧本原定在凯撒大酒店拍摄。凯撒显然审阅过剧本拒绝合作。于是阿什比将目光投向街对面而且拿到了米高梅的许可。

没有污点的米高梅大酒店。

米高梅皇冠上那颗纯净无瑕的钻石曾经在1977年拒绝信任我们，却同意拍摄一部有不少问题的剧本，其中一个场景是男主角之一在走廊上等着，里面一个妓女正在给他的朋友口交。

说到损害酒店高层的形象，《寻找出口》的一个主要情节起始于酒店经理没能辨别出好友的声音，从而给了冒名顶替者在酒店里自由出入的机会。

好吧。《大饭店》的故事已经有点乏味。阿什比已经拍了所有我们想用的场景。但是，我们的故事完全不同。最重要的是，我们要拍的是歌舞片，一部在拉斯维加斯拍摄的真正意义上的歌舞片，已经很长时间没人拍过那样的片子了。

然后我发现弗朗西斯·科波拉在拍《旧爱新欢》，一部在拉斯维加斯拍摄的真正意义上的歌舞片。

恕我直言，我处于绝望中。我的秘密被偷走了。每次考虑电影构思，我的想象能力被阿什比和科波拉的存在完全阻塞。无论何时我考虑一个歌舞镜头，我会想是否科波拉有过同样的主意；纸上的每一个情节都令人泄气，因为我知道不管把它们放在酒店里哪个地方，观众已经看到过了。

当我写作时，我必须说服自己剧本将会很棒。田纳西·威廉斯的佳作《卡米诺实》（*Camino Real*）里有一个人物。她是吉卜赛人的女儿，且是个妓女，但在她心中，每次月亮升起能将她变回一个处女。我像她一样，每次月亮升起也将我变回一个处女。我要开始写作，这次，这次，它不会是废话。如果这份自信不存在，我麻烦大了。

那时我还没有充分认识到麻烦有多大，直到我看到《综艺》（*Variety*）杂志上一篇影评，讲的是彼得·福尔克主演的电影《加州玩偶》。福尔克扮演一位女子双人摔跤队的经理人，把他的队员们一步步推上摔跤世界的殿堂，希望有朝一日能拿到世界冠军。

猜猜怎么样？她们拿到决赛的机会。

现在，猜猜这场重大的比赛在哪里举行？太好了！米高梅大酒店。

《综艺》的影评解释说影片的最后半小时故事发生在米高梅大酒店。比赛时摔跤场的垫子上印着米高梅大酒店的标志，因此每一个镜头都是隐形广告。《综艺》用一个词来形容这种自我宣传——

"厚颜无耻。"

影评里的那个词给我的棺材钉上了最后一颗钉子。接下来我的发现已经无关紧要，贝特·米德勒（Bette Midler）主演的《霉运当头》（*Jinxed!*，1982）也在米高梅大酒店取过景；福尔克的电影实际是在里诺的酒店拍摄，同样无关紧要。因为两家酒店长得很像。就像是有人对我说，"别担心有另外一部电影在阿纳海姆的汉堡王[①]拍摄，我们的在库卡蒙加[②]。"

---

① 汉堡王是美国一家连锁快餐店。——译注

② 阿纳海姆和库卡蒙加是加利福尼亚州洛杉矶附近的两所城市，相距大约五十公里。——译注

我见到朱伊森、哈姆利施、伯格曼夫妇。他们都很聪明，他们有美妙的主意，他们不为其他电影烦恼。但是这些音乐人士没有经历过我所受的折磨。朱伊森即将开始执导一部伯特·雷诺兹与戈尔迪·霍恩主演的影片，接下来九个月会很忙。

我必须回到自己的房间写剧本。试着，用某种方式，令《大饭店》复活。

我做不到。

我最后一次和朱伊森会面。气氛很忧伤，至少对我来说是这样。我们互祝对方好运，仅此而已。

我有可能写出那个剧本吗?

绝对地。

我可以填出 135 页。你放在手里掂掂，感觉像剧本的重量。你读一读，它像是剧本的样子。

质量如何?

需要打个问号。

我的信心全部消失了。月亮升起没法把我变回一个处女。当我受雇写一部剧本时，也许最终交上去的是垃圾剧本。但至少我知道，虽然糟糕，我已经尽过全力。

《大饭店》的经历接近尾声时，我的状态并非如此……

XII

《遥远的桥》

截至影评出街之前，为《遥远的桥》撰写剧本也许是我电影生涯中最愉快的一段经历。而且正如我在引言里所述，也是最不寻常的经历。在我看来不寻常的原因是：它是唯一一部在剧本初稿诞生之前就已经开始拍摄的电影。

这种风险对于电影公司投资的影片来说是前所未有的。但《遥远的桥》并非由电影公司投资；有一个人自掏腰包，他正是制片人约瑟夫·E. 莱文。

如果这样做还不算冒险，但请记住：我们谈论的不是一部廉价电影。莱文一开始就很清楚，《遥远的桥》是庞然大物般的工程，将会耗资巨大。但我怀疑他是否意识到，当事情不可收拾时，这部片子将耗去他两千万美元……

1905 年，约瑟夫·爱德华·莱文出生在波士顿的贫民窟。他是六个孩子中最小的一个。他的父亲移民至美国，靠裁缝手艺支撑家庭，在他四岁时去世。莱文经历过典型的悲惨童年，居无定所。

他的母亲叫他 broytgeber [①]，也就是养家糊口的人。他总是在工

① 意第绪语。——译注

作，卖报纸，擦皮鞋，偷木头让家人在新英格兰寒冷的冬天不至于受冻。贫民窟的气息笼罩着他的童年，似乎没有出路。

食物也很匮乏。每周莱文会去聆听犹太神父教诲，其间神父总是自己吃黑面包却从不愿和他分享。神父还有个手杖，每次莱文犯错他会用手杖敲莱文的手腕。一天神父不小心打得太狠了，莱文抓住手杖反击神父，他的神学生涯自此告终。

莱文十四岁辍学，除了一身力气一无所长。他在制衣厂当跑腿的小伙计，慢慢做到旅游服推销员的位置，但他并不喜欢。二十岁时他开了一家名叫莱文（LeVine's）的制衣铺，头几年发展得还不错。但他对制衣铺和对旅游服推销一样不感兴趣。莱文试过到纽约发展，打架，混战，还不认路就开着救护车到处跑。回到波士顿，他开了一家餐馆。但他始终在不断寻找新的机会。

终于，四十五年前，他开始涉足电影行业。

莱文经营了一家艺术影院，准确地说是位于纽黑文市的林肯剧院。他放映的头两部电影均是1937年公映的，一部是经典法国片《舞会的名册》（*Un Carnet de Bal*），很受耶鲁大学[①]学生欢迎；另一部是美国短片《如何挑逗你的男人》（*How to Undress in Front of Your Husband*），不仅“惨败，一些观众甚至往银幕上扔鸡蛋”。艺术电影和赚眼球的片子——自此莱文的事业便与这两类片子相伴。

最终莱文从电影放映转向电影发行。《战火》（*Paisà*，1946）、《罗马，不设防的城市》（*Roma, città aperta*，1945）、《偷自行车的人》（*Ladri di biciclette*，1948）、《八部半》（8 ½，1963），他把这些最出色的外国影片引入美国。按照莱文自己的统计，《遥远的桥》是他曾经独立制作、联合制作、投资、代理或发行过的第四百九十二部电影。

但令他在业内立足的是《大力神》（*Hercules*）。

---

① 耶鲁大学坐落于美国康涅狄格州的纽黑文。

放在今天来描述1959年《大力神》在美国上映时引发的轰动效应有点困难。当时，电影行业正面临另一次信心缺失的危机，电影公司在紧缩开支，资深主管被解雇，而电视是罪魁祸首。电影公司老板们束手无策，但他们清楚地知道是电视偷走了观众。莱文在这段历史时期的重要性在于他证明绝望中的电影行业面临的不是绝境，“实际上是老电影行业面对新形势，所做的一次还不错的调整”。[①]

《大力神》的幕后故事始于纽约。当时莱文基本上是个新英格兰地区的发行商，和一位米高梅员工的谈话中他得知这部讲述希腊神话英雄头顶烈日脚踏凉鞋的意大利史诗电影的存在。没有别的发行公司对它的美国市场感兴趣，而莱文马上意识到这是一部属于他的电影。

因此，听到电影的名字和米高梅员工的推荐，莱文第二天早晨飞去罗马观看这部电影。他来到米高梅公司的罗马办公室，独自一人坐在冰冷的地下审片室里看片子。他的反应呢？

“让我告诉你，如果你看《大力神》时觉得一般，那是因为它的确一般，并非你最欣赏的电影之一。我的天，你还没见到我最初观看时的样子，画面颜色可怕得让你想吐，但和声音比起来简直算得上美妙。他们把音轨搞得一团糟。片中有一个沉船的场景。船上巨大的桅杆倒下砸在甲板上。嗯，砸到甲板之后死一般的寂静。没有任何声音。过了一会儿，史蒂夫·里夫斯（Steve Reeves）开始谈论他强壮的肌肉。你记得史蒂夫·里夫斯吧？他的声音听起来不怎么样。不管怎样，过一会儿史蒂夫·里夫斯和一个女孩开始谈情说爱，一声巨响，桅杆砸到甲板的声音这时冒了出来。我可以跟你保证，片子接下来的部分一点儿不比这个强。不管怎样，我花十二万美元买了美国的发行权，然后开始工作。”

他所说的“工作”，其中一项是大多数业内人士公认的史上最猛

① 这句话出自《财富》（*Fortune*）杂志一篇关于莱文的专访。

烈的电影宣传攻势。如果你觉得派拉蒙对《了不起的盖茨比》或《金刚》的宣传做得不错，那和莱文所做的相比简直是小巫见大巫。他花了相当于发行权三倍的价钱在报纸上做广告。他在广告牌和漫画书上做广告。你只要打开收音机，就会听到关于这部肌肉男片子的讨论。

然后他直接去找敌人——电视，花25万美元做电视广告。不仅打广告，他还在广告里放影片的精彩片段集锦，告诉观众还有更多精彩画面在影院里等着他们。

然后他订了六百份拷贝，这个数目放在今天不算什么，在当时十分罕见。接着他在华尔道夫酒店举办一个千人聚会，又花费4万美元。

远在好莱坞的主管们从他们的狐狸洞里探出头来，不敢相信自己的眼睛。这个从波士顿来的独立发行商疯了！他们确信他疯了，因为他们都看过那部电影。它在市场上有一年之久，可是大家都不愿购买。主管们的任务是判断观众的口味，他们知道没有人会去看《大力神》。

他们的误判代价是两千万美元，那是这部电影的总票房收入。

莱文在1960年代一直忙忙碌碌。在其最赚钱的电影《毕业生》上映前，莱文发行的一系列电影打碎了所有人对观众心目中英雄形象的固有认识。莱文成为世界上最成功最著名的独立电影制作人。也许是因为"独立"这个词，他在南加州从不怎么受欢迎。

具有讽刺意味的是，莱文应该算是个典型的好莱坞巨头，但他在好莱坞总感觉不太舒服。他很少去好莱坞，不得不去的时候他会待在旅馆里，尽快完成工作然后搭乘下一架飞机离开。他是个波士顿男孩，现在和将来都是。他也改写了好莱坞巨头语速飞快、爱抽雪茄的传统形象；他语速偏慢，激动时会加快到中等速度，而且一辈子不抽烟，不管是烟斗、纸质香烟还是雪茄。

媒体刻意将他塑造成反正统的人物形象。一次有本全国发行的杂志说他抽雪茄烟不离手，他给作者打电话问为什么那样写，显然不是事实。作者说："你不抽雪茄？真的不吗？"停顿一下，他继续说：

“呃，你应该抽。”

最后，莱文在他事业的顶峰卖掉公司退休。结果他发现自己精力还是很旺盛闲不下来。于是，在即将跨入七十岁时，他决定复出。他选择的是科尼利厄斯·瑞恩[①]死后出版的畅销书，书以下面这句话开篇：

> 1944 年 9 月 17 日，周日，上午 10 点刚过，史上最宏伟的单次行动空中编队从英格兰南部各个机场腾空而起。

换句话说，莱文自己找了块硬骨头啃。他决定投资一部史上最宏大的电影，而且打算在电影放映之前收回成本。

这并非一般意义上的赌博。以他的年纪冒这样的险简直不可思议，尤其当你联系到他的贫苦出身时，大多数白手起家的有钱人年老之后愈发执着于紧握手中的财富。莱文有能力迎接这份挑战，但是，正如他事后所说，“如果当时失败的话，我就不再是有钱人了”。

在 1974 年，他开始行动……

仿佛瑞恩巨作的史诗规模难度还不够，这个明确的讲述二战中规模最大的一次空中军事行动的电影主题令该片越发棘手且缺乏票房号召力。

简而言之，瑞恩的故事讲的是阿纳姆战役。英国陆军元帅蒙哥马利（Montgomery）提出一个计划，希望在 1944 年圣诞前结束欧洲战场的作战。尽可能简单地说，蒙哥马利的计划是以美军为主的 3.5 万人的联军部队，空降到 483 公里外德国防线后方的荷兰境内，旨在夺取跨越莱茵河、瓦尔河等河流上的一系列重要桥梁。

同时，一支英国装甲部队发动地面进攻，三万军车碾压过德国防

---

① 科尼利厄斯·瑞恩（Cornelius Ryan，1920—1974）曾在二战时期担任战地记者。20 世纪 50 至 70 年代陆续创作了“二战三部曲”《最长的一天》《最后一役》和《遥远的桥》。瑞恩在《遥远的桥》成书不久后去世，年仅五十四岁。

线，穿过那一系列桥梁，最后一架是至关重要的阿纳姆大桥，通过它盟军可以直插德国工业腹地，最终摧毁德军力量令其缴械投降。这是个大胆而巧妙的计划——

只是它以失败告终。

换句话说，这不是《最长的一天》[①]，影片结束观众摇着胜利的旗帜离开剧院。这是个悲剧。快乐结局没有出现。这是一场被死亡和错误笼罩的军事行动，最终盟军功败垂成。

从商业角度来看不是很明智的选择。

而莱文选择理查德·阿滕伯勒（Richard Attenborough）为导演，从商业角度来看也不是很明智的选择。阿滕伯勒的头两部电影《多可爱的战争》（*Oh! What a Lovely War*，1969）和《战争与冒险》（*Young Winston*，1972）为他赢来奖项，但是票房惨淡。

两部电影我都看过。我很喜欢《战争与冒险》，而《多可爱的战争》拍得很妙。不仅如此，前者显示出导演对战争规模和视野的惊人掌控能力，而后一部影片中处理反战题材时他的眼光精准到令人惊讶。因此，我为有和他合作的机会兴奋不已，也非常愿意写这部剧本。而他希望我来写。

迄今为止，理查德·阿滕伯勒是我遇到过的最正直高尚的电影界人士。但我们的第一次会面相当糟糕。会面是在伦敦，我在法国拍完《霹雳钻》取道那里回美国。我们聊了颇有一阵，气氛十分愉快。

可是，会谈给他留下我无意于这部剧本的印象，给我留下的印象是他绝对不希望我来写这部剧本。

后来，我们又试了一次。这次在美国会面，误会消除我们开始工

① 电影《最长的一天》（*The Longest Day*，1962）描绘的是登陆诺曼底的第一天所发生的事情，诺曼底登陆以盟军胜利告终。——译注

作。这是在 1975 年的夏天。

阿纳姆战役在美国几乎不为人知，但是在英国，也许是因为英国人拥有缅怀灾难的情怀，它是二战中第二著名的战役，仅次于敦刻尔克战役。

我回到伦敦，接下来几周每天上午和晚上我阅读资料，下午和阿滕伯勒讨论。在英国关于阿纳姆战役的书有很多，多到仿佛每个参加过那场战役的士兵都写过一本回忆录。

我们的问题是找到一条故事的主线。

瑞恩的书超过 650 页且字体不大。精彩的内容在书里随处可见。其他的书甚至提供了更多的素材。我会告诉阿滕伯勒一些刚读到的东西，问他是否应该加到电影里去，大多数时候他会说能加就加吧。阿纳姆战役中迸射出的英雄主义精神令人扼腕，它可能是历史上最后一场能够体现旧式罗曼蒂克战争精神的主要战役。紧随其后的突出部战役，相比之下显得邪恶卑鄙。

从一开始这部电影的时长就被设定在将近三小时，不可能在更短的时间里讲完这个故事。

问题是，哪一个故事？那里的故事多得要命。

事态逐渐明朗，我不可能在 1975 年的深秋之前完成剧本初稿。

这给莱文先生制造了一个可怕的难题。

从我们的首次会面起，他已经在一件事情上下定决心：《遥远的桥》将会在 1977 年 6 月 15 日上映。

“我们要在 1977 年 6 月 15 日上映。”他说。

原因不清楚，总之他的主意已定。在这部片子的分工中，他实际上等同于电影公司的地位，因此我们知道 6 月 15 日将会是上映日期。

我们同样知道这部三小时的电影要花费六个月来拍摄，而且必须在荷兰境内拍摄，因为桥在那里。

考虑到荷兰的天气状况，我们必须确保拍摄在 1976 年 10 月前完成。减去六个月意味着我们必须在当年 4 月开始拍摄。

但是我的剧本大致要到 1975 年 11 月才能完成。嗯，拍这样的巨片你需要一个有大规模场面操作经验的出色班底。这类工作人员，包括美术师，摄影师等，至少得三十个，而且他们很抢手。如果莱文等到剧本出来再雇人，很有可能阿滕伯勒需要的工作人员已经在忙其他影片了。

结果是他立即行动，担着风险将他们雇了。即使我的剧本写砸锅，即使剧本不可用，他们照样要领薪水。不仅如此，前期制作必须开始。

剧本一个字还没有写出来，莱文已经拿出 2000 万美元……

想要把某部剧本写出来时，每位作家自然都会感觉到压力。但写《遥远的桥》对我来说是前所未有的压力，因为我从未见过有人下如此大的赌注。这部影片的个人投资方式影响到所有人。当我们开始拍摄时，在荷兰的剧组工作人员一直在谈论这个话题。他们卖命地工作，我从未见过如此努力的剧组。

一般来讲，剧本中的一页合电影中的一分钟。这么算来我得写大约 175 页长的剧本，比我写过的任何剧本都要长得多。这个长度带来很多新的问题。高潮的间隔不能像一般长度的剧本那样安排。

另一条经验。剧本对核心故事的切入，总是要尽可能地晚。每个场景应该从尽可能接近末尾的地方拍起（和小说甚至短篇故事相比，电影场景长度短得可怜）。相应地，对故事的切入也要尽可能地晚。

然而这部电影的故事是什么？

有太多的事件需要包括进去，比如五枚维多利亚十字勋章被授予阿纳姆战役中的英雄；那是英格兰军队的最高荣誉，很少有人能够获得[①]。显然故事必须包括那五位英雄。

而且，《遥远的桥》打算招揽一个全明星阵容。我需要写出多个

① 维多利亚的十字勋章（The Victoria Cross）是英联邦中的最高级军事勋章，奖励给对敌作战中最英勇的人。二战以来只颁发过 13 次。—— 译注

足以吸引明星的角色——

问题又来了——

瑞恩书中的主要角色全都在世。嗯，你没办法拍一部反战片子而所有主要角色都还活着。因此，我开始虚构出一些小角色，瞬间能够博取同情心的那种小角色，这样在故事里才可以有人牺牲。

可是，该死的，故事到底是什么呢？

是的，我面临各种问题。时间问题，故事问题，片长问题，等等。但还有些问题幸好当时我没有意识到——

比如，滑翔机。

瑞恩的书开篇时写到，从英格兰升起的空中舰队，包括五千架各式各样的飞机加上两千五百架滑翔机。进入荷兰的大部分军队是由滑翔机运送的。哦，终于写到那个段落时，我享受到一段愉快的、没有负担的写作好时光，从这架滑翔机到那一架，一架到下一架，从里到外，我尽情地写。当时我不知道的是——

找不到滑翔机。任何地方都没有。不管摄制组工作人员多么努力地寻找，始终一无所获。落地坠毁注定是滑翔机的结局，因此难觅踪迹。

唉，早知道我们需要自己搭造一架完整的滑翔机，还有几架要处于部分完成的状态，其余的交给电影特技，我都不知道自己是否会开始动笔。

最终令我回归正道的是：我无意中找到了电影的结构。

有一个我知道必须放进剧本的场景是，一位英国将军给他手下的装甲部队指挥官们解释行动计划，他们将如何逐个穿过空降部队占领的一系列桥梁，然后长驱直入进入德国境内。他的讲话是我虚构的，且以下面这段话结束：

霍罗克斯将军

我喜欢把这次行动想象成一部美国西部片。空降部队，缺少重型装备，食物总是短缺。这些是被包围的农场主的处境。德国人自然是那些坏蛋。

（他停顿一下，然后说）

我的朋友，我们是马上的战士，奔驰在救援的道路上。

我的眼前突然一片光明。因为我意识到，尽管故事庞大而复杂，《遥远的桥》是一个关于拯救的故事。一个骑士们未能到达目的地的救援故事，悲哀的是，他们离目的地只有1.6公里之遥。

那是我故事的主干，剧本中不该包括任何与其无关的事件。五个维多利亚十字勋章获得者的故事全都要删去。极好的素材弃之不用。但必须如此。

剧本初稿于11月完成，反响不错。之后不久，莱文开始了他漫长不可思议职业生涯中最不可思议的一个星期……

为了赌赢这一局，他需要明星加盟。两个主要原因：

（1）电影不再仅限于本国市场；现在是国际化操作，那些最成功的电影均全球发行。明星在国际市场上仍有号召力。

（2）在外国市场，仍然有规模庞大的连锁影院和发行公司，由于电影产品持续短缺，他们之间的竞争非常激烈。导致的结果是，如果日本占世界电影市场的百分之五，一部电影在日本市场的成功能够带来相当可观的收入。比如，《火烧摩天楼》（*The Towering Inferno*，1974）仅在日本市场就有一千六百万美元进账，超过电影的全部成本。

嗯，如果因为我在竞拍中比你出价更高而使得我的连锁影院买了《火烧摩天楼》，这意味着我的影院将赚取影片的所有利润，而你的影院只能放李小龙模仿大赛。

莱文计划打造一组对连锁影院和发行公司非常有吸引力的明星阵容，以至于他们同意预付打破纪录的高价，而莱文可以用预付金支付拍摄费用。

很明显，计划里有些陷阱。比如如果他的明星阵容不够强大怎么办？或者发行商付的不够多怎么办？或者即使他们付得足够，如果影片进展不顺，花费远远超过预算怎么办？没人可以求助，他自己需要对超出的部分负责。

1976 年 1 月初，莱文和阿滕伯勒去洛杉矶招兵买马。一些英国演员已经定了下来，比如德克·博加德（Dirk Bogarde）、安东尼·霍普金斯（Anthony Hopkins）、劳伦斯·奥利弗，但关键的美国演员还没有找到。

对外国发行商来说“关键”意味着两个名字：罗伯特·雷德福或者史蒂夫·麦奎因。

莱文感觉请到他们的机会相当大：雷德福了解这部片子，明确表示过感兴趣。麦奎因对片子不了解，但他和阿滕伯勒相识多年，因为曾经一起演过《大逃亡》和《圣保罗炮艇》（*The Sand Pebbles*，1966）。

他们于周一到达洛杉矶开始工作。雷德福答应周五会面。阿滕伯勒把剧本送给麦奎因，他答应当天晚上读一下剧本，第二天共进午餐。

现在有两个问题，第一个牵涉到明星拍片分成问题。所有明星拿到利润分成，大明星直接从总收入中提成。

因为这部电影中莱文需要大量明星，他知道不能以分成的方式付报酬。所以他必须用薪水补偿。二十五万美元一周的薪水被接受了，雷德福和麦奎因都是二十五万美元一周。

那些数字在当时高得吓人，好莱坞的经纪人们注意到了这部电影的消息。

现在出其不意的打击出现了：经纪人们要求担保。莱文原本的计划是先签下那些明星，以他们的号召力征服外国发行商。换句话说，外国发行商因为那些明星而预付资金，他拿到钱再付明星薪水。

很多经纪人不相信这部电影能够完成。因为莱文不再年轻，他已经离开电影界一段时间，等等。他们要保护客户的利益。“我吼起来，”莱文说，“我一生中吼得最凶的一次。我从来没在担保的事情上妥协过，我发誓永远不会。可这次我没有多少可操作的空间；或者有，但是我没看到。”因此，莱文承诺下来的任何报酬，他本人有法律义务兑现。

第二天在比弗利山庄的布朗德比餐馆，莱文和阿滕伯勒见到麦奎因。麦奎因言谈举止干脆利落，谦虚有礼，简直棒极了。

但是他拒绝接拍这部电影。

永久性的。

这天是周二，现在周五和雷德福的会面变得至关重要。周三詹姆斯・卡安同意接片，吉恩・哈克曼也同意了。然后是埃利奥特・古尔德。周四他们谈妥肖恩・康纳利和迈克尔・凯恩（Michael Caine）。那天晚上，他们得到消息瑞恩・奥尼尔答应出演。

周五他们去到伯班克片场，雷德福在那里为《总统班底》四月的首映做准备。他对《遥远的桥》感兴趣，但是当时他精疲力竭；这部有关水门事件的电影还有大量工作要做。他要求我们给他一个周末的时间考虑，保证周一会给我们答复。

那个周末，麦奎因又回来了。

或者说想要回来。但现在只剩下一个主要角色，我们已经邀请了雷德福。

之所以麦奎因改变主意和另一部同时也在选角的电影有关，那部电影以承诺有他加盟的方式筹到了资金。当他拒绝时，他们不断地加价而他不断地拒绝。最终加到三百万美元，他依然说不。

然后有人建议他同时交叉拍两部电影，因为麦奎因坚持要么拍两部要么都不拍。他打算用一个三星期的周期拍一部影片，再用另一个三星期的周期拍一部影片。

麦奎因的经纪人和另一部电影的律师一波波涌入莱文的旅馆房间。他们解释说现在麦奎因愿意出演。莱文解释说他手头没有角色剩下。现在完全取决于雷德福。

“你请不到雷德福，”麦奎因的人向莱文保证，“有一件事情我确定，那就是你绝对没有机会请到雷德福，我不认为你应该错过麦奎因。”

但是没有角色剩下给麦奎因。

“你根本没听进去我说的话，”麦奎因的人说，“你请不到雷德福。不可能。现在你想听听麦奎因的条件吗？三星期的工作时间，三百万美元的报酬。他要拍这两部片子，你要和另一个摄制组协调好时间，保证他两部片子之间没有间隔，六星期赚六百万美元。”

还有别的条件吗？莱文想知道。

“他希望带一些人进摄制组。”

那些朋友需要多少花费？莱文问。

“可能要五万美元。”

莱文点点头。

“还有，棕榈泉那里有栋房子。”

有什么？

“麦奎因的房子。他在棕榈泉有栋房子卖不掉。你要把它买下来。”

我真是太好了，莱文自嘲道。我要花多少钱买这栋房子？

“四十七万美元。”

要求一个接一个，越来越匪夷所思，直到周末过后雷德福答应加盟《遥远的桥》。莱文即刻搭下一班飞机离开，结束对好莱坞的突袭。他在那里待了九天，是他职业生涯中最长的一次，但他凑齐了所有角色。

同时他也面对着一千万美元的财务压力，完全由他个人承担的财务压力。莱文担心吗？他说："关于我这个人你得记住几件事情。首先，我一直是个赌徒。其次，我并非初来乍到。我创下的一些纪录，是无论他们做什么都无法企及的。在《大力神》之后，我购买的《开膛手杰克》（*Jack the Ripper*，1959）要在全国 643 家影院放映，我请所有的主要放映商参加一个午餐会。"

"我借了一百万美元现金，只借用半小时。拿到这么多现金可不容易，不过最终还是送到了午餐会现场。一千张面值一千美元的钞票，那是一百万美元吗？我想是的。二十个布林克[①]的警卫和放映商们一起进入宴会厅，他们负责给我送来钞票，借这一百万美元耗费我九千美元。不管怎样，我拿起那些现金，把它们高高举在空中，对放映商们说，下次你们再看到这一百万美元时，这些钱在为你们效力，我要把钱投在电视广告、报纸广告、广告牌上来宣传电影。我的确花掉了每一分钱。影片开始在全国 643 家影院同步上映，结果每一家都以惨败收场！你会觉得，怎么着也会有个地方，比如某座小镇什么的，影片应该有点收获。一个都没有。这个惨败纪录甚至没有影片能够一决高下。我还有很多这样的纪录，"他停顿一下，"我担心吗？你觉得我疯了吗？我当然睡不着觉。话说回来，那也说明不了问题，因为我本来睡得就不多。即使按理说能睡着的时候，我也睡不着觉。"

在接下来六个月的拍摄过程中，莱文之所以能够得到休息，应该归结于两个原因：天气的配合，剧组遇上了荷兰二十世纪最干燥的夏天，没有因为下雨浪费一天拍摄时间，以及理查德·阿滕伯勒。

理查德·阿滕伯勒有着最非比寻常的职业生涯。二十岁之前他已是英国的舞台剧明星。1943 年，他担纲主演由格雷厄姆·格林的小说《布赖顿硬糖》（*Brighton Rock*）改编的戏剧。二战之后他主演了

---

① 布林克是一家全球著名的保安押运及物流公司。——译注

那出戏的电影版，成了一位电影明星。从此他屹立于英国影坛和戏剧界多年。他赢得过英国奥斯卡的最佳男演员奖，在阿加莎·克里斯蒂的《捕鼠器》(*The Mousetrap*)首演中扮演角色。他也在几部出色的电影里担任主演兼制片人，例如《雨天下的迎神会》(*Seance on a Wet Afternoon*，1964)。

在《遥远的桥》制作过程中他被授予爵士头衔。有个真实的故事，讲他如何发现自己受封爵士。阿滕伯勒热爱绘画，最大的愿望是成为泰特美术馆的董事会成员。一天早上他在浏览信件，看到一封首相寄来的信。他打开信——

愿望实现了！他被邀请加入泰特美术馆董事会。阿滕伯勒以情绪化著称。他会因为你告诉他风向改变而哭泣。自然地，这样的消息足以令他崩溃。他正要告诉妻子这个消息，突然在一摞信件下面看到另一封来自唐宁街 10 号的信。他打开这封信，信里告知他被封为爵士。

他的反应恰如其分：他确信自己完全失去了理智。

妻子希拉当时待在楼上的房间里，看到丈夫走进房间，泪流满面，手里拿着信递给她，喃喃道："拜托，你得帮帮我；这两封信里写的，真的是我理解的意思吗?"

我偶尔提起过，很多导演的功劳被过分夸大，在这里我要告诉你，他们工作中的不被人注意的某项特质。

当导演很难。

并不是凡·高绘画或者康德构建一个哲学宇宙那样的难。

我指的是挖矿一样的难。导演是你能想象到的最艰苦的职业。导演的艰苦一面被忽视的原因是，首先我们读到的只是导演生活中那些平静的日子，例如当他们全国巡回宣传影片时。之所以他们有公费旅游的机会，那是因为电影公司认为影片有成功的可能或者已经初战告捷。

换句话说，我们通常看到的只是导演成功的一面。但是那个在雪莉霍兰酒店喝着苏格兰威士忌，与《时代》或《纽约》（*New York*）杂志的记者交谈的导演不再是一名导演，不再是一位艺术家，已经把那顶帽子摘掉了。现在他是个销售员。你见到的只是导演的这一面，而非处理危机时的那一面，原因在于当他执导电影时那是工作，被外人打扰是摄影棚里的工作人员最不想看到的事情。

如约翰尼·卡森常在《今夜秀》[1]节目中询问导演们的那个问题——执导一部影片有多难？

首先，大制作电影非常耗时间。《遥远的桥》于1977年6月上映。而在那之前阿滕伯勒已经花了二十四个月，全力以赴干这么一件事情。

前面我们曾经把电影制作过程分为同等重要的三个部分：（1）准备剧本和演员选取；（2）拍摄影片；（3）剪辑和配乐。编剧通常只出现在第一部分，演员只出现在第二部分，作曲家只出现在第三部分。

导演如果对影片在意的话，会从最初的剧本到一年后的作曲全程介入，而所有的好导演对自己的作品都极其在意。他既不写作也不谱曲，却向你传达他要表现的东西。创作的激情和客观的态度，他必须保持相当长一段时间。

阿滕伯勒的情况不仅仅是二十四个月；而是二十四个月，每周七天，平均每天十八个小时的工作量。拍摄最终完成后，阿滕伯勒连睡了三天，起来吃点东西回去接着睡，基本从世界上消失了。

他的工作中还有很多旅行的部分。他住在伦敦，制片人和编剧在纽约，很多演员在洛杉矶，电影在荷兰拍摄。如果这还不够的话，还有持续不断地坐火车到欧洲各处寻找演员，仅德国就去

---

① 《今夜秀》（*The Tonight Show*）是卡森在1962—1992年间主持的王牌节目。他曾多次采访奥逊·威尔斯、希区柯克、罗曼·波兰斯基等导演。

了九次。

1976 年有十个月的时间，他住在荷兰代芬特尔一家共十二个房间的小旅馆的二楼。通常情况下，他六点钟起床，上午的拍摄从八点或者别的某个时间开始，总之他到得很早，一直待到傍晚拍摄完成。

然后他回到一个由废弃的工厂改造成的临时工地，电影公司在那里建了一个布景搭造区域和几间剪辑室。他会在其中一个临时剧场里看前一天的工作样片。然后和核心剧组成员（美工，特效，外景负责人）以及任何对第二天的拍摄起重要作用的工作人员开会。

会开完已经是晚上九十点钟，甚至更晚，他回到旅馆，吃点晚饭继续开会商讨制作问题，成本问题和人员问题。在那个会之后，可能十一点、十二点或任何时间，他回到房间，研究明天的拍摄，给自己写备忘录——

然后上床睡觉。

这种工作强度显然会令任何人筋疲力尽，但是电影导演还要承受另一重持续存在的压力：失败。电影公司（这个例子中就是莱文）非常在意两件事情：电影总票房收入，别忘了阿滕伯勒从未拍过卖座的片子；以及成本，后者有时可能更重要。

对阿滕伯勒来说，成本压力最大的时候，莫过于百万美元钟头（Million Dollar Hour）。

百万美元钟头指的是十月三号周日在奈梅亨桥，从早上八点到九点的那一个小时。

为了把来龙去脉讲清楚，我要先补充点背景知识。奈梅亨桥是欧洲最大的桥梁之一。想象一下美国旧金山的金门大桥或者纽约的乔治·华盛顿桥，奈梅亨桥有着大致同样的规模。

我们需要在奈梅亨桥上拍摄。一段有雷德福出镜的激动人心的战斗发生在那座桥上，因为这部片子各个方面真实性都至关重要，桥必须暂时关闭以供拍摄使用。

嗯，这不是给奈梅亨桥管理委员会打个电话那么简单，“喂，我们在拍这部战争片，请把桥关闭”。荷兰人使用他们的桥梁，你不能关闭这么大一座桥只为满足某个电影公司的需要，因为关闭桥梁会造成交通堵塞甚至波及邻国。磋商半年之后，最终达成的协议是：在接下来的几个周日，每天早上从八点起奈梅亨桥关闭一小时。

十月三日是雷德福的最后一个周日。这意味着要是天气原因导致无法拍摄，我们只能等到下个周日，如果管理委员会的好心人们同意协议延长一周的话。

雷德福合约的最后一天是周三；他的进度比计划提前。我们需要拍这个段落，如果天气不允许拍摄的话，雷德福将不得不在剧组多停留几天，周四，周五，周六，直到下个周日我们才能再次拍摄。

电影行业有个说法叫作“超时报酬”。它指的是超出合同规定期限后需要付给演员的报酬。人们受雇工作于某个特定时间段，如果你需要他们待得更久，假设他们有空，你需要付报酬，通常是他们周薪的一定比例。

嗯，考虑一下雷德福的周薪水平，他的超时报酬应该是十二万五千美元。

那是每天的报酬。

乘四，留他到周日意味着五十万美元的代价。

那还只是在他一个人身上的花费。

当时影片主要部分的拍摄已接近尾声。还剩三天，只需要拍演员德克·博加德的两个场景。影片计划周三完成。那是拍摄的最后一天；所有人的合同都到那天截止。

周日早晨的拍摄涉及 275 名工作人员。如果拍摄无法进行，那就意味着要付所有这些人超时报酬，还有餐饮住宿任何你能想到的花费，只为了让他们闲坐等待下个周日的到来。

前提是，下个周日我们还能够使用奈梅亨桥。不过我们的感觉是协议不会被延长。

要是下个周日天气允许拍摄，实际上天气不好而且越来越糟。我们的猜测天气不会变好。

因此有了百万美元钟头的说法，其实那还是保守估计的数字。所有人站在黎明的寒风中心里暗暗祈祷。桥上各个工作岗位要在早上六点钟到位，意味着你得提前几个小时起床。天气不仅寒冷，似乎要下雨的样子，非常像。还有刺骨的寒风。个人经历中，我从没遇到过这样紧张的拍摄现场。

阿滕伯勒比我们所有人都更紧张。但他不能表现出来。剧组在现场的工作气氛反复无常，他们能从愉快高效转眼间变为忧郁缓慢。阿滕伯勒以诚待人，所以他和剧组相处甚欢。而且他总是热心帮忙，如果镜头拍摄之间需要换位，他总是抓住沉重的设备，拖着往前走，当剧组看到导演在卖力地干活，他们除了加入进来别无选择。

导演在现场和军事指挥官有很多相似之处，他要保持镇定，手下才不会躁动。拍摄初期有一次，安东尼·霍普金斯扮演的阿纳姆战役中的英雄弗罗斯特上校在一个场景里要从所在的建筑内跑到街对面己方的指挥中心和战友们会合。而德国人控制了街道，开火的声音此起彼伏。那条街上不是安全的地方，拍摄时霍普金斯在德国人的弹火中迅速跑过街道。

真正的弗罗斯特上校那天正好在拍摄现场。第一条镜头之后，当他们打算再试一次时，真正的弗罗斯特对霍普金斯说："啊，你跑得太快了。"霍普金斯吃惊地说："太快？"弗罗斯特说："是的，你绝不会跑那么快。要让德国人和自己的战友看到你对危险的藐视。"

同样地，随着百万美元钟头一点点靠近，站在奈梅亨桥上的阿滕伯勒不能够流露出胆怯，正如紧张时他素来爱做的那样：他吹着亨德尔曲调的口哨在桥上有规律地小步走着，恐怕只有他自己理解步伐的含义。

八点钟越来越近，所有人准备就绪。没有时间重来，因此必须一次成功。天气似乎变得晴朗，应该可以拍摄。雷德福站在他的位置上，扮演德国士兵的特技演员爬到奈梅亨桥的桥梁上，绑上绳索，并非出于安全原因，德国人在最后的保卫战中的确是这么做的。特技演员准备就绪的信号响起，你能看到阿滕伯勒脸上的自信，这次拍摄不可能有任何失误，他已经在脑海中演练过无数次，从任何可能想到的角度。当工作人员跑来问他开拍前最后的问题时，他回答得干脆利落。“机枪掩体那样摆，行吗？”“可以，很好。”阿滕伯勒不加停顿地答道。提问的人跑开，下一个人问道：“这个镜头里你会看到哨兵岗的位置吗？”他马上回答：“会，谢谢。”这个问题得到答复，然后是“谢尔曼坦克的位置合适吗？”阿滕伯勒迅速看了一眼说：“谢尔曼坦克，你这样放太棒了。”此时他的一个助手在后面说了句“尸体，理查德爵士，”尽管它不是一个完整的问题，阿滕伯勒确切地知道要说什么，“尸体必须一直闭着眼睛，这个镜头里看得到所有尸体”。助手拿出扩音器向扮演德国人尸体的群众演员传达命令，喊声在桥上回荡，“尸体们，听着，你们这些尸体，摄影机工作时所有尸体必须一直闭着眼睛，明白吗？任何一具该死的尸体任何一次该死的眨眼都不允许，没有其他好说的！”拍摄时间马上到来，雨即将停止，另一位助手跑上来问：“发烟罐怎么办？”阿滕伯勒此时状态极好，答道：“你现在可以点燃发烟罐了，非常感谢。”紧接着，这位他信任的助手兴奋地大声说道：“果园里的吉普车怎么办？”

当时我站在阿滕伯勒旁边，他凝神片刻，在思考究竟是世界变疯狂了，还是世界安然无恙而他犯了错误。他忘了某件重要的事情吗？他站在结冰的桥上。什么果园？什么吉普车？难道镜头里有涉及果园和吉普车的部分被他忽略了？他站在这里，发烟罐燃烧着，特技演员高高吊在桥梁上，一位大明星准备就绪，275 名工作人员等待着，但这个问题他必须回答，要是它毁掉整个镜头，而镜头拍摄失败一百万美元泡汤怎么办！——

这时他对助手亲切地一笑，说道："我们根本不需要果园里的吉普车，多谢提醒。"原来"果园里的吉普车"是随后要拍的另一个场景的后半段内容，前半段几天前已经拍过了，整个场景是在另一个地点拍摄。他信任的助手选这个特别的时刻来问关于下一段拍摄的问题，想确认摄影机的角度是否要求吉普车被放置在遥远的背景，以和前半段相符。

天气保持良好，桥上的拍摄进行得很快，我们避免了最后一场大灾难。剧组离开时一片欢呼雀跃。阿滕伯勒和平常一样愉快，那天不需要再吹口哨了。以后也许还需要，但不是那时。"以后"总是在电影导演的生活中潜伏着，果园里的吉普车同样需要关注。

那天早晨当我在剧组的高昂情绪中离开奈梅亨桥时，我想起两年前一个更早的早晨，我和莱文沿着街道散步，他刚收到一个坏消息。具体内容我不记得了，似乎是荷兰的桥不允许使用，这意味着我们不能在荷兰拍摄，南斯拉夫也许可以，那里有很多坦克但是没有桥，这意味着他得自己建桥，而且为了能反复使用这座桥还需设计出不同的方案，问题是不可能建整座桥，只能建一半，只能从特定角度拍摄，无论如何，一切都得重新计划。

他扶着拐杖在街上慢慢走，我俩的情绪都很低落，我记得当时问他为什么要做一件没有必要去做的事情，经受所有这些挫折，何必呢?

他转过身来，举起拐杖，硬生生地指向我两眼之间，在熙熙攘攘的人行道上他的声音非常响亮。"我现在七十岁，"他说，"我七十岁了，我想做这件事情。"

他办到了……不可思议地，《遥远的桥》按时完成，并且没有超出预算。

就在那时，正如我在本文开头提到的，影评涌现出来。或者更准确地说是美国影评。

我早已放弃预测电影反响的尝试，不管是我自己的还是别人的作品。但是对于《遥远的桥》，我却非常确定：影评人一定会喜欢。

我的信心有因可循：（1）两年的制作过程从头至尾都是非常愉快的经历，我想象不出谁会冒出来扫我们的兴致。（2）我真的相信这部电影很棒。时至今天我仍然相信，《遥远的桥》和《虎豹小霸王》是我最好的两部作品。

（3）电影上映之前，大概大半个行业内人士已经看过这部片子，且人人为之疯狂。—— 这是主要原因。

最后一条原因非比寻常。大部分电影在制作阶段尽可能保密。但是这部电影由于莱文的销售方式，我感觉像是开放式工厂，任人参观。剪接室设在好莱坞，刚刚制作出十分钟长的胶片，任何有兴趣购买的人就可以观看。莱文很早便意识到这部影片质量上乘，因此他不急着签约，相信随着时间推移出价会越来越高。他是对的。《遥远的桥》在离上映还很遥远的时候已经收回成本且赚了四百万美元；类似的事情以前也许发生过，但请相信我，相当少见。

当四十分钟长的胶片制作完成，它们放在那里任人观赏。当我们拍了一半时，人们成群结队来到好莱坞观看这部一个半小时的电影。

电影的声势越来越高。

即使是挑剔的专业电影人士也全部被眼前所看到的征服。影片的规模，已逝的杰弗里·昂斯沃思（Geoffrey Unsworth）精湛的摄影技术，演员的表演，所有的一切。这部电影最令人赞叹的地方也许是，所有明星无懈可击的专业态度。他们按时到场，胸有成竹，优雅熟练地完成表演，然后高高兴兴地离开。没有一点儿自大的痕迹，要知道我谈论的可是十四位明星。

当电影终于完成时，每个人飘飘欲仙，坚信我们会拥有一切，观众和影评人的赞誉会蜂拥而至。顺便提一下，电影票房在全球市场上非常成功，是同类型影片中历史上最成功的电影之一。在英国我们获得若干奥斯卡级别的提名，最终赢了几个奖项。总的来说，这部电影在美国以外大受好评。

然而，大多数美国影评人并不认可这部影片。我瞠目结舌。不是因为批评的强烈程度，而是负面评价的主要矛头令我震惊——他们不相信我们。

令我震惊的原因在于，打破脑袋我也想不到这会是被攻击的理由。和这部战争巨片相关的人和事中，完全没有编造出来的。那些伟大的英雄们都曾经真实地存在过。《遥远的桥》至少和那部人们将之视为真实代名词的《总统班底》一样真实。

举三个简短的例子。德克·博加德扮演一位英国将军，他做过的一件事是把英国军队送到按说是非占领区的地方。事实上他收到情报，德国重装备军团已经占领了那个区域。但是他无视情报坚持把士兵们送去任人屠杀。

影评人不相信。

詹姆斯·卡安扮演的角色做过最不同寻常的事情。他是个陆军中士，他的上尉被打死了。他开着吉普车带着上尉的尸体，横冲直撞穿过德国人的防线，直到他找到盟军的一个急救中心。他抱着死去的上尉走进去，放在手术台上。一位医务官说："让那个人出去。"猜猜卡安干了什么？他拔出枪指着医务官，命令他给上尉动手术。

结果上尉竟然还活着。

现在，一个士兵拿尸体威胁医务官，货真价实地掏出枪来，命令医务官服从他的命令——我从没听说过这样的事情。

真无聊。

我估计约翰·韦恩类似的事情干得太多，以至于所有人不假思索，又一个编出来的好莱坞噱头。

很多人不认同瑞恩·奥尼尔所扮演的詹姆斯·加文将军。奥尼尔看起来实在太年轻，不像一位空降部队的最高指挥官。好吧，奥尼尔太年轻，可加文的确很年轻；奥尼尔拍电影时的年纪和加文参加阿纳姆战役时的年纪一样大。据我所知当时加文是陆军最年轻的将军。要是我能写个场景解释一下，大致是这样的：

英国军官

（安静地对加文的助手说）

我原以为加文是个成熟年长的家伙。

加文的助手

很多人为此惊讶，先生。他们不知道加文是我们最年轻的将军。

英国军官

哦，很好，继续。

嗯，这个场景像是告诉观众，“不要有幻觉”。要是我写了以上内容，所有人都会觉得它的存在只是为了解释瑞恩·奥尼尔的选角失误。也许我们应该找乔治·C. 斯科特演这个角色，虽与真实情况不符，但人们也许会对他认可。

然而，这部电影再现的是英国现代战争史上著名的一页，不能也不会有一丝一毫的虚构。阿滕伯勒不会容许虚构的存在；他有非常强烈的责任感。我参与过的电影中，没有一部比《遥远的桥》更努力地查找真相并再现事实。结果，在美国影评人看来，那反而成了我们失败的原因。

我们真实到让人难以置信了……

XIII
布　奇

正如前面提到的，20 世纪 50 年代末我第一次读到布奇·卡西迪的故事，而后断断续续研究了八年之久。最初我根本没想过要把它写出来，而当我写下这个故事时，也绝没有意识到有天它会成为剧本。当时离克利夫·罗伯逊走进我的生活还很遥远。

我的初稿完成于 20 世纪 60 年代中期，在那之前我已经积累了不少电影方面的经验。因此，将布奇·卡西迪的故事改编成电影不再是个令人生畏的想法。顺便说一句，我对西部小说一向不太感兴趣，我非常害怕马，而且为了让小说真实可信需要做额外的背景研究，这对我来说是毫无可能的。不管怎样，《虎豹小霸王》于 1969 年上映，今天在电视上仍然可以看到。

透过四分之一个世纪回望，我仍然认同当时的看法：影片独树一帜，真挚动人，堪称杰作。稍后我会解释理由，现在先来介绍一下故事梗概。

这部电影中有三个主要角色，布奇、太阳舞小子以及太阳舞小子的情妇埃塔·普莱斯（Etta Place）。布奇领导着一队亡命徒，太阳舞小子则是其中的成员。当一支战斗力极强、紧追不舍的武装队被派来追杀他们的时候，布奇和太阳舞小子艰难逃脱。布奇决定前往南美洲，因为照理来说在那里的生活会安稳些。然后他们三人前往玻利维亚，最终这两个男人死在了那里。

为什么以前的电影没有讲述过这个故事，我无法言明。我猜测是因为故事最后三分之一内容即南美洲的部分，布奇做了西部片英雄一般不会做的事：逃跑。

我主要在谈论布奇，原因在于有关太阳舞小子和其情妇埃塔·普莱斯的信息不多。太阳舞小子是位出色的枪手，出生在新泽西州，关于他就这些信息。至于埃塔，信息更少：她可能是教师，也可能是妓女，与两个男人一起去南美，在他们死前离开。有很多古老西部时代妓女的老照片。也有埃塔的一些照片，她看起来像珍妮·克雷恩[①]。那时妓女普遍显老，我觉得埃塔肯定是名教师。

关于布奇的文献不少。一个摩门教的乖孩子，1866 年出生于犹他州，原名罗伯特·勒罗伊·帕克（Robert LeRoy Parker）。后来他化名“卡西迪”，源于他少年时期的偶像迈克·卡西迪[②]，第一个让他对抢劫产生兴趣的男人。

到了 19 世纪 90 年代，布奇成了山洞帮[③]的头目，这是当时最大最成功也是最后一个堪称“伟大”的黑帮组织。而值得一提的是，布奇根本不是一名枪手，年轻时甚至从来没有杀过人，直到后来他在南美担任工资保镖时才开了杀戒。他既不高大也不强壮，从不好斗。他也算不上足智多谋，组织里主要由军师埃尔扎·莱（Elza Lay）做规划。

---

① 珍妮·克雷恩（Jeanne Crain，1925—2003），早年曾获得“长滩美女赛”冠军。20 世纪 40—70 年代活跃于好莱坞，凭借《荡姬血泪》入围第 22 届奥斯卡最佳女主角。

② 帕克十几岁时，一直在农场工作。正是在不同的农场间调换工作的过程中，帕克结识了牛仔迈克·卡西迪（Mike Cassidy）并与之建立了深厚的友谊。

③ “山洞帮”的名字起源于西部怀俄明州约翰逊县，那里正好是几个不法团伙的藏身之地。

山洞帮里有几个傲慢、残忍的家伙是西部历史上最凶残的人物。然而，卡西迪操纵整个组织。为什么？答案难以置信却是事实：大家喜欢他。

每个人都喜欢布奇。有时候布奇被跟踪，他会策马到一间农场，说的话大致如此："你看，我是布奇·卡西迪，有些人在后面追我，如果你让我躲一会儿，我会非常感激。"（我始终没想好怎么把这个桥段整合进电影叙事中。）

而农场的人的确会让他留下。只有两位美国黑帮人物在其职业生涯中称得上传奇：布奇是一个，第二个是杰西·詹姆斯[①]。不同的是，人们在布奇成名之前就很喜欢布奇了。接下来的这个故事是真事儿，没办法把它加到电影里令我非常沮丧。

当布奇还是个年轻人时，他被关在怀俄明州的监狱里。他出现在州长面前，想要获得假释。州长说："如果你答应金盆洗手，我可以给你自由。"布奇回答道——他真的那么说了——"我不能。"州长自然是吃了一惊，但在他开口之前，布奇提出想跟他做个交易，当然和州长做交易是违法的，切记。他告诉州长："如果你让我走，我保证永远不会在怀俄明州再次犯罪——"

州长接受了这笔交易，放了布奇——

布奇再也没有在怀俄明州触犯过法律。如果同伙要在那里干一票，他会拒绝参与。

你得佩服这样的人。反正我佩服。现在我仍然觉得他很有魅力。

后人美化为"狂野西部"（Wild West）的那段历史时期其实很短：始于内战末期，终于世纪之交，总共大约三十五年。布奇在美国的最后一次行动是1901年的秋天。

---

① 杰西·詹姆斯（Jesse James，1847—1882），19世纪60—80年代大名鼎鼎的美国大盗。他去世之后，在民间传说中逐渐演变为劫富济贫的侠盗。——译注

对于某些目标他会采取不止一次行动，E. H. 哈里曼（E. H. Harriman）的联合太平洋铁路公司是其中之一。哈里曼最终忍无可忍，花巨资组建了一支超级武装队。他为超级武装队提供专列，装备上有求必应，薪水也付得很高。

布奇一听闻新对手是由半打最出色的警察所组成并正在追捕他时，他立即出发逃往南美洲。事实上这支超级武装队从未对他采取过行动。他、太阳舞小子和埃塔早已远走高飞。

1902 年三人在纽约待了一段时间。他们的行迹被精彩的照片记录下来。布奇的一个弱点是他喜欢留影。

七年后，布奇和太阳舞小子被杀害。这期间他们生活得很精彩，抢劫、偷牲口、开牧场，根据需要使用各种化名。在我看来，他们这段生活就像威利·梅斯[①]一样，不但没退隐，反而去日本打棒球，还拿了全垒打冠军。

布奇和太阳舞小子实现了盖茨比梦想的事情：他们再现了往日的荣光。在美国他们很出名，在南美洲他们是更辉煌的传奇：美国大盗（bandidos Yanquis）。

我觉得，也许重现辉煌是这个故事打动人心的地方。我们都有这个梦想；而他们做到了。

另外一点。作为一名作家，我相信基本的人类真相都已为人所知。而我们努力从自己的独特视角审视这些真相，希望以不同的方式解读和阐述这些真相。

回到二十五年前，我相信任何两个人都不可能真正了解彼此。夫妻、父子、情侣，不管表面上多么亲密，我们其实都桎梏在自己的世界里。而在这里，我的两位朋友布奇和太阳舞小子几十载相伴，几千几万里同行，最终一起横尸异乡，没有人知道他们的名字，他

---

① 威利·梅斯（Willie Mays），前美国职棒大联盟的著名球手。

们甚至不会讲当地的语言。

这似乎完美地诉出了我们的无知以及我们无望的、可怕的，唉，朝夕萦绕且永无止境的寂寞……

XIV

剧本里的“镜头废话”

我写剧本，希望拥有读者。

就像狗脸男孩乔乔[①]希望拥有观众，这是显而易见的。我的意思是，从一开始我就试图让我的电影剧本像一本书或一部戏剧一样具有可读性。

因此我不会让镜头说明充斥我的剧本。至少我认为我没有。有次我和一位明星聊天，他说：“你们这些该死的编剧，剧本里写满了你们的镜头说明。你们简直把导演的活儿都干了。我讨厌那堆镜头废话。写下情节和对话就行了，剩下的我来做。”之后我恰巧读到了这位明星写的一部剧本。里面的“镜头废话”多到令人作呕。

但是，任何剧本都会用到一些基本的专业术语。我在这里介绍几个，并阐明我使用它们时要表达的意图。顺便提一下，这些术语永远大写。

---

① 狗脸男孩乔乔（JoJo，1868—1904），一名俄罗斯杂耍演员。他患有多毛症，脸部与身体部位毛发旺盛，是位畸形秀表演者。

淡入（FADE IN）

淡入，即黑色的银幕上出现了画面。所有的电影剧本都由这两个字开始。就像所有的电影剧本都由“淡出”结束一样。淡出，即画面从银幕上消失，银幕归于黑暗。

通常，“淡入”和“淡出”（FADE OUT）仅分别用于剧本的开头和结尾。如果它们出现在剧本中间，则标志着情节中一个大的分隔，就像在舞台剧中每一幕结束时帷幕落下。

切至（CUT TO）

这是基本的技术术语。

简单来说，它就像一个转换器切着我们眼前的画面。就我个人而言，我可能有过度使用这个术语的倾向，但“切至”在我脑子里就相当于小说里的“他说”：通常它的出现会影响读者的阅读节奏。

举个例子，假如我们在拍一部有关新闻节目《夜线》[1]的电影，它大概会这样开场：

淡入

泰德·科佩尔[2]。他坐在桌子前；身穿西装上衣，戴着领带。

科佩尔

今晚我们来关注白宫近日的动态。现在让我们连线前

① 《夜线》（*Nightline*）是美国广播公司的深夜新闻节目。——译注

② 泰德·科佩尔（Ted Koppel），美国王牌新闻主播。20 世纪 80 年代中期，其主持的《夜线》每晚大约有 750 万观众收看。

方记者山萨姆·唐纳森[①]。萨姆?

切至

唐纳森。他站在白宫前，身穿雨衣，手持麦克风。

唐纳森

谢谢，泰德。白宫方面十分担心，近期里根总统正在戒掉软心豆粒糖的事情会被媒体小题大做。

（画外音）（OVER）

“（画外音）”简而言之，即我们看着一个东西，而听到的声音却是从别处传来的。继续以《夜线》为例，假如唐纳森线路故障，播不出声音，剧本可能就是这样：

唐纳森

谢谢，泰德。白宫方面十分担心……

（他仍在说，但听不到他的声音）

科佩尔

（画外音）

萨姆。我们听不到你的声音，暂时出现了技术故障。

镜头保持不动（HOLD）

“镜头保持不动”的意思一目了然：镜头停留在某一画面。我完全把它当作标点符号来使用。我试图告诉读者，这是一个重要的时

① 萨姆·唐纳森（Sam Donaldson），1967—2013 年供职于 ABC 新闻，是老牌资深的驻白宫记者。

刻。如果是在一部小说里，我会用一个感叹号来代替。

叠化（DISSOLVE）

这是指当一个画面缓缓替代了银幕上的另一个画面，而且在某一时刻两个画面是同时可见的。它比单纯的“切至”花费更多的时间，但如果两个画面相映成趣，那会是绝妙的。

摇至（PAN TO）

这个我用得不多，因为我对它不是很确定。它的意思是摄影机向左、右、上、下任一方向摇。

一些摄影师和导演倾向于尽可能多地使用固定机位，而另一些则喜欢尽可能多地使用运动镜头。

两种方式自然的交替显然是最好的。如果摄影机总在一个地方，我会容易厌倦。如果摄影机不断游走，我会反胃。

我认为电影的所有元素浑然一体的时候才是最棒的。当影片的台词或画面给人留下深刻印象时，观众们感受到的不是完整无痕的作品，而是个别的元素。当一位观众感叹道：“哇！这个镜头！”通常你的片子就麻烦了。

特写（CLOSE UP）

又一个强调的时刻。

在特写镜头下，某些相当重要的东西被更好地呈现。而“特写”的过度使用，特别是在极具戏剧张力的场景中，往往会产生意外的喜剧效果。不管怎样，这都是我们最不需要的效果。

镜头拉远，画面中出现
（PULL BACK TO REVEAL）

基本就是它字面的意思：摄影机后移，随着镜头越拉越远，最终颠覆想象，出人意料。

它最老套的用法大量存在于20世纪30—40年代华纳兄弟出品的电影中。比如，影片的结尾埃罗尔·弗林和纳粹恶棍决一死战，纳粹拿着一把枪，而弗林的手也握在这把枪上。那么剧本大致如此：

切至

弗林和纳粹分子。他们激烈地打斗。现在手枪在他们之间。我们看不出谁更有胜算，突然一声枪响。

切至

纳粹分子。特写。他绽放出一抹微笑。

切至

弗林。特写。痛苦。

镜头拉远，画面中出现

两人还像之前一样站着。停顿一下。他们原地不动，紧挨着彼此。

然后纳粹分子捂着肚子，缓缓倒下，死去。弗林，握着还冒着烟的枪；他俯视着被他打败的敌人。他的胡子得意地抖动着。

淡出

我认为，近年来最让人印象深刻的这种运镜是在《爵士春秋》快开场的时候。我们看到由罗伊·沙伊德尔饰演的主角起床，吃药，冲澡。看得出他是演艺圈的，但仅此而已。

接着差不多有十来个快切镜头，画面上闪过一个个穿着排练服的舞蹈演员。有的神情紧张，有的在做拉伸，有的跳了几个动作，有的在整理自己的头发，有的在涂口红。音乐响起——《在百老汇》（“On Broadway”）。

然后镜头拉远，画面中出现——

先是沙伊德尔，身旁放着一罐咖啡，独自蹲跪在脚灯附近，面对着舞台。

摄影机开始移动。

现在我们看到几只舞动的脚。之后又多了几只。之后我们看到膝盖、上身和面部。

摄影机越拉越远，舞台上的情形越来越多地展现在我们眼前。

现在我们看到十多个舞蹈演员，舞步各不相同。现在二十个。现在五十个。

最后，我们终于看到了整个舞台，全是舞蹈演员，得有二百个甚至更多。我们明白了，眼前是一部音乐剧的演员选秀现场。

同时我们也渐渐意识到摆在沙伊德尔面前的难题，百里挑一，这是不可能完成的任务。他背负的压力我们感同身受。

同样的内容有很多种编排方式。你可以上来就用一个镜头展现满是舞蹈演员的舞台，然后切到沙伊德尔蹲跪在他们前面。这必然也能传递相同的信息。

但绝不会产生前者的冲击力。

“拉远”的麻烦在于费时。《爵士春秋》里的那组镜头需要二十秒来完成，然而假如你只用两个切镜头来拍摄，需要的时间不会超过五秒。但如果“拉远”后呈现的东西足够出人意料，那它简直金子一般让人眼前一亮。

关于术语，我已知无不言。对我来说，这些就足够了，过多的技巧会干扰故事情节。故事才是电影的目的。

之后是《虎豹小霸王》的剧本。记住，它是可资阅读的。无论它写得好坏，最终我们都会谈到它……

一个简短说明

每部剧本都有很多版本，我们很难判断哪个版本更益于再版。对于《虎豹小霸王》来说，最开始有两稿，第三稿送到了好莱坞，没人感兴趣，于是有了进一步的改写，其实也没什么太大不同，但是，谢天谢地，这一改几乎人人渴求。

我和电影的导演乔治·罗伊·希尔开始共事时用的就是这个版本。它不同于我们进入排演阶段的本子。排演是个不断修改剧本的过程。一些变化是因为拍摄地点受到了限制而做的。最后，电影完成拍摄后，会有剪辑师和作曲家参与后创作的版本。

本书呈现的剧本很难界定。它很像排演阶段的版本，但它不是。我希望我们在此得到的对剧本的理解足以与制片人大卫·布朗的精妙见解不谋而合，他的话是我听过地对编剧本这门手艺最恰如其分的定义："电影剧本是一部电影的不完全记录。"

XV

一部西部片

这倒也不重要，但以下大部分情节曾真实发生。

淡入

整个银幕几乎是一片厚重的阴影。只有右上角有一抹白色，白得近乎刺目。(除非另有说明，《虎豹小霸王》的片头是颗粒质感的黑白色。再之后由黑白转为彩色。)

镜头保持不动

最终，眼前的景象清晰起来，那片阴影是一栋建筑和它投在地上的影子，而白色是午后的骄阳。即使我们没搞清楚此时画面上是什么，也没什么要紧。现在一个男人的身影渐渐占据了那亮白的一角。随着他的影子越拉越长——

切至

一个男人绕着一栋建筑无所事事地溜达，不停地走着。他叫布奇·卡西迪，三十五岁，是个聪明人。他有一头棕色的头发，但在大部分认识他的人的记忆中，会被描述成一头金发。布奇谈吐不俗，语速偏快，一生都是受人追随的老大，但如果你问他为什么，他死也说不明白。

切至

布奇。他在一扇窗户前停下，朝它瞥了一眼。

切至

窗户。窗户上铁栅严密。

切至

布奇看着铁栅皱了皱眉。他走近窗户，朝窗户里面看去，同时画面开始一系列快切镜头。（这里值得注意的是，布奇正在一家银行侦察地形，他的目光看向里面，从一处扫到另一处，找寻着可以下手的突破口。但是假如我们不太清楚正在发生什么，也不打紧。）

切至

一扇门。它厚重、牢固，而且是金属实心的。

切至

钞票被十指娴熟地点数着。

切至

装在套子里的枪。它属于一位身穿警卫制服的男人。

切至

一扇离地很高的窗户。它甚至比之前的那扇窗户更加森严。

切至

银行保险柜的柜门。保险库在闪闪发光的铁栅后面，这是个带有定时锁的保险柜。

切至

布奇，老练地扫视着。然后他又开始绕着银行溜达，看上去不怎么高兴。

切至

一位银行警卫。银行要下班了，他正用力地扣上一扇扇窗板，声音巨大、刺耳，带着终结的味道。

镜头拉远，画面中出现

布奇，在看那位警卫忙活。

布奇

镇上那家老银行发生什么事了？它很漂亮。

警卫

（继续砰砰作响地关着门窗）

总遭人抢劫。

切至

布奇，离开银行，穿过街道，朝一栋建筑里的一间大房子走去，房子外挂着“梅肯酒馆”的牌子。走到街道中间，他回过身，凝视着银行。它很新，也很丑，占地不小却并不雄伟，很实用，建得像个坦克。

切至

布奇。特写。

布奇

（朝着警卫大喊）

那是为美付出的小代价。

从对布奇的特写——

叠化至

一个留着胡子的男人。特写。

镜头拉远，画面中出现

梅肯酒馆。这是某栋建筑里一间谷仓式的大房子，装潢简单，这会儿没人，更显得空阔。房子里只有一桌人在赌牌，留胡子的男人正在跟人玩二十一点。还有其他几张桌子，筹码和牌整齐地码在桌上，随时可以开局。但现在是下午，阳光透过窗户斜射进来，其他几张桌子都空着。

切至

二十一点牌局。留胡子的男人正向一个玩家发牌。

玩家

给我一张。

留胡子的男人轻轻弹出一张牌。

完了。

他推开桌子，犹豫了一下。

我可以赊账吗，梅肯先生？

切至

约翰·梅肯。他穿着入时，是个高大威猛的帅气男人。年纪不满三十，人们却能强烈地感受到他的霸气和成熟；他历经沧桑，并迅速熬出了头。任何时候，他都是个说话极有分寸的人。

梅肯

（摇头拒绝）

你知道我的规矩，汤姆。

他转过身，看着留胡子的男人。

你几乎让每个人都输了个精光，伙计。从你做庄家起，我想你就没输过。

切至

留胡子的男人。他一言不发。

切至

梅肯。

梅肯

你赢牌有什么诀窍？

切至

留胡子的男人。

留胡子的男人

祈祷。

切至

梅肯。他没有笑。

梅肯

你和我单独来一局。

切至

梅肯和留胡子的男人。留胡子的男人飞快地发牌，没什么多余的动作，下注和发牌都十分迅速。

梅肯

给我一张。

（他又拿到了一张牌）

再来一张。

（另一张很快也来了）

太不像话。

留胡子的男人开始收桌上的钱。

切至

梅肯。现在笑了。

梅肯

是你太不像话了，伙计。你是绝世高手，我知道。因为我也是，我甚至没看出你是怎么出千的。

切至

留胡子的男人，只当没听到梅肯的话。他继续专心地把赢来的钱理成等高的几摞。

切至

梅肯，站了起来。他身上不止一把枪，两只大手就在枪近旁，从容，随时可以拔出它们。

切至

梅肯和留胡子的男人。

梅肯

（指着钱）

钱留下，你走。

切至

留胡子的男人。他的坐姿略显沮丧，身子瘫在椅子里。他垂着头。

切至

布奇径直冲向牌桌，边走边说着话。

布奇

这儿的气氛看起来有点不太友好。

切至

梅肯站在那儿，他的两只手贴着他的两把枪。

梅肯

你带着他，滚出去。

切至

布奇和留胡子的男人。布奇用力去拉留胡子的男人，可那个男人一动不动。他一边拉，一边跟梅肯说话。

布奇

是的，先生。谢谢你，先生。我们这就离开。

（现在催促着不愿起身的留胡子的男人）

你还不快点？

切至

布奇突然弯下身俯在留胡子的男人身旁。之后是两人快速的低语。

留胡子的男人

我没有出老千。

布奇

（试着拉起对方）

走吧。

留胡子的男人

我没有出老千。

切至

梅肯这会儿有点不耐烦了。

梅肯

你们真是活够了。我绝不会饶了你们。你们俩都死定了。

切至

布奇和留胡子的男人。两人声音比刚才更低更快了。

布奇

你听见了？因为你，现在他连我也恼上了。

留胡子的男人

如果他挽留我们，我们就走。

布奇

反正我们本来就要走的。

留胡子的男人

他必须请我们留下。

切至

留胡子的男人。特写。当他的眼睛扫视着四周的一切时，一连串的快切镜头出现。这和布奇在银行踩点时的风格如出一辙。伴随着镜头的切换，以下对话在布奇和留胡子的男人之间同步低声进行着。快切镜头包括的内容：（1）梅肯的手；（2）一扇窗户，阳光洒进来，照在每个人的眼睛上；（3）留胡子的男人身后的地方，会不会有什么危险；（4）梅肯的双眼；（5）留胡子的男人身旁的空间，有没有活动的余地。反复：在镜头快速切换的过程中（同样的，如果我们不知道这些镜头用意何在，没关系），摄影机不断切回留胡子男人的特写，布奇在他一旁，在镜头里时进时出，俩人飞快地说着话。

布奇

他会掏出枪对准你的。他随时都会，你不知道他有多快。

留胡子的男人

我正想听你跟我说这些呢。

布奇

得了吧。他看起来稳操胜券。

留胡子的男人

你可真涨我志气。

布奇

好吧，我已经在走下坡路了。你也会有那天。你一天天老去，这是自然规律。

但是留胡子的男人显然不打算离开，布奇意识到了这点。

切至

布奇起身，朝梅肯走去。

布奇

你要不要考虑挽留我们一下?

梅肯

什么?

布奇

你不必当真。但是假如你乐意留我们待一会儿，我保证我们会走。

梅肯猛地一挥手示意让布奇滚开。

切至

布奇。他犹豫了一会儿，低头看了看依然瘫坐在椅子上的留胡子的男人。布奇摇了摇头，让开了道。

布奇

（轻声地）

我帮不了你了，太阳舞小子。

变焦推近

梅肯。“太阳舞小子”几个字一直在他耳边回响。此时梅肯有一个试图拼命掩饰的、以免从眼神里流露出来的秘密：他吓坏了。

切至

太阳舞小子，这正是留胡子的男人的名字。他又低着头瘫坐了一会儿。然后他慢慢地抬起了头，目光如炬，直视梅肯的眼睛。他盯着梅肯站了起来。他，同样的，也带着不止一把枪。

切至

梅肯。这个勇敢的男人正竭尽全力一动不动地站着，目不斜视。

切至

太阳舞小子。一言不发。

切至

梅肯。此时他的慌乱开始渐渐流露。

梅肯

说你出老千的时候，我并不知道你就是太阳舞小子。

切至

太阳舞小子。他没说话，目光落在梅肯的手上。

切至

梅肯的手，依然放在离枪很近的位置。

切至

太阳舞小子。一言不发。他在等待，就那么盯着。

切至

梅肯。

梅肯

（突然大声说）

如果我拔枪对准你，你一定会杀了我。

切至

太阳舞小子。

太阳舞小子

有那种可能。

切至

布奇慢慢向梅肯走去。

布奇

不，先生，你这是在自杀。

（催促道）

所以，为什么不请我们留下来呢？

切至

梅肯。他张了张嘴，又合上了。

切至

布奇。

布奇

你可以的。放松。来吧，说出来。

切至

太阳舞小子。没什么多余的举动。他还是像之前那样站着，沉默，直视，目光如炬，已经做好了准备。

切至

梅肯。

梅肯

（勉强挤出几个字）

干吗不在这待会儿呢？

切至

布奇和太阳舞小子。

布奇

谢谢，可是我们得走了。

他们沿着牌桌间的过道向大门走去。

切至

梅肯看着他们离去。

梅肯

太阳舞小子?

（稍稍提高音量）

嘿，你到底有多厉害?

切至

布奇。他本来夹在太阳舞小子和梅肯之间，但很快，听到梅肯问话的一瞬间，迅速地闪到了一旁。

切至

太阳舞小子自左侧俯蹲转身拔枪射击，枪声大作。

切至

梅肯。太阳舞小子击中了他的枪套，枪套掉了下来。

切至

太阳舞小子射击。

切至

枪套被太阳舞小子的连发子弹击落在地板上，像蛇一样盘在那里。之后，射击停止了。

切至

约翰·梅肯长舒一口气，这大概是史上最长的一口气。

切至

太阳舞小子站在那儿，他的枪安静了。

切至

布奇和太阳舞小子。布奇瞥了瞥梅肯的枪套，然后摇了摇头。

布奇

（和太阳舞小子一起向大门走去，他对太阳舞小子说）

我告诉过你了，我们已经开始走下坡路了。

他们走了。

切至

布奇和太阳舞小子骑着马。他们骑行的同时，电影开始有了色彩。最初色彩是暧昧不明的，然后，随着他们前行，色彩渐渐明亮起来。最后，效果相当显著，因为不仅最终画面的色彩完全饱满了起来，而且场景切至他们的老巢——山洞谷。

切至

云。白色的云，和一般的云没什么两样，蓬蓬松松地浮在天上。

镜头拉远，画面中出现

布奇和太阳舞小子骑着马前行，云在他们身下铺开，盈满了整个峡谷。布奇和太阳舞小子渐渐骑入云海之中。

切至

一小群驯鹿受到了惊吓。当布奇和太阳舞小子骑过来的时候，它们惊慌地跑开了。

切至

布奇和太阳舞小子坐在快要熄灭的火堆旁，喝着咖啡。

切至

布奇和太阳舞小子骑着马继续走。如果之前他们明显走在高耸的地方，那么现在他们明显行进在低洼处。他们正沿着河床骑向远处的山峰。

切至

布奇和太阳舞小子在山峰上骑行，稍稍加快了速度，因为他们就要到了。

切至

一块岩石，形状奇特，就像通往某处的关卡，这正是山洞谷的入口。

切至

山洞谷。这是一个倾斜的凹形绿色山谷，它的上缘连接着连绵的峭壁悬崖，巍峨险峻。谷底是一些小的溪流和湖泊。

切至

布奇和太阳舞小子。他们经过那块标识性的岩石。

切至

布奇。特写。他望着这一片壮丽的荒芜之地。

布奇

啊——到家了。

他们开始骑入山谷。

切至

布奇和太阳舞小子骑着马。他们继续前行，身后峭壁林立不时显现，这些峭壁会被注意到只有一个原因：峭壁上布满了洞穴，偶尔有武装的岗哨从洞穴里探出来，向他们发出信号。布奇向岗哨示意，丝毫不会打乱他说话的节奏。

布奇

你知道，每次又见到山洞谷……

摇至

山谷和峭壁，壮美又荒凉，激动人心又与世隔绝。

布奇的声音

（画外音）

……都是崭新的，就像第一次见到它一样。

切至

布奇向前骑着，太阳舞小子在他旁边。

布奇

每当这时我就会问自己同样的问题：我怎么蠢到又回来这里？

太阳舞小子

（他已经不是第一次听布奇说这番话了）

你这次什么想法？

切至

布奇。特写。

布奇

玻利维亚！

切至

太阳舞小子。

太阳舞小子

玻利维亚是什么？

切至

布奇和太阳舞小子。

布奇

玻利维亚是一个国家，笨蛋。它在美洲中部或南美。

太阳舞小子

我们干吗不直接去墨西哥呢?

布奇

在墨西哥只会吃苦，还不如在这儿。听着。假如我们赶上了加州淘金热那会儿，我们会去哪儿发财呢? 加州，对吧? 那么，当我说玻利维亚的时候，你想想当时的加州就明白了。那里正埋着银、锡和金子。工资异常丰厚，我们光是背偷走的工资就得累死了。

切至

太阳舞小子。他看看布奇，摇摇头。

太阳舞小子

你就想吧，布奇；你就会想这些。

切至

布奇。

布奇

我有着世上其他人无法匹敌的洞察力。

切至

山谷基地的镜头。我们可以看见几间普通的小木屋。屋子外面有不少人和马。

切至

布奇和太阳舞小子骑马而来。

布奇

（呼喊，挥手）

嘿，万事通。

切至

万事通卡弗，一位苗条的三十岁男人，正忙着照料自己的马，没有回答。

切至

布奇和太阳舞小子停在他旁边。

布奇

万事通，你在做什么？

万事通

（抬头，突然微笑）

你好，布奇。没什么。你好，太阳舞小子。

布奇

你肯定在做什么事情。你已经准备好了。到底是什么？

切至

万事通。他不太高兴，当布奇和太阳舞小子逼近的时候，语速加快了。

万事通

抢劫联合太平洋铁路公司的快车。呃，布奇，这就是我们想做的。

切至

布奇和太阳舞小子。布奇下马。太阳舞小子骑在马上，看着这一切。

布奇

（随着他下马）

你完全搞错了我说的事情。我们走的时候，我说的是我们可能会抢劫那辆快车。但是就算我们要这么干，也不是这一趟，而是返程的那趟。现在太阳舞小子和我已经了解了银行的情况——

哈维·洛根的声音

（画外音）

我们不打劫银行。

布奇

（四处张望，真的有点困惑了）

什么？

切至

哈维·洛根在一间小屋的门口。实际上，他是个很糟糕的人，恶毒而可怕。这些特质应该在画面里展现出来。

洛根

铁路公司快车，布奇。

布奇一边听着洛根说的话，一边四处张望。

布奇

（像一个耐心的老师般解释着）

我已经告诉过你们多少次了，银行比火车好抢。任何一家银行都是值得信赖的。它们不会移动。它们待在原地，总是有人往里存钱。你永远知道不会空手而回，我走时下的命令是——

切至

洛根从小屋处向布奇走去。

洛根

我已经下了新的命令。

布奇

哈维，这是我的地盘。

洛根

以前是你的。现在不是。

（突然指了指太阳舞小子的方向）

这不关你的事。

切至

太阳舞小子一声不吭地坐在马上，低头看着他们。

切至

布奇和洛根。

洛根

告诉他待在原地。

布奇

他总是我行我素。

然后，布奇突然转身盯着对面那帮人，他们站成了一团。布奇走向他们，边走边说话——

你们这些人怎么了？在我来这里之前，你们都快饿死了，你们知道的。你们甚至都组不成个帮派，是我聚集了你们。万事通——万事通，把该死的报纸拿出来读一读。

万事通伸手掏了掏口袋。

万事通

你说哪份？

切至

布奇急急忙忙地向他走去。

布奇

任何一份。

万事通掏出了一沓剪报，打开了第一张。

万事通

这是《盐湖城先锋报》的。

（他开始读了起来）

“布奇·卡西迪率领的山洞帮今天再度袭来，抢劫了——”

布奇

够了，就此打住。“布奇·卡西迪率领的山洞帮”——听到了吗？听听，那是你，还有我。哈维给你们出谋划策了？哈维会做你们想做的事吗？

布奇转身面对万事通，布奇讲话时万事通一直保持着阅读的姿势。

万事通，你现在可以闭嘴了。

切至

万事通。他抬头看了布奇一会儿。

万事通

等我读到精彩的那部分。

（再次读了下去）

"据悉，参与这次袭击的还有'扁鼻子柯里'和'万事通卡弗'。"

（现在折起了剪报）

我喜欢在报纸上听到自己的名字。

切至

布奇和他的手下。

布奇

现在就忘了哈维接管这里的事吧。好吧。扁鼻子?

扁鼻子

（人们给他起这个绰号，因为很明显的理由）

你总是告诉我们任何人都能来挑战你。

布奇

那是因为我觉得没人会这么做。

切至

洛根笑了，又朝布奇走去。

切至

布奇和他的手下。

洛根

那你搞错了，布奇。

切至

布奇和他的手下。

布奇

（现在有点绝望）

你不能让洛根……

万事通

至少他和我们在一起。布奇，你大部分时间都不在这儿。

切至

布奇。特写。

布奇

那是因为现在一切都变了。一切对我们来说都是新的。

切至

洛根。

洛根

枪还是刀，布奇？

切至

布奇急急忙忙地往前走，尽最大努力不去理睬他。

布奇

现在没以前好过了。你们得多计划，做好准备，得务必知道自己在做什么。否则大家就死定了。

切至

洛根现在走到了布奇面前。

洛根

刀还是枪？

布奇

都不要。

洛根

选一个！

布奇

我不想对你开枪，哈维。

切至

洛根微笑着。

洛根

就按你说的做，布奇。

突然，一把刀出现在他手上。

切至

随着刀的出现，人群开始变得异常兴奋起来。从此刻起，他们渐渐向洛根身边拥去。而洛根正平静地脱下他的衬衫。布奇向太阳舞小子那儿走去。

切至

太阳舞小子骑在马上，静静地等待着布奇向他走来。

布奇

或许有办法从这件事上捞点好处。我压洛根赢。

太阳舞小子

我也会压他，但谁会赌你赢呢？

布奇

是我创立了这个帮派。你知道是我做的。现在看看他们。

切至

帮里的人聚集在洛根周围。洛根把上半身扒了个精光，身体精壮得可怕。突然他叫喊着——

洛根

太阳舞小子——等我们结束了，如果他死了，欢迎你留下来。

切至

布奇和太阳舞小子看着洛根，布奇平静地对太阳舞小子说了一句。

布奇

听着，我不是个输不起的人。但等我们结束后，如果我死了，杀了他。

太阳舞小子

（这话像是说给洛根的，但其实是回答布奇）

我很乐意。

切至

布奇停了一会儿，然后开始向洛根走去。洛根更年轻，更敏捷，更强壮。布奇知道这一点，但知道这些不会让他的步伐更沉着。他依旧向前走着，没有武装地朝洛根走去。

切至

洛根看着他走来。洛根的身体在阳光下闪闪发光。

切至

布奇穿过山洞帮众人向洛根走去。他没带武器，一个成员给了他一把刀。

布奇

还不到时候。

（现在转向洛根）

我和哈维还没有把所有的规矩都讲清楚。

洛根

规矩？刀战里面？没有规矩！

当他说完时，布奇给了他的蛋蛋全美国电影史上最精美绝伦的一踢。

切至

洛根呆站着一会儿，然后发出了绝对无法形容的声音。他的表情从不敢相信转变至痛苦万分，然后他慢慢地滑倒在自己的膝盖上。

切至

布奇。他还在往前走，仿佛这一切都没发生。

布奇

如果没有规矩，那我们也许可以立刻开始战斗。来个人计数，开始。

切至

太阳舞小子。

太阳舞小子

（像子弹一样）

1，2，3，开始。

切至

洛根。现在他的脸色青了，还跪着。布奇走了过来，点点头，把他的手捆在一起。而且，布奇就像挥动棒球棒一样，冲着洛根的下巴就来了令人震惊的一击。洛根倒下躺在那里。

切至

扁鼻子柯里和其他几个人，都往布奇那儿跑去。

扁鼻子

我肯定是支持你的，布奇。

布奇

我知道，扁鼻子，正是你们的支持助我渡过难关。

（环顾四周）

万事通，那辆快车是怎么回事？

切至

万事通朝布奇走去。

万事通

哈维说往返两趟的快车，我们都要抢。他说，从来没有人这么做过。所以不管我们第一次得手多少，他们肯定会确信回程是安全的，把钱装上车。

布奇

哈维想出来的？

万事通

是的，头儿，是的。

布奇

好吧。我来告诉你们一件事，咱们就这么干。

切至

洛根。他还在那儿，布奇跪在他身旁。

布奇

（拍打洛根的脸颊）

好主意，哈维。

切至

我们不太清楚太阳舞小子在做什么。但是他的穿着和之前不同，太阳的角度也不一样，所以我们知道场景转换至另一个时空了。此刻传来阵阵不明和连续的咆哮声。很明显，太阳舞小子并没有注意到声音。但无论他关注的是什么，他都几乎像个奥运跳高运动员再次尝试2米高的落点那样全神贯注。之所以太阳舞小子保持着自己强烈的专注，是因为他将要做的一切，都要命似的危险。接着他敏捷地移动起了身体。

切至

一辆路过的火车在太阳舞小子藏身的石头处拐弯，火车比岩石矮不了多少，这样跳下去也不会很危险。危险的是火车这玩意儿开得飞快，要是太阳舞小子跳到错误的地方，就会滚下去。

切至

太阳舞小子跳到了不对的地方，但还不是大错特错。他拖着自己的身体回到了火车车厢中间的顶部。

切至

太阳舞小子。特写。大汗淋漓，神情愉悦。他站了片刻，不安地一路瞧向引擎室。

切至

引擎室内。工程师和添炭员在工作。工程师已五十岁了，精力充沛，几乎就是新英格兰人的代表。添炭员个子很小，但有着强壮的手臂和肩膀，如果他有更多的牙齿，口齿就会更清楚。

切至

空荡荡的小径，远处的风景呼啸而过。所有的一切都很平和，操作井然有序。

切至

工程师。他神色紧张，一句话也没说，双手慢慢举了起来。

切至

太阳舞小子快速进入引擎室，准备好了枪。

切至

三个男人。工程师要对这列火车负责，他尽可能地保持镇定。添炭员一开始很害怕，和工程师靠在一起。渐渐地，随着这场戏向前发展，他平静下来。

工程师

你想让它停下来吗?

太阳舞小子点点头。

工程师

哪里?

太阳舞小子

这里就不错。

切至

工程师开始减慢火车的速度。

切至

添炭员看着太阳舞小子，也许鼓起勇气说了些什么。

切至

从引擎室里拍前方的轨道。在远处，可以看到一个人影站在铁轨的中心。

切至

太阳舞小子。小个添炭员走到他跟前，指着远处的人影。

添炭员

我打赌那就是布奇老头本人吧。

太阳舞小子看了他一眼。

你们就是这么在瓦格纳附近劫上了北方快车，对吧?

工程师

闭嘴，冈米。

添炭员

（兴奋地继续）

听着，我哥哥提姆，他是那趟北方快车的首席指挥官，已经做了有段时间了。但是提姆曾经说过，没有哪个团伙能比得上你们。

当火车继续减速——

切至

列车里，乘客的脑袋纷纷出现在窗户前四处张望，试图找出列车停下来的原因。这是从引擎室角度拍摄的场景，所以当其他人的脑袋出现时，他们很快就会组成一整条脑袋长龙探出窗外。

切至

添炭员回头望着乘客，另一个头伸出来，然后又一个，再一个。

添炭员

我情愿告诉你们是引擎出了问题，伙计们。但是我们被山洞帮给劫持了。太阳舞小子希望你们都待在座位上，所以把你们的头伸进去。

切至

乘客车厢。现在有更多的人伸出了脑袋，所有人都转过头来，喋喋不休地问着彼此问题。

切至

添炭员。他正对着脑袋们大喊大叫。

添炭员

把你们的头伸进去……把你们的头伸进去……

切至

所有乘客车厢里的脑袋，都像乌龟一样伸了出来，叽叽喳喳。

切至

太阳舞小子朝人群开枪。子弹不是为了杀人，擦着他们的脑袋飞过，确实如此，近在咫尺。

切至

可以想象，所有视线里的脑袋都在车窗前消失了。

切至

太阳舞小子和添炭员。太阳舞小子向引擎室外张望。

添炭员

（放声大笑）

不瞒你说，这场面难得一见。

太阳舞小子

当然。

然后太阳舞小子跳到地面上，开始沿着乘客车厢的方向前进。在他身后，添炭员艰难地爬下车。在这期间，我们已经可以看见山洞帮的其他成员了，其中一些人站在乘客车厢门口，站在那儿，拿着枪。添炭员飞快地向前冲去，与太阳舞小子步调一致。

添炭员

我想给你放哨。

太阳舞小子

我都带了一群孩子来了，你有何不可的？

切至

添炭员。他咧嘴笑了。

切至

快车车厢。布奇手里拿着枪，“砰砰”地敲着门。当下面的对话进行时，我们可以看见帮里的其他成员正在列车底下埋设炸药。

布奇

（他显然有点累了）

你会把自己炸飞的，快开门！

车厢里的声音

（画外音）

我不能这样做。因为我为联合太平洋铁路公司的E. H. 哈里曼先生工作。他托付给我了。

布奇

（在最近的几分钟里，他已经听了太多这样

的东西）

你能闭上嘴，别提那个什么 E. H. 哈里曼先生，把门开开吗？

切至

太阳舞小子去找布奇了，添炭员在他身后半步远的地方。

布奇

（随着太阳舞小子的靠近）

他们有一位忠诚的卫士在里面。

添炭员

那是年轻的伍德科克，这个家伙忠诚到可怕。

万事通

（赶到布奇身边）

炸药准备好了。

布奇点点头。万事通走开。

布奇

伍德科克？

切至

车厢里的伍德科克。他站在紧靠着门的地方，身后是一个很大的保险柜。伍德科克是个有着柔和西部腔的年轻人，有一张平淡无奇但讨人喜欢的脸。他略微有点秃顶，现在更是吓得半死。但是因为谨慎小心的用词，以及平静温和的说话方式，令他的声音掩盖了害怕的事实。

伍德科克

是的，先生？

布奇的声音

（画外音）

你知道我们是谁吗?

伍德科克

您是山洞帮的卡西迪先生，我知道。但您得明白联合太平洋铁路公司的哈里曼先生亲自把这份工作交给了我。在他委托我管好这些钱之前，我从来没有担负过这样的责任。我必须尽我的最大努力，您明白吗?

切至

布奇和太阳舞小子在外面。

布奇

尽你最大的努力，但不包括被杀。

切至

车厢里的伍德科克。当他紧紧地抵住门的时候，双眼紧闭。

伍德科克

E. H. 哈里曼先生他……他信任我。

布奇的声音

（画外音）

开门，要不我们不客气了。

伍德科克一动不动。

切至

布奇。

布奇

你以为 E. H. 哈里曼先生会为你送命吗? 你这个糟糕

的外行。

（车厢里没有回应）

现在，伍德科克！

切至

伍德科克蜷缩成一团，等着爆炸降临。

伍德科克

我为联合太平洋铁路公司的 E. H. 哈里曼先生工作……

切至

火车车厢爆炸，一堵墙被炸开了。

切至

伍德科克的身体在空中飞旋，之后砸向地面。

切至

山洞帮成员鱼贯而入，布奇和太阳舞小子紧随其后。在太阳舞小子走向保险柜的时候——

切至

布奇去查看伍德科克的情况。他还活着，在地上趴着，并没有出血。

布奇

你还好吗？

伍德科克点了点头。

不管哈里曼给你多少钱，肯定都不够。

当他帮着伍德科克让他感觉舒服些的时候——

切至

太阳舞小子跪在保险柜的旁边，灵巧地把几根炸药插入火药桶的位置，点燃炸药，然后迅速撤退。

切至

保险柜。一声低沉的爆炸声后，门整整齐齐地开了。

切至

布奇、太阳舞小子走近。

布奇

（看着被炸开的“美丽”保险柜）

该死的，为什么我们擅长的每件事都是非法的?

切至

万事通从保险柜里拿钱。

切至

布奇和太阳舞小子看着他。

布奇

快点，把钱找出来。

万事通

这里没有我能称之为“巨款”的东西，布奇。

布奇

不过才刚开始，万事通。记住这一点，很重要。

切至

一位年轻能干的警长。

镜头拉远，画面中出现

一群市民站在大街上，抬头看着警长。此时是黄昏时分。

警长

（非常公事公办，说话不带什么感情）

大家听着，山洞帮刚在我们镇子外抢了一辆快车，我们有责任去追击他们。

切至

一座沿街小楼的二层门廊。这座小楼是属于范妮·波特的，它和当时任何一家妓院一样有名。坐在门廊上，听着警长演讲的，是布奇和太阳舞小子。他们舒服地瘫着，两人之间的桌子上有两个大杯子，旁边还有一桶啤酒。他们俩交头接耳。

警长的声音

（画外音）

现在你们必须带上自己的马……

切至

警长和人群。

警长

你们中有多少人能带自己的枪?

切至

人群。没有人举手。

切至

警长。

警长

好的，好的。那么你们中有多少人会希望我给你们提供枪支呢?

切至

人群。没有人举手。

切至

警长。他开始注意到，听众们没有明白他的意思。

警长

拜托，现在—— 该由我们来做点什么了。

切至

警长和人群。

第一个人

这有什么意义？他们可能已经回山洞帮大本营了，搞不好路都走一半了。

警长

这就是为什么我们必须要快点去把他们拦住。

第二个人

（惊愕）

拦住他们？你疯了吗？我们这样做，他们会杀了我们。

人群里发出了阵阵赞同声。

切至

布奇和太阳舞小子。

布奇

（喜气洋洋）

我刚真是细细品味了一把他们说的话。

太阳舞小子点了点头，此时他们又往杯子里添了些啤酒。

切至

范妮·波特从他们身后的一扇门进来。经营一家成功的妓院并不容易，她向人们展示了这种才能。

范妮

（从布奇和太阳舞小子身后走来）

行了，你们两个，我请你们来参加派对。

（她对着自己进来时的门做了个手势）

切至

镜头穿过大门，一个年轻人坐在钢琴旁，身边围着十几个女孩，此时正唱着一首当时的流行歌曲。一块自制的牌子——“勿忘缅因[①]”随意地挂在墙上。

切至

布奇和太阳舞小子，还有范妮。

范妮

我的钢琴师要走了。他被征召入伍，要打仗去。

太阳舞小子

打什么仗？

范妮

什么仗？就是那场打西班牙的仗。

布奇

勿忘缅因。

---

① 美西战争爆发的导火索正是美舰“缅因号”爆炸事件。

太阳舞小子

我永远也忘不了。

切至

范妮。就在她出去的时候，她说了一句话。

范妮

我要给他送行，所以来吧。

切至

布奇和太阳舞小子。他们每人都喝了一大杯啤酒。这时布奇真的很兴奋。他站起来，回过头来看了眼派对。

切至

钢琴师。现在他正坐在钢琴盖上，姑娘们围在他身边，抬头看着他的脸。

切至

布奇和太阳舞小子。布奇仍然在往里张望着。

布奇

你知道吗？当我还是个小鬼的时候，总希望自己长大后成为一名英雄。

太阳舞小子

现在来不及了。

布奇

什么意思？你没必要这么说的。

（当他喝完酒杯里的酒——）

切至

年轻的警长仍然在试图召集他的队伍。

警长

听着，我的工作是和他们战斗。你们想让我一个人去找山洞帮，我是没问题。但你们想让自己的孩子知道，是你们让我一个人去的吗？好，我没意见，但我不认为那是你们想要的，对吧？

切至

人群。还是没有任何负面的抗议。

切至

布奇，兴奋。

布奇

嘿、嘿——我们去入伍吧。你和我去打仗。

（太阳舞小子只是盯着他）

听着，我们很有优势：经验丰富、成熟、领导能力强。见鬼，我打赌我们会成为军官，我会成为帕克少校。

切至

太阳舞小子。

太阳舞小子

帕克？

切至

布奇和太阳舞小子。

布奇

我的真名叫罗伯特·勒罗伊·帕克。

太阳舞小子

我的是朗鲍。

布奇

朗什么?

太阳舞小子

哈里·朗鲍。

布奇

那么，你就是朗鲍少校。觉得怎么样?

切至

太阳舞小子。

太阳舞小子

继续胡思乱想吧，布奇。你擅长这个。

切至

布奇。

布奇

(沉醉在他的啤酒里)

我有着世上其他人无法匹敌的洞察力。

切至

警长。他现在生气了。

警长

你们要这样卑躬屈膝过完一生吗?你们要夹着尾巴旅行吗?你们想要风声鹤唳终无宁日吗?你们乐意这样吗?

一个全新的、不同的声音

(画外音)

我说，先生们，女士们……

（随着声音的继续——）

切至

说话的人。他是名推销员，过一会儿我们就会知道他葫芦里卖的什么药了。

推销员

朋友们，仇人们，

（大声）

一起见证未来……

（他说到“未来”这个词时——）

切至

一辆崭新的、闪耀的自行车。

从人群中发出的声音

（画外音）

未来的什么？

切至

推销员向前走去，和警长站在一块儿。

推销员

（这个人有着超大的肺活量）

这是为疲软的西方世界带来活力的先进交通工具。

警长

你知道自己到底在做什么吗？

推销员

你把大家聚在一起，完成了我一半的工作。我只是想顺便卖一点东西。

警长

好吧，要是你不反对的话，我正在组建一支民防队伍。

推销员

我简单说两句。

（面向众人）

骑马的时代，已经终结！

（对警长说）

你将发现，这个东西值得购买。

（面向众人）

很快，你们的眼睛将只能看见如丝般顺滑的自行车道，直通天际。

警长

（对众人说）

你们是打算听他说，还是跟我来？

切至

人群。

某人

这些东西得多少钱？

切至

推销员正在组装他的自行车。

推销员

微不足道到说出来会丢脸的价格。

（开始骑着车）

买一辆自行车比买一匹马便宜，而且在短距离里面跑得比马快。我向你保证——

（现在他双手撒开车把）

它所带来的愉悦只有情人之爱才能相提并论。

切至

一个女孩走到布奇后面。她长得相当漂亮，感觉和布奇是旧识。

女孩

范妮让你现在就去参加她的派对。

（布奇点点头，站起来。女孩钻进他的怀里）

你曾打心底想和我在一起吗，布奇？

布奇

想到每天时间都不够用。

切至

太阳舞小子站了起来。

太阳舞小子

我想我也该装上马鞍去找个女人了。

切至

布奇和那个女孩一起走了。

布奇

祝你猎艳顺利。

切至

太阳舞小子。

太阳舞小子

对我来说应该不难；我又不挑。所以只要她漂亮、可爱、善良、温和、安静、聪明还优雅……

（当他开始列出他的择偶清单时——）

叠化至

埃塔的住处。随着太阳舞小子说出他的清单，出现了埃塔的脸，起初模糊不清，后来变得越来越清晰。她二十多岁，乌黑的头发向后挽成了一个髻。她穿着干净利落的衣服，不太能分辨身材如何。

镜头拉远，画面中出现

夜晚，埃塔在学校里。光线昏暗不利于工作，但她还是坚持坐在办公桌前，给试卷打分。从校舍外的某处传来一种可怖的声音，把她吓了一跳。

切至

窗外的夜色，万物静止。

切至

埃塔。她的书桌上有一个钟。她瞥了一眼，把试卷放进一张整洁的纸堆里，然后站起来，走到门口。当她开门的时候——

切至

埃塔关掉了屋内的灯，进入了漆黑的夜晚，迅速地关好并锁上了门，现在她正在飞快地向大楼拐角处走去。

切至

一间黑暗的小房子。她几乎是一路跑过去的。夜晚很黑，有风。房子独自矗立在学校的后面，是间平房，很明显，是小镇专门给女老师搭建的宿舍。

切至

埃塔进入她的小房子。关上前门，她穿过那间小小的客厅，进入卧室，边走边脱衣服。

切至

埃塔走进卧室，脱下上衣。床边有一盏小灯，当她脱衣时，在昏暗的灯光下，很明显她真的是个非常漂亮的女人。她穿着一件白色的胸衣，与她晒黑的皮肤很相配。她的身材比之前展示出来得更为丰满。她开始脱下裙子，就快要脱完时，她的身体旋转、僵直，然后埃塔几乎高声尖叫。

切至

太阳舞小子盘坐双腿，开心地坐在房间的角落里，看着。

太阳舞小子

（动了动他的枪）

继续，淑女老师。

切至

埃塔。她一动不动。

切至

太阳舞小子。

太阳舞小子

没关系，别理我。

（现在他继续摆弄着自己的枪）

继续脱吧。

切至

埃塔。她点了点头，然后紧张地解开她的裙子。裙子滑到了地板上。

切至

太阳舞小子，十分享受。

太阳舞小子

不要因为我停下来。

切至

他们二人。她盯着他看了一会儿，然后开始脱下衬裙。

太阳舞小子

我告诉你，淑女老师。你并非那么糟糕。从外表看，你总是硬邦邦冷冰冰；但里面，不坏不坏。

（现在她脱下了衬裙，虽然她用双手很好地遮掩着身体，但也完全暴露在了太阳舞小子面前。这是一具夺人心魄的胴体。）

好的。放下你的头发！

切至

埃塔。她犹豫了一会儿，然后双手伸向脑后。手指的动作很快，不一会儿，头发就掉落至肩膀。

切至

太阳舞小子欣赏地看着。

太阳舞小子

甩动你的头。

切至

埃塔。她摇了摇头，头发蓬松了起来。现在，她的头发盖住了肩膀，浓密闪亮。

切至

太阳舞小子歪着头看了会儿，仔细打量着埃塔。

切至

埃塔站在那里，看起来很狂野。

切至

太阳舞小子。他慢慢地从椅子上站起来，穿过寂静的房间向她走去。

切至

埃塔，没有回避，看着他走过来。

切至

太阳舞小子现在离她很近了。在他们身旁是床。

切至

埃塔。她无所畏惧地盯着他。

埃塔

你知道我想要什么吗？

太阳舞小子

什么？

埃塔

你能准时一次。

她的手臂围绕着他，她的嘴唇找到了他的，被紧紧锁住。他们摇摇晃晃地向床走去。当他们的身体下坠时——

切至

布奇的脑袋在黎明时分滑过一扇窗户，像一个飘浮的气球一样忽隐忽现。当脑袋经过床边的窗户时，他低声说了几句话。

布奇

（模仿当时流行的情节剧中大反派的说话风格）

你是我的，埃塔·普莱斯；我的，你听到了吗？

镜头拉远，画面中出现

太阳舞小子和埃塔在床上睡着。听到有人叫她的名字，埃塔动了动。

切至

布奇。他的脑袋从某一扇窗户飘过，消失片刻后再次出现，并优雅地飘过另一扇窗户前。此时，从屋里我们看到他脱离身体的脑袋在房子周围转来转去。

切至

现在睁开了眼睛的埃塔，不太确定她所看到的景象。

切至

布奇再次经过床边的窗户。

布奇

我的，我的！

切至

埃塔一边笑，一边抓起一件长袍。

切至

房子的前门打开了，埃塔站在那里。这是一个美丽的清晨，刚刚破晓。她转过身，微笑着，此时布奇来到了房子的拐角处。他正骑着自行车，这就解释了为什么他的脑袋给人留下了像气球的印象。

布奇

（骑到她身旁）

见证未来。

（他比了个手势，让她坐到自行车横梁上来）

埃塔

你知道自己在做什么吗?

布奇

理论上说我知道。

切至

等埃塔犹豫着跳上了自行车后，布奇就在后面推着她。现在是下坡路，两人一开始还很小心，在布奇掌握好车之前可以说是跌跌撞撞向前进。不过，一旦他找到了要领就再也没失手了，随着两人骑车的速度变快，第一首音乐插曲响起。

在电影结束之前，我们将有三首插曲。第一首，是布奇和埃塔骑自行车时唱的歌。这首歌是由男声演唱，它给人的感觉非常现代，因为令人震惊的是，事实上这一时期的歌曲非常接近今天的流行音乐。
伴随着歌曲声，我们可以看到布奇和埃塔在晨光中骑自行车的一系列镜头，他们正在度过一段美妙的时光。一旦布奇获得信心，他会为埃塔表演各种杂耍动作，通常事情并没有计划的那么顺利，比方说你不可能每回都成功。她笑了，他继续耍宝，他们都珍视对方。

我们听到的这首歌不会有“为两人而造的自行车”这样的歌词。电影中的歌曲没有一首会对场景做出字面上的解释，而是情感上的烘托。比如，这首歌不会特别洪亮，但会饱含伤感，而且非常优美。

当这首歌接近尾声时——

切至

布奇和埃塔。他开始慢慢地往她家骑。

埃塔

你是为了快车的事来找他的吧?

布奇

（点点头）

没过一天，我已经破产了。

埃塔

为什么你老是没钱，布奇?

切至

布奇。

布奇

我发誓，埃塔，我也不知道。我这辈子一直像条狗一样努力工作，但就是一分钱没有。

切至

埃塔。

埃塔

太阳舞小子说，因为你是一个耳根子软的人。你总是花很多钱请大家度假，给每个人买喝的。还有，你的赌技可不怎么样。

切至

布奇

好吧，我想确实和这些原因有点关系。

切至

布奇和埃塔一起踩着自行车往前走。

埃塔

抢完快车之后呢?

布奇

太阳舞小子告诉你关于玻利维亚的事没？

（埃塔点点头）

你是不是也认为我疯了？

埃塔

（她是这个意思）

你在那儿找不到契合心意的事情来做的，除非你碰巧是个小偷。

布奇

你跟我想的一样，埃塔。

埃塔

（她以前听过这样的话）

当然，当然，当然；我有着世上其他人无法匹敌的洞察力。

布奇笑了，倾过身躯，轻轻地吻了她的脸颊。她看了他一会儿。

布奇？你有没有想过如果我先遇见你的话，我们两个才会是在一起的那对呢？

切至

布奇。

布奇

我们已经在一起了，埃塔。你还不知道吗？

切至

埃塔。他最后一句话说得直截了当，现在她对自己的心意完全不能确定了。

切至

布奇。

布奇

我的意思是，你正骑在我的自行车上。在某些阿拉伯国家，这就相当于你嫁给我了。

切至

埃塔。她突然大笑起来，紧紧地抱着布奇。

太阳舞小子的声音

（画外音）

嘿。

切至

太阳舞小子站在埃塔家门口。

太阳舞小子

你在干什么？

切至

布奇，太阳舞小子和埃塔。此时布奇向房子这边骑来了。

布奇

我只是在偷你的女人。

太阳舞小子

带走，带走。

布奇

你真是个浪漫的混蛋，我会如你所愿的。

埃塔

（对布奇耳语）

我爱那个人，你知道为什么吗？

布奇

不知道，为什么？

埃塔

（遗憾地）

我之前有点希望你能把我抢走；但我现在一点也不指望了。

随着她说出这番话，同时一系列快速的蒙太奇镜头出现。所有镜头加起来，给人留下非常清楚的印象——现在正在发生的，是快车再次被人劫持了下来。这些快速剪辑的镜头有：

（1）沿车顶移动的太阳舞小子；

（2）快车的巨大轮子开始减速；

（3）几个劫匪跳到了车厢中间的位置，拉好枪，做好了准备；

（4）列车员一动不动地站着，举起双手；

（5）一节满载乘客的车厢，大家都非常安静地坐着，气氛紧张得像地狱一样，现在——

切至

快车。布奇在逐渐接近它。在他身后的是太阳舞小子。

布奇

好了，好了，开门。

车厢里的声音

（画外音）

我为 E. H. 哈里曼先生工作。

布奇

（高兴）

嘿，伍德科克。

切至

伍德科克在车厢里。他受伤了，还缠了绷带，但行动灵活。

伍德科克

（他也不是不高兴）

嗨，布奇。

切至

车厢外的布奇。

布奇

你还好吗？太好了。让我们看看你。

切至

伍德科克。他不买账。

伍德科克

这次，布奇，你该给予我更多的尊重，我不会举手投降的。

切至

布奇。

布奇

你不想再被炸飞了吧？

伍德科克的声音

（画外音）

布奇，如果这只是我的钱，我乐意被你抢了去。但我是在给 E. H. 哈里曼先生打工……

一个新的、非常响亮的声音

（画外音）

启动这列快车！

切至

一个跟大象一般的大块头女人站在最近的车厢楼梯上。她重重地跳到地面，横冲直撞地向布奇和太阳舞小子走去。

大块头女人

（她来的时候）

我是一名女性，而且已为人祖母了，我有自己的权利！

切至

布奇看着她走来。

布奇

我们已经够麻烦了，女士，所以……

大块头女人

你吓不倒我的。没有人能吓倒我的。

切至

大块头女人推开太阳舞小子，冲着布奇走去。太阳舞小子的脸上有一种奇怪的表情，很难分辨它到底是什么，但肯定不是微笑。

太阳舞小子

我们没时间和她废话了。

切至

伍德科克在车厢里。他靠在车门上听着外面的动静。

大块头女人

（画外音）

你们可以欺负其他人，但我不害怕。我能戒掉威士忌，戒掉赌瘾，我也能跟你们斗一斗。

布奇

（画外音）

（小声道）

太阳舞小子，把枪放下。

太阳舞小子

（画外音）

我告诉你了，我们没有时间。

布奇

（画外音）

但使用暴力的意义何在。

太阳舞小子

（画外音）

这是伍德科克唯一能听懂的东西。

（现在声音更大了）

伍德科克?

伍德科克

我听到了。

大块头女人

（画外音）

（几乎语无伦次）

不！不！

伍德科克

你们要对她做什么?

太阳舞小子

（画外音）

不管做什么，我是被逼动手的。

伍德科克

好吧，放开她！你们只是冲着钱来的。钱就在这里。

大块头女人

（画外音）

拜托，我只想让快车开动。来人啊—— 拜托——

太阳舞小子

（画外音）

把门开开，伍德科克，或者跟她说拜拜。

伍德科克

（心烦意乱）

但我还有工作要做。

太阳舞小子

（画外音）

我也有我的工作要做。

大块头女人

（画外音）

帮帮我—— 拜托——

切至

布奇，太阳舞小子，还有那个大块头女人。太阳舞小子紧紧地抓住她，用手捂住她的嘴。他的两杆枪都藏在枪托里。

布奇

（继续模仿大块头女人，就像他刚才一直在做的那样）

哦，天呐，来人做点什么呀？

切至

伍德科克。他很痛苦。

伍德科克

没人会滥杀无辜。

太阳舞小子

（画外音）

是的，伍德科克。你要负责她的安危，而不是我。

（现在有枪扣动扳机的声音）

切至

布奇惟妙惟肖地模仿。

布奇

天堂上的天父啊……

切至

伍德科克。特写。

伍德科克

住手！

（当他把门推开的时候——）

切至

布奇、太阳舞小子和大块头女人站在那儿。

切至

伍德科克摇着头，他意识到自己被骗了。

伍德科克

我该怎么向可怜的哈里曼先生解释？

切至

布奇和太阳舞小子上了车。太阳舞小子带着一盒炸药棒，他们一踏进车厢里，两人都怔住了。

布奇

伍德科克，你为什么要买那样的东西？

切至

伍德科克站在闻所未闻的巨大铁路保险柜旁。

伍德科克

我很抱歉，布奇。但你轻而易举把上一个保险柜给炸了，我只是想做点什么。

切至

布奇和太阳舞小子。布奇指了指一盒子的炸药棒。

布奇

把那个给我再弄点来。

（他伸手去拿那些炸药棒——）

切至

布奇在火车车厢内快速、高效地工作。他现在开始出汗了，因为他要把炸药插进保险柜。

切至

保险柜里装满了炸药。

切至

炸药中心引信。布奇一点着它，它就开始嘶嘶作响，向炸药棒那段烧去。

切至

布奇从车厢里赶紧跑了出来。

切至

保险柜在一场毁灭性的爆炸面前坍塌。有那么一瞬间，只有刺眼的光，紧接着是震耳欲聋的声音。整个该死的火车车厢都被炸离了地面，随着声音的消失，空气中充满了某种东西：钞票。

切至

天空的景象，一张张钞票在微风中飘动。

切至

布奇和太阳舞小子。太阳舞小子开始大笑。

太阳舞小子

看来你是用了足够的炸药，布奇?

切至

钞票在微风中飞来飞去，似乎装满了天空。

切至

山洞帮成员开始抢钱。有些人爬向地面，其他人跳向半空，试图抓住飘动的钞票。

切至

布奇开始嘲笑自己的愚蠢。

切至

太阳舞小子咆哮着。

切至

风吹着钞票往前跑，山洞帮成员就一直跟着。他们就像扑蝴蝶一样，四下乱窜，跳跃，爬行，转身。

切至

布奇。他的笑声慢慢消失了。他眺望着，在注视着什么东西。

切至

远方，一台火车引擎拖着一节巨大且看上去很奇怪的车厢。

切至

布奇仍然在看着引擎和奇怪的单节车厢。太阳舞小子就在他身边，他们两人一起看着。在他们周围，手下们仍然争先恐后地收集着一张张钞票。

切至

引擎拉着单节车厢，越来越近。

切至

布奇和太阳舞小子看着它越靠越近。

布奇

现在，这天杀的是怎么回事？

切至

车厢越来越近了。现在到处都是音乐声，紧张而快速，但音量还不算大。火车和单节车厢继续朝摄影机方向驶来。

切至

布奇和太阳舞小子面面相觑。

切至

车厢离得还有一定距离，但现在音乐更快了，而且随着车厢继续稳步、迅速地驶向摄影机方向，音乐也开始变响，逐渐积累，酝酿，然后毫无预兆，我们将迎来：世界上最长的运动镜头！

摄影机开始向车厢移动。当摄影机启动时，车厢停下来在那里等着，音乐声比以往任何时候都要响亮。当摄影机不断运动，像子弹一样射向车厢时，车厢稳如泰山地停在铁轨上，现在音乐开始震耳欲聋了。如果是赛车手克雷格·布里德洛夫[①]，他肯定把摄影机当作赛车一样轰鸣般地开向车厢。现在离得很近，真的是非常非常近了，几乎就要冲到那辆该死的车厢顶上，就好像摄影机要撞上它的侧面一样，整个车厢都上下摆动着。摄影机就像人脸在受到重击后那样反弹回来。武装队从车厢里冲了出来，占满了整个镜头。他们大概由六个人组成。作为一个群体，他们不论从外表，还是行动力等各方面看都相当不错。

切至

布奇和太阳舞小子。

布奇

不管他们是干什么的，我都不想遇上他们。

（他转了转身，对那些敛钱的人喊了一声）

别管钱了！

切至

如魔鬼降临般的武装队骑马飞驰，此时他们还在离布奇一伙人很远的地方。

切至

太阳舞小子跳上马，抓住布奇的马绳子，把它牵给身处山洞帮成员之中的布奇。布奇此时正催促着大伙留下钱赶紧离开。

① 克雷格·布里德洛夫（Craig Breedlove），美国职业赛车手，也是五次世界陆地速度纪录保持者。

切至

远处的武装队现在更近了。其中一个人伸手去拿来复枪。

切至

布奇把手下的人从地上散落的厚厚一沓钱堆里拖走。渐渐地，大多数的山洞帮成员开始向他们的马跑去，但是万事通和扁鼻子还在追钱。

布奇

（对着万事通和扁鼻子）

你们两个发疯的白痴——

（疯狂地向武装队方向做手势）

你们认为他们是被人派来帮我们忙的吗?

当万事通和扁鼻子低声说道“我来了”“马上”“等一下”等时，布奇骑上了马。

切至

武装队。所有的人都拿出了枪。

切至

太阳舞小子骑着马。山洞帮中有几个人紧挨着他。在他们身后是枪林弹雨。

切至

万事通，还有扁鼻子已经动不了了。万事通受伤严重，尽自己最大的努力爬着。又来了一枪。万事通无法动弹。

切至

布奇、太阳舞小子向他奔来。太阳舞小子回头望去，布奇也跟着他盯着看。

切至

万事通和扁鼻子死了。

切至

武装队紧紧地聚集在一起。

切至

布奇和太阳舞小子一动不动地看了一会儿。

太阳舞小子

布奇?

布奇

什么?

太阳舞小子

他们都是些好手。

(说完这个,他们离开了——)

切至

布奇和太阳舞小子追上了自己的手下。

切至

从非常高的地方摄影机俯拍。画面里仿佛两只巨大的黑蜈蚣正在你追我赶。在前面,山洞帮快马加鞭。在他们身后的武装队策马奔腾。他们前面的路途平坦,两侧群山环绕。

切至

山洞帮。摄影机还是从上向下拍摄他们,但角度稍微矮了一点。马的声音很大。然后听见布奇的声音。

布奇

（大声喊出来）

分开逃！

就像炸裂的日光，山洞帮众人四下散开了，每个人都朝着不同的方向跑去，除了布奇和太阳舞小子，他们并辔而行。

切至

布奇和太阳舞小子登上了山顶。太阳舞小子先到了一步，他短暂地停了下来往回一瞥。布奇只在他身后一两步远，也几乎快要爬上来了。

布奇

还有多少人在跟着我们？

太阳舞小子

全部。

布奇

（目瞪口呆）

全部？

布奇现在站在山顶上太阳舞小子的旁边，他也停了下来，回头看了看。

切至

武装队聚拢在一起，从远处比较安全的地方向他们追来。其他的山洞帮成员都逃走了。

切至

布奇，大发雷霆，指向自己的手下。

布奇

（指着他的手下，对着武装队大喊）

你们怎么不去追那些家伙?

切至

太阳舞小子离开了，布奇紧随其后。

切至

武装队一直跟着两人。

切至

布奇和太阳舞小子尽可能骑得飞快。

切至

武装队的速度保持不变，队形维持得很好。什么变化都没有。他们就像一台机器。

切至

布奇和太阳舞小子以史无前例的速度向前狂奔。紧张感和压力显现。当这场追击开始时，旭日高悬。而现在太阳已留下阴影。他们的脸紧绷着，满是紧张。

切至

武装队继续奔驰，比以往任何时候都更像一台机器。

切至

布奇和太阳舞小子。他们正在接近一个岔路口。在最后一刻他们向左转，沿着那条最难走的路逃跑。

切至

布奇和太阳舞小子继续前行。现在太阳留下的影子更深了。他们的压力也更大了。

切至

布奇和太阳舞小子。他们突然停了下来。

布奇

我想我们甩掉他们了。你觉得呢?

太阳舞小子

没有。

布奇

我也觉得没有。

他们又出发了，飞奔而出。

切至

水源地。太阳舞小子站在他的马旁边。布奇斜靠着自己的马。两匹马正在喝着水。

太阳舞小子

马跑不动了。

布奇

我也觉得。

（当太阳舞小子撤下马鞍时）

我们只能去妓院，就这一条路了。到了那儿就没事了。

切至

妓院里的范妮·波特，看起来忧心忡忡。

范妮

有麻烦了?

布奇和太阳舞小子入画。布奇点点头。

布奇

把甜脸儿给我带来。

切至

一个旋转式的长镜头，穿过妓院的主楼，一直移动到楼梯。没有人是静止的——布奇和太阳舞小子在整个拍摄过程中稳步走在楼梯上，剩下的移动镜头围绕着他们两人旋转。

太阳舞小子

（对着一个跑过来的酒保）

把我们的马牵来，它们在后面。

布奇

（他正在和甜脸儿谈话。甜脸儿有着一张老去的娃娃脸，柔软且粉红。跟他比起来，再显嫩的老汉都被衬成村夫）

听着，你这个糟老头子。我知道你是个撒谎的骗子，可谁能看得出来呢。所以快到前门那边去。

太阳舞小子

（几乎是在楼梯口，对酒保说话）

好好喂饱它们，然后别让其他人发现它们。

布奇

（他现在在楼梯上，对甜脸儿说）

说你不到十分钟之前，看到我们骑马穿过镇子离开了。这事办好了，我会好好奖赏你的。

当他和太阳舞小子同时上二楼的时候，旋转的长镜头结束。

切至

一团非常漂亮的金色长发。

镜头拉远，画面中出现

楼上的房间。桌子上有威士忌酒瓶和玻璃杯。太阳舞小子站在窗帘旁，望着窗外，布奇坐在一张椅子上，和金发的主人紧紧地搂在一起。她的名字叫阿格尼丝，之前她来找布奇参加钢琴师的派对时，我们已经见过她了。阿格尼丝可不是那种来自布林莫尔学院①的荣誉协会②成员。

切至

布奇。拥抱结束了。他闭着眼睛，轻轻地抚摸着阿格尼丝的脸颊，紧紧地拉着她，用柔声说着话。

布奇

你知不知道，你一直盯着窗外快把我逼疯了？我跟你发誓，甜脸儿能处理好这件事。他不敢说出来。他就是这么怕我。

切至

太阳舞小子还在看着窗外。

切至

窗外。可以看见甜脸儿正坐在对面街道，专心地削着木头。现在是黄昏，太阳就要落山了。

布奇的声音

（画外音）

---

① 布林莫尔学院（Bryn Mawr College，简称 BMC），建校于 1885 年，是美国一所女子文理学院。

② 荣誉协会（Phi Beta Kappa）是美国大学高材生组织，也被叫作“PBK 联谊会”。

你这么把脸伸到窗户外面，我怎么能全神贯注在阿格尼丝身上呢？

切至

室内。太阳舞小子并没有离开窗口。布奇仍在爱抚阿格尼丝。

阿格尼丝

你真了不起，布奇，你知道吗？

布奇

你能说得具体点吗，阿格尼丝？

切至

窗外的景色。甜脸儿很快地抬起头来，然后又很快地低头继续削着木头。镜头停顿了一下。武装队出现了。他们一出现——

切至

房间内。

太阳舞小子

（尖锐地）

布奇！

布奇走到窗前，向外张望。阿格尼丝还在他的臂弯里。

切至

窗外的街道。武装队停了下来。甜脸儿抬起了头。

布奇的声音

（画外音）

好的，甜脸儿，给他们一个微笑。

甜脸儿笑了。然后他站起来向武装队走去，用手托住一只耳朵，意思是他的听力不太好。

切至

布奇、太阳舞小子和阿格尼丝看着。

布奇

我发誓，如果他在我面前告诉我，我自己十分钟前出城了，我都会信的。

切至

外面的街道。甜脸儿现在点点头，指向了街道。武装队离开了。甜脸儿坐下来，又开始削木头。

切至

房间里。布奇长长地松了一口气，连太阳舞小子也放松了。阿格尼丝小心翼翼地开始脱衣服。太阳舞小子注意到了这一点。

太阳舞小子

别，可别让我留下来。

（他走了）

切至

阿格尼丝继续脱衣服。她一边脱，一边说出对布奇的感情。这一刻有两件事有点奇怪：（1）他们两人背对背各自坐在床的两侧，而不是面对面坐在床上，她说话时的语气就有可能凸显出来；（2）阿格尼丝的话有一种明显死记硬背的感觉。

阿格尼丝

你是我见过的唯一的真汉子，布奇。不仅仅是因为你在大家身上花了那么多钱。而是因为你——

切至

阿格尼丝一边说，布奇一边尽力把靴子脱下来。

阿格尼丝的声音

（画外音）

你总是关心我到底开不开心。很多其他女孩子，她们可能只会在你花钱的时候想和你在一起。我，我不在意衣服、钱、珠宝和皮草。还有——

（她停了下来。因为从外面传来越来越明显，离得越来越近的马蹄声——）

切至

太阳舞小子推开房间的门，冲到窗前，布奇也跑了过去。

推至

甜脸儿被武装队包围。他们举着枪，一秒都没有耽搁，甜脸儿指着布奇和太阳舞小子藏身之处的窗户。

切至

布奇和太阳舞小子在平坦的屋顶上奔跑时，落日余晖映衬着两人的剪影。他们跳到矮一点的建筑上，快速穿过。

切至

布奇和太阳舞小子。摄影机放在地面上，仰拍两人纵身一跃、重重地摔在地上的镜头。

切至

太阳舞小子站了起来，然后帮了把布奇，他们两人迅速跑向拐角。

切至

布奇和太阳舞小子向大楼的下一个拐角处跑去，跑到那里后，牢牢地站住了。

切至

武装队的一名成员。他背对着他们，手里拿着枪。他看守着背景里武装队的马。

切至

布奇和太阳舞小子偷偷向这名守卫跑去。布奇打了他的腹部，扭住了他的胳膊，而太阳舞小子用他的枪托猛击守卫的脑袋。守卫一声不响地倒下了。

切至

太阳舞小子向另一个方向移动，向布奇招手。

太阳舞小子

我们的马在这儿。

切至

布奇。

布奇

把我们的马牵来。

（然后他冲向武装队的马——）

切至

布奇走到那群马的跟前。它们身形巨大，一动不动。他很快地从一匹马走向另一匹，依次放了每一匹，直到所有马都被放了为止。

布奇

（他的声音很急促，但不是很大声）

好的，走着。

（马站在那里）

走啊，我跟你说了。

（他牵着一匹马走了几步，声音比之前大了点）

好了，现在就去吧，去吧。

（马一动也不动。布奇比之前更大声了点）

滚！

（马待在原地）

天杀的，你这头畜生，快走！

切至

太阳舞小子骑马过来，牵着布奇的马。

太阳舞小子

呆头呆脑的畜生们，别叫了。

布奇翻身上马，即将起程。他回头看了一眼。

切至

武装队的马。它们站得很稳，原地等待。

切至

布奇和太阳舞小子。

布奇

（摇头）

肯定有人训练过它们。

切至

布奇和太阳舞小子以最快的速度驶入黑暗中。

切至

零散的一些树。现在是晚上了。天上挂着一小轮月亮。布奇和太阳舞小子骑马经过。

切至

大片的树林。茂盛繁密。这里很黑。布奇和太阳舞小子出现了，他们骑得很慢，姿势丑陋，树枝不断地鞭打着他们。

切至

森林的深处。他们慢慢骑过去时，树木不停地围攻着两人，他们尽最大的努力保护自己。

切至

黑暗。树林仍然绵延无际。突然，布奇把缰绳拉了起来。

布奇

我们为什么要这么折磨自己？现在是晚上。如果他们没在追杀我们呢？

太阳舞小子

如果他们在呢？

（他不停地骑着马）

布奇跟在他后面。

切至

布奇和太阳舞小子骑着马。他们的脸都被割破了，衣衫褴褛。

切至

太阳舞小子骑着马到了一片空地处，停了下来。

太阳舞小子

哪条路？

布奇

（停在他身旁）

该死，这不重要。我之前也不知道我们会去向何方，但我们不就自然而然地在这儿了嘛。所以只要他们不能继续跟着，我们就安全了。

太阳舞小子

你真的这么想？

布奇

如果你也这么想，我会的。

（他骑马走了）

太阳舞小子骑在他后面。

切至

两匹没人骑乘的马。

镜头拉远，画面中出现

山顶。马被牢牢地拴着。夜深人静。山顶上，布奇和太阳舞小子一道坐着，凝视着他们来时的路。两人沉默了片刻。

布奇

你觉得我们看了多久了？

太阳舞小子

有一会儿了。

布奇

那你确认他们不会再追过来，还需要多久？

太阳舞小子

再过一会儿。

切至

布奇。他站起来伸懒腰。

布奇

我不再干偷牲口这档子事后，就没骑过这么长时间的马了。那个活儿太痛苦，从早到晚，没法睡觉，吃的东西都馊了。

（突然他的语气变了）

嘿?

太阳舞小子

（布奇蹲在他旁边）

我看见了。

切至

一段长镜头展现他们刚刚穿过的那片深邃森林。现在，第一次，武装队开始呈现出一种近乎幻影的特性。我们所看到的，是一团从远方而来、缓慢移动的幽光。它永不停歇，也从不快速移动，但这团微暗之光一直朝他们走来。

布奇的声音

（画外音）

（低语）

你觉得是火把吗?

太阳舞小子的声音

（画外音）

也许是，也许是灯笼。

布奇的声音

（画外音）

他们正沿着我们来的那条路追踪。

太阳舞小子的声音
（画外音）
确实是。

布奇的声音
（画外音）
我做不到。你能做到吗？他们究竟怎么做到的？

切至

布奇。特写。忧心忡忡。

布奇
（他第一次开始喋喋不休）
那些家伙到底是些什么人？

切至

布奇和太阳舞小子骑上马。

切至

森林中，他们身后闪耀着武装队的亮光。亮光一直不停地向前奔来。

切至

布奇和太阳舞小子。他们沿着一条小径并排行驶，边走边说话。

太阳舞小子
（两人一遍又一遍地说着）
你确定这招管用吗？

布奇
确定。

太阳舞小子

那你还很确定甜脸儿很怕你呢。

布奇

这次肯定没问题。

切至

小径在这里分岔，布奇和太阳舞小子并排出现在画面中。太阳舞小子深深地吸了一口气，为他的动作选择时机，然后换马，趴在布奇的背上。当小径分开时，布奇和太阳舞小子骑在同一匹马上走一条道，而太阳舞小子的马本来应该走另一条路，可是它一直跟着太阳舞小子。太阳舞小子用自己的帽子猛拍了一下马，两个人都喊着让那个畜生离开。

切至

太阳舞小子的马停下来了。

切至

布奇和太阳舞小子继续前进。

切至

太阳舞小子的马，走在另一条道上。它跑进黑暗中消失了。

切至

布奇向前奔去。

镜头拉远，画面中出现

另一座山的山顶。随着地形的变化，这座山比之前的那些更为崎岖。太阳舞小子靠在布奇的后背上，盯着他们前面的山路。背景里有一匹马。天还黑着，但眼看着很快就要天亮了。

布奇

（继续他紧张兮兮的举动）

一旦他们分开追踪，我们就逐个击破，没问题，对吗？

太阳舞小子

也许吧。

（正说着，他打了个响指，指向——）

切至

武装队的亮光在前面稳稳地出现了。

布奇的声音

（画外音）

他们现在应该快到达分叉口那片了。

武装队的亮光消失了。

太阳舞小子的声音

（画外音）

他们在那里。

布奇的声音

（画外音）

我想知道会有多少冲着我们来？我希望我们有来复枪的。他们有来复枪。但管它呢，我们可以出其不意，对吗？

武装队的火把现在分开了。一股光芒向摄影机的方向移动。另一股开始朝不同的方向走去。

切至

布奇站起来，再次来回踱步。

布奇

（拿出他的枪，开始一边踱步一边检查）

目前他们做的事情都是我们希望看到的。所以你认为这里是尝试着拿下他们的好地方吗？下到更靠近小路的地方或者——

太阳舞小子的声音

（画外音）

（大声地）

该死。

当布奇转过身的时候——

切至

武装队。慢慢地，两支发光的队伍又走到了一起。他们汇合起来，现在只有一列光了，一次又一次地闪耀着。缓慢无情地，光芒开始向摄影机方向移动。

切至

近景。太阳舞小子。这是第一次，太阳舞小子的紧张都写在了脸上。

太阳舞小子

那些家伙是谁？

切至

武装队的光芒继续缓慢地向他们移动过来。

切至

雷·布莱索警长在床上睡着了。他在一所小监狱旁的小房间里。从一扇窗户处俯瞰出去，可以看见外面崎岖的地形。雷·布莱索是个上了年纪的大块头男人，快六十岁了。

切至

布奇和太阳舞小子走进房间，布莱索醒了过来，抬头看一眼后，突然从床上弹了起来，很显然他被眼前的一切给吓到了。

布莱索

你们在这里干吗?

布奇

放轻松，雷。

布莱索

（霸气地驳回布奇开口跟他说的一切）

见鬼，放轻松? 就算我们是朋友，你们也没权利。你们有没有想过别人要是看见我们在一块怎么办? 我太老了，找不了另一份工作了。

（瞪着他们）

你们至少得按规矩拔出你们的枪。

（当两人拔出枪时，布莱索拉过来一把椅子，自己坐在椅子里然后把绳子扔给太阳舞小子，太阳舞小子犹豫了片刻）

来吧，来吧。拿上它，从我的脚开始绑起。别拴得太紧，不然等你们走了我自己松不开了。

接下来，我们看到太阳舞小子绑住布莱索并堵上了他的嘴，而布奇在房间里走来走去，一直注意窗外的变化，对跟在自己屁股后面追来的万事万物都保持警醒。

布莱索

你们答应过我永远不会来我的地盘。

布奇

我们遵守了诺言，不是吗，雷?

太阳舞小子

我们从来没在你附近抢过任何东西。

布奇

我们跟行当里的每个人都说，“别烦老雷”。

太阳舞小子

我们对你很好，雷。

布奇

现在换你对我们好一点。你要帮助我们参军，去跟西班牙人打仗。

布莱索

你们可是臭名昭著的法外之徒。

太阳舞小子

我们不干了。

布莱索

（爆炸）

你们把我叫醒就是为了告诉我你们改过自新了？

太阳舞小子

这是事实，雷，我发誓。

布奇

不，我们不要跟雷撒谎，我们还没有改过自新，我们也永远不会。

（他现在非常诚实）

只是，我们的祖国陷入了战争，而我们的青春小鸟也一去不回了。我们厌倦了自己的生活，雷。

布莱索

（沉默，然后）

胡说八道！

布奇

好了。特殊情况出现了。而且可能会管用，雷。很多像我们这样的人都参军了；我们也可以，如果你愿意伸出援手。要么假装我们通过了考试，或者告诉政府我们已经从头再来了。他们肯定相信你；娘的，你从来就没做过不诚实的事，你多大了，六十岁？

布莱索

但是，你们在赦免期干了太多事。而且你们太有名了，根本掩盖不过去。之前有机会的时候你们就应该乖乖地给人杀了。

太阳舞小子

我们在请求你的帮助，雷！

布莱索

这些事让你俩惊慌失措了，可是太晚了。你们可能是这个地区有史以来最高悬赏的犯人。但从长远来看，你们就只是两个小小的不法分子。我从没见过一个人比你更和善了，布奇；或是比太阳舞小子拔枪更快的人。不过你们仍然是两个东躲西藏的小逃犯。

布奇

你还不明白，雷。外面有人在追我们。我们也许可以再跑一段时间，但如果你能——

布莱索

你们只想躲起来直到从前的好时光重现，但一切都结束了。结束了，你们还不明白吗？一切都结束了，你们两个会死得血淋淋，你们所能做的只是选择死在哪儿。

（现在变得更加柔和）

对不起，我老了，也变得刻薄了。让我闭嘴吧，太阳舞小子。

切至

太阳舞小子和他手里塞嘴用的东西。

切至

武装队的火把，现在可以从远处看到了。

切至

布奇走到后门，打开门，走出去。片刻之后，太阳舞小子跟着他。

切至

布莱索被堵上了嘴，盯着他们离去的背影；他情绪激动，摄影机在老人身上停留了一阵子。

切至

太阳让人目眩神迷。

切至

布奇和太阳舞小子同乘一匹马并尽可能地策马前奔，因为此处是一条狭窄通道，且两侧被巨砾包围。此时他们进入多山地带，马蹄打滑，但很快稳住了身子，他们继续前进，没有放慢脚步。

切至

一条山溪。布奇和太阳舞小子骑马从中穿过，很快又折返进山溪，踏水而行了一会儿。然后他们走出山溪，又立刻折回溪水中，令人惊讶地再次蹚过溪流，这才快马加鞭起来。

切至

布奇和太阳舞小子坐在马上。他们面无表情，马儿也是一样，他们三个在一条几乎看不见道路的狭窄通道上等待着。

切至

布奇和太阳舞小子。特写。这段镜头很长，在他们等待的时候，几乎没有呼吸声，他们聆听着最不可想象的声音。首先他们什么都没有听见，然后等两人的耳朵适应了这一切，他们听见了风起又落的声音，风再起时，布奇和太阳舞小子还在一动不动地等待，想要确信自己是不是完全安全了，现在风中又响起了另一个声音，是武装队的马蹄声。

切至

布奇和太阳舞小子往死里赶着自己的马。

切至

布奇和太阳舞小子以最快的速度沿着另一条道向前狂奔。他们感到了前所未有的焦虑，但两人已经花光了力气策马前行，顾不上隐藏自己的情绪了。

切至

布奇和太阳舞小子在马上砥砺前进，两人进入了一个被巨石包围的区域。这是一个很难骑马通过的地方，但他们继续前进，浑身是汗，不停地被汗滴拍打着。

切至

布奇和太阳舞小子骑得比以前更快了，他们试着一次又一次改变方向，一秒都不敢减速。

切至

布奇和太阳舞小子再一次一动不动地坐在马上。这是另一个长时间仔细听声音的镜头，只是他们现在因为一路狂奔想要凝神屏气有点困难，所以很难达到完美的寂静无声。和之前一样，没有声音，什么也没有。然后，还是和之前一样，只有风的声音，接着风就停了。很快风又再起，他们身后传来一块岩石滑下来的声音，这意味着武装队死死地跟着他们，布奇绝望地跑来跑去，拿出他的枪，此刻太阳舞小子的火力已经就绪，他一遍又一遍地开枪，声音在巨石上爆炸。

切至

一只小小的死蜥蜴，是它发出了他们之前听到的声音，小石块滚了下来。

切至

布奇和太阳舞小子看着对方，两人把枪放了下来。他们沉默不语，两人已经明显风声鹤唳紧张不已，彼此也心知肚明。太阳舞小子收起了枪，布奇也照做了。他们不再望着对方，而是看向远方，开始继续骑马。

切至

马，空无一人。它静静地站立着。

切至

布奇和太阳舞小子步履维艰地攀登着巨石。太阳太过明亮，光线猛烈地反射下来，他们一路汗流浃背地爬上了山顶。

切至

太阳，现在比以往任何时候都更加耀眼。

切至

一个超长镜头，耀眼的太阳从岩石上反射出来，一切都很难看清楚。

但是，在很远的地方，还是可以看到武装队的身影。看着他们就像在看海市蜃楼一样。

切至

布奇和太阳舞小子眯着眼睛，遮住阳光，拼命想看个究竟。

切至

海市蜃楼一般的镜头。人们很难搞清楚发生了什么，但也许所有的武装队都在马背上，除了一个人，这个人可能正双腿微屈，盯着地面。

切至

布奇和太阳舞小子斜视着。

布奇

难道他们不知道在大石头里边跟踪别人是很愚蠢的吗？

太阳舞小子

是啊，他们确实表现得很白痴。

布奇

（友善地）

他们开始惹毛我了。

太阳舞小子

（不那么友善）

这些到底是什么人？你还记得去年夏天，你、埃塔还有我去丹佛度假的时候吗？

切至

布奇。特写。他完全被这个问题给问住了。

布奇

我很高兴你提起这件事。这真是个很“重要”的话题。想想我们现在的情势吧。

切至

太阳舞小子。特写。他在这里陷入沉思的程度，和一旁布奇的恼火水平相当。

太阳舞小子

我们那晚去赌博了，记得吗?

切至

布奇和太阳舞小子。

布奇

当然，太阳舞小子，我记得。我们先在酒店吃了晚饭。我吃了烤牛肉，埃塔点了鸡肉。如果我能记得你吃了什么，我就算死了也很开心。

太阳舞小子

（无视布奇，径直说道）

看那儿。

（顺着他手指的方向——）

切至

海市蜃楼一般的镜头。依旧很难看清楚任何事物，但似乎所有的武装队成员仍然坐在马背上，除了一个人，他仍然微屈双腿，盯着地面。

太阳舞小子的声音

（画外音）

我们要聊聊那晚的一个赌徒。他给我们讲了一个印第安人的事儿，一个纯种印第安人，不过他给自己取了个英文名字，什么什么先生。

布奇的声音

（画外音）

洛德·巴尔的摩。

太阳舞小子的声音

（画外音）

对。他自称洛德·巴尔的摩，他可以追踪任何人。怎么都行。无论白天黑夜。

切至

布奇和太阳舞小子躺在巨石上，向外凝视。

布奇

所以？

太阳舞小子

跪在地面上的那个人——我想是他。

切至

海市蜃楼一般的镜头笼罩着地面上那个人。布奇和太阳舞小子似乎正努力撑爆眼睛盯着那一点看，想要搞得清清楚楚，地上的那个人很可能就是那个印第安人，但是从岩石上反射出来的阳光太强了，距离又太远。在这个过程中——

布奇的声音

（画外音）

我看不清他。

太阳舞小子的声音

（画外音）

对，我也是。但很有可能就是他。

切至

布奇和太阳舞小子。太阳舞小子还往外盯着。布奇转向他。

布奇

除非他还会跑到俄克拉何马州以外的地方工作。洛德·巴尔的摩可是个严格意义上的俄克拉何马州人。虽然我不知道我们在哪儿，但肯定不在那儿，所以不可能是他，绝对不可能是他。

太阳舞小子

（点头）

我猜也是。

切至

海市蜃楼般的镜头。地面上的男子慢慢地起身了，然后向布奇和太阳舞小子的方向来了致命的一指。

太阳舞小子的声音

（画外音）

但不管他是谁，肯定是个人物。

地面上的人们上马了。武装队开始再次稳步地、意料之中地向前行进。

切至

布奇和太阳舞小子。两个人骑在一匹马上，尽可能地快马加鞭全速前进。

切至

高角度俯拍镜头下，峡谷间的一条小径。这时此处土地愈发荒凉，岩石巨多且越来越与世隔绝，但同时也越来越美丽。在俯拍镜头之下，我们还可以辨认出布奇和太阳舞小子。

镜头拉远，画面中出现

在他们身后的武装队。现在武装队更近了，像一台机器一样平稳地移动着。

切至

布奇和太阳舞小子骑着马。布奇现在一脸的紧张。他们在岩石上休息了一下，他回头看了看，我们知道他在看什么。

布奇

不管怎样，去死吧！他们不饿？他们不累吗？

太阳舞小子

会累的。

布奇

（积蓄愤怒值中）

那他们为什么不减速？见鬼，他们可以加快速度，那也没问题。至少算有点变化。他们甚至连队形都没乱。

（喊叫）

快想点办法！

切至

海市蜃楼般的镜头。武装队跟之前一样继续前进。

太阳舞小子的声音

（画外音）

他们和马一样，肯定受训过。

切至

一片多岩礁区。

切至

布奇和太阳舞小子。太阳舞小子现在领着马，他们正以最快的速度前行。当地形允许时，他们就撒缰狂奔。

切至

布奇和太阳舞小子一直跑到危险缓和为止，布奇重重地绊倒在地。

布奇

（抓住绊倒他的石头）

你个愚蠢的石头！

（他把它砸向了岩石处）

切至

布奇和太阳舞小子走着，上气不接下气。他们满脸汗水。

布奇

嘿！

太阳舞小子

什么？

布奇

哪个警长最好？

太阳舞小子

你是说最难受贿还是最容易受贿？

布奇

最难的那个。

太阳舞小子

乔·勒弗斯。

布奇

（点头）

是他了。

太阳舞小子

为什么？

（自己回答了起来）

你疯了吗？乔·勒弗斯从来没有离开过怀俄明州。从来没有，你知道的。

布奇

但是他戴了顶白草帽，不是吗？你就是通过这顶帽子认出他是乔·勒弗斯的。

切至

海市蜃楼般的镜头。

布奇的声音

（画外音）

对吧？那么中间的那个男人……？

武装队离得太远了，我们不能准确地辨别出个所以然来。但是中间那个男人确实戴了顶帽子，很可能是白色的，也很可能是草编的。

切至

布奇和太阳舞小子夹在岩石中间，凝视着武装队。

太阳舞小子

（现在几乎是耳语）

那些家伙是谁？

切至

展现地形的镜头。现在情况愈发恶劣，两人更靠近山区了。并且景致非常漂亮。

切至

布奇和太阳舞小子踉踉跄跄地骑着马走着。他们尽可能挑最平坦的路走。但是现在，越来越多的路通向深山。

切至

布奇和太阳舞小子披荆斩棘。他们筋疲力尽，疲惫不堪；衣衫褴褛亦自顾不暇。他们停了一会儿，大口喘气，把空气吸入肺部。

切至

海市蜃楼般的镜头。武装队现在正在步行，他们的马跟在身后。不过武装队移动得很快，看起来毫不费力，犹如在梦中一般。

切至

布奇和太阳舞小子向后一看，继续前进。

切至

山景镜头。现在已经是下午晚些时候了。

切至

布奇和太阳舞小子让他们的马继续按之前行走的方向前行，两人下马走进了山中。

切至

马跑了。

切至

布奇和太阳舞小子向更高的山上走去。

切至

他们两人向前走着。布奇和太阳舞小子选的是一条比较宽阔的道路，选得不错。在两人所处高山的下面，偶尔可以看到一条山溪。

切至

布奇和太阳舞小子喘了口气，回头看他们来时的路。

布奇

我猜他们跟着那匹马了，对吧？

太阳舞小子

不是。

切至

他们下面的小路。武装队以步行方式移动到视野中来。

切至

布奇和太阳舞小子看着武装队变得清晰可见。

切至

武装队。他们徒步走得就像骑在马背上一样——队形整齐，悄无声息，毫不费力。

切至

布奇和太阳舞小子像是年逾花甲的老人一样走着。

切至

他们在一直走着的道路转弯了。山下，溪流变得更宽，水流更加湍急，持续不停。太阳的阴影开始变长。很快，暮色渐浓。

切至

布奇和太阳舞小子尽他们最大的努力赶路。道路虽然越来越窄，但仍然足够宽敞，两人可以并肩移动，强迫自己沿着这条路走下去。

切至

弯弯曲曲的小路。他们沿途跑了起来，然后开始慢下来，因为道路开始变窄了。

切至

小路。他们排成单行前行，太阳舞小子打头。

切至

从山下的溪流角度，仰视拍摄的双人镜头。这段距离也许有十五米远，当两人穿过阳光和阴影时，看起来非常、非常的渺小。

切至

他们加快了步伐。

切至

路变得更宽了，他们两个都飞奔了起来，不管自己身处何地。

切至

太阳刚开始从山上爬下来。

切至

这条溪流，现在它既宽阔又湍急，还沐浴在日光下，不过四周阴影笼罩。当溪流不停地旋转时，景象令人惊叹。

切至

这条路，到了尽头。

切至

布奇和太阳舞小子站在那儿，就站在那里，步履蹒跚地走在这条道路把他们引向的死胡同上。

布奇和太阳舞小子

（一起）

该死！

切至

一个拍摄他俩一脸惊讶站在那里的长镜头里，两人绝望的声音一遍又一遍地回响着。

切至

布奇和太阳舞小子转过身来，沿着他们来时的路往回走。

切至

武装队向他们移动。

切至

布奇和太阳舞小子看着他们朝两人靠近。

布奇

我想我们可以拼死一搏，或者干脆放弃。

（太阳舞小子点了点头）

如果我们放弃，就要去坐牢了。

切至

特写。太阳舞小子摇了摇头。

太阳舞小子

（一句话胜千言）

我坐过牢。

切至

布奇点头表示同意。

布奇

我也坐过。如果我们选择反击，他们就可以待在原地，困住我们，把我们饿死。

（他现在抬起头来）

切至

他们上面的山。高处有片平坦的空地，在那儿警卫队可以向他们开火。

布奇的声音

（画外音）

或者他们可以找好位置向我们开枪。

切至

布奇和太阳舞小子。

布奇

或者他们可以制造一场小小的岩崩，然后把我们击倒。他们还能做什么？

太阳舞小子

他们可能会向我们投降，但我认为我们不能指望这个。

切至

布奇。他笑了，但没笑多久。

布奇

（平躺着）

我们该怎么办？

切至

布奇和太阳舞小子。

太阳舞小子

你一直都是智囊，布奇；你会想出办法的。

布奇

啊，这句话真是让我如释重负。这段日子我都快丧失信心了。

（他回头看了看两人来时的路）

切至

武装队。戴白帽的人在做手势，现在武装队开始分开了，他们中的一些人开始向布奇和太阳舞小子上方的山路行进。

切至

布奇和太阳舞小子看着他们爬上去。

太阳舞小子

他们准备就位了。

（他掏出枪，开始仔细检查）

我们最好也做好准备。

布奇

（把枪准备好）

下次我说我们去玻利维亚，我们就要去像那样的地方。

太阳舞小子

下次再说。

切至

武装队。他们继续往上爬，飞快且静悄悄地穿山越岭。

切至

太阳舞小子。

太阳舞小子

（看着他们准备就位）

你准备好了吗，布奇?

布奇的声音

（画外音）

没有!

当太阳舞小子转过身来时——

变焦至

特写。布奇。他正在微笑。

布奇

跳!

切至

下面的溪流。它离地面有十五米远，异常湍急。

切至

布奇和太阳舞小子。

太阳舞小子

我们会下地狱的。

布奇

（现在真的很兴奋。接下来的这些对话彼此交叠，用单个镜头呈现）

不，不，没事的。溪水够深了，我们不会被淹死。他们永远不会跟到我们的。

太阳舞小子

你怎么知道？

布奇

如果没必要，你会往下跳吗？

太阳舞小子

我就算走投无路，也不会跳的。

布奇

这是唯一的办法。否则我们就死定了。这样一来他们不得不原路返回，来吧。

太阳舞小子

（抬头看山）

开几枪好留着脸面，我就想要这样。

布奇

来吧。

太阳舞小子

不。

布奇

我们必须这样。

太阳舞小子

不。

布奇

要这样。

太阳舞小子

离我远点。

布奇

为什么？

太阳舞小子

我想跟他们战斗。

布奇

他们会杀了我们的。

太阳舞小子

也许。

布奇

想死吗？

太阳舞小子

你想吗？

布奇

我先跳。

太阳舞小子

不。

布奇

好吧，你先跳。

太阳舞小子

不，我说的是——

布奇

（大声地）

你到底怎么了?

太阳舞小子

(更大声地)

我不会游泳!

(他就站在那里暗暗发狂,十分尴尬)

切至

布奇开始咆哮起来。

切至

太阳舞小子,积蓄怒火中。

切至

布奇。

布奇

你这个蠢货,光跳下去就可能会要了你的命。

切至

太阳舞小子现在开始笑了起来。

切至

他们二人。布奇取下自己装枪的腰带,抓住一头,把另一头递了出去。太阳舞小子抓住它,将其紧紧地裹在手上。他们走到小路的边缘,然后迈步向下。

切至

布奇和太阳舞小子在暮色中跳了下去。

切至

有史以来最盛大的水花飞溅。

切至

溪流像地狱般流淌着。

切至

布奇和太阳舞小子在水中生龙活虎。音乐声响起，和布奇与埃塔共骑一辆自行车时的配乐一样。当音乐渐响时，水流的速度也越来越快，就像配乐带着他们前行、旋转和转弯。

切至

武装队。在山边暮色中停住了。就在他们停在那儿的当口——

切至

布奇和太阳舞小子站在高处，快乐地打着旋。

镜头保持不动

夕阳中的布奇和太阳舞小子。他们在阴影中进进出出，水花四溅，两人咳嗽着握紧了配枪皮带，随着背景音乐达到高潮，他们安全地从视野中消失了。

淡出

淡入

埃塔家的门口。深夜。埃塔的双臂深锁两腿，下巴搁在膝盖上。她看上去半死不活。

切至

特写。埃塔。她只是坐在那里，等着，一动不动地弯着腰，给人一种她自打出生就这样的感觉，等她死后，就永远不会动了。

切至

晚上，天太黑了，看不清任何东西。

切至

布奇和太阳舞小子从黑暗中走向埃塔。他们已经走了很长一段路，身上什么都不剩。他们努力继续向前走。

切至

随着他们越走越近，埃塔站起身来。一句话也没说，她走过来迎接两人，将他们拥入怀中。埃塔和她的男人们，就这样站了一会儿。

埃塔

报纸上说他们已经抓到你们了。

太阳舞小子

勒弗斯吗，是他说的？

埃塔

（犹豫不决地点了点头）

乔·勒弗斯？……我想就是这个名字……

太阳舞小子

他们负责追踪的人呢？

埃塔

负责追踪的人？

布奇

是洛德·巴尔的摩吗？

埃塔

我想是的……报纸在里面。

布奇急忙跑进屋里去，埃塔抱着太阳舞小子一个人。但他们两人间的这次冒险经历，太阳舞小子尚未对埃塔提起只言片语，于是她放下了胳膊。

太阳舞小子

有够我们吃的东西吗？

埃塔

你难道不知道我肯定有吗？

切至

埃塔转过身去。她向前门走去，背对着太阳舞小子。

埃塔

外面谣传你们俩死了。

切至

太阳舞小子。

太阳舞小子

别把它当回事。

切至

她点点头，默默地朝房子走去。

切至

太阳舞小子看着埃塔离开。

太阳舞小子

其实……没关系的，你真要把它当一回事的话。

切至

埃塔开始向他飞奔过去，但动作还没完成一半，他已经搂住了她。她将太阳舞小子的胳膊围在自己身上，四周一片黑暗。他们不会拥抱很长时间，但我们仍然可以看到：他们关心彼此，他们在乎彼此。

切至

布奇在屋子里，坐在餐桌前，看着报纸。

布奇

（大声喊道）

嘿—— 是勒弗斯和巴尔的摩，你们知道还有谁吗？

切至

太阳舞小子和埃塔走了进来。埃塔去到炉子旁，在那里有一口大锅正在煮着东西，搞不好已经煮了好几天。她伸手去拿盘子。

切至

布奇和太阳舞小子。

布奇

（读着这些名字给他留下了无比深刻的印象）

杰夫·卡尔，乔治·希亚特，T. T. 凯利赫——

太阳舞小子

（这些名字也给他留下了印象；他坐在布奇对面）

我们侥幸逃脱，你明白吗？

（布奇点头）

为什么这些人要加入武装队来抓我们？

布奇

（把报纸折了起来）

别管了。这群乌合之众不会长久待在一起的。

切至

埃塔全神贯注地准备食物。

埃塔

你还没读完这篇文章，布奇。有人会一直雇佣这群人，直到你们俩死了。

切至

布奇和太阳舞小子惊呆了。

切至

她简短地看了他们一眼，点点头。

切至

布奇和太阳舞小子。

太阳舞小子

谁雇的?

切至

埃塔把食物盛在两个盘子上，小心翼翼地保证别洒出来。

埃塔

联合太平洋铁路公司的哈里曼先生。他讨厌你们打劫他。所以哈里曼先生配备了一辆特殊的火车，雇了一些特殊的人。你们过去几天就是在逃离这波人的追捕。这其实是一种恭维，如果你们愿意这么想的话。

切至

布奇、太阳舞小子和埃塔。

布奇

见鬼，找这么一套班子花的钱比我们从他那儿抢来的还多。

埃塔

很显然他负担得起。

切至

布奇。特写。他此刻狂躁、懊恼以及愤怒。

布奇

这个疯子哈里曼，做的哪门子亏本买卖。你认为要是我抢劫每次都亏钱，这事我还能干多久？他要是把阻止我抢劫的钱给我，我肯定就不干了。他可能所有钱都是继承来的。那些含着金汤匙出生的人，他们懂什么？

切至

太阳舞小子和埃塔。

太阳舞小子

你说他们得到了永久的雇佣？

埃塔

不，直到他们干掉你们俩。

（她把食物端到桌上——）

切至

太阳舞小子。他快速起身，走到门口。他现在也焦躁了起来。

太阳舞小子

这意味着他们还在追杀我们，布奇。就跟昨天一样。他们迟早会出现在这里。

切至

布奇。

布奇

我给“他们会迟点找到我们”投一票。

（就在他开始狼吞虎咽地吃东西时——）

切至

两个盘子里的食物很快被一扫而空。

切至

埃塔坐在门前的台阶上，而在她身后的餐桌前，布奇和太阳舞小子正风卷残云。

太阳舞小子

嗨，埃塔。

埃塔

（她凝视着外面，陷入沉思，和等待他们回来时的姿势一模一样）

我再给你们拿一些。

切至

布奇、太阳舞小子和她一起走进黑暗中。

太阳舞小子

布奇和我谈过了，无论玻利维亚在何处，我们都要去那儿。

布奇

我们要躲起来，等安全了再把手伸回来一点。

太阳舞小子

布奇会说一点儿西班牙语。

布奇

你知道，我看菜单肯定没问题。

切至

太阳舞小子。

太阳舞小子

（对着埃塔）

你西班牙语说得很好。我们要是和一个女人一道去的话会是个很好的掩护，因为没人会料到。我们可以更安全地旅行。所以我要说的是，如果你想和我们一起走，我不会阻止你的。但一旦你开始抱怨和给我们添麻烦，那不管在哪里，我都会把你甩到一边去。

切至

布奇。

布奇

别这么甜言蜜语，太阳舞小子。直截了当地告诉她。

切至

埃塔。特写。

埃塔

（有那么一会儿，她什么也没说。然后，她轻柔地开始说起话来，一边走一边声音变

得越来越大）

我二十六岁，单身，在学校教书，这种生活已是最煎熬了。我所知的最开心的事，就是像现在和你们在一起的时候。所以我会跟你们走，我不会抱怨。当你们受伤时，我会给你们缝好伤口，顺手还能补个袜子。你们让我做什么事都可以，除了一件：我不会看着你们死的。如果你们不介意的话，我会避开这一幕的……

（镜头停留在埃塔可爱的脸上——）

叠化至

一个小手提箱。

镜头拉远，画面中出现

埃塔穿着旅行时的衣服。她拿起手提箱时，屋子里一片漆黑。埃塔走到门口，最后一次环顾她的小家。

切至

布奇和太阳舞小子在外面等着。埃塔走到太阳舞小子旁边，他伸手去拿她的行李箱，布奇最后环顾了眼四周，他转过头来。

镜头摇至

夜晚。这是一个不可思议且迷人的长镜头，随着摄影机的移动，我们来到了布奇自行车旁，它靠在埃塔家的一侧。

切至

布奇向自行车走去，把它摆正后，使尽全身力气向前推了一把。

切至

自行车向前滚动，然后开始摇晃了起来，倒向了一边。当轮子继续旋转时——

切至

布奇。特写。他大声喊了出来。

布奇

未来都是属于你的，你这个讨厌的自行车！

切至

自行车的轮子，在黑暗中转得越来越慢，直到有一道让人眼花缭乱的白色强光闪过，我们进入了——第二段音乐插曲。

这是关于纽约的段落。上面提到的闪光或白色强光是肖像摄像师在拍摄布奇、太阳舞小子和埃塔时用的闪光灯。事实上，这些照片可能是当时顶尖的社会摄像师在三人来访时给他们拍的照片。他们几个人在纽约的所作所为都以照片的方式记录了下来。

这一段落的镜头均是黑白的，以及配合音乐呈现的是一系列真实展现当时纽约城市街景的静态照片，包括第五大道、中央公园等地标，布奇、太阳舞小子和埃塔进入了照片当中。摄影机从照片上扫过，捕捉到了几个情绪饱满的瞬间和令人动情的时刻——有一点悲伤，因为他们要离开自己的祖国；有一点激动人心，因为他们可以过上在西部没法过上的文明生活。他们从未享受过这样的优雅，这种优雅氛围变得越来越浓厚，音乐声停止。

切至

一小片沙滩。（我们现在又有了色彩。）一双靴子走到沙滩旁，站在那里。然后另一双靴子移了过来。最后，一双裹着纤纤玉足的鞋走了过来并停住。片刻的停顿后——

镜头拉远，画面中出现

布奇、太阳舞小子和埃塔站在小镇里一条勉强可以被称为街道的地方，这里可不是那种法式滨海风情小镇。讨人厌的低矮小土坯房四散在各处，偶尔会有头猪咕噜咕噜地路过，此刻我们到了玻利维亚。布奇看了眼太阳舞小子，太阳舞小子已经快要像荷马笔下的英雄一样大发雷霆了。远处，一辆马车离开。

布奇

（对埃塔说）

想想看，五十年前这里还什么都没有。

（太阳舞小子只是盯着他看）

情况并没有更糟糕啦。我查过了。玻利维亚比任何地方更物超所值。

太阳舞小子

他们这儿有什么你会想买的东西？

切至

街道。真的很可怕，你甚至都不情愿把讨人厌的丈母娘送来受罪。

切至

布奇和太阳舞小子。

布奇

玻利维亚不可能全这样吧。

太阳舞小子

你怎么知道？这儿搞不好就是整个国家最漂亮的后花园了。人们不远万里就为了来看一眼我们站的这块地方。这儿可能是玻利维亚的大西洋城，这就是你知道的全部！

布奇

我对玻利维亚的了解比你对新泽西州的大西洋城了解得多。我跟你说——

太阳舞小子

就你？我就出生在新泽西，我在那儿长大的。所以——

切至

布奇真的很惊讶。

布奇

你从东边来的？我不知道。

切至

太阳舞小子。

太阳舞小子

你不知道的东西多着呢。

切至

埃塔向他们走去，尽最大努力安抚两人。

埃塔

我不确定我们是否已经尽力达成了目标。现在——

太阳舞小子

听着！你的工作就是支持我，因为没有我你就会饿死。

埃塔

（咬牙切齿）

我——会——牢——牢——记——住。

太阳舞小子

（现在对布奇说）

而你——你的工作就是闭嘴。

切至

布奇走向埃塔。

布奇

（温柔地安慰）

如果我们去抢几家银行，他就舒服了。

切至

太阳舞小子盯着他看。

太阳舞小子

我在玻利维亚——怎么抢?

切至

一家小银行，在另一座更大的镇子上。银行坐落在镇子里最繁忙的街道上，几个人正蹒跚而过。

镜头拉远，画面中出现

布奇和太阳舞小子漫不经心地从街对面看着银行。

布奇

（他们开始向银行走去）

现在，当我们进去的时候，记住，要做的第一件事就是检查，以确保——

太阳舞小子

我知道怎么抢银行，别告诉我怎么做。

布奇

小子，你乌云罩顶，要倒大霉了。

切至

银行内部。布奇和太阳舞小子出现在门口。

切至

布奇和太阳舞小子环顾四周，想要弄清楚他们的方位。

切至

一个大个子、全副武装的警卫监视着两人。他先是坐着的，现在站了起来，开始往前走。

切至

布奇和太阳舞小子看着警卫靠近，他们都准备好了。

切至

全副武装的警卫。他停了下来，顿了一下。

警卫

Buenos días; le puedo servir?

切至

布奇和太阳舞小子。太阳舞小子看着布奇，等着他说点什么。布奇只是呆站在那里。

切至

一家便宜的旅馆房间。布奇、太阳舞小子和埃塔坐在一起，埃塔正在教他们西班牙语。

埃塔

好了，注意了。抢劫了是 Esto es un robo。

布奇

Esto es un robo.

埃塔

（对太阳舞小子说）

我们应该一起念。

太阳舞小子

我没理由跟着念，是他说自己懂该死的西班牙语的。

埃塔

我们之前已经讨论过了，你干这行需要掌握些特定词汇。

布奇

说得对。我很紧张，刚才忘了怎么张口。你打死我吧。

太阳舞小子

你最近尽出些烂点子。

切至

埃塔。她非常认真地说着。

埃塔

你们两个别闹了。两个人一起，现在——抢劫了是 Esto es un robo。

切至

布奇和太阳舞小子。

布奇和太阳舞小子

（一起念着，但太阳舞小子闷闷不乐地）

Esto es un robo.

切至

埃塔。自始至终，她的口语音调像是贝立兹语言学校[1]里的老师教出来的一样精准无误。

埃塔

举起手来是 Manos arriba。

切至

布奇、太阳舞小子和埃塔。白天。他们正沿着一条热浪翻腾、安安静静的街道走着。这堂课还在继续。

布奇和太阳舞小子

（一起）

Manos arriba.

埃塔

举起来是 Arriba！

布奇和太阳舞小子

（一起）

Arriba!

切至

埃塔。特写。

埃塔

（对布奇说）

所有人—— 靠墙站着。

① 贝立兹语言学校（Berlitz）是一所全球化的语言培训机构，总部设在美国普林斯顿和日本东京，创立于 1878 年。

镜头拉远，画面中出现

布奇、太阳舞小子和埃塔。他们在一家破烂的餐馆吃饭。

布奇

（尽力而为）

Todos ustedes—arrímense a la pared.

埃塔

（现在对太阳舞小子说）

把钱交出来。

切至

太阳舞小子。特写。答案就在嘴边。

镜头拉远，画面中出现

太阳舞小子和埃塔躺在床上。

太阳舞小子

是什么来着？

埃塔

（不耐烦地）

把钱交出来。

太阳舞小子突然抱住埃塔。他环绕着她，用鼻子蹭着，紧紧搂住。

埃塔

这不行，我们就算熬夜也要你把这句学会了：把钱交出来。

（她敲着床边的墙）

你还在想着怎么说吗？

布奇的声音

（画外音）

不然呢？

埃塔

（靠着墙）

试试这个：保险柜在哪儿？打开它。

切至

布奇。在隔壁房间里，他正用手指在小抄上快速寻找着。

布奇

这句话有点难——让我想想，好了。

（他在小抄上找到了这句）

Donde esta lá caja? Ábrala.

埃塔的声音

（画外音）

干得漂亮，布奇。

切至

埃塔和太阳舞小子躺在床上。

布奇的声音

（画外音）

你是一位好老师，埃塔。

埃塔

（对太阳舞小子）

最后一次：把钱交出来。

切至

太阳舞小子。答案很近了，马上呼之欲出，简直折磨死他了。

切至

埃塔。

埃塔

没有我，你会饿死的。

叠化至

玻利维亚街道。日景。

镜头拉远，画面中出现

布奇、太阳舞小子和埃塔。她穿戴整齐，手里拿着钱包，望着窗外。

埃塔

外面肯定有卖马的地方。剩下的我会尽力而为的。

（走到门口）

别期望太高。

（当她走出去时）

不要停下来。开个好头，说好“抢劫了”这句话。

（说这几句话时——）

切至

又是同一名警卫。和上一次一样，他说道——

警卫

Buenos días, le puedo—

太阳舞小子的枪砸中了他的脑袋，当他倒下失去知觉的时候——

镜头拉远，画面中出现

布奇和太阳舞小子在银行里，拔出枪。

布奇

Esto es……es…… 等等……

（他猛地掏出自己的那张纸）

robo!

切至

银行里所有的人。甚至还没等布奇说完，他们就很快默默地举起手来背靠墙站好。

切至

布奇。

布奇

（非常紧张，读着纸上的字。一开始只是自言自语，确保自己是对的，然后大声地说出来。自言自语地）

举起手来。

（大声地）

Manos arriba.

太阳舞小子紧张地在银行人群中走来走去，一边走一边搜着他们身上的武器。

太阳舞小子

他们已经举起手来了。跳过念下一段。

切至

布奇继续读着。

布奇

（自言自语地）

举起手！

（大声地）

Arriba!

切至

太阳舞小子。

太阳舞小子

念——下——一——句！

切至

布奇。

布奇

（自言自语）

背靠墙。

（大声）

Arrímense a la pared.

切至

太阳舞小子。

太阳舞小子

他们已经靠墙了！

切至

布奇大发雷霆。

布奇

难道你不懂不要去苛责一个已经尽力的人吗？

（走到太阳舞小子身旁，把纸条递给他）

拿着，就你聪明，你来念。

切至

银行里的人静静地站着，迷惑不解，举着手，面面相觑。

切至

布奇和太阳舞小子。他们分别提着一小袋钱，从银行里冲出来。

切至

埃塔，在一栋建筑的阴影里。她穿着男人的衣服，满怀期待地等着，从阴影中向外望去。她握着三四匹马的缰绳，每匹马都十分驯服。随着布奇和太阳舞小子进入我们的视线，她飞快地骑上自己的马，领着另外两匹向他们跑去。

切至

银行的人倾巢而出拥入街道，环顾四周，然后开始高喊着。

银行工作人员

Bandidos—Bandidos Yanquis.（大盗——美国大盗。）

切至

布奇、太阳舞小子和埃塔，骑着马朝城外狂奔。

切至

六个银行里的人冲进当地警察局大门口，去找他们称之为“监督官”的人。

银行工作人员

（向身穿制服、精瘦的监督官首领喋喋不休地说着）

Bandidos Yanquis—BandidosYanquis.

切至

布奇、太阳舞小子和埃塔继续向前，只是所有的马都筋疲力尽，并且已经开始表现出力有不逮。

切至

监督官首领跑进一间屋子，里面他的三名部下正坐着玩扑克牌。

监督官首领

Bandidos Yanquis.

（当三名部下快速站起来时——）

切至

四位监督官骑着马出城了。他们兵强马壮，精神抖擞。毫无疑问，他们看起来能力极强，一点问题都没有。

切至

四位监督官。现在是一片开阔的田野，他们马术精湛，又快又好。

切至

岩区。现在瘦石嶙峋，灌木丛生，随着四位监督官继续高效前进。

切至

四位监督官排成一条线向前直行，宛如一首严肃的四重奏。突然一阵猛烈的火力向四人袭来，一顶帽子飞走了，他们的马突然惊慌后仰，三名部下毫不犹豫地朝相反的方向奔去，回到了他们来时的方向。监督官首领只犹豫了一小会儿，在又一轮枪声响起时，他就和自己的部下朝同一个方向出发了：逃之夭夭。

切至

布奇、太阳舞小子和埃塔盯着那群人消失的身影。

布奇

（在他们身后比画着）

这个画面不美吗?

（用胜利者的口吻）

男孩们，女孩们，我们又重出江湖了，就跟过去一样!

（从这句话开始——）

第三段音乐插曲响起。

这首插曲搭配的是一系列南美抢劫案镜头。对话声时有时无，插曲完全有可能叫作“Bandidos Yanquis”。插曲洪亮且旋律优美，就像人们所期望的西班牙语歌曲一样。但这并不是必要的，就像之前所说的一样，在这里，场景和歌曲之间的联系没那么可丁可卯、咬文嚼字。这首歌可能是朴素的贵格会[1]式曲调，歌颂劳动之美。无论如何，抢劫是这样进行的：

切至

第二家银行里的两名玻利维亚银行职员。他们举起双手，背对着墙，看着背景里的布奇和太阳舞小子在忙碌地抢着钱。

一号银行职员

（低声对第二个人说）

Bandidos Yanquis.

（第二个职员看起来毫无表情，一号职员重复了一遍，稍微大声了点）

Bandidos Yanquis.

（第二个人只是耸耸肩，他没有听说过布奇和太阳舞小子）

---

① 贵格会（Quaker）属于基督教派，主张废除礼仪，反对暴力与战争。

切至

第三家银行内部，一位衣着雅致的银行经理朝一个巨大的银行保险库走去。他边走边骄傲地做着手势，炫耀他的银行。

切至

布奇和太阳舞小子衣着极其得体且显尊贵。太阳舞小子带着一个背包，他和布奇都对即将存钱的银行品质留下了深刻印象。当他们走近金库门时，布奇做了个手势，太阳舞小子便把他们的背包递给银行经理。银行经理微笑着。

切至

保险库的大门摇摇晃晃地打开了。

切至

布奇和太阳舞小子，以及银行经理。

银行经理

（仍在微笑）

你们明白自己的担忧有多愚蠢了吗?

太阳舞小子

（当他们走进保险库时）

没有人能进来，这是肯定的。

（突然，他手里拿出一把枪来——）

切至

银行经理。

银行经理

你们是谁？

切至

布奇很高兴地揽着钱，把钱塞进了他们的背包里。

布奇

我们是红十字会的。

切至

第四家银行，两名玻利维亚银行职员（不同于之前的那两个人）。他们举起手来，背靠着墙，看着背景里正忙着抢钱的布奇和太阳舞小子。

一号银行职员

（他一边冲布奇和太阳舞小子的方向点点头，一边对二号职员低声说）

Bandidos Yanquis.

二号银行职员

（感兴趣，因为他听说过他们）

Sí?（是吗？）

一号银行职员

Sí.（是的。）

切至

玻利维亚乡下。一队警察疯狂地朝一个方向狂奔，以免挨炸。他们立刻回头，沿着来时的道路策马前行。

切至

第五家银行，布奇独自一人在打劫。这是一间很小的银行，只有一名职员。

布奇

（往包里塞了点钱）

快啊，这儿肯定还有钱。

银行出纳

没有了，先生。

布奇

剩下的钱呢?

银行出纳

先生，我发誓——

切至

太阳舞小子如跳水般纵身一跃，飞快地进入银行。布奇转过身来，但为时已晚，此时太阳舞小子已经一拳将布奇打翻在地，抓起他的枪和钱袋。

切至

布奇，发了疯一样，慢慢地站起身来时——

切至

太阳舞小子钳制住布奇，同时太阳舞小子向一群靠在远方墙壁上的顾客怒吼出自己的命令。

太阳舞小子

去找监督官—— 监督官。

此时其中一名顾客跑了出去。

切至

出纳员。太阳舞小子把布奇偷来的东西还给他。

太阳舞小子

剩下的钱都安全吗?

出纳员点了点头，拍了拍一个不起眼的抽屉。

切至

当太阳舞小子转过身控制住受惊的出纳员和顾客时，布奇急忙冲到抽屉边。

布奇

我们做得不错。

顾客们举着手排成一列，看着布奇和太阳舞小子在后面抢劫银行。

第一个顾客

（小声地对他旁边的人说）

Bandidos Yanquis.

第二个顾客

（受到这句话的触动，他把手举得更高了一点，转过身来，对身边的人低语）

Bandidos Yanquis.

第三个顾客

（立即转身，对他旁边的那个人小声说道）

Bandidos Yanquis.

低语声沿着队伍的方向滚动着，伴随着众人不断重复的“Bandidos Yanquis”，第三首插曲结束了。

切至

布奇、太阳舞小子和埃塔在玻利维亚最好的餐厅就餐。现在是傍晚时分，美好至极，从餐厅可以一览街景。布奇和太阳舞小子现在看起来老了一点，不多，只是有一点罢了。

布奇

（举杯）

我提议为玻利维亚的执法干杯。

他们喝着酒，服务员拿来了一大托盘的食物，把它放在了三个人的附近。

切至

布奇和埃塔望着服务员为他们备餐。食物看起来真的很好吃。埃塔朝太阳舞小子那儿瞥了一眼。

切至

太阳舞小子。只是现在他不在那里，只有一张空椅子。

切至

布奇和埃塔困惑地环顾四周。

切至

太阳舞小子。他正在做一件很奇怪的事：他紧靠着离餐馆最近的墙壁，把身体收缩至扁平，似乎在躲藏着什么，但他的视线无法从街道上移开。

切至

街景。一片黑暗，但又不至于暗到看不出有三个人正沿街向下走向餐馆。中间那人戴着顶白色的草帽。

推至

布奇发了疯似的，迅速备马。

镜头拉远，画面中出现

太阳舞小子和埃塔看着他。在灯光昏暗的马厩里，太阳舞小子守卫着门。埃塔在两人间走来走去。

太阳舞小子

要我说我们就去找他，把这事完结了。

布奇

我们可能会失败。我们只是看到有两个人跟他在一起。但很可能对方有二十个人，我们不知道。

埃塔

你甚至都不能确定那是勒弗斯。

布奇

我可是个猜谜高手。

埃塔

他不能在这里逮捕你们，法律不允许。而且他也不能带你回去。

太阳舞小子

他不打算带任何人回去。他会在这儿把我们就地正法。等我们再次行动的时候再跟之前一样开始追杀。如果他这次失败了，就会等我们再下一次的行动。所以不管怎样，我们现在就完成任务吧，布奇。

切至

布奇和太阳舞小子微笑着。

布奇

他在等我们，对吧？好吧，就让他等吧。我们会把他逼疯的。我们会比那个混蛋活得更久。我们要改邪归正了！

当布奇说了“改邪归正”这个词——

切至

珀西·加里斯。特写。

加里斯

所以你们想找工作。

镜头拉远，画面中出现

加里斯站在自己位于玻利维亚山区的康科迪亚锡矿厂办公室门前的台阶上，他是个好勇斗狠又顽固的人，但声音却异常悦耳动听。

加里斯

你们从美国来是想找工作吧。嗯，我要告诉你们，在整个玻利维亚，你们都找不到比这儿更偏僻的地方了。

切至

布奇和太阳舞小子站在他脚下的台阶上。

布奇

我们俩对于学习采矿非常感兴趣，物欲横流的大城市不适合我们。

切至

加里斯。

加里斯

要是过去，你们得排队等着为珀西·加里斯工作。不过今非昔比了。正好！

值得一提的是，加里斯是一位世界级的吐烟草大师[①]，他的讲话中星罗棋布着“天杀的”或“正好”这两个词，说哪个词取决于他吐出来的烟草有没有脱靶。

切至

布奇和太阳舞小子。

布奇

意思是还有工作？

切至

加里斯走向他们。

加里斯

是的，有很多工作，你们不想知道为什么吗？

太阳舞小子

好啊。为什么？

加里斯

天杀的。因为我不能保证付钱给你们，不想知道为什么吗？

布奇

好吧。为什么？

切至

加里斯。

加里斯

因为我的同胞——那些专抢人工资的蟊贼。这就是

---

① 早年的烟草都是嚼完之后吐出来的，所以才有了文中“吐烟草大师”这样的称谓。——译注

原因。正好！周围每个矿场都是从拉巴斯那儿运来工资的，而周围的每一个矿场都挨过抢。

切至

布奇和太阳舞小子。加里斯再次向他们走来。

加里斯

有人说是玻利维亚强盗做的，有人说是美国佬干的。能击中目标吗?

（他指着布奇和太阳舞小子的枪）

太阳舞小子

有时候。

加里斯

打那个。

他把一块烟草扔得老远。

切至

太阳舞小子后退，准备拔枪。

加里斯的声音

（画外音）

不，不。

然后他走进了画面内。

加里斯的声音

我只想知道你会不会用枪。

他从太阳舞小子的枪套里拿出一把枪，把它推了过去。

开枪。

太阳舞小子拿起枪，开火。

切至

那块烟草，丝毫未损，因为子弹打偏了。

切至

布奇。他目瞪口呆，看着太阳舞小子。

切至

太阳舞小子和加里斯。

太阳舞小子

我能移动吗？

加里斯

（困惑）

移动？天杀的。你这是什么意思，移动？

但在这话刚说到一半的时候——

切至

太阳舞小子卧倒、拔枪、射击，所有的动作一气呵成，当他的子弹喷射而出时——

切至

烟草块，消失了。

切至

太阳舞小子站起身来。

太阳舞小子

（简单地解释道）

我更适合一边移动一边射击。

切至

布奇、太阳舞小子和加里斯。

加里斯

（他也并不是无动于衷）

考虑到我现在别无选择，所以你们就是我要找的人。更主要的是你们是从美利坚那个合众国来的。那明早就来吧。

布奇

你是说要雇我们？

太阳舞小子

（和布奇一样兴奋）

我们有工作了？

加里斯

（点头）

来当工资保镖。

这个职位终于有了正式的名称。

切至

三个人骑着骡子下了山。加里斯骑在前面，大声而迷人地唱着《山顶的小美人儿》[①]。布奇和太阳舞小子跟在他身后。

切至

布奇和太阳舞小子。他们以前从来没有做过这样的事，两人都大汗淋

① 《山顶的小美人儿》（“Sweet Betsy from Pike”）是一首描述淘金热时期的美国民谣。

漓，谨防遇袭。

布奇

（声音低沉而紧张）

我想他们就在前面的石头堆里。

太阳舞小子

（指向小路的另一端）

不，在灌木丛里。

（窃窃私语）

布奇，我看到他们在移动。

切至

加里斯恶狠狠地瞪了他们两人一眼。

切至

布奇和太阳舞小子紧张地骑着骡子。

布奇

我跟你说了他们躲在石头堆里。

太阳舞小子

你检查石头堆，我检查灌木丛。

切至

岩石灌木区域。布奇和太阳舞小子慢慢地骑过去，加里斯已经穿了过去，在他们前面停住了，还在回头瞪着眼睛张望。

加里斯

你们两个菜鸟能不能闭嘴！

切至

布奇和太阳舞小子骑马向他走来。

布奇

我们只是想提防有人偷袭，加里斯先生。

太阳舞小子

我们从来没有做过这种工作。我们想把它做好。

加里斯

（爆发）

白痴！我的队伍里混进了白痴！没有人会在我们下山时抢劫。下山时我们是没钱的。等我们拿到钱回来的路上，你们就可以出汗卖力了！

切至

四个工资袋被银行点钞员推了过来。

镜头拉远，画面中出现

加里斯在一家银行里，另一位点钞员陪着他，布奇和太阳舞小子则站在一旁看着他时，他签下了工资单。

加里斯

（拿着袋子）

琼斯，帮我一把。

太阳舞小子

你选择叫史密斯还是琼斯？

布奇

（耸肩）

去帮忙的那个。

当布奇开始向加里斯走去的时候——

切至

他们三人骑着骡子离开拉巴斯，启程返回山里。

切至

布奇、太阳舞小子和加里斯。三人现在已经在山里了。加里斯带着工资袋骑着骡子。布奇和太阳舞小子比以往任何时候都更紧张，他们边往前骑边左顾右盼。

加里斯

再过半个小时我们才需要加强防范。

他指着三人前方远处的一块巨大岩石。

就在我们走过那块岩石的时候。

太阳舞小子

他们可能会在这里做点什么。

加里斯

（摇了摇头）

上边那儿更好隐蔽。

他们骑着马穿过一个四周环绕着较小石头和嶙峋巨砾的地方，布奇和太阳舞小子不断地摸着枪，警戒非常。加里斯平静地骑着骡子走在前面。

加里斯

放松点，伙计们；要习惯玻利维亚的工作方式；放松点，天杀的，就像我一样。

切至

布奇和太阳舞小子持续不断地保持对周围环境的警惕。

切至

加里斯。

加里斯

（喋喋不休）

当然，你们可能认为我疯了，但我没有。正好！我活得很精彩。等你们独自在玻利维亚生活了十年之后也会这样。你们也会活得精彩。

突然响起一阵意外的枪声。

切至

布奇、太阳舞小子和加里斯从他们的骡子上滚了下来。

切至

他们的周围响起了更多的枪声。但看不见开枪的人。

切至

布奇和太阳舞小子挤在一块岩石的背后，对方继续向他们开火。

布奇

不是针对我们干的，那一定是玻利维亚人。

切至

他们四周。子弹倾泻而下，差点击中两人，但还是没看到人。

切至

布奇和太阳舞小子已经进了岩石背面。我们可以看到布奇的脸。太阳舞小子在他身后，看不到表情。

太阳舞小子

布奇……

布奇

（他正绝望地寻找火力到底来自哪儿）

什么？

太阳舞小子

布奇！

布奇

我就在你旁边。

突然太阳舞小子敲了布奇的背。

嘿——

此时太阳舞小子再次敲了下他的背。

住手。

太阳舞小子现在转过身来，我们可以看到他的脸了。他非常激动。

太阳舞小子

我们在做什么？

布奇什么也没说。

你得告诉我，我需要知道，我们到底在做什么？我都不确定——我们到底还是不是逃犯？你很聪明，布奇，所以你告诉我。

布奇

（现在他也为之动容）

我们是亡命之徒。逃犯。我不知道为什么。可能因为我们很擅长做逃犯这一行。反正我从十五岁起就开始当逃犯了，老婆因此跑路，还带走了孩子，我也搞不清楚为什么。

切至

太阳舞小子。特写。

太阳舞小子

你还有过家庭？我都不知道。

切至

布奇。特写。他什么也没说。

切至

太阳舞小子。

太阳舞小子

我们去找加里斯，从这鬼地方逃出去吧。

他朝附近的一块岩石做了个手势，随着枪声的继续——

切至

布奇和太阳舞小子从他们的岩石潜伏地，翻滚着猛冲到加里斯身边。

切至

加里斯。他已经死了。工资袋就在他旁边。

切至

布奇和太阳舞小子。他们在加里斯的尸体旁徘徊了一会儿，直到火力变得越来越强。太阳舞小子抓起一个工资袋，拿出一把刀来，当他开始用刀撕开袋子时——

切至

他们藏身的岩石处。开火的声音。突然，一个工资袋从石头后面飞起来直冲天空。

切至

工资袋。它划了个弧线向下撞到了地面，硬币从工资袋侧面的切口处翻滚而出。

切至

四个工资袋中的第二个一跃而起，掉落地面。

切至

第三个和第四个工资袋，当它们还在空中未落地时——

切至

布奇和太阳舞小子，从掩护的岩石后冲出，向山下狂奔。当他们继续逃跑时，几颗零星的子弹在他们身边掉落……

叠化至

一大堆硬币，旁边还有几个更小的硬币堆。

镜头拉远，画面中出现

六个荷枪实弹的玻利维亚强盗。他们盘腿而坐看着自己的头领仔细地分赃，静默无声。唯一的动静就是硬币落下的声音。

切至

布奇和太阳舞小子走到强盗上方的一块平地上。他们站着不动，枪在套中。

切至

强盗头领。他抬起头来，看到了他们，并没有掏出枪来，而是指了指两人。

切至

布奇和太阳舞小子。当其他强盗抬头看着他们时，两人一动不动。

切至

强盗们还是盘腿而坐地等着。一片寂静。

切至

布奇和太阳舞小子。

太阳舞小子

告诉他，我们是雇来拿钱回去的！我们只是来打工的。告诉他，钱不是我们的。

布奇

El dinero... no es nuestro...

太阳舞小子

告诉他，我们需要这些钱。

布奇

El dinero... lo necesitamos...

切至

强盗头领。他不敢相信自己听到了什么。

切至

布奇、太阳舞小子和强盗们。没人动一下。

太阳舞小子

把钱留下，你们走吧。

布奇

Dejan el dinero y váyanse.

强盗头领

Dejan el dinero y váyanse?

布奇

Sí.

切至

强盗头子。慢慢地，他站了起来。

切至

布奇和太阳舞小子。

布奇

你认为如何?

太阳舞小子

不太好。再跟他说一次这不是我们的钱。

布奇

El dinero... no es nuestro...

太阳舞小子

No es nuestro.

切至

强盗。第二个人站了起来，然后是第三个，还是悄无声息。

切至

布奇和太阳舞小子。

太阳舞小子

你能搞定右边的两个人吗?

布奇

听着，有件事我想你应该知道——我从来没有开枪打过任何人。

太阳舞小子

你还真是挑了个好时候来告诉我。

切至

强盗们。他们现在都站了起来，寂静。

切至

布奇和太阳舞小子。

太阳舞小子

你试着对准右边的那两个。如果可以的话，用我的方法——拿出勇气，瞄准他们的胸口。这样，就算你稍微有点脱靶，你仍然会打中一些东西。

切至

太阳舞小子。特写。

太阳舞小子

你有老婆孩子，却从来没有开枪打过一个人。

（困惑且几近伤感）

我已经什么都搞不明白了。

切至

强盗们。头领正在说些什么，但我们听不清。

切至

布奇和太阳舞小子。

太阳舞小子

求求你们走吧。Por favor.（拜托了。）

切至

强盗。

强盗头领

Por favor?

（这让他觉得好笑）

Por favor?

当他拿起枪时——

切至

布奇和太阳舞小子举枪射击。最后，太阳舞小子先开了枪，布奇紧随其后。

切至

血战。摄影机停留在强盗们身上，在接下来的60秒里，动作停顿了60次，我们听到的第一个声音是震耳欲聋的枪声，布奇和太阳舞小子的子弹“砰砰砰”地找到“归宿”，强盗们开始从左往右排着队死去。

从左到右的移动是摄影机运动的第一步，摇拍垂死的强盗们，其中一些人的枪还没来得及拔出。当枪声结束时，另一个声音响了起来，响亮、可怕，这声音是有人在尖叫。它不是某个强盗发出来的，甚至没办法和任何一个具体的人产生实质的联系，但这是人们听过的最大的尖叫声，它几乎立即达到音量的顶峰，然后随着强盗们的鲜血从他们的胸、嘴、眼里倾泻而出，尖叫声越来越大。随着从左向右移动结束，摄影机开始了第二次运动，这一次是朝下拍摄。渐渐地，强盗们再也支撑不住，笨拙地滑倒在地上。在他们生命旅程的最后一刻，每一秒的动作都僵硬不堪。尖叫声陪伴着他们，尽管这段旅程很短，但毕竟有六个强盗，我们仍然需要时间才能完整展示他们滑倒、摇晃、笨拙地双膝跪地，以及前仰后合左右摇摆倒向各个方向，最后冲向坚硬地面的全过程。随着鲜血从他们濒死的躯体流出，地面鲜红一片，尖叫声停止了，血液不停地渗入大地。

切至

布奇和太阳舞小子盯着这场屠杀。布奇错愕难过，太阳舞小子毫无知觉。

太阳舞小子

（非常安静）

噢，我们已经改邪归正了，接下来我们要尝试什么呢？

切至

康科迪亚锡矿场。夜景。加里斯被绑在骡子上面。当骡子走近摄影机时，工资袋清晰可见，被绑在加里斯的身上。当骡子继续前行时——

切至

篝火旁边的埃塔。她正在倒咖啡。

镜头拉远，画面中出现

营地。现在是晚上，天气很冷。太阳舞小子坐在火炉旁，吃完一盘食物。埃塔把咖啡放在旁边，他点了点头。

切至

埃塔带着另一杯咖啡走向布奇。他一个人坐着。

切至

布奇。随着埃塔的出现，他和太阳舞小子看起来比以前更老了。也没老多少。就一点点。

埃塔

（她把咖啡递给他）

喝完了吗?

布奇点点头。

埃塔

那我就把你的盘子拿走了。

（她端起盘子，食物还一点没动）

吃饱了?

布奇又点了点头。

很好。

她走开了。随着她的离开——

切至

埃塔。

埃塔

你知道，还有其他的方法可以改邪归正。

切至

布奇。他没有回答。

切至

埃塔给自己倒了杯咖啡，坐在太阳舞小子旁边。

埃塔

还有其他方法可以改邪归正，你知道的。

（她抿了一口咖啡）

比如说农场。我们有钱，可以买个小点的。

太阳舞小子

我不知道怎么种地。

埃塔

那牧场呢？

布奇的声音

（画外音）

我们曾为了偷牲口，放过一段时间牧。

切至

布奇。

布奇

太难了，我们那时就不是很在行放牧。牲口们很难驯服，工作量太大了。要经营牧场，你必须是个年轻小子才行。

切至

埃塔。

埃塔

这个主意蠢爆了，对不起。

切至

太阳舞小子望着火堆。

切至

布奇望着夜空。

切至

埃塔在喝她的咖啡。过了一会儿，她闭上了眼睛。

叠化至

现在火熄了，长夜萧瑟。当他们三个说话的时候，你可以看见他们呼出的气体在黑暗中变白。太阳舞小子和埃塔互相背对着躺在一条毯子下。布奇裹着毯子，一个人睡着。这个场景需要摄影机持续不断地俯拍躺在下面的三个人，有时镜头离他们很近，有时又上升离开，但摄影机不会停止移动。

埃塔

（完全清醒着）

嘿？

太阳舞小子

（也醒着）

嗯？

埃塔

我也许先你一步回去。

太阳舞小子

你是说回家？

埃塔

我已经考虑过了。

太阳舞小子

（他不想让她走）

不管你想做什么都可以，埃塔。

埃塔

也许我会回去。

太阳舞小子

（对着布奇）

嘿？

布奇

（他也很清醒）

嗯？

太阳舞小子

埃塔可能想在我们之前回家了。

布奇

（他也不想让她走）

她想要做什么都行。

埃塔

那我回去吧。

布奇

嘿？

埃塔

嗯？

布奇

记得你之前说过要离开我们吗？

埃塔

（她记得）

不记得了，当时我说什么来着？

布奇

你不会留下来看着我们送死。

埃塔

布奇，你知道我从来没说过这样的话。

布奇

那这不是你要回去的原因?

埃塔

（当然是这个原因）

当然不是。

布奇

我不这么认为。

现在，摄影机移向夜空，它在寂静的黑暗中稍微停留了片刻。然后，随着一阵奇怪的嘘声，画面变得越来越清晰——

切至

一个相貌邪恶的男人的影像在微弱闪烁着。镜头拉远，画面中出现了一个临时的电影院——实际上它不过是一个大帐篷，位于一座玻利维亚小镇的边缘。电影院里挤满了玻利维亚农民，他们全在嘘银幕上那个邪恶的男人。布奇、太阳舞小子和埃塔在玻利维亚人中坐了下来，突然嘘声停止了，变成了倒抽一口凉气。

切至

银幕。一个天真、美丽、无助的少女完全不知道那个邪恶的男人正悄悄地从她身后爬过来。

切至

布奇、太阳舞小子和埃塔。布奇和太阳舞小子喝了不少。埃塔穿戴着旅行服饰。她看起来很疲倦。

埃塔

（打开钱包，看了看表）

我该去车站了。

太阳舞小子

我们陪你去。

埃塔

车站就在这条街的尽头。

嘘声越来越大，而且——

切至

银幕。邪恶的男人正背着女孩穿过一片荒野。

切至

布奇、太阳舞小子和埃塔。

布奇

听着，无论如何，我们还是很有风度的。

埃塔

（坚决）

就在街那头。

（柔和了一些）

真的。

现在观众发出欢呼声了，因为——

切至

一个金发帅哥出现了，开始追踪那个邪恶的男人和女孩，出现了字幕："The Cliff（悬崖）"，然后是恶人将女孩抱在悬崖上，出现了另一排字幕："In the Nick of Time（千钧一发之际）。"

太阳舞小子的声音

（画外音）

（字幕出现时）

这些家伙又看不懂英语。

布奇的声音

（画外音）

他们连西班牙语都看不明白。

切至

观众现在开始欢呼雀跃。

切至

布奇、太阳舞小子和埃塔看着银幕上英雄和恶棍在悬崖上殊死搏斗。英雄跌倒了，用手指抠着悬崖的边缘。恶人狠狠地踩在他的手指上，但英雄扳回局面。现在轮到恶人摔落悬崖并抓住边缘。英雄尽力挽救，但为时已晚。恶棍落入了永恒的深渊。欢呼此起彼伏。

埃塔

它们是直接从美国进口来的，看来电影这东西已经风靡美国了。

切至

屏幕上，英雄拥抱少女，然后出字幕："The End（完）。"接着，当下一场电影准备好时，一束苍白的光照射到银幕上。

切至

埃塔慢慢地站了起来。

埃塔

有件事我想对你们俩说。

切至

布奇和太阳舞小子看着她。

切至

布奇、太阳舞小子，还有埃塔。埃塔已经站了起来。

埃塔

（迎向他们的视线）

哦，你们以为我会多愁善感，让你们为难。承认吧。

（摇摇头）

这么多年了，我们根本不了解对方。

她准备离开，突然停了下来，因为下一卷电影开始了，字幕闪烁着“山洞帮”。

切至

布奇和太阳舞小子盯着银幕。

切至

银幕上出现字幕：“山洞帮现在都死光了，但他们曾经制霸西部。”接着是一张照片，照片里是山洞帮一伙人站在阴影中，看着一列迎面驶来的火车。

切至

观众开始发出嘘声。

切至

银幕上，呈现的是山洞帮那群人的近景镜头。（这卷放映中的电影里，所有的演员都应该穿得跟真人一样，他们应该尽可能看起来像真实人物。）

切至

观众现在发出更大的嘘声。

切至

布奇和太阳舞小子。

布奇

（对太阳舞小子说）

它说我们死了？我们没死啊。

切至

银幕。字幕：他们的头领是布奇·卡西迪和太阳舞小子。后面跟着两人抓住一个小孩的镜头。

切至

观众。突然间他们的嘘声翻了一番。

切至

银幕。“布奇和太阳舞小子”把孩子绑在铁轨上，好拦住迎面而来的火车。

切至

布奇和太阳舞小子。

太阳舞小子

我们没那样做过。从来没有。

布奇

你说得太对了，我们没这么干过，埃塔你告诉他们。

切至

埃塔。特写。她现在刚离开电影院，这是她一系列行走镜头的第一个。镜头随着她的离开，融入夜色。所有镜头都很近，并且越来越近。

切至

布奇和太阳舞小子。突然观众们疯狂地欢呼起来，布奇转身回看银幕。

切至

银幕。“武装队”出现了。随着“武装队”拿出枪开火，欢呼的声音变得愈发响亮。

切至

银幕。布奇和太阳舞小子正盯着它。

布奇

（随着“哈维·洛根”被一枪撂倒）

嘿，那是哈维。

（他猛地抓住太阳舞小子）

他们当时没抓到哈维，你觉得他们后来捉住哈维了吗？

太阳舞小子

我不知道，我不知道。

随着“万事通卡弗”的中枪——

他们只是找到了万事通。

太阳舞小子急忙转过身来，回头看了一眼埃塔离开的地方。

切至

埃塔。特写。她正走着。夜间电影院里人们的吵闹声太大了。她继续着离开的步伐。

切至

布奇和太阳舞小子正在看银幕。“扁鼻子柯里”死了。

布奇

现在轮到扁鼻子。天哪，他们抓住了所有的人。

观众们尖叫，布奇转向他们。

闭嘴，你们这些人。

切至

太阳舞小子。特写。

太阳舞小子

（转身看着银幕）

布奇！

切至

布奇和太阳舞小子。

太阳舞小子

（现在是他抓着布奇）

看——他们在追我们！

切至

银幕上在“布奇和太阳舞小子”身后，出现了“武装队”的镜头。

切至

布奇再次转向尖叫的观众。

布奇

不是这样的。不是这样的。闭嘴!

切至

“武装队”正在缩小和“布奇与太阳舞小子”之间的距离。

切至

布奇和太阳舞小子盯着银幕。

切至

银幕上“武装队”越来越近，越来越近。

切至

布奇和太阳舞小子现在站起来了，被银幕上的内容所吸引，他们轻声地说着，几乎是不由自主地——

布奇

他们永远也抓不到你们。

太阳舞小子

走啊，你们能行的。走啊。

布奇

快点，伙计。

太阳舞小子

一直跑，别停下来。

布奇和太阳舞小子

（一起）

加油。你们这两个家伙。

但在银幕上，“武装队”继续越靠越近。

切至

系列镜头。接下来的段落包含下列镜头的快速剪辑：

（1）布奇和太阳舞小子看着银幕；
（2）银幕上的追逐场面；
（3）观众欢呼雀跃，声音不断变大；
（4）埃塔离开。随着摄影机离她越来越近，她的脸也变得越来越大。

银幕上，“武装队”将“布奇和太阳舞小子”逼入一个再也没法往前骑的角落，“布奇和太阳舞小子”从马匹上下来，试图爬到那些角落处岩石上方的安全地带，但对他们来说“武装队”太快也太聪明了，在“布奇和太阳舞小子”还没爬到一半时，“武装队”已经开火了，观众随着“布奇”的掉落发出尖叫。爆炸般的尖叫声传到夜色中埃塔的耳里，她继续远离所有的一切。现在的银幕上，“布奇”再次被击中，“太阳舞小子”也一样。他们滑了下来，跌在岩石上，“武装队”继续向两人开火。“布奇”滑落至地面死去。当“太阳舞小子”死亡的那一刻，埃塔那张令人惊叹的脸填满了整个银幕。镜头停留在埃塔的面部……继续停在这里……

淡出

淡入

镜头俯拍一辆骡车在玻利维亚丛林小径上缓缓而行。这是一辆运钞车，随行的四个人都带着武器。小径很窄，前行缓慢。太阳晒得人要起水泡了。

切至

一系列丛林镜头。叶子很厚，除了叶子什么也看不见。有东西在移动。

切至

布奇和太阳舞小子。他们在小径旁的丛林中潜行。两人看上去又老了。不是一点点，而是很多。布奇很紧张，不断地赶着苍蝇。

布奇

（窃窃私语——工资车驶近了）

别再在丛林里动手了。

太阳舞小子

（小声回答）

你要变成一个碎嘴老太婆了。

切至

四位工资保镖。他们紧紧地站在一起，举起胳膊，太阳舞小子看着他们的时候，背景里的布奇正在揽钱。保镖面面相觑，偷偷地说着“Bandidos Yanquis”，站在那里一动不动。

切至

布奇。他在揽钱。

布奇

如果你不介意，把总说老太婆唠叨话的评价留给自己吧。因为我有权表达自己的看法，我的看法就是丛林里有蛇。所以我会在山上抢劫，也愿意在城市里抢劫。从现在起，丛林里的抢劫已经结束了。嘿，过来。

切至

太阳舞小子走向布奇，一直看着工资保镖。

太阳舞小子

什么？

布奇

不管这座阿尔波卡矿场的主人是谁，他一定是一个百万富翁。

（他指了指工资袋，这可是一大包钱）

我们不可能把它全部都带走。

他伸手去够离得最近的骡子。这是只体型庞大、银灰色的动物。两人开始干活，他们将工资袋搬到骡子身上。

切至

骡子。它的身上装满了钱。布奇牵着它。

布奇

（一边走一边说）

叫他们别动。

太阳舞小子

怎么说？

布奇

Quietos.

布奇消失在丛林之中。

太阳舞小子

（对工资保镖）

Quietos!

切至

四位工资保镖。他们现在和骡子单独待在一起。汗水从他们的脸上涌出。四个人一动也不动。

叠化至

布奇和太阳舞小子。两人走在某座小镇的路上。他们牵着两头骡子，其中一头是银灰色的大号骡子，它的身上背着工资袋，这笔钱已经被他们妥善地藏在一条毯子下面了。

布奇

这一定是圣文森特，你觉得呢？

太阳舞小子

（点头）

这儿不是正好适合吃饭吗？

切至

一个小个儿的白发男人。他经营着一家餐厅。

镜头拉远，画面中出现

布奇和太阳舞小子，正在跟他说话。

布奇

（模仿吃饭的动作）

Comer?（吃饭？）

Sí?（是吗？）

白发男子

（指向露台）

Sí.（是的。）

布奇和太阳舞小子走向那里，牵着他们的骡子。老板笑了。突然，他的微笑消失。

切至

银灰色的骡子身上打有烙印。

切至

布奇和太阳舞小子。狭小的餐厅里只有他们两个人，吃起了东西。

切至

银灰色骡子。

镜头拉远，画面中出现

餐馆老板和两名警察，从后面偷看骡子。

餐馆老板

（他指着骡子低声说）

El mulo es de Alpoca Mines.（这骡子是阿尔波卡矿场的。）

第一个警察

Cierto?（真的？）

餐馆老板

（举起右手）

Sí.（是的。）

第一名警察向第二名警察低声说了几句话，后者很快就走开了。

切至

布奇和太阳舞小子。太阳舞小子吃着饭，布奇则盯着他的食物，然后把盘子推开，起身站了起来。

布奇

这餐馆不太对劲，怎么一直在震动。

太阳舞小子

混蛋，混蛋，混蛋。

切至

小餐馆的门口。布奇走到门口，站在太阳下，直到一发子弹几乎把他的头给轰了下来。

切至

布奇俯身跳进房间里。太阳舞小子蹲下，准备好枪。

布奇

就这么定了，这馆子我再也不来了。

切至

太阳舞小子绕着餐馆内部移动，从一扇窗到另一扇窗。

切至

窗户外的景象。餐馆外围着一堵墙，中间隔着一个露台。墙外，一个人都看不见。

切至

布奇紧贴着太阳舞小子移动，太阳舞小子围着餐馆内绕圈。

布奇

你觉得呢？

太阳舞小子

说不出来。

布奇

我打赌只有一个人。

太阳舞小子摘下帽子，把它举到窗前。就在他举起帽子的瞬间——

切至

六名警察从墙后站了起来，一齐开火。

切至

布奇和太阳舞小子。

太阳舞小子

（收回他的帽子，说着反话）

难道你不厌倦自己说的一直都是对的吗？

切至

从墙外视角看到的窗户，帽子又出现了，六名警察再一次开火。

切至

临近的一扇窗户，太阳舞小子定在那里，回击。

切至

一个高大的警察旋转着倒下，静静躺在地上。

切至

骡子在远处露台的角落。枪声稳步增加。骡子站着一动不动。

切至

那个高大的警察躺在地上。

镜头拉远，画面中出现

其他几名警察四仰八叉地躺在地上。

切至

布奇和太阳舞小子躲在餐馆内。餐馆已经被打个底朝天。桌子被翻过来当作掩护。布奇蹲在一扇窗户后面，而太阳舞小子蹲在另一扇窗户后面。

太阳舞小子

（给他的枪上子弹）

我只剩下这么多。

布奇

我也是。

（他开始沿着地板爬到另一个窗口）

现在，我们要么待在这里打完子弹等死，要么我们可以再去找一些子弹。

（他指了指——）

切至

骡子们，正身处在从小餐馆一直穿过露台的地方。

切至

布奇和太阳舞小子蹲在窗前，盯着这群骡子。银灰色骡子在一小群骡子身后。

太阳舞小子

子弹在哪头骡子身上?

布奇

那头小家伙。

太阳舞小子

（开始向门口爬去）

我去了。

切至

布奇。

布奇

现在不是逞强的时候。我会让你去。

切至

露台。从他们所在的地方往前看，两人离骡子非常远。

切至

餐馆内。太阳舞小子现在就站在门口。布奇正隔着桌板看着他。

布奇

嘿？

太阳舞小子瞥了他一眼。

应该我去。

太阳舞小子

为什么是你?

布奇

我永远掩护不了你，但你可以来掩护我。

太阳舞小子什么也没说。

我说的对。你也明白，不是吗?

切至

太阳舞小子。特写。

太阳舞小子

你去吧。

切至

布奇。特写。

布奇

为什么我总是那么聪明。

当他摇头的时候——

切至

露台和远处的骡子群。

切至

警长手里拿着来复枪，凝视着布奇和太阳舞小子所在的餐馆。

切至

餐馆内。布奇和太阳舞小子站在门口。布奇默默地把手枪递给太阳舞小子。

切至

警长隔着露台向内盯着布奇和太阳舞小子的藏身之处。此时，随着他的视线，房门悄悄地打开了。警长举起来复枪，对准门口。

切至

现在门完全开了。

切至

警长在等着。

切至

太阳舞小子跳过一扇破碎的窗户，走进露台的阳光下，他的手里拿着两把枪，还有两把插在他的枪套里。他一边移动一边开火，太阳舞小子开始转身。第一次转身时——

切至

布奇快速逃出门口。

切至

现在的太阳舞小子双枪齐发，不停转圈的同时保持射击，或许他不是世上最伟大的枪手，但那一刻，他可能就是。

切至

布奇急速奔跑，再次俯冲到地上，打滚，之后又跑了起来。

切至

背景中的警长和太阳舞小子。警长正准备开火时，太阳舞小子突然改变了转身的方向，为了安全起见，警长不得不扔掉了枪。

切至

布奇疾行，再次俯身，然后起来，子弹落在了他的周围，甚至没有一颗能靠近他。

切至

太阳舞小子旋转跳跃，继续开火。

切至

几名警察为了安全跳到墙后。

切至

布奇正在移动，躲闪，俯身，接着又爬了起来。

切至

太阳舞小子扔掉一支枪，从他的枪套里又拿出另一支，继续转身开火。

切至

两名警察受伤倒在地上。

切至

布奇找到一个包围缺口，然后再次鱼跃俯冲前进。

切至

太阳舞小子旋转着，但你永远不知道他将转向何方。

切至

警长咒骂着，为了安全起见，被迫跳到墙后自卫。

切至

布奇跑向骡子，然后他到达目的地，抓住最近的那头骡子拿弹药，此时——

切至

太阳舞小子把第二把枪扔掉了，伸手进枪套里再拿一把，他不停地转身，然后开火。

切至

布奇和太阳舞小子现在有弹药了。

切至

另一名警察摔倒，尖叫。

切至

布奇手臂上挂满弹药，离开骡群，警察即使一直在射击，还是没办法靠近他。而骡子现在就在布奇身后。他又跑了起来，然后一次又一次地闪躲，全速前进。

切至

警长面对发生的一切，语无伦次地咒骂起来。

切至

太阳舞小子比以往任何时候都转得更快。

切至

布奇小巧腾挪，一颗子弹撕裂了他的身体。他翻了筋斗倒在那里，血流不止。

切至

太阳舞小子朝他跑来。

切至

所有警察现在都从墙后起身，开枪。

切至

太阳舞小子也倒下了。

切至

布奇爬行。

切至

太阳舞小子半站着，尽他所能。

切至

警察给枪装子弹。

切至

太阳舞小子。他垂着左臂，朝布奇走去，试着把布奇拉回餐馆内安全的地方，离他不远之处，子弹正不断掉落，两人先后被击中。

切至

餐馆内，布奇和太阳舞小子穿过门后躺在那里。火力还在继续。太阳舞小子设法把门关上，餐馆里除了他们痛苦的呼吸之外，没有声音。两人都受了重伤，但这一事实从来没有进入他们双方的谈话中，无论是在此时还是以后。

布奇

（强迫自己坐起来）

我以为你能掩护我……

太阳舞小子

（现在他也坐了起来）

我以为你是要用跑的。要是我知道你就这么散着步去……

布奇

散步！你根本就不会开枪！连初学者都算不上……

太阳舞小子

就你能说……

他们正在尽己所能处理自己的伤口。

切至

警长紧张地站在一旁，敬礼。

镜头拉远，画面中出现

一百多名玻利维亚骑兵。一位年轻的上尉骑马领头，旁边是早些时候被派来的那名警察。

警长

Mi Capitán.（上尉。）

上尉是一个精力充沛的年轻人，英俊且喜怒无常。他迅速翻身下马，而在他身后，部下们还留在马背上。当他环顾四周的时候——

上尉

El enemigo?（敌人呢？）

警长指了指布奇和太阳舞小子所在的那间餐馆。上尉匆匆瞥了一眼，然后视线又回到警长身上。

上尉

Cuántos hombres?（几个人？）

警长

（举起两根手指）

Dos.（两个。）

上尉

（愤怒）

Dos hombres?（两个人？）

警长

（想说句话）

Capitán, por favor—（上尉，请听我说——）

上尉

Dos hombres?（就两个人？）

警长

Bandidos Yanquis.（美国大盗。）

他指着布奇和太阳舞小子所在的餐馆。

上尉

Bandidos Yanquis?（美国大盗？）

警长

Sí, Mi Capitán.（是的，上尉。）

切至

上尉。特写。

上尉

啊啊啊……

切至

骑兵下马，开始进入露台外面的位置。

切至

布奇和太阳舞小子观察。两人快速瞥了一眼，看见正奔跑着的骑兵。布奇和太阳舞小子还在严重地失血。

切至

血色夕阳，暮色沉沉。一声尖锐的金属声——

切至

露台的四面之一。骑兵们正用力滑动刺刀安装在来复枪上。上尉快速地走过自己的部下，确保每个人和所有东西都准备好了，他转过墙角。

切至

另一堵墙上，满是骑兵。上尉靠近时，这群人扣紧刺刀，又是一阵尖利的金属声。当上尉继续保持他那训练有素的军事风格时——

切至

布奇和太阳舞小子在窗下蜷缩在一起，向夕阳望去。

布奇

我知道我们下一步该去哪儿了。

太阳舞小子

我不想听。

布奇

一旦我告诉你，你就会改变主意。

太阳舞小子

闭嘴。

布奇

好吧，好吧。

太阳舞小子

就是你出的好主意，我们才会来这儿。

布奇

忘了吧……

太阳舞小子

我不想再听到你的好主意，好吗？

布奇

好吧。

太阳舞小子

很好。

布奇

澳大利亚。

切至

太阳舞小子。他看着布奇。

切至

布奇。

布奇

我偷偷地猜你还是想知道，所以告诉你，是澳大利亚。

切至

布奇和太阳舞小子。

太阳舞小子

这就是你的好主意？

布奇

我想了一长串，这是最新的。

太阳舞小子

（用尽余力吼道）

澳大利亚比这儿也好不到哪儿去！

布奇

你又不知道。

太阳舞小子

你说一个优点出来。

布奇

澳大利亚人至少说英语。

太阳舞小子

是吗？

布奇

对啊，他们可聪明了，去了那儿我们就不是外国人了。澳大利亚人还会骑马。他们有几千公里供我们藏身。而且气候很好，海岸又美，你还可以学学游泳……

太阳舞小子

游泳什么的不重要，那儿的银行怎么样？

布奇

容易得手、成熟、诱人。

太阳舞小子

银行还是女人？

布奇

我们只要得到前一个，后面那个自己会跟上来。

太阳舞小子

但澳大利亚很远，不是吗？

布奇

（喊了出来）

你总不能什么都称心如意吧！

太阳舞小子

我只是不想过去之后发现那儿臭不可闻，就这样。

切至

布奇。

布奇

你至少会考虑一下吧？

切至

太阳舞小子想了一会儿。

太阳舞小子

好吧，我考虑考虑。

切至

布奇和太阳舞小子。特写。

布奇

在我们……

（突然停了下来）

等一下。

太阳舞小子

怎么啦？

布奇

你没看见勒弗斯在外边吧？

太阳舞小子

勒弗斯？没啊。

布奇

那没事了。我刚才还以为咱俩遇上大麻烦了。

切至

夕阳西下。

镜头拉远，画面中出现

严阵以待的士兵。

切至

上尉快速地在队伍四周移动，命令部下出击。当他下令时——

切至

一队骑兵跳过围墙。

切至

另一队骑兵跳过围墙，准备好来复枪。

切至

布奇和太阳舞小子站起身来。慢慢地，他们移动到门口。

切至

越来越多的骑兵跳过围墙。

切至

布奇和太阳舞小子走进最后一缕夕阳中，接着传来第一声巨大的来复枪射击声，当那声音爆发时摄影机定格在布奇和太阳舞小子身上。

又一阵可怕的枪林弹雨。声音更大了。布奇和太阳舞小子保持定格。不知怎么的，来复枪的声音居然越来越大。布奇和太阳舞小子依旧一动不动。枪声慢慢消失不见。

声音散去时，色彩也不见了。慢慢地，布奇和太阳舞小子的脸也开始变了颜色。之前纽约段落的插曲响了起来。布奇和太阳舞小子的脸继续变化着，从彩色变成故事开始时粗糙的黑白影像。这时枪击声变得像玩具枪般轻柔，枪击后火焰反冲而出的气流将他们吹散进历史的风中。

终场淡出

XVI
剧本的弱点

（1）太多故作聪明的对话

有些俏皮话会让我对这部剧本望而却步。比如说整部剧本的第三句台词。你想想，当布奇发现那座漂亮老银行倒闭的原因正是因为“总遭人抢劫”时，他真的会回答说，“那是为美付出的小代价”吗？我很怀疑。

还有第一次火车抢劫案，添炭员跟着太阳舞小子向快车走去，太阳舞小子会说，“我都带了一群孩子来了，你有何不可的”这句话吗？

或者，当他们看着警长在激励居民组建民防队伍，以及连钢琴师都要入伍去和西班牙人战斗时，布奇说了“勿忘缅因”，然后太阳舞小子回答了“我永远也忘不了”。我这么写肯定是想讲个笑话，但我肯定观众没找到笑点在哪儿。笑话没什么不对的，只是讲坏笑话那就不对了。

但上述情况仅仅是让我觉得尴尬而已。你们要明白，我可没说这些都是故作聪明的台词；但它们足够说明问题。接下来的这段台词，即他们俩身负重伤后开口的第一段对话，才是真的令人绝望。

布奇

（强迫自己坐起来）

我以为你能掩护我……

太阳舞小子

（现在他也坐了起来）

我以为你是要用跑的。要是我知道你就这么散着步去……

布奇

散步！你就根本不会开枪！连初学者都算不上……

太阳舞小子

就你能说……

我的意思是，老天啊，我怎么能这么干？他们是我的英雄，我很关心这两个人。而且他们刚刚才被人炸得屁滚尿流。我为什么干脆什么也不写，让他们闭嘴。我们只要看着他们垂死挣扎，听着他们痛苦的呼吸，分享他们的情感和计划，这不就好了吗？

这段对话从第一稿剧本里就有，但从来没有人提出质疑。最糟糕的是，如果有人质疑它，我还会捍卫自己这么写是对的，是真实且美好的。

（2）太多的反转

我的意思是，该死的，一切都是某种把戏或惊喜。有时反转存在于两人的对话中。布奇聊起武装队会说，“我想我们甩掉他们了。你觉得呢？”当太阳舞小子说“没有”时，布奇会跟着回答说“我也觉得没有”。

有时候整场戏都是反转。太阳舞小子掏出枪，埃塔乖乖地脱着衣服，他马上就要强奸她了吗？不，这只是他们的游戏。我个人倒不介意这种反转，你要知道它在电影院里的效果棒极了。

但是反转的次数越多，剧情转折越猛烈，观众的感觉就会变得越麻木。有的时候还会让他们觉得不舒服。

（3）经常要靠卖萌来解决问题，让人受罪

第二次抢劫快车时，布奇模仿老太太的声音骗伍德科克打开快车的门，这段怎么样？

或者是整个南美洲银行抢劫段落呢？

显然，这些抢劫场面是我能力范围内的最高水平了。描写这类场面很不容易，抢劫过程必须快速高效、利落干净。我只希望自己能做得更好。

（4）有些场景令人无法置信

还是那个布奇模仿老太太的桥段。

或者还有更糟糕的，太阳舞小子在纸牌游戏的段落中，开枪击落了酒馆老板的枪套。你试着从现实层面想想这可不可能发生。房间一头的一个男人，拿着一把像六轮手枪这种没什么准头可言的武器，把房间另一头一个人的枪套给打掉了？我不知道这事是不是真的有可能发生。击出的子弹会落在哪儿？即使它击中的皮带材质是厚度适中的皮革，那为什么皮带就一定会掉下来呢？

顺便说一句，这一幕的创作，一直是很难办且棘手的。但我觉得有必要这样拍的理由是双重的。首先，观众之前从来没有听说过太阳舞小子；除了太阳舞小子的直系亲属之外，没有外人了解

他的事情。

说到这一点，如果这部电影叫作《布奇·卡西迪和杰西·詹姆斯》（*Butch Cassidy and Jesse James*），那就不需要这个场景了。因为我们都知道杰西·詹姆斯是个著名的天才杀手。但太阳舞小子是一个完全的未知数。布奇也是，但他的重头戏马上就要上演了。最重要的是，要让观众知道，我们接下来出场的可是个传奇。这就是为什么强悍的酒馆老板一听到太阳舞小子的名字，立马就蔫了。这就是为什么他会说出“说你出老千的时候，我并不知道你就是太阳舞小子”，还有“如果我拔枪对准你，你一定会杀了我”。我们在这儿必须确立“太阳舞小子是个大人物”的形象。

我们还必须明确雷德福先生的明星地位。这也是为什么要这么处理这一幕的第二个原因。保罗·纽曼是这部电影的超级明星。

通常超级明星的副驾驶位置上，都会是个无名小卒来做搭档。

一般来说，在情节进行到一半时，就会有事发生，无名小卒会去取些喝的东西或忙些其他事，把英雄时刻留给超级明星，只留他一个人。

我们必须让观众知道作为明星搭档的雷德福哪儿都不会去。我认为这个烂场景之所以适合这部电影，是因为它的拍摄方式：从纸牌游戏一开始到梅肯管太阳舞小子叫骗子后，太阳舞小子站起了身来的整个情节拍了雷德福九十秒的特写镜头。时长惊人。特写镜头赋予这个场景一股张力，也在潜意识中告诉观众，“嘿，注意这家伙，他哪儿也不会去”。

上面详述的四个缺点远不致命（其实还有，但管他呢），不过有一个，至少对我来说非常重要的缺点，马上就要出现了。

（5）这不是我想说的

还记得前文里我写过的那一段吗？我认为我们无法彼此了解，更不会明白彼此那糟糕、永恒的孤独。

嘿，写这个的目的是什么?

它白纸黑字出现在剧本里，但没有拍成胶片出现在电影里，原因是我没有写下某个恰如其分的场景，没有把它有机地融入故事里。

诚然，片中还有一些没交代清楚的事。比如，他们不知道对方的真实名字，再比如布奇不知道太阳舞小子是新泽西人。

这都没什么大不了。

可至关重要的两个场景没有出现在电影里。在堪称高光时刻的两个场景里，当我要展现出自己对人类处境的非凡洞察力时，当我要用妙笔生花令你臣服时，却扑街了。

第一个场景是在南美洲工资抢劫案中，两人藏在岩石后头躲避强盗的子弹时，太阳舞小子身处险境，情绪激动，非常想要知道他们到底在做什么，他们是法外之徒，还是什么。此刻，他发现布奇有老婆孩子，有一个家庭。

希尔至今还记得我是如何告诉他这场戏是整部电影里最好的一场戏。这场戏非常讽刺：大水冲了龙王庙，强盗被强盗给堵住了，太阳舞小子质问布奇到底为何而存在。我们突然进入了存在主义时间，读者朋友们。

好吧，希尔拍了这场戏，结果又臭又长。

老天保佑，希尔最终在电影里拿掉了这场戏。直到今天我都不知道：(1) 我为什么觉得这场戏精彩；(2) 它到底为什么效果不行。这个时刻当然站得住脚。我只是没把它写好。我不知道怎么做。现在还是不知道。

第二个场景也拍了，但还是被删了。我从来没看过这一段，但我还是希望能看一下，我指的是埃塔告别的那一刻，此时他们被抓捕并看到自己在老电影中被杀死。顺便说一句，“老电影桥段”在片头出主创名单的时候，作为花絮播了出来。第一张字幕卡写的是“布奇·卡西迪和太阳舞小子，山洞帮的头领，西部曾经的霸主，现在他们两人都死了！”我喜欢这样。它告诉我们，不论如何，两人的死亡是板上钉钉了。

我记得在排练的时候，戏中戏的桥段一直是个问题，当时有人说要删掉它。如此突兀，充满巧合，他们怎么就会看到自己在电影里出现了呢。顺便说一句，考据而论，布奇和太阳舞小子死前还真有一部有关他们两人的短片。而且美国电影确实会在南美的帐篷里放映。有些人觉得他们可能之前已经看到过。我觉得这一段还是合情合理的。

纽曼在排练时说，是的，他会演这段，但他想靠着墙来表演。我认为他的潜台词是在说，“我想从这个场景里消失”。

再强调一遍，我认为这个场景非常棒的地方，不仅仅是在它极致的讽刺性上——他们两人活着，却要眼睁睁看着自己死去，他们甚至没有意识到，两个人都在意的一个女人就要永远离开他们了。不仅如此，我还非常为埃塔的最后一句话而痴狂，她说，“有件事我想对你们俩说，”然后她停了下来，抓住两人的目光，补充道，“哦，你们以为我会多愁善感，让你们为难。承认吧。”然后她摇了摇头，接着又说道，“这么多年了，我们根本不了解对方。”

这是我能写下的最精髓的一句话。由我笔下最有智慧的人说出的一句话。她一直在说真话，她知道他们会惨死血泊里。

只有一个问题：这个段落根本就没出现在成片里。

这个段落出现的地方恰好卡在整部电影开始逐渐落下帷幕的地方，相较来看这一段无关紧要，它拖慢了整体的节奏。希尔删掉了这一段：我认为他是对的。如果我能把它塞到电影靠前一些的地方，它就能留下来了。但我没有这么做，这一段也没留下来。

如果我在这一节过分谦逊，如果我往自己的脑门上扣了太多的屎盆子，我当然不是故意的。但我认为，重要的是你能够看到自己所做的事，并找出其中的疏漏。如果你解决不了问题，请放心，拍电影是一项集体劳动，其他雇来的人会帮忙解决的。

《虎豹小霸王》是一部高质量的电影，一部反常规的大卖之作，没有哪部西部片曾取得过可与之匹敌的商业成功。它是一部在美国和世界各地都获得了成功的获奖电影。剧本并没有让这部电影独树一帜，好在它也没有拖后腿。这部剧本还是有它的长处的。

谢天谢地我现在准备写这个了。

XVII

剧本的长处

（1）结　构

我觉得《虎豹小霸王》是我到目前为止最重要的剧本，无论是在已完成的还是将来要写的剧本之中。原因并不在于影片的成功——

而是在于通过它获得的学习经历。

在它之前的电影，我做的是重写对话或者改编小说。对于改编的情况，很明显，你已经有原著作为工作的基础。

《虎豹小霸王》是一部原创作品。

我必须找到要讲述的故事。

可是，讲哪个故事？哪些情节？有这么多精彩的素材。前面我提到过布奇与怀俄明州州长做交易获得自由的情景。我非常喜欢那一段。对人物性格的刻画，简直好得不能再好。

但它有问题。

从逻辑上讲，为了出狱，他得先入狱。这意味着他要先被逮捕，上法庭，判刑，至少得在监狱里待一段时间。

再加上一点：布奇必须是个年轻人才能让这个情节真实可信。没有州长敢释放这么著名的犯人。但我故事中的两个男人早已成为传奇。

如果在动笔一年之前你问我，哪些情节一定会出现在剧本中。我会回答有两幕：末尾的枪战和跟州长的交易。

但我没办法把交易的情节嵌进故事里。我试了各种方法；它始终和主线不搭。我真的想把它加进去。我绝望地想："好吧，要不我让他很快被逮捕，然后跳转到一年之后，交上州长这个忘年交，胡扯，胡扯，胡扯。"

臭不可闻。错误。愚蠢。

威廉·福克纳有句话说得很对："在写作时，你必须杀死自己所有的宠儿。"

与州长交易的情节当然是我的宠儿，可最终我意识到必须杀死它。因为，也许不知不觉中，我接触到个人认为对电影编剧来说最重要的一课：

<u>剧本就是结构。</u>

如前所述，这部书有两个我想强调的地方。第一个地方是，没人心里有谱。第二个就是这里，重要到我需要再次强调：

<u>剧本就是结构。</u>

的确，俏皮的对话会大大增色；当然，角色塑造得栩栩如生是件好事。可是，即使人物性格鲜明，对话妙语连珠，结构不好注定失败。

写剧本在许多方面类似于做木工活。如果你准备了木头、钉子、胶水，想造一个书柜，完工后把它立起来，结果它哗啦倒下，你也许造出非常漂亮的东西，但不可能拿它当书柜用。

写一部剧本，编剧必须首先决定什么是合适的结构。要做到这一点，你必须知道故事里最关键的是什么——

即故事的主干是什么?

而不管是什么，你必须将其誓死捍卫。

有些时候找主干很容易。比如一部私家侦探电影。当有人找侦探卢·阿彻查案子时故事才真正开始。侦探见到他的客户，接下了案子，客户必然会给出一些线索，侦探开始顺藤摸瓜。他去和相关人士谈话。一场谈话引出下一场谈话，环环相扣，情节缓慢时你可以加点料。我记得雷蒙德·钱德勒说过，每次他遇到麻烦的时候就会有个家伙端着枪闯进门来。最终，问题解决了，尽管它往往不是触发剧情的原始事件。

布奇的故事没这么简单。

最初感动我的、令我喜欢的以及无论怎样都无法忘却的是这两个家伙的故事，但他们两个似乎漫无目的。他们不停地换工作，这与大侦探卢·阿彻不同，他总是目标明确。他们不仅漫无目的，更糟的是当真正行动起来，他们做了件没有人做过的事情，即前往南美洲。

在已知电影成功的前提下，现在回过头来看这好像没什么。但当时我身在其中，日子可不好过。最初只有一家公司对剧本略表兴趣。我记得那家公司的一位高层告诉我，南美洲的部分必须去掉。要想电影成功，布奇和太阳舞小子必须待在这里和超级武装队奋战。就在这里。在西部。我试图解释他们确实去了南美，故事打动我的正是这两个家伙重现旧日的光辉，孤独地客死异乡。他回答说:“我不管那些。我只知道一件事——约翰·韦恩不会逃跑。”

因此，我面临的一大问题是如何解释主人公的远走异乡。电影中的英雄不会逃跑，西部片尤其如此，因为西部片的魅力恰恰在于冲突和对抗。

《虎豹小霸王》还有另一个问题。作为一部动作片，它几乎没有打斗场面。至少没有西部片里典型的打斗场面，比如英雄与恶棍之间的枪战和赤手空拳的搏斗，大规模的酒吧间混战以及逃亡中女主角的危在旦夕。以下是《虎豹小霸王》中此类时刻的清单以及银幕上持续的时间长度：

太阳舞小子射掉酒馆老板的腰带—4 秒

布奇踢洛根的下身，把他放倒—9 秒

太阳舞小子打倒一名武装队守卫（你也许都不记得有这个情景）—6 秒

跳下悬崖—7 秒

矿主被强盗射中—2 秒

布奇和太阳舞小子杀死强盗—40 秒

换句话说，在最后的枪战之前，最初一百分钟的影片包含大约一分钟的标准西部片打斗场面。你也可以把各种火车和银行的抢劫行动勉强算上，但我并不认同。因为这些场面没有危险刺激感；只是有趣的游戏式场面。这部片子里很多地方情节紧张、扣人心弦，但并不是我们通常在西部片中看到的肢体动作和身体对抗所产生的紧张刺激。

还有一个问题。它没有暴力到可以被认为是一部动作片，也没有好笑到成为一部喜剧片。首先，我不擅长喜剧。更重要的是，如果影片太搞笑，结局是行不通的。我们对他们的死亡会无动于衷，而我写这部剧本的初衷恰恰是，我深深地为他们的离去悲哀，我要让观众同样体会到那种哀恸。

你玩过这种游戏吗？“如果杰姬·奥纳西斯[①]是一辆汽车，她会是什么样的车？”或者“如果吉米·卡特是一种蔬菜，他会是哪种蔬菜？”

① 杰姬·奥纳西斯（Jackie Onassis，1929—1994），美国前第一夫人杰奎琳·肯尼迪于 1968 年 10 月 20 日嫁给希腊船王奥纳西斯后的名字。

嗯，如果布奇·卡西迪当过演员，他会是杰克·本尼[①]。

我见过本尼一次，那时已接近他光辉职业生涯的末期，他在一家百老汇剧院做了短暂的演出。他的表演棒极了。演技出色，时机掐得精准，演出堪称完美。观众被他征服了——

但他的表演并非滑稽至极。

当然，演出中有笑声，但不是喜剧演员鲍勃·霍普（Bob Hope）或者鲁德尼·丹泽菲尔德（Rodney Dangerfield）收到的那种笑声。杰克·本尼过去是，现在是，将来也永远是我最喜爱的喜剧演员之一。那天晚上我的感觉尤其强烈。我身边的每位观众都感觉到了。毕竟，我们难得亲眼看到大师的表演。但是，征服我们的并不是他的喜剧——

而是因为我们喜欢他。我们乐意紧紧跟随他的脚步，无论他带我们去哪里。

我最终意识到，故事的主干必须是布奇和太阳舞小子的关系。这不仅仅是因为我喜欢他们。我很确定当电影《女巨人复仇记》（*Attack of the Fifty Foot Woman*，1958）的相关负责人坐在一起互相提建议时会说："嘿，我们必须得喜欢上这个十五米高的女人，这样当她即将死去时我们才会动容。也许她喜欢大象或长颈鹿，这些喜好让她更具有人性。"

布奇和太阳舞小子几乎一同出现在电影中的每场戏里，就像杰克·本尼那种特殊魅力一样，他们的关系也必须具有特殊的魅力——我们愿意跟随他们的脚步，无论他们带我们去哪里。电影不得不考虑两位主演的搭配效果，如果纽曼配白兰度或雷德福配麦奎因，表演也会很不错，但我怀疑《虎豹小霸王》会取得同等的成功。

---

① 杰克·本尼（Jack Benny，1894—1974），美国喜剧演员，杂耍表演者，广播、电视和电影演员以及小提琴家。

两位主角是影片的全部。我的任务是将他们塑造得充满魅力而又与众不同。我应该能做到。

正如我说过的，任何剧本的头十五分钟都是最重要的。所以接下来我要讲讲剧本的头十五分钟前四个场景的结构。

例一："布奇探察银行"场景

非常短的一场戏。一个男人向被时髦、丑陋且严密的栅栏围着的一家风格现代又森严的银行走去。这个男人正是布奇。他是一个亡命徒，但我们那时还不知道。

他怀有敌意地看着镇上那家银行，然后向保安搭话。

布奇

镇上那家老银行发生什么事了？它很漂亮。

警卫

总遭人抢劫。

布奇

（走开）

那是为美付出的小代价。

看起来挺平常的一幕。它真正想表达的是影片的主题：时代在变，如果你想活下去，你必须随之改变。

我不相信布奇会对警卫的话回嘴——我不认为他会这么说，这是自作聪明。我不喜欢剧本中的很多地方，自作聪明的台词只是其中之一。而且我发现剧本中有太多反转，而且不止一次。整个剧本核心都遭受着聪明话所带来的影响。

但台词的水平在这里并不是问题。恰当的剧本结构才是我们所追求的并且我认为开场戏能够表明我的观点。

第一个小场景对表达主题至关重要，之后随着剧情的发展，主题会不断地重复。

例二："太阳舞小子打牌"场景

现在，我认为我们已经步入陌生领域。虽然它一开始看起来并非如此。它看起来像是我们在无数电影里见过的常规且老掉牙的纸牌游戏。我们现在在梅肯的酒馆。梅肯是一个强壮的硬汉，正在玩二十一点。在他的对面，一个陌生人在发牌，这个陌生人一直赢钱，甚至清了牌桌上所有的钱。然后梅肯指责他作弊。

我们此时还不知道庄家是太阳舞小子，但他自己知道。而且他明白三件事——他没有作弊，他的荣誉和正直诚实被人侮辱了，他是西部史上最快的枪手。

如果是在约翰·韦恩的电影里，这样一幕会立刻进入一触即发的局面，直接对抗。很有可能，韦恩会掀翻牌桌，开始动手揍人。

而太阳舞小子是怎样做的呢？他只是坐在那里，一言不发又伤心的样子，而折磨他的那个人站起来，掏出枪对准他，说的基本上是"滚出去"。

现在布奇出现了。太阳舞小子告诉布奇他没有作弊。布奇才不关心太阳舞小子是否被冤枉。他只想离开。太阳舞小子很倔强："如果他挽留我们，我们就走。"

那么布奇接下来会做什么？他告诉太阳舞小子不要轻敌。"你不知道他的枪有多快。""我已经在走下坡路了。你也会有那天。"他在竭力避免冲突。布奇知道太阳舞小子是谁，知道他有多厉害；他不可能输。

最后布奇无计可施，只好说出一个秘密——太阳舞小子的名字。而我们仍然是一头雾水——

但指责太阳舞小子的那个家伙梅肯，一定懂得其中的含义。这就是为什么梅肯被塑造成一位英雄：高大，结实，充满力量感。那么他桌对面坐着的不可能是唐纳德·米克[1]，否则下一刻梅肯的表现就不会展现出反差张力。下一刻的他陷入慌张："说你出老千的时候，我并不知道你是太阳舞小子……""如果我拔枪对准你，你一定会杀了我。"

估计现在读者会问："太阳舞小子到底是谁呢？我从来没有听说过他，也许我得留意一下。"

梅肯态度软下来，请他们留下来，但他们得走了。如果梅肯没有掏枪，整个场景中根本不会出现枪的画面。

梅肯

太阳舞小子？

（稍稍提高音量）

嘿，你到底有多厉害？

切至

布奇。他本来夹在太阳舞小子和梅肯之间，但很快，听到梅肯问话的一瞬间，迅速地闪到了一旁。

切至

太阳舞小子自左侧俯蹲转身拔枪射击，枪声大作。

切至

梅肯。太阳舞小子击中了他的枪套，枪套掉了下来。

---

① 唐纳德·米克（Donald Meek，1878—1946）身材并不高大，是一位有着标志性秃头造型的性格演员。他因常饰演胆小、惊慌且被威逼失措的角色而闻名。

切至

太阳舞小子射击。

切至

枪套被太阳舞小子的连发子弹击落在地板上，像蛇一样盘在那里。之后，射击停止了。

切至

约翰·梅肯长舒一口气，这大概是史上最长的一口气。

切至

太阳舞小子站在那儿，他的枪安静了。

切至

布奇和太阳舞小子。布奇瞥了瞥梅肯的枪套，然后摇了摇头。

布奇

（和太阳舞小子一起向大门走去，他对太阳舞小子说）

我告诉过你了，我们已经开始走下坡路了。

现在我们见识到太阳舞小子的厉害，至少明白了一件事：你可不想惹他。这个人是颗炸弹，随时都会爆炸。小心点儿。

虽然我们对布奇也了解到一些，还有两个男人在一起的情形，但这基本上是太阳舞小子的开场秀。

例三："乘车前往山洞帮"场景

这是首次他们单独相处的场面。场景看起来简单，但从中我们可以窥到很多信息。

布奇讨厌他在做的事情：“我怎么蠢到又回来这里？”

类似的抱怨对太阳舞小子来说已经不新鲜：“你这次什么想法？”显然，“这次”暗示着他听到过类似的抱怨。

接下来，我们第一次听到影片最终会带我们抵达的、那个疯狂的目的地——玻利维亚。

太阳舞小子不明白：“玻利维亚是什么？”

布奇不怕太阳舞小子脾气爆发：“玻利维亚是一个国家，笨蛋。”

布奇也不是很明白：“玻利维亚是一个国家，笨蛋，在美洲中部或南美。”我的意思是，他提起这个话题，但他自己对地理也知之甚少。

太阳舞小子有了至关重要的一问：“我们干吗不直接去墨西哥呢？”至关重要是因为它给布奇一个机会对玻利维亚做出解释，同时还因为在西部片里经常描写墨西哥。阿拉莫战役[①]和维拉[②]的故事不厌其烦地出现。换句话说，太阳舞小子的意思是：“嗯，搬到另外一个国家没什么奇怪。”此刻我们还没有意识到，他正在为将来的出路做铺垫。

布奇的答复不只是这个场景中最重要的一刻，也是整部电影的点睛之笔。他谈到了每个人都知道的加利福尼亚淘金潮。然后他说：“当我说玻利维亚的时候，你想想当时的加州就明白了。”

这句话成了观众的线索。它令接下来要发生的事情变得可理解，甚至合理化。

正如布奇不怕太阳舞小子，太阳舞小子也不太尊重布奇。他笑笑说：“你就想吧，布奇；你就会想这些。”

到此刻电影已经进行了八分钟，我们知道些什么呢？他们正处于艰难时期，也许变化不是个坏主意。太阳舞小子是有名的危险分子。但是，对于布奇我们了解不多。我们也不知道两个男人是谁，他们做什么。

---

① 1836年打败墨西哥军队、令得克萨斯赢得独立的阿拉莫战役，是传统西部片叙事的标准时代背景之一。

② 潘乔·维拉（Pancho Villa，1878—1923）帮助领导了墨西哥革命，是墨西哥的民间英雄。

以及为什么他们的关系很特别。

例四："踢下身"场景

正如太阳舞小子出场时的二十一点牌局，这部分是布奇真正的出场。

他返回山洞帮基地才发现，领导权已经被篡夺。他领导的著名帮派现在被巨人洛根控制了。

布奇首先试图用谈判的方式解决，他一向首选这种方式。尝试失败。

他被迫进入白刃战，西部片里的老套即将登场：面对面搏斗，善与恶，高尚正义与暗黑邪恶，也许不死不休。但就在搏斗开始之前，布奇开始谈论他们应该遵守什么规则，当洛根分心时，布奇狠狠地踢了他的下身。

我觉得踢下身的效果只有在电影院观看才能真正体会到。观众首先倒抽一口凉气，接着大笑起来。笑声里透着放松和惊讶。我认为，尤其是惊讶。

西部片英雄可不会偷袭对手，加里·库珀宁可洗手不干也不要做这样丢人的事情。你能想象兰道夫·斯科特这样做呢？或者吉恩·奥特里？[1]

战斗结束后，布奇不但没有表现出任何的愤怒，他甚至立刻听取了敌人的建议。从根本上看，他完全是个竭尽所能做事的实干家；一个不记仇又和蔼可亲的领导者。我想这一幕之后你会真正喜欢上他。

这一幕再次强调了主题：一切都比以前困难。也许还有别的零碎东西我可以讲一讲。

然而，最重要的是，这一幕为布奇与太阳舞小子的关系打下基

---

① 加里·库珀（Gary Cooper，1901—1961）、兰道夫·斯科特（Randolph Scott，1898—1987）、吉恩·奥特里（Gene Autry，1907—1998）均为经典的西部片英雄形象代言人。

础。从这里开始我们知道且希望一些独特故事的发生。

在所有的人当中是洛根触发了情节的发展。他告诉布奇现在得服从他的命令，然后他突然说："这不关你的事。"

当然他指的是太阳舞小子。

洛根继续发号施令，要布奇告诉太阳舞小子不要参与他们的战斗。到目前为止，我们只是再次强调在纸牌游戏中所看到的：太阳舞小子是危险的。

布奇的回答很奇怪："他总是我行我素。"

过了一会儿，洛根掏出刀子，布奇开始脱外套。远处，太阳舞小子高高地坐在马上，布奇走向太阳舞小子。

洛根是一个魁梧的男人，非常有力。布奇试着开玩笑说："你应该赌洛根赢。"太阳舞小子回答："我会的，但谁会赌你赢呢？"接下来这段是我认为影片中必不可少的对话。

洛根

太阳舞小子——等我们结束了，如果他死了，欢迎你留下来。

切至

布奇和太阳舞小子看着洛根，布奇平静地对太阳舞小子说了一句。

布奇

听着，我不是个输不起的人。但等我们结束后，如果我死了，杀了他。

太阳舞小子

（这话听上去像是说给洛根的，但其实是回答布奇）

我很乐意。

在前期制作和排练时这一幕争议最大。制片人坚持要改，他们认为必须得让观众知道，危急时刻太阳舞小子会出手相救。

我说那会毁了一切。

制片人仍在坚持，你想让观众相信太阳舞小子只是坐在那里看着布奇被打死？

我说布奇没有被打死。

制片人想加点东西。一个眼神，或者两个英雄之间任何可传递的、能清楚地表达出“我不会让你受到伤害”的暗号。

导演希尔支持我的意见，我们终于说服了制片人。至今我也不明白当时为何如此自信。制片人的理由绝对合乎情理。

但影片的主心骨是两位主角。毫无疑问他们要有魅力；但他们也必须是与众不同的。他们是影片的一切。我相信布奇没有寻求帮助，而太阳舞小子没有给予援手，这恰恰巩固了他们的关系。

从这里开始，我希望观众会问：“他们到底是谁？”

（2）超级武装队的追逐

超级武装队的追逐只是一个情节点，而且是相当长的一个。追逐本身，从火车最初出现到顺河漂流而下，一共长达二十七分钟。

你可以把剧本大致分成三部分。第一部分：游戏作乐，直到超级武装队出现。第二部分：追逐以及余波。第三部分：南美洲。

将影片的三分之一贡献给单一的情节点，显然篇幅相当大，但我觉得这是必需的。“出发”是超级武装队说的唯一内容。“离开，马上离开美国。”——这句是对布奇和太阳舞小子结束追逐后命运的总结。因为在他们跳崖之前极度危险的状况里，布奇说了一句话：“太阳舞小子，下次我说我们去玻利维亚，我们就要去像那样的地方。”

彩排期间纽曼不太高兴，不是因为追逐戏过程太长，而是因为结构混乱。他的观点是两人去见诚实的老警长布莱索帮忙入伍的场面出现的地方不对，应该挪到最后。布莱索是压倒骆驼的最后一根稻草，最终促使他们相信必须离开美国。

纽曼在各方面都算得上是我合作过的最好的美国演员。他总是准备充分，乐于助人。拍摄期间他的团队抱怨雷德福出镜时间太长，特写太多，等等，纽曼完全不放在心上。

但他也很固执，连他自己也这么说。有确定的想法时他会固执己见。而此时他确信布莱索场面顺序不对。

希尔也在坚持，只不过意见恰好相反；如果残酷的追杀都没有让他们想要离开，一个老警长的话怎么会起作用。希尔打定主意时和纽曼固执的程度不相上下。希尔作为一名曾在二战和朝鲜战争中效力的海军陆战队飞行员，并不容易被说服。

我们排练了两个星期。在第一天，纽曼随口提到，也许我们应该调整布莱索场面的出现时间。我们简短地讨论了一下，得出否定的结论。继续排练。

第二天早上纽曼出现，显然经历了一夜的仔细考虑。他说布莱索场面肯定有问题。希尔回答说没有问题。更多的讨论，比头一天更加激烈。顺便说一下,《虎豹小霸王》的排练是我经历过的最愉快的一次。凯瑟琳·罗斯（Katharine Ross）漂亮得惊人，通常很安静。雷德福很有趣，是个善于作反应和能言善辩的人。我们其余的人畅所欲言以至于洛杉矶报纸上登了篇文章，说排练激烈到影片推迟拍摄。

《虎豹小霸王》的排练中另有一幕值得一提。在一个巨大隔音的摄影棚里，我们围坐在摄影棚中间的一张桌子旁。远在这个和篮球场一般大小的摄影棚的另一端，有个我觉得算是勤杂工的人坐在椅子上等候我们的差遣。他年纪挺大，老坐在那里打瞌睡。没有太多事情要他做。有一次，我们正在讨论布莱索场面，突然一个令人惊讶的声音吸引了大家的注意力，勤杂工在睡梦中放了个大响屁。我们意识到发生了什么，随之又开始喋喋不休地讨论——

但屁声在继续。

现在我们都沉默了。我发誓这是真的。

屁声仍在继续。

正如我们当时以听觉见证到的，这样的人体壮举让人忍不住说几句。太惊人了。最惊人的地方是他完全不知道自己的壮举。他只是在睡觉，显然没有意识到他居然能让纽曼和希尔暂时放下因布莱索场面而起的战斗。

这场战斗每天至少耗去我们一个小时。布莱索这个词已经失去了它本来的意义，我们被打击得晕头转向。纽曼不愿放弃，希尔也不会投降，以至于雷德福建议我们把电影名字改为“布莱索场面”。

最终我们在将开拍前达成了妥协。拍摄期间会保持原样，但当纽曼看到粗剪版本时，如果他还是认为自己是对的，导演就会把这个场景挪到最后。等他看到布莱索场面，怎么处置这段素材已经变成了某种回忆。

简单地回到整场追逐戏。我写这么久有两个原因。第一，我觉得要是没有这样一群不可动摇、无法抗拒的敌人，两人逃亡到南美这事就不能成立。第二，我写了这么长的时间，是因为我有信心自己能做到。而这种信心来源于一件事，我知道太阳舞小子不会游泳。

显然，任何人都不知道他是不是会游泳。但研究的价值之一是你会学到很多东西。然而，做研究有个令人恼火的地方，就是你常常不知道自己在寻找什么。

但我记得自己读过一本有关西部世界的书。中间有句闲笔说的是，很多牛仔讨厌水，因为他们不会游泳——

当时，我记得我在想：“天啊，如果太阳舞小子不会游泳怎么办？”

在我把剧本写下来的前几年里，就知道我必须用到这个梗。这个男人无所不能、从不畏惧，他是古老西部终极力量的象征，但是我知道他的阿喀琉斯之踵。

当你得到自己想要得到的东西时，就和手握黄金没什么两样。但注意小心一失足成千古恨。例如，当布奇和太阳舞小子蹚过溪流前往山洞帮时，布奇问："为什么你总是对水这么紧张呢？"太阳舞小子说："因为我不会游泳。"这么处理就没那么聪明了。

所以我把这个梗保留到两人从悬崖上跳下来前的那一刻。事实上从结构来讲，整个超级武装队追逐段落都是在为这个时刻做铺垫。我很肯定，不管作为一个整体追逐段落有多么糟糕，一旦游泳的梗出现，且后面立刻接上两人从悬崖上跳下来的场面，我就会得救。当然，纵情一跃必须是万无一失的。

我怎么会这么自信？很简单——

因为每回当我重看一直以来最爱的电影《古庙战笳声》时，有一幕与此相同的跳跃场景，总令我激动不已。如果你要偷学点儿东西，肯定没法无中生有，那就只能从大师那儿偷。

（3）如何处理女性角色

在西部片中，姑娘是个累赘。她们总是抓住英雄，然后恳求道："不，加里[①]，别出去，他们会伤害你。"你总是拿着爆米花坐在那里，等着加里出门把事情搅和个遍。冒着一竿子打翻一船人的风险，我必须要说，世界电影史上最令人恼火的这场演出正是来自《正午》（*High Noon*，1952）中的格蕾丝·凯利（Grace Kelly）。

所以通常情况下，你都会尽量避免让一个女人在西部片中扮演重要角色。我的意思是，如果她们拥有自己的农场，对约翰·韦恩说："外面有五十个强盗，祝你好运，结束之后打电话给我。"这么做没

① 这里的加里是指在《正午》中饰演男主人公威尔·凯恩的加里·库珀。

问题。这事我们可以接受。但推动情节发展？那希望永远不会出现。

但埃塔必须推动情节发展。她是我认为的另一个可以让故事变得更加与众不同的元素。在真实历史中，埃塔确实去到了玻利维亚，但更重要的是，作为编剧我想把她留在那里。但我不想让她拖慢一切。也许如何处理埃塔这个角色，比如何结构整部影片更让我烦恼。

我的处理方式是：无论何时她进入叙事，我都会让她令人惊喜。

她不是一位即将被强奸的老师，她是太阳舞小子的女朋友——

哎哟，同时她和布奇也很亲近。自行车场景里，两人之间的性张力昭然若揭。

之所以他们会为第一次打劫南美银行发愁，是我为了让埃塔教他们西班牙语做的剧情设计。是她告诉了两人，超级武装队是谁。最重要的是，埃塔知道两人何时会丧命。

我想，只有寥寥数个特例，比如《异形》（*Alien*，1979）中的西戈尼·韦弗（Sigourney Weaver）和《邦妮和克莱德》中的费伊·唐纳薇是推动剧情发展的关键主人公。女性，仍然是动作电影中的棘手问题。作为编剧，给予你所能给予女性角色的一切，不论是友好的姿态还是其他，都会让观众心存感激。

促使剧本成功还需要一个终极力量。也许是最重要的一个。它是如此重要，值得另起一小节来书写。

（4）剧本的终极力量

运气。

运气，时机，随便你怎么叫它。

我之所以能花这么多时间谈《虎豹小霸王》而不担心你目光逐渐涣散，这是有原因的。（是的，这是原创剧本，我想谈一谈原创和改编，因为它们会带来非常不同的问题。但我还写了其他的原创作品。

那我为什么不选择它们呢？）

因为很多人看过《虎豹小霸王》。

在有人购买之前，《虎豹小霸王》已经是一个热门项目了。十五年前，当剧本被送出去时，除了一家之外，每一家大制片厂都想要这个项目，出价竞争。[当时米高梅的一位高管告诉我，他们没出价的原因是："我们已经有了西部喜剧片《鬼马大盗》(*Dirty Dingus Magee*，1970）了。"]

事实是这样的。如果《虎豹小霸王》诞生在今天，就像最初那样，只是一部简单的、在市场上可供购买的剧本，它永远都卖不出去。如果布奇的故事直到现在都未被拍出，如果这个故事的各种翻拍和衍生都没有出现过，如果它是新鲜、全新的剧本，那没有一个制片人或制片厂主管会买它。大家会跟商量好的一样给出答案：每部片子都有它的时机，但当前不属于《虎豹小霸王》。

因为你现在谈论的可能是一部投资1500万到2000万美元的电影。

而西部片已死。

最后一次平地起雷的西部片，还是十年前的《猛虎过山》(*Jeremiah Johnson*，1972），伊斯特伍德最后一次成功的西部片表演出现在1976年的《西部执法者》(*The Outlaw Josey Wales*)。史蒂夫·麦奎因在《猎人》(*Tom Horn*，1980）中的表演乏善可陈。《天堂之门》更是意兴阑珊。西部片甚至在电视圈都没什么地位了。

记住，电影是一门"淘金热"生意，而今天的热潮显然是朝着特效的方向发展。可以想象，总有一天西部片会复活。但是，不管是不远的将来，还是在遥远的未来，我的采访对象都预见不到西部片复活的那天。

说实话，如果我是制片厂主管，而不是编剧，有人给我递交《虎豹小霸王》，我可能会很享受这个剧本。我甚至可能后悔地想，"该死，这搁以前可是能成的。"

但现在我也不会买……

引　言

几个月前，当我正在摆弄这本书的结构，想要弄清楚哪些内容要放进来且要放在哪里时，我十九岁的女儿珍妮，拿着一本破旧的平装书出现了，说道：“你知道你有文章在里面吗？”

我摇了摇头，问她是本什么书。她告诉我这本合集是收录了 1960 年出版的杂文、诗歌和小说的《新世界书写》（*New World Writing*）第 17 期。

她说：“你有个故事，名字叫《达·芬奇》（*Da Vinci*）。”

接着是一段长时间的停顿。我的头脑一片空白。我就像某只夏日栖息在原木上眨着眼睛的老癞蛤蟆。终于，我说：“哦，是我写的。”

她说：“显然是你写的。它讲了个什么故事呢？”

我还不算是完全的一头雾水。她看着我，我则在努力回忆。最后，灵光闪现。“理发师。”我告诉她。

“好吧，我要去读它了。”于是，她留我独自一人。我试图想起半个世纪前，在纸上写的东西到底是什么。稍晚一点她回来了，把书扔给我。我问她写得怎么样。

“不差。”她说。评价挺高，前提是你必须了解珍妮，才能意识到这是夸奖。

我有一条非常严格的规矩，从不重读自己写的任何东西。但是现在我着迷了，因为我从来没有遇见过有人给我看自己已经完全忘记的东西。

当我重读完《达·芬奇》时，真的很兴奋。不是因为故事的质量，而是因为我意识到这个故事能成为短篇小说改编成剧本的绝好例子：它几乎涵盖了我们在将一部虚构小说改编成适合银幕内容这一过程中会遇到的所有核心问题。

我接下来需呈现的，会分为四个部分。

第一，重新打印出的这部短篇小说。

第二，在思考改编的过程中，找到的一些解决改编剧本时常遇问题的方法。我总是经历相同的过程。

第三，我针对这个故事完成的改编剧本。

第四，来自同行（美术师、电影摄影师、剪辑师、作曲家、导演）的评论。他们提出了基于各自专业领域的修改意见。这么做的好处是，他们的质疑会让剧本变得更好。

我的希望是，当我们完成这些步骤后，能拍出一部故事片，并让所有知晓这个故事的人，不仅是我自己，而且是每个人，看到它。

换句话说，双手合十，我们要拍电影了……

XVIII

短篇小说

毕姆鲍姆先生在弹珠季开始的第一天来到这里。

三月中旬，天空呈浅蓝色。孩子们都在学校后面的操场上玩耍。大地仍然发硬，到处散布着一团团浓黑的雪。我和波吉·麦基一起玩少儿版“击球入袋”的弹珠游戏。我们来回跑动着，先把弹珠弹出去，然后竞相跑过去看看谁的弹珠离目标更近。这时我的父亲出现，在人行道上向我挥手示意。

“去剪头发。”他叫道。在淡蓝色的下午，他呼出团团白气。

“现在?”我说，“就这一分钟?您看不出来我正在和波吉·麦基一起打弹珠吗?”

“走。”他重复道，接着向下指了指路。我跟波吉告别，然后跑走了。

父亲是镇上唯一一家理发店的所有者和经营者。一家设在主街中央，有着两把椅子的店。每回他雇用一位新的理发师好填满第二把剪发椅时，我就是那只小白鼠。父亲无法完成这个任务，他本人秃得厉害，除了耳朵上方一缕精致的白发，但他一般自己动手打理。

我打开了理发店的门。头顶的门铃响了。新的理发师站了起来。

我们互相看着。毕姆鲍姆先生是个上了岁数的小个子，有点肚子，手指很长。我跳进椅子。“快点，”我说，“我很快就准备走了。我正在和波吉·麦基进行弹珠比赛。”

他没有回答，只是默默专注地凝视着我的脑袋。他欠下身去，抬起头来看着我的脑袋，接着又用脚尖站立，低头看着它，在它周围走来走去，将手指放在上面，在空中画了一个假想的类似形状。最后，他点点头，说了一个词。

“球形。”

“什么？”

他宣布：“你的头像颗球。”然后他伸手去拿干净的条纹毛巾塞到我脖子周围。“名字？”他问。

“威利。”我说。他晃动了两次椅子的升降杆，调节了一下我的高度。“名字？”轮到我发问了。

“H. 毕姆鲍姆。”他回答。

我大笑起来，欢呼着，踢着脚，加倍地叫出声来。当我闹完之后，他不紧不慢地，颇有分寸地用手掌心猛地拍了下我的头顶。

“嘿，”我说，“疼。”

他点了点头。“这就对了。”

我看着他。他仍然盯着我的头，歪了歪自己的脑袋，嘟哝了几句。我问：“字母‘H’代表了什么？”

“没有人知道，”他回答，“没人。”他踮起脚尖站了起来，顺着我的头发边缘眯着眼睛看着，跟着闭上了一只眼睛。“最后一次给你理发的是个杀猪的吧。”他喃喃道。

“啊？”我说，然后我指着另一把椅子。“噢，我爸爸给我理的。”

他再次点点头，靠近了身子。“那么你爸是个屠夫，”他宣布，“现在闭嘴坐直了。”

他伸手去拿剪刀。

一把小剪刀，银色的，有着短短的圆形刀片。他吹了吹刀片，然后在裤子腿上擦了擦。接着，他将剪刀高高地悬在空中，银色的刀片捉住了光，房间里流光溢彩。我凝视着，听着他将剪刀的两柄合上，听见第一声轻柔的“咔嚓”，然后又迅速地听见另一声“咔嚓”，接着又有一声。我闭上了眼睛。声音变得有节奏起来，我静静地哼着《铃儿响叮当》（“Jingle Bells”）、《戴上你灰色的旧帽子》（“Put on Your Old Grey Bonnet”）以及《美丽美国》（“America the Beautiful”）。当他在我周围移动时，刀锋的歌声一直没有断过，他扎起一簇头发，后退，然后点了点头。接着他又向前走，再走一步。我放松着。“咔嚓”声在节奏之外，开始又有了主旋律，我不再无声地哼着歌，而只是听着，心满意足。我滑进了椅子的深处。音乐声更大了，滚滚而来，溢满了整个小小的理发店，除了主旋律之外，现在又加入了和弦。我有这样的感觉，那是我生命中的美好时刻，尽管不知道为什么。这样的感觉，之前出现过一次。那时是我第一次看到埃尔·格列柯[①]画笔下飓风肆虐前平静的托莱多风景。我只能将那一刻描述为彻彻底底的平静，完完全全的放松，但这种放松与睡眠无关。更确切地说，它是一次喘息，宣告着“艺术家正在创作”的讯息，至少在这段时间内，不会出任何问题。没有人会摔倒，即使我们的前路上，永远都有香蕉皮。无论如何，不是这次；不是现在。

“剪完了。”毕姆鲍姆先生一边说着，一边只用一个动作，便快速将毛巾从我的身体上挪走。我离开椅子，看着镜子里的自己。我想，我看上去棒极了。

“谢谢，”我说，“你剪头发的技术真好。”

“好极了！”他哼了一声，拿起一本旧版的《自由》（*Liberty*）杂

---

① 埃尔·格列柯（El Greco，1541—1614），西班牙文艺复兴时期著名的幻想风格主义画家。

志，坐在第二把椅子上。我等待着。然后父亲进来了。

“他头发理得很好。”我说。

父亲在我身边走来走去，进行检查。“可能还差那么一点点。”他开始说道。

再一次，杂志后面传来嗤之以鼻的声音。

“也就差那么一点点了，”父亲重复道，“但还算能接受。毕姆鲍姆，”然后杂志低了下来，“你得到了一份工作。”

“我能走了吗？”我问道，“我要回去找波吉·麦基。”

“去吧。”父亲说道。

我跑了。我跑出门外，进入主街中央，穿过铁轨，然后跑上山去到学校。玩弹珠的人群变少了，但波吉仍然在那儿。他现在正在玩升级版的“击球入袋”游戏，他跪在坚硬的地面上，全神贯注地看着粉红色圆圈内剩下的六颗弹珠。

“快点，”我说，“快打完这场。”

他没有回答。

“来吧，波吉。快。加油。”

他直盯着弹珠看，然后我意识到他生气了。“不要跟说我快快快，”他喃喃自语道，“我有自己的节奏。”

“你怎么了？”我问，“我只是去理个发而已。”

“是吗？”他说，“好吧，你走了快两个小时了。”我抬头看着学校大门上的时钟。他是对的。我花了两个小时。

“对不起，波吉，”我说，“我不知道过了这么久。”

他瞥了我一眼，正要说些什么，但他停了下来。

波吉瞪大了眼睛。他终于说道：“威利，你发型不错啊。非常漂亮。”

“新来的理发师，”我回答，“他的名字叫毕姆鲍姆。”

我们俩开始笑了起来……

“击球入袋”游戏的诱惑，让我们在午后昏暗的余下时光里，比专注更专注。但是最后，当寒冷的黄昏起了风，我们再也看不见目标线上画着的圆圈时，我和波吉退出了比赛并晃悠着回了家。我在他家的前门处向他挥手告别，然后越过了联排的三栋房子回到了我自己的家。我走了进去，向所有人大声问好。母亲一如既往地从厨房里回应我的问好。

即使是今天，距离母亲毫无预兆的突然离世已有数年时间，我仍然认为她还在厨房里等着我。她几乎住在厨房里，只有在逼不得已的情况下才离开厨房，比如购物、睡觉或是每隔一周的周四跟街坊韦恩斯坦一家玩牌的时候。她永远在做饭、烘焙、收拾东西，总是让厨房闪闪发光，无论锅碗瓢盆是怎么高高低低地堆叠，成群结队地躺在水槽里的。母亲相信食物的治疗功能。感冒了？喝点鸡汤。你的腿断了？吃客三角馄饨。往往很有效。她是一个好女人，比我们大多数人都善良，也没我们那么笨拙。而且我很肯定，如果有人会为了三角馄饨颁发诺贝尔奖的话，那么母亲每年都会赢得该奖项。

“新来的理发师怎么样？”她问我。她的眼睛盯着炉子上炖着的棕色浓稠食物。

“看。”我说。我向前走去，截获了她的视线。

“威利，”她说，“天哪，你很漂亮。”

“他叫毕姆鲍姆。”我告诉她。

母亲点点头：“好名字。”她停了下来，凝视着我。“慢慢地转身。”我照做了。

“爸爸已经雇他了。我在那儿听到的。”

“当然，”她回答，“这个人显然是个手艺人。”

“你想知道他怎么说爸爸的吗？他说爸爸就是个屠夫。”

母亲耸了耸肩。“这词用得过重了。你爸爸不完全是个屠夫。但是他也不完全是个手艺人。他为什么这么说？”

我正要解释，此时后门打开，父亲出现了，一同出现的还有毕姆鲍姆先生。“嗬，嗬，嗬，”父亲边拥抱母亲边说，“我有个惊喜。毕姆鲍姆租了家里的备用房间。价格优惠。吃饭另算。毕姆鲍姆，这是我的妻子爱玛。爱玛，打个招呼。”

“你好。”母亲说。

毕姆鲍姆先生点点头。

“你给我儿子威利剪了个好发型。”她继续说道。

“当然，”他回答。然后问：“我的房间在哪儿？”

母亲说：“在后楼梯。你的行李呢？”

“行李在这儿。”他举起一个破烂的棕色小手提箱。

“这就是你全部家当？”

“我是谁？”他哼了一声，“童话书里的公主？不，我可不是公主。我是个理发师。理发师需要的是剪刀。就在这里面，我有把剪刀。还需要什么其他行李吗？”

“往后面的楼梯上走，”母亲这次更大声地重复道，“我的儿子威利在这儿，他会给你带路。”

“我瞎了嘛，自己找不到？”毕姆鲍姆先生说道，并阻止了我。他往楼梯上走着。“如果我找不到房间，我会叫你们的。”他继续喃喃自言，笑着耸了耸肩。然后他停了下来。“什么时候能吃饭？”

母亲回答道：“我说什么时候吃，什么时候就是饭点。”

“公平，”毕姆鲍姆点点头，“非常公平。”他消失在后楼梯上。我们一边在厨房里等着，一边听着备用房间的门突然地打开，又突然地关上。紧接着，母亲转身面对我的父亲。

“嗬，嗬，嗬，”她说，“真是惊喜。”

“你不喜欢他吗？”父亲问道，并努力地微笑着，“我以为你肯定会喜欢他。我跟自己说，爱玛一定会喜欢……”

“我们从什么时候开始招待住宿了？”母亲打断道。

“我们是从什么时候开始反对多赚点钱了？最近的生意不太好。”

“生意一如既往。那个人还没猪有风度。”

“好吧，”父亲耸耸肩，“也许他不善交际。也许他没那么讲究。但是爱玛，”他走近了她，拉着她的手，“爱玛，你应该看看他怎么剪头发的。今天下午，我看了。就今天下午，他给邮递员迪特里希先生剪头发，就脑袋看上去像根鼻子的那位。九十分钟之后，迪特里希先生变漂亮了。这个人是个艺术家，爱玛。真正的艺术家，你不明白吗？他还能住到哪儿？”

母亲说道：“我不明白。但是他现在就住在这里。”

“那你不介意吗？”

作为回答，她迅速走到楼梯口，双手在嘴边拢成喇叭状。“嘿，你！”她高声喊道，“嘿，毕姆鲍姆！吃饭了！”

就这样，毕姆鲍姆先生来与我们同住。

在他来之前，我们一直是幸福的一家。说不上完美无瑕，但有的是幸福愉快。我们一家相处得很融洽，尽量不吵架，并总是找着法子放声大笑。但是从一开始，毕姆鲍姆先生的加入就改变了这一切。

后来状况有了些许好转。毕姆鲍姆先生和父亲早上会一起离开去理发店，每个人随身带着一个牛皮纸袋，里面装着两个夹有厚厚肉块的三明治，还有一小块欧芹（母亲一直是欧芹的忠实信徒），以及某种水果。每天晚上他们回来，我们就一起吃晚饭，然后他们会退到客厅去谈论理发。有时候，我和母亲会加入他们的谈话，但更多的时候我们选择留在厨房里玩牌，但门是敞开着的，这样便可以让毕姆鲍姆先生剪刀奏响的节奏传进厨房。在我看来，他们在客厅所做的只是无休止地讨论人脑袋的形状，头皮毛病和理发技巧。但是对父亲来说，讨论多久都不会厌烦。永远都是毕姆鲍姆终止了他们的谈话，匆匆穿过厨房，向我们点头，然后上楼睡觉。不久后，父亲会加入我们一起玩牌，他总是唱起波兰民歌或其他地方民谣，陶醉在自己想象中的曼陀林琴声中，丰富充沛的情感洋溢在他的脸上。父亲唱歌这事挺好，表现出了他内在的满足感。但不幸的是，他老是跑调，尽管听起来很真诚，但歌声并不特别令人愉快。“他要是没那么开心可能更好一点，”母亲喃喃自语，“他要是再唱那些高音，我的耳朵就要砰地炸开了。”但是他依旧勇敢地唱着高音，绝不退缩，脸上充满了激情、渴望和喜悦。无法阻挡。我们发现自己笑得更大声，更长久了，生活里需要的，不过就是蜜桃和浓浓的香奶油。

这种快乐一直持续了两个星期。

某天晚上。烤肉和饺子在炉子上炖着，我和母亲在一旁看着。毕姆鲍姆先生出现了，点了点头，然后匆匆上了楼梯。接着进门声暂停了，一分钟、五分钟、十分钟后，父亲才走进来。没有声音。没有高歌，他一言不发地走了过去，去了客厅。我们可以听到翻晚报的声音。

“不唱歌了吗？”母亲喊道。

没有回答。

“怎么了？”我问。

“不好，”母亲回答，“不好的事发生了。”她匆匆离开厨房，我听到她的低语，然后是一阵沉默，再是更多的低语。然后我母亲回来了。“那个波吉·麦基，”她叹了口气，“我以为他是你的朋友。”

我立刻跑出家门。当我到波吉家时，我按了门铃。

门开了。

“我知道会是你，”波吉说，“我就知道。”

我说：“波吉，发生了什么事？我爸爸不会说。我妈妈不会告诉我。你做了什么？”

“这是你的错，威利。其中有一部分是。”

“你做了什么，波吉？”

他顿了一下，声音变得更加柔和。“我让毕姆鲍姆先生给我理发了。”

“这有什么不好?”

“你不明白，威利。你爸爸的椅子是空的。毕姆鲍姆正在忙。”

“不,”我说,“你没有这样做。”

他点点头，现在低声说:“我这么做了。是的，我等了毕姆鲍姆。”

“你怎么能做这样的事，波吉?你不晓得我爸爸也是有感情的人吗?”

“我不得不这么做，威利。我不得不。你说了那么多毕姆鲍姆的事。那也得我自己试过了才知道。你知道吗?你是对的。看,”他转身,“这发型不错，不是吗?”

我点了点头。“你从来没有现在看起来这么好。你是什么样的头骨形状?”

“半三角形。”

我再次点点头。“你说得对,”我说,“这都是我的错。我长了张大嘴巴。”

“对不起，威利。你知道我不是故意的。只是我必须这样做。你会向你爸爸解释，对吗?”

“当然,”我喃喃自语道,“当然。”我们挥手告别。我走着回了家。

那天晚上我睡得不太好，无法闭上眼睛。我翻来覆去，凝视着窗外。我打开床头灯，读了半本《哈迪兄弟》[1]系列故事书。我打开头顶的灯，独自在地毯上玩击球入袋的游戏。我思绪纵横。我感到胃痛了。两次席卷了冰箱，喂饱了自己。那是一个糟糕的夜晚。

---

① 《哈迪兄弟》(*Hardy Boys*)是以青少年业余侦探为中心，解决困扰成年侦探的案件故事为主的系列图书。

但是随后的情况并没有好转。我睡得很少。在学校里，我拼错了“伊利诺伊州”，波吉在击球入袋游戏里不断地给我添麻烦。一天天，我变得越来越紧张焦虑。我没有向任何人坦诚相告，甚至没跟波吉说。他会明白的。

因为理发时间又快到了，我想让毕姆鲍姆先生来剪。

四个星期之后，我的头发已经变得乱蓬蓬了。我的耳朵尖消失在“灌木丛”中。我知道我必须做点什么。我向母亲建议，请她和父亲去某个地方旅行，过上一个假期。她对我笑而不语。我牢牢地盯着父亲，希望他能感冒。可他像牛一样健康。

最后，在一个绝望的星期六下午，我和母亲谈了这件事。她递给我一块肥皂。“去把你的嘴洗干净[①]。”她说。

“但是你不明白，”我开始说道，“你……”

“在你爸背后插刀，”她打断道，“我们家出了个小犹大。”

“好的，”我说，“我听话。”

“去剪头发，”她命令道，“现在。不去理发，就没饭吃。快去。”

到市区，有一段很长的路需要走。路途大半，我都在进行只有自己能听得见的谈话。“你不明白吗，爸爸……我明白的，儿子……然后你不介意吧，爸爸……当然不，儿子，你就继续吧……”当我左转进入主街时，脚尖挪动。然后我到了理发店。我透过玻璃窗向里偷看。

灾难。两把椅子都是空的。我等了会儿。五分钟后，一个男人走进理发店。我再次看着。双重灾难。毕姆鲍姆正在给男人剪头发。我接着等待。三点。三点过十分。毕姆鲍姆仍然咔嚓咔嚓。最后的灾难。天开始下雨了。这可太过分了。我站在雨中，希望会发生奇迹，

---

① “用肥皂洗嘴”最常被用来回应亵渎、撒谎、咬人、吸烟或言语上的不敬。它既起到了违法行为后的象征性清洗作用，又因其恶心的回味起到了威慑作用。

什么奇迹都成。

没有奇迹。雨越下越大。我被淋湿了。我把手插在口袋里，瑟瑟发抖。我打了个喷嚏。又来了一个。第三次。

然后我走进了屋子。

我脱下外套，挂在钩子上。毕姆鲍姆快理完了。

“上来吧。”父亲说。

我没有动。

“上来啊，”他重复道，并拍了一下黑色皮椅的后背。我盯着地板。

“我想等会儿毕姆鲍姆先生。”我最后说。

一阵混乱……

我是第一个到家的。我走进厨房站着，慢慢地转着身，母亲检查着我的发型。“很好，”她点点头，“你爸爸肯定是进步了。”

“哦，是的。”我说。

“去换件干衣服吧。”她说。我照做了。然后我回到厨房。毕姆鲍姆出现了，习惯地点了点头，然后消失了。

“你爸爸呢，威利?”母亲问道。

“我不知道。”我说。这是事实。我不知道。我一坐上毕姆鲍姆的椅子，他就冲出理发店了。

她继续说道：“一定是在理发店里忙着呢。”

“一定是。”

我们等着。她悠闲地把煎锅里的排骨翻了一下，把火调小。然后，我们听到了背后的脚步声，伴随着大声地抱怨。紧接着父亲站在厨房里，用手指着我。

“背后插刀!”他吼道，“被我自己的儿子在背后插了一刀!”他边说边走进客厅。

母亲脸色苍白地转向我。“告诉我你没这么做。”她恳求。

我无话可说。

突然，她离开了厨房，急忙向我父亲走去。我脱下鞋子，蹑手蹑脚地到了走廊上，压在墙上，一边看一边听。

“他还是个孩子，莫里斯，”母亲说，“记住他还是个……”

“孩子，蠢货，”父亲插话道，“小兔崽子在我这儿插了一刀。这里。来感受一下。把手放上来，血还没干，还在滴。”

“莫里斯，”母亲抚慰道，“莫里斯。”

“那个该死的毕姆鲍姆，”父亲咆哮道，“他和他那什么该死的头部形状。他以为他是谁，莱昂纳多·达·芬奇？他住我的、吃我的、喝我的肉汤，他凭什么？”

“你的头疼吗？”母亲问道，“你饿了吗？我能给你来点什么吗？”

“我不想要吃的，”父亲喊道，“我要报仇！”

“莫里斯，不要失控。”

“毕姆鲍姆，”他继续挥舞着拳头，“我来告诉你事实。你就是个什么都没有的剪头佬。在我们镇上，没有你的出路。”

“你不能无缘无故就解雇他，”母亲说，“你希望儿子觉得你是个傻瓜吗？”

这让他停了下来。“你是对的。”他承认道。父亲停顿了一下，现在声音变得柔和了些。

“我不能无故解雇他，”他敲了敲额头，“原因，原因，谁那儿有个理由呢？”

“你不希望威利觉得你不好吧，莫里斯。他可能会想你是个小人。或者更糟糕的，你嫉妒了。你不会……”

“你有鸡汤吗？”父亲问，“我可以用碗鸡汤清醒一下。”

“烤箱里。立马就热起来。”她站起身。我躲在她的视线之外。我听到了父亲的声音，激动得发抖。

“毕姆鲍姆，”他说，“老朋友毕姆鲍姆，你的好日子已经到头了！”

从那时起，矛盾的爆发只是时间问题。

但并没有立刻发生。时光流逝，日子里塞满了不动声色的争吵、无言的进食和紧张的气氛，一直张力不断，稳步上升。三周后，终幕拉开。

我们四个人正在吃晚饭，比赛着看看谁将成为第一个吃完后离开的人。父亲清清嗓子，迅速瞥了一眼母亲。

“生意很糟糕。”他宣布道。

没人说什么。

“是的，”他继续说道，“生意很糟糕。但可能不是你想的那样。”

“这话是什么意思，莫里斯？”母亲问道，跟我想的时机一样。

“好吧，”他展开来说，“嗯，这并不是说理发店缺少顾客，而是顾客没剪到头发。”

“你的意思是什么，莫里斯？”母亲又重复了一遍，有点机械。

“我的意思是，毕姆鲍姆先生剪头发的时间太长了，这是我的意思。”

“哦，事实并非如此吧。”母亲说。

“哦，但确实是这样，”父亲回答道，“就在今天，他花了一百零三分钟给老哈撒韦先生剪头，哈撒韦先生就是个光头。”

“好吧，”母亲说，“我试想一下。”

“一百零三分钟！”父亲爆炸了，现在直接跟毕姆鲍姆先生交谈。“我自己计的时。试问，谁能在一百零三分钟里剪一个顾客的头发还能赚到钱的？答案是我不能。那段时间够我剪三颗头。也许四颗。”

“那是因为你就是个屠夫，”毕姆鲍姆先生说，“屠夫要什么时间？”

“正是我这个屠夫，”父亲边回答着，边用拇指指了指胸口，“正是我这个屠夫碰巧开了家理发店，并雇用了你。还是我应该说，我曾雇用了你。”

“意思是?”毕姆鲍姆问。

“这意味着除非你加快速度，否则就滚吧，而我会找个手脚没这么慢的人。”

“屠夫,”毕姆鲍姆先生再次说道,“钱串子屠夫。”

“也许是,”父亲说,“也许不是。但是至少我很公平。明天我们给你计时。如果你及时理完头，比如说，四十五分钟之内，你就能留下来。如果不行，那就走吧。消失。离开。”

“谁的头?”毕姆鲍姆先生问,“你要选迪特里希先生吗?他的头像根鼻子。”

“我说我很公平。你需要只小白鼠。我有一只。我还碰巧是他的爸爸。”

“我?”我说。

“就是你。”他说。

讨论结束了。

第二天清晨，天刚亮，我的父亲、毕姆鲍姆还有我就往市区行进。父亲背着一个又大又圆的闹钟。毕姆鲍姆先生拿着他的银色剪刀。没有人说话。我们进入理发店，我跳到第二把椅子上。父亲设好了闹钟。他和毕姆鲍姆互相看着对方。

“你有四十五分钟。”我父亲说。然后他离开了理发店。

我在椅子上等着。毕姆鲍姆先生盯着我的头。他弯下身来，抬头看着它，踮起脚尖，低头看着它，在它周围走来走去，将手指放在上面，在空中画了一个假想的类似形状。

“球形,”我小声说,“我是球形的，毕姆鲍姆先生。你不记得了吗?”

“我一辈子都没忘记过别人的头型,”他说,“但是有时候，尤其是对于年轻人来说，头部的形状会发生变化。”

"嗯，我的并没有改变，毕姆鲍姆先生。它仍然是球形的。现在你快点。"

他闭上了一只眼睛，看着我的头发。然后，他在空中重新绘制了想象中的类似形状，并斜视着它。"仍然是球形的。"他宣布，然后把条纹毛巾围在我脖子上。

"四十分钟，"父亲说。他突然出现在门口。"还有四十分钟，毕姆鲍姆。"他又走了，在理发店前的人行道上走来走去。

毕姆鲍姆先生掏出剪刀，吹了一下，将它们举起来对着光线。房间越来越亮。他来回咔嚓了几次剪刀。

"来吧，毕姆鲍姆先生，"我说，"请。"

"闭嘴坐好。"他回答。

我勉强地按他说的话做了。他把手指放在我的头上，然后咔嚓了一下。几根零散的头发飘进了毛巾。他在我周围慢慢走来走去。咔嚓。又掉了几缕头发。他退后一步看着我，他的头向一侧歪着。

"快点，毕姆鲍姆先生，"我说，"请快点儿。"

"三十二分钟，"父亲又一次在门口宣布，"几乎三分之一的时间过去了，毕姆鲍姆。"

现在剪刀一直在运动，节奏又开始了。但是这次的歌不一样了。柔软、悲伤的歌曲。《吟游少年在战火中离去》[①]("The Minstrel Boy to the War Is Gone")和《红河谷》[②]以及……

"二十一分钟。"父亲在门口说。

"来吧，毕姆鲍姆先生，"我喃喃道，"来吧。请加油。"

---

① 这是托马斯·摩尔（1779—1852）所写的一首爱尔兰爱国歌曲。据传是摩尔为了纪念他在都柏林三一学院学习时认识的一些朋友，他们参加了1798年的爱尔兰起义。后因南北战争，这首歌在美国流传。第一句歌词便是"The Minstrel Boy to the War Is Gone"。作者在此将第一句歌词误用为歌曲名，歌曲原名为《吟游少年》("Minstrel Boy")。

② 《红河谷》("Red River Valley")被誉为西部片中的"牛仔情歌"。

他说："我一辈子就要毁在这二十一分钟里吗？"

现在是《仙那多》[1]，它的声音涌入，充满了小理发店。"噢，仙那多，我渴望见到你，流淌吧，你滔滔翻滚向远方……"

我闭上了眼睛；父亲又来了，但我并没有想要睁开双眼。这个声音太美了。我只是坐在那里聆听着，聆听着远方船民的歌声，听着汹涌的滚滚海浪不断地冲击着海岸。音乐声逐渐增强，变得更丰富有层次，更高亢，更强烈，永无止境。

接着，音乐声停止了。

闹钟响了。父亲站在理发店里。"时间到了，毕姆鲍姆。"他说。

毕姆鲍姆先生什么也没说。他迅速走到闹钟旁，用一只美丽的手轻轻一挥，就把闹钟扫到了地板上。然后他转向我父亲。"滚出去，屠夫，"他说，"我正在给这个男孩剪头发。"

父亲顺从地离开了。

"对不起，毕姆鲍姆先生。"我开始说道。

"闭嘴坐好。"他命令。

我转身面对他。"我真的很抱歉。"我再次说道。

"我已经跟你说过一次了。"他说道。然后他用手掌重重地拍了一下我的脑门。

"无论如何，"我坐在椅子上说，"这是我的错，很抱歉。"

"错了！"他哼了一声，开始剪了一下。"为什么是你的错？没有时间。没有人会没时间。那是谁的错？"

"我的意思是……"

"闭嘴，"他重复道，他又剪了一下头发，"屠夫。屠夫正在占领这个世界。你记下我的话。等你长大后，该死的屠夫会拥有这个世

---

① 《仙那多》（"Shenandoah"）这首歌曲据说起源于19世纪初的密西西比河和密苏里河流域之间，讲的是年轻英俊的商人爱上印第安族长仙那多女儿的故事。现在仙那多亦是一条河流的名字。

界。你会看到的。这帮该遭天谴的家伙。”

他稳稳地剪着头发。我闭上了眼睛。咔嚓。咔嚓。然后就没有了。

“好了，”毕姆鲍姆先生说，“完成。”

他把那条毛巾从我脖子上拉了下来，揉成一团，扔在地板上。他将剪刀拿到灯下，吹了一下。然后，他一言不发地走出理发店。

我们那天晚上回家时，他已经走了。包和行李不见了。我们三个人坐下来吃晚饭。没有人说话。我吃空了汤盘，又取来烤肉。父亲切了几片，并把它们放在我们的盘子里。仍然一片沉默。然后父亲转向我。

“他是个很好的理发师，威利。你明白的。没有人不赞成这一点。”

我点点头。“是的。但是他剪头发花了太长时间。”

这回轮到父亲点了点头。然后母亲开口了。

“安静，吃饺子。”她命令着说道。

我们服从了。

XIX

动笔之前

改编剧本的创作过程，乃至任何类别剧本的创作过程中，破与立的工作都是在真正动笔前就已经做好了。

下笔书写从来不是真正费时的事儿，你抓耳挠腮想着要怎么写才是一天中的重头戏。对自己的无能大为光火，因为脑袋空空如也而心情沮丧，还会因偶尔的灵光乍现就激动地把情节全编织在一起，甚至开始脑补画面。

通常，我会做大量的调研，好填满这些做准备的日子。现在，《达·芬奇》这个案例中我能做的调研甚少，但我可以一遍又一遍地读这个故事。在看这个故事的当口，我还没开始写剧本，实际上我也不知道从哪儿开始，到何处结束。或者是要写多长。如果非让我猜，大概会有三十到四十页，不过要是写出来更长点，或是更短点，我也不会觉得很奇怪。

就算还没开始动笔，我也会在书页的空白处做标记。举个例子，《达·芬奇》小说第一页第二个长段的空白处每回都会被笔迹填满。就是在这儿，我们知道了威利的光头老爹有个剃头铺，他的孩子是个专门用来做实验的小白鼠。这是我需要的基本情节。

在开始做笔记前，我问了自己一堆问题，首先，很明显《达·芬奇》这本书没法抻长为一部长片剧本。要是让你先看本长篇小说，再读个长篇改编剧本，你的眼皮会粘住，眼神变呆滞。

而接下来的这些问题，我会在动笔写剧本前问问自己，永远，一定。每回答案还会随着你脑子里故事的变化而改变。但问题一直都保持不变。

这些问题可能看上去非常浅白或互不相关，搞不好确实是这样的。但对我来说，我必须在开始前知道自己在做什么，必须要给出让自己满意的答案，要不然就会不知道去往何处。

最后的剧本写作，那是附赠的礼物，是思想的沉淀………

（1）这个故事讲的是什么？

这个问题没有单一的正确答案。即使《达・芬奇》达不到陀思妥耶夫斯基那般的丰富，关于这个故事讲的是什么，仍然会有一些合理的答案。

或许它讲的是一个分崩离析的家庭。一个陌生人闯入其中，引发了问题，制造了张力，惹出了麻烦。但最后，家庭的力量挺了过去。这个故事，最终还是一个完美结局，一家人齐齐整整，大家开心地团结在母亲的规矩下，可能这才是集体的力量。

或者——

它是关于一个孩子懂得了除了自己的小天地之外，生活里还有更多未知的故事。很明显，毕姆鲍姆这事儿对于一个打弹珠的小孩子来说非比寻常、与众不同。

或者——

没有“或者”了。我能在这儿胡扯出一堆自己都不相信的东西，就像我也不相信上面那俩。对我来说，《达・芬奇》讲的是一个男人丢掉了工作的故事。

你可能不赞成，无所谓，要是你来写的话，处理方式肯定跟我不一样。但在我的剧本里，就要用这条故事线。

现在，你可能经常会发现，那些从书改编来的电影跟原作一点关系都没有。制片人会因为各种各样疯狂的理由买一本书，他喜欢某个角色，或者是他们认为编剧要是能在书里塞进个角色找性感肉弹波·德里克来演，那票房一定能大卖。前不久还有个制片人仅因为书里的故事发生在新西兰，就连着买了三本。他想要环游世界，当然，用的是制片厂的钱。

好吧，《达·芬奇》也可能是部动作片，很简单，把毕姆鲍姆变成个间谍，一个在逃的间谍就行了。俄罗斯的秘密警察找到了他，毕姆鲍姆需要向这家人求救才能活下来。这电影拍出来可能还行。

它也可以变成一部激情片。让伯特·雷诺兹来演毕姆鲍姆，简·芳达演母亲，通过她孩子的视角来看两人的婚外情。或许父亲已经发现了两人之间的奸情，或者只有孩子知道父亲已经知道真相一事。这可能也不是部坏片子。

它也可以是《麦田里的守望者》(*The Catcher in the Rye*)那样的故事，讲的是年轻人的痛苦和敏感，苍天不公，好友波吉·麦基死于某种恶疾，空留威利这个孩子在世上面对这不仁天地。只要把威利的年纪写大点，找蒂莫西·赫顿[①]出演，看着这些时代的弄潮儿在大银幕上放声哭泣，也会是一部佳作。

我上面说的可不是为了开玩笑，每年更伤筋动骨的改编都在上演着。

但对每位编剧来说，我个人觉得这些都是死路一条。

对我来说，改编开始时，我所拥有的只是自己与原著间的感性

① 蒂莫西·赫顿(Timothy Hutton)是20世纪80年代首屈一指的文艺片男明星，他在《普通人》中扮演一位企图自杀的年轻人。这个角色使得当时不满二十岁的蒂莫西成为史上最年轻的奥斯卡配角奖得主。——译注

连接。我觉得这一点不会被人常常提起，所以我会反复地说。要是有人找我改编小詹姆斯·科克伍德（James Kirkwood Jr.）的小说《另类英雄》（*Some Kind of Hero*）的话，哦，对，大部分内容我都不会改，我就改那么一点点。我会把主角写成黑人，这样我们就可以锁定黑人大明星理查德·普赖尔，可惜我没机会了。[1]科克伍德是个还成的作家，普赖尔也是位迷人的天才演员。但是当商业成为独裁者并颠覆了原著时，我们就陷入了法国人常说的那种深深的屎潭当中。

这种情况可不让人开心。

（2）这个故事到底讲的是什么？

《达·芬奇》讲的其实是：现代社会里，艺术家没有立足之地。

我对这个答案胸有成竹，因为故事是我写的。但就算我不是原作者，这个答案也有迹可循。举个例子，因为短篇小说的名字已经暗示了。毕竟它不叫《小镇来客》，亦不是《次席理发师》。

而且父亲也称毕姆鲍姆是艺术家。

所有和毕姆鲍姆有关的一切都说明，他以艺术家的激情在对待自己的工作。

但他剪头发的时间耗得太长了，就算后面有人在排队等着，他还是会慢慢地剪，所以他被炒了。你肯定不会对米开朗基罗说："嗨，我希望周六你就能画完穹顶。"

听我说，"艺术家"的说话方式从来都不是装腔作势和自命不凡的。而且我们写的是一个小故事，讲的不是饥饿的雕塑家或是舒伯特遭人解雇、郁郁而终且被世人所遗忘的悲剧故事。这篇小说部分可期

---

① 有趣的是，在本书写作过程中的 1982 年 4 月，《另类英雄》在美国上映，找的正是当时的黑人大明星普莱尔出演主角，这在 20 世纪 80 年代的好莱坞还非常少见。——译注

的魅力正是源自主角身份和你所期待的完全不一样。

（3）那时间呢?

这里牵涉两种“时间”概念——故事发生的时间（时代）和故事经过的时间（期间）。

先来聊聊时代吧。我不认为这是一个发生在过去的故事。因为它讲的是艺术家在现代社会无处安身，我们的时代背景若不是现代，那就是作弊。

现在，顺着故事里时间线的推进，我们开始深入了解其中事件与人物的潜在变化。《达·芬奇》里毕姆鲍姆给威利理了三次头发：第一次试剪；第二次，威利要了自己的父亲；第三次，他被炒鱿鱼。

我们需要理三次发吗?

电影就是浓缩。

那就剪两次头发?要是这么做了，我们会收获什么，又会失去什么呢?

仔细想一想。

（4）是谁讲的这个故事?

现在事情棘手了。《达·芬奇》采用了第一人称，由孩子来讲这个故事，这对小说来讲完全没问题。

但对电影来讲就不太好了。

出于各种原因，角色直接对着摄影机讲话非常让人出戏。《阿尔菲》（*Alfie*，1966）处理得非常成功，或许还有其他的电影也做得很好，但太少了。或者我们也是少数人中的一个。如果我们要从孩子的第一人称视角开始弹珠戏的话，会像这样:

淡入

春日，学校操场。两个孩子正在玩少儿版“击球入袋”的游戏，就是你站得远远的，往粉笔画的圈里扔弹珠，谁扔得最近，谁就可以先弹。现在一个叫波吉·麦基的孩子弹出了他的珠子，他跟着自己的弹珠往粉笔圈那边跑，第二个孩子威利，盯着摄影机开始说话。

威利

当我正和波吉·麦基玩击球入袋的时候，毕姆鲍姆闯进了我的生活。

（他远离摄影机，全神贯注在游戏上，这时我们——）

切至

一个光头正在穿过操场。他是莫里斯，威利的父亲。

莫里斯

去剃个头——

威利

（抬头）

现在？我正在争冠军呢。

莫里斯

（没心情跟他瞎扯）

快去。

威利

（叹了口气，看着父亲）

好吧。

（走向波吉）

我一会儿就回来。

（接着又望向摄影机）

我爸从来都不知道，玩弹珠有多重要。

（随着他跑步穿过操场——）

切至

随便你切至哪儿，对此我都不感冒。这样做可能能成，代价是我写的时候觉得有点儿硌硬甚至伤脑筋。忘记那些对话或是事件的细节吧。在电影里对着摄影机直接说话会带来问题，在剧院里你可以这么做——举个例子，《我们的小镇》[①]，我也能这么做。但是在电影里你不会直接告诉人们发生了什么，而是向他们展示。对于《达·芬奇》中一个十岁的小孩对着观众喃喃自语这事，我提不起兴趣。

但是——

如果我们做得更有风格点儿呢？我们还是继续第一人称叙述，让威利来讲述，但只要把素材稍加整理。下面我就告诉你到底是什么意思。

淡入

春日，学校操场，两个孩子正激烈地斗弹珠。

切至

一个英俊潇洒的三十岁男子正走向两人，他越走越近，能模模糊糊听到两个孩子的对话。“别在这儿拖拖拉拉了。”“我不是——”“是，是——”“闭嘴，你就是想让我打偏了。”“反正你肯定会打偏的，现在快点儿——”

① 《我们的小镇》（*Our Town*）是美国剧作家桑顿·怀尔德创作于1938年的戏剧剧本，曾获得普利策戏剧奖，是经典舞台剧目。故事讲述的是20世纪初美国格罗弗小镇上普通居民的平凡生活。

英俊的男人现在离两个孩子很近，但他们都没注意到他。男人驻足停留，看着这一刻，然后四处环顾，观察周围的环境。

帅哥

（点了点头，一脸兴趣盎然的样子）

操场见证了这场大战。

切至

其中一个孩子威利跪在粉笔线旁边，集中精神，准备出击。

现在这个帅哥陪在威利身旁，用相同的姿势蹲下。他的手模仿着弹弹珠的正确姿势，但是手指很是笨拙。

帅哥

我甚至都忘了要怎么拿稳弹珠了。

威利继续集中精神，仿佛并没有听见他说话。还有，威利当然听不见帅小伙说的话。现在我们看着这两人会发现他们之间的相似之处：说话的男人是成年后的威利。

帅哥

只有地震了，才会打断我们的游戏。

（然后他指向画外——）

切至

一个光头正在穿过操场。

帅哥

（指着秃顶的男人）

现在，他就是地震级重要的人了。

光头

理发去。

威利

（抬头）

现在？我正在争冠军呢。

光头

走。

威利

但是老爸，我就要赢了——

（秃顶的男人坚定地指了指自己来的方向）

切至

威利边叹气，边站着。与此同时，帅哥也同样站着。

威利

往后来点，波吉。

（他准备快速离开——）

切至

一家小镇剃头铺子外，帅哥随意地站在人行道上，看着威利一马当先，转过街角，冲向店里。

威利

我的父亲经营着镇上唯一的理发店。每回他聘请一个新人过来，我都是那只小白鼠。因为他二十岁就秃了，没法完成这个任务。

威利现在已经到了店门口，接着他甩开门，冲了进去。

切至

帅哥坐在角落里，看着威利跑进来，盯着新来的理发师。

威利

我第一次见毕姆鲍姆的时候，心情不是很好。当时我还不知道，毕姆鲍姆先生的心情，从来没好过。

现在我们就能切至毕姆鲍姆身上，描述他是什么样的了。

不错吧？

这两页纸写起来轻而易举。记住，我现在还没动笔开始写剧本。我有个很好的理由，就是我不太清楚要怎么开始写。相信我。我现在做的是所有作家都非常擅长的事情：危急时刻的拖延症。

我觉得这么来写比让威利这个孩子来讲故事有格调多了。而且在这个故事里，选择这样的叙述者还有一个好处：因为《达・芬奇》不仅是第一人称讲述的故事，而且里面有很多的内心独白。所以并没有足够的对话可供改编使用。

另外要是你运气够好，有人愿意出钱买你的小说改编成剧本，那还有件事让你抓狂，人们会一直问你，你到底先写了啥，是书呢？还是剧本？诅咒你，埃里奇・西格尔[①]。举个例子，《霹雳钻》很难改编成剧本，因为只有一个完完全全的外景场面，即奥利弗走在纽约犹太钻石区街上的场面。你基本上只能一个镜头一个镜头跟着拍了。

好的，回到《达・芬奇》中叙述者的问题。还有一个办法就是简单粗暴地用画外音技术。我们可以看见一场场戏，但是连接故事内部元素的任务交给了某个人的声音，或许是儿童时的威利，或者干脆找个讲故事的人来就好了。

---

① 埃里奇・西格尔（Erich Segal，1937—2010）是《爱情故事》的编剧。这部电影本来是拍摄自一个原创的剧本，但西格尔看到这个故事的潜力，于是抢在电影上映之前，出了同名小说，并且立刻成为当年的畅销书，但也因此引起了一系列关于故事版权的纠纷。——译注

或者我们可以不要叙述者，就老老实实一场接着一场地拍，像大部分电影那样。

再想想，要是你打算以剧本的形式讲述这个故事，你会怎么做？为什么呢？你又会得到什么？

你又会失去什么？

（5）故事发生在何地？

简单，就是发生在它该发生的地方。一座美国小镇，平凡无奇。我就是来自伊利诺伊州的一座小镇，至少在我成长期间还是很小的，所以我猜故事就是在那儿诞生的。

我的意思是，何苦换地方呢？当然你能这么干，没问题。你可以把故事发生地设置在南部，或是城市里，甚至是伦敦郊区。但你这么做又能得到什么呢？

你每换一次地点，你离作者的意图就又远了几分。当你改编剧本时，有一条铁律，那就是要尽量忠实于原作者的意图。这儿改改，那儿挪挪，突然你就会发现故事分崩离析，支离破碎。

当然你也能换地点，但你最好一定要有个充分的理由。最好别仅仅因为制片人想去新西兰玩就改了。

（6）角色们呢？

我正在去往教堂的路上，心中思绪万千。我们有足够多的角色来讲故事吗？是不是太多了？干脆砍掉几个或是合并一些呢？我们需要改变他们吗？怎么变？年纪写大点？更有魅力一些？甜美点？等等，等等。

让我再详细点。《达·芬奇》里面有五个角色。这是角色列表，我们一会儿会讨论他们。

威利
莫里斯——他的父亲
爱玛——他的母亲
波吉——他的朋友
毕姆鲍姆先生

威 利

很明显，总要有人挨那一剪刀去剃头，我们一定要保留威利。我觉得读者会喜欢故事里的威利。至少我知道我们应该喜欢他。

他肯定不会让人记忆深刻，就像《麦田里的守望者》里的菲比[①]。不过也没什么大碍，这个故事并不想塑造让人印象深刻的小孩。我们有的是个处在前青春期的、比起姑娘来说更关心体育的弹珠“运动员”。

但是，那女孩子呢？如果我们让威利再年长个几岁，我们就能给故事加一笔困惑青春期的脸红心跳。他可能想要看起来更帅气点，好吸引某位异性。这就能更好解释威利为什么在第二次剪头时欺骗自己的父亲。但是增加一个女孩角色的难度要怎么算呢？

我们没必要多写一个人。

把波吉的性别转换一下就好了。

性转这招在电影里还是挺常见的，做得最好的是由加里·格兰特和罗莎琳德·拉塞尔（Rosalind Russell）主演且改编自《犯罪的都

① 菲比是《麦田的守望者》中十六岁主人公霍尔顿天真可爱的妹妹，十分依赖哥哥霍尔顿。她的存在以及她与霍尔顿的互动让读者走进了霍尔顿的内心。《达·芬奇》中的威利与菲比有相似的功能。

市》[①]的《女友礼拜五》。在改编中，尽管希尔迪·约翰逊这个角色由男变女，但名字并没换。

波吉可以是个假小子，她和威利一样正在经历青春期身体变化。我们可以透过波吉由假小子变为小淑女的过程，看看他们的世界是否能经受得住这般震动。

问题来了：波吉会让毕姆鲍姆为其理发，但女孩一般不这么做。

可行解决方法：我们还需要波吉剃头吗？威利独自剪头发的需求能成为足够强的动机吗？尤其这是他有生以来，第一次这么注重外表。

我直觉告诉自己这儿还是不要节外生枝了。大体上就和我不愿意改变故事发生地一样，这会让故事变味，而且还不止一星半点，毕姆鲍姆最后会变成多余的人。谁还关心他会不会丢了工作啊？此时波吉和威利之间的关系能否幸存下来才是关键。

莫里斯和爱玛

再说一遍，这两个不是什么能让人记住的角色。但是有了他们俩，故事可以良好地向前推进，他们不是主角，但两人提供了，再说一遍，或者说我们写他们是想要提供一种家庭的氛围，和毕姆鲍姆这个角色的所作所为形成反差。

但这两个角色是不是都有必要留下呢？

两个肯定至少留一个，总得有人经营这讨人厌的理发店吧。

如果去掉母亲这个角色呢？这会让威利与莫里斯之间的关系变得更加亲近，好为威利后来的叛变行为提供支撑吗？

---

① 《犯罪的都市》（*The Front Page*）原是百老汇舞台剧，1931年首次被改编为同名电影登上大银幕。故事的主人公是两位男性（主编和记者），辛辣深刻地展现了报业内部的百态，此版本也是最靠近舞台剧的一版。此后，这个故事又被搬上银幕两次，分别是性转版的神经喜剧《女友礼拜五》（1940）和《满城风雨》（1974）。

但是爱玛的故事是有意义的，她的行为带来了厨房中的温暖以及家的感觉。是的，我们可以不要这个角色，但是我认为这样做会得不偿失，还是要保留这个角色。

我们也可以删掉莫里斯这个角色，但这样会带来可信度的问题。我的意思是，你在小镇上见过多少理发店女老板呢？肯定有，但是这会带来你不想要的麻烦。在读剧本的时候，你会忍不住多想：有位女士在孩子成长过程中做着这样的工作，真的有点儿奇怪。

作为编剧，我们最不希望出现的情况就是让观众胡思乱想，我们想要在他们的眼睛上蒙上罩子，我们希望他们能指哪儿看哪儿。一旦他们开始考虑我们不关心的事情，那麻烦就大了。

我们要讲的是自己的故事。剧本里面，我们可没时间搞丢观众。因为电影会不断向前，向前，向前。它跟小说还不一样，你无法倒回、重读电影段落。我们一定要牢牢抓住观众，让他们听话。一旦他们的思绪飘散，想的尽是剧本里没有的东西，我们就失去他们了。一旦出现这种情况，就算是一眨眼的工夫，游戏就结束了，我们只能收拾行囊滚回老家。

所以我建议保留两夫妇。

波　吉

好，我们能删除跑龙套的吗？波吉是小说里最无足轻重的角色，之前我也说了波吉可以不用剪头，威利剪完头后偷偷溜回家，安全上垒，不与波吉碰面。或者莫里斯找到儿子时，威利也不一定在玩弹珠，他可以在独自一人投篮，或者做作业。我们真的需要波吉·麦基吗？

请认真思考。

好吧。如果你觉得波吉没什么用，大可以这么做，但对我来说这却是一个令人惋惜的致命错误。

为什么？

我可以把之前说的三点全放这儿用作解释：（1）这个故事讲的是一个男人，丢了他的工作；（2）这个丢工作的人恰好是个理发师；（3）我们的理发师是位艺术家。

波吉和这一切有什么关系呢？

他是第一个告诉我们事情有些奇怪且不同寻常的人。搞不好在整个故事中，波吉担负起了最重要的叙事功能。

他正在玩弹珠，但被剃头发给打断了，于是他等着，一直等着，等了几个小时。波吉非常生气，等威利回来的时候，他因为浪费掉的时间表达了自己的愤怒。你想在那么生气的时候，接下来他会怎么做？

波吉对威利说："你的头发剪得真好。真的，非常好看。"

天呐，我们确实需要这一段。

因为孩子们间是不会这么交流的。[①]

波吉与威利是同龄人。而且波吉现在非常生气，可他却因为威利外表上的变化而忘记了生气，在评价前还盯着他的头发一直看。

之后，威利的母亲也呼应了波吉的想法，但那就是废话，没有意义。这就是父母对孩子说的好听话。天呐，我们认识多少觉得自己孩子就是天仙的父母？所以作为一位母亲，一位家长，一个爱孩子的人，她的夸奖对我们来说一点用都没有。

但是当波吉·麦基说"好看"，这就是金子。

毕姆鲍姆

他是我们的主人公，也是我们全部的故事。我们没法不要这个

① 波吉超出一般孩子间的交流反应，更说明威利新发型的成功。

人物。

但是他可不讨喜。

我们对这个角色也知之甚少。

为什么会这样呢?

编剧们最常听见的一个评价就是：没人真心在乎主角。你会从高管、制片人、导演，肯定还有明星那儿听到这句话。

他们并非笨蛋，这么说是有道理的。举个例子，你要是拍部像詹姆斯·卡格尼主演的《歼匪喋血战》(*White Heat*，1949)那样伟大的黑帮电影，主角是否招人喜欢这事儿就不会经常出现。卡格尼就应该扮演讨人厌但又有魅力的角色，而且他肯定是那样的。我怀疑根本是有人画蛇添足，建议加了那场水中救孤的戏。

但是观众需要有辨识度的角色。我们都渴望英雄，所以我们要怎么处理毕姆鲍姆先生顽固暴躁的脾气呢?能不能把他改得更有人情味一点呢?当然能这么做。

但是有必要吗?

这就带来最后一个，需要在剧本开始前回答的问题。

(7)我们必须坚持什么?

改编剧本时，你需要有所变化。任何改编都是如此。如果一本小说长达400页，一部135页的剧本要怎么忠实改编呢?很明显，你没法做到。改编舞台剧也是同理，如果你只是记录了一部舞台剧，观众肯定会被无聊疯了。人们高度赞扬我们在《总统班底》中对原著的还原。当然我们肯定这么做了，但电影的结局停在了两位记者仍在努力追寻真相的途中。

所以必须要有所变化。

但是当你进行改编时，必须遵循以下两点：作者的意图和原著中触动你的感情内核。

所以我们必须改变《达·芬奇》。但是，改什么呢？我们要变什么？——

还有，我们必须坚持什么？

改编剧本的命运就悬在编剧怎么回答这个问题上。

毕姆鲍姆就是个磨人的小妖精，他根本就不在乎我们的同情心，他弹威利的脑门、嘲笑艾玛，管莫里斯叫“屠夫”。

我们怎么可能喜欢这样一个人？一个可能的原因是他和某人有着一段美好的关系。我觉得合理的选择不能是父母，而应该是故事最中心的威利，我们能够将这层关系构建至故事当中吗？这么做的理由也很简单：如果威利关心这位老家伙，那毕姆鲍姆的离别时分就会让人动情。如果孩子关心这个人，我们也会关心。

想要建立这段关系非常简单。就在某个周日的晚上，理发店已经关门了，威利的玩伴们都不在他身边，他们可能正在庆祝某个纪念日，或是有人过生日，随便什么都行。我们需要的就是留个时间让两人单独相处。

现在，既然他们已经独处了，相处过程的设计就不能那么简单了，比如你可不能安排他们两人跌落进彼此的臂弯里。可以这么试试，就随便举个例子，你可以让两人先多碰几次面，次数你觉得好就行，但是如果威利想要给自己做个三明治，需要花生酱以及果冻，但是家里没有这些食物了，他要出门去买。于是威利问毕姆鲍姆需不需要带什么东西，老家伙讽刺道：“哦，我就这么老，都没法自己去店里买东西了？”威利很受伤，我们可以从他的眼中看出来，或者他当场回呛：“小屁孩，你从来没法把事情想得简单些，是不是？”然后威利夺门而出。

然后画面切至一满瓶花生酱，威利正在给自己做晚餐，接着毕姆鲍姆先生走了进来，看着威利忙着做饭，背对着他，喃喃自语道：“我永远也做不来。”威利忙着自己的事情，问道：“做不来什么？”

毕姆鲍姆回答："让事情变得简单。"为了掩盖自己的尴尬，他怒道："你怎么能吃这种垃圾？"然后威利震惊地问他："垃圾？你管花生酱和果酱叫垃圾？"毕姆鲍姆满腹狐疑，说："反正我是不会把这玩意儿送到胃里的。"这回威利真的大吃一惊，"你真的从来没吃过花生酱和果酱吗？甚至一次都没尝过？"然后威利会给毕姆鲍姆递三明治，而他咕哝着拒绝，但威利会一再坚持，直到他勉为其难，咬了一小口——

画面切至二人所在的厨房餐桌旁，他们一道吃着花生酱和果酱，毕姆鲍姆狼吞虎咽，你能看出来他是真的很喜欢吃这些。只不过，他肯定不会承认的。最后他会说自己的太太是个健康饮食的倡导者，威利再度震惊，"你，有老婆？"于是毕姆鲍姆吼道，是的，是的，他有位妻子，一个很好的女人，而且对吃的东西很讲究，只不过她可能已经过世，或者是离开了他。重点是，现在毕姆鲍姆是孤家寡人一个。

然后他滔滔不绝地讲着妻子的离开是如何改变他的，他是如何变得痴迷理发的，毕姆鲍姆讲述自己以前的生活是什么样子，事无巨细，威利听得入迷，只要我们给出足够丰富翔实的细节。当威利再做一个三明治时，他看出毕姆鲍姆也还想再吃一个，于是威利给两人都做了晚餐。当小威利这么做的时候，他漫不经心地问道，"H"代表什么，毕姆鲍姆也如实回答，威利承认自己的名字其实也不怎么样。镜头在两人安静享受晚餐时淡出，轻松愉悦。毕姆鲍姆和小威利关系缓和了起来，二者的关系像花生酱和草莓酱一样完美搅拌在了一起。

好吧，那我们该怎么看待这种写法？也许有点做作，但既然我们想了解毕姆鲍姆，也许这个场景还是可以发挥作用的。还有，可能这段有点多愁善感，但我们不是在拍犯罪惊悚片《猛龙怪客 2》（*Death Wish II*，1982），一点儿像样的伤感有什么不好？这一段达成了我们设计它的初衷：它将两个主要角色聚集在一起，给毕姆鲍姆惨遭解雇和最终离开，做好了情感的铺垫，给观众会心一击。

那么我们要把这段加进去吗？这是个好主意吗？真的……好吗？

不！！！这个想法有毒。它不仅仅有毒，甚至更加严重：它错了。

为什么？

有两个原因。第一，毕姆鲍姆是一个刻薄的人形酸黄瓜，我们要是把他变成圆圆胖胖可亲可近的谐星S. Z. 萨卡尔[①]，他就消失了。狄更斯可以把著名吝啬鬼斯克鲁奇[②]写得如此可爱，我们对此还乐此不疲，那是因为他的故事发生在圣诞节。

但毕姆鲍姆是位艺术家！！！他很奇怪。他拥有而且必须拥有神秘感。他在三月的第一天突然出现，理了两次头发之后就消失了。当他在你头上施展魔法时，神奇的事情出现了：时间消逝了，美妙的声音和想法充斥着你的大脑。

他是怎么做到的？

这是我们必须保护的秘密。我们一旦捕捉到任何毕姆鲍姆的过去，任何蛛丝马迹，就会强奸了这个故事的核心，将其改变，永远地摧毁。

凡·高是一位艺术家，一个天才，以及一个谜。他的疯狂必须游离在我们的掌控之外，常人无法理解。一旦我们说道："好吧，是啊，小高高是个怪人没错了，但考虑到他童年留下来的精神创伤。"然后我们再概括分析他的职业生涯为什么会是现在这样的，凡·高的神秘感消失了。评论家之所以无法把莎士比亚扒皮拆骨，正是因为我们对他一无所知。仅有几个时间点——他在伦敦出生，N年后离开，然后有了第一次成功，但仅此而已。莎士比亚仍然是个谜，这是他传奇的一部分。

所以说毕姆鲍姆最好还是个谜。否则我们就剩下一堆多愁善感的

---

① S. Z. 萨卡尔（S. Z. Sakall，1883—1955）是好莱坞20世纪40—50年代著名的黄金配角，他经常出演喜剧和音乐剧并饰演那些可爱迷糊易激动的叔叔、商人、邻居怪人等角色。

② 斯克鲁奇是狄更斯的三部圣诞小说之一《圣诞颂歌》中的主人公。

垃圾了。

没有什么是万无一失的。

相信我，《大白鲨》也有可能变成票房失利的《复仇之鲸》（*Orca*，1977），两部电影讲的都是愤怒的怪物。卡朋特的经典恐怖片《怪形》也可能拍成无人知晓的《杀人番茄》（*Attack of the Killer Tomatoesi!*，1978），它们的主角都是愤怒的“蔬菜”。《乱世佳人》可能是一场灾难；在拍摄过程中，《卡萨布兰卡》的创作者们确信这就是场灾难。

你认为《乱世佳人》肯定不可能拍成《曼丁哥》[①]？错了。对这部玛格丽特·米切尔（Margaret Mitchell）经典原著小说进行电影改编的创作者们，做出了一系列重大决定。举个例子，《乱世佳人》的故事集中发生在南北内战时期，这部电影有一点做得很好：大场面。大型的交战画面，成群结队的士兵们战斗，然后死亡，炮弹轰隆作响。

嗯，但大场面不是这部电影的全部。一部分，当然，但是如果你想要增加二十分钟战争场景，剪掉郝思嘉和白瑞德的对手戏，确实很容易，甚至合乎逻辑。但是制片人没有，他想要紧紧抓住什么呢？

思嘉和瑞德。

我们必须像他一样紧紧抓住毕姆鲍姆，这个脾气暴躁、一点就着、古怪、傲慢的人。他才是原小说中的精华所在。不管怎样，我们都要保证这个故事的独特之处，同时，还要让观众关心这一切。

达成这一切当然很难。想要赚轻松钱？去搬砖吧。

---

① 《曼丁哥》（*Mandingo*，1975）这部B级片重现了《乱世佳人》时代，只不过讽刺的是将主角换成了黑人，甚至其海报都是恶搞《乱世佳人》白瑞德和郝思嘉的经典动作。昆汀的《被解救的姜戈》有多处场景和镜头照搬此片。——译注

XX

剧　本

淡入

一颗弹珠沿着地面滚动。它的速度很快，我们的视线恰好和其保持一致。然后，它的速度逐渐变慢。

镜头拉远，画面中出现

在一个美到令人窒息的春日午后，两个衣衫不整的小屁孩正在学校操场上玩“击球入袋”的游戏，战况激烈。别管规则是什么，他们不会玩很久的。

波吉·麦基跟着自己的弹珠往目标那边跑：一个粉笔线画就的小圆圈，周围栖居着不少弹珠。波吉的弹珠停在距离粉笔圈大约三十厘米处的时候，他非常开心。波吉的很多表现可以佐证这一点。比如他大声地呜呜叫着，上蹿下跳，像个获胜的拳击手一样双手在头上鼓掌。

切至

另一个孩子威利右手拿着自己之后要丢出的弹珠，凝视着远处的粉笔圈。他全神贯注，慢慢地开始他的摆臂动作，小心翼翼地把手臂拉回来。这时，波吉开始在旁边疯狂地说胡话。

波吉

（一口气）

你是没法打败我的，从来都是这样。弃权——弃权——放手吧。你为什么不放弃？弃权。

威利竭尽所能不去理会他的干扰，慢速出击——

切至

弹珠滚滚向前，威利在它旁边，注视着它每一步的前行。

切至

小小的粉笔圈和波吉的弹珠。现在，威利的弹珠出现了，超过了波吉那颗，在距离粉笔圈仅有十几厘米远的地方停了下来。

切至

威利和波吉。波吉同样瞪大双眼，然后假装拿了把刀往自己的心口上戳了下去，倒地呻吟。

威利看着波吉，在自己十一年的人生历程中，有八年的时间他们肩并肩长大，而这其中又有六年，他们是彼此最好的朋友，但这是弹珠比赛。

威利

（约翰·韦恩都没他这么强硬）

我可不接受俘虏，麦基。

现在威利跪在粉笔圈里，拿起他的弹珠，熟练地把它带到弹击位置，深吸一口气。

男人的声音

（画外音）

剪头发去。

威利抬起头来——

切至

一个秃顶的男人站在离两人不远的人行道上。他叫莫里斯。

威利

（哀怨）

现在？爸爸，这一弹可是为了争夺世界冠军的。我眼看着就要赢了。

莫里斯

快去！

（他指了指威利）

切至

威利。他叹了口气，站了起来。

威利

过会儿就回来，波吉。

说完，他就走了。就在这一分钟——

片头字幕开始滚动

威利奔跑的时候，我们能一览他所居住的世界。这是一座小镇，故事发生在当下，但可能你看到这个地方三十年前的样子，也找不出什么不同。也许，最大的改变就是多了根电视天线。也许，几公里之外会有大型购物中心、烦人的交通问题以及日新月异的变化。但这些变化不属于小镇，至少现在不是，或者永远都不会有什么变化。

此时配乐也开始响起。确切地说，最契合小镇气质的配乐是古典乐大师阿隆·科普兰[①]的作品。他的作品是典型的美式曲调：既可以活泼轻快——正如作品本身传达的那样；但将其节奏调慢，重新编排后又变得十分动人。基于某些原因，这段配乐将被命名为“毕姆鲍姆主题”，而至于为什么看下去就会不言自明了。

切至

威利从校园里跑出来，爬上了山坡。

切至

威利到达山顶时，小镇在远方若隐若现。

切至

威利离铁轨越来越近了，他放慢速度、左右扫视，准备一举跃过。

切至

威利跑过小镇广场，几个人一路向他挥手致意。他向他们挥手致敬，步伐没有受到丝毫影响。

切至

城区主要街道上，威利跑过一座公共汽车站，人们在人行道上懒洋洋地走着。

切至

当他匆匆跑过时，有一间被木板封起来的电影院。音乐现在达到了最高潮，威利终于开始放慢速度了。

---

① 阿隆·科普兰（Aaron Copland，1900—1990），是世界上公认的第一位具有美国本土风味的作曲家，有“美国音乐泰斗”之称，其作品被打上了“美国音乐”的标签。

切至

街区尽头的一家理发店。威利到达之后，一下子把门撞开——

片头字幕表结束

切至

理发店里的门铃响了，威利走了进来，关上了门。紧接着铃又响了。

这里和沙宣那种时髦的美发沙龙完全是两个世界。这家理发店很小，有几张长椅和桌子，桌子上散落着几本杂志。两张理发椅和两个水槽，墙上挂着日历。

一个男人坐在角落里，双手交叉放在膝盖上。现在他站了起来——

切至

毕姆鲍姆先生的特写。身材矮小，有一定年纪，但看不出来具体岁数。他穿着一身皱巴巴的西服；即使这身西服是直接从干洗店里拿出来的，在他身上看起来仍然会是皱巴巴的。毕姆鲍姆先生现在是个穷光蛋，他从来就不是泰隆·鲍华那样的万人迷。但他的眼睛非常明亮，当毕姆鲍姆先生盯着你看的时候，你很难不把目光移开。

切至

威利跳到最近的椅子上。

威利

赶紧开始吧，我就快打败波吉·麦基了。

现在，一些信息从威利口中如喷泉般涌出。他一边说着话，一边快速地指向各类架子和抽屉。

威利

剪刀在那里，推子在那里，那里放着剃刀，那个是毛巾，你可以从那里拿到洗发水。

毕姆鲍姆一动不动，他看上去只是一直盯着威利的脑袋。

毕姆鲍姆

行家啊，嗯？

威利

每当我爸想要请人时，我都会成为小白鼠。

所以……

（现在他停了下来，有点困惑，就像我们一样）

切至

毕姆鲍姆缓步朝椅子走去，眼睛盯着威利的脑袋。他慢慢地绕着它走，弯下腰，抬头看着它，紧接着又踮着脚尖，俯视着。

切至

威利看着这位老人。

威利

你在干什么？

毕姆鲍姆没有回答，他把手放在威利脑袋上，十指张开。

出什么事了？

切至

毕姆鲍姆。他还是没有回答，正全神贯注地盯着威利的脑袋。现在，他从威利的脑袋上抽出手来，在空气中假想了一个相似的形状。

毕姆鲍姆

（最后对自己点点头，说出了一个词）

球形的。

威利

哈?

毕姆鲍姆

你的脑袋是球形的。

切至

毕姆鲍姆一边拧开水龙头，一边按照自己的喜好调整着水槽。

毕姆鲍姆

名字?

威利

（看着毕姆鲍姆拿起一件理发店里的围布，
把它盖到自己胸前）

威利。

（毕姆鲍姆在威利脖子后面系上围布）

名字?

毕姆鲍姆

H. 毕姆鲍姆。

听到这里——

切至

威利无法抑制，开怀大笑。

毕姆鲍姆

为什么觉得这么有趣?

威利

（试图控制）

嗯……只是……我是说，这个缩写的“H”代表的名字，要是比“毕姆鲍姆”这个姓氏更糟糕，那该多可怕啊。

（他又笑了起来）

切至

毕姆鲍姆。他若有所思地站在那里，威利的笑声刚一完，他用掌心猛地一击威利的头顶。

威利

疼。

毕姆鲍姆

疼就对了。

他走到水槽边，向威利做手势让他向前弯腰。他看着威利的头发，摇了摇头。

你最后一次理发是找了个屠夫，对吧。

切至

威利。他抬起头来。

威利

是吗？

（他指着另一把理发师的椅子）

好吧，我父亲给我剪的。

切至

毕姆鲍姆。他朝向摄影机方向，清晰明了地表了态。

毕姆鲍姆

那你父亲就是个屠夫……

他一边说着，一边伸手去拿洗发水。

切至

在超大特写镜头里，只能看出有银色的物体闪烁。且镜头一直这么保持着。我们不知道这是什么，但没关系，因为不会一直这样。现在似乎有两块银闪闪的东西出现，它们成直角。

镜头拉远，画面中出现

毕姆鲍姆的剪刀。他迎着光坐下，研究了一会儿威利的脑袋，集中了全部的注意力。

切至

威利看着这位长者，不知道该怎么做。

切至

当毕姆鲍姆的剪刀抓住光线的那一刻，墙壁和天花板上似乎都充满了明亮的光点，闪光如雨般倾泻。

切至

现在毕姆鲍姆还是拿着剪刀，他操纵着刀刃，形成了节奏——“咔嚓、咔嚓、咔嚓”。

切至

威利仔细地盯着。当毕姆鲍姆“咔嚓、咔嚓、咔嚓”的节奏再度响起时，它变成了《铃儿响叮当》的头三个音符，威利下意识地伴随着自己的呼吸哼着这首歌——“叮叮当，叮叮当，铃儿响叮……”

切至

当毕姆鲍姆靠近威利时，剪刀继续沙沙作响。他用自己纤长美丽的手指拨起几缕头发，逐渐把手指移到发丝顶端，第一次下剪。

切至

几缕细细的头发掉下来。

切至

毕姆鲍姆围着椅子来回走动，又做了一个几乎难以察觉到的剪发动作。

切至

威利在椅子上转来转去，变得舒服起来。

切至

毕姆鲍姆继续，再剪了一刀，又是一下。

切至

又有头发飘了下来，且细细的头发轻巧至极。

切至

剪刀，沙沙沙。

切至

威利悠闲地哼着《铃儿响叮当》。

切至

光斑在墙上舞动着。

切至

威利看着那点点光斑。墙上还挂着一幅日历，日历上的照片是春日美景，绿树、顽石和青草。光斑舞过这片景色。

切至

毕姆鲍姆的眼神炽热，他优雅地在椅子旁来回穿梭。

切至

又有不少头发掉落下来。

切至

威利现在非常放松，脸上挂着一种像是白日梦般的表情。

切至

学校操场，朦朦胧胧中，威利把他的弹珠瞄准另一个远得离谱的粉笔圈。波吉挥舞着胳膊，想要分散他的注意力，一群人看着威利斯漫不经心地在空中抛出手中的弹珠，太好了！完美的一击，观众们都被迷住了。

切至

光斑继续着它们的舞蹈，“毕姆鲍姆主题音乐”又开始响了起来，轻快可爱。

切至

镜头再次回到了朦胧中的学校操场上，人越来越多，威利不得不完成一个更加不可能的任务，打中远得离谱的弹珠。波吉站在那儿，威利把手臂移到背后，然后再一次弹出弹珠——打中了！再度致命一击。这一次，波吉和更加壮观的人群一道大吃一惊，他们开始鼓掌，威利谦恭地接受了他们的赞美。波吉走到他跟前，手里拿着一个巨大的金色奖杯，上面刻着“举世闻名的冠军”，并把它递给了威利。威利优雅地接过奖杯，向人群鞠躬，此时人群已堪称庞大。人们一边继续鼓掌，一边难以置信地摇着脑袋。

切至

毕姆鲍姆现在正集中精力，美丽的手指不停地动着，银色的剪刀剪了又剪。

切至

威利望着日历上河水和树木的照片，开始闭上了眼睛，此时“毕姆鲍姆主题音乐”比之前更加响亮，洪亮且美妙。

切至

日历上照片里的河水，只在此刻，开始流动，岩石周围浪花堆积起泡的声音逐渐响起。现在，参天巨树开始在春风中弯腰，树叶的声音，风的声音，加入了水的涌动。一切是如此可爱，如此完美和惹人怜爱，此刻你只想在青草浓密的岸边躺着就好，举目凝望着蓝天、白云和优雅地随风飘动着的巨大绿树。

仍然是流淌的河水镜头。树木、天空，以及“毕姆鲍姆主题音乐”交织一起达到了高潮——

快切至

墙上的门铃响了，莫里斯走进理发店。

莫里斯

剪完了？

切至

毕姆鲍姆把围布从威利的身上轻轻拿走。

毕姆鲍姆

完成了。

切至

莫里斯。他瞥了眼威利，然后走向水槽边的毕姆鲍姆。我们还没见到威利——看得不是很清楚，还不知道他现在是什么样。

莫里斯

还差点儿意思。

毕姆鲍姆哼了一声，转过身，把洗发水放回原处。

就像我刚说的，剪发技术还差那么一点点吧。但其他方面都可以接受。毕姆鲍姆，你有工作了。

紧接着——

切至

威利出了门离开理发店，现在一系列快速剪辑镜头。但镜头拍的不是威利，是他的影子，是他一路回到弹珠游戏场地的身影。

（1）影子飞驰，越过木板房电影院；
（2）影子飞奔，穿过小镇广场；
（3）现在，影子停了下来，铁轨飞掠而过；
（4）速度变得比之前更快，影子加速上了山，现在——

切至

波吉·麦基一个人在校园里，独自玩着弹珠，他小心地从粉笔圈里射出弹珠。

威利的声音
（画外音）
（靠近）

准备好受死吧。

波吉什么也没说。他显然对什么事情充满怒气。

威利

来啊，赶紧比，快点。

波吉

别跟我说快点，你已经走了差不多两个小时了。
（然后他指向——）

切至

学校墙上高悬着的钟，已经快五点了。

切至

波吉。他继续射出弹珠，愤怒得要命。

波吉

你大概是三点时走的。

（大声）

我觉得这事简直糟糕透顶，你就这么消失了。

现在，他转过身来，抬头看着威利——

切至

波吉的面部特写。愤怒消失了，取而代之的是惊喜。

波吉

（柔声道）

威利……好漂亮的发型。

现在，终于——

切至

威利的镜头。还有波吉说的是真的。两个小时前离开操场的那个邋遢的人影，已经被一个漂亮的孩子取代了。

威利

是吗？

波吉。他点点头。

波吉

你看起来特别好。

切至

威利看着学校窗户里的自己，看了很长的时间。波吉的身影也映射其中。时间就此暂停。

威利

（点点头）

我的发型确实还不错……

现在，从他们两人倒映在窗口的身影——

切至

他们俩在黄昏中慢慢跑回家。街道两旁都是看上去很普通的房子。波吉挥了挥手，转向了其中一间。威利也冲他摆了摆手，朝下一个目标走去。当他快到家时，放慢了速度，把手伸进口袋，拿出一支小小的口琴，试着吹起一小段《铃儿响叮当》的和弦，吹得不太好，他耸了耸肩，猛地拉开后门。

切至

切成一块一块的胡萝卜，被人扔进一大锅浓稠冒泡的炖菜里。

镜头拉远，画面中出现

威利走进的是厨房，他的母亲爱玛正像是乐队指挥一般带领着手下的锅碗瓢盆，穿梭在炉子和烤箱之间。她是个身材矮胖的女人，可能和她四十多岁的丈夫一般大。

爱玛

（搅拌炖菜）

新来的理发师怎么样?

威利

（靠近，让妈妈仔细观察）

你瞧瞧。

爱玛

（很开心）

看看我漂亮的小男孩。

威利

他叫 H. 毕姆鲍姆。

爱玛

好名字。

威利

爸爸已经雇他了。

切至

爱玛稍微拉开了点烤箱门，看了看刚进炉的面包进展如何。

爱玛

显然，他天生是个手艺人。

切至

威利。他正在小声地说话。

威利

你想知道他说了什么吗？他说爸爸是个屠夫。

爱玛

这话是过了些。你爸爸可不是屠夫，但也不是手艺人。

现在，出现了前门开关的声音。

莫里斯的声音

（画外音）

你们都在哪儿?

爱玛

（大声喊）

你猜。

切至

莫里斯跳进了厨房。他看上去非常兴奋。

莫里斯

吼吼吼，我有个惊喜给你们。

（此时，他在身后打着手势）

切至

毕姆鲍姆手里拿着一个破旧的小手提箱，站在莫里斯身后。

莫里斯

毕姆鲍姆来了，他想要租间空房，吃饭另算。毕姆鲍姆，这是我老婆，爱玛。

两人点了点头。

爱玛

你给我们家威利理的发型很好看。

毕姆鲍姆

那当然，我的房间在哪里?

爱玛

（指向后楼梯）

你的行李呢?

毕姆鲍姆举起他的小行李箱。

就这些？

毕姆鲍姆

你当我是谁，一个需要晚礼服的童话公主吗？我是理发师。理发师需要的就是几件衣服和一把剪刀。还要什么行李？

爱玛

威利会带你去看看房间。

毕姆鲍姆

这地方就那么大，我自己还找不到了？

（他走到后面的楼梯）

要是迷路了，我保证会大声呼救。

切至

爱玛一直盯着他离开，现在她转向莫里斯。

爱玛

哈哈，确实是惊喜。我们什么时候开始开起小旅馆了？

莫里斯

你什么时候开始反对多赚一点儿钱了？理发店的生意可不太好。

爱玛

生意一直就那样。这男的还没猪有风度。

莫里斯

也许他不善跟人打交道。但是，爱玛，你应该看他剪次头发。

切至

莫里斯走到她身边，牵着她的手。

莫里斯

今天下午，他给头型长得跟个鼻子一样的邮递员迪特里希先生剪头发。九十分钟之后，迪特里希变得可爱了。这人是个艺术家，爱玛，他是个真正的艺术家。你说他还应该住到哪儿去？

爱玛迟疑了一下，拿出一个大木勺，挖下一大块牛肉递给莫里斯。

莫里斯

（接下了橄榄枝）

完美……

镜头持续拍摄二人——

切至

客厅外面的门廊，威利和波吉两人正玩着跳棋。此时距离毕姆鲍姆住进威利家已过去一段时间，威利的头发也长长了。晚上，爱玛加入了二人的棋局。

爱玛

（滑进椅子里）

我再也受不了了。

威利

他们还在里面吗？

（他转过身来，往里面张望——）

切至

客厅。我们可以看见毕姆鲍姆和莫里斯。莫里斯看着毕姆鲍姆在空中移动着剪刀，仿佛在展示着什么东西。莫里斯正在研究毕姆鲍姆所做的一切。

切至

门廊。

爱玛

连续十晚了。头皮出了毛病这事有什么让你这么着迷的？你还要谈论多长时间的头骨形状？

现在曼陀林的琴音和莫里斯的歌声越来越大。莫里斯当然不是伟大的男高音卡鲁索。爱玛摇了摇头。

歌声愈发难听了。

威利

（连跳两下）

爸爸只有心情好的时候才唱歌。

莫里斯现在唱得更大声了。

爱玛

（她叹了口气）

他要是不这么开心就好了。

随着歌声的继续——

切至

乐声更大了，乃至荒腔走板，原来是威利在自己的房间里练习口琴。他躺在床上，闭上眼睛，尽力而为。房间很小，到处都是体育明星的海报：棒球运动员雷吉·杰克逊（Reggie Jackson），瑞典网球运动员比约恩·博里（Björn Borg）。此时时间又过去了一周左右，威利的头发更长了。现在已是深夜。

毕姆鲍姆

（出现在开着的威利房门口，手里拿着毛巾）

你为什么发出那种声音？

威利

对不起。

毕姆鲍姆

回答问题。

威利

我想，也许我想成为一名音乐家。所以我问他们能买一架钢琴吗？于是爸爸给我买了这个——

（举起口琴）

他说，如果我口琴吹得好，他就会给我买一把小吉他。如果我吉他弹得也不错的话，就能拥有一架钢琴了。

（怀疑地看着自己手里的乐器）

但我的未来里，看不到钢琴。

毕姆鲍姆

把你最好的曲子吹给我听。

切至

威利。他犹豫了一下，然后开始吹奏"《仙那多》"——"噢，仙那多，我渴望见到你，流淌吧，你滔滔翻滚向远方。"

切至

毕姆鲍姆看着，聆听着。

威利

（中断）

不是很好，是吧？

毕姆鲍姆

不怎么好？是太可怕了。

威利

（受伤了）

是你让我吹的。

（他把口琴放在床上）

毕姆鲍姆

别这么敏感。每个人都有做得不怎么样的时候。一开始，我们的所作所为都是糟糕透顶的。

（他盯着威利看了一会儿）

就连我也不可能一直出彩。

（他离开，走向大厅）

切至

威利。他想了一会儿，关上门，再次尝试吹起《仙那多》。不再那么热烈，但他勇敢地继续着。

切至

几晚之后的厨房，炉子上煮着三角馄饨、炖着菜，威利和妈妈看着火。他们身后传来了声音，当他们转身的时候——

切至

毕姆鲍姆。他急急忙忙地穿过厨房，然后消失在楼梯后面。连个头都没跟两人点一下。

切至

爱玛。她看着威利，正要说话，想了想之后又把注意力放到煮饭上了。先是一阵沉默，紧接着是前门“砰”的一声。重重的摔门声。暂停一下后是沉重的脚步声。越来越近，越来越近。

切至

莫里斯。他站在厨房门边上，脸上带着日本武士式的严肃表情。过了一会儿，他走进客厅，沉重地躺在沙发上。

切至

爱玛和威利在厨房里。

爱玛

（大声喊）

怎么不唱歌了？

没有回答。

威利

发生了什么？

爱玛

一些不好的事。

（她离开了灶台，急急忙忙地走进了客厅）

切至

威利。一个人在厨房站了一会儿。他把三角馄饨翻来翻去，然后停下来，走到自己可以看到客厅的地方。

切至

客厅。爱玛跪在莫里斯身边，两人小声耳语着。

切至

威利在全神贯注地看着他们。

切至

莫里斯和爱玛。他们又低声说了一会儿话，然后爱玛站起来，向厨房走去。

切至

威利。他正在厨房等着母亲。

切至

爱玛脸色苍白地站在厨房门口。她颤抖着摇摇头。

爱玛

那个波吉·麦基……

（叹气）

我还以为他是你的朋友。

她说完后，站在那里。威利转身，冲了出去。

切至

在波吉家的前门，威利死命地用手指戳着门铃。门打开了。

切至

波吉站在他家的房子里。一扇纱门将他们两个人隔开，所以我们不太能清楚地看到波吉，但他看上去像是在啃炸鸡。

波吉

我就知道会是你。

威利

出什么事了？我爸爸一直在抱怨，我妈妈脸色苍白，你做了什么？

波吉

（暂停，然后——）

我让毕姆鲍姆先生给我理发了。

威利

肯定还有其他事。

波吉

好吧……

威利

什么?

波吉

你父亲—— 他的理发椅是空的。毕姆鲍姆那边很忙。

切至

威利。他惊呆了。

威利

你不会这么做的。

切至

波吉站在纱门后面。

波吉

我做了，我做了，我在等毕姆鲍姆——

（现在语调有点慌张）

我必须这么做，威利。看到你剪完头发的样子，我必须得试一试，而且值得。

（现在他打开了纱门，走出来）

就剪了剪头发，嗯?

波吉的样子，必须要说，确实有了很大的改善。

威利

（点头）

你看起来从未像现在这么好过。你的头骨是什么形状的?

波吉

半三角形。

他给威利来了口炸鸡腿;威利摇头拒绝了。

对不起,威利。告诉你爸爸,我个人对他没什么意见。跟他解释一下。

切至

威利爆发了。

威利

解释一下?他是人,有感情的。波吉,你应该去看看我爸爸,一塌糊涂。他可能永远也忘不了这事情。据我所知,他会和其他人一样,从此一蹶不振。我的意思是,谁知道呢?

波吉

(入画)

别紧张。就这么一次而已。我再也不这么干了。

威利

还会出现的,还会,你不明白……

(现在他突然发火了)

换我,我也会这么做!

切至

他们两个人默默地站了一会儿。

波吉

（柔声说道）

哦，威利。

威利

（非常内疚）

我还想要毕姆鲍姆给我剪头发。

波吉

（安慰道）

也许你爸爸某天会得病——

（威利给了波吉一个锐利的表情）

不是重病，我说着玩的，只是说他搞不好会感冒。

威利

他壮得跟牛一样。

波吉

那也许是你某个表亲结婚了，他们就得去了，或者……

威利

我只有一次机会，等时机成熟，我会让妈妈帮助我。

波吉

（点头）

太棒了。

威利

你也这么认为？

波吉

（咬着鸡腿）

妈妈嘛，总是善解人意的。

现在说到“妈妈”这个词——

切至

爱玛从厨房的水槽里拿出一块肥皂，脸上没有丝毫笑容。

爱玛

用肥皂洗洗你的嘴。

镜头拉远，画面中出现

威利跟我们第一次见到他那时候一样邋遢，跟妈妈一起站在厨房里。

威利

但是听我说……

爱玛

在背后捅你自己的亲爸？小犹大。

威利

求你了。

爱玛

你需要剪头发，找你爸爸给你剪。现在就去。

她拉着威利的胳膊，向厨房门口走去。

切至

镇上主干道。天空多云。威利慢吞吞地走着。几个熟人向他点头打招呼。他咕哝了回去，继续往前走。

切至

威利慢了下来，理发店出现了，他开始沿着人行道缓慢行走如爬行。

他越走越慢，停下，仰望天空。

切至

天空正在变黑。

切至

威利。他走到理发店前面的玻璃窗边，快速向里面瞥了一眼。

切至

理发店里。莫里斯和毕姆鲍姆一道坐在长椅里，各自看着不同的方向。没有顾客，理发店空着。

切至

威利把脑袋从玻璃窗边收了回来，他开始揉起肚子。远方传来雷声。

切至

威利。他抬头一看，又听到一阵雷声。他的脸就像阴冷的天空一样阴郁。现在他快速地转过身来。

切至

一个明显需要理发的老人，慢慢地朝理发店走去。

切至

威利看着他，一丝希望闪现。

切至

老人。他在理发店前停了下来，好像下了决心似的。

切至

威利几乎祈祷着老人家能进去剪头发。

切至

老人。他往前走了走，后来他改变了主意，走回了理发店。

切至

威利。他等了一会儿，想要再等另一个人出现。最后实在没办法忍受，他又偷看了一眼理发店。

切至

理发店里。老人在毕姆鲍姆的理发椅里坐着呢。莫里斯还是一动不动地坐在长椅上，凝视着其他地方。

切至

威利再次出画，他正摇着头。不管他现在经历了多少痛苦，并不会随着时间的流逝而减少。

切至

人行道上。第一滴细腻的雨水轻柔地溅起了水花。

切至

威利蜷缩着站在人行道上。他只穿一件T恤和牛仔裤，肩膀已经湿透了。

切至

天空，爆炸开来。这就像有人打开了水龙头，一场春日暴雨倾盆而下。

切至

威利一个人来回走着。他湿透了，但还是在人行道上来回摇摆。他向理发店里瞥了一眼。

切至

店内。毕姆鲍姆正在研究客户的头部形状。

切至

威利绕来绕去，仿佛走进了神秘的怪圈。

切至

天空下起了你从没见过的大雨。

切至

威利湿透了，他抓着机会又看了看店里面。

切至

店内。毕姆鲍姆正好伸手去拿洗发水。

切至

威利。他任凭风吹雨打仍然站在那里，看起来就像刚从浴缸里走出来一样。

切至

天空响起了凶残的雷声，它隆隆地响着。雨，像以前一样猛烈，只是节奏越来越快。

切至

威利。他闭上眼睛，深吸一口气，然后走到门口，进入理发店。

切至

店里。莫里斯站起来，走到他的空椅前。

莫里斯

来得正好。

威利不动。莫里斯拍了拍椅子的后背。

坐上来。

切至

威利。特写。

威利

（最后喃喃自语）

我想等等毕姆鲍姆先生。

他刚脱口而出这句话——

切至

莫里斯。他大爆发。

莫里斯

（声音巨大）

不要在这家理发店！不要在我的店里！出去——出去——滚！

切至

威利冲向门口，冲进倾盆大雨之中……

镜头保持不动

威利在雨中。

切至

爱玛在灶台边施展自己的魔法，威利悄无声息地走了进来，外面大雨呼啸着。

爱玛

（瞥了他一眼）

你没有剪头发。

威利

他们太忙了。我明天去剪。

爱玛

很好，很好。

她微笑着，继续接着干活。威利偷偷摸摸地上楼。

切至

威利在他房间里。他躺在床上，身上已经干了。他换了条牛仔裤，以及一件干净的T恤。他目不转睛地盯着这场无情的雨。现在是傍晚时分。
威利听到脚步声急促地向楼梯走来。他走到门口，向外望去，瞥见毕姆鲍姆正朝着大厅那边的房间走去。

威利回到他的床上，拿起他的口琴，来回地抛着。接着他听到了父亲愤怒的声音。他又一次朝门口走去。

切至

起居室里，莫里斯怒气冲冲地走来走去，爱玛想尽办法在安抚他。

镜头拉远，画面中出现

威利正蹲在纱门旁，听着。

爱玛

莫里斯，天啊，记住，他只是个孩子。

莫里斯

孩子！

（一把握住自己的心口）

他就是在这儿捅刀子的。你感受一下，血还在往外滴。

爱玛

我给你拿点吃的。

切至

现在，莫里斯的声音更大了。

莫里斯

我不要吃的，我要报仇。那个该死的毕姆鲍姆，还有他那该死的头骨理论。他以为他是谁，莱昂纳多·达·芬奇？

（现在他抬起头来，冲着天花板挥了挥拳）

可这是小镇，毕姆鲍姆，你死定了。

切至

威利看着他的父母。如果之前威利在外面挨着雨浇的样子非常痛苦的话，他现在看起来更加糟糕。

切至

那天晚上他们四个一起吃饭。除了刀叉刮擦盘子的声音外，一片死寂。他们都吃得很快，没人会理会别人。莫里斯终于放下叉子，快速瞥了一眼爱玛，然后大声叹气。

爱玛

（心领神会）

怎么了，莫里斯？

莫里斯

生意的事，生意不好做啊。

爱玛

生意真的不好吗？

莫里斯

生意很糟糕。但可能不是你想的那种糟糕。

爱玛

我希望你能解释给我听听是怎么回事，莫里斯。

莫里斯

好吧，不是说店里没顾客，而是顾客得不到服务。

爱玛

这是什么意思？

莫里斯

我是说毕姆鲍姆给别人剪头发要花太长的时间了。

爱玛

哦，事实并非如此吧。

莫里斯

哦，但是事实就是如此。就在今天，他花了一百零六分钟来做丹泽尔先生的头，可丹泽尔基本就是秃头。这么做谁能赚钱？要是我来理的话，一百零六分钟够我理三颗头了。

切至

毕姆鲍姆先生平平稳稳地吃着饭。

毕姆鲍姆

那是因为你是个屠夫。屠夫花那么多时间做什么？

切至

威利看着这两人。

莫里斯

我这个屠夫碰巧是聘用你的那家店的老板。或者我应该说，曾经是你的老板？

毕姆鲍姆

（把叉子放下）

你什么意思？

莫里斯

意思是除非你剪得更快点，否则就再见了。我再雇一个手脚没那么慢的人。周围的工作机会可不多，毕姆鲍姆。

切至

毕姆鲍姆。他点点头。

切至

莫里斯盯着他看。

莫里斯

你为我工作，就要按我的办法来。明天我给你算时间。如果你在，嗯，四十五分钟之内打理完一位顾客的头发，你就留下来。不行的话，再见。

毕姆鲍姆

什么样的头？要是迪特里希先生的话——他的头型长得跟鼻子一样。

莫里斯

我可能是个屠夫，但至少我很公平。你需要有人练手，我这儿正好就有一个。我还碰巧是这个小白鼠的亲爹。

切至

威利快速地瞥了他父亲一眼。

威利

我？

莫里斯

哦，对，就是你。

威利

我不想去那儿。

莫里斯

你猜怎么着，小宝贝。人生不可能万事如意。

镜头停在静静坐在桌旁的四人身上。

切至

第二天早上，镇上大街远处的教堂钟声响起。今天是个美丽的星期天。

莫里斯，威利和毕姆鲍姆沿着空荡荡的街道向前走着。莫里斯走在前面，手里拿着一个很大的闹钟。毕姆鲍姆排在他后面，像往常一样，他穿着皱巴巴的西装。慢慢拖在最后的是威利。当他们走到理发店时——

切至

闹钟牢牢地被莫里斯放在架子上，调好时间。它大声地滴答作响。

切至

毕姆鲍姆和威利看着他，此时大家都已在理发店里。

莫里斯

（朝门口走去）

你还有四十五分钟。

当他离开的时候——

切至

闹钟。钟上面显示的时间是十一点十五分，不停往前计时。

切至

莫里斯离开的一瞬间，威利冲到了架子旁，拿好理发用的围布，迅速地用围布将自己围好，急急忙忙地跑到毕姆鲍姆的椅子旁，跳了进去，转身。

切至

毕姆鲍姆。他凝视着威利。他盯着威利的头，进入了自己的世界。

威利

（示意毕姆鲍姆开始）

我的头是球状的，毕姆鲍姆先生。你不记得了吗?

毕姆鲍姆

我从来没有忘记过别人头部的形状。但有时，尤其是对年轻人来说，他的头部形状会产生变化。

威利

嗯，我的没有变——我向您保证。现在来吧。

切至

威利坐在椅子上，毕姆鲍姆慢慢地行动着，他的眼睛一直盯着威利的脑袋。他走来走去，弯下腰，抬头看，踮起脚尖，向下看。现在，他把手指放在威利的脑袋上，又拿了下来，在空中虚画了个圈。

切至

莫里斯在理发店的前面，来回地走着。

切至

毕姆鲍姆。他终于点头，这下他满意了。

毕姆鲍姆

还是球形的。

切至

威利长舒了口气。他坐得笔直，准备好接受毕姆鲍姆先生给他理发，然后他越发抱怨了起来。

威利

您不要这么做了。

切至

毕姆鲍姆。他开始把弄起水槽里的水龙头。

威利

我不需要再洗头了。

毕姆鲍姆

理发师对着干净的头发才能工作。

威利

假装我的头发是干净的，您不能这么做吗？

切至

莫里斯从外面探进头来。

莫里斯

还有四十一分钟，毕姆鲍姆。

（然后他又在外面走来走去）

切至

毕姆鲍姆调整着水龙头，水槽的温度控制得刚刚好。

切至

时钟滴答地响着。

切至

威利的脑袋在水槽里。现在，毕姆鲍姆熟练地拍打洗发水，得到了一个美妙的泡沫。

切至

莫里斯站在人行道上，执行他的放哨任务。

切至

光点在理发店的墙上飞舞着。

镜头拉远，画面中出现

毕姆鲍姆高举着他的银剪子，往上面吹口气，给它做好准备。

切至

莫里斯再次进来。

莫里斯

三十六分钟，毕姆鲍姆。目前为止已经过去九分钟了。

切至

毕姆鲍姆。他像是没听见。他又咔咔开合了几次剪刀，然后转向威利。

切至

几缕头发，慢慢地掉落。

切至

毕姆鲍姆从威利身边后退了一步，眯着眼睛看了一会儿，又优雅地走了进来。他伸出手，剪刀再次稍稍地“咔嚓”了一下。

威利

剪个平头，毕姆鲍姆先生。我一直想要剪一个完美的平头，我知道您可以的。

毕姆鲍姆

别再说这种话了。

威利

但是剪平头不费事，昨晚我爸爸说了。

切至

莫里斯。他在门口站着。

莫里斯

还有二十九分钟。时间已经过去三分之一了。

切至

威利看着他父亲走回外面。

威利

（转向）

你听到了吗？你听到了吗？

毕姆鲍姆

闭嘴，坐稳了。

切至

点滴亮光，正在舞蹈。

切至

毕姆鲍姆比以往任何时候都更优雅地移动着，在这里“咔嚓”一下，在那里又“咔嚓”一下。

切至

威利开始闭上自己的眼睛。

切至

莫里斯走进了门来。

莫里斯

还有二十五分钟，毕姆鲍姆。

切至

莫里斯又回到了门口。

莫里斯

还有二十一分钟，毕姆鲍姆。

切至

莫里斯回到门口。

莫里斯

还有十五分钟，毕姆鲍姆。

切至

威利浑身瘫软，喉咙发干。

威利

老天爷啊，你快下手剪啊。

毕姆鲍姆

（眯着眼看着威利的发梢）

我应该被这十五分钟毁掉一生吗?

切至

再一次，光点闪烁。

切至

毕姆鲍姆又小小地剪了一下，再一下，第三下。

切至

墙上的日历画着小河、礁石，还有成荫绿树。

切至

毕姆鲍姆眼睛明亮，聚精会神，不停地剪着，他那美丽的手指不停地移动着。

切至

威利现在闭上了眼睛。

切至

毕姆鲍姆像舞者一般来回移动。

切至

日历里那条河变成了现实，开始流淌。我们听到水拍击石头，风吹过树木的声音。现在美妙的旋律《仙那多》之声越来越清晰，开始非常轻柔，逐渐变得强烈——“流淌吧，你这滚滚长河”。

切至

闹钟响了，莫里斯走到门口，在闹钟的“叮叮当当”中说起话来。

莫里斯

正午了，毕姆鲍姆。时间到了。

切至

毕姆鲍姆先生。他什么也没说。有那么一会儿，他只是呆立着站在那里。然后，他走到仍在嘈杂喧嚣的闹钟旁，用他美丽的手一挥，把它敲落到地板上。一阵沉默，现在他转向莫里斯。

毕姆鲍姆

出去，屠夫。我要给这个男孩剪头发。

切至

莫里斯。他试图回敬毕姆鲍姆的眼神，再一想，他转过身去，温顺地离开了，关上了身后的门。

切至

当毕姆鲍姆回到理发椅旁的时候，威利有话要说。

威利

听着，比姆鲍姆先生……

毕姆鲍姆

闭嘴，老实坐好了。

威利

（转身面对着这位老人）

对不起。

切至

毕姆鲍姆。

毕姆鲍姆

我告诉过你老实坐好了。

（然后，他用手掌拍了一下威利的脑袋）

切至

威利坐好了，直直地向前盯着。

威利

总之，这是我的错，我真的很抱歉。

毕姆鲍姆

错？没有人浪费任何时间。为什么是你的错？

切至

毕姆鲍姆。特写。

毕姆鲍姆

屠夫。屠夫们占了上风。等你长大了会发现，屠夫们将拥有整个世界。该死，这群不懂规矩的家伙。

（就在他接着剪头的时候，我们看到——）

切至

最后一次，墙上的日历活了过来。这时又响起《仙那多》之音，一如往昔。不，和之前不一样了。因为突然之间，河水从潺潺溪流变成了一条宏伟的巨流，也许它是亚马孙河，尼罗河，或者密西西比河河口，但是不管它是什么，都壮丽多姿，令人叹为观止。

《仙那多》也发生了变化，现在它越来越浑厚，旋律和景色一样壮观，两者交相呼应，滚滚向前，荣耀之歌，雄伟之河，一起抵达了高潮。

切至

毕姆鲍姆吹了吹剪刀，说了一句话。

毕姆鲍姆

完事。

切至

威利在椅子里眨着眼睛，看着毕姆鲍姆没有回头地径直走出理发店，消失了。镜头对准孤身一人在理发店里的威利。

切至

威利仍然孤身一人，沿着铁道跑着，张开双臂保持平衡。有时很有趣，你会感觉到恍如隔世。

切至

威利把手塞进牛仔裤口袋里，独自走过小镇广场。几个孩子向他招手。他没有回过头来。

切至

波吉在学校操场里玩弹珠。他抬头看见威利站在人行道上，向他打招呼示意让他加入进来。威利摇摇头，继续往前。

切至

莫里斯和爱玛在灶台边的炉子旁，叫威利进来。他停了下来，看着他们。

威利

他走了？

爱玛

已经收拾好行李走人了。

切至

威利。他点点头，朝楼梯走去。

莫里斯

威利？

威利停了下来。

他是位好理发师。没有人质疑这一点。

爱玛

是的。但他太慢了。

威利没有回答，只留下了他们二人。

切至

威利迟缓地走上后楼梯。

切至

当他走上去时，摄影机转向地平线。

切至

他走进屋子，四处观望。还是原来的样子，墙上挂着运动员海报，床上还有他的小口琴。

切至

威利突然停了下来，凝视着什么。

切至

床上。离口琴不远的地方，有一把银色的剪刀。

切至

威利。他走到床前，看了看剪刀，捡了起来。他躺在床上，把口琴放在自己的胸前，仔细研究着手上的剪刀。

切至

威利挥舞着剪刀，三次——咔嚓、咔嚓、咔嚓。这是《铃儿响叮当》的旋律。他哼着三个音符，又开合了三下，再次哼出了三个音符。

切至

现在威利停了一会儿，然后哼出不同的旋律：咔嚓、咔嚓、咔嚓、咔嚓。他又做了一遍：咔嚓、咔嚓、咔嚓、咔嚓。这是“毕姆鲍姆主题音乐”的起始旋律。他现在拿起口琴，吹响了第一个音符——不太好。他停下来，在T恤上擦了擦口琴，再试一次。也许稍微好了点。但这一次他没有停下来，他演奏得很好。

摄影机移动

从窗户出去后一直来到房子的另一侧。此刻我们看见了莫里斯和爱玛，他们紧紧相依，靠在厨房炉子旁。她拿起一个木勺，让丈夫尝一尝她正在煮的东西。一如既往：完美。

摄影机短暂地在他们两人身上停留——
口琴还在演奏着“毕姆鲍姆主题音乐”，直到此时口琴声才变得清晰悦耳——口琴大王拉里·阿德勒（Larry Adler）鼎盛时期的演奏都没有此刻的音乐好听。

切至

空空的理发店大门紧锁——
现在，美妙的吉他声加入了口琴。“毕姆鲍姆主题音乐”继续着，两种乐器完美地结合在一起。

切至

学校操场空荡荡的。没有人玩弹珠游戏了——
美妙的钢琴声响起，加入了吉他和口琴，三种乐器和谐共鸣。

切至

公共汽车站。一个孤单地站在人行道旁等候着的人，正是毕姆鲍姆先生。他拿着自己破旧的手提箱，穿着皱巴巴的西装，坏脾气，尖酸刻薄，孤独。换句话说，他从未改变。钢琴、吉他和口琴继续施展着它们的魔力。

摄影机最后一次运动——向上直冲湛蓝的天空……

最后淡出

XXI

创作交流会

美术师：托尼·沃尔顿

托尼·沃尔顿（Tony Walton）出生于英国，但过去二十年一直在美国工作。托尼多才多艺，不仅为电影制作布景和服装，而且还活跃于百老汇[①]。他参与工作的第一部电影《欢乐满人间》(*Mary Poppins*，1964）为其带来了奥斯卡彩色片最佳服装设计的提名。之后，托尼与著名美术指导菲利普·罗森伯格（Philip Rosenberg）一起合作了电影《爵士春秋》，并凭借本片获得了奥斯卡最佳美术指导大奖。其他托尼参与的电影作品还有：

《春光满古城》(*A Funny Thing Happened on the Way to the Forum*，1966）
《芳菲何处》(*Petulia*，1968）
《东方快车谋杀案》(*Murder on the Orient Express*，1974）
《新绿野仙踪》(*The Wiz*，1978）

---

① 沃尔顿在百老汇的代表作有《丕平正传》(*Pippin*)、《芝加哥》《世故妇人》(*Sophisticated Ladies*)、《年度女性》(*Woman of the Year*)。

《恋马狂》(*Equus*, 1977)
《城市王子》(*Prince of the City*, 1981)

以下是沃尔顿分享的一些见解:

关于美术

美术指导负责电影的视觉内容。他需要与摄影指导以及导演合作无间。有一些导演在视觉方面非常厉害,有些就没那么强了。如果你已经有和某位导演一起工作过的经验,建议你和他们一道工作时最好记一些速记,我想这样会给你更多的创作自由,以及更多的信任。

关于工作习惯

拍电影时,我喜欢做也最常做的第一件事情,就是差不多一幕一幕地去想象整部电影的色调会是怎样的,以便于如果某些场面需要色调变得舒缓沉静时,我能很快找到对策来做调整。而如果影片需要一个令人不安、不和谐的具有冲击力的画面时,可以通过使用大量刺目的颜色或出人意料的色彩反差来达成目的。

理想状况下,我会很早进组,通常早到可以参与决定谁是摄影指导的程度。拍摄前六个月进组是家常便饭。如果是一部需要大量布景的复杂电影,那么就会远远长于六个月。

关于美术的重点

美术重点的变化,取决于每部电影的不同需求。举例来说,在《城市王子》中,一个主要问题是出场人物数量惊人,其中许多人现身的时间很短，观众在既定的时间里很难分清楚这些角色是谁跟谁。因此美术组的任务之一就是尽量不使用夸张漫画的手法处理人物周围的环境，只需环境清晰可见即可。这样才能引起人们对角色本身的注意。重要的是要营造出一种感觉，使得观众不一定要记住角色的名字，只要知道谁跟谁是一伙的，他站在哪一边就行。白帽子的，黑帽子的，或者是别的什么，不管他是官僚还是街霸。当然，所有这一切需要有很强的可信度。

在《东方快车谋杀案》中，真实可信的美术效果并不是我们所追求的。影片有着浮夸人为的设计，有着华丽琐碎的细节，我们希望给人一种电影的质感。所以服装不会破破烂烂的，看上去并非真的或有人穿过的。这部电影的布景允许对现实进行美化。观众会讨论有关东方快车的话题，认为我们能在真正的东方快车拍摄是多么幸运，但实际上片子完全是在摄影棚里拍摄的，除了一些关键之处使用了真实东方快车上的“博物馆道具”。坐过真正东方快车的人会说，噢，再一次看到它真好，但实际上，我们对真实东方快车进行了近乎不合常理的美化。如果我们完全按照真品复制，那它可能看起来跟毛坯差不多。

关于《达·芬奇》：棚拍还是实拍

《达·芬奇》是以在正常环境中发生的一件非比寻常的事件为核心的故事。

如果有实际可行的方法，我认为最好是找实景，并尝试解决技术问题以便在真实的环境中拍摄。我不是说你不能在棚里创造一个真实的环境，你当然可以，但现实里的有些东西会让故事里每个人物的做法更加可信。

我想我会利用毕姆鲍姆的怪异性情和他的才能，与日常平凡的环境间形成强有力的抗衡。因此，即使是去找一座小镇，我觉得可能最好不要找那些太过风景如画的小镇，反而是要找一座庸常不起眼的小镇。

关于《达·芬奇》：假发

显然，理发这件事本身就给服装设计师、发型师和化妆师提出了难题。我几乎可以肯定地认为，你需要给两个孩子戴假发。假发是一个非常危险的东西，因为假发看起来，嗯，就很假，所以你必须要找到一个手艺精湛的做假发的人。

需要假发的原因是不希望拍摄时发型的变化被孩子们自身头发的长度所限制。也许用孩子们的真发也可以，但太过复杂了，尤其是在拍摄随着时间推移头发长长的段落时，所以能够预先控制好这一点，对拍摄会非常有价值。

关于《达·芬奇》：毕姆鲍姆的服装

我的第一个冲动是想要在他的身上添加一到两处不易察觉且能体现他尽善尽美特质的细节。也许是一个干净纯色的小领结。或者，他衬衫袖扣的材质会赋予宽松肥大的衬衣一种一丝不苟且精致的质感。或者是一双出人意料的鞋子，当然，在电影中观众不太能看见鞋子。但是有可能当他站在理发店的椅子旁几乎一动不动时，观众有机会看到他那特别又古怪的鞋子。

关于《达·芬奇》：结局

我觉得结局有点悬而未决。也许是先拍摄毕姆鲍姆然后再一飞冲天的那个镜头的缘故。我在想，对观众而言，在影片结束处留下毕姆鲍姆的画面是否更有价值：我们既让他保持不变，但在某种程度上，又给他一些英雄的感觉。你知道，毕姆鲍姆并没有失败，反而还留下了一点小小的胜利。绝望的是，我无法提出任何能够实现此种效果的建议。

关于《达·芬奇》：理发

这是我胡思乱想的事情：除了墙上的日历之外，有没有可能我们在周围放一些杂志呢？也许最上面那本会有秋天的景象，有很多云，所以我们可以设想其中一个幻想场面是，天花板上飘浮着许多景色，你可以看到威利飘过去，云荡了过来，而不单是剧本里重复的水的意象。

我现在就是在胡想，不过我想湍急的水流是否可以和洗发水有关，因为理发显然是一种感官体验。

剧本中小溪向尼罗河、亚马孙河或某条宏伟河流的巨大转变可能超出了故事本身的规模，并可能会冒着让“最后的理发”变得矫揉造作的风险。

此外，在“最后的理发”这一场景中，也许影片可以使用升格方式拍摄达成慢镜头效果，以便让我们对毕姆鲍姆缓慢速度的不安感更加强烈。也许树叶从树上飘落得如此缓慢，可以帮助我们感受到威利对毕姆鲍姆加快速度的渴望。

最后一件事。也许我们值得做一个小的像是跷跷板一样的东西，但是它不是架在单向铰链上，而是架在滚珠轴承上的。操作人员可以在摄影机视野范围外移动它，这样毕姆鲍姆就可以真正地飘起来了。他的举动会不知不觉地变得不真实，我的意思是说在无形中。我希望观众不会很清楚这种效果是打哪儿来的，但是它可能会增加“最后的理发”场景的神奇感。

我在创作《达·芬奇》剧本的时候，从来没有想过关于美术的事情。当我写作的时候，倾向于不对一部已完成剧本的技术层面过多担心。但当沃尔顿开始讨论假发的问题时，我再次意识到在一部电影的创作过程中，我们是多么的依赖彼此。

我不知道他的评论对你来说有多新鲜，但它们肯定对我有所启发，而且很有帮助。例如，他关于如何理发的想法。

所有这些变化不会对编剧造成丝毫的威胁，因为除非这些改动影响到作品的构架，否则没有什么能威胁到我。我设计的剪发段落完全可以被删掉，只要魔力长留就好。魔力才是关键。我所写的是所能做到的最好的东西，但它只是用来向其他剧组部门的工作伙伴展示这些段落的主旨到底是什么。

云朵飘浮在天花板上，叶子在极其缓慢的升格镜头中飘荡，我认为很美妙。我无所谓剧本里写的是尼罗河还是亚马孙，这些镜头的作用在于构建即将要走向的高潮。

个人而言，我完全无法想象理发时不再见到老毕姆鲍姆手里拿着剪刀，聚精会神理发的模样；而是他飘飘然地，以某种形式浮在空中，仿佛他和我们这些站在地面上的人不同，遵守着一套与众不同、特殊的世界法则。

摄影师：戈登・威利斯

戈登・威利斯是在空军部队里学习电影且入行的。当时他主要拍摄纪录片，并且在 1955 年退伍之后成为一名助理摄影师。他掌机的第一部故事片是 1970 年上映的《穷途末路》（*End of the Road*）。从那以后，威利斯一直很忙。戈登・威利斯担任摄影师的电影有：

《教父》（*The Godfather*，1972）

《教父 2》（*The Godfather: Part II*，1974）

《平步青云》(*The Paper Chase*，1973)
《柳巷芳草》(*Klute*，1971)
《总统班底》(*All the President's Men*，1976)
《安妮·霍尔》(*Annie Hall*，1977)
《曼哈顿》(*Manhattan*，1979)

以下是威利斯分享的一些见解：

关于电影摄影师的作用

场景的照明当然是我的主要职责。镜头的设计是我的另一项主要工作，且是与导演一起完成的。

如果你有十个机位可以用来拍摄房间里一位演员的动态，最理想的情况是选择出正确的机位。一旦你做出了正确的选择，你的九成工作就完成了。换句话说，一镜定乾坤。

关于工作习惯

为了让导演尽可能了解我的能力，也为了自己能把工作做好，我至少会在拍摄前一个月进组。如果这是一部复杂的电影，有很多选景相关事宜要讨论，我的进组时间应该更早。比如说，提前六个星期。

在这段时间里，摄影师一般会和导演进行零散的会谈。你会不断地和美术师讨论。这期间会有很多事情发生，时间就在选景、研究、推翻重来上循环往复。总体来说，通常会出现预算问题，所以会有删减、添加内容的状况出现。你知道的越多，就能越好地发挥自己的作用。

关于一部电影的“风格”

我掌机的每一部电影最后都会呈现出一个特定的“风格”，因为这是我拍的。我是说，我是视觉导向的摄影师，但“风格”来源于故事，而不是我说：“让我们给这部电影定个风格吧。”

关于和导演的合作

理想情况下，你会和导演一起一场戏接一场戏地过剧本。这确实是一个把文字可视化的过程。导演会说：“这是我在这里想要达到的目标，这是达成目标的方法。”我也会讨论自己的想法。

首先你要搞清楚他想做什么。其次，你要发现这是否可行。他是否做了些不切实际的设想，同时这些设想是工作人员无法完成的，从而害了电影的？这事可能会发生。

一位好导演和一位好摄影师应该是互相支持的。他们不断沟通，为对方提供更好的拍摄思路。从本质上讲，摄影师就是作为导演的扩展包来工作的。你要做的是完成导演的想法、实现愿景，然后把好的设想尽可能地在电影中一一实现，因为你想要拍出精彩的电影。

关于“垃圾车式”导演

现在有很多我戏称为“垃圾车式”（dump truck）的导演，就是那种要求摄影师把每一个场景中的每一位演员、每一个角度都分别用一个长镜头，一个中景镜头和一个特写镜头记录下来。最终，他们拿到了拍了一遍又一遍后累积的大量素材却不知道应该如何把素材剪辑在一起，他们根本想象不出成片应该是什么样子的。

然后他们把成堆的素材像垃圾一样倒在剪辑师的办公室

里，由剪辑师来完成这部电影。我不认为导演能用这种方法拍出一部好电影，因为单凭这种方法，电影的导演基石是不牢靠的。这可不是在执导电影，只是在收集素材。

关于窍门

一般来说，拍电影的窍门就是化繁为简，这样故事所要表达的意图就能很好地传达给观众。这很难，因为没有太多人理解简单的真谛：他们把“简单”等同于“不好”。

关于意图

我认为对于编剧来说，就算只是在扉页写上一页自己的意图，都是非常明智的做法。这一页纸可能非常有用，即你的意图是什么，故事是什么。

因为有时候，在拍摄过程中人们会迷失。他们认为自己已经理解了，但是在电影拍摄过程中的某个地方，他们会失去参照点。我为自己感到骄傲的一点是，通常不会感到困惑，因为我在开拍之前就把目光锁定在核心意图上。也许在中途，我会说：“这不是以前的想法，也不是现在的想法，我们的路走错了，我们在拍另一部电影。”

拍摄是一段艰难的时光。你的周围会有很多人，有很多最后时刻的决定要去做，你很容易迷失，身体也会觉得很累。我总是说拍一部电影跟挖矿一样，但人们不明白这一点。

关于《达·芬奇》：拍摄理发场景

理发场面的镜头设计需要花费很多心思。如何让理发场面变得有魔力？导演可能会说：“好吧，我希望头发到处乱飞。”但我想那是不对的，不是这样的。第二次理发是我必须深思很长一段时间才能开始拍摄的段落。

我对第一次理发有个想法；也许我错了，这只是个想法，如果毕姆鲍姆的样子根本没有在画面里露出，会怎么样？

画面里有威利，有理发店，但是看不到理发师的样子。你只能听到他的声音。画面里呈现的是剪刀和他的手。这场戏如你所想的继续下去，威利正在和毕姆鲍姆聊天。你能听到毕姆鲍姆的声音，看到所有轻拍脑袋的动作，测量头骨形状的动作，以及剪发的动作。

但你看到的只有剪刀和手，手在镜头里进进出出，你能听到两人讨论剪发的对话。这双手应该是与众不同的——短的、粗的、长的或什么都行。美妙的双手。

如果第一次理发的场景采用上述方法拍摄的话，我希望拍出的效果会具有魔力，同时还能为第二次理发留出余地。这种拍摄方法不需要做特效，不需要烟火或光学技巧。但也许你需要制造一些有陌生感和魔力的东西。魔力可能来自只闻其声，不见其人。除了文字的描述以外，你得选择用某种方式来制造你想达成的效果。一把剪刀、一双手、一个男人在说话，不是已经很有吸引力了吗？

关于《达·芬奇》：拍摄毕姆鲍姆

我认为应该永远“隔着一点”拍摄毕姆鲍姆。

举个例子，如果你同意用上面的方案拍第一次理发的场景，那么直到当晚在厨房里的那场戏，才是毕姆鲍姆的首次完整亮相。我不打算为他的亮相做特别强调，比如在照明方式上与其他人做出区分，而仅是在镜头组合上稍有不同。

我的意思是，用特写镜头或半身特写镜头拍摄威利一家人以及他们之间的谈话。“你猜怎么着，我们有个寄宿的，他要住在楼上。”谈话的内容不重要，重要的是我会让毕姆鲍姆待在门口，用摄影机从头到脚地拍他的全景。所以就算你看见了他，也不能百分之百确定他就在威利家。他出现在厨房里的方式和其他人不一样。但你要小心，不要把他拍成入侵者，他不应该是种威胁，只是有点与众不同罢了。

如果你乐意的话，那场毕姆鲍姆被敦促要加快理发速度的餐桌戏，可以反其道而行。威利一家和毕姆鲍姆都坐在餐桌前，你可以用几组普通的双人近景吃饭镜头拍摄威利一家以及他们面前的盘子。但是当你去拍摄毕姆鲍姆的时候，你可以从他下巴的下方开始向上拍摄，从而画面里出现的是毕姆鲍姆的整个面部特写，至此他与威利一家的关系更疏远了。

《达·芬奇》这部电影的危险之处在于，它会变得太复杂了。你总是想在结构上和视觉上保持简单的美国风格，但同时你也想让毕姆鲍姆有些与众不同、有种陌生化的效果却又不能太引人注目……

在我们会面前我从没见过戈登·威利斯，但比起其他摄影师，我一直更加关注他的事业。我猜是因为他参与制作了这么多优秀的电影。而我们聊起来的时候他也没让我失望。

在所有参与制作电影的工作人员中，摄影师的世界对我来说仍然是最神秘的。当然，我一般不会参与到片场拍摄的时期，但即使我参与其中，摄影师的工作依旧是我力所不能及的。至少对于很多的优秀电影而言，他们总是至关重要。例如，我一直认为，威利斯的摄影是《总统班底》这部电影成功的根本原因。

我不知道你们怎么看，但我很高兴看到按照威利斯的办法来拍第一次理发的场景会是什么样的。只有毕姆鲍姆的声音，他银色的剪刀，还有那双手在画框里进进出出，施展他的魔法……

剪辑师：德德·艾伦

早在20世纪40年代初期，德德·艾伦（Dede Allen）就已经在哥伦比亚电影公司开始了她的剪辑生涯。直到1959年，她才得到机会剪辑一部故事片《罪魁伏法记》（*Odds against Tomorrow*）。从那时候开始，艾伦担任了不少电影的剪辑师工作，其中包括：

《江湖浪子》（*The Hustler*，1961）
《美国，美国》（*America*，*America*，1963）
《邦妮和克莱德》（*Bonnie and Clyde*，1967）
《巧妇怨》（*Rachel, Rachel*，1968）
《艾丽斯餐厅》（*Alice's Restaurant*，1969）
《小巨人》（*Little Big Man*，1970）
《第五屠场》（*Slaughterhouse-Five*，1972）
《冲突》（*Serpico*，1973）
《热天午后》（*Dog Day Afternoon*，1975）
《冰球小子》（*Slap Shot*，1977）
《新绿野仙踪》（*The Wiz*，1978）
《烽火赤焰万里情》（*Reds*，1981）

以下是艾伦分享的一些见解：

关于剪辑

剪辑不是删除，而是在拼图。剪辑所做的，是从许多不同角度、各种不同的镜次拍下来的大量电影素材中进行寻找、剪接，尽可能以最好的方式将故事呈现出来。

我很确定这像极了写作的过程。除非我知道自己在做什么，以及为什么要做它，否则我不能做任何事。换句话说，直到你知道了某一个场景的内容以及为何将它放在电影的某一处时，你才懂得如何剪辑。

关于信心

每开始一部新的电影，我总是预设自己会失败，永远都没法完成这部电影，我会忘记如何剪辑。我不知道自己要如何去做，总是满怀失望与沮丧。当开始剪辑电影时，我会变得很情绪化。有些事情可以改正，但有些不能。我已经五十八岁了，可还在咬自己的手指甲。

关于初剪

我喜欢尽可能早地参与到电影制作中来。他们开始拍摄时我就会加入，一边拍一边剪。对我来说，初剪是最重要的。我想要在电影拍摄结束后的几周内完成工作，此时剪辑出来的片长可能比最后成品多出半个小时。你先从不成形的初剪开始，它通常是令人沮丧的，冗长可怕的，是会让收工回家的导演不寒而栗的。你把所有的东西都放在里面了，从讲故事的角度来看这很糟糕，因为所有的东西都是一遍一遍的重复。

关于剪辑室的气氛

剪辑室的气氛是可以创造出来的。在剪辑室里，导演可能会感觉到前所未有、超出自己预期的没有安全感，他知道自己除了向那些帮助解决问题的人暴露自我之外，别无他法。

任何一部电影的剧本写作和拍摄都会出现问题，最终必须解决。剪辑室是最后一个关口。在这里，积累了一路的故事、表演或导演上的任何问题均可以得到解决。剪辑室担起了最终的责任。

每一部电影都有我所说的“死穴”，这些困难搞得我们不知所措。而我认为，我们需要给予导演焦虑不安、手足无措的权利；与此同时，也不应该有旁人自作聪明地提出解决方案，嘲讽他们：“啊哈，竟然有你解决不了的事。”换句话说，导演们必须适应不安全感的存在，就像你在写作中不得不缺乏安全感一样。

关于《达·芬奇》总体，单独讨论莫里斯

我认为威利的父亲莫里斯，在小说中被展现得更丰满些。在剧本中，我对这个角色没有什么感觉。我很失落，我怀念莫里斯这个角色。

有一个小小的地方。毕姆鲍姆把那个头型像鼻子一样的邮递员变漂亮了，对吧？莫里斯在小说中用了这个词：“美丽”(beautiful)。在剧本中，你改变了它。在剧本里他说，他让他变得“可爱”(cute)。意义发生了改变。“可爱”是莫里斯故意压低对毕姆鲍姆手艺的评论。

看——威利从毕姆鲍姆那里得到了一份了不起的礼物。但是我能在小说里很清楚地看到他也从莫里斯那里得到了礼物，那就是莫里斯真正理解艺术家是什么，但剧本里反而模糊了这一点。在小说中，他们坐在客厅里讨论理发，一天又一天。父亲也想成为一名艺术家，他不想只当个工匠。他没有当成艺术家，但是你感觉可能他哪天也能得偿所愿。否则，他为什么要花这么多时间和毕姆鲍姆交谈？整个故事中最强有力的段落之一，就是父亲对自己带回家了一位令人讨厌的艺术家老头而非常兴奋。

我认为如果在剧本里莫里斯有更多的和毕姆鲍姆互动后又主动分手的描述，他的失落感会更强烈。他正在做的是把自己和他的儿子隔离开来，因为结尾暗示了他将有一个长大后会成为毕姆鲍姆的儿子。

关于门廊里的场景

我希望尝试增加莫里斯的戏份。我想给人一种感觉，他不仅仅是一个为了雇用、解雇毕姆鲍姆而存在的这么一个一直怒气冲冲的功能角色。

门廊里的场景，就是威利和朋友下跳棋，爱玛走了出来，说她在客厅再也待不下去了。“十天！你们讨论脑壳的形状还要多长时间？”

我不喜欢爱玛只是单纯告诉我们另一个房间里发生了什么事。如果按照你的剧本指示来拍，我们做不了多少事情。

我希望有翔实的过程和细节，这样我们就可以拍摄真实生活的内部。我们不需要像你写的那样清晰地拍摄门廊场景。我想看看莫里斯。我想赋予莫里斯潜力，这样我们会知道威利将成为一名艺术家，莫里斯身上有些东西让威利可能也会走上这条路，但莫里斯自己却没有。我从未有过这种感觉，因为剧本集中在了威利和毕姆鲍姆身上。

听德德·艾伦讨论，是一个美妙的时刻。因为我认为她是对的，我已经写坏了莫里斯这个角色。

而且随着她继续下去，我会看到一大堆影像，一大堆我在写剧本时从未想过的影像冲击着我。如果门廊场景就是从剧本里那样开始，然后集中到客厅里会怎么样呢？

比如莫里斯以一定的角度拿着剪刀，毕姆鲍姆走过来，稍微调整了一下他的手臂角度。莫里斯试图摆对姿势。但是不对，换来了再一次的轻微调整。

或者我们看着一堆头骨形状的草图，莫里斯指错了一个，毕姆鲍姆摇摇头，纠正了，指了指正确的图。我们可以看到莫里斯的困窘，他努力尝试，他像条狗一样地努力，但是他依旧困惑不解。

又或者，在最后决定毕姆鲍姆去留的理发场景里，摄影机不仅仅只是在理发店内，莫里斯也不仅仅只是冲进店里宣布时间，我们拍摄他重击地面来回“踏步”的镜头来展现那一刻他内心的煎熬。他和威利一样痛苦，甚至像毕姆鲍姆一样难受。

可能这会有用，至少不会有坏处。

我并不是有意想要弱化莫里斯，但当你进行改编时，注定会失去一些东西，其中有些并不是故意的。

我写的是一个失去工作的人，这是我搭建剧本结构时的核心。于是，我精简素材把三次理发缩短成两次，相应地，莫里斯的反应改变了。在小说里，尽管生气，他还是让在暴风雨后进入理发店的威利进行了第二次理发，而在剧本中，他则直接喊着让威利滚出去，并将其赶走。

其他编剧可能会在故事中保留客厅的段落，可能会让威利去剪三次头发，但我不知道如何在不让整个剧本架构支离破碎的情况下，做到这一点。

我不确定我是否会采纳德德·艾伦的建议。在我看来，这是剪辑师的工作思维，他们知道如何令一个场景在大银幕上起作用，但要是印成剧本的话会杂乱无章。

我也羡慕她和导演的关系。从某种意义上说，她是接力赛的终点，她和导演分享了互通有无的知识，这是任何编剧都无法做到的：他们都知道彼此是拴在一根绳上的蚂蚱。

作曲家：大卫·格鲁辛

大卫·格鲁辛（David Grusin）是一位杰出的爵士乐钢琴家，同时还是一位唱片制作人。1967 年，他首次参与了电影《美国式离婚》（*Divorce American Style*）的配乐工作。从那时起，格鲁辛为电影创作音乐，其中包括：

《心是孤独的猎手》（*The Heart is a Lonely Hunter*，1968）
《追凶三千里》（*Tell Them Willie Boy is Here*，1969）
《毕业生》（*The Graduate*，1967）
《秃鹰七十二小时》（*Three Days of the Condor*，1975）
《电光骑士》（*The Electric Horseman*，1979）
《上错天堂投错胎》（*Heaven Can Wait*，1978）
《烽火赤焰万里情》（*Reds*，1981）
《并无恶意》（*Absence of Malice*，1981）
《金色池塘》（*On Golden Pond*，1981）

以下是格鲁辛分享的一些见解：

关于电影配乐

电影音乐听起来有多美并不重要。电影的本质不是音乐，音乐与电影配乐也不是一回事。重点是配乐对电影的帮助有多大。

关于神秘

我认为配乐是作用于潜意识和心理层面的。我相信听众从一段配乐中获得的情感反应是一个谜。我不能确定它是如何起作用的，但在某种程度上它是存在的。你对马勒交响乐的反应肯定会和听唐娜·萨默（Donna Summer）的唱片反应不同，但是在这两种情况下，你都发生了某种变化，这种变化甚至是无意识的。

我们试图在电影配乐里做到的，是以有组织的方式来引导这些反应，这样观众就可以在不自觉的情况下从一种情绪状态转移至另一种情绪状态。我相信这是电影配乐最实际的用途。

关于拔河比赛

从作曲家受到雇佣那一刻起，比赛的那根线就已经划定了。通常，作曲家参与得很晚，要等到电影粗剪之后才会加入。此时制片人、导演、编剧和其他人可能参与这个项目已有三年的时间了。如果有意见分歧，当然这种分歧经常发生，通常一方面我会去找制片人，另一方面再问导演，不仅仅是跟配乐相关，更是关乎整个项目；也许有人想留下某个场景，而另一个则不然。当我出现的时候，“站队”似乎成了一种约定俗成。换句话说，我经常在拔河。导演可能会说：“别听制片人的，听我的，他不懂这部电影，我是唯一一个懂它的人。”制片人可能会把我拉到一边说同样的话。我并不是说每次都会发生这种情况，但目前为止发生在我身上的次数已经足够多了，让我觉得这可能不是一种罕见的“灾难”。

关于配乐的难题

我相信想要成功地给每部电影配乐，你至少有六条路可选。我指的是截然不同的音乐风格会有完全不同的呈现方式。所以关键的问题来了：哪条路是最好的？这就是令我满地打滚，想要寻找到答案的难题。

关于第一印象

对我来说，第一次看样片最好是在没有其他人在场的情况下。我真的认为作曲家能为一部电影带来的最大贡献之一就是：作曲家是少数几个在后期制作阶段从未看过电影的工作人员之一。他首次看到的就是与成片相差无几的内容。作曲家没有看到剧本重写前的样子，没有看到剪辑调整前尚未产生变化时的所有场景样貌，他看到的正是现在银幕上呈现的内容。这使得作曲家能对影片保持客观专业的态度。对我来说，第一印象是非常重要的，因为当我第一次看电影时，我就是观众。

关于给《达·芬奇》配乐

我根本不认为《达·芬奇》会有一个兴师动众的配乐阵容。我是说，不应该有庞大的管弦乐队。我想如果可以，我会尽可能减少乐器的数量。这里说的可不是音乐的分量，而是指发出声音的乐器种类。

在电影配乐中，少即是多是种真理。这就是众多艺术电影的配乐令人印象深刻的原因。有时作曲家仅用几种乐器进行配乐（经常是因为预算不够），这种配乐带来的稀疏感在艺术性上却是相当令人愉快的。就我个人而言，这类配乐方式非常吸引人。

我认为基本上需要为《达·芬奇》写两个主题音乐——威利和毕姆鲍姆。

关于毕姆鲍姆的主题音乐

当我们第一次在理发店见到毕姆鲍姆的时候，他是通过对话的方式登场的，我觉得此时不需要给他配乐。理发让他成了一位艺术家，所以我想要在他手拿剪刀开始工作的时候引入他的主题音乐。

我们想让他与众不同、非比寻常，也许我们可以用某种不和谐音去塑造这一点。但不要太多，我们不想让他变得吓人。这是一个程度问题。

我认为剪刀有一种特殊的、美妙的声音。希望在一开始使用剪刀本身的声音，但是逐渐地我们可以通过电音的方式让剪刀的声音变形，或者用某种方式过滤声音，从而改变声音的现实质感。

我可不想把剪刀的声音处理成可爱的音乐风格，例如，运用剪刀工作时的节拍谱写一段华尔兹。但我认为，剪刀发出的咔嚓声可能会叠加在一些乐器上，成为音乐的一部分，形成一种高昂闪亮的质感。这个场景的配乐适合用高音；也许第一件乐器是羽管键琴，它金属质感的音色会比中音哑弦的音色更出挑。我并不确定是否要使用它，但我觉得自己想要给毕姆鲍姆一种锐利的、锋芒毕露特性的音乐。我不确定他的主题音乐是否应该是旋律性的，但也许会是棱角分明的，有着不同寻常的音程；不是难听，而是和声和旋律上与众不同。

关于威利的主题音乐

至于威利，我只想要选一种乐器，而乐器的声音就会是他的主题音乐。这是一种古老的配乐方法，我想它来自芭蕾和歌剧，它们都是用一种特定的乐器来塑造一个角色。

我不知道为什么，但在此刻，我想用单簧管作为威利的主题音乐。

关于结局

我不知道结局是否能像你在剧本中所写的那样，达成完全音乐化的效果。你把音乐变成了一个不寻常的情节点，它的使命是带领我们进入未来，让我们知道威利成了一位像毕姆鲍姆一样的艺术家。

为电影配乐的作曲家经常被要求为电影做一些没有百分百把握成功的事，这可能是其中一次。你也向观众提出了很高的要求，因为他们不习惯于把音乐当作剧情的载体来看待。他们可能在听旋律，也许在听管弦乐的演奏等等，但是他们真的只通过配乐就能搞清楚威利会变成艺术家的想法吗?

我认为先让他摸索着乱吹口琴，然后吹奏得流畅一点，再加入吉他，之后还有钢琴进入，这样的一系列编排会让事情变得更加复杂。

也许一个好的开始是这样的：吉他声一响起，口琴声就停了。当钢琴取而代之时，吉他就停了。也许这样我们就能把故事讲清楚。换句话说，当吉他进入时，他生命中的“口琴”部分就结束了。他在往前走。钢琴一开始，吉他就弹完了，预示着他正在成长，变老。到最后，我们也许可以把这三件乐器放在一起，但在结束之前肯定不行。

我并不是说这个解决方案就一定可行；也许可以，也许没效果。问题依然存在：观众并不愚蠢，但我们要求他们做一些不习惯的事情。对我来说，结局就是对电影配乐的挑战。在尝试写它之前，我想必会经历很多满地打滚找答案的痛苦过程。

格鲁辛的采访再次让我想起电影制作的一个基本真理：我们依靠彼此获得成功。

听着，我知道制片人会被制片厂“干掉”，导演也会被明星“生吞活剥”了；我明白，正当摄影师花了几个小时给一个浪漫的花园场景布置漂亮的灯光时，天公会不作美；我知道美术师会在西斯廷礼拜堂拍摄的那天早上，得到禁止他入内的通知。

他们有他们的难题，我也有自己的麻烦。

我是编剧，经常遇到写剧本如同挤牙膏的情况，而《达·芬奇》的特殊问题是：我写不出结局。

这个故事的结尾过多地聚焦在威利一家。我想给大家最后留下的是毕姆鲍姆的影响力。但是该怎么做?

结果，我想到了威利吹奏口琴时，毕鲍姆告诉他，每个人曾经都很糟糕的那一幕。在那幕戏中，威利说如果他学会了吹口琴就能得到一把吉他，如果他会弹吉他了，就能拥有一架钢琴。

所以我愉快地把这个想法写进了结尾。太简单了，我需要做的只是打几个字而已。音乐从拙劣的口琴声到优美的旋律，再变成了吉他，然后到钢琴。最后淡出。

然后，正如格鲁辛在交流中所言，结尾部分我要求配乐完成一些可能做不到的事情。当然，他拿了钱就要给人消灾。我写的是一种文字上的巧思，有时候真的拍出来反而不是很好看。

关键是，在这种情况下如果结局拍得好了，那也不是因为我，而是因为作曲家找到了解决办法。为了让自己处于最佳状态，我需要每个人。我们永远需要每个人。

最后一件事。我不知道你，但就我而言威利的主题音乐，现在和未来永远将会是一根单簧管……

导演：乔治·罗伊·希尔

乔治·罗伊·希尔在耶鲁学习音乐，在爱尔兰登台表演。他曾在两部直播类电视选集中担任导演，执导了《难忘今宵》(*A night to remember*)、《纽伦堡审判》(*Judgment at Nuremberg*)等单集故事，并由此开启导演生涯。其间，他曾在百老汇工作过一段时间，其执导的第一部舞台剧《天使望故乡》(*Looking Homeward, Angel*)在1958年获得了普利策戏剧奖。希尔执导的十几部电影包括：

《黛绿年华》(*The World of Henry Orient*，1964)
《夏威夷》(*Hawaii*，1966)
《虎豹小霸王》(*Butch Cassidy and the Sundance Kid*，1969)
《第五屠场》(*Slaughterhouse-Five*，1972)
《骗中骗》(*The Sting*，1973)
《鹫与鹰》(*The Great Waldo Pepper*，1975)
《冰球小子》(*Slap Shot*，1977)
《盖普眼中的世界》(*The World According to Garp*，1982)

以下是希尔分享的一些见解：

关于导演

导演的主要工作是首先拿到剧本，了解清楚剧本的内容，改好它，使其适用于拍摄，确保一切万无一失。然后，他的工作就是尽可能完美地找到适合剧本的演员。

如果导演做好了这两件事，他就算打电话遥控执导现场拍摄也没问题。因为这没什么区别，他的工作已完成80%了。事实是，没有一位导演通过自己的指导能让糟糕的剧本和差劲的演员脱胎换骨。反之，如果剧本和演员都不错，那导演就可以完全享受创作的乐趣了。我的意思不是所有都很有趣，其中一部分还是如鲠在喉，但毕竟在一个坚实的基础上，你可以随心所欲。

关于拍摄

最焦虑的制作环节是实际拍摄，因为那时候整部电影只在你的大脑里。想要把你脑海里的场景一一对应地拍出来非常困难。

因为没什么能比拍摄现场的氛围更具有艺术破坏性了，有那么多人来烦你，问你问题。演员想知道他们会戴什么样的领带等，这些细碎的问题搞得你处于支离破碎的危险中，你对场景的设想会被成千上万个不同的难题吃干抹净。现场工作掏空了你的身体。我坚持锻炼保持体能，但是拍摄对我来说总是一段非常、非常艰难的时光。

关于制片厂和明星

如果我明天去制片厂说我想拍《大卫和歌利亚》(*David and Goliath*)，他们可能会派一个研究机构去调查公众是否想要一部圣经电影。

如果他们得到了肯定的答复，他们可能会说，“好吧，去做吧，但是我们想让明星来扮演大卫或扫罗。”或者你电影里的其他角色。

如果这个价值千金的名字确实适合电影的话，我完全没问题。但是如果我去制片厂说，“听着，我已经找到了大卫的绝佳人选，还有一个在地方剧院工作的老演员，我想让他演扫罗”。他们可能会说，“好吧，按你说的做吧，但我们不会给你超过 x 百万美元的预算”。然后你必须做出决定。如果你坚持且能接受，那就用 x 百万美元拍完全片。或者你可以妥协，启用明星，并得到一个更大的预算。不过，在准备一部电影的时候，你总会遇见这样的事情，它是一个持续不断的博弈。

一旦得到准许拍摄，我就再也听不到制片厂的消息，不知道这是否不寻常，但我至少不会被人打扰。除了《夏威夷》这部电影，它简直就是场灾难。

关于《达·芬奇》：艺术家是狗屎

在你小说中，很好地呈现了一个精彩的故事。但在剧本里，你确实犯了一些基本错误。因为你圆滑、聪明且能干，掩盖了这些错误，给它们戴上了面具，大多数人无法察觉。但我想，我还是要撕下伪装的面具。

《达·芬奇》是一则寓言。我不太喜欢寓言，我同意玛拉普洛夫人（谢里丹戏剧作品《情敌》中的人物）的论调：寓言应该留在尼罗河两岸。就像你自己说的，这是关于一位艺术家如何在现代世界中生存的故事。你声称它讲述了一个失去了工作的人，但并不准确。如果是准确的，我的天，那就太无聊了。

毕姆鲍姆这家伙因为他的正直和艺术魅力而丢了一份工作。这么写无可厚非，但你也把他变成了一个混蛋，这是一种陈词滥调，即为了保持诚实正直，人物必须表现得像混蛋一样。我记得是萧伯纳最先在《医生的窘境》中让杜贝达这么做，从那以后，"正直的艺术家混蛋"就成了一个流行的戏剧观念。我不吃这套。我所认识的具有最高艺术品位的人通常都是最专业且细心周到的人。不幸的是，我遇到的一些二流艺术家，他们往往表现得像个混蛋，因为他们相信这样会自然赋予他们天赋和正直的品质。

关于《达·芬奇》：作为理发师的艺术家

首先要说的是，"理发师是艺术家"在视觉方面是很难呈现的。你在某些华彩段落里描写了理发时的特效。

好吧，我在字里行间所感受到的只有一句话，"天哪，这孩子剪了头发，每个人都被镇住了"。我见过很多孩子，也见过很多发型，但是从没见过某个发型让我想发出"哦——哦——啊"的赞叹声，尤其是在某座中西部的小镇里。

这是不会发生的。除非你让他在第一幕戴上吓死人的假发，或者像美杜莎一样，他拥有一头蛇发，然后你再帮他理好头发。这种情况下，效果将会非常明显。

然后当威利理了发，波吉看到夸赞说"多漂亮的头发啊"这一幕，你在构思笔记里说道孩子们不会那样说话。嗯，你是对的，他们绝对不会。我的意思是，你可以让威利背后生光，你可以让《哈利路亚》(“Hallelujah”）的合唱声进来，用柔光镜头拍下他的特写，这样会有效果。但事实上，你正在努力做一些虚假的事情。没有一个孩子的发型会震撼人心到令世界终结。

放在小说里，这些是可以接受的，因为你不需要处理视觉效果，但是在剧本中碰上这些内容，你的导演会说，“我能做什么？”我一定会尽力使出我所知道的每一个技巧，比如在威利背后布光，让他的头发有一轮光晕。但是我必须在整部电影里都这么给他布光，且一直持续下去。

所以，你在作品的基本视觉概念上遇到了一个基础性的难题。当你设定理发是在创造一件伟大艺术品时，你便会一直如履薄冰。

关于《达·芬奇》：口琴场景

在你的构思笔记中说到，觉得写一个威利和毕姆鲍姆建立关系的场景是虚假、糟糕且危险的。然而你勇往直前，在剧本里写了一个。你说的那些不好的感受，这场戏全占了。威利吹口琴戏的主旨是赋予毕姆鲍姆一些特质。他对威利的态度暂时软化了。这个脾气暴躁却可爱的老艺术家说出了每位年轻艺术家都想要听到的话。你知道我在那个场景旁边的空白处写了什么吗？“呃。”

享受这个“呃”吗，比尔？

关于《达·芬奇》：威利的行为

威利知道自己会毁了父亲。如果威利不知道，那他就是个白痴，因为波吉已经伤害过一次了。所以，威利是对自己因新发型而变得不同的模样产生了虚荣心，以至于不让父亲替他剪头发。那就是说威利是突然爱上自己发型、陷入自恋的那喀索斯（Narcissus）吗？这就是你用来引发观众同情心的角色？我会对准这孩子的屁股来一脚，踹他到世界末日。

我建议不要这么做。但是，如果威利有一个女朋友说，“来吧，我们上床吧”。然后她再说，“我不再跟你上床了，因为你看起来太矬了”。这会给威利动力去理发，而不是让波吉在那儿说：“老天，你很漂亮。”诚然，一个表现如此的女孩可能看起来并不是一个优秀的女孩，但我们并不是总能选到最好的，尤其是在少年时期。然后威利就会被一种无法抗拒的激情所控制——那就是性，我们都知道它会驱使人们去做各种各样的事。当然，这将改变故事的平衡。现在讲的是一个男孩毁了他的父亲，因为他想上床。然后毕姆鲍姆先生就飘然远去了。

关于《达·芬奇》：噱头

剧本写了一些让导演们紧张不安的东西。看看你的开场白，“一个美到令人窒息的春日午后，镜头拉远，画面中出现学校操场”。嗯，制片经理读到了，他会说，“哦，一个美丽到令人窒息的春日午后，太棒了”。导演会说，“我什么时候为春日午后窒息过？”然后他对摄影师说，“给我一个美到令人窒息的春日午后”。

你写的是华而不实的噱头，制片经理读了这些，我拍完之后，大家都看着这个镜头会说，“等一下，这美得不让人窒息啊，为什么不呢？”结果是导演的错。

还有更多的噱头。当我们看到波吉理完头发后，你写道：“波吉，必须说的是，他的外表得到了极大的提升。”好吧，我该怎么做才能改善他那该死的外貌呢，就只有头发能折腾了。我需要让一切突然变得美好起来，就光凭着头发！

你的噱头有一个更令人震惊的例子，就是第二次理发的场景，那一次的河流不再像从前那样，它变成了尼罗河或是亚马孙河，“但无论是什么，都会让你叹为观止”。老天啊。

我想知道，如果莎士比亚这样写的话，会变成什么样子？“这是你人生中最令人窒息的美丽黄昏，此时鬼出现了，它是人类见过的长得最令人震惊的鬼。”

关于《达·芬奇》：结论

我问了很多问题，也毫无保留地攻击了你的作品。我要做的是把它拆解，看看它是否能在真正严厉的攻击下站得住脚。因为你以后还是会受到攻击，自己也会产生质疑。

就《达·芬奇》而言，在我拍电视选集的时候，遇到过比这更糟的剧本……

实在令我无地自容。

但也很有帮助。因为希尔和我接触过的任何一位导演一样，有着发达的故事思维。

并不是说他没有缺点。希尔的确讨厌自己所说的那种“噱头”剧本，很多导演都这样。约翰·施莱辛格不喜欢我在《霹雳钻》中的修饰，但他接受了导演工作。希尔几乎被《虎豹小霸王》中的一些噱头给逼疯了。我记得他对我所写的武装队的入场方式大为光火，我用了半页纸来描写摄影机应该像一辆跑车冲向横在前面的火车那样变焦。但他还是接受了导演工作。

我认为他对口琴场面的解读一点也不对。这个场面就是在突出毕姆鲍姆的严厉和强硬。那是毕姆鲍姆对威利最傲慢的一次讲话，并不是袋鼠船长和一只小狗做朋友式的童话氛围。

希尔说的话中有很多我不同意的地方——

但他可能是对的。

我不认为毕姆鲍姆是混蛋，我也不认为“艺术家是混蛋”这种说法是陈词滥调——

但希尔也许是对的。

我不认为剧本讲的是一个孩子在背后捅他父亲一刀的故事——

但希尔也许是对的。

我认为理发场面是可行的，它可以变得很神奇且具有魔力。想法并没有对错之分，但是当一个非常聪明的人好心分享了他的智慧，你最好听着。在《达·芬奇》的交流中，在很大程度上希尔有着独一份的感受。但这并不意味着他错了。如果其他人部分或全部同意他的见解，那也不一定就是我错了。但也有可能。

如果有足够多的人告诉你——你喝醉了，那编剧考虑躺下来休息的话，也不是不明智的事……

XXII

接力赛

每一次的编剧工作都伴有哀悼时刻。这一刻与工作经验的好坏无关。它是客观存在的，存在于当我的编剧工作被人取代（《查利》）或推翻重写（《复制娇妻》）时，或者是在完成了主要拍摄工作后还要继续编剧（《遥远的桥》）时。我不知道这一时刻是否存在于其他类型的叙事写作中，我不相信这会发生在舞台剧中，而且它也从未出现在我所撰写过的任何一本书中。

这一刻有一种可怕的失落感。

你可以把电影制作想象成一场接力赛。长长的赛程，两到三年。这场比赛的发起人通常是制片人。他获得了投资。然后，由他来聘请编剧，比赛开始了。当一位制片人雇用我的时候，按照以前的经验法则粗略计算，他买的是我生命中六个月的时间，从我第一次阅读项目材料到我交第一稿，大概需要这样的时间长度。

在从事一个项目或任何项目的过程中，大多数编剧经历着对项目产生兴趣、进而参与、从而痴迷的过程。当处于痴迷阶段时，编剧的人格分裂了。我们可能看起来跟别人一样、行为也跟别人一样，但是我们大脑的很大一部分只专注于手头的项目。

我们永远不知道什么时候灵感会来。拿这本书中的一个例子来说：一天晚上，我失眠了，看电视看到了很晚。屏幕里播着《变形怪体》，然后我一直盯着它，直到看到之前提到的那个场景，即史蒂夫·麦奎因和女孩呆坐在车里的愚蠢一刻。突然你就坐在那里，心想，“天啊，我可以用这个场景。”我当时并不知道，我会将之作为维护明星形象的例子写在本书中，但我当时有预感这个场景很重要。

我们不仅不知道灵感何时到来，而且不知道它来自哪儿。出租车司机的一句话可能会引爆一个灵感。一本书的书名看了一千遍，可能突然就有了有用的价值。灵感可以来自四面八方，所以我们必须保持警惕，我不得不补充一句，因为我们需要所有潜在的灵感源。

在我不写作的几个月里，有时会听到或看到一些事情，并有意识地思考，“我应该把这一点记下来，可能会在某个时候派上用场”。然后下一秒它就消失了。但当处在痴迷阶段时，我是一块海绵，吸收着对任何其他人来说没有多大用处的东西。无论我身在何处，显然只有我的身体像躯壳一样寄居在某个空间里。而我的大脑一直处在我现在的状态下，眼睛盯着白纸，想知道到底要怎么用文字填满它。

在我填满这些白纸之前，没有电影二字可言。

就像我说过的，无论剩下的时间是多少，填完这些白纸都需要六个月。头几个月我会尽可能多地做研究，一遍又一遍地读着原始材料，关注非常细节的内容。我会去采访一些人，并记下我希望能有所帮助的东西。我阅读和重读其他有着相同或相似主题的材料。我会听着让创作“慢跑”起来的音乐。音乐对我来说越来越重要。我独自伏案创作已经二十五年了，再也忍受不了这种寂静。所以我经常放一堆唱片，让它们作为创作时的背景音乐播放。以《遥远的桥》为例，我买了一堆军事方面的唱片，比如苏泽[1]的进行曲，并轻柔地播放一整天；写《鹫与鹰》时，听的是20世纪20年代的流行小调。

当然，所有这些都是为了真正下笔写作的那一刻准备的。我尽可能多地从材料中获得内容、充实自己。直到手痒难耐的时候，我便试着去写。如果N周后写作进展顺利的话，一份初稿就此诞生。然后我把它油印出来，拿回家，端详着这份几个月来的成果。

那一刻，我对这部电影的了解比世界上任何人都多。我站在那里，手里拿着剧本，当然我很高兴终于初稿完成了，同时我非常担心这份初稿臭不可闻。但和这些五味杂陈的情感同在的，还有我对自己所知晓的素材史料丰富程度的自信。我已经做了相当多的关于保留哪些内容、调整哪部分内容的决策。如果我愿意，我可以写出一部五百页的剧本。我本人就是一部站立着的电影剧本。

然后是令人悲伤的时刻。因为接力赛必须继续，我的这一圈快要跑完了；我必须把接力棒交给其他参与电影制作的伙伴们。

当你把剧本移交给别人时，损失的当然是你的想象力，因为它至此终结。我脑海中设想的电影将会离我远去。其他人的幻想将会占据上风。而且他们必须这样做。

总的来说，电影编剧在感觉自己对整个项目最了如指掌和想象自己最有用的高光时刻之后，他被抛弃的命运便接踵而至。

电影就是这样制作的。

我不是抄录访谈的能手；我不知道你对上文几位同行对《达·芬奇》的建议有什么反应。但是我可以告诉你我的两种反应，我对两者都毫无准备。他们的建议让我兴高采烈，同时也让我绝望。

---

① 约翰·菲利普·苏泽（John Philip Sousa，1854—1932）是美国作曲家和指挥家，主要作品是美国军旅和爱国进行曲，因其精于创作进行曲而被称作“进行曲之王”。

兴高采烈，因为他们的建议改进了我的剧本。

绝望，因为他们的建议改进了我的剧本。

我认为兴高采烈很容易理解。任何时候任何人都在帮助你，可以让你的工作变得更好，无论他的身份是你的书友还是发表令人信服评论的编辑，这都非常棒。我们都希望自己所做的一切尽可能有品质保证。

我感到的绝望来自一个简单的事实：在现实世界的电影制作过程中，这类对《达·芬奇》的讨论是不可能出现的。

我已经在这个行业里工作将近二十年了，直到过去的几周前，我从来没有和剪辑师单独待过五分钟，或者是和美术师，还有电影摄影师。我从未与自己参与编剧且已上映的电影的作曲家们见面，仅有的一次，那还是在配乐完成很久之后。

是的，我经常与导演们见面，且通常收获颇丰。但身处接力赛中时，导演是不一样的。

因为他有自己的秘密。

他正在打一场我不曾知晓的战争。也许制片人讨厌我的剧本，想带其他人进入编剧团队。也许导演讨厌我的剧本，想带其他人进入编剧团队。也许制片厂坚持使用突然有了档期的明星。也许导演接受这份工作是因为他需要钱或是工作，或者他一直想以我写的内容为题材拍一部电影，因此在别人有意图拍摄类似题材之前牢牢抓住剧本。

从一开始，我就有和导演打交道的野心。我想做以下事情：我们坐下来，从我的意图出发来讨论剧本。不是一个镜头一个镜头地谈，而是一场戏接一场戏地谈。我想认真讲述每一场戏从淡入到淡出的过程，然后说，“这就是我所说的第一场。我这样做是因为这就是我想要的”。然后是第二场，等等。这样的谈话可能需要四个小时，也可能需要八个小时。

好吧，别想了。

这种谈话从来没有发生过。这很危险，要知道当一场戏被拍成烂泥一摊时，通常是因为剧本的意图和导演执行时的意图不一样。

现在，当我说想为每一场戏表达自己的意图时，这并不意味着我想让导演坐在那里咕哝两句“我同意”。通常，我可能会在场景中打算做点什么，这在我的脑海中很清楚，但是我写在纸上的东西会偏离方向。导演向我指出这一点，我可以改变和修正它。

从来没有发生过。

一旦编剧交完接力棒，我不知道为什么，编剧就变成了某个奇怪的东西，比如残余的肿块，或是像婴儿一生下来长了根多余的尾巴。让人急于摆脱掉它。

我们没有得到足够的尊重，大多数编剧也不配。塞缪尔·高德温对待编剧们的态度可能是整个电影行业的一个缩影，他曾经偷偷溜进编剧大楼里，如果他没有听到打字机噼啪作响的话，就会生气。

很少有大人物知道摄影师具体是怎么工作的，因为他们知道自己做不到。偶尔，摄影师会被换掉，但不经常发生。其他工种的技术人员也是如此。

大人物们也不知道我们编剧的工作是怎样的，但是他们看得懂字母表，还掌握着许多其他可以改写我们作品的编剧资源。

在电影拍完之后，大人物们对我们的态度还是一样。我从没见过自己编剧作品的粗剪。而且也没人邀请我去看点映。《霹雳钻》是一个很好的例子，因为它在加州有两场点映。我常住纽约，所以请我去的话花销不菲。但是，当时我在加州待了一段时间，带我一起去不需要花多少钱。我提到《霹雳钻》是因为，我猜这是一部被提前点映时的口碑严重伤害的电影。

也许我帮不上忙。这部电影不再是我的了，其他许多人对这部电影的了解比我多得多。

但是没有人能知道这部电影的结构是什么样的。

过去没有，将来也不会。编剧只能把它藏在心里。通常编剧会知道为什么电影的这一部分只是横亘在那儿，半死不活地喘着粗气。他可能无法解决这个问题，但至少能够阐明制造了这团混乱的原因。

但是没人要求我们阐述。在我们这一圈跑完之后，大部分时间我们是沉默的。通常，他们不希望我们在身边。正如我所说，我不知道为什么，但这很奇怪。

在参与电影制作的所有人中，编剧是最不合群的人。

但是有弊也就有利。我们跑第一圈，不管以后会发生什么，那一圈是我们的。如果你愿意这么想的话，我们有第一个构思电影的特权。

我们是首创一部电影的人……

现在是 1982 年 6 月，我要在现代好莱坞历史上最恐慌和绝望的时刻结束这本书。

昨天有位丧失信心的经纪人对我说：“现在我们就像生活在水底。”虽说今年的一月份刚过去不久，但当我开始梳理的时候，已经是带着怀旧的心情回首往事。

情况会变得更糟糕吗？还记得这些 1982 年上映不久的电影吗？

《强渡魔鬼关》（*The Border*）

《个人最佳》（*Personal Best*）

《旧爱新欢》（*One from the Heart*）

《陌生窥视》（*A Stranger Is Watching*）

《射月》（*Shoot the Moon*）

《制造爱情》（*Making Love*）

《罐头工厂街》（*Cannery Row*）

《阳光下的罪恶》（*Evil Under the Sun*）

《女强人的背后》（*I'm Dancing as Fast as I Can*）

《死亡计中计》(*Deathtrap*)

《我曾上镜》(*I Ought to Be in Pictures*)

《豹人》(*Cat People*)

《花花大丈夫》(*A Little Sex*)

《拆穿西洋镜》(*Wrong Is Right*)

《玻璃圈风云》(*Partners*)

这是一份精心挑选的名单。事实上，在今年头五个月里，只有电影《反斗星》逃出生天，大受欢迎。

在一两年前称得上前所未闻的事件，正在发生。或者更准确一点来说，什么都没发生。只消给你们举个例子就能明白。我知道有制片厂开发了一本畅销的非虚构类作品，找人写出了一流的剧本。剧本吸引了一位举世闻名的获奖导演，以及一位最受欢迎的年轻明星也承诺出演。

制片厂把它当成救世之作。

我说的可不是含蓄的艺术电影，而是一部有动作、冒险元素且人物性格丰富的电影。导演急于拍出这部作品，以至于他同意推迟支付给自己的全部薪酬。

但现在没人会再碰这个项目了。

夏天近在眼前。从现在到劳动节[①]，各大制片厂将会公映39部电影。一些人认为这个夏天将会有超级卖座的大制作，制片厂会重新活跃起来。有些人觉得夏天不会有什么大的惊喜，制片厂也活跃不起来。

我的看法似乎是有悖常理的。我认为这个夏天将会是好莱坞历史

① 美国劳动节为九月的第一个星期一。——译注

上最热闹的夏天，同时各大制片厂依旧毫无惊喜。

让各大制片厂产生信心的元素完全消失了。

他们将制作续集，今天宣布《大白鲨 3》（*Jaws III*，1983）投入拍摄；他们将会跟风抄袭，只要有人愿意购买，60 部《月光光心慌慌》的克隆品将会在全球各地上映。

这不是什么新鲜事。在第一部电影成功之后，布朗乔·比利·安德森[①]又拍了 375 部相似的电影。我们从不介意上演安迪·哈迪[②]系列电影，反正我不介意。

但在黄金年代，仅米高梅一家一年就能拍 50 部电影。而现在，整个行业的拍片量加起来也没有超过百部。

电影行业不是在等待戈多，而是在等待 HBO。有线电视将会拯救电影行业，不仅仅是通过购买电影，而且会真正的给电影制作投入巨额的金钱支持。

不管怎么说，这只是个理论。

我不确定最终会怎样，但我相信我们很快就会再次对现有的一切习以为常，并坚信我们有着世界上最具活力和生气的电影业。

好莱坞以前也曾走投无路，但直到现在，都是技术进步带来了救赎，比如声音、色彩、宽银幕或嗅觉电影。但我这一次不这么认为。

这一次，我认为将是人才拯救好莱坞。青年才俊们。

我刚刚花了两天时间看了纽约大学电影学院的学生作品和毕业作品。不用说了，根本就没有什么杰作。而且大概我所看到的十个人中，只有两个能达到马上上映的水准。

---

① 布朗乔·比利·安德森（Broncho Billy Anderson，1880—1971），是最早在银幕上凭借上百部西部短片中“野牛比利”的形象确立第一牛仔英雄称谓的明星。

② 安迪·哈迪（Andy Hardy）是好莱坞男星米基·鲁尼在 1937—1946 年上映的 16 部系列电影中饰演的虚构人物。哈迪系列电影非常受欢迎，是感伤且庆祝普通美国人生活的喜剧。

但他们都天杀的很有天赋。

我认为现在有一股人才的浪潮正在兴起。成千上万的年轻男女们都是真正热爱电影的人。我知道这是一本讲好莱坞的书，所以显然应该有一个大团圆结局。我相信这股浪潮正在向我们袭来，它势不可挡。对于每一位青年才俊，让我说，不管你到底在哪儿，我祝你未来能开心……

当影评人攻击你的时候，忽略他们的批评，也不去理会他们的赞美……

请你记住当自己写的场景陷入泥淖的时候，剧本讲的是结构……

愿你的同侪们都像你一样愿意改进你的项目。善待他们，因为他们会救你一命……

愿你永远记住“这只是一部电影”，但永远不要忘记还有很多比电影更糟糕的事情——比如政客……

愿你足够幸运和专业，可以为那些坐在黑暗中的人们创造一些辉煌的时刻，就像早期的电影匠人们为你创造过的一样……

最后也是最重要的：

愿你在这行少受一些摔打……

1982 年 1 月至 6 月

于纽约

作品年表

小　说

1957　The Temple of Gold

1958　Your Turn to Curtsy, My Turn to Bow

1960　Soldier in the Rain

1964　Boys and Girls Together

No Way to Treat a Lady

1967　The Thing of It Is...

1971　Father's Day

1973　The Princess Bride

1974　Marathon Man

1976　Magic

1979　Tinsel

1982　Control

1983　The Silent Gondoliers

1984　The Color of Light

1985　Heat

1986　Brother

非虚构著作

1969 The Season: A Candid Look at Broadway

1977 The Story of “A Bridge Too Far”

1983 Adventures in the Screen Trade: A Personal View of Hollywood and Screenwriting

1988 Wait Till Next Year(with Mikè Lupica)

1990 Hype and Glory

1995 William Goldman:Four Screenplays

1997 William Goldman:Five Screenplays

2000* Which Lie Did I Tell?: More Adventures in the Screen Trade

2001* The Big Picture: Who Killed Hollywood? and Other Essays

电影剧本

1965 Masquerade (with Michael Relph)

1966 Harper

1969 Butch Cassidy and the Sundance Kid

1972 The Hot Rock

1975 The Stepford Wives

The Great Waldo Pepper

1976 All the President's Men

Marathon Man

1977 A Bridge Too Far

1978 Magic

1979 Mr. Horn

1987 Heat

The Princess Bride

1990 Misery

1992　Year of the Comet

1994　Maverick

1996　The Chamber

　　The Ghost and the Darkness

1997　Absolute Power

2001*　Hearts in Atlantis

2015*　Wild Card

戏剧剧本

1961　Blood, Sweat and Stanley Poole(with James Goldman)

　　A Family Affair(with James Goldman and John Kander)

2012*　Misery

儿童读物

1974　Wigger

注：

（1）本作品年表引自威廉·戈德曼所著 *Which Lie Did I Tell?: More Adventures in the Screen Trade* 一书（即将由后浪出版公司引进）。

（2）标记“*”的内容为此次中译本编辑所加，补充了 2000 年以来戈德曼的重要作品。

出版后记

威廉·戈德曼是谁？在庞大复杂、秩序森严且已运转百年的好莱坞电影工业体系里，这个名字似乎并不重要。因为名字背后伫立着的那个人，既不是大众所关心的银幕前璀璨梦幻的明星，也不是银幕后掌控一部电影生死大权的行业大佬。

威廉·戈德曼是与明星、电影公司大佬、制片人、导演等好莱坞掌权者们共舞的人，他周旋其中，却也被排斥在外。因为，他是一名好莱坞编剧。戈德曼在书中对于自己的职业在好莱坞的地位有着相当两极的描述。他十分笃定，“在我填满白纸之前，没有电影二字可言”；同时他也很气馁，一旦完成剧本，“被抛弃的命运便接踵而至”。

在如此“重要”却被“轻视”的行业里摸爬滚打了近二十年后，1979 年的某天，戈德曼接受了作家约翰·布雷迪（John Brady）为了编写《编剧手艺》（*The Craft of the Screenwriter*）一书所做的采访。采访过程中，简要的职业生涯回顾和编剧心得的交流启发了戈德曼想要亲自写一部回顾自身编剧生涯点滴，以及从“旁观的局内人”视角所发掘的种种好莱坞真相的书。

彼时的戈德曼在业内已是小有名气。1963 年的下半年，三十二岁的小说家戈德曼误打误撞进入好莱坞，从在片场为人物润色台词开始了编剧生涯。两年后，他首次担任编剧的电影《地狱先锋》上映，票房大卖。接着，《虎豹小霸王》《霹雳钻》《总统班底》令他名声大振。其中，《虎豹小霸王》为他赢得了第四十二届奥斯卡最佳原创剧本奖，《总统班底》则令他拿到了第四十九届奥斯卡最佳改编剧本奖。

进入 20 世纪 80 年代后，戈德曼遭遇了编剧生涯的冰冻期，近五年的时间里未有一部编写的作品登上大银幕。电影行业的震荡多变与创作上的瓶颈，令戈德曼在经历着“至暗时刻”的同时，转换视角，以杂文家的身份于 1982 年 1 月开始写作本书。

本书大致可分为“真实篇”和“冒险篇”。在“真实篇”里，戈德曼从好莱坞的权力核心构成着手，清晰明了地为读者搭建了维持电影业稳定运转的权力金字塔，揭秘了不少好莱坞的秘辛八卦，为此他采访了不少业内人士。接着，他浓墨重彩地书写了为掌权者们服务的好莱坞编剧所必须具备的技能和视野。

进入“冒险篇”后，戈德曼把视线转向自身，按照时间顺序回顾了自己 1982 年之前的单部作品的创作历程，并将其最成功的作品之一《虎豹小霸王》展开细讲，不仅呈现剧本全貌，而且回顾幕后故事并自我剖析作品中的优缺点。最后以原创小说《达・芬奇》为例，把改编剧本的流程、成果和所受到的建议、批评一一分享给读者。

而不论是“真实篇”还是“冒险篇”，字里行间都透着戈德曼的辛酸与犀利。他知道身为编剧，注定是“拖不动大象的人”，但他却用这本书定义了那只名为好莱坞的“大象”，毫无保留、辛辣调侃、酣畅淋漓。

同时，虽然戈德曼收获了无数的荣耀与声誉，但在本书中满目所及均是创作中的挫败与不安。他一直排斥成功，选择在不安与冷静间游走的原因，或许可以从他的文字中找到，“之所以我在电影行业浸润二十载之后，还能够保持基本的理智，主要是因为：最开始我是一名小说家，现在我仍是一名小说家，只不过恰好也写剧本”。

本书自 1984 年首次在英文世界出版以来，经久不衰，十分畅销。戈德曼轻松易懂、诚实坦率的漫谈式写作风格与时不时飙出的那些看似无意、实则精妙的金句相得益彰。在编辑本书的过程中，我们按照通行的标准统一了人名与片名的译法，并对一些影片、影人及相关文化典故做了相应的注释，以求为读者在阅读过程中扫除障碍。如有疏漏之处，敬请读者朋友们批评指正。

为了开拓一个与读者朋友们进行更多交流的空间，分享相关“衍生内容”“番外故事”，我们推出了“后浪剧场”播客节目，邀请业内嘉宾畅聊与书本有关的话题，以及他们的创作与生活。可通过微信搜索“houlangjuchang”来获取收听途径，敬请关注。

服务热线：133-6631-2326 188-1142-1266

服务信箱：reader@hinabook.com

后浪电影学院

2021年10月